BALLADA
PTAKÓW I WĘŻY

Media Rodzina

SUZANNE COLLINS

BALLADA PTAKÓW I WĘŻY

Tłumaczyli
Małgorzata Hesko-Kołodzińska
i Piotr Budkiewicz

Tytuł oryginału
THE BALLAD OF SONGBIRDS AND SNAKES

First published in the English language in the United States by Scholastic Press, an imprint of Scholastic Inc.

Cover art by Tim O'Brien © 2020 Scholastic Inc.
Cover design by Elizabeth B. Parisi
Book design by Elizabeth B. Parisi

Wiersz Williama Wordswortha *Lucy Gray, czyli samotność* w przekładzie Stanisława Kryńskiego przedrukowany za: *Angielscy „Poeci Jezior": W. Wordsworth, S.T. Coleridge, R. Southey*, Zakład Narodowy im. Ossolińskich – Wydawnictwo, Wrocław 1963, za zgodą Wydawnictwa Ossolineum.

Pozostałe wiersze i piosenki w przekładzie Małgorzaty Hesko-Kołodzińskiej i Piotra Budkiewicza

ISBN 978-83-8008-758-3

Media Rodzina Sp. z o.o.
ul. Pasieka 24
61-657 Poznań
wydawnictwo@mediarodzina.pl

Łamanie
Andrzej Komendziński

Druk i oprawa
Abedik

Nortonowi i Jeanne Justerom

W ten sposób widać, że kiedy ludzie żyją bez wspólnej władzy, która budzi w nich wszystkich trwogę, pozostają w stanie zwanym wojną, i to jest taka wojna, jaką każdy toczy przeciwko każdemu.

THOMAS HOBBES, *Lewiatan*, 1651

W stanie natury rządzi prawo natury, które obowiązuje każdego. Rozum, będący owym prawem, naucza całą ludzkość, o ile zechce ona korzystać z tej nauki, że wszyscy są równi i niezależni, a zatem nikt nie powinien krzywdzić innego człowieka, odbierając mu życie, zdrowie, wolność czy własność (...).

JOHN LOCKE, *Drugi traktat o rządzie,* 1689

Człowiek rodzi się wolny, a wszędzie jest skuty łańcuchami.

JEAN-JACQUES ROUSSEAU, *Umowa społeczna*, 1762

Miast słodką wiedzę brać z natury,
My własną mamy lekcję.
Z piękności czynim kreatury,
Mordując, robiąc sekcje.

WILLIAM WORDSWORTH, *Pięknym za nadobne*,
Ballady liryczne, 1798

Pomyślałem o perspektywie cnót, którą roztoczył u progu swojego istnienia, oraz o późniejszym zaniku wszelkich dobrych uczuć z winy nienawiści i pogardy, które okazali mu jego opiekunowie.

MARY SHELLEY, *Frankenstein*, 1818

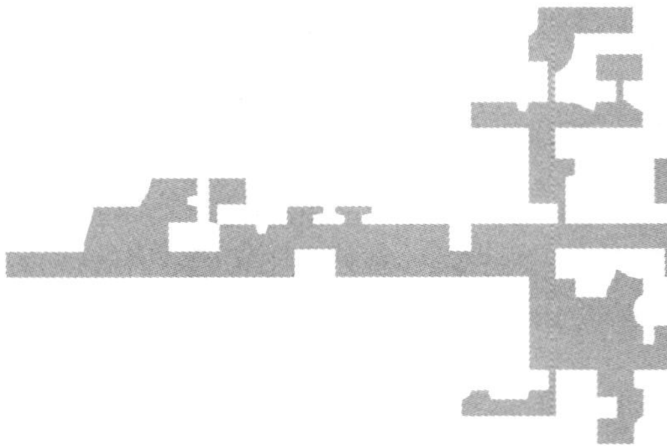

CZĘŚĆ I
MENTOR

1

Coriolanus wrzucił garść kapusty do garnka z wrzątkiem i poprzysiągł sobie, że przyjdzie dzień, w którym już nigdy więcej nie weźmie kapuśniaku do ust. Jednak nie dzisiaj — dzisiaj musiał zjeść dużą miskę cienkiej zupy i wypić wywar do ostatniej kropli, żeby nie burczało mu w brzuchu podczas ceremonii dożynek. To był tylko jeden punkt z długiej listy środków ostrożności, które podejmował, aby ukryć fakt, że jego rodzina, choć mieszkała w luksusowym penthousie w najbardziej luksusowym apartamentowcu w Kapitolu, była biedna jak hołota z dystryktów. Nie mógł zdradzić, że osiemnastoletni potomek niegdyś wielkiego rodu Snowów musi polegać wyłącznie na swoim sprycie, aby przeżyć.

Przejmował się koszulą na ceremonię. Miał przyzwoitą parę eleganckich ciemnych spodni, kupionych w zeszłym roku na czarnym rynku, ale ludzie patrzyli przede wszystkim na koszulę. Na szczęście Akademia zapewniała mundury, które uczniowie nosili na co dzień. Na dzisiejszą uroczystość nakazano im jednak ubrać się modnie, lecz z powagą podyktowaną okolicznościami. Tigris prosiła, żeby jej zaufał, i tak właśnie zrobił. Jak dotąd ratowało go tylko to, że jego kuzynka doskonale posługiwała się igłą i nitką, ale przecież nie mógł oczekiwać cudów.

Koszula, którą wyciągnęli z głębi szafy — szafy ojca, pamiętającej lepsze dni — była poplamiona i pożółkła ze starości. Brakowało przy niej połowy guzików, na mankiecie widniał ślad po przypaleniu papierosem i nie nadawała się na sprzedaż nawet w najgorszych czasach. To miał włożyć na dożynki? Tego dnia o świcie wszedł do pokoju Tigris i odkrył, że nie ma ani jej, ani koszuli. To źle wróżyło. Czyżby kuzynka darowała sobie pracę nad tym łachem i wyruszyła na czarny rynek w rozpaczliwej próbie znalezienia mu przyzwoitego ubrania? Co, u licha, miała na tyle wartościowego, żeby się nadawało na wymianę? Tylko jedno — siebie — ale ród Snowów jeszcze tak nisko nie upadł. A może właśnie upadał w chwili, w której on solił kapustę?

Wyobraził sobie, jak ludzie wyceniają Tigris. Z długim, spiczastym nosem i kościstym ciałem nie była wielką pięknością, ale miała w sobie słodycz i bezbronność, które wręcz zachęcały do przemocy. Znalazłaby chętnych, gdyby tylko tego zapragnęła. Na tę myśl ogarnęły go mdłości, poczuł bezradność i obrzydzenie do siebie.

W głębi mieszkania rozległ się hymn Kapitolu *Klejnot Panem* i od ścian odbił się echem drżący sopran babki Coriolanusa.

Klejnot Panem,
Wszechpotężne
Miasto lśniące od setek lat.

Jak zwykle rozpaczliwie fałszowała, trochę nie nadążając za muzyką. W pierwszym roku wojny puszczała nagranie tylko w święta narodowe, żeby zakorzenić patriotyzm w pięcioletnim Coriolanusie i ośmioletniej Tigris. Codzienny recital zaczął się dopiero tamtego ponurego dnia, kiedy buntownicy z dystryktów otoczyli Kapitol i odcięli go od dostaw na pozostałe dwa lata wojny. „Pamiętajcie, dzieci", mawiała babka, „jesteśmy tylko oblężeni — nie skapitulowaliśmy!". Potem zawodziła hymn z okna penthouse'u przy akompaniamencie spadających bomb. Była to jej mała demonstracja oporu.

Uklęknijmy wraz,
Ideale nasz,

A następnego wersu nigdy nie udawało jej się zaśpiewać czysto…

Zechciej przyjąć miłosny hołd!

Coriolanus lekko się wzdrygnął. Buntownicy umilkli już dekadę temu, ale babka nie miała zamiaru. Pozostały jeszcze dwie zwrotki.

Klejnot Panem,
Twą z marmuru skroń
Zdobi wieniec prawa i cnót.

Zastanawiał się, czy większa liczba mebli zdołałaby częściowo pochłonąć dźwięki, lecz to pytanie było czysto teoretyczne. Apartament wyglądał obecnie jak swoisty Kapitol w skali mikro i nosił blizny po nieustępliwych atakach buntowników. Na wysokich na niemal siedem metrów ścianach roiło się od pęknięć, a zagrzybiały sufit upstrzony był dziurami po brakujących fragmentach tynku. Brzydkie pasy czarnej taśmy izolacyjnej spajały potłuczone szyby łukowych okien z widokiem na miasto. W czasie wojny i w następnym dziesięcioleciu rodzina musiała sprzedać lub wymienić wiele przedmiotów, więc niektóre pokoje świeciły teraz pustkami i pozostawały zamknięte. Inne pomieszczenia były urządzone po spartańsku. Co gorsza, podczas ostrych mrozów ostatniej zimy oblężenia kilka eleganckich rzeźbionych mebli z drewna oraz mnóstwo książek poszło z dymem w kominku, żeby uchronić rodzinę przed śmiercią z wyziębienia. Widok obracających się w popiół stronic z kolorowymi obrazkami — tych samych, nad którymi pochylał się z matką — zawsze doprowadzał go do łez. Smutek był jednak lepszy niż śmierć.

Coriolanus bywał u znajomych i wiedział, że większość rodzin zabrała się już do remontów mieszkań, ale Snowowie nie mogli pozwolić sobie nawet na kilka metrów płótna na nową koszulę. Pomyślał o swoich kolegach z klasy, przeglądających szafy czy też wkładających niedawno uszyte garnitury, i zaczął się zastanawiać, jak długo jeszcze zdoła utrzymywać pozory.

Światła twego blask,
Znów zjednoczył nas,
Ślubujemy wiernie cię strzec.

A jeśli przerobiona przez Tigris koszula nie będzie się nadawała do noszenia? Co wtedy zrobi? Uda, że zapadł na grypę i zawiadomi szkołę o chorobie? *Tchórzostwo*. Będzie na tyle odważny, że zjawi się w koszuli od munduru? *Brak szacunku*. Wciśnie się w czerwoną koszulę zapinaną na guziki, z której wyrósł dwa lata temu? *Żałosne*. Opcja do przyjęcia? *Żadna z powyższych*.

Może Tigris poszła prosić o pomoc swoją pracodawczynię, Fabricię Whatnot, kobietę równie głupią jak jej nazwisko, ale ze swoistym talentem do podążania za najnowszymi trendami. Niezależnie od tego, czy na topie były pióra, czy skóra, plastiki czy plusz, potrafiła wpleść je w stroje za rozsądną cenę. Tigris średnio nadawała się na studentkę, więc po ukończeniu Akademii darowała sobie uniwersytet, żeby spełnić swoje marzenie i zostać projektantką. Miała pracować jako uczennica, lecz traktowano ją raczej jak niewolnicę i musiała masować stopy swojej pracodawczyni oraz odtykać otwory odpływowe, zapychane długimi, fuksjowymi włosami Fabricii. Zachwycona Tigris nigdy się jednak nie skarżyła i nie przyjmowała żadnych słów krytyki pod adresem szefowej, której zawdzięczała pracę w branży mody.

Klejnot Panem
Źródło chwały,
W boju siła, w pokoju moc.

Coriolanus otworzył lodówkę, licząc na to, że natrafi na coś, co doda smaku kapuśniakowi. W środku jednak znalazł tylko metalowy rondel, a gdy podniósł pokrywkę, ujrzał zestaloną breję rozgniecionych ziemniaków. Czyżby babka w końcu postanowiła spełnić groźbę i zabrała się do nauki gotowania? Czy ta papka w ogóle nadawała się do jedzenia? Postanowił poczekać, aż zdobędzie więcej informacji o potrawie w rondlu, i go zakrył. Jakim luksusem byłoby natychmiastowe wyrzucenie tego czegoś do śmieci! Jakim luksusem byłyby śmiecie. Pamiętał, a przynajmniej tak mu się wydawało, że we wczesnym dzieciństwie obserwował cicho sunące ulicami śmieciarki obsługiwane przez awoksów — robotnik bez języka to najlepszy robotnik, tak mawiała jego babka — którzy opróżniali pojemniki i zbierali wielkie worki z wyrzuconym jedzeniem, a także zużyte sprzęty kuchenne. A potem przyszły czasy, kiedy nic już nie było niepotrzebne, liczyła się każda kaloria, a każdy przedmiot dało się wymienić, spalić w piecu lub przymocować do ściany jako izolację. Kiedyś wszyscy nienawidzili marnotrawstwa, teraz jednak wracało do łask. Stało się oznaką dobrobytu, jak przyzwoita koszula.

Zawsze chroń nasz kraj,
Zbrojny opór daj!

Koszula. Koszula. Jego umysł czasem nadmiernie skupiał się na tego typu problemie — w zasadzie na każdym problemie — i nie odpuszczał, całkiem jakby kontrola nad danym elementem świata powstrzymywała go od upadku. To był zły zwyczaj, przez który Coriolanus nie dostrzegał innych, potencjalnie szkodliwych rzeczy. Musiał nauczyć się panować nad swoją głęboko zakorzenioną w mózgu skłonnością do obsesji, bo inaczej mogła doprowadzić go do zguby.

Skrzekliwym głosem babka wyśpiewała finałowe crescendo.

Nasz jest Kapitol, nasze życie, nasz świat!

Stara wariatka, nadal trzymająca się kurczowo przedwojennych dni. Kochał ją, ale już lata temu straciła kontakt z rzeczywistością. Przy każdym posiłku trajkotała o legendarnej wielkości Snowów, nawet kiedy jedli wodnistą zupę fasolową i zatęchłe suchary. Kiedy tak mówiła, wydawało się przesądzone, że Coriolanusa czeka wspaniała przyszłość. „Gdy Coriolanus zostanie prezydentem...", mawiała często. Gdy Coriolanus zostanie prezydentem, wówczas wszystko magicznie zmieni się na lepsze, począwszy od naprawienia rozklekotanych sił powietrznych Kapitolu, a skończywszy na obniżeniu niebotycznych cen kotletów wieprzowych. Dzięki Bogu, zepsuta winda i artretyczne kolana uniemożliwiały jej częste wychodzenie z domu, a sporadycznie pojawiający się w apartamencie goście byli równie zwapniali jak ona sama.

Kapusta się zagotowała, wypełniając pomieszczenie zapachem ubóstwa. Coriolanus podziabał ją drewnianą łyżką. Tigris jeszcze nie przyszła, czas na telefon z usprawiedliwieniem nieobecności powoli mijał. Wszyscy wkrótce mieli się zebrać w Sali Heavensbee'ego, gdzie Coriolanus będzie musiał stawić czoło zagniewanej i rozczarowanej profesor od komunikacji, Satirii Click, która walczyła o to, żeby to właśnie jemu przypadło jedno z dwudziestu czterech bardzo pożądanych stanowisk mentora w Głodowych Igrzyskach. Był nie tylko jej ulubieńcem, ale też asystentem naukowym, i nie wątpił, że Satiria znajdzie dziś dla niego jakieś zadanie. Jej nieobliczalność uwidaczniała się zwłaszcza wtedy, gdy piła, a dzień dożynek nie mógł się obejść bez alkoholu. Powinien zadzwonić i ją uprzedzić o swojej nieobecności. Powinien powiedzieć, że bez przerwy wymiotuje czy coś w tym stylu, lecz zrobi, co się da, aby wydobrzeć. Wziął się w garść i sięgnął po telefon, żeby zawiadomić o ciężkiej chorobie, kiedy nagle do głowy przyszła mu inna myśl. Jeśli się nie zjawi, czy Satiria pozwoli zastąpić go w roli mentora? A jeśli tak, czy zmniejszy to jego szanse na jedną z nagród Akademii przyznawanych absolwentom? Bez nagrody nie będzie mógł pozwolić sobie na studia, a to dla niego oznaczało brak dobrej pracy, brak perspektyw na przyszłość. Kto wiedział, jaki los spotka jego rodzinę i...

Zdeformowane drzwi wejściowe otworzyły się ze skrzypieniem i zgrzytem.

— Corio! — zawołała Tigris, a on natychmiast odstawił telefon.

Po raz pierwszy nazwała go tym zdrobnieniem tuż po jego narodzinach, i już tak zostało. Wypadł z kuchni, niemal przewracając Tigris, ale była zbyt rozradowana, żeby go zrugać.

— Udało mi się! Udało! No, coś tam się udało! — Zatupała w miejscu, po czym uniosła stary pokrowiec na wieszaku. — Patrz, patrz, patrz!

Coriolanus rozpiął pokrowiec i wyciągnął koszulę.

Prezentowała się wspaniale, nawet lepiej, z klasą. Grube płótno nie było ani śnieżnobiałe, ani pożółkłe ze starości, tylko delikatnie kremowe. Mankiety i kołnierzyk zastąpiono czarnym aksamitem, a za guziki służyły złote i hebanowe kostki. Tessery. W każdej były wywiercone dwie maleńkie dziurki na nitkę.

— Jesteś genialna — powiedział szczerze. — Nie mógłbym mieć lepszej kuzynki. — Ostrożnie, żeby nie zniszczyć koszuli, uścisnął Tigris wolną ręką. — Snow zawsze na szczycie!

— Snow zawsze na szczycie! — zawtórowała mu Tigris.

To powiedzonko pomogło im przetrwać wojnę, kiedy toczyli niekończącą się walkę o to, żeby nie dać się wdeptać w ziemię.

— Opowiedz wszystko. — Wiedział, że o tym marzyła. Uwielbiała mówić o ubraniach.

Tigris wyrzuciła ręce do góry i wybuchnęła lekko chrapliwym śmiechem.

— Od czego zacząć?

Zaczęła od wybielenia. Zasugerowała, że białe zasłony w sypialni Fabricii wyglądają na spłowiałe, a mocząc je w wybielaczu, dorzuciła do nich koszulę. Materiał zareagował idealnie, jednak żadne wybielanie nie mogło całkiem usunąć plam. Wobec tego zagotowała koszulę w wodzie z uschniętymi nagietkami, znalezionymi w śmietniku przed domem sąsiada Fabricii. Płatki ufarbowały płótno na tyle, żeby ukryć plamy. Aksamit na mankiety pochodził z dużego, zaciąganego na sznurek worka, w którym przechowywano obecnie pozbawioną znaczenia tabliczkę pamiątkową dziadka. Tessery wydłubała z wnętrza szafki w łazience dla służby, a otwory nawiercił dozorca w zamian za zaszycie kombinezonu.

— To było dzisiaj rano? — spytał.

— E, nie, wczoraj. W niedzielę. Dzisiaj rano... Znalazłeś moje ziemniaki? — Poszedł za nią do kuchni, gdzie otworzyła lodówkę i wyciągnęła rondel. — Przez pół nocy robiłam z nich skrobię na krochmal, a potem pobiegłam do Dolittle'ów, żeby pożyczyć przyzwoite żelazko. To mi zostało do zupy! — Odwróciła naczynie, wrzuciła masę do wrzącego kapuśniaku i zamieszała.

Z poczuciem winy zauważył fioletowe cienie pod jej złocistobrązowymi oczami.

— Kiedy ostatnio spałaś? — spytał.

— Och, nic mi nie jest. Zjadłam skórki ziemniaków, podobno są w nich witaminy. A dzisiaj mamy dożynki, więc w sumie jest święto! — oznajmiła wesoło.

— Nie u Fabricii — zauważył.

Właściwie to nikt nie świętował. Dzień dożynek był straszny w dystryktach, ale i w Kapitolu w zasadzie go nie celebrowano. Podobnie jak Coriolanus, większość ludzi nie lubiła wspominać wojny. Tigris spędzała ten dzień, obsługując swoją pracodawczynię oraz całą menażerię jej gości, którzy opowiadali sobie ponure historie o biedzie podczas oblężenia i upijali się do nieprzytomności. Następny dzień zapowiadał się dla Tigris jeszcze gorzej, bo goście oczekiwali pomocy przy leczeniu kaca.

— Przestań się martwić. Lepiej się pośpiesz i jedz! — Nałożyła mu trochę zupy do miski i postawiła ją na stole.

Coriolanus spojrzał na zegarek, pośpiesznie przełknął zupę, nie zważając na to, że parzy mu usta, i z koszulą w rękach pobiegł do swojego pokoju. Już wcześniej zdążył się ogolić i wziąć prysznic, a jego jasna skóra była dziś na szczęście nieskazitelnie gładka. Przydzielana przez szkołę bielizna i czarne skarpety prezentowały się całkiem nieźle. Ubrał się w garniturowe spodnie, bardziej niż przyzwoite, i wcisnął stopy w sznurowane buty ze skóry. Były za małe, ale dało się wytrzymać. Następnie ostrożnie włożył koszulę, wepchnął poły za pasek i odwrócił się do lustra. Powinien być wyższy. Podobnie jak wielu jego rówieśników, ze względu na kiepską dietę za mało urósł. Ale był w dobrej kondycji i miał świetną sylwetkę, a koszula podkreślała jego atuty. Ostatni raz wyglądał tak dostojnie w dzieciństwie, kiedy babka ubrała go w garnitur z fioletowego aksamitu, żeby na ulicy popisywać się wnukiem. Przygładził jasne loki i drwiąco wyszeptał do swojego odbicia: „Coriolanus Snow, przyszły prezydent Panem. Bądź pozdrowiony!".

Chcąc zrobić przyjemność Tigris, wszedł paradnym krokiem do salonu, po czym rozłożył ręce i się obrócił, żeby zaprezentować koszulę.

Tigris zaklaskała z zachwytu.

— Wyglądasz niesamowicie! — pisnęła. — Tak przystojnie i modnie! Chodź, zobacz, Panibabko! — To było kolejne przezwisko wymyślone przez małą Tigris, która uznała, że zwykłe określenia „babcia", czy wręcz „bunia" nie pasują do kogoś tak władczego.

Po chwili pojawiła się babka ze świeżo ściętą czerwoną różą, którą trzymała czule w drżących dłoniach. Ubrała się w długą, powłóczystą tunikę w czarnym kolorze. Przed wojną odzież w tym stylu cieszyła się ogromną popularnością, obecnie jednak była wręcz komicznie niemodna. Haftowane pantofelki z podwiniętymi noskami stanowiły dawniej komplet z suknią, a spod sfatygowanego turbanu z aksamitu wystawały pasma cienkich siwych włosów. To była resztka niegdyś wykwintnej garderoby babki. Nieliczne przyzwoite stroje oszczędzała na spotkania towarzyskie lub rzadkie wyjścia na miasto.

— Masz, chłopcze. Przypnij to — rozkazała. — Prosto z ogródka na dachu.

Sięgnął po różę, lecz gdy przyjmował ją z drżącej ręki babki, kolec wbił mu się w sam środek dłoni. Z rany popłynęła krew, więc wyprostował ramię, żeby nie poplamić cennej koszuli. Babka wydawała się skonsternowana.

— Chciałam tylko, żebyś wyglądał elegancko — powiedziała.

— Ależ naturalnie, Panibabciu — przytaknęła Tigris. — I tak będzie.

Gdy prowadziła Coriolanusa do kuchni, powtarzał sobie, że samokontrola to podstawa i powinien się cieszyć, że dzięki babce mógł codziennie ją praktykować.

— Rany kłute krótko krwawią — oświadczyła Tigris, po czym sprawnie oczyściła i zabandażowała mu dłoń. Przycięła różę, pozostawiając kilka listków, i przypięła mu ją do koszuli. — Faktycznie wygląda elegancko. Wiesz, ile dla niej znaczą te róże. Podziękuj.

Tak też zrobił — podziękował im obu i pośpiesznie wyszedł. Zbiegł po ozdobnych schodach dwanaście pięter w dół, pokonał hol i wypadł na ulice Kapitolu.

Frontowe drzwi budynku znajdowały się od strony Corso, alei tak szerokiej, że w dawnych czasach, kiedy Kapitol urządzał parady wojskowe dla gawiedzi, osiem rydwanów swobodnie jechało jeden obok drugiego. Coriolanus pamiętał, jak w dzieciństwie wychylał się z okna apartamentu i jak goście chwalili się, że oglądają defilady z pierwszego rzędu. Potem nadleciały bombowce i przez długi czas okolica była zablokowana. Teraz, choć ulice wreszcie oczyszczono, sterty gruzu nadal zalegały na chodnikach, a całe budynki były wypatroszone jak w dniu bombardowania. Minęło dziesięć lat od zwycięstwa, a on w drodze do Akademii musiał lawirować między bryłami marmuru i granitu. Coriolanus zastanawiał się czasem, czy gruzy pozostały tu dlatego, żeby mieszkańcy nie zapomnieli, przez co przeszli. Ludzie mieli krótką pamięć. Żeby wojna się w niej nie zatarła, musieli krążyć wśród ruin, wydzierać upokarzające kupony z kartek żywnościowych i oglądać Głodowe Igrzyska. Zapomnienie mogło prowadzić do samozadowolenia, a wtedy znowu znaleźliby się na początku drogi.

Skręciwszy w Scholars Road, postanowił zwolnić tempo. Chciał zjawić się na czas, ale spokojny i opanowany, a nie zlany potem. Dzień dożynek, podobnie jak następne, zapowiadał się upalnie, ale czego należało się spodziewać po czwartym lipca? Był wdzięczny babce za pachnącą różę, gdyż rozgrzana koszula lekko zalatywała ziemniakami i zwiędłymi nagietkami.

Jako najlepsza szkoła średnia w Kapitolu, Akademia kształciła potomstwo prominentnych, bogatych i wpływowych. Na każdym roku było ponad czterystu uczniów, więc Tigris i Coriolanusa przyjęto bez większych oporów, zwłaszcza że ich rodziny od dawna posyłały dzieci do tej szkoły. W przeciwieństwie do Uniwersytetu, Akademia pozostawała darmowa, a uczniowie mieli w niej zapewniony lunch oraz przybory szkolne, a także mundury. Każdy, kto był kimś, uczęszczał do Akademii, a Coriolanus potrzebował tych kontaktów jako fundamentu swojej przyszłości.

Na olbrzymich schodach prowadzących do Akademii czasami zbierali się wszyscy uczniowie, więc bez trudu pomieścili się tam teraz rozmaici oficjele, profesorowie i wychowankowie, zmierzający na ceremonię dożynek. Coriolanus powoli wspinał się na stopnie, starając się iść z niewymuszoną godnością na wypadek, gdyby ktoś go zauważył. Ludzie go znali — czy też znali jego rodziców i dziadków — a od Snowów oczekiwano określonych standardów zachowania. Liczył na to, że tego roku, począwszy od dzisiejszego dnia, sam stanie się rozpoznawalny. Pełnienie funkcji mentora poczas Głodowych Igrzysk było jego ostatnim zadaniem przed ukończeniem Akademii. Gdyby zrobił odpowiednie wrażenie jako mentor, to biorąc pod uwagę jego nieprzeciętne wyniki w nauce, powinien otrzymać nagrodę pieniężną wystarczającą do opłacenia czesnego na Uniwersytecie.

W igrzyskach uczestniczyło dwadzieścioro czworo trybutów, jeden chłopiec i jedna dziewczyna z każdego z dwunastu podbitych dystryktów. Po losowaniu mieli trafić na arenę, by walczyć ze sobą na śmierć i życie. Zasady turnieju zapisano w Traktacie o Zdradzie, który zakończył Mroczne Dni rebelii dystryktów. Igrzyska stanowiły tylko jedną z wielu kar ponoszonych przez rebeliantów. W przeszłości wyposażonych w śmiercionośną broń trybutów wrzucano na kapitolińską arenę, obecnie zrujnowany amfiteatr, na którym przed wojną odbywały się rozmaite wydarzenia sportowe i rozrywkowe. Kapitol zachęcał do oglądania igrzysk, ale sporo ludzi tego unikało. Uatrakcyjnienie widowiska stanowiło nie lada wyzwanie i właśnie dlatego w tym roku trybuci po raz pierwszy dostali własnych mentorów, wybranych spośród dwudziestu czterech najlepszych i najbystrzejszych uczniów ostatniego roku. Nie było do końca jasne, na czym będzie polegała ich praca. Mówiło się o przygotowaniu każdego z trybutów do indywidualnego wywiadu i nauce prezentowania się przed kamerą. Wszyscy się zgadzali, że jeśli Głodowe Igrzyska mają przetrwać, muszą nabrać większego znaczenia. Połączenie w pary młodzieży z Kapitolu i trybutów z dystryktów zaintrygowało ludzi.

Coriolanus minął przyozdobione czarnymi sztandarami wejście i po krótkiej wędrówce łukowo sklepionym korytarzem wkroczył do Sali Heavensbee'ego, gdzie mieli oglądać transmisję ceremonii dożynek. Nie spóźnił się ani trochę, ale w sali znajdowało się już sporo nauczycieli, uczniów, a także kilku urzędników, których obecność nie była wymagana na ceremonii otwarcia. Wśród tłumu krążyli awoksi, nosząc tace z poską, mieszanką rozwodnionego wina z miodem i ziołami. To była alkoholowa wersja gorzkiego napoju, który podtrzymywał przy życiu mieszkańców Kapitolu w trakcie wojny i podobno chronił przed chorobami. Coriolanus wziął do ręki kielich i przepłukał usta poską w nadziei, że pozbędzie się ostatnich śladów kapuścianego oddechu. Pozwolił sobie jednak tylko na jeden łyk. Poska była mocniejsza, niż mogłoby się wydawać, i w poprzednich latach nieraz widział, jak przedstawiciele klasy wyższej robią z siebie idiotów po nadużyciu trunku.

Świat wciąż uważał Coriolanusa za bogacza, lecz on dysponował jedynie wdziękiem, którym hojnie obdarowywał tłum. Twarze się rozpromieniały, gdy witał się przyjaźnie z uczniami i nauczycielami, wypytując jednych o członków rodziny, a innych obdarzając komplementami.

— Pański wykład o odwecie na dystryktach nie daje mi spokoju.

— Boska grzywka!

— Jak tam operacja kręgosłupa twojej matki? Powiedz jej, że jest moją bohaterką.

Minął setki wyściełanych krzeseł, które przyniesiono specjalnie na tę okazję, i wszedł na podium, gdzie Satiria zabawiała gromadę nauczycieli z Akademii i organizatorów igrzysk jakąś niestworzoną opowieścią. Chociaż usłyszał tylko ostatnie zdanie: — „No więc powiedziałam, przykro mi z powodu twojej peruki, ale sam się uparłeś, żeby ściągnąć małpę!" — nie omieszkał solidarnie roześmiać się wraz z innymi.

— Ach, Coriolanus — powiedziała powoli Satiria, przywołując go gestem ręki. — Mój najlepszy uczeń.

Zgodnie z oczekiwaniami ucałował ją w policzek i zauważył, że była już po kilku kielichach poski. Powinna kontrolować swoje picie, chociaż w sumie to samo można by powiedzieć o połowie znanych mu dorosłych. Leczenie się na własną rękę stanowiło prawdziwą plagę w mieście. Tak czy inaczej, Satiria była zabawna i nieprzesadnie spięta. Jako jedna z nielicznych nauczycieli pozwalała, by uczniowie zwracali się do niej po imieniu. Odsunęła się trochę, żeby przyjrzeć mu się uważnie.

— Piękna koszula — stwierdziła. — Skąd masz coś takiego?

Opuścił wzrok na koszulę, jakby ją dopiero teraz zauważył, po czym wzruszył ramionami, żeby zrobić wrażenie młodego człowieka o nieograniczonych możliwościach.

— Snowowie mają pojemne szafy — odparł swobodnie. — Postawiłem na coś skromnego i zarazem odświętnego.

— I właśnie taka jest. A co to za zmyślne guziki? — spytała Satiria, dotykając jednej z kostek na jego mankiecie. — Tessery?

— Tak? To już rozumiem, dlaczego skojarzyły mi się z łazienką dla służby — oznajmił Coriolanus, na co przyjaciele Satirii zareagowali chichotem.

Właśnie takie wrażenie pragnął podtrzymać. Przypomniał im, że jest jedną z nielicznych osób, w których mieszkaniu jest łazienka dla służby — i to jeszcze wyłożona tesserami — a jednocześnie złagodził to autoironicznym humorem, żartując na temat swojej koszuli.

— Urocza suknia. — Skinął głową do Satirii. — Nowa, prawda?

Od razu zauważył, że była to ta sama sukienka, którą zawsze wkładała na uroczystość dożynek, choć tym razem zdobiły ją kępki czarnych piór. Satiria jednak pochwaliła jego koszulę, więc musiał się zrewanżować.

— Zamówiłam ją specjalnie na ten dzień — odpowiedziała, świadomie potwierdzając kłamstwo. — Dziesiąta rocznica i w ogóle.

— Elegancka — oznajmił.

Trzeba było przyznać, że stanowili niezły tandem.

Jego zadowolenie się ulotniło, gdy dostrzegł nauczycielkę gimnastyki, profesor Agrippinę Sickle, która muskularnymi ramionami torowała sobie drogę przez tłum. Za nią podążał jej asystent Sejanus Plinth z ozdobną tarczą, którą profesor Sickle uparła się trzymać co roku do zbiorowego zdjęcia. Dostała ją pod koniec wojny za sprawne wdrażanie procedur bezpieczeństwa w Akademii podczas nalotów.

Nie tarcza jednak przyciągnęła uwagę Coriolanusa, lecz strój Sejanusa — antracytowy garnitur z oślepiająco białą koszulą przyozdobioną krawatem w perski wzór. Ubranie było skrojone tak, by dodawać gracji kanciastej sylwetce jego wysokiego właściciela. Ten komplet, bez wątpienia nowy, prezentował się stylowo i pachniał na kilometr dużymi pieniędzmi, a konkretnie spekulacjami wojennymi. Ojciec Sejanusa, fabrykant z Drugiego Dystryktu, opowiedział się po stronie prezydenta. Zbił fortunę na produkcji zbrojeniowej i zdołał wprowadzić rodzinę na salony w Kapitolu. Plinthowie cieszyli się teraz takimi przywilejami, jakie najstarsze i najbardziej wpływowe rodziny zdobywały przez całe pokolenia. Precedensem było to, że Sejanus, chłopiec urodzony w dystrykcie, uczył się w Akademii, ale hojne darowizny jego ojca w dużej mierze przyczyniły się do odbudowy szkoły po wojnie. Obywatel urodzony w Kapitolu oczekiwałby przemianowania instytucji na swoją cześć. Ojciec Sejanusa zażądał tylko możliwości kształcenia syna.

Z perspektywy Coriolanusa Plinthowie i im podobni stanowili zagrożenie dla wszystkiego, co było bliskie jego sercu. Nowobogaccy w Kapitolu zaburzali stary porządek samą swoją obecnością, lecz co innego szczególnie irytowało Coriolanusa. Większość swojej fortuny Snowowie również zainwestowali w zbrojenia, tyle że w Trzynastym Dystrykcie. Ich rozległy kompleks, złożony z licznych budynków fabrycznych oraz badawczych, zniknął z powierzchni ziemi w wyniku bombardowania atomowego. Trzynasty Dystrykt nadal był skażony zabójczym promieniowaniem radioaktywnym, więc główny ośrodek produkcji wojskowej Kapitolu przeniósł się do Drugiego Dystryktu i trafił w ręce Plinthów. Kiedy informacja o upadku Trzynastego Dystryktu dotarła do Kapitolu, babka Coriolanusa publicznie zadeklarowała, że Snowowie na szczęście mają jeszcze duży majątek. Ale nie mieli.

Sejanus pojawił się na szkolnym dziedzińcu dziesięć lat temu. Nieśmiały i wrażliwy chłopiec niepewnie przyglądał się innym dzieciom smutnymi brązowymi oczami, nieproporcjonalnie dużymi w jego zdradzającej napięcie twarzy. Kiedy się rozeszło, że pochodzi z dystryktów, Coriolanus w pierwszym porywie zapragnął dołączyć do kolegów z klasy, którzy postanowili zamienić życie nowego w piekło. Potem jednak doszedł do wniosku, że będzie go ignorował. W opinii kapitolińskich dzieciaków zaczepianie bachora z dystryktów było poniżej godności Coriolanusa, Sejanus zaś uznał, że kierowała nim przyzwoitość. Ani jedno, ani drugie nie było do końca prawdą, ale przekonanie, że Coriolanus ma klasę, tylko się umocniło.

Profesor Sickle, kobieta imponującej postury, podeszła do stadka Satirii, rozpraszając maluczkich na cztery strony świata.

— Dzień dobry, profesor Click.

— Och, Agrippina, witaj. Pamiętałaś o tarczy. — Satiria spokojnie zniosła mocny uścisk dłoni. — Martwię się, że młodzi zapomną, co tak naprawdę oznacza ten dzień. Sejanusie, wyglądasz bardzo elegancko.

Kiedy Sejanus usiłował się ukłonić, zabłąkany kosmyk włosów spadł mu na oczy, a nieporęczna tarcza uderzyła go w pierś.

— Zbyt elegancko — zauważyła profesor Sickle. — Powiedziałam mu, że gdybym chciała pawia, zadzwoniłabym do sklepu zoologicznego. Wszyscy powinni mieć na sobie mundury. — Spojrzała na Coriolanusa. — Nie jest najgorzej. Czy to stara koszula od munduru twojego ojca?

Tak czy nie? Coriolanus nie miał pojęcia. Jak przez mgłę pamiętał ojca w eleganckim smokingu obwieszonym medalami.

Postanowił grać kartami, które dostał.

— Dziękuję, że pani to zauważyła, pani profesor. Kazałem ją przerobić, aby nie stwarzać wrażenia, że sam walczyłem. Chciałem jednak, żeby ojciec właśnie dzisiaj mi towarzyszył.

— Godne pochwały — odparła profesor Sickle.

Następnie skupiła się na Satirii i jej opinii na temat niedawnego rozmieszczenia Strażników Pokoju, czyli wojska, w Dwunastym Dystrykcie, gdzie górnicy nie wykonywali narzuconych im planów wydobycia.

Nauczycielki wdały się w dyskusję, a Coriolanus wskazał głową tarczę.

— To w ramach porannej porcji ćwiczeń? — spytał.

Sejanus uśmiechnął się krzywo.

— Zawsze chętnie służę — odparł.

— Nie ma to jak pucowanie na glanc.

Sejanus cały się spiął na sugestię, że jest lizusem czy też pomagierem. Coriolanus przez chwilę budował napięcie, po czym je rozładował.

— Znam ten ból — westchnął. — Poleruję wszystkie kielichy Satirii.

Sejanus wyraźnie się odprężył.

— Naprawdę?

— Nie, właściwie nie. Ale tylko dlatego, że o tym nie pomyślała. — Coriolanus oscylował między pogardą a poufałością.

— Profesor Sickle myśli o wszystkim. Bez wahania wzywa mnie i w dzień, i w nocy. — Sejanus wyraźnie chciał dodać coś jeszcze, ale tylko westchnął. — No i oczywiście akurat teraz, kiedy kończę Akademię, przeprowadzimy się bliżej szkoły. Jak zwykle idealne wyczucie czasu.

— Gdzie dokładnie? — zaniepokoił się Coriolanus.

— Gdzieś na Corso. Sporo luksusowych nieruchomości trafi wkrótce na rynek. Właścicieli nie stać na podatki czy coś. Tak mówi ojciec.

Tarcza zazgrzytała o podłogę i Sejanus dźwignął ją w górę.

— Nieruchomości w Kapitolu nie są opodatkowane. Płacą tylko dystrykty — zauważył Coriolanus.

— To nowe prawo — poinformował go Sejanus. — Potrzeba pieniędzy na odbudowę miasta.

Coriolanus usiłował zapanować nad narastającą paniką. Nowe prawo. Opodatkowany apartament. Ile to będzie kosztować? Teraz ledwie udawało się im wyżyć z żałosnej pensji Tigris, skromniutkiej wojskowej renty babki po mężu, który służył krajowi, i z jego własnych dodatków, przyznanych mu jako dziecku poległego bohatera wojennego, ale tylko do ukończenia szkoły średniej. Czy stracą dach nad głową, jeśli nie zdołają zapłacić podatków? Nie mieli nic poza apartamentem, a jego sprzedaż nie na wiele by się zdała. Coriolanus wiedział, że babka pożyczyła ile tylko mogła pod zastaw mieszkania i że gdyby je sprzedali, niemal nic by im nie zostało. Musieliby się przeprowadzić do jakiejś szemranej dzielnicy i dołączyć do masy szarych obywateli pozbawionych statusu, wpływów i godności. Hańba zabiłaby babkę Coriolanusa. Już lepiej byłoby ją wypchnąć z okna apartamentu. Przynajmniej szybko by poszło.

— Wszystko w porządku? — Sejanus patrzył na niego ze zdziwieniem. — Zbladłeś jak kreda.

Coriolanus wziął się w garść.

— To chyba poska. Skręca mnie od niej.

— Tak — zgodził się Sejanus. — Mamuś zawsze wmuszała ją we mnie podczas wojny.

Mamuś? Miejsce Coriolanusa miał zająć ktoś, kto mówił o swojej matce „Mamuś"? Poczuł, że lada moment dojdzie do triumfalnego powrotu kapusty i poski. Odetchnął głęboko i zmusił żołądek do utrzymania zawartości. Teraz nie znosił Sejanusa bardziej niż wtedy, kiedy ten dobrze odżywiony, mówiący z prostackim akcentem chłopak z dystryktów podszedł do niego po raz pierwszy, ściskając w dłoni torebkę żelków.

Coriolanus usłyszał dzwonek i zobaczył, że inni uczniowie zbierają się przed podestem.

— Pora na przydział trybutów — zauważył Sejanus ponuro.

Coriolanus poszedł za nim do wydzielonego sektora, szerokiego na sześć krzeseł i długiego na cztery, w którym mieli siedzieć mentorzy. Usiłował wyrzucić z głowy problem apartamentu i skupić się na czekającym go zadaniu. Teraz przede wszystkim powinien błyszczeć, a żeby zabłysnąć, musiał dostać ambitnego trybuta.

Dziekan Casca Highbottom, człowiek uważany za twórcę Głodowych Igrzysk, osobiście doglądał programu mentorskiego. Przedstawił się uczniom z werwą lunatyka o nieprzytomnych oczach, jak zwykle naćpany morfaliną. Niegdyś barczysty, wyglądał teraz na skurczonego i obleczonego obwisłą skórą. Niedawno przystrzyżone przy skórze włosy i nienaganny garnitur tylko podkreślały fizyczne wyniszczenie. Dzięki sławie twórcy igrzysk jeszcze nie stracił stanowiska, ale krążyły plotki, że Rada Akademii ma go dosyć.

— Witam — wybełkotał, machając nad głową pogniecioną kartką papieru. — Teraz będę czytał.

Uczniowie ucichli, usiłując cokolwiek dosłyszeć wśród panującego w sali zgiełku.

— Odczytam wam nazwisko trybuta, a potem nazwisko tego, kto go dostanie. Jasne? No dobra. Pierwszy Dystrykt, chłopak trafia do... — Dziekan Highbottom zmrużył oczy, próbując się skupić. — Okulary — wymamrotał. — Zapomniałem.

Wszyscy wpatrywali się w okulary, które miał na nosie, i czekali, aż je wymaca.

— O, już. Livia Cardew.

Na spiczastej twarzyczce Livii pojawił się szeroki uśmiech. W zwycięskim geście wyrzuciła w górę rękę, krzycząc: „Tak!" swoim ostrym, nieprzyjemnym głosem. Zawsze lubiła się przechwalać, i teraz też to robiła, zupełnie jakby ten niezły przydział zawdzięczała wyłącznie sobie, a nie matce, dyrektorce największego banku w Kapitolu.

Rozpacz Coriolanusa narastała, gdy dziekan Highbottom brnął przez listę, przydzielając mentorów chłopcom i dziewczętom z dystryktów. Po dziesięciu latach igrzysk wyłonił się pewien wzorzec. Lepiej odżywione i bardziej przyjazne Kapitolowi dystrykty Pierwszy i Drugi zapewniały najwięcej zwycięzców. Zajmujący się rolnictwem i rybołówstwem trybuci z Czwórki i Jedenastki też liczyli się w grze. Coriolanus miał nadzieję na kogoś z Jedynki albo Dwójki, jednak nic z tego nie wyszło, co było tym bardziej upokarzające, że Sejanus Plinth dostał trybuta z Drugiego Dystryktu. Nazwisko Coriolanusa nie padło również przy Czwórce, a jego ostatnią szansę na zwycięzcę, chłopaka z Jedenastego Dystryktu, zgarnęła Clemensia Dovecote, córka sekretarza do spraw energii. W przeciwieństwie do Livii, Clemensia z godnością przyjęła dobrą nowinę. Przerzuciła pasmo czarnych włosów przez ramię i zapisała w notesie informację o swoim trybucie.

Coś było nie tak, skoro dotąd nie wymieniono nazwiska Snowa, również jednego z najlepszych uczniów Akademii. Coriolanus już zaczynał podejrzewać, że o nim zapomnieli — a może zamierzali przydzielić mu jakieś specjalne stanowisko? — kiedy ku swojemu przerażeniu usłyszał, że dziekan Highbottom mamrocze:

— A ostatnia z ostatnich, dziewczyna z Dwunastego Dystryktu, trafia do Coriolanusa Snowa.

2

Dziewczyna z Dwunastego Dystryktu? Czy cios mógł być bardziej bolesny? Dwunasty Dystrykt, najmniejszy ze wszystkich, karykatura dystryktu, pełna niewyrośniętych dzieciaków o spuchniętych stawach. Trybuci stamtąd zawsze ginęli w pierwszych pięciu minutach igrzysk. I do tego jeszcze dziewczyna? Nie to, żeby dziewczyna nie mogła wygrać, ale zdaniem Coriolanusa, zwycięstwo w Głodowych Igrzyskach zależało głównie od brutalnej siły, a dziewczyny, z natury rzeczy drobniejsze od chłopców, znajdowały się na słabszej pozycji. Coriolanus nigdy nie był ulubieńcem dziekana Highbottoma, którego w gronie przyjaciół żartobliwie nazywał dziekanem Na-Haju-Bottomem, ale nie spodziewał się publicznego upokorzenia. Czyżby dziekan dowiedział się o tym przezwisku? A może po prostu w nowym światowym porządku Snowowie stracili na znaczeniu?

Czuł, że płoną mu policzki, choć usiłował zachować spokój. Większość pozostałych uczniów już podniosła się z miejsc i rozmawiała między sobą. Musiał do nich dołączyć, udawać, że to nie ma żadnego znaczenia, ale w tym momencie tkwił jak sparaliżowany na krześle. Zdobył się jedynie na to, aby obrócić głowę w prawo, do nadal siedzącego obok Sejanusa. Coriolanus otworzył usta, chcąc mu pogratulować, ale powstrzymał się na widok źle ukrywanego bólu na jego twarzy.

— O co chodzi? — spytał. — Nie cieszysz się? Drugi Dystrykt, chłopak... Trafiła ci się najlepsza sztuka z miotu.

— Zapomniałeś, że ja sam jestem z tego miotu — odparł chrapliwie Sejanus.

Coriolanus zamyślił się nad jego słowami. A zatem w wypadku Sejanusa dziesięć lat w Kapitolu i związane z tym pełne przywilejów życie poszły na marne. Nadal uważał się za mieszkańca dystryktu. Sentymentalne bzdury.

Sejanus z konsternacją zmarszczył czoło.

— Jestem pewien, że ojciec tego zażądał. Ciągle próbuje ustawić mnie do pionu.

Bez wątpienia, pomyślał Coriolanus. Stary Strabo Plinth nie mógł pochwalić się pochodzeniem, ale cieszył się szacunkiem ze względu na zasobny portfel i wpływy. Mentorami rzekomo zostawali tylko najlepsi, lecz nie ulegało wątpliwości, że ktoś pociągał za sznurki.

Publiczność zdążyła już usiąść na swoich miejscach. Z tyłu podium rozsunęły się kurtyny, odsłaniając olbrzymi, sięgający od podłogi do sufitu ekran. Relację z dożynek emitowano na żywo z każdego dystryktu, od wschodniego do zachodniego wybrzeża, i to na cały kraj. Innymi słowy, Dwunasty Dystrykt miał pójść na pierwszy ogień. Wszyscy wstali, gdy godło Panem wypełniło ekran przy wtórze hymnu Kapitolu.

Klejnot Panem
Wszechpotężne,
Miasto lśniące od setek lat.

Niektórzy z uczniów mieli problemy z tekstem, ale Coriolanus, którego babka dzień w dzień od lat katowała tę pieśń, zaśpiewał donośnie wszystkie trzy wersy, dzięki czemu kilka osób z aprobatą pokiwało głowami. Wiedział, że zachowuje się żałośnie, jednak potrzebował nawet najmniejszych przejawów aprobaty.

Godło zniknęło i na ekranie pojawił się szpakowaty prezydent Ravinstill, ubrany w przedwojenny wojskowy mundur, by przypomnieć wszystkim, że sprawował kontrolę nad dystryktami na długo przed nastaniem Mrocznych Dni rebelii. Wyrecytował krótki fragment Traktatu o Zdradzie, w którym Głodowe Igrzyska nazwano elementem reparacji wojennych. Wielu młodych ludzi z dystryktów musiało oddać życie, gdyż wielu młodych ludzi z Kapitolu straciło swoje podczas wojny. Taka była cena rebelianckiej zdrady.

Organizatorzy igrzysk dali przebitkę na posępny plac w Dwunastym Dystrykcie. Przed Pałacem Sprawiedliwości powstała prowizoryczna estrada, w tej chwili otoczona Strażnikami Pokoju. Burmistrz Lipp, krępy, piegowaty mężczyzna w okropnie niemodnym garniturze, stał między dwoma jutowymi workami. Głęboko zanurzył rękę w worku po swojej lewej stronie, wyciągnął kartkę papieru i tylko rzucił na nią okiem.

— Trybutką z Dwunastego Dystryktu jest Lucy Gray Baird — powiedział do mikrofonu.

W poszukiwaniu trybutki kamera przesunęła się po tłumie szarych, wygłodniałych twarzy w szarych, bezkształtnych ubraniach i najechała na miejsce, w którym zrobiło się zamieszanie. Dziewczęta odsuwały się od nieszczęsnej wybranej.

Na jej widok wśród widowni rozszedł się szmer zaskoczenia.

Lucy Gray Baird stała wyprostowana w sukience z tęczowymi falbanami, sfatygowanej, ale kiedyś ekstrawaganckiej. Ciemne loki dziewczyny były zaczesane do góry i poprzetykane przywiędłymi polnymi kwiatkami. Kolorowy strój przyciągał wzrok, wyglądała w nim jak obszarpany motyl wśród pola ciem. Zamiast ruszyć prosto na scenę, skręciła w prawo, lawirując między dziewczętami.

Wszystko rozegrało się bardzo szybko. Jej ręka powędrowała do falban na biodrze, zniknęła w kieszeni i wyjęła z niej coś wijącego się i jasnozielonego, po czym wsunęła to za kołnierz jakiejś złośliwie uśmiechniętej rudowłosej dziewczyny. Następnie Lucy Gray Baird się oddaliła, szeleszcząc sukienką, kamera zaś nadal filmowała ofiarę, której uśmieszek zmienił się w grymas przerażenia. Dziewczyna z piskiem rzuciła się na ziemię i zaczęła szarpać sukienkę. Burmistrz krzyczał, a w tle widać było sprawczynię, która lawirowała wśród tłumu, sunąc ku scenie. Nie obejrzała się ani razu.

Sala Heavensbee'ego ożyła, ludzie trącali się łokciami.

— Widziałeś to?

— Co ona jej wrzuciła za bluzkę?

— Jaszczurkę?

— Widziałam węża!

— Zabiła ją?

Coriolanus powiódł wzrokiem po zgromadzonych i poczuł odrobinę nadziei. Jego pech, trybutka z krótką datą ważności, jego ujma na honorze, przykuła uwagę Kapitolu. Przyszło mu do głowy, że to chyba dobrze. Z jego pomocą miała szansę utrzymać zainteresowanie, a on mógł obrócić hańbiące upokorzenie w przyzwoite widowisko. Tak czy inaczej, ich losy nieodwracalnie się splotły.

Widoczny na ekranie burmistrz Lipp zbiegł po schodkach ze sceny i zaczął przepychać się wśród zebranych dziewcząt do tej na ziemi.

— Mayfair? Mayfair? — krzyczał. — Moja córka potrzebuje pomocy!

Ludzie otoczyli ją kołem, ale kilka niezbyt entuzjastycznych prób pomocy zakończyło się niepowodzeniem, bo Mayfair za bardzo wymachiwała rękami i nogami. Burmistrz przedarł się do córki w chwili, gdy mały, opalizujący zielenią wąż wystrzelił z falban sukienki i zniknął wśród dziewcząt, które odskoczyły z wrzaskiem. Ucieczka gada uspokoiła Mayfair, ale jej szok ustąpił miejsca zażenowaniu. Spojrzała prosto do kamery i uświadomiła sobie, że widzą ją wszyscy obywatele Panem. Jedną ręką próbowała wyprostować przekrzywioną kokardę na włosach, a drugą poprawić ubranie, brudne od wszechobecnego węglowego pyłu i podarte od szarpania paznokciami. Kiedy burmistrz pomógł jej wstać, było oczywiste, że się zmoczyła. Zdjął marynarkę, owinął nią Mayfair, po czym zaprowadził córkę do jednego ze Strażników Pokoju i odwrócił się do sceny, wbijając mordercze spojrzenie w dopiero co wybraną trybutkę z Dwunastego Dystryktu.

Coriolanus patrzył, jak Lucy Gray Baird wchodzi na scenę i nagle poczuł ukłucie niepokoju. Może cierpiała na jakąś chorobę psychiczną? Wyglądała dziwnie znajomo, ale było w niej coś złowróżbnego. Te wszystkie pasy malinowego różu, granatu i żonkilowej żółci na falbanach...

— Wygląda jak cyrkowiec — zauważyła jedna z dziewczyn.

Inni mentorzy wydali z siebie twierdzące pomruki.

No właśnie. Coriolanus sięgnął pamięcią w przeszłość, do cyrków, w których bywał we wczesnym dzieciństwie. Przypomniał sobie żonglerów i akrobatów, klaunów i roztańczone dziewczęta w rozkloszowanych sukienkach, wirujące na arenie, podczas gdy jemu kręciło się w głowie od waty cukrowej. Ten karnawałowy strój na najbardziej ponurym wydarzeniu roku wykraczał poza ramy zwykłej omyłki w ocenie sytuacji i świadczył o dziwactwie.

Czas przeznaczony na dożynki w Dwunastym Dystrykcie bez wątpienia już minął, nadal jednak brakowało drugiego trybuta. Mimo to, wróciwszy na estradę, burmistrz Lipp zignorował worek z nazwiskami, skierował się prosto do trybutki i uderzył ją w twarz tak mocno, że padła na kolana. Kiedy uniósł dłoń, aby wymierzyć następny cios, interweniowało dwóch Strażników Pokoju. Chwycili go za ręce i spróbowali zaciągnąć do mikrofonu, żeby dokończył losowanie. Opierał się, więc zawlekli go z powrotem do Pałacu Sprawiedliwości, przez co cała uroczystość stanęła pod znakiem zapytania.

Uwaga widzów skupiła się na trybutce. Kamera zrobiła jej zbliżenie, a Coriolanusa znów ogarnęły wątpliwości co do stanu psychicznego Lucy Gray Baird. Nie miał pojęcia, skąd wzięła kosmetyki do makijażu, gdyż dopiero niedawno pojawiły się znowu w Kapitolu. Lucy Gray zrobiła sobie niebieskie cienie na powiekach i podkreśliła je czarną kreską, policzki pokryła warstwą różu, a usta umalowała czymś w rodzaju tłustej czerwieni. W Kapitolu coś takiego wyglądałoby wyzywająco. W Dwunastym Dystrykcie było niestosowne. Nie dało się oderwać od niej wzroku, gdy nadal siedząc, przejechała dłonią po sukience, żeby przygładzić falbany. Dopiero kiedy były schludnie ułożone, uniosła rękę i dotknęła śladu na policzku. Jej dolna warga lekko zadrżała, a oczy zalśniły od łez, które lada chwila mogły popłynąć.

— Nie płacz — wyszeptał Coriolanus.

Zreflektował się, nerwowo powiódł wzrokiem dookoła i zauważył, że inni uczniowie siedzą jak zahipnotyzowani. Na ich twarzach malowała się troska. Mimo swojego dziwactwa dziewczyna zdobyła ich współczucie. Nie mieli pojęcia, kim jest ani dlaczego zaatakowała Mayfair, ale wszyscy widzieli, że kpiąco uśmiechnięta ruda zachowała się wrednie, a jej prymitywny ojciec stłukł dziewczynę, którą dopiero co sam skazał na śmierć.

— Na pewno to ustawili — powiedział cicho Sejanus. — Jej nazwiska nie było na kartce.

Coś dziwnego zdarzyło się w chwili, gdy dziewczyna już miała przegrać walkę ze łzami. Ktoś w tłumie zaczął śpiewać. Nie sposób było powiedzieć, czy młody głos należy do chłopca, czy do dziewczyny, ale śpiew brzmiał z taką siłą, że pieśń niosła się przez cały milczący plac:

Nie odbierzesz mi życia dawnego.
Nie odbierzesz mi przeszłych lat.

Podmuch wiatru przetoczył się nad sceną i dziewczyna powoli uniosła głowę. Z innego miejsca w tłumie dobiegł niższy, zdecydowanie męski głos:

Mógłbyś mi zabrać ojca, lecz jego
Imienia nie pozna świat.

Na ustach Lucy Gray Baird pojawił się cień uśmiechu. Nagle zerwała się na równe nogi, przeszła na środek sceny, chwyciła mikrofon i zaśpiewała:

Nie odbierzesz niczego, co warto zatrzymać.

Wolną rękę wsunęła w falbany sukienki i zaczęła nią kołysać z boku na bok. Nagle wszystko nabrało sensu — ten kostium, makijaż, fryzura. Kimkolwiek była, już wcześniej przygotowała się do występu. Jej głos brzmiał dobrze, był dźwięczny i czysty w wysokich rejestrach, a chrapliwy i głęboki w niskich. Do tego poruszała się z pewnością siebie.

Nie odbierzesz mi wdzięku, radości,
Nie odbierzesz mi losu dobrego,
Nie odbierzesz mi złota i włości,
Bo nie mam niczego takiego.
Nie odbierzesz niczego, co warto zatrzymać.

Śpiew ją odmienił i nie wzbudzała już takiego niepokoju w Coriolanusie. Było w niej coś ekscytującego, wręcz atrakcyjnego. Kamera napawała się widokiem Lucy Gray, która przeszła na środek sceny i wychyliła się do publiczności, słodka i bezczelna.

Myślisz, żeś gwiazdą na niebie.
Myślisz, że masz mnie dla siebie.
Myślisz, że władzę sprawujesz,
Myślisz, chcesz poprawiać, w głowie mi przestawiać,
Lecz pomyśl raz jeszcze, gdy tym się kierujesz,
Bo...

Potem ucichła i zaczęła paradować po całej scenie, przed nosami Strażników Pokoju. Niektórzy z nich z trudem tłumili uśmiechy. Żaden nawet nie drgnął, żeby ją zatrzymać.

Nie odbierzesz mi tego, że gadam.
Nie odbierzesz mi gęby pyskatej.
Możesz cmoknąć mnie w dupę, powiadam
I precz stąd, w dalekie idź światy.
Nie odbierzesz niczego, co warto zatrzymać.

Drzwi do Pałacu Sprawiedliwości otworzyły się gwałtownie i Strażnicy Pokoju, którzy przed chwilą zabrali burmistrza, wbiegli z powrotem na estradę. Dziewczyna stała przodem do widowni, ale widać było, że dostrzegła ich nadejście. Ruszyła na drugi koniec sceny, żeby odśpiewać wielki finał.

O nie,
To, co mi odbierzesz, funta kłaków nie jest warte.
Bierz, co chcesz, mnie tego nie potrzeba, to nie żarty.
Nie odbierzesz niczego, co warto zatrzymać!

Udało się jej posłać buziaka widzom, zanim dopadli ją strażnicy.

— Dla przyjaciół jestem Lucy Gray. Mam nadzieję, że i wy będziecie mnie tak nazywać! — zawołała.

Jeden ze strażników wyrwał jej mikrofon, a drugi chwycił ją i zaniósł z powrotem na środek sceny. Machała, jakby żegnał ją ogłuszający huk oklasków, a nie głucha cisza.

W Sali Heavensbee'ego również panowało milczenie. Coriolanus zachodził w głowę, czy podobnie jak on, wszyscy mają nadzieję, że Lucy Gray będzie dalej śpiewać. Po chwili jednak zaczęli mówić jeden przez drugiego, najpierw o dziewczynie, a potem o szczęściarzu, który ją dostał. Niektórzy uczniowie wykręcali ku niemu szyje i unosili w górę kciuki, inni patrzyli na niego spode łba. Speszony Coriolanus tylko kręcił głową, ale w środku triumfował. Snow zawsze na szczycie.

Strażnicy Pokoju przyprowadzili z powrotem burmistrza i ustawili się po jego obu stronach, żeby zapobiec kolejnym incydentom. Lucy Gray zignorowała przybycie Lippa. Wyglądało na to, że po występie odzyskała równowagę. Burmistrz spiorunował wzrokiem kamerę, gdy wsadzał dłoń w drugi worek i wyciągał kilka pasków papieru. Parę sfrunęło na podłogę, a on odczytał nazwisko z kartki, która pozostała w jego ręce.

— Trybutem z Dwunastego Dystryktu jest Jessup Diggs.

Dzieciaki na placu się rozstąpiły, żeby zrobić przejście dla Jessupa, chłopaka z grzywką czarnych włosów przyklejonych do pokaźnej wielkości czoła. Jak na trybutów z Dwunastki prezentował się całkiem nieźle, był ponadprzeciętnie wysoki i wyglądał na silnego. Brud na jego skórze świadczył o tym, że Jessup już znalazł pracę w kopalni. Po niezbyt porządnym myciu miał dość czysty owal na środku twarzy, wokół którego widniała czerń, a pod paznokcie wżarł mu się pył węglowy. Niezdarnie wdrapał się po schodkach, żeby zająć swoje miejsce. Gdy podchodził do burmistrza, Lucy Gray zrobiła krok do przodu i wyciągnęła dłoń. Chłopak się zawahał, ale podał rękę koleżance. Lucy Gray przeszła przed nim, zmieniła prawą rękę na lewą i teraz stali obok siebie, trzymając się za dłonie. Lucy Gray dygnęła i jednocześnie zmusiła chłopaka do złożenia ukłonu. W tłumie mieszkańców Dwunastego Dystryktu rozległy się pojedyncze oklaski i samotny okrzyk, zanim Strażnicy Pokoju otoczyli wylosowanych i transmisja przeniosła się do Ósmego Dystryktu.

Coriolanus udawał przejętego widowiskiem, gdy Ósemka, Szóstka i Jedenastka losowały trybutów, ale przez cały czas zastanawiał się nad konsekwencjami pracy z Lucy Gray Baird. Wiedział, że była darem od losu i że powinien tak ją traktować. Jak jednak miał najlepiej wykorzystać jej oszałamiające wejście? W jaki sposób mógł przekuć w sukces tę sukienkę, węża, piosenkę? Trybuci dostawali bardzo mało czasu na kontakt z publicznością przed rozpoczęciem igrzysk. Jak mógł przekonać widzów do sympatyzowania z nią, a w rezultacie także i z nim, w trakcie jednej jedynej prezentacji? Ledwie zauważał innych trybutów, w większości żałosnych pod każdym względem. Zwrócił uwagę tylko na najsilniejszych. Sejanus dostał wysokiego dzieciaka z Dwójki, a chłopak Livii z Jedynki też wyglądał na mocnego zawodnika. Podopieczna Coriolanusa wydawała się dość zdrowa, ale ze swoją drobną sylwetką bardziej nadawała się do tańca niż do walki wręcz. Mógł się jednak założyć, że potrafiła prędko biegać, a to było ważne.

Dożynki zbliżały się do końca, z bufetu napływała woń jedzenia: chleba prosto z pieca, cebuli, mięsa. Coriolanus nie potrafił zapanować nad burczeniem w brzuchu, więc zaryzykował i wlał w siebie jeszcze kilka łyków poski, żeby uciszyć żołądek. Czuł się słabo, kręciło mu się w głowie i zjadłby konia z kopytami. Gdy transmisja dobiegła końca, musiał narzucić sobie dyscyplinę, żeby nie pobiec do bufetu.

Ten nieustanny taniec z głodem ukształtował jego życie. Nie dotyczyło to bardzo wczesnych lat przed wojną, ale każdy dzień od jej wybuchu był bitwą, negocjacjami i grą. Jak najlepiej oszukać głód? Zjeść wszystko na jeden posiłek? Rozkładać jedzenie na maleńkie porcje przez cały dzień? Przełknąć pośpiesznie, czy żuć na płynną miazgę każdy kęs? Wszystko to było tylko umysłową rozrywką, która pozwalała nie skupiać się na fakcie, że zawsze brakowało żywności. Coriolanus nigdy nie mógł najeść się do syta.

Podczas wojny rebelianci opanowali dystrykty rolnicze, po czym naśladując strategię Kapitolu, postanowili zmusić go do posłuszeństwa za pomocą żywności, a raczej jej braku. Role się jednak odwróciły i teraz to Kapitol kontrolował zasoby, a w dodatku poszedł o krok dalej — wbił nóż w serca dystryktów, organizując Głodowe Igrzyska. Pod ich brutalnością kryła się cicha męczarnia, dobrze znana wszystkim w Panem, rozpaczliwa walka o zdobycie pokarmu, który pozwoli przeżyć do następnego poranka.

Ta desperacja przemieniła prawych obywateli Kapitolu w potwory. Ludzie padający trupem z głodu na ulicach stali się ogniwem makabrycznego łańcucha pokarmowego. Pewnej zimowej nocy Coriolanus i Tigris wymknęli się z apartamentu, żeby przeszukać drewniane skrzynki, które zauważyli wcześniej w jednym z zaułków. Po drodze minęli trzy ciała, i w jednym rozpoznali pewną miłą, młodą pokojówkę, serwującą herbatę w trakcie podwieczorków u Crane'ów. Zaczął sypać ciężki, mokry śnieg, więc myśleli, że ulice są puste, lecz w drodze do domu dostrzegli opatuloną sylwetkę i pośpiesznie ukryli się za żywopłotem. Stamtąd obserwowali, jak ich sąsiad, Nero Price, potentat przemysłu kolejowego, budzącym grozę nożem odrzyna służącej nogę. Gdy noga odpadła, owinął ją w spódnicę, którą zdarł z trupa, po czym schronił się w bocznej uliczce, prowadzącej na tyły jego miejskiego domu. Nikomu nic nie powiedzieli, nawet nie rozmawiali o tym ze sobą, ale to wspomnienie na zawsze wryło się w pamięć Coriolanusa. Nigdy nie zapomniał okrutnego grymasu zniekształcającego twarz Price'a, białej skarpetki do kostki i znoszonego czarnego buta na oderżniętej nodze. Z bezbrzeżną zgrozą uświadomił sobie wówczas, że i on może zostać potraktowany jak żywność.

Coriolanus uważał, że zawdzięcza fizyczne i moralne przetrwanie wyłącznie Panibabce, która już na początku wojny wykazała się zapobiegliwością. Jego rodzice nie żyli, Tigris również była sierotą, i oboje mieszkali z babką. Rebelianci powoli lecz nieustępliwie zbliżali się do Kapitolu i tylko arogancja nie pozwalała większości mieszkańców miasta przyjąć tego faktu do wiadomości. Niedobory żywności sprawiały, że nawet najbogatsi poszukiwali niektórych produktów na czarnym rynku. Właśnie dlatego pewnego październikowego popołudnia Coriolanus znalazł się przy tylnych drzwiach niegdyś modnego klubu nocnego, jedną ręką ściskając uchwyt małego, czerwonego wózka. Drugą trzymał dłoń Panibabki, ukrytą w rękawiczce dla ochrony przed przenikliwym chłodem, który zapowiadał nadchodzącą zimę. Niebo spowijała warstwa posępnych, szarych chmur, kiedy przyszli na spotkanie z Pluribusem Bellem, starzejącym się mężczyzną w okularach o cytrynowych szkłach i w sięgającej do pasa białej, pudrowanej peruce. On i jego partner Cyrus, z zawodu muzyk, byli właścicielami klubu, po którego zamknięciu żyli z nielegalnego handlu w zaułku przy wejściu na zaplecze. Snowowie przyszli po skrzynkę skondensowanego mleka, gdyż świeże zniknęło już wiele tygodni wcześniej. Pluribus oznajmił jednak, że nie ma już mleka, za to właśnie dotarły skrzynki fasoli limeńskiej i stoją w wysokich stosach na lustrzanej scenie w klubie.

— Fasola wytrzyma długie lata — zachwalał Pluribus. — Zamierzam odłożyć ze dwadzieścia skrzynek na własne potrzeby.

— Zgroza — zaśmiała się babka Coriolanusa.

— O nie, droga pani. Zgroza to jest wtedy, gdy nie ma fasoli — odparł.

Nie rozwodził się nad tym, ale Panibabka przestała się śmiać, zerknęła na Coriolanusa i na chwilę zacisnęła dłoń, jakby w mimowolnym skurczu. Potem spojrzała na skrzynki i wyglądało na to, że rozważa coś w milczeniu.

— Ile ma pan na zbyciu? — spytała właściciela klubu.

Coriolanus załadował jedną skrzynkę na wózek, a pozostałe dwadzieścia dziewięć pojawiło się w środku nocy, gdyż gromadzenie zapasów było zasadniczo niezgodne z prawem. Cyrus i jego przyjaciel wnieśli skrzynki po schodach i ustawili je pośrodku wykwitnie urządzonego salonu. Na szczycie stosu umieścili puszkę mleka jako upominek od Pluribusa, po czym pożegnali się i poszli. Coriolanus i Tigris pomogli Panibabce ukryć zapasy w szafach, w eleganckich garderobach, a nawet w starym zegarze.

— Kto to wszystko zje? — spytał.

Wówczas jeszcze żywili się bekonem, kurczakami i, od czasu do czasu, pieczenią. Mleko pojawiało się okazjonalnie, za to nie brakowało sera, a po obiedzie zjadali jakiś deser, nawet jeśli był to tylko chleb z dżemem.

— Część zjemy, a część może na coś wymienimy — odparła Panibabka. — Ta fasola będzie naszą tajemnicą.

— Ale ja nie lubię fasoli limeńskiej — wydął usta Coriolanus. — A przynajmniej tak mi się wydaje.

— No cóż, poprosimy kucharza o znalezienie jakiegoś dobrego przepisu — pocieszyła go.

Kucharz dostał jednak powołanie do wojska, a potem zmarł na grypę. Okazało się, że Panibabka nie potrafi nawet włączyć kuchenki, a co dopiero ugotować coś według przepisu. Właśnie dlatego ośmioletnia Tigris musiała podjąć się obowiązku gotowania fasoli najpierw do gęstego gulaszu, potem do zupy, a na koniec do wodnistego wywaru, na którym przeżyli wojnę. Fasola limeńska, kapusta, chleb z przydziału. Jedli to dzień po dniu, latami. Na takim pożywieniu nie miał szansy wyrosnąć. Oczywiście gdyby jadł więcej, byłby wyższy i miałby szersze barki. Przynajmniej jego mózg rozwinął się prawidłowo, w każdym razie Coriolanus miał taką nadzieję. Fasola, kapusta, razowy chleb. Znienawidził to jedzenie, ale dzięki niemu przeżyli i nie okryli się wstydem, pożerając trupy na ulicach.

Przełknął ślinę, która napłynęła mu do ust, kiedy sięgnął po talerz z pozłacanym obrzeżem i wypukłą pieczęcią Akademii. Nawet w najgorszych dniach w Kapitolu nie brakowało pięknych naczyń stołowych i Coriolanus wielokrotnie jadł w domu liście kapusty na delikatnej porcelanie. Wziął płócienną serwetkę, widelec i nóż, a gdy zdjął pokrywkę z najbliższego srebrnego półmiska z podgrzewaczem, para owiała mu usta. Purée z cebuli. Nałożył sobie odrobinę, starając się powstrzymać ślinotok. Gotowane ziemniaki. Młody kabaczek. Pieczona szynka. Gorące bułeczki i odrobina masła. Albo jeszcze lepiej dwie odrobiny. Pełen talerz, ale nie dla żarłoka. W każdym razie nie jak na nastolatka.

Postawił talerz na blacie, obok talerza Clemensii, i poszedł po deser z wózka. W zeszłym roku desery wcześniej się skończyły, więc nie zjadł nawet łyżeczki tapioki. Serce niemal mu zamarło, kiedy ujrzał rzędy kawałków szarlotki udekorowanych papierowymi chorągiewkami z godłem Panem. Ciasto! Kiedy ostatni raz próbował ciasta? Sięgnął po średniej wielkości kawałek, gdy ktoś podsunął mu pod nos talerz z gigantyczną porcją.

— Weź duży — rozległ się głos. — Dorastający chłopak na pewno się z tym upora.

Oczy dziekana Highbottoma były kaprawe, ale już nie nieprzytomne jak tego ranka. Co więcej, wpatrywały się w Coriolanusa z nieoczekiwaną przenikliwością.

Coriolanus wziął szarlotkę i obdarzył Highbottoma uśmiechem, który w założeniu miał być pogodny i chłopięcy.

— Dziękuję panu — odparł. — Na ciasto zawsze znajdę miejsce.

— Tak, na przyjemności zawsze znajdzie się czas i miejsce — oświadczył dziekan. — Nikt nie wie tego lepiej ode mnie.

— Też tak myślę, proszę pana.

Nie zabrzmiało to dobrze. Chciał się zgodzić z wypowiedzią o przyjemnościach, a zabrzmiało to jak uszczypliwa uwaga na temat charakteru dziekana.

— Też tak myślisz. — Dziekan Highbottom zmrużył oczy, nadal wpatrując się w Coriolanusa. — No więc co planujesz po igrzyskach, chłopcze?

— Mam nadzieję podjąć studia uniwersyteckie — odparł.

Dziwne pytanie. Chyba jego dokonania w szkole nie pozostawiały wątpliwości co do dalszej nauki.

— Tak, widziałem twoje nazwisko wśród ubiegających się o nagrodę — powiedział dziekan Highbottom. — A jeśli jej nie dostaniesz?

— No cóż, wtedy… — zająknął się Coriolanus. — Wtedy opłacimy czesne, rzecz jasna.

— Doprawdy? — Dziekan Highbottom się roześmiał. — Wystarczy na ciebie spojrzeć w tej naprędce przyszykowanej koszuli i w za ciasnych butach. Ledwie wiążecie koniec z końcem. Paradujesz dumnie po Kapitolu, a wątpię, czy Snowowie mają choćby nocnik, żeby móc się wyszczać. Nawet z nagrodą będzie ci ciężko, a przecież jeszcze jej nie masz, prawda? Zastanawiam się, jaki los może cię spotkać, jeśli jej nie dostaniesz? Co wtedy?

Coriolanus rozejrzał się, żeby sprawdzić, czy ktoś jeszcze słyszał te okropne słowa, ale większość ludzi zajęta była pogaduszkami przy jedzeniu.

— Nie przejmuj się, nikt nie wie. No, prawie nikt. Smacznej szarlotki, chłopcze. — Dziekan Highbottom odszedł, nawet nie biorąc kawałka ciasta.

Coriolanus najchętniej rzuciłby szarlotkę na podłogę i wybiegł z sali, ale zamiast tego ostrożnie odstawił olbrzymią porcję z powrotem na wózek. Chodziło o przezwisko. Na pewno dotarło do dziekana Highbottoma wraz z informacją, że wymyślił je Coriolanus. Idiotycznie się zachował. Dziekan nadal był zbyt ważny, nawet obecnie, żeby wyśmiewać go publicznie. Ale czy naprawdę stało się coś strasznego? Każdy nauczyciel miał co najmniej jedno przezwisko, wielu znacznie mniej pochlebne. A zresztą Na-Haju-Bottom nawet nie starał się ukryć swojego nałogu i wręcz prosił się o kpinę. Czy istniał jakiś inny powód, dla którego tak bardzo nienawidził Coriolanusa?

Tak czy inaczej, Coriolanus musiał naprawić sytuację. Nie mógł ryzykować utraty nagrody przez coś takiego. Po studiach zamierzał znaleźć jakieś dobrze płatne zajęcie. Które drzwi się przed nim otworzą, jeśli nie zdobędzie wykształcenia? Usiłował wyobrazić sobie swoją przyszłość na stanowisku niskiego szczebla. Co mógłby robić? Zarządzać dystrybucją węgla do dystryktów? Czyścić klatki genetycznych dziwadeł w laboratorium zmieszańców? Pobierać podatki od Sejanusa Plintha w jego pałacowym apartamencie na Corso, podczas gdy sam mieszkałby w jakiejś szczurzej norze na rogatkach? I to gdyby dopisało mu szczęście! Jako biedny absolwent Akademii miałby trudności ze zdobyciem pracy w Kapitolu. Z czego by żył, z pożyczek? Dłużnicy w Kapitolu od zawsze kończyli w oddziałach Strażników Pokoju, a to wiązało się z dwudziestoletnim zesłaniem diabli wiedzą gdzie. Wyekspediowaliby go do jakiegoś koszmarnego, zabitego dechami dystryktu, gdzie ludzie niewiele różnią się od zwierząt.

Dzień, z którym wiązał tyle nadziei, z hukiem runął mu na głowę. Najpierw przyszła groźba utraty apartamentu, potem przydział najgorszej trybutki — która, jak się nad tym dobrze zastanowić, bez wątpienia była stuknięta — a teraz świadomość, że dziekan Highbottom nienawidzi go aż tak, że gotów mu odebrać szanse na nagrodę i skazać go na życie w dystryktach!

Wszyscy wiedzieli, co dzieje się z człowiekiem, który trafia do dystryktów. Zostaje spisany na straty. Zapomniany. Z perspektywy Kapitolu praktycznie martwy.

3

Coriolanus stał na pustym peronie, czekając na przybycie swojej trybutki. Między kciukiem a palcem wskazującym ostrożnie trzymał różę o długiej łodydze. Ten podarunek był pomysłem Tigris. W noc dożynek wróciła do domu bardzo późno, ale czekał, żeby z nią porozmawiać, opowiedzieć jej o swoich upokorzeniach i lękach. Nie dopuściła do tego, żeby wpadł w rozpacz. Zdobędzie nagrodę, musi! Czeka go wspaniała uniwersytecka kariera. Co do mieszkania, najpierw trzeba poznać szczegóły. Może podatek niczego nie zmieni, a jeśli nawet, to dopiero za jakiś czas. Miał się nad tym nie zastanawiać, tylko myśleć wyłącznie o igrzyskach i o tym, jak przekuć je w sukces.

Tigris powiedziała, że na dożynkowej imprezie u Fabricii wszyscy oszaleli na punkcie Lucy Gray Baird. Jego trybutka miała potencjał, żeby zostać gwiazdą, jak twierdzili wstawieni przyjaciele Fabricii, siorbiąc poskę.

Kuzynostwo doszło do wniosku, że Coriolanus musi zrobić dobre wrażenie na dziewczynie, żeby chętnie z nim współpracowała. Nie powinien jej traktować jak skazanej więźniarki, ale jak gościa. Właśnie dlatego Coriolanus postanowił powitać ją jak najwcześniej, już na stacji, dzięki czemu zyskiwał okazję, żeby od razu przystąpić do realizacji zadania, no i zyskać jej zaufanie.

— Wyobraź sobie tylko, jaka musi być przerażona, Corio — zauważyła wcześniej Tigris. — Na jej miejscu byłabym wdzięczna za jakikolwiek życzliwy gest, żebym poczuła się tak, jakby ci na mnie zależało. Jakbym była coś warta. Daj jej coś, choćby coś symbolicznego, niech wie, że nie jest ci obojętna.

Coriolanus pomyślał o różach babki, nadal cenionych w Kapitolu. Pielęgnowała je troskliwie na dachu należącym do penthouse'u, zarówno na świeżym powietrzu, jak i w niewielkiej szklarni. Rozstawała się z nimi tak niechętnie, jakby to były brylanty, więc Coriolanus musiał ją długo przekonywać, żeby dostać to cudo.

— Muszę stworzyć więź między nami — tłumaczył. — Zawsze powtarzasz, że twoje róże otwierają każde drzwi.

To, że ustąpiła, było dowodem na to, jak bardzo przejmowała się ich obecną sytuacją.

Od dożynek upłynęły dwa dni. W mieście panował nieznośny upał i chociaż dopiero co minął świt, dworzec zaczynał się gotować. Coriolanus czuł, że za bardzo rzuca się w oczy na szerokim, opustoszałym peronie, ale nie mógł ryzykować, że przegapi pociąg. Od sąsiada z dołu, przechodzącego szkolenie na organizatora igrzysk Remusa Dolittle'a, zdołał wyciągnąć jedynie informację, że dziewczyna przyjedzie w środę. Remus niedawno skończył Uniwersytet, a jego rodzina pociągnęła za wszystkie możliwe sznurki, żeby załatwić mu przyzwoicie płatną pracę, szczebel do przyszłej kariery. Coriolanus mógł popytać w Akademii, nie wiedział jednak, czy to powitanie pociągu nie wzbudzi dezaprobaty. Nie wyłożono żadnych konkretnych zasad, ale uznał, że większość jego kolegów poczeka do następnego dnia, żeby przywitać swoich trybutów podczas sesji nadzorowanej przez Akademię.

Minęła godzina, potem dwie, ale nie przyjechał ani jeden pociąg. Słońce bezlitośnie prażyło przez szklany dach stacji. Pot spływał po plecach Coriolanusa, a róża, tak majestatyczna o poranku, pochyliła się z rezygnacją. Zaczął się zastanawiać, czy to nie był kiepski pomysł, i doszedł do wniosku, że nikt mu nie podziękuje za to powitanie trybutki. Na innej dziewczynie, typowej dziewczynie, zrobiłby wrażenie, jednak Lucy Gray Baird nie miała w sobie nic typowego. Właściwie było coś groźnego w dziewczynie zdolnej do tak śmiałych popisów tuż po ataku burmistrza. Ataku, który nastąpił, kiedy wrzuciła jadowitego węża za sukienkę koleżanki. W zasadzie Coriolanus nie wiedział, czy wąż był jadowity, ale to się wydawało oczywiste. Naprawdę była przerażająca. A on stał tutaj, w szkolnym mundurze, z różą w dłoniach, jak jakiś zakochany uczniak, w nadziei że dziewczyna — no właśnie, co? Zaufa mu? Polubi go? Nie zabije na miejscu?

Jej współpraca była koniecznością. Wczoraj Satiria zorganizowała zebranie mentorów i wyjaśniła, na czym będzie polegało ich pierwsze zadanie. W przeszłości trybuci trafiali prosto na arenę następnego ranka po przybyciu do Kapitolu, tym razem jednak, ze względu na udział uczniów Akademii, igrzyska miały rozpocząć się kilka dni później. Postanowiono, że każdy z mentorów przeprowadzi rozmowę ze swoim trybutem i dostanie pięć minut na przedstawienie go Panem w telewizyjnej relacji na żywo. Jeśli ludzie dojdą do wniosku, że mają komu kibicować, zainteresują się transmisją Głodowych Igrzysk. Gdyby wszystko poszło gładko, nadawano by ją w najlepszym czasie antenowym — i być może nawet zaproszono by mentorów do wygłaszania komentarzy o swoich zawodnikach podczas igrzysk. Coriolanus obiecał sobie, że jego pięć minut będzie gwoździem wieczoru.

Minęła kolejna godzina i już miał zrezygnować, kiedy z głębi tunelu dobiegł go gwizd pociągu. Podczas kilku pierwszych miesięcy wojny ten gwizd zwiastował powrót ojca z pola bitwy. Ojciec uważał, że jako potentat w produkcji amunicji powinien odbyć służbę wojskową, bo to uwiarygodniało rodzinny biznes. Miał talent do strategii, żelazne nerwy i budził respekt, więc szybko awansował. Chcąc publicznie okazać poparcie dla Kapitolu, Snowowie przybywali na dworzec całą rodziną, z Coriolanusem w aksamitnym garniturku, by tam oczekiwać na powrót wielkiego człowieka. Aż do dnia, w którym pociąg przywiózł im tylko informację, że ojca trafiła rebeliancka kula. W całym Kapitolu trudno było znaleźć miejsce niezwiązane z jakimś okropnym wspomnieniem, tu jednak było najgorzej. Trudno powiedzieć, żeby Coriolanus bardzo kochał tego zdystansowanego, surowego człowieka, ale czuł, że ojciec go chroni. Jego śmierć nasuwała skojarzenia ze strachem i bezbronnością, których Coriolanus nie zdołał się całkiem pozbyć.

Pociąg zagwizdał ponownie, gdy wjechał na stację i zahamował. Był krótki, składał się z lokomotywy i dwóch wagonów. Coriolanus usiłował dojrzeć swoją trybutkę w oknie, zanim sobie uświadomił, że nie ma żadnych okien. To nie były wagony pasażerskie, ale towarowe, z ciężkimi metalowymi łańcuchami i staroświeckimi kłódkami do zabezpieczenia towarów.

Nie ten pociąg, pomyślał. *Równie dobrze mogę iść do domu*. Nagle z jednego z wagonów dobiegł go niewątpliwie ludzki krzyk, więc Coriolanus nie ruszył się z miejsca.

Spodziewał się licznej grupy Strażników Pokoju, ale pociąg stał przez dwadzieścia minut, zanim kilku z nich dotarło na peron. Jeden z żołnierzy zamienił parę słów z siedzącym w lokomotywie maszynistą, i z okna wypadł zestaw kluczy. Strażnik nieśpiesznie ruszył do pierwszego wagonu, przeglądając klucze, aż w końcu wybrał właściwy, włożył go do kłódki i przekręcił. Łańcuchy opadły, a strażnik odsunął ciężkie drzwi. Wagon wydawał się pusty. Strażnik wyciągnął pałkę i rąbnął nią o futrynę.

— No dobra, wy tam, wychodzić!

W drzwiach stanął wysoki chłopak o ciemnobrązowej skórze, w pocerowanym, workowatym ubraniu. Coriolanus rozpoznał w nim trybuta Clemensii, dzieciaka z Jedenastki, smukłego, ale muskularnego. Po chwili do chłopaka dołączyła dziewczyna o podobnej karnacji, jednak chuda jak szczapa i rozkaszlana. Oboje mieli bose stopy i skute z przodu ręce. Wagon znajdował się półtora metra nad peronem, więc usiedli na krawędzi i niezręcznie na niego zeskoczyli. Drobna dziewczyna o ziemistej cerze, w sukience w paski i czerwonym szaliku, podpełzła do drzwi, ale chyba nie była w stanie skoczyć. Strażnik szarpnął ją i rzucił jak workiem, ledwie zdążyła podeprzeć się rękami. Potem sięgnął do wagonu i wywlókł na peron chłopca, który wyglądał najwyżej na dziesięć lat, ale musiał mieć przynajmniej dwanaście.

Smród stęchlizny i nawozu dotarł już do nozdrzy Coriolanusa. Transportowali trybutów w bydlęcych wagonach, na dodatek brudnych. Coriolanus zaczął się zastanawiać, czy dzieciaki dostały cokolwiek do jedzenia i czy wypuszczano je na świeże powietrze, czy też trafiły do wagonów tuż po dożynkach. Przywykł do oglądania trybutów na ekranie i nie zdążył się przygotować na spotkanie twarzą w twarz. Poczuł przypływ litości i obrzydzenia. To naprawdę były stworzenia z innego świata, pozbawionego nadziei i brutalnego.

Strażnik przeszedł do drugiego wagonu. Rozpiął łańcuchy, a wtedy drzwi się otworzyły i ukazał się w nich Jessup, trybut z Dwunastki. Zmrużył oczy, patrząc na jasno oświetloną stację. Coriolanus natychmiast się ożywił i odruchowo wyprostował. Z pewnością przyjechała razem z nim. Jessup zeskoczył sztywno na peron i odwrócił się do wagonu.

Lucy Gray Baird stanęła w świetle, zasłaniając oczy skutymi rękami i czekając, aż przywykną do jasności. Jessup uniósł ramiona i rozpostarł je na tyle, na ile pozwalał mu łańcuch przy kajdankach, a ona skoczyła. Chwycił ją w pasie, obrócił i zaskakująco płynnym ruchem postawił na peronie. Lucy Gray Baird z wdzięcznością poklepała go po ręce, po czym przechyliła głowę, żeby napawać się blaskiem słońca na stacji. Przeczesała loki palcami, rozplątując kołtuny i wyciągając z włosów źdźbła słomy.

Uwagę Coriolanusa na chwilę przyciągnęli Strażnicy Pokoju, wykrzykujący pogróżki w kierunku wagonu. Kiedy przeniósł wzrok na Lucy Gray, zobaczył, że patrzyła prosto na niego. Zaniepokoił się, ale natychmiast sobie przypomniał, że poza strażnikami jest jedynym człowiekiem na peronie. Żołnierze klęli, podsadzając jednego ze swoich, żeby wyciągnął opornych trybutów z wagonu.

Teraz albo nigdy.

Podszedł do Lucy Gray Baird, wyciągnął różę i lekko skinął głową.

— Witaj w Kapitolu — powiedział.

Jego głos brzmiał lekko chrapliwie, jakby nie był używany od wielu godzin, ale Coriolanus doszedł do wniosku, że dzięki temu zyskał przyjemną dojrzałość.

Dziewczyna zmierzyła go spojrzeniem i przez chwilę się bał, że albo odejdzie, albo co gorsza, go wyśmieje. Zamiast tego jednak wyciągnęła rękę i delikatnie oderwała płatek kwiatu trzymanego przez Coriolanusa.

— Kiedy byłam mała, kąpali mnie w maślance i płatkach róży — powiedziała w taki sposób, że, choć to nie mogło być prawdą, zabrzmiało naprawdę przekonująco. Przejechała kciukiem po lśniącej, gładkiej powierzchni płatka i wsunęła go do ust, po czym opuściła powieki, napawając się jego smakiem. — Smakuje jak pora na sen.

Coriolanus wykorzystał ten moment, żeby się jej przyjrzeć. Wyglądała inaczej niż w dniu dożynek. Poza małymi plamkami tu i tam po makijażu nie było ani śladu, a bez niego wydawała się młodsza. Miała spierzchnięte usta i rozpuszczone włosy, jej tęczowa sukienka zakurzyła się i pogniotła. Ślad po ciosie burmistrza zmienił się w ciemnofioletowy siniec. Chodziło jednak o coś jeszcze. Znowu odniósł wrażenie, że ogląda pokaz, tym razem prywatny.

Kiedy otworzyła oczy, spojrzała na niego z uwagą.

— Nie wyglądasz na kogoś, kto powinien tu być — oznajmiła.

— Pewnie nie powinienem — przyznał. — Ale jestem twoim mentorem i chciałem cię poznać na własnych warunkach. Nie na warunkach organizatorów.

— O, buntownik.

To słowo było trucizną w ustach mieszkańców Kapitolu, ona jednak wypowiedziała je z aprobatą, niczym komplement. Może z niego drwiła? Przypomniał sobie, że ukrywała węże w kieszeniach i że nie można jej było mierzyć zwykłą miarą.

— A co robi dla mnie mój mentor, poza przynoszeniem róż? — spytała.

— Robi, co może, żeby o ciebie zadbać — odparł.

Obejrzała się przez ramię. Strażnicy Pokoju wyrzucali właśnie z wagonu dwójkę półżywych z głodu dzieci. Dziewczyna złamała jedynkę, upadając na peron, a chłopak zaliczył kilka mocnych kopniaków.

Lucy Gray uśmiechnęła się do Coriolanusa.

— Powodzenia, przystojniaku — powiedziała, po czym zostawiła go razem z jego różą i podeszła do Jessupa.

Gdy Strażnicy Pokoju pędzili trybutów przez stację w kierunku głównego wejścia, Coriolanus poczuł, że jego szansa się oddala. Nie zdobył zaufania dziewczyny. Nic nie zrobił, no może na chwilę ją rozbawił. Bez wątpienia uważała, że jest bezużyteczny, i może wcale się nie myliła, ale grał o wysoką stawkę i musiał zaryzykować.

Przebiegł przez stację i dogonił stadko trybutów w chwili, gdy dotarli do drzwi.

— Przepraszam — zwrócił się do głównego strażnika. — Jestem Coriolanus Snow z Akademii. — Wskazał głową Lucy Gray. — Przydzielono mi tę trybutkę na Głodowe Igrzyska. Mogę ją odprowadzić do kwatery?

— Dlatego szwendasz się tu przez cały ranek? Żeby się załapać na podwózkę do telewizji? — spytał strażnik. Śmierdziało od niego alkoholem i miał przekrwione oczy. — Ależ proszę, panie Snow, zapraszamy.

Wtedy właśnie Coriolanus zobaczył czekającą na trybutów ciężarówkę — a właściwie nie tyle ciężarówkę, ile klatkę na kółkach. Platforma była otoczona metalowymi prętami, a dach zrobiono ze stali. Znowu przypomniał mu się cyrk z dzieciństwa, ten, w którym widział dzikie zwierzęta — wielkie koty i niedźwiedzie — transportowane w taki sam sposób.

Trybuci na rozkaz wyciągali ręce do strażników, żeby zdjęli im kajdanki, a następnie zaczęli wchodzić do klatki.

Coriolanus trzymał się z tyłu, ale zobaczył, że Lucy Gray wpatruje się w niego i zrozumiał, że nadeszła decydująca chwila. Gdyby się teraz wycofał, byłoby po wszystkim. Uznałaby go za tchórza i całkowicie odtrąciła. Odetchnął głęboko, a następnie podciągnął się do klatki.

Drzwi się zatrzasnęły i ciężarówka gwałtownie ruszyła, przez co Coriolanus stracił równowagę. Odruchowo chwycił się prętów po prawej i wylądował z czołem pomiędzy nimi, gdy wpadła na niego dwójka trybutów. Odepchnął się mocno i wykręcił ciało, żeby stanąć przodem do pozostałych. Inni trzymali się przynajmniej jednego pręta, tylko dziewczyna ze złamanym siekaczem kurczowo przywarła do nogi chłopaka ze swojego dystryktu. Gdy ciężarówka jechała szeroką aleją, wszyscy stopniowo oswajali się z sytuacją.

Coriolanus zrozumiał, że popełnił błąd. Nawet na świeżym powietrzu fetor był obezwładniający. Trybuci przesiąkli zapachem bydlęcego wagonu, co w połączeniu ze smrodem niemytych ciał wywołało w Corialanusie lekkie mdłości. Z bliska widział, jacy są zapuszczeni, jakie mają przekrwione oczy i posiniaczoną skórę. Lucy Gray Baird wcisnęła się w kąt z przodu i rąbkiem falbaniastej sukienki dotykała świeżego zadrapania na czole. Wydawała się obojętna na obecność Coriolanusa, jednak reszta trybutów wpatrywała się w niego jak stado dzikich zwierząt w wymuskanego pudla.

Przynajmniej jestem w lepszej formie od nich, pomyślał i zacisnął pięść na łodydze róży. *Jeśli zaatakują, mam szansę*. Ale czy naprawdę miał? Z tyloma przeciwnikami?

Ciężarówka zwolniła, żeby przepuścić kolorowy tramwaj wypełniony po brzegi ludźmi. Chociaż Coriolanus stał z tyłu, przygarbił się, żeby nikt go nie zauważył.

Gdy tramwaj przejechał i ciężarówka ruszyła z miejsca, ośmielił się wyprostować. Trybuci śmiali się z niego albo przynajmniej uśmiechali się drwiąco na widok jego oczywistego zakłopotania.

— Co jest, pięknisiu? Nie ta klatka? — spytał chłopak z Jedenastki, który wcale się nie śmiał.

Jego nieukrywana nienawiść zdenerwowała Coriolanusa, ale zrobił obojętną minę.

— Przeciwnie, to dokładnie ta klatka, na którą czekałem — odparł.

Ręce trybuta błyskawicznie się uniosły, długie, poorane bliznami palce chwyciły go za gardło i popchnęły, przedramiona przyszpiliły do kraty. Obezwładniony Coriolanus uciekł się do jedynego manewru, który nigdy go nie zawiódł podczas szkolnych przepychanek, i z całej siły wbił kolano w krocze przeciwnika. Chłopak z dystryktu jęknął i go puścił, po czym zgiął się wpół.

— Teraz może cię zabić. — Dziewczyna z Jedenastego Dystryktu nakaszlała prosto w twarz Coriolanusa. — W Jedenastce zabił Strażnika Pokoju. Nigdy nie doszli do tego, kto to zrobił.

— Zamknij się, Dill — warknął chłopak.

— A kogo to teraz obchodzi? — prychnęła.

— Zabijmy go wszyscy razem — zaproponował zjadliwie drobny chłopiec. — Nic gorszego nam nie zrobią.

Kilkoro innych trybutów mruknęło z aprobatą i zrobiło krok w kierunku Coriolanusa.

Zesztywniał ze strachu. Zamierzali go zabić? Naprawdę chcieli zatłuc go na śmierć, tu, w biały dzień, w samym środku Kapitolu? Nagle uświadomił sobie, że tak. Niby co mieli do stracenia? Serce załomotało mu w piersi i lekko przykucnął, wyciągając zwinięte w pięści ręce, w oczekiwaniu na nieuchronny atak.

Dobiegający z kąta melodyjny głos Lucy Gray rozładował napięcie.

— Nam pewnie nic. A macie w domu rodzinę? Kogoś, kogo mogą tam ukarać?

Te słowa wyraźnie osłabiły entuzjazm trybutów. Lucy Gray przepchnęła się między nimi i stanęła przed Coriolanusem, odgradzając go od reszty.

— Poza tym to mój mentor — dodała. — Podobno ma mi pomóc. Mogę go potrzebować.

— Twój menda? Skąd go masz? — spytała Dill.

— Mentor. Każde z was dostanie swojego — wyjaśnił Coriolanus, starając się sprawiać wrażenie, że panuje nad sytuacją.

— No to gdzie oni są? — chciała wiedzieć Dill. — Dlaczego nie przyszli?

— Pewnie na to nie wpadli — oznajmiła Lucy Gray.

Odwróciła się plecami do Dill i mrugnęła do Coriolanusa.

Ciężarówka skręciła w wąski zaułek i wjechała w coś, co wyglądało na ślepą uliczkę. Coriolanus nie bardzo wiedział, gdzie jest. Usiłował sobie przypomnieć, gdzie trzymano trybutów w ubiegłych latach. Czy nie w stajniach dla koni Strażników Pokoju? Tak, coś takiego obiło mu się o uszy. Postanowił, że gdy tylko się zatrzymają, podejdzie do jednego ze strażników i wyjaśni sytuację, ewentualnie poprosi o ochronę ze względu na wrogość trybutów. Lucy Gray mrugnęła do niego, więc może warto było zostać.

Teraz wjeżdżali tyłem do słabo oświetlonego budynku, być może magazynu. Coriolanus poczuł ciężki smród zgniłych ryb i starego siana. Rozglądał się zdezorientowany i wytężał wzrok, aż dostrzegł otwierające się wahadłowo metalowe drzwi. Strażnik Pokoju uchylił tylną kratę ciężarówki i zanim ktokolwiek zdołał wyskoczyć, klatka przechyliła się i zrzuciła wszystkich na zimną i mokrą betonową płytę. A właściwie nie na płytę, a zjeżdżalnię przechyloną pod tak ostrym kątem, że Coriolanus natychmiast zaczął zsuwać się razem z trybutami. Upuścił różę, na próżno usiłując się czegoś uczepić. Zjechali dobrych siedem metrów, zanim wylądowali bezładną masą na brudnym podłożu. Coriolanus z trudem podniósł się w prażącym słońcu spośród tej ludzkiej masy. Przeszedł kilka kroków na chwiejących się nogach, wyprostował się i zamarł z przerażenia. To nie były stajnie. Choć nie odwiedzał tego miejsca od wielu lat, dobrze je pamiętał. Połać piasku. Sztuczne formacje skalne wznoszące się wysoko w górę. Rząd ozdobnych, metalowych prętów o kształcie winorośli, ciągnący się szerokim łukiem dla ochrony widzów. A między prętami wpatrzone w Coriolanusa twarze kapitolińskich dzieci.

Był w małpiarni w zoo.

4

Nie czułby się bardziej obnażony, nawet gdyby stał nago na środku Corso. Wtedy przynajmniej mógłby uciec. Teraz był uwięziony i na widoku, i po raz pierwszy zdał sobie sprawę z tego, że zwierzęta w zoo nie mają się gdzie ukryć. Dzieci zaczęły z ożywieniem rozmawiać ze sobą i wskazywać jego mundur, przyciągając uwagę dorosłych. Twarze wypełniały całą przestrzeń między prętami. Najstraszniejsze były jednak ustawione z dwóch stron kamery.

Kapitolińskie wiadomości. Ze swoimi wszechobecnymi transmisjami i chwytliwym sloganem: „Jeśli nie ma tego u nas, to to się nie dzieje".

Dzieje się i on w tym uczestniczy. Teraz.

Niemal czuł, jak pojawia się na żywo wszędzie w całym Kapitolu. Na szczęście pod wpływem szoku wmurowało go w ziemię, bo szaleńcze bieganie w kółko w poszukiwaniu drogi ucieczki byłoby jeszcze gorsze od sterczenia wśród hołoty z dystryktów. Nie istniała łatwa droga na zewnątrz, tę arenę zbudowano dla dzikich zwierząt. Próba ukrycia się byłaby chyba najbardziej żałosna. To dopiero stanowiłoby smaczny kąsek dla dziennikarzy. Puszczaliby materiał w kółko, aż do wyrzygania, doszłaby jeszcze głupawa muzyczka i podpisy. *Snow się posypał!* Włączyliby to do prognozy pogody: *Snow źle znosi upały!* Musiałby to oglądać do końca życia. Nie mógłby się bardziej zhańbić.

Co mu pozostało? Jedynie nie stracić zimnej krwi i patrzeć prosto w kamerę, dopóki nie nadejdzie ratunek.

Wyprostował się jak struna, lekko odchylił ramiona i zrobił znudzoną minę. Widownia zaczęła go nawoływać — najpierw rozległy się wysokie głosiki dzieci, potem dołączyli dorośli, pytając, co robi, dlaczego jest w klatce, czy potrzebuje pomocy? Ktoś go rozpoznał i jego nazwisko rozniosło się jak ogień wśród tłumu, który gęstniał z chwili na chwilę.

— To dzieciak Snowów!

— Jakich Snowów?

— No wiesz, tych od róż na dachu!

Kim byli ci wszyscy ludzie pętający się w zwykły dzień po zoo? Nie mieli pracy? A dzieci nie powinny być w szkole? Nic dziwnego, że w kraju panował taki bałagan.

Trybuci okrążyli Coriolanusa, drażniąc się z nim. Była wśród nich para z Jedenastego Dystryktu, mściwy drobny chłopak, który domagał się jego śmierci, i kilkoro innych, nowych. Przypomniał sobie wybuch nienawiści w ciężarówce i zaczął się zastanawiać, co by się stało, gdyby go teraz zaatakowali. Być może widownia by im kibicowała.

Starał się nie panikować, ale czuł pot spływający mu spod pach. Wszystkie twarze — trybutów obok, tłumu za ogrodzeniem — zaczęły się zlewać. Rysy stały się nierozpoznawalne, zostały jedynie ciemne i jasne plamy skóry, przełamane różowawą czerwienią otwartych ust. Poczuł, że nogi mu drętwieją, a płucom brak powietrza. Zastanawiał się, czy nie spróbować wbiec na zjeżdżalnię, kiedy cichy głos za nim powiedział:

— Przejmij inicjatywę.

Nie musiał się odwracać, żeby wiedzieć, że to dziewczyna, jego trybutka, i poczuł nieopisaną ulgę, że nie jest całkiem sam. Pomyślał o tym, jak sprytnie zagrała na uczuciach widzów po ataku burmistrza i podbiła ich serca swoją piosenką. Miała oczywiście rację. Musiał pokazać, że wszystko idzie zgodnie z planem, inaczej przegra na starcie.

Odetchnął głęboko i odwrócił się do Lucy Gray. Siedziała, spokojnie wsuwając za ucho białą różę. Właściwie nieustannie dbała o wygląd. Wygładziła falbanki w Dwunastce, rozczesała włosy na stacji, a teraz przyozdobiła się różą.

Coriolanus wyciągnął do niej rękę, jakby była największą damą w całym Kapitolu.

Kąciki ust Lucy Gray lekko się uniosły. Gdy przyjęła jego dłoń, poczuł, jak maleńka elektryczna iskra przeszywa jego ramię. Miał wrażenie, że wraz z nią przeszła na niego część scenicznej charyzmy Lucy Gray. Skłonił się lekko, a ona wstała z ostentacyjną elegancją.

Ona jest na scenie, ty też, a to jest spektakl, pomyślał i uniósł głowę.

— Zechcesz poznać kilkoro moich sąsiadów? — spytał.

— Będę zachwycona — odparła, całkiem jakby rozmawiali podczas popołudniowej herbatki. — Lepiej prezentuję się z lewej — mruknęła, lekko dotykając policzka.

Nie był pewien, co zrobić z tą informacją, więc poprowadził Lucy Gray na lewo. Uśmiechnęła się szeroko do widzów, jakby ją cieszyło, że się tu znalazła, ale kiedy szli w stronę prętów, ściskała jego palce jak imadło.

Płytka fosa między formacją skalną i kratami małpiarni kiedyś tworzyła barierę wodną oddzielającą zwierzęta i gości, zdążyła jednak całkowicie wyschnąć. Pokonali trzy stopnie w dół, przeszli przez fosę i wspięli się na płytę, która biegła wzdłuż ogrodzenia, po czym stanęli oko w oko z widzami. Coriolanus wybrał miejsce oddalone o kilka metrów od jednej z kamer — niech zrobi na niego najazd — gdzie tłoczyła się grupka małych dzieci. Pręty były rozstawione mniej więcej co dziesięć centymetrów — za mało, żeby się wyśliznąć, ale wystarczająco, żeby wysunąć przez nie rękę. Gdy podchodzili, dzieci umilkły i przywarły plecami do nóg rodziców.

Coriolanus doszedł do wniosku, że odgrywanie atmosfery podwieczorku nie jest najgorszym pomysłem, i postanowił nadal zachowywać się z niewymuszoną swobodą.

— Jak się macie? — spytał, wychylając się w kierunku dzieci. — Dzisiaj przyprowadziłem ze sobą przyjaciółkę. Chcielibyście ją poznać?

Dzieci się poruszyły, kilkoro zachichotało.

— Tak! — wrzasnął nagle mały chłopiec. Kilka razy uderzył pręty dłońmi, po czym niepewnie schował ręce do kieszeni. — Widzieliśmy ją w telewizji.

Coriolanus podprowadził Lucy Gray pod pręty.

— Czy mogę ci przedstawić pannę Lucy Gray Baird?

Widownia zdążyła ucichnąć, podenerwowana niewielką odległością Lucy Gray od dzieci, ale i ciekawa, co też powie ta dziwna trybutka. Lucy Gray przyklękła na kolanie jakieś trzydzieści centymetrów od prętów.

— Cześć — powiedziała. — Jestem Lucy Gray. A ty jak masz na imię?

— Pontius — odparł chłopiec i zerknął na matkę, szukając otuchy. Kobieta wpatrywała się nieufnie w Lucy Gray, ale ta nie zwracała na nią uwagi.

— Jak się miewasz, Pontius? — spytała.

Jak każdy dobrze wychowany kapitoliński chłopiec, Pontius wyciągnął rękę. Lucy Gray uniosła swoją, ale nie wystawiła jej za pręty, żeby go nie wystraszyć. W rezultacie to chłopiec sięgnął do klatki, a wtedy ciepło uścisnęła jego rączkę.

— Bardzo miło cię poznać. Czy to twoja siostra? — Lucy Gray wskazała głową małą dziewczynkę obok Pontiusa, która wpatrywała się w nią oczami jak spodki, ssąc palec.

— To Venus — oznajmił. — Ma tylko cztery lata.

— Moim zdaniem to piękny wiek — powiedziała Lucy Gray. — Miło mi cię poznać, Venus.

— Podobała mi się twoja piosenka — szepnęła Venus.

— Naprawdę? To urocze. Wobec tego oglądaj mnie, złotko, a ja spróbuję zaśpiewać ci następną piosenkę, dobrze?

Venus skinęła głową i ukryła twarz w fałdach spódnicy matki, co zostało przyjęte życzliwym śmiechem i kilkoma: „ooo” w tłumie.

Lucy Gray ruszyła wzdłuż ogrodzenia, wciągając dzieci w rozmowę. Coriolanus trzymał się z tyłu, żeby dać jej nieco przestrzeni.

— Przywiozłaś ze sobą węża? — spytała z nadzieją dziewczynka z rozpuszczającym się mrożonym sorbetem truskawkowym w dłoni.

— Żałuję, że nie mogłam. Byłam do niego bardzo przywiązana — odparła Lucy Gray. — A ty masz zwierzątko?

— Rybkę — powiedziała dziewczynka i wychyliła się w stronę klatki. — Ma na imię Bąbel. — Przełożyła sorbet do drugiej dłoni i włożyła rękę między pręty. — Mogę dotknąć twojej sukienki?

Strużki rubinowego syropu ciągnęły się od jej pięści do łokcia, jednak Lucy tylko się roześmiała i uniosła sukienkę. Dziewczynka z wahaniem przejechała palcem po falbanach.

— Ładna.

— Mnie się podoba twoja. — Sukienka dziewczynki, wzorzysta i spłowiała, była całkiem zwyczajna, ale Lucy Gray dodała:
— Groszki mnie uszczęśliwiają.

Dziewczynka natychmiast się rozpromieniła.

Coriolanus wyczuł, że widownia zaczyna się przekonywać do jego trybutki, i już nie starał się zachowywać dystansu. Łatwo było manipulować ludźmi, gdy w grę wchodziły ich dzieci. Cieszyli się, kiedy one się cieszyły.

Lucy Gray zdawała się to instynktownie wyczuwać, gdyż ignorowała dorosłych, idąc wzdłuż ogrodzenia. W końcu niemal dotarła do jednej z kamer i stojącego obok reportera. Raczej się połapała w sytuacji, ale kiedy uniosła głowę do kamery, która znajdowała się tuż przed jej nosem, drgnęła z udawanym zaskoczeniem, po czym się roześmiała.

— O, cześć. Jesteśmy w telewizji?

Reporter z Kapitolu, młody człowiek marzący o dobrym materiale, wychylił się ku niej z wygłodniałym wyrazem twarzy.

— Zdecydowanie — odparł.

— A z kim mam przyjemność? — spytała.

— Jestem Lepidus Malmsey z kapitolińskich wiadomości. — Błysnął zębami w uśmiechu. — No więc, Lucy, jesteś trybutką z Dwunastego Dystryktu?

— Nazywam się Lucy Gray i tak naprawdę nie jestem z Dwunastego Dystryktu — odparła. — Należę do Trupy, z zawodu jesteśmy muzykami. Po prostu pewnego dnia źle skręciliśmy i kazano nam zostać.

— Och. No to z którego dystryktu jesteś? — chciał wiedzieć Lepidus.

— Z żadnego konkretnie. Jeździmy z miejsca na miejsce, tam, dokąd mamy kaprys. To znaczy jeździliśmy — poprawiła się. — Dopóki Strażnicy Pokoju kilka lat temu nie zagonili nas w jedno miejsce.

— Czyli teraz jesteście mieszkańcami Dwunastego Dystryktu — upierał się.

— Skoro pan tak twierdzi. — Spojrzenie Lucy Gray powędrowało z powrotem do widzów, całkiem jakby przewidywała, że zaraz zaczną się nudzić.

Reporter wyczuł, że mu się wymyka.

— Twoja sukienka zrobiła furorę w Kapitolu!

— Naprawdę? Ludzie z Trupy kochają kolory, a ja to już najbardziej. Ale to sukienka mamy, więc jest dla mnie wyjątkowa — odparła.

— Mama jest w Dwunastym Dystrykcie? — spytał Lepidus.

— Tylko jej kości, mój drogi. Tylko jej perłowobiałe kości. — Lucy Gray patrzyła prosto w oczy reportera, który chyba miał problem ze sformułowaniem następnego pytania. Przez chwilę obserwowała, jak się męczył, po czym wskazała dłonią Coriolanusa. — Zna pan mojego mentora? Mówi, że nazywa się Coriolanus Snow. To chłopak z Kapitolu i najwyraźniej trafiło mi się ciastko z kremem, bo żaden inny mentor nie raczył się pojawić, żeby przywitać swojego trybuta.

— Wszystkich nas zaskoczył. Czy nauczyciele kazali ci tu przyjść, Coriolanusie? — spytał Lepidus.

Coriolanus zrobił krok w kierunku kamery, przybierając pozę sympatycznego łobuziaka.

— Nie zakazali mi tu przychodzić. — Z tłumu dobiegł go śmiech. — Ale pamiętam, jak mówili, że mam zaprezentować Lucy Gray Kapitolowi, a ja poważnie traktuję swoje obowiązki.

— I bez cienia wątpliwości wskoczyłeś do klatki z trybutami? — dopytywał się reporter.

— Wątpliwości pewnie dopiero przyjdą, i to już niedługo — przyznał Coriolanus. — Ale jeśli ona ma w sobie dość odwagi, żeby tu być, to ja chyba też powinienem?

— Żeby było jasne, ja nie miałam wyboru — wtrąciła Lucy Gray.

— Żeby było jasne, ja też nie — powiedział Coriolanus. — Po tym, jak usłyszałem twój śpiew, nie mogłem trzymać się z dala. Przyznaję, jestem twoim fanem.

Lucy Gray poruszyła sukienką, kiedy na widowni rozległy się pojedyncze brawa.

— Ze względu na ciebie mam nadzieję, że Akademia nie ma nic przeciwko, Coriolanusie — oświadczył Lepidus. — Pewnie zaraz się dowiesz.

Coriolanus odwrócił się i zobaczył, że na tyłach małpiarni otwierają się metalowe drzwi o zakratowanych okienkach. Wmaszerowało przez nie czterech Strażników Pokoju i ruszyło prosto do niego. Coriolanus popatrzył z powrotem w kamerę. Zamierzał mieć mocne wyjście.

— Dziękuję, że byliście dzisiaj z nami — powiedział. — Pamiętajcie, to Lucy Gray Baird z Dwunastego Dystryktu. W wolnej chwili wpadnijcie do zoo, żeby się przywitać. Daję wam słowo, że dla niej warto.

Lucy Gray wyciągnęła do niego swobodnie opuszczoną rękę, jakby sugerując pocałunek. Zrobił to, a kiedy dotknął ustami skóry jej dłoni, poczuł przyjemne mrowienie. Po raz ostatni pomachał do widzów, po czym spokojnie ruszył na spotkanie Strażników Pokoju. Jeden z nich lekko skinął głową, a Coriolanus bez słowa poszedł za nim przy akompaniamencie wcale nie mizernych oklasków.

Kiedy drzwi się za nim zamknęły, wypuścił powietrze z płuc i nagle zdał sobie sprawę z tego, jak bardzo się bał. Pogratulował sobie w duchu zachowania wdzięku pod presją, jednak ponure miny żołnierzy sugerowały, że nie podzielali jego entuzjazmu.

— W co ty pogrywasz? — spytała strażniczka. — Nie masz tu wstępu.

— Też tak myślałem, zanim wasi kamraci bezceremonialnie spuścili mnie ze zjeżdżalni — odparł Coriolanus. Uznał, że słowa *kamraci* i *bezceremonialnie* podkreślają jego wyższość. — Pisałem się tylko na jazdę do zoo. Chętnie wyjaśnię całe zajście waszemu przełożonemu i zidentyfikuję Strażników Pokoju, którzy to zrobili. Wam jednak chciałbym szczerze podziękować.

— Uhm — odparła bez emocji. — Mamy rozkaz odstawić cię do Akademii.

— To nawet lepiej — oświadczył Coriolanus, starając się mówić pewnie, choć wcale tak się nie czuł.

Szybka reakcja szkoły go zaniepokoiła.

Chociaż telewizor na tylnym siedzeniu ciężarówki Strażników Pokoju był zepsuty, Coriolanus zdołał zauważyć po drodze urywki wiadomości na wielkich publicznych ekranach rozstawionych na ulicach Kapitolu. Poczuł przypływ nerwowej energii, gdy najpierw zobaczył Lucy Gray, a potem samego siebie w całym mieście. Nigdy nie zdołałby zaplanować czegoś równie bezczelnego, ale skoro już się stało, równie dobrze mógł się tym napawać. Doszedł do wniosku, że naprawdę nieźle wypadł.

Zachował spokój. Nie spanikował. Przedstawił dziewczynę, a ona okazała się urodzoną aktorką. Wszystko, co robił, robił z godnością i szczyptą ironicznego humoru.

Gdy dojechali do Akademii, zdążył się już uspokoić i pewnym krokiem wszedł na schody. Pomagało to, że wszystkie głowy odwracały się w jego kierunku, i gdyby nie Strażnicy Pokoju, którzy go pilnowali, zapewne wokół niego zaroiłoby się od uczniów. Myślał, że trafi do gabinetu dyrektora, ale — ku jego zaskoczeniu — strażnik zostawił go na ławce przed drzwiami do laboratorium zaawansowanej biologii, do którego wstęp mieli tylko najlepsi z przedmiotów ścisłych uczniowie z ostatniego rocznika. Choć to nie był jego ulubiony przedmiot — od zapachu formaliny robiło mu się niedobrze, a do tego nie znosił pracy w parach — na tyle sobie radził z genetycznymi manipulacjami, że zdołał dostać się na zajęcia. Nie był takim geniuszem jak Io Jasper, która najprawdopodobniej urodziła się z mikroskopem przytwierdzonym do oka. Był zawsze uprzejmy dla Io i w rezultacie zaczęła go uwielbiać. Taka odrobina wysiłku w stosunku do niezbyt popularnych osób mogła się naprawdę opłacić.

Ale kim niby był, żeby czuć wyższość? Po drugiej stronie ławki, na tablicy ogłoszeniowej dla studentów pojawiła się lista, na której napisano:

DZIESIĄTE GŁODOWE IGRZYSKA
PRZYDZIAŁ MENTORÓW

PIERWSZY DYSTRYKT

Chłopiec	*Livia Cardew*
Dziewczyna	*Palmyra Monty*

DRUGI DYSTRYKT

Chłopiec	*Sejanus Plinth*
Dziewczyna	*Florus Friend*

TRZECI DYSTRYKT

Chłopiec	*Io Jasper*
Dziewczyna	*Urban Canville*

CZWARTY DYSTRYKT

Chłopiec	*Persephone Price*
Dziewczyna	*Festus Creed*

PIĄTY DYSTRYKT

Chłopiec	*Dennis Fling*
Dziewczyna	*Iphigenia Moss*

SZÓSTY DYSTRYKT

Chłopiec	*Apollo Ring*
Dziewczyna	*Diana Ring*

SIÓDMY DYSTRYKT

Chłopiec	*Vipsania Sickle*
Dziewczyna	*Pliny Harrington*

ÓSMY DYSTRYKT

Chłopiec	*Juno Phipps*
Dziewczyna	*Hilarius Heavensbee*

DZIEWIĄTY DYSTRYKT

Chłopiec	*Gaius Breen*
Dziewczyna	*Androcles Anderson*

DZIESIĄTY DYSTRYKT

Chłopiec	*Domitia Whimsiwick*
Dziewczyna	*Arachne Crane*

JEDENASTY DYSTRYKT

Chłopiec	*Clemensia Dovecote*
Dziewczyna	*Felix Ravinstill*

DWUNASTY DYSTRYKT

Chłopiec	*Lysistrata Vickers*
Dziewczyna	*Coriolanus Snow*

Czy cokolwiek mogłoby bardziej boleśnie — i publicznie — przypomnieć mu o jego niepewnej pozycji niż ostatnie miejsce na liście, do której dołączył jakby rzutem na taśmę?

Przez kilka następnych minut Coriolanus zastanawiał się, po co go tu przyprowadzono, aż w końcu usłyszał od strażnika, że może wejść do laboratorium. Zapukał z wahaniem i usłyszał głos dziekana Highbottoma, który kazał mu wejść. Coriolanus spodziewał się Satirii, ale w środku była jeszcze tylko jedna osoba — mała, przygarbiona staruszka o siwych kręconych włosach, która metalowym prętem drażniła królika w klatce. Dźgała go przez siatkę, aż stworzenie ze zmodyfikowaną szczęką pitbula wyrwało jej pręt i przegryzło go na dwie części. Wtedy staruszka wyprostowała się, popatrzyła na Coriolanusa i wykrzyknęła:

— Hejhopki, hejhopki!

Doktor Volumnia Gaul, główna organizatorka igrzysk i mózg stojący za kapitolińskim wydziałem broni eksperymentalnej, od zawsze przerażała Coriolanusa. Kiedy miał dziewięć lat, na szkolnej wycieczce razem z klasą musiał patrzeć, jak rozpuściła skórę laboratoryjnego szczura jakimś laserem i zapytała, czy któreś z nich znudziło się już swoim zwierzątkiem. Coriolanus nie miał żadnych zwierząt — czym by je wykarmili? Ale Pluribus Bell miał puszystą białą kotkę o imieniu Boa Bell, która przesiadywała na kolanach właściciela i bawiła się długimi kosmykami jego pudrowanej peruki. Polubiła Coriolanusa i mruczała jak zachrypły silnik, gdy głaskał ją po łebku. W te okropne dni, kiedy brnął przez zimowe błoto, żeby wymienić torbę limeńskiej fasoli na kapustę, pocieszało go jedwabiste ciepło kotki. Denerwował się na samą myśl o tym, że Boa Bell mogłaby skończyć w laboratorium.

Coriolanus wiedział, że doktor Gaul wykłada na Uniwersytecie, ale rzadko widywał ją w Akademii. Była jednak główną organizatorką igrzysk, więc wszystko, co się z nimi wiązało, podlegało jej kontroli. Czyżby sprowadziła ją tu jego wycieczka do zoo? Miał stracić stanowisko mentora?

— Hejhopki, hejhopki. — Doktor Gaul uśmiechnęła się szeroko. — Czego tu chcesz? — Nagle wybuchnęła śmiechem. — To brzmi jak dziecięca rymowanka. Hejhopki, hejhopki, czego tu chcesz? Wpadłeś do klatki i twój trybut też!

Usta Coriolanusa rozciągnęły się w niemrawym uśmiechu. Popatrzył na dziekana Highbottoma w nadziei na jakąś wskazówkę, jak powinien zareagować. Zgarbiony dziekan siedział przy stole laboratoryjnym i pocierał skronie tak, jakby miał koszmarną migrenę. Nie było co liczyć na pomoc.

— Tak — odparł Coriolanus. — W zoo. Nie byłem tam od lat.

Doktor Gaul uniosła brwi, jakby oczekiwała czegoś więcej.

— I?

— I... widziałem świat zza krat?

— Ha! No właśnie! Otóż to! — Popatrzyła na niego z aprobatą. — Dobrze sobie radzisz z gierkami słownymi. Może pewnego dnia zostaniesz organizatorem igrzysk.

Ta myśl nigdy nie przyszła mu do głowy. Nie miał nic do Remusa, ale nie uważał jego zajęcia za prawdziwą pracę. W zasadzie nie wymagała żadnych kwalifikacji, wystarczyło wrzucić na arenę dzieciaki z bronią i dać im się tłuc. Pewnie trzeba było przygotować dożynki i przeprowadzić transmisję z igrzysk, on jednak liczył na nieco większe wyzwania w przyszłości.

— Muszę się jeszcze bardzo wiele nauczyć, zanim w ogóle o tym pomyślę — odparł skromnie.

— Masz instynkt, a to najważniejsze — odparła doktor Gaul. — Powiedz, co cię skłoniło do wejścia do klatki?

To był przypadek. Już miał to wyznać, kiedy nagle pomyślał o Lucy Gray szepczącej: „Przejmij inicjatywę".

— Cóż... Moja trybutka jest raczej drobna. Takie jak ona giną w pierwszych pięciu minutach Głodowych Igrzysk. Ale na swój specyficzny sposób jest pociągająca, z tym śpiewaniem i w ogóle. — Coriolanus na moment zamilkł, jakby powtarzał w myślach plan. — Raczej nie ma szans na zwycięstwo, ale przecież nie o to chodzi, prawda? Powiedziano mi, że powinniśmy zainteresować widzów. To moje zadanie — skłonić ludzi do oglądania igrzysk. No więc zapytałem sam siebie, jak w ogóle dotrzeć do widzów? Iść tam, gdzie są kamery.

Doktor Gaul pokiwała głową.

— Tak. Bez widowni nie ma Głodowych Igrzysk. — Odwróciła się do dziekana. — Widzisz, Casca, wykazał inicjatywę. Rozumie, jakie to ważne, żeby podgrzewać atmosferę wokół igrzysk.

Dziekan Highbottom zmierzył Coriolanusa sceptycznym wzrokiem.

— Czyżby? A może odstawił teatrzyk, żeby dostać lepszy stopień? Jaki twoim zdaniem jest cel Głodowych Igrzysk, Coriolanusie?

— Ukaranie dystryktów za rebelię — odparł Coriolanus bez wahania.

— Owszem, ale kara może przybrać nieskończenie wiele form — zauważył dziekan. — Dlaczego właśnie Głodowe Igrzyska?

Coriolanus otworzył usta, tym razem jednak się zawahał. Dlaczego właśnie Głodowe Igrzyska? Dlaczego nie bomby, skasowanie dostaw żywności albo publiczne egzekucje na schodach Pałaców Sprawiedliwości w dystryktach?

Jego myśli powędrowały do Lucy Gray klęczącej przy prętach klatki, rozmawiającej z dziećmi, do coraz życzliwszego jej tłumu. Te obrazy łączyło coś, czego nie umiał zdefiniować.

— Z powodu... z powodu dzieci. Tego, jak ważne są dla ludzi.

— Jak ważne? — Dziekan nie odpuszczał.

— Ludzie kochają dzieci — oznajmił Coriolanus, ale już w chwili, gdy padły te słowa, podał je w wątpliwość.

Podczas wojny spadały na niego bomby, głodował i był maltretowany, i to nie tylko przez rebeliantów. Ktoś wyrwał mu kapustę z rąk. Strażnik Pokoju posiniaczył mu szczękę, gdy Coriolanus niechcący zawędrował zbyt blisko siedziby prezydenta. Pomyślał o dniu, w którym przewrócił się i leżał na ulicy, chory na ptasią grypę, i nikt, zupełnie nikt mu nie pomógł. Wstrząsały nim dreszcze, miał gorączkę i czuł ból w każdej kończynie. I chociaż Tigris też była chora, odnalazła go tamtej nocy i jakoś zdołała doprowadzić do domu.

Znowu się zawahał.

— Czasem kochają — dodał, ale bez przekonania. Jak się nad tym zastanowić, miłość ludzi do dzieci bywała bardzo kapryśna.
— Nie wiem — przyznał w końcu.

Dziekan Highbottom posłał doktor Gaul wymowne spojrzenie.

— Widzisz? Eksperyment się nie powiódł.

— Nie powiedzie się, jeśli nikt nie będzie oglądał! — warknęła i obdarzyła Coriolanusa pobłażliwym uśmiechem. — Przecież to jeszcze dziecko. Daj mu czas. Mam co do niego dobre przeczucia. No cóż, idę do moich zmieszańców.

Gdy szła powoli do drzwi, mijając Coriolanusa, poklepała go po ramieniu.

— Cicho sza, ale zapowiada się na coś wspaniałego z gadami.

Już miał ruszyć za nią, jednak zatrzymał go głos dziekana Highbottoma.

— A zatem cały ten występ był zaplanowany. Dziwne. Bo kiedy stanąłeś w tej klatce, pomyślałem, że zbierasz się do ucieczki.

— Fizycznie to było cięższe doświadczenie, niż się spodziewałem — odparł Coriolanus. — Musiało minąć trochę czasu, zanim udało mi się pozbierać. Tak jak mówiłem, muszę się jeszcze wiele nauczyć.

— Na przykład tego, gdzie są granice. Otrzymasz naganę za niebezpieczne zachowanie, w wyniku którego mógł ucierpieć uczeń. Konkretnie ty. Naganę z wpisem do akt — dodał dziekan.

Naganę? Jaką znowu naganę? Coriolanus musiałby przejrzeć uczniowski przewodnik po Akademii, żeby móc się odwołać od tej decyzji.

Z zamyślenia wyrwał go dziekan, który wyciągnął z kieszeni niewielką buteleczkę, odkręcił ją i wylał z niej trzy krople przeźroczystego płynu prosto na swój język.

To, co było w buteleczce, najprawdopodobniej morfalina, szybko podziałało, bo dziekan Highbottom się odprężył, a jego oczy przybrały marzycielski wyraz. Uśmiechnął się nieprzyjemnie.

— Po trzech takich naganach zostaniesz wydalony z Akademii.

5

Coriolanus nigdy dotąd nie otrzymał żadnej oficjalnej reprymendy. Nic nie splamiło jego świetnego dossier.

— Ale... — zaczął protestować, jednak dziekan Highbottom nie dopuścił go do głosu.

— Idź, zanim otrzymasz następną naganę za niesubordynację.

W jego głosie nie było wahania, żadnej zachęty do negocjacji. Coriolanus posłusznie wyszedł.

Czy dziekan Highbottom naprawdę użył słowa *wydalony*?

Coriolanus opuścił Akademię w stanie wzburzenia, ale uspokoił się, gdy poczuł, że jest w centrum uwagi. Wszyscy okazywali mu zainteresowanie, od kolegów na korytarzu przez Tigris i Panibabkę podczas szybkiej kolacji, na którą składały się jajecznica i kapuśniak, do nieznajomych, gdy tego wieczoru wracał do zoo, by nadal trzymać rękę na pulsie.

Miasto spowijała łagodna pomarańczowa poświata zmierzchu, a chłodny wietrzyk rozwiał dławiącą spiekotę dnia. Władze przedłużyły godziny otwarcia zoo do dwudziestej pierwszej, żeby mieszkańcy Kapitolu mogli zobaczyć trybutów, ale od wizyty Coriolanusa nie było już transmisji na żywo. Postanowił znowu pokazać się w zoo, żeby sprawdzić, co z Lucy Gray, i zasugerować jej zaśpiewanie kolejnej piosenki. Widownia byłaby zachwycona i może raz jeszcze udałoby się ściągnąć kamery.

Gdy krążył po alejkach w zoo, poczuł tęsknotę za dzieciństwem, a także smutek na widok pustych klatek. Kiedyś były pełne fascynujących stworzeń z genetycznej arki Kapitolu. Teraz w jednej z klatek w błocie leżał samotny żółw i ciężko rzęził. Wysoko wśród gałęzi skrzeczał brudny tukan, fruwając swobodnie z jednego wybiegu na drugi. Były to nieliczne zwierzęta, które przeżyły wojnę: większość albo padła z głodu, albo została zjedzona. Parka chudych szopów, która zapewne przywędrowała tu z sąsiedniego miasta, grzebała w przewróconym koszu na śmieci. Jedynymi stworzeniami, które czuły się świetnie, były szczury ganiające po krawędzi fontanny i przebiegające przez alejkę zaledwie jakiś metr od Coriolanusa.

Bliżej małpiarni zobaczył ludzi. Mniej więcej setka stała pod samą klatką, od jednej krawędzi do drugiej. Coriolanus poczuł, że ktoś go trącił, i rozpoznał w biegnącym mężczyźnie Lepidusa Malmseya, który w towarzystwie operatora przepychał się przez tłum. Najwyraźniej coś się działo, więc Coriolanus wszedł na głaz, żeby się przyjrzeć.

Zdenerwował go widok Sejanusa, który stał tuż przy klatce, z wielkim plecakiem u stóp. Wsuwał między pręty coś, co przypominało kanapkę, i oferował ją trybutom. Chwilowo wszyscy trzymali się z tyłu. Coriolanus nie słyszał, co mówił Sejanus, ale wyglądało na to, że próbuje przekonać Dill, dziewczynę z Jedenastego Dystryktu, żeby coś zjadła. O co mu chodziło? Próbował go przebić i ukraść show? Chciał podebrać mu pomysł wizyty w zoo i zmienić go w rywalizację, w której Coriolanus nie miał szans, bo zwyczajnie nie było go stać. Czy kanapki wypełniały cały plecak? Przecież ta dziewczyna nawet nie była jego!

Na widok Coriolanusa Sejanus wyraźnie się rozpogodził i skinął na niego ręką. Coriolanus przepchnął się przez tłum, napawając się zainteresowaniem, które budził.

— Kłopoty? — spytał i popatrzył uważnie na plecak, pełen nie tylko kanapek, ale i świeżych śliwek.

— Żadne z nich mi nie ufa — oznajmił Sejanus. — Bo niby dlaczego?

Jakaś dziewczynka z wyniosłą miną podeszła do nich i wskazała na tabliczkę przymocowaną do kolumny z boku wybiegu.

— Napisali tu: „Proszę nie karmić zwierząt" — oznajmiła.

— To nie są zwierzęta — odparł Sejanus. — To dzieciaki, takie jak ty czy ja.

— Wcale nie są tacy jak ja! — zaprotestowała dziewczynka. — Są z dystryktów. Dlatego powinni siedzieć w klatce!

— A więc tak jak ja — powiedział Sejanus oschle. — Coriolanus, myślisz, że zdołasz zwabić tu swoją trybutkę? Jeśli ona podejdzie, to inni może też. Muszą umierać z głodu.

Coriolanus gorączkowo myślał. Dziś już dostał jedną naganę i nie chciał znowu podpaść dziekanowi Highbottomowi. Z drugiej strony ukarano go za narażenie ucznia, a tu, po tej stronie klatki, był całkowicie bezpieczny. Doktor Gaul, prawdopodobnie znacznie bardziej wpływowa niż dziekan Highbottom, pochwaliła go za inicjatywę, a do tego, szczerze mówiąc, wcale nie miał ochoty oddawać pola Sejanusowi. Zoo było jego sceną, a on sam i Lucy Gray — gwiazdami. Nawet w tej chwili słyszał, jak Lepidus szepcze jego nazwisko operatorowi kamery, czuł, że widzowie w Kapitolu wpatrują się właśnie w niego.

Zauważył Lucy Gray w głębi wybiegu. Myła twarz i ręce pod kranem wystającym ze ściany na wysokości kolan. Wytarła się falbaniastą sukienką, ułożyła loki i poprawiła różę za uchem.

— Nie mogę zachowywać się tak, jakby to była pora karmienia w zoo — odparł Coriolanus. Wpychanie jedzenia przez pręty nie licowałoby z traktowaniem Lucy Gray jak damy. — Nie zrobię tego. Ale mogę zaproponować jej kolację.

Sejanus natychmiast pokiwał głową.

— Bierz, co chcesz. Mamuś zrobiła na zapas. Proszę.

Coriolanus wyjął z plecaka dwie kanapki i dwie śliwki, a następnie podszedł do krawędzi wybiegu, gdzie leżał płaski kamień, który doskonale nadawał się do siedzenia.

Nigdy w życiu, nawet w najgorszych latach, nie wyszedł z domu bez czystej chustki w kieszeni. Panibabka twierdziła, że zachowanie pewnych form nie dopuszcza do chaosu. Mieli całe szuflady chustek, które odziedziczyli po poprzednich pokoleniach, od zwyczajnych do haftowanych w kwiaty. Coriolanus rozpostarł zniszczony, nieco pognieciony kwadrat białego płótna i położył na nim kanapki. Kiedy usiadł, Lucy Gray sama, bez żadnej zachęty, podeszła do prętów.

— Te kanapki są dla wszystkich? — spytała.

— Tylko dla ciebie — odparł.

Przykucnęła i wzięła do ręki kanapkę. Przyjrzała się składnikom, po czym skubnęła maleńki kęs.

— A ty nie jesz?

Nie był pewien. Jak na razie wszystko układało się tak, jak powinno — wyróżnił ją, zaprezentował jako kogoś wartościowego. Ale żeby z nią jeść? Mógłby przekroczyć granicę.

— Wolę, żebyś ty zjadła — odpowiedział. — Żebyś nie traciła sił.

— Dlaczego? Myślisz, że zdołam skręcić Jessupowi kark na arenie? Oboje wiemy, że to nie jest moja mocna strona.

Zaburczało mu w brzuchu, gdy poczuł zapach kanapki. Gruby plaster pieczeni na białym chlebie. Dziś Coriolanus nie zjadł lunchu w Akademii, a śniadanie i kolacja w domu były skromne. Kropla ketchupu ściekająca z kanapki Lucy Gray przeważyła szalę. Podniósł drugą kanapkę i zatopił w niej zęby. Jego ciało przeszył dreszcz rozkoszy i Coriolanus musiał się powstrzymać, żeby nie pożreć całej kanapki w paru kęsach.

— Teraz jest jak na pikniku. — Lucy Gray odwróciła się do reszty trybutów, którzy podeszli trochę bliżej, ale nadal wydawali się niezdecydowani. — Wszyscy powinniście zjeść po jednej, są naprawdę pyszne! — zawołała. — No chodź, Jessup!

Nieco ośmielony, jej olbrzymi partner z dystryktu powoli podszedł do Sejanusa i wyjął kanapkę z jego dłoni. Poczekał, aż dostanie jeszcze śliwkę, po czym oddalił się bez słowa. Nagle pozostali trybuci podbiegli do ogrodzenia i wystawili ręce przez pręty. Sejanus podawał im kanapki najszybciej, jak się dało, i po chwili plecak był niemal pusty. Trybuci rozeszli się po klatce i przykucnąwszy, błyskawicznie pożarli jedzenie.

Jedynym trybutem, który nie podszedł do Sejanusa, był jego własny podopieczny, chłopak z Dwunastego Dystryktu. Stał z tyłu klatki, z rękami założonymi na muskularnej piersi, i wpatrywał się ponurym wzrokiem w swojego mentora.

Sejanus wyjął ostatnią kanapkę z plecaka i wyciągnął ją w stronę trybuta.

— Marcus, to dla ciebie. Weź ją. Proszę.

Marcus jednak nadal stał nieruchomo z miną niewyrażającą żadnych uczuć.

— Proszę, Marcus — błagał Sejanus. — Na pewno umierasz z głodu.

Marcus zmierzył go spojrzeniem z góry na dół, po czym demonstracyjnie się odwrócił.

Lucy Gray z zainteresowaniem przyglądała się tej patowej sytuacji.

— Co się dzieje? — spytała.

— Nie wiesz? — zdziwił się Coriolanus.

— W zasadzie nie wiem — odparła. — Ale to chyba sprawa osobista.

Drobny chłopak, który wcześniej chciał zamordować Coriolanusa, podbiegł do ogrodzenia i chwycił wzgardzoną kanapkę. Sejanus nawet nie drgnął. Ekipa telewizyjna usiłowała wciągnąć go w rozmowę, ale zbył ich i zniknął w tłumie, z pustym plecakiem przerzuconym przez ramię. Przez chwilę filmowali trybutów, po czym ruszyli w stronę Lucy Gray i Coriolanusa, który się wyprostował i przejechał językiem po zębach, żeby oczyścić je z resztek pieczeni.

— Jesteśmy tu w zoo razem z Coriolanusem Snowem i jego trybutką, Lucy Gray Baird. Inny uczeń właśnie rozdał kanapki. Czy to również mentor? — Lepidus podsunął im mikrofon.

Coriolanus nie bardzo miał ochotę dzielić się sławą, ale obecność Sejanusa mogła go ochronić. Czy dziekan Highbottom udzieli nagany synowi człowieka, który odbudował Akademię? Kilka dni temu sądził, że nazwisko Snow znaczy więcej niż Plinth, ale przydział trybutów uświadomił mu, że się mylił. Jeśli Highbottom zamierzał go wezwać na dywanik, Coriolanus wolał iść do dziekana w towarzystwie Sejanusa.

— To mój kolega z klasy, Sejanus Plinth — odparł.

— Co knuje, przynosząc pyszne kanapki trybutom? Przecież Kapitol na pewno ich karmi — powiedział reporter.

— Żeby było jasne, ostatni raz jadłam wieczorem przed dożynkami — wtrąciła Lucy Gray. — Czyli to chyba trzy dni.

— Och. Okej. Mam więc nadzieję, że kanapka ci smakowała! — zawołał Lepidus i dał znak operatorowi, żeby skierował kamerę na pozostałych trybutów.

Lucy Gray zerwała się na równe nogi, pochyliła ku prętom i ponownie ściągnęła na siebie uwagę.

— Wie pan, panie reporterze, co byłoby miłe? Gdyby ktoś miał jedzenie na zbyciu i mógłby je przynieść do zoo. Co to za rozrywka oglądać igrzyska, jeśli będziemy zbyt słabi na walkę, prawda?

— Jest w tym trochę prawdy — odparł reporter niepewnie.

— Ja na przykład lubię wszystko, co słodkie, ale nie jestem wybredna. — Uśmiechnęła się i ugryzła śliwkę.

— Okej. No to okej. — Odsunął się.

Coriolanus widział, że reporter stąpa po grząskim gruncie. Czy naprawdę powinien jej pomóc i prosić widzów o jedzenie? Czy też zostałoby to odebrane jak potępienie Kapitolu?

Gdy ekipa telewizyjna przeszła do innych trybutów, Lucy Gray znowu usiadła naprzeciwko Coriolanusa.

— Przesadziłam?

— Moim zdaniem nie — oświadczył. — Przepraszam, że nie pomyślałem o tym, żeby ci przynieść jedzenie.

— Kiedy nikt nie patrzy, skubię płatki róży. — Wzruszyła ramionami. — Przecież nie wiedziałeś.

W milczeniu skończyli jeść, przyglądając się, jak reporterzy bez skutku usiłują wciągnąć w rozmowę pozostałych trybutów. Słońce już zaszło i teraz na niebie świecił wschodzący księżyc. Zoo miało wkrótce zostać zamknięte.

— Tak sobie pomyślałem, że może dobrze by było, gdybyś znowu zaśpiewała — odezwał się Coriolanus.

Lucy Gray wyssała resztkę miąższu na pestce śliwki.

— Hmm, może i tak. — Otarła kąciki ust falbanką i obciągnęła sukienkę. Jej zazwyczaj rozbawiony głos brzmiał teraz poważnie. — Co ty z tego masz jako mój mentor? Chodzisz do szkoły, tak? Co dostaniesz? Tym lepszy stopień, im bardziej będę błyszczała?

— Może.

Zrobiło mu się wstyd. Tu, będąc z nią sam na sam, po raz pierwszy uświadomił sobie, że za kilka dni Lucy Gray będzie martwa. Naturalnie, wiedział o tym od początku, ale dotąd myślał o niej raczej jak o swojej zawodniczce. Jak o koniu w wyścigu czy psie w walce. Ale gdy zaczął ją traktować jak kogoś wyjątkowego, stawała się coraz bardziej ludzka. Tak jak Sejanus powiedział tamtej dziewczynce, Lucy Gray nie była zwierzęciem, nawet jeśli nie urodziła się w Kapitolu. A co on tu robił? Odstawiał teatrzyk, jak to ujął dziekan Highbottom?

— Właściwie nie wiem, co z tego będę miał — odparł. — Dotąd nie było mentorów. Nie musisz. To znaczy śpiewać.

— Wiem — odparła.

Jednak chciał, żeby zaśpiewała.

— Ale jeśli ludzie cię polubią, mogą ci przynieść więcej jedzenia. W domu nie mamy go za dużo.

Jego policzki płonęły w półmroku. Dlaczego na litość boską jej to powiedział?

— Nie? Myślałam, że w Kapitolu macie mnóstwo jedzenia — zauważyła.

Idiota, pomyślał. Wtedy jednak zauważył jej spojrzenie i uświadomił sobie, że po raz pierwszy wydała się nim szczerze zainteresowana.

— O nie. Zwłaszcza w czasie wojny. Raz zjadłem pół słoika kleju z krochmalu, żeby przestało mnie skręcać z głodu.

— Tak? I jaki był? — spytała.

To go zbiło z tropu i ku swojemu zdumieniu wybuchnął śmiechem.

— Bardzo lepki — odparł.

Lucy Gray uśmiechnęła się do niego.

— To i tak brzmi lepiej niż to, czym ja musiałam się obejść. Nie to, żebym z tobą rywalizowała czy coś.

— Jasne, że nie. — Odpowiedział jej uśmiechem. — Wybacz, załatwię ci coś do jedzenia. Nie powinnaś być zmuszana do występów w zamian za jedzenie.

— Nie pierwszy raz śpiewałabym za kolację. Zdecydowanie nie — powiedziała. — A poza tym uwielbiam śpiewać.

Głos w głośnikach obwieścił, że zoo zostanie zamknięte za kwadrans.

— Powinienem już iść. Zobaczymy się jutro? — spytał Coriolanus.

— Wiesz, gdzie mnie znaleźć — odparła.

Wstał i otrzepał spodnie, po czym strząsnął chustkę, złożył ją i podał Lucy Gray przez pręty.

— Jest czysta — zapewnił ją.

Przynajmniej będzie miała czym osuszyć twarz.

— Dzięki. Zostawiłam swoją w domu — powiedziała.

Wzmianka o domu zawisła w powietrzu między nimi niczym wspomnienie drzwi, których już nigdy nie miała otworzyć, bliskich, których już nie zobaczy. Nie mógł nawet znieść myśli, że ktoś wyrwałby go z rodzinnego domu. Apartament był jedynym miejscem, w którym czuł się u siebie, jego bezpieczną przystanią, rodzinną warownią.

Nie wiedział, co odpowiedzieć, więc tylko skinął jej głową na pożegnanie.

Nie zdążył zrobić nawet dwudziestu kroków, kiedy zatrzymał go dźwięk głosu jego trybutki, słodki i czysty w nocnym powietrzu.

Gdzieś tam w dolinie, w dolinie gdzieś
Gwizdek pociągu zanucił pieśń,
Słyszę, najdroższy, pociągu pieśń,
Gwizdek pociągu zanucił pieśń.

Widzowie, którzy już wychodzili, odwrócili się, żeby posłuchać.

Zbuduj wysoko, zbuduj mi dom,
Żebym zdołała wypatrzeć go.
Ukochanego, wypatrzeć go,
Żebym zdołała wypatrzeć go.

Wszyscy ucichli — widownia, trybuci. Słychać było tylko Lucy Gray i warkot skupionej na niej kamery. Dziewczyna nadal siedziała tam, gdzie poprzednio, z głową opartą o pręty.

Napisz mi w liście, jak znieść ten świat,
Tu, w Kapitolu, patrzę zza krat.
Czekam w więzieniu, patrzę zza krat,
Tu, w Kapitolu, patrzę zza krat.

Wydawała się taka samotna, taka zagubiona...

Fiołki weź sobie, różę daj mnie,
Wyznałam ptakom, że kocham cię.
Tak, tylko ciebie, tak, kocham cię.
Wyznałam ptakom, że kocham cię.

Coriolanus stał, zafascynowany melodią i napływem wywołanych przez nią wspomnień. Matka śpiewała mu piosenkę na dobranoc. Nie tę, ale używała identycznych słów o różach i fiołkach. I było tam o tym, że go kocha. Pomyślał o oprawionym w srebrną ramkę zdjęciu na nocnym stoliku przy łóżku. Na fotografii miał dwa lata, a jego piękna matka trzymała go na rękach. Roześmiani, spoglądali na siebie. Chociaż bardzo się starał, nie zdołał sobie przypomnieć chwili, w której zrobiono zdjęcie, ale ta piosenka koiła jego myśli, przywoływała z oddali matkę. Miał wrażenie, że była przy nim, niemal czuł delikatny zapach jej różanego pudru i bezpieczeństwo, którym niczym ciepłą kołdrą otulała go każdej nocy. Zanim umarła. Zanim przyszły te okropne dni, kilka miesięcy po wybuchu wojny, kiedy pierwsze intensywne rebelianckie bombardowanie sparaliżowało miasto. Zaczęła rodzić, a oni nie mogli przewieźć jej do szpitala, i coś poszło nie tak. Może to był krwotok wewnętrzny? Przesiąknięte krwią prześcieradło, kucharz i Panibabka usiłujący powstrzymać krwawienie, Tigris wyciągająca go z pokoju. A potem matka odeszła, a dziecko — które byłoby jego siostrą — odeszło razem z nią. Ojciec zginął tuż po matce, jednak po jego śmierci świat nie opustoszał tak bardzo. Coriolanus nadal trzymał w szufladzie nocnego stolika puderniczkę matki. W trudnych chwilach, gdy nie mógł zasnąć, unosił wieczko i wdychał różany zapach jedwabistego pudru. Zawsze się uspokajał, wspominając, jak bardzo czuł się wtedy kochany.

Bomby i krew. Tak właśnie rebelianci zabili jego matkę. Zastanawiał się, czy zabili również matkę Lucy Gray. Tylko jej perłowobiałe kości. Chyba niespecjalnie kochała Dwunasty Dystrykt, zawsze odcinała się od niego, mówiła, że jest... jak to było? Z Trupy?

— Dziękuję, że do mnie dołączyłeś.

Ten głos go zaskoczył. Sejanus siedział ponad metr dalej, za jednym z głazów, i słuchał piosenki. Coriolanus odkaszlnął.

— Drobiazg — powiedział.

— Wątpię, żeby ktokolwiek z naszej klasy poza tobą mi pomógł — zauważył Sejanus.

— Nikt z naszej klasy w ogóle się tu nie pojawił — odparł Coriolanus. — Tym się od nich różnimy. Dlaczego pomyślałeś o nakarmieniu trybutów?

Sejanus popatrzył na pusty plecak u swoich stóp.

— Od dożynek wyobrażam sobie, że jestem jednym z nich.

Coriolanus omal się nie roześmiał, ale uświadomił sobie, że Sejanus mówił poważnie.

— Trochę dziwna rozrywka — mruknął.

— Nic na to nie poradzę. — Sejanus niemal szeptał i Coriolanus musiał się wysilić, żeby cokolwiek usłyszeć. — Wyczytują moje nazwisko. Podchodzę do sceny. Zakuwają mnie w kajdanki. Biją bez powodu. Jadę pociągiem w ciemności, głodny i sam, tylko z dzieciakami, które kazali mi zabić. I w końcu jestem na widoku, a wszyscy ci obcy ludzie przyprowadzają dzieci, żeby popatrzyły na mnie przez kraty...

Skrzypienie zardzewiałych kół skierowało ich uwagę na małpiarnię. Kilkanaście bel siana zsunęło się po zjeżdżalni i wylądowało na podłodze klatki, tworząc sporą stertę.

— Patrz, to pewnie moje łóżko — powiedział Sejanus.

— Tobie to nie grozi — zapewnił go Coriolanus.

— Ale spokojnie mogłoby mi grozić, gdybyśmy nie byli teraz tacy bogaci. Mieszkałbym w Drugim Dystrykcie i albo bym chodził jeszcze do szkoły, albo już pracował w kopalni. Na pewno wziąłbym udział w dożynkach. Widziałeś mojego trybuta?

— Trudno go nie zauważyć — przyznał Coriolanus. — Myślę, że ma spore szanse na wygraną.

— Był moim kolegą z klasy. No wiesz, zanim tu przyjechałem. W domu. Ma na imię Marcus — ciągnął Sejanus. — W zasadzie nie był moim przyjacielem, ale na pewno nie wrogiem. Pewnego dnia przytrzasnąłem sobie palec w drzwiach, i to mocno, a on zebrał kubek śniegu z parapetu, żeby zmniejszyć opuchliznę. Nawet nie spytał nauczyciela, po prostu tak zrobił.

— Myślisz, że w ogóle cię pamięta? — spytał Coriolanus. — Byliście mali, a od tamtego czasu sporo się wydarzyło.

— O tak, pamięta. W domu Plinthowie są sławni. — Na twarzy Sejanusa malował się ból. — Sławni i znienawidzeni.

— A teraz jesteś jego mentorem — powiedział Coriolanus.

— A teraz jestem jego mentorem — powtórzył Sejanus.

Światła w małpiarni przygasły. Kilkoro trybutów zajęło się przygotowywaniem sobie posłań z siana. Coriolanus dostrzegł Marcusa, który pił wodę z kranu i wylewał ją sobie na głowę. Kiedy się podniósł i odszedł do bel siana, górował na całą resztą trybutów.

Sejanus lekko kopnął plecak.

— Nie chciał wziąć ode mnie kanapki. Wolał iść na igrzyska z pustym brzuchem, niż przyjąć jedzenie z mojej ręki.

— To nie twoja wina — zauważył Coriolanus.

— Wiem, wiem. Jestem taki niewinny, że aż mi to staje kością w gardle — westchnął Sejanus.

Kiedy Coriolanus usiłował rozgryźć, co miał na myśli, w klatce wybuchła walka. Dwóch trybutów pobiło się o belę siana. Po chwili interweniował Marcus — złapał obu chłopaków za kołnierze i odrzucił na boki jak szmaciane lalki. Przelecieli kilka metrów w powietrzu, zanim bezwładnie wylądowali na podłodze i chyłkiem umknęli w mrok. Tymczasem zupełnie nieporuszony tym zajściem Marcus zgarnął belę siana.

— On i tak wygra — oświadczył Coriolanus.

Jeśli miał jakiekolwiek wątpliwości, to pokaz siły Marcusa całkowicie je rozwiał. Znowu poczuł gorycz na myśl, że Plinth dostał najlepszego trybuta. Dość miał narzekania Sejanusa na to, że ojciec kupił mu zwycięzcę.

— Każdy z nas byłby zachwycony, gdyby go dostał — dodał.

— Serio? — Sejanus trochę się rozpogodził. — No to go sobie weź. Jest twój.

— Nie mówisz poważnie — odparł Coriolanus.

— Stuprocentowo poważnie. — Sejanus zerwał się z miejsca. — Chcę, żebyś to ty go miał! Ja wezmę Lucy Gray. Nadal będzie okropnie, ale przynajmniej jej nie znam. Wiem, że tłum ją lubi, ale co jej z tego przyjdzie na arenie? Nie ma mowy, żeby go pokonała. Zamień się ze mną na trybutów. Wygraj igrzyska i napawaj się chwałą. Proszę, Coriolanusie. Nigdy ci tego nie zapomnę.

Przez krótką chwilę Coriolanus niemal czuł słodycz zwycięstwa, słyszał okrzyki tłumu. Skoro dzięki niemu Lucy Gray została faworytką, można było sobie wyobrazić, co zdołałby zrobić z takim drągalem jak Marcus. No naprawdę, jakie szanse miała Lucy Gray? Jego spojrzenie powędrowało do dziewczyny opartej o pręty jak dzikie zwierzę. W półmroku jej barwność i wyjątkowość zbladły, teraz była tylko nijakim, posiniaczonym stworzeniem. Nie stanowiła wyzwania nawet dla pozostałych dziewczyn, o chłopakach nie wspominając. Sam pomysł, że mogłaby pokonać Marcusa, był śmiechu warty. To jakby wystawić małego ptaszka przeciwko niedźwiedziowi grizzly.

Już miał powiedzieć: „Załatwione", kiedy nagle się powstrzymał.

Wygrana Marcusa wcale nie byłaby wygraną. Nie wymagała sprytu, umiejętności, nawet łutu szczęścia. Wygrana Lucy Gray była niemal nieprawdopodobna, ale gdyby mu się udało, przeszedłby do historii. Zresztą czy tu w ogóle chodziło o zwycięstwo, czy też raczej o zainteresowanie widzów? Dzięki niemu Lucy Gray była obecnie gwiazdą igrzysk, najlepiej zapamiętaną trybutką, niezależnie od tego, kto zwycięży. Pomyślał o tym, jak trzymali się za ręce w zoo, stawiając czoło światu. Byli drużyną. Ufała mu. Nie wyobrażał sobie, jak miałby jej powiedzieć, że wystawił ją dla Marcusa — albo, co gorsza, jak miałby to powiedzieć widowni.

Poza tym wcale nie było pewne, że Marcus potraktuje go inaczej niż Sejanusa. Wyglądał na takiego, który będzie ignorował wszystkich. Wtedy Coriolanus wyszedłby na głupka, błagając Marcusa o odrobinę uwagi, a Lucy Gray kręciłaby piruety wokół Sejanusa.

Należało wziąć pod uwagę coś jeszcze. Miał to, czego pragnął Sejanus Plinth, i to bardzo. Sejanus już przywłaszczył sobie jego pozycję, dziedzictwo, ubrania, słodycze, kanapki i przywileje należne Snowom. Teraz czaił się na jego apartament, miejsce na Uniwersytecie, na całą jego przyszłość i miał czelność gardzić swoim szczęściem. Odrzucać je, wręcz uważać za karę. Jeśli bycie mentorem Marcusa zawstydzało Sejanusa, to niech się wstydzi. Lucy Gray była jedynym, co należało do Coriolanusa i na co Sejanus nie miał żadnych szans.

— Wybacz, przyjacielu — odparł łagodnie. — Ale raczej ją zatrzymam.

6

Coriolanus napawał się rozczarowaniem na twarzy Sejanusa, ale niezbyt długo, bo to byłoby małostkowe.

— Słuchaj, Sejanus, pewnie tak nie myślisz, ale oddaję ci przysługę. Zastanów się. Co by powiedział twój ojciec, gdyby odkrył, że wymieniłeś trybuta, za którym optował?

— Mam to gdzieś — odparł Sejanus, ale nie zabrzmiało to przekonująco.

— W porządku, zapomnij o ojcu. A co z Akademią? — spytał Coriolanus. — Wątpię, żeby pozwolili na zamianę trybutów. Ja dostałem naganę już za samo wcześniejsze spotkanie z Lucy Gray. A gdybym próbował ją wymienić? Poza tym biedactwo już się do mnie przywiązało. Zostawić ją to jak kopnąć kotka. Nie miałbym serca.

— Niepotrzebnie prosiłem. Do głowy mi nie przyszło, że to mogłoby utrudnić ci życie. Przepraszam. Po prostu... — Nagle z Sejanusa wylał się potok słów. — Po prostu te całe Głodowe Igrzyska doprowadzają mnie do szału! No bo co my robimy? Zapędzamy dzieciaki na arenę, żeby się pozabijały? Przecież to okropne pod tyloma względami! Zwierzęta pilnują swoich młodych, prawda? I my też. Brońmy dzieci! To wbudowany w człowieka mechanizm. Kto tak naprawdę chciałby robić coś takiego? To nienaturalne!

— Nic miłego — przyznał Coriolanus, rozglądając się dookoła.

— To złe. To godzi we wszystko, co moim zdaniem jest dobre w świecie. Nie mogę być częścią czegoś takiego, zwłaszcza z Marcusem. Muszę się jakoś z tego wyplątać czy coś — oświadczył Sejanus, a jego oczy wypełniły się łzami.

Jego udręka krępowała Coriolanusa, zwłaszcza że sam bardzo sobie cenił możliwość udziału w programie mentorskim.

— Zawsze możesz spytać innego mentora — zauważył. — Wątpię, żebyś miał problem ze znalezieniem chętnego.

— Nie, nie oddam Marcusa nikomu innemu. Mógłbym go powierzyć tylko tobie. — Sejanus odwrócił się do klatki, gdzie trybuci szykowali się do snu. — Zresztą jakie to ma znaczenie? Jeśli nie Marcus, to ktoś inny. Może i będzie łatwiej, ale i tak nie w porządku. — Wziął do ręki plecak. — Pójdę już do domu. Na pewno będzie bardzo miło.

— Raczej nie złamałeś żadnych zasad — powiedział Coriolanus.

— Publicznie stanąłem po stronie dystryktów. W oczach ojca złamałem jedyną zasadę, która ma znaczenie. — Sejanus uśmiechnął się do niego markotnie. — Jeszcze raz dziękuję za pomoc.

— A ja tobie za kanapkę — odparł Coriolanus. — Była pyszna.

— Powtórzę to Mamuś. Będzie zachwycona.

Po powrocie do domu Coriolanus miał nieco zepsuty wieczór. Panibabka wyraziła silną dezaprobatę dla jego pikniku z Lucy Gray.

— Nakarmić ją to jedno — powiedziała. — Wspólny posiłek sugeruje jednak, że uważasz ją za równą sobie, a tak przecież nie jest. W dystryktach zawsze będzie coś barbarzyńskiego. Twój własny ojciec powtarzał, że ci ludzie piją wodę tylko dlatego, że z nieba nie pada krew. Lekceważąc to, ściągasz na siebie zgubę, Coriolanusie.

— To tylko dziewczynka, Panibabciu — wtrąciła Tigris.

— Z dystryktu — odparła Panibabka. — I wierz mi, od bardzo dawna nie jest już dziewczynką.

Coriolanus pomyślał z niepokojem o trybutach w klatce na ciężarówce, którzy chcieli go zabić. Bez wątpienia cechowała ich żądza krwi. Tylko Lucy Gray zaprotestowała.

— Lucy Gray jest inna — oświadczył. — Stanęła po mojej stronie, kiedy reszta chciała mnie zaatakować podczas jazdy. W małpiarni też mnie wsparła.

Panibabka jednak nie ustępowała.

— A zadałaby sobie tyle trudu, gdybyś nie był jej mentorem? Naturalnie, że nie. Ta mała chytruska manipuluje tobą od chwili, w której się poznaliście. Ostrożnie, chłopcze, tyle tylko ci powiem.

Coriolanusowi nie chciało się spierać, gdyż Panibabka zawsze odmalowywała w najczarniejszych barwach wszystko, co w jej mniemaniu miało jakikolwiek związek z dystryktami. Słaniając się na nogach ze zmęczenia, pomaszerował prosto do łóżka, ale nie zdołał wyciszyć umysłu. Wyjął z szuflady nocnego stolika puderniczkę matki i przejechał palcami po róży wygrawerowanej na srebrnym wieczku.

Fiołki weź sobie, różę daj mnie,
Wyznałam ptakom, że kocham cię…

Kiedy wcisnął zapadkę, wieczko się otworzyło i z puderniczki wydobył się kwietny aromat. W słabym świetle z Corso bladoniebieskie oczy spojrzały na Coriolanusa z okrągłego, nieco zdeformowanego lusterka.

— Takie same miał twój ojciec — przypominała mu często Panibabka.

Żałował, że nie odziedziczył oczu po matce, ale nikomu o tym nie powiedział. Może i lepiej, że przypominał ojca. Matka tak naprawdę była zbyt delikatna na ten świat. W końcu przysnął z myślą o niej, ale to Lucy Gray, wirując w tęczowej sukience, śpiewała w jego snach.

Rankiem po przebudzeniu Coriolanus poczuł smakowity zapach. Poszedł do kuchni i tam się przekonał, że Tigris jeszcze przed świtem zabrała się do gotowania. Uścisnął jej ramię.

— Tigris, musisz więcej sypiać — powiedział.

— Nie mogłam spać, myślałam o tym, co się dzieje w zoo — odparła. — W tym roku niektórzy z nich wyglądają na kompletne dzieciuchy. A może to ja się starzeję.

— Nieprzyjemnie widzieć ich zamkniętych w tej klatce — przyznał Coriolanus.

— Ciebie też było nieprzyjemnie tam widzieć — zauważyła. Wsunęła na dłoń rękawicę i wyjęła z piekarnika formę z chlebowym puddingiem. — Fabricia kazała mi wyrzucić czerstwy chleb z przyjęcia, ale pomyślałam sobie, po co go marnować?

Gorący pudding prosto z piekarnika, polany syropem kukurydzianym, był jednym z jego ulubionych dań.

— Wygląda apetycznie — oznajmił.

— I jest go mnóstwo, więc możesz zanieść trochę Lucy Gray. Mówiła, że lubi słodycze, a wątpię, żeby miała jeszcze wiele okazji się nimi nacieszyć! — Hałaśliwie odstawiła formę. — Przepraszam, nie chciałam. Nie wiem, co we mnie wstąpiło. Jestem strasznie spięta.

Coriolanus dotknął jej ramienia.

— To przez igrzyska. Wiesz, że muszę być mentorem, prawda? Jeśli mam mieć jakąkolwiek szansę na nagrodę, muszę to wygrać dla nas wszystkich.

— Oczywiście, Corio. Oczywiście. Jesteśmy dumne z ciebie i z tego, jak sobie radzisz. — Ukroiła spory kawałek puddingu chlebowego i położyła go na talerzyku. — A teraz jedz. Nie powinieneś się spóźnić.

W Akademii Coriolanus czuł, jak jego niepewność maleje, gdy pławił się w blasku swojej wczorajszej brawury. Z wyjątkiem Livii Cardew, która jasno dała do zrozumienia, że jej zdaniem oszukiwał i powinien natychmiast stracić stanowisko mentora, wszyscy koledzy z klasy mu gratulowali. Nauczyciele otwarcie go nie wspierali, ale kilkoro uśmiechnęło się do niego i poklepało go po plecach.

Po godzinie wychowawczej Satiria odciągnęła go na bok.

— Dobra robota. Sprawiłeś przyjemność doktor Gaul i dzięki temu udało ci się poprawić swoje notowania u nauczycieli. Złoży korzystne sprawozdanie prezydentowi Ravinstillowi, a to nas postawi w dobrym świetle. Tyle że musisz być ostrożny. Dotąd dopisywało ci szczęście, ale co by było, gdyby te bachory zaatakowały cię w klatce? Strażnicy Pokoju musieliby cię ratować i byłyby straty po obu stronach. Sprawy miałyby się inaczej, gdybyś nie dostał tej małej tęczowej dziewczynki.

— Dlatego odmówiłem Sejanusowi, kiedy chciał zamienić się na trybutów — powiedział Coriolanus.

Satiria otworzyła szeroko usta.

— Nie! Wyobraź sobie, co by powiedział Strabo Plinth, gdyby to się rozeszło.

— A ty wyobraź sobie, ile mi będzie zawdzięczał, jeśli to się nie rozejdzie. — Myśl o szantażowaniu starego Plintha była bardzo kusząca.

— Mówisz jak Snow. — Roześmiała się. — A teraz wracaj na lekcję. Skoro zamierzasz kolekcjonować nagany, to miej przynajmniej najlepsze oceny.

Dwadzieścioro czworo mentorów spędziło ranek na seminarium prowadzonym przez profesora Crispusa Demiglossa, entuzjastycznego staruszka, który uczył historii. Urządzili burzę mózgów, rzucając inne niż udział mentorów pomysły na zwiększenie oglądalności Głodowych Igrzysk.

— Udowodnijcie, że nie zmarnowałem czterech lat, próbując was wykształcić — zachichotał. — Jeśli historia czegokolwiek was nauczyła, to tego, jak skłonić niechętnych do podporządkowania się. — Ręka Sejanusa wystrzeliła w górę. — O, Sejanus!

— Może zanim porozmawiamy o tym, jak zmusić ludzi do oglądania igrzysk, zastanowimy się, czy w ogóle należy je oglądać? — spytał Sejanus.

— Trzymajmy się tematu, bardzo proszę. — Professor Demigloss przyjrzał się uczniom z nadzieją, że usłyszy bardziej produktywną odpowiedź. — Jak skłonić ludzi do oglądania?

Festus Creed podniósł rękę. Większy i potężniejszy od rówieśników, od urodzenia należał do najbliższych przyjaciół Coriolanusa. Pochodził ze starego rodu kapitolińskich bogaczy, których fortuna, głównie ulokowana w drewnie w Siódmym Dystrykcie, ucierpiała w trakcie wojny, jednak odbili to sobie podczas powojennej odbudowy. Jego podopieczna, dziewczyna z Czwartego Dystryktu, doskonale odzwierciadlała jego pozycję — wysoką, ale nie wybitną.

— Oświeć nas, Festusie — zachęcił go profesor Demigloss.

— To proste. Przejdźmy od razu do kar — odparł Festus. — Zamiast sugerować ludziom oglądanie, nakażmy je prawem.

— Co czekałoby tych, którzy by nie oglądali? — spytała Clemensia, nawet nie zadając sobie trudu, żeby podnieść rękę czy oderwać wzrok od notatek. Była lubiana zarówno przez uczniów, jak i przez nauczycieli, a dzięki miłemu usposobieniu sporo uchodziło jej na sucho.

— W dystryktach egzekucja. W Kapitolu zesłanie do dystryktów, a gdyby to się powtórzyło w następnym roku, no to egzekucja — oznajmił Festus radośnie.

Uczniowie wybuchnęli śmiechem, ale potem zaczęli poważnie się nad tym zastanawiać. Jak wyegzekwować taki nakaz? Nie można było posyłać Strażników Pokoju, żeby sprawdzali dom po domu. Może próba losowa, podczas której trzeba by odpowiedzieć na pytania, dowodząc, że oglądało się igrzyska? A jeśli się nie oglądało, to jak miałaby wyglądać stosowna kara? Egzekucja albo wygnanie odpadały, były zbyt drastyczne. Może utrata pewnych przywilejów w Kapitolu i publiczne batożenie w dystryktach? W ten sposób każdy odczułby karę na własnej skórze.

— Prawdziwy problem polega na tym, że niedobrze się robi, jak się na to patrzy — oznajmiła Clemensia. — Dlatego ludzie tego unikają.

— Jasne, że tak! — włączył się Sejanus. — Kto chce oglądać grupkę mordujących się dzieciaków? Chyba tylko jakiś wynaturzony, chory człowiek. Ludzie może i nie są idealni, ale nie są potworami

— Skąd wiesz? — spytała Livia oschle. — I niby skąd ktoś z dystryktów miałby jakiekolwiek pojęcie o tym, co chcemy oglądać w Kapitolu? W czasie wojny nawet cię tu nie było.

Sejanus zamilkł, nie mogąc zaprzeczyć.

— Bo większość z nas to w sumie przyzwoici ludzie — odezwała się Lysistrata Vickers, kładąc skromnie dłonie na notesie. Wszystko w niej było schludne, od starannie zaplecionych włosów przez równo opiłowane paznokcie po sztywne, białe mankiety bluzy od mundurka, odcinające się od jej gładkiej brązowej skóry. — Większość z nas nie chce oglądać cierpienia innych.

— Widzieliśmy gorsze rzeczy podczas wojny. I po niej — przypomniał jej Coriolanus.

Podczas Mrocznych Dni wielokrotnie nadawano mrożące krew w żyłach relacje, a po podpisaniu Traktatu o Zdradzie odbyło się sporo brutalnych egzekucji.

— Ale wtedy chodziło o naszych wrogów, Corio! — oznajmiła Arachne Crane i szturchnęła go w ramię. Zawsze była głośna. Zawsze szturchała ludzi. Apartament Crane'ów znajdował się naprzeciwko apartamentu Snowów i czasami nawet z drugiej strony Corso Coriolanus słyszał nocą jej wrzaski. — Patrzyliśmy, jak giną nasi wrogowie! No wiesz, rebelianckie ścierwo i w ogóle. Kogo obchodzą te dzieciaki?

— Zapewne ich rodziny — zauważył Sejanus.

— Czyli bandę przegrywów w dystryktach. I co z tego? — ryknęła Arachne. — Dlaczego kogokolwiek z nas miałoby obchodzić, które z nich wygra?

Livia popatrzyła znacząco na Sejanusa.

— Mnie nie obchodzi — oznajmiła.

— Bardziej mnie kręci walka psów — przyznał Festus. — Zwłaszcza jeśli na któregoś stawiam.

— No to może byśmy obstawiali trybutów? — zażartował Coriolanus. — Wtedy byś się wciągnął?

— No, to na pewno dodałoby sprawie rumieńców! — wykrzyknął Festus.

Kilka osób zachichotało, ale po chwili klasa zamilkła, przetrawiając ten pomysł.

— To makabryczne — oznajmiła Clemensia, z zadumą okręcając warkocz wokół palca. — Mówiłeś poważnie? Myślisz, że powinniśmy się zakładać o to, kto zwycięży?

— Właściwie to nie. — Coriolanus przechylił głowę. — Z drugiej strony, jeśli to miałby być sukces, to zdecydowanie tak, Clemmie. Chcę przejść do historii jako ten, który wprowadził do igrzysk element hazardu!

Clemensia z irytacją pokręciła głową. W drodze na lunch Coriolanus nie mógł jednak pozbyć się myśli, że ten pomysł ma sens.

Kucharze nadal przerabiali resztki po dożynkowym bufecie, i posiekana szynka na toście miała szanse stać się przebojem stołówki w tym roku szkolnym. Coriolanus rozkoszował się każdym kęsem, zupełnie inaczej niż podczas transmisji dożynek, kiedy był tak przejęty zachowaniem dziekana Highbottoma, że ledwie czuł smak jedzenia.

Mentorom nakazano po lunchu zebrać się na galerii Sali Heavensbee'ego, przed pierwszym oficjalnym spotkaniem z trybutami. Każdy z mentorów otrzymał krótki kwestionariusz do wypełnienia wspólnie z podopiecznym, częściowo na przełamanie lodów, częściowo do akt. Do archiwów trafiło bardzo niewiele informacji o poprzednich trybutach i w ten oto sposób starano się to zmienić. Koledzy Coriolanusa z trudem ukrywali zdenerwowanie, a wielu w drodze na galerię rozmawiało i dowcipkowało nieco zbyt głośno. Miał nad nimi przewagę po dwukrotnym spotkaniu z Lucy Gray. Czuł się całkowicie rozluźniony, nawet cieszyło go, że znowu się zobaczą. Chciał podziękować jej za piosenkę, wręczyć pudding chlebowy Tigris i omówić kwestię wywiadu.

Pogawędki ucichły, kiedy mentorzy przeszli przez wahadłowe drzwi na galerię i dostrzegli, co ich czeka na dole. Wszystkie ślady po dożynkowej uroczystości uprzątnięto, więc przestronna sala wydawała się teraz zimna i przytłaczająca. W schludnych rzędach ustawiono dwadzieścia cztery stoliki, a po ich obu stronach stały dwa krzesła. Na każdym stoliku znajdowała się tabliczka z numerem dystryktu oraz literą CH lub D, obok niej betonowy bloczek z żelaznym uchem.

Zanim uczniowie zdążyli porozmawiać o nowym rozplanowaniu sali, do środka weszło dwóch Strażników Pokoju i zajęło pozycję przy wejściu, po czym wprowadzono trybutów, jednego za drugim. Na każdego z nich przypadało po dwóch strażników, ale wydawało się wątpliwe, żeby któryś z trybutów próbował uciec, biorąc pod uwagę ciężkie kajdany na ich przegubach i kostkach. Poprowadzono ich do stolików odpowiadających ich dystryktowi oraz płci, kazano im usiąść i przykuto ich do ciężarków z betonu.

Niektórzy przygarbili się na krzesłach, niemal opierając brody na piersi, ale bardziej oporni wychylili szyje i rozglądali się dookoła. Sala była jednym z najbardziej widowiskowych wnętrz w całym Kapitolu i niektórzy otworzyli szeroko usta z podziwu dla piękna marmurowych kolumn, półkolistych okien i łukowego sklepienia. Coriolanus pomyślał, że to bez wątpienia cudowny widok, w porównaniu z płaskimi, paskudnymi budowlami, typowymi dla wielu dystryktów. Gdy wzrok trybutów wędrował po sali, w końcu dotarł do galerii z mentorami i obie grupy wpatrywały się w siebie przez długą, pełną emocji chwilę.

Profesor Sickle uderzyła dłonią w drzwi, a mentorzy podskoczyli jak na rozkaz.

— Przestańcie gapić się na swoich trybutów i zejdźcie do nich — rozkazała. — Macie tylko kwadrans, więc mądrze go wykorzystajcie. I nie zapomnijcie o jak najdokładniejszym wypełnieniu dokumentów do akt.

Coriolanus pierwszy zszedł po spiralnych schodach na salę. Kiedy napotkał spojrzenie Lucy Gray, od razu się zorientował, że go wypatrywała. Kajdany go zaniepokoiły, ale uśmiechnął się do niej krzepiąco, a wtedy jej twarz nieco się rozpogodziła.

Usiadł naprzeciwko niej i zmarszczył brwi na widok jej skutych rąk, po czym skinął na najbliższego Strażnika Pokoju.

— Przepraszam, dałoby się je zdjąć?

Strażnik grzecznie poszedł spytać o to żołnierza przy drzwiach, ale ten stanowczo pokręcił głową.

— Dzięki, że próbowałeś — odezwała się Lucy Gray. Starannie zaplotła włosy, ale jej twarz wydawała się smutna i zmęczona, a siniak wciąż szpecił policzek. Zauważyła jego spojrzenie i dotknęła krwiaka. — Okropny?

— Goi się — odparł.

— Nie mamy lustra, więc mogę sobie tylko wyobrazić. — Nie grała przy nim i właściwie był z tego zadowolony. Może zaczynała mu ufać.

— Jak się czujesz? — spytał.

— Jestem śpiąca. Przestraszona. Głodna — powiedziała. — Dziś do zoo przyszło tylko parę osób, żeby nas nakarmić. Dostałam jabłko. I tak więcej niż inni, ale trudno się tym najeść.

— Na to mogę coś poradzić. — Wyciągnął z teczki zawiniątko od Tigris.

Lucy Gray ożywiła się i ostrożnie rozwinęła woskowany papier, odsłaniając duży kawałek puddingu chlebowego. Nagle jej oczy wypełniły się łzami.

— O nie. Nie lubisz? — wykrzyknął. — Przyniosę coś innego. Mogę...

Lucy Gray pokręciła głową.

— To mój ulubiony. — Z trudem przełknęła ślinę, oderwała kawałek puddingu i wsunęła go do ust.

— Mój też. Moja kuzynka Tigris zrobiła go dziś rano, więc powinien być świeży — oznajmił.

— Jest doskonały. Smakuje tak jak pudding mojej mamy. Proszę, podziękuj ode mnie Tigris. — Znowu ugryzła kęs, nadal walcząc ze łzami.

Coriolanus poczuł ukłucie bólu. Chciał wyciągnąć rękę i dotknąć twarzy Lucy Gray, powiedzieć, że wszystko się ułoży, ale oczywiście wiedział, że tak nie będzie, nie w jej przypadku. Poszperał w kieszeni, szukając chustki, i podał ją Lucy Gray.

— Mam jeszcze wczorajszą. — Sięgnęła do kieszeni.

— A my mamy ich całe szuflady — odparł. — Weź.

Lucy Gray przyjęła chustkę. Otarła oczy i wydmuchała nos, po czym odetchnęła głęboko i się wyprostowała.

— Jaki jest plan na dzisiaj? — spytała.

— Najpierw powinienem wypełnić kwestionariusz dotyczący twojego pochodzenia. Mogę? — Wyciągnął kartkę papieru.

— Jasne. Uwielbiam mówić o sobie — oświadczyła.

Zaczęli od podstawowych informacji — nazwisko, dystrykt, data urodzenia, kolor włosów i oczu, wzrost i waga, ewentualna niepełnosprawność. Gdy doszli do informacji na temat rodziny, sytuacja się skomplikowała. Rodzice i dwójka starszego rodzeństwa Lucy Gray nie żyli.

— Cała twoja rodzina odeszła? — spytał Coriolanus.

— Mam paru kuzynów, a poza tym tylko Trupę. — Pochyliła się, żeby spojrzeć na kartkę. — Jest tu na nich miejsce?

Nie było. A powinno być, pomyślał, biorąc pod uwagę, jak wojna zdziesiątkowała rodziny. Powinno być miejsce dla każdego, komu choć trochę zależało. Może właśnie od tego trzeba by zacząć ten kwestionariusz: Komu na tobie zależy? Albo lepiej: Na kogo możesz liczyć?

— Mężatka? — Roześmiał się, po czym przypomniał sobie, że w niektórych dystryktach śluby brali bardzo młodzi ludzie. Skąd niby miałby wiedzieć? Może zostawiła męża w Dwunastym Dystrykcie?

— A co? Oświadczasz się? — spytała Lucy Gray poważnym głosem. Popatrzył na nią ze zdumieniem. — Myślę, że mogłoby się nam ułożyć.

Coriolanus poczuł, że się rumieni, choć tylko się z nim droczyła.

— Jestem pewien, że uda ci się lepiej trafić — odparł.

— Na razie się nie udało. — Przez jej twarz przemknął cień bólu, ale zamaskowała to uśmiechem. — Założę się, że dziewczyny ustawiają się do ciebie w kolejce.

Coriolanus oniemiał, nie wiedząc, jak zareagować na to flirtowanie. Na czym stanęli? Popatrzył na kartkę. A tak, na rodzinie.

— Kto cię wychowywał? To znaczy po tym, jak straciłaś rodziców.

— Pewien starzec wziął nas za opłatą, sześcioro dzieciaków z Trupy, które zostały. W zasadzie nas nie wychowywał, ale i nie krzywdził, mogliśmy trafić o wiele gorzej — powiedziała. — Poważnie, jestem mu wdzięczna. Ludzie nie byli zachwyceni perspektywą przygarnięcia całej szóstki. Zmarł w zeszłym roku na pylicę, ale część z nas jest na tyle dorosła, żeby sobie poradzić.

Przeszli do zawodu. Jako szesnastolatka Lucy Gray była za młoda na pracę w kopalni, jednak do szkoły też nie chodziła.

— Żyję z zapewniania ludziom rozrywki.

— Ludzie płacą ci za to, żebyś śpiewała i tańczyła? — spytał Coriolanus. — Nie sądziłem, że mieszkańców dystryktów stać na coś takiego.

— Większości nie stać — odparła. — Czasem się zrzucają i nas wynajmują, kiedy dwie czy trzy pary biorą ślub tego samego dnia. Znaczy się, mnie i resztę Trupy. Tych, którzy zostali. Strażnicy Pokoju pozwolili zatrzymać nam nasze instrumenty, kiedy nas uziemili. Należą do naszych najlepszych klientów.

Coriolanus przypomniał sobie, jak żołnierze próbowali ukryć uśmiech podczas dożynek, jak nikt nie przerwał jej śpiewu i tańca. Zanotował informację o jej zajęciu i skończył wypełniać formularz, ale miał też mnóstwo własnych pytań.

— Opowiedz mi o Trupie — poprosił. — Którą stronę poparliście podczas wojny?

— Żadną. My nie stoimy po żadnej ze stron, jesteśmy po prostu sobą. — Coś za jego plecami przyciągnęło jej uwagę. — Przypomnisz mi imię swojego kolegi? Tego od kanapek? Chyba ma kłopoty.

— Sejanus? — Obejrzał się przez ramię i popatrzył za siebie, na stolik, przy którym Sejanus siedział naprzeciwko Marcusa. Między nimi leżały nietknięte kanapki z pieczenią wołową i ciasto. Sejanus mówił coś z błagalną miną, ale Marcus z założonymi rękami wpatrywał się nieruchomym wzrokiem w przestrzeń, zupełnie nie reagując.

Inni trybuci na sali byli mniej lub bardziej zaangażowani w rozmowę. Kilkoro w milczeniu zakryło twarze, parę osób płakało. Część odpowiadała nieufnie na pytania, ale wydawali się wrogo nastawieni.

— Pięć minut — oznajmiła profesor Sickle.

To przypomniało Coriolanusowi o innych pięciu minutach, o których należało porozmawiać.

— No więc, wieczorem przed rozpoczęciem igrzysk będziemy mieli pięciominutowy wywiad w telewizji, podczas którego możemy zaprezentować, co chcemy. Pomyślałem, że mogłabyś znowu zaśpiewać.

Lucy Gray zastanawiała się przez chwilę.

— Nie jestem pewna, czy to sensowne — odparła. — Kiedy śpiewałam na dożynkach, to nie miało nic wspólnego z igrzyskami. Nie planowałam tego. To był po prostu element długiej, smutnej opowieści, która oprócz mnie nikogo nie obchodzi.

— Ale przemówiła do ludzi — zauważył Coriolanus.

— A dzięki piosence o dolinie mogłam, jak powiedziałeś, dostać coś do jedzenia.

— Była piękna — przyznał. — Poczułem się jak wtedy, kiedy mama... Zmarła, gdy miałem pięć lat. Przypomniałem sobie piosenkę, którą mi dawniej śpiewała.

— A twój tata? — spytała.

— Też zmarł. W tym samym roku.

Ze współczuciem pokiwała głową.

— Czyli jesteś sierotą, tak jak ja.

Coriolanus nie lubił tego słowa. W dzieciństwie Livia naśmiewała się z tego, że nie miał rodziców, przez co czuł się samotny i niechciany, a wcale tak nie było. Mimo to odczuwał tę specyficzną pustkę, której inne dzieciaki tak naprawdę nie rozumiały. Lucy Gray jednak wiedziała, w czym rzecz, bo sama była sierotą.

— Mogło być gorzej — odparł. — Mam Panibabkę, to znaczy babcię. I Tigris.

— Tęsknisz za rodzicami? — spytała Lucy Gray.

— Nie byłem zbyt blisko z ojcem. A za mamą... pewnie. — Nadal było mu trudno o niej rozmawiać. — A ty?

— Bardzo. Za obojgiem. Trzymam się tylko dzięki temu, że mam na sobie sukienkę mamy. — Przejechała palcem po falbanach. — Czuję się tak, jakby mnie obejmowała.

Coriolanus pomyślał o puderniczce matki. O pachnącym pudrze.

— Moja mama pachniała różami — powiedział i zrobiło mu się głupio. Rzadko mówił o matce, nawet w domu. Jak zeszli na ten temat? — Tak czy inaczej, myślę, że twoja piosenka wzruszyła wielu ludzi.

— Miło, że tak mówisz. Dziękuję. Ale to nie powód, żeby śpiewać podczas wywiadu — odparła. — Skoro to wieczór przed igrzyskami, to kwestia jedzenia też odpada. W tym momencie nie mam po co podbijać serc ludzi.

Coriolanus usiłował wymyślić jakiś powód, prawda była jednak taka, że tym razem jej śpiew przyniósłby korzyść wyłącznie jemu.

— Szkoda — oznajmił w końcu. — Z twoim głosem...

— Zaśpiewam ci kilka taktów za kulisami — obiecała.

Wiedział, że będzie musiał popracować, żeby ją przekonać, ale chwilowo dał za wygraną i pozwolił, by przez kilka minut ciągnęła go za język. Odpowiedział na pytania o swoją rodzinę i o to, jak przetrwali wojnę. Z jakiegoś powodu nie miał oporów przed mówieniem jej o tych sprawach. Czyżby dlatego, że wszystko, co wyznał, miało za kilka dni przepaść wraz z nią na arenie?

Wyglądało na to, że humor Lucy Gray się poprawił. Już nie płakała. Gdy dzielili się opowieściami, czuli, że powoli stają się sobie bliżsi. Odgłos gwizdka zasygnalizował koniec sesji, a wtedy Lucy Gray wsunęła starannie złożoną chustkę do przegródki teczki Coriolanusa i w podziękowaniu uścisnęła jego rękę.

Mentorzy posłusznie ruszyli do głównego wejścia, gdzie czekała na nich profesor Sickle.

— Teraz pójdziecie do laboratorium zaawansowanej biologii w celu złożenia sprawozdania — poinstruowała ich.

Nikt nie protestował, ale na korytarzu zaczęli się głośno zastanawiać nad celem tego spotkania. Coriolanus liczył na to, że doktor Gaul zjawi się w laboratorium. Znowu miał szansę zabłysnąć, bo jego starannie wypełniony kwestionariusz bardzo się wyróżniał na tle mizernych osiągnięć pozostałych uczniów.

— Mój nie chciał mówić. Ani słowa! — oznajmiła Clemensia. — Mam dokładnie to, co miałam po dożynkach. Jego imię i nazwisko. Reaper Ash. Wyobrażacie sobie, że dajecie tak synowi na imię, a on ląduje na dożynkach?

— Kiedy się urodził, nie było takich dożynek — zauważyła Livia. — Reaper* to zwykłe farmerskie imię.

— Chyba faktycznie — przyznała Clemensia.

— A moja mówiła. Prawie żałuję, że nie milczała! — niemal wrzasnęła Arachne.

— Dlaczego? — zainteresowała się Clemensia. — Co powiedziała?

— Wygląda na to, że spędza większość czasu w Dziesiątym Dystrykcie na zarzynaniu świń. — Arachne udała, że wymiotuje. — Błe. Niby co mam z tym zrobić? Szkoda, że nie mogę

* *Reaper* (ang.) — żniwiarz, kosiarz. [Wszystkie przypisy pochodzą od tłumaczy].

wymyślić nic lepszego. — Zatrzymała się gwałtownie, przez co Coriolanus i Festus na nią wpadli. — Zaraz! No właśnie!

— Uważaj! — warknął Festus i ją odepchnął.

Zignorowała go i mówiła dalej, zwracając na siebie powszechną uwagę.

— Mogę wymyślić coś genialnego! Byłam w Dziesiątym Dystrykcie, to praktycznie mój drugi dom! — Przed wojną jej rodzina stworzyła sieć luksusowych hoteli w popularnych miejscach turystycznych i Arachne podróżowała po całym Panem. Nadal się tym przechwalała, chociaż od wojny była zmuszona tkwić w Kapitolu jak wszyscy. — Tak czy inaczej, mogę wymyślić coś innego niż blaski i cienie rzeźni!

— Masz szczęście — odezwał się Pliny Harrington. Wszyscy nazywali go Pup, żeby odróżnić go od jego ojca, komandora marynarki wojennej, który strzegł wód Czwartego Dystryktu. Komandor usiłował ukształtować syna na swoje podobieństwo, każąc mu nosić fryzurę na jeża i zapastowane buty, ale Pup był urodzonym niechlujem. Wydłubał paznokciem odrobinę szynki z aparatu na zęby i pstryknął ją na podłogę. — Przynajmniej nie boi się widoku krwi.

— A co? Twoja się boi? — spytała Arachne.

— Pojęcia nie mam. Płakała przez całe piętnaście minut — skrzywił się Pup. — Wątpię, żeby Siódmy Dystrykt przygotował ją na zaropiały paznokieć, a co dopiero na igrzyska.

— Lepiej zapnij marynarkę przed zajęciami — przypomniała mu Lysistrata.

— Racja. — Pup westchnął. Zaczął zapinać górny guzik, który po chwili został mu w dłoni. — Głupi mundur.

Gdy wchodzili do laboratorium, zadowolenie Coriolanusa na widok doktor Gaul zmąciła obecność dziekana Highbottoma, który stał za biurkiem i zbierał kwestionariusze. Zignorował Coriolanusa, ale w sumie nikogo nie traktował szczególnie przyjacielsko. Na jego prośbę zebranie poprowadzić miała organizatorka igrzysk.

Doktor Gaul od niechcenia szturchała raz po raz zmutowanego królika, czekając, aż wszyscy usiądą.

— Hejhopki, hejhopki, no jak tam, dzieciaki? Czy poszło wam dobrze, czy raczej do draki? — przywitała ich.

Uczniowie wymienili zaskoczone spojrzenia, a ona wzięła do ręki kwestionariusze.

— Tym, którzy jeszcze nie wiedzą, wyjaśniam, że jestem doktor Gaul, główna organizatorka igrzysk, i że mam nadzorować mentorów. Przekonajmy się, z czym będę pracować, zgoda? — Przeglądała papiery, marszcząc czoło, po czym wyciągnęła jeden kwestionariusz i go uniosła. — Mieliście zrobić właśnie to. Dziękuję, panie Snow. A co się stało całej reszcie?

Coriolanus rozpromienił się w środku, ale zachował neutralny wyraz twarzy. Teraz najlepszym posunięciem było wspieranie kolegów z klasy.

— Miałem szczęście z moją trybutką, bo jest gadułą — odezwał się po dłuższej chwili. — Ale większość dzieciaków nie chce gadać. Nawet moja trybutka nie widzi sensu w przygotowaniu się do wywiadu.

Sejanus odwrócił się do niego.

— Dlaczego mieliby z nami rozmawiać? Co im to da? Nieważne, co zrobią, i tak trafią na arenę i będą musieli walczyć o życie.

W pomieszczeniu rozległy się twierdzące pomruki.

Doktor Gaul zerknęła na Sejanusa.

— To ty jesteś tym chłopcem od kanapek. Dlaczego to zrobiłeś?

Sejanus zesztywniał i spuścił wzrok.

— Bo głodowali — odparł. — Zamierzamy ich zabić, ale czy musimy ich wcześniej torturować?

— Hm. Sympatyk rebeliantów — zauważyła doktor Gaul.

— Trudno ich nazwać rebeliantami — powiedział Sejanus, nie odrywając spojrzenia od zeszytu. — Niektórzy mieli po dwa lata, kiedy wojna się skończyła. Najstarsi mieli osiem. A teraz, po wojnie, to po prostu obywatele Panem, prawda? Tacy jak my? Czy nie tak głosi hymn Kapitolu? „Światła twego blask znów zjednoczył nas"? Ma być władzą dla wszystkich, tak?

— W ogólnym sensie. Mów dalej — zachęciła go doktor Gaul.

— Więc powinien strzec wszystkich. To jego najważniejsze zadanie! I nie wiem, jak zmuszanie trybutów do walki na śmierć i życie ma służyć temu celowi.

— Najwyraźniej nie pochwalasz Głodowych Igrzysk — powiedziała doktor Gaul. — To pewnie trudne dla mentora. Musi przeszkadzać ci w zadaniu.

Sejanus przez chwilę milczał. Potem się wyprostował i zebrawszy się na odwagę, popatrzył doktor Gaul prosto w oczy.

— Może powinna mnie pani zwolnić i zastąpić kimś bardziej wartościowym — oznajmił.

Przez klasę przetoczyło się pełne niedowierzania sapnięcie.

— Po twoim trupie, chłopcze — zachichotała doktor Gaul. — Współczucie to klucz do igrzysk. Empatia, oto czego nam brakuje. Prawda, Casca? — Zerknęła na dziekana Highbottoma, ale ten nie przestawał bawić się długopisem.

Sejanusowi zrzedła mina, lecz nie próbował dłużej dyskutować. Coriolanus uznał, że chłopak postanowił przegrać bitwę, jednak nadal toczył wojnę. Sejanus Plinth był twardszy, niż mogłoby się wydawać. Coś takiego — dać doktor Gaul do zrozumienia, że nie interesuje go bycie mentorem!

Ta wymiana zdań tylko dodała jej wigoru.

— Czy nie byłoby cudownie, gdyby wszyscy widzowie tak się przejmowali losem trybutów jak ten młody człowiek? Do tego powinniśmy dążyć.

— Nie — odezwał się dziekan Highbottom.

— Tak! Powinni się zaangażować — kontynuowała doktor Gaul. Nagle klepnęła się w czoło. — Podsunąłeś mi cudowny pomysł. Sprawić, żeby ludzie mogli bezpośrednio wpływać na wynik! Przypuśćmy, że pozwolimy widzom wysyłać trybutom jedzenie na arenę. Karmić ich, tak jak wasz kolega nakarmił ich w zoo. Czy wtedy bardziej się zaangażują?

— Ja bym się zaangażował, gdybym mógł postawić na tego, którego karmię! — rozpromienił się Festus. — Dziś rano Coriolanus sugerował, że moglibyśmy obstawiać trybutów.

Doktor Gaul uśmiechnęła się do Coriolanusa.

— Tego się spodziewałam. No dobrze, a teraz wytężcie mózgi i to rozgryźcie. Opracujcie na piśmie sugestie, co należałoby zrobić, a mój zespół to rozważy.

— Rozważy? — powtórzyła Livia. — To znaczy, że naprawdę mogą wykorzystać nasze pomysły?

— Dlaczego nie? Jeśli będą coś warte. — Doktor Gaul rzuciła kwestionariusze na biurko. — Młodym umysłom brak doświadczenia, ale czasem nadrabiają idealizmem. Nic nie wydaje się im niemożliwe. Ten tu stary Casca wpadł na koncept Głodowych Igrzysk, kiedy był moim studentem na Uniwersytecie i miał zaledwie kilka lat więcej niż wy teraz.

Wszyscy obecni skierowali spojrzenia na dziekana Highbottoma.

— To była tylko teoria — powiedział do doktor Gaul.

— Tak jak to, co robimy teraz, chyba że coś okaże się przydatne — odparła. — Oczekuję waszych prac jutro rano.

Coriolanus westchnął w duchu. Kolejny grupowy projekt. Kolejna okazja, żeby poświęcić swoje idee w imię współpracy. Wiedział, że koledzy albo całkiem zrezygnują z jego pomysłów, albo, co gorsza, rozcieńczą je tak, że stracą one pazur. Klasa zdecydowała się na wybór komitetu trzech mentorów, którzy napiszą pracę. Naturalnie, został wybrany i nie mógł odmówić. Doktor Gaul musiała iść na zebranie i poleciła uczniom przedyskutować propozycje we własnym gronie. Coriolanus, Clemensia i Arachne mieli spotkać się wieczorem, ale ponieważ wszyscy chcieli wcześniej złożyć wizytę trybutom, postanowili umówić się o ósmej w zoo, a później iść do biblioteki, żeby spisać sugestie.

Lunch był sycący, więc zrekompensował marną kolację, czyli wczorajszy kapuśniak i talerz czerwonej fasoli. Przynajmniej nie była to fasola limeńska. A kiedy Tigris nałożyła ostatnią porcję do eleganckiej porcelanowej miseczki i udekorowała ją świeżymi ziołami z ogródka na dachu, fasola wyglądała tak, że mógł zaoferować ją Lucy Gray. Dla niej prezentacja się liczyła, a co do fasoli — no cóż, Lucy Gray umierała z głodu.

Gdy szedł do zoo, przepełniał go optymizm. Rano może i było tu pusto, teraz jednak goście napływali tak szybko, że nie miał pewności, czy znajdzie miejsce przy ogrodzeniu małpiarni. Pomogła jego świeżo pozyskana sława. Jacyś ludzie rozpoznali go i przepuścili, nawet kazali innym się odsunąć, żeby mógł przejść. Nie był zwykłym obywatelem — był mentorem!

Poszedł prosto do krawędzi ogrodzenia, gdzie się przekonał, że bliźniaki Pollo i Didi Ring urządziły sobie piknik na jego kamieniu. Brat i siostra bardzo podkreślali to, że są bliźniętami — mieli identyczne stroje, jednakowo upięte koczki — i takie same osobowości. Na jego widok od razu zaczęli się zbierać, Coriolanus nawet nie musiał ich o to prosić.

— Możesz tu usiąść, Corio — powiedziała Didi, ciągnąc brata, żeby wstał z kamienia.

— Jasne, już nakarmiliśmy naszych trybutów — dodał Pollo. — Przykro mi, że padło na ciebie.

— No, głosowaliśmy na Pupa, ale nikt nas nie poparł. — Roześmiali się i odbiegli, po czym wmieszali się w tłum.

Lucy Gray natychmiast podeszła do Coriolanusa. Nie jadł razem z nią, a ona wręcz pożarła fasolę, choć najpierw wyraziła podziw dla sposobu jej podania.

— Dostaliście jakieś jedzenie od tłumu? — spytał Coriolanus.

— Starą skórkę od sera od pewnej pani. Dwójka dzieciaków pobiła się o chleb, który rzucił jeden z widzów. Widzę, że wielu ludzi przyniosło jedzenie, ale chyba boją się podejść zbyt blisko, chociaż teraz mają tu tych Strażników Pokoju. — Wskazała na ścianę z tyłu, gdzie wartę pełniło czterech strażników. — Może poczują się pewniej teraz, kiedy ty przyszedłeś.

Coriolanus zauważył w tłumie mniej więcej dziesięcioletniego chłopca z gotowanym ziemniakiem w ręce, więc mrugnął i pomachał mu ręką. Mały spojrzał na ojca, który przyzwalająco skinął głową. Chłopiec podszedł i stanął za Coriolanusem, nadal trzymając się na dystans.

— Przyniosłeś ten ziemniak dla Lucy Gray? — spytał Coriolanus.

— Tak. Zaoszczędziłem z obiadu — odparł chłopiec. — Chciałem go zjeść, ale bardziej chciałem ją nakarmić.

— No to chodź — zachęcił go Coriolanus. — Lucy Gray nie gryzie. Tylko pamiętaj, zachowuj się kulturalnie.

Chłopiec nieśmiało zrobił krok w jej kierunku.

— O, cześć — powiedziała Lucy Gray. — Jak masz na imię?

— Horace — odparł chłopiec. — Zostawiłem ci mój ziemniak.

— Jesteś słodki. Mam go zjeść teraz czy później? — spytała.

— Teraz. — Chłopiec ostrożnie wyciągnął do niej rękę.

Lucy Gray przyjęła ziemniak, jakby to był brylant.

— O rety. To chyba najładniejszy ziemniak, jaki widziałam. — Chłopiec zarumienił się z dumy. — No dobrze, zaczynam. — Ugryzła kęs, zamknęła oczy i niemal się zakołysała. — I najsmaczniejszy. Dziękuję ci, Horace.

Kamery skupiły się na nich, gdy Lucy Gray dostała zwiędniętą marchewkę od małej dziewczynki, a od jej babci gotowaną kość z rosołu. Coriolanus poczuł, że ktoś go stuka w ramię, więc się odwrócił i ujrzał za sobą Pluribusa Bella z niewielką puszką mleka.

— Przez wzgląd na stare dobre czasy — powiedział Pluribus z uśmiechem, po czym zrobił dwie dziurki w wieczku i podał puszkę Lucy Gray. — Podobała mi się twoja piosenka na dożynkach. Sama ją ułożyłaś?

Niektórzy z bardziej ustępliwych — lub najgłodniejszych — trybutów podchodzili do ogrodzenia. Siadali na ziemi, wyciągali ręce i czekali z opuszczonymi głowami. Od czasu do czasu ktoś, zazwyczaj dziecko, podbiegał, kładł im coś na dłoniach i odskakiwał. Trybuci zaczęli walczyć o uwagę, a kamery skierowały się na środek klatki. Zwinna dziewczynka z Dziewiątki zrobiła przerzut w tył po tym, jak dostała bułkę. Chłopak z Siódmego Dystryktu sprawnie żonglował trzema włoskimi orzechami. Widzowie nagradzali występujących oklaskami i jedzeniem.

Lucy Gray i Coriolanus zajęli swoje miejsca i przyglądali się widowisku.

— Jesteśmy prawdziwą cyrkową trupą — powiedziała Lucy Gray, odrywając skrawki mięsa od kości.

— Żadne z nich nie dorasta ci do pięt — zauważył Coriolanus.

Trybuci podchodzili teraz do wcześniej ignorowanych mentorów, jeśli ci przynieśli jedzenie. Kiedy zjawił się Sejanus z jajkami na miękko i pajdami chleba, podbiegli wszyscy z wyjątkiem Marcusa, który demonstracyjnie nie zwracał na niego uwagi.

Coriolanus wskazał ich głową.

— Miałaś rację co do Sejanusa i Marcusa — oświadczył. — Chodzili do tej samej klasy w Drugim Dystrykcie.

— Hm, to skomplikowane. My przynajmniej nie mamy takiego problemu — odparła.

— To i tak dość pokręcone.

To miało zabrzmieć jak żart, ale wypadło blado. Rzeczywiście, sytuacja była dość pokręcona, z każdą chwilą coraz bardziej.

Lucy Gray uśmiechnęła się do niego ze smutkiem.

— Na pewno miło byłoby cię spotkać w innych okolicznościach — powiedziała.

— Jakich? — Rozmowa zmierzała w niebezpiecznym kierunku, ale nie zdołał się powstrzymać od tego pytania.

— Na przykład gdybyś przyszedł na mój występ i usłyszał, jak śpiewam — oznajmiła. — A potem zjawiłbyś się za kulisami, żeby pogadać, i może wypilibyśmy drinka i zatańczylibyśmy.

Wyobraził sobie, jak Lucy Gray śpiewa w nocnym klubie Pluribusa, jak zwraca na niego uwagę, jak przed pierwszym spotkaniem nawiązuje się między nimi nić sympatii.

— I przyszedłbym następnego wieczoru.

— I mielibyśmy mnóstwo czasu — westchnęła.

Te rozmyślania przerwał nagle głośny okrzyk: „Hej, ho!". Dzieciaki z Szóstego Dystryktu rozpoczęły śmieszny taniec, a bliźnięta Ring wraz z częścią widzów klaskały w rytm. Atmosfera stała się niemal świąteczna. Zgromadzeni zaczęli podchodzić bliżej małpiarni, a kilka osób podjęło rozmowę z trybutami.

Coriolanus uznał, że w zasadzie sytuacja rozwija się we właściwym kierunku — trzeba było czegoś więcej niż występ Lucy Gray, żeby zapewnić najlepszy czas antenowy na wywiady. Doszedł do wniosku, że pozwoli trybutom na ich pięć minut i poprosi Lucy Gray, żeby na sam koniec zaśpiewała. Tymczasem opowiedział jej o dzisiejszym spotkaniu mentorów i wyjaśnił, co mogła zyskać dzięki popularności na arenie, skoro pojawiła się możliwość, że ludzie będą wysyłać trybutom prezenty.

W duchu przejmował się niedostatkiem zapasów. Potrzebował zamożniejszych widzów, których stać było na kupowanie rzeczy dla Lucy Gray. Kiepsko by to wyglądało, gdyby trybutka Snowa niczego nie dostała na arenie. Może powinien wpisać do projektu punkt, że nie wolno przesyłać prezentów własnemu trybutowi? Bo jak miałby konkurować z innymi? Na przykład z Sejanusem? Właśnie w tej chwili Arachne urządzała przy ogrodzeniu mały piknik dla swojej trybutki. Bochenek świeżego chleba, kawał sera i, jeśli go wzrok nie mylił, winogrona? Jakim cudem było ją na nie stać? Może przemysł turystyczny ruszył z miejsca.

Przyglądał się, jak Arachne kroi ser nożem z rączką z macicy perłowej. Jej trybutka, gadatliwa dziewczyna z Dziesiątego Dystryktu, kucała tuż przed nią, wychylona ku ogrodzeniu. Arachne zrobiła grubą kanapkę, ale nie podała jej trybutce. Wyglądało na to, że coś jej tłumaczy, i to długo. W pewnym momencie dziewczyna sięgnęła za ogrodzenie, ale Arachne odsunęła rękę z kanapką, na co widzowie zareagowali śmiechem. Arachne odwróciła się, szczerząc się radośnie, po czym pogroziła palcem trybutce. Wyciągnęła ku niej kanapkę i znowu ją zabrała, ku wielkiemu rozbawieniu widowni.

— Igra z ogniem — zauważyła Lucy Gray.

Arachne pomachała ludziom i sama ugryzła kanapkę.

Coriolanus widział, jak twarz trybutki pochmurnieje, a mięśnie szyi się napinają. Dostrzegł również coś jeszcze. Jej palce osunęły się wzdłuż pręta, szybko wystrzeliły przed siebie i objęły rączkę noża. Coriolanus podniósł się i otworzył usta, żeby wykrzyknąć ostrzeżenie, ale było już za późno.

Jednym szarpnięciem trybutka przyciągnęła do siebie Arachne i poderżnęła jej gardło.

7

Widzowie, którzy znajdowali się najbliżej, zaczęli krzyczeć. Pobladła Arachne upuściła kanapkę i złapała się za szyję. Krew przeciekała przez jej palce, kiedy dziewczyna z Dziesiątego Dystryktu puściła ją i lekko popchnęła. Arachne zrobiła krok w tył, odwróciła się i wyciągnęła ociekającą krwią rękę, niemo błagając o pomoc. Ludzie jednak byli zbyt oszołomieni lub zbyt przerażeni, by zareagować. Wielu się odsunęło, gdy Arachne opadła na kolana i zaczęła się wykrwawiać.

W pierwszym momencie Coriolanus odsunął się jak inni i chwycił za ogrodzenie, żeby nie stracić równowagi, ale Lucy Gray syknęła: „Pomóż jej!". Przypomniał sobie, że kamery nadają na żywo przekaz z zoo. Nie miał pojęcia, co zrobić, ale nie chciał, żeby ktoś zobaczył, jak się krzywi i kurczowo trzyma prętów. Przerażenie było jego prywatną sprawą, nie publiczną.

Zmusił nogi do ruchu i pierwszy dobiegł do Arachne. Uchodziło z niej życie, ale zdołała chwycić go za koszulę.

— Pomocy! — krzyknął Coriolanus, kładąc ją na ziemi. — Czy jest tu lekarz? Niech ktoś nam pomoże!

Przycisnął dłoń do rany, żeby zatamować krwawienie, jednak natychmiast ją zabrał, kiedy Arachne zacharczała, jakby ją dusił.

— Szybciej! — wrzasnął do tłumu.

Dwóch Strażników Pokoju zmierzało w ich kierunku, ale za wolno, o wiele za wolno.

Coriolanus spojrzał na klatkę w chwili, gdy dziewczyna z Dziesiątego Dystryktu chwyciła kanapkę i z furią odgryzła kęs, tuż nim kule przeszyły jej ciało, rzucając ją na ogrodzenie. Osunęła się na ziemię, a jej krew zmieszała się z krwią Arachne. Z ust trybutki wypadły kawałki nieprzeżutej kanapki i popłynęły wraz ze szkarłatną strugą.

Tłum się cofnął, gdy spanikowani ludzie usiłowali uciec spod małpiarni. Słabnące światło tylko potęgowało atmosferę grozy. Coriolanus zobaczył, jak mały chłopiec się przewrócił, a ludzie deptali mu po nodze, zanim matka zdążyła go podnieść. Inni nie mieli tyle szczęścia.

Arachne mówiła bezgłośnie coś, czego nikt nie rozumiał. Kiedy nagle przestała oddychać, pomyślał, że nie ma sensu robić sztucznego oddychania. Gdyby wtłoczył powietrze do jej ust, pewnie tylko wyleciałoby przez wielką ranę na szyi. Obok niego stał teraz Festus, i obaj wymienili bezradne spojrzenia.

Coriolanus odsunął się od Arachne i wzdrygnął na widok błyszczącej czerwieni na swoich rękach. Odwrócił się i zobaczył, że Lucy Gray kuli się przy ogrodzeniu, z twarzą ukrytą w falbanach. Cała się trzęsła, a wtedy uświadomił sobie, że on również drży. Tak się to zaczynało: lejąca się krew, świst kul, krzyki tłumu przywoływały wspomnienia najgorszych chwil z dzieciństwa. Odgłos kroków rebeliantów na ulicach, on i babka leżący na ziemi, żeby uchronić się przed pociskami, dookoła ciała w śmiertelnych drgawkach... matka na zakrwawionym łóżku... Popłoch podczas zamieszek wywołanych brakiem żywności, zmasakrowane twarze, jęki ludzi...

Natychmiast ukrył przerażenie. Przycisnął pięści do boków i starał się oddychać spokojnie, powoli. Lucy Gray zaczęła wymiotować, więc się odwrócił, żeby nie iść w jej ślady.

Pojawili się ratownicy medyczni i przenieśli Arachne na nosze. Inni ruszyli do ranionych zbłąkaną kulą albo zdeptanych przez tłum. Jakaś kobieta zaglądała mu w twarz, pytając, czy jest ranny, czy to jego krew. Kiedy się przekonali, że nie, dostał ręcznik, żeby się wytrzeć, a ratownicy odeszli.

Ścierając krew, dostrzegł Sejanusa klęczącego przy martwej trybutce i wyciągającego ręce przez ogrodzenie. Posypywał ciało czymś białym i mamrotał pod nosem. Natychmiast podszedł do niego Strażnik Pokoju i go odciągnął. Teraz roiło się tu od żołnierzy, wyganiali ostatnich widzów i ustawiali trybutów pod ścianą z tyłu, z rękami na głowach. Nieco uspokojony Coriolanus usiłował ściągnąć na siebie uwagę Lucy Gray, jednak ona wpatrywała się w ziemię.

Strażnik Pokoju położył mu ręce na ramionach i popchnął go w stronę wyjścia, z szacunkiem, ale stanowczo. Coriolanus ruszył za Festusem do głównej ścieżki. Zatrzymali się przy fontannie, żeby zmyć z siebie resztki krwi. Żaden nie wiedział, co powiedzieć. Coriolanus nie przepadał za Arachne, ale zawsze była obecna w jego życiu. Bawili się razem jako dzieci, bywali na tych samych urodzinowych przyjęciach, stali w kolejkach po żywność, chodzili do jednej klasy. Arachne przyszła na pogrzeb jego matki ubrana od stóp do głów na czarno, on gratulował jej bratu na uroczystości zakończenia szkoły zaledwie rok temu. Jako członkini bogatej starej gwardii Kapitolu była członkiem rodziny, a rodziny nie trzeba lubić. Najważniejsze są więzi.

— Nie mogłem jej uratować — powiedział. — Nie mogłem zatrzymać upływu krwi.

— Chyba nikt by nie mógł — odparł Festus. — Przynajmniej próbowałeś i to się liczy.

Podeszła do nich Clemensia, cała rozdygotana ze zdenerwowania, i razem opuścili zoo.

— Chodźmy do mnie — zaproponował Festus.

Kiedy jednak dotarli do budynku, w którym mieszkał, nagle wybuchnął płaczem, więc tylko wsadzili go do windy i życzyli mu dobrej nocy.

Dopiero kiedy Coriolanus odprowadził Clemensię do domu, oboje przypomnieli sobie o zadaniu domowym dla doktor Gaul. Musieli sformułować propozycje przysyłania trybutom żywności na arenę i opracować zasady stawiania zakładów.

— Chyba w tych okolicznościach nie będzie się domagała projektu — oznajmiła Clemensia. — Dziś nie mogłabym tego zrobić. No wiesz, bez Arachne.

Coriolanus przytaknął, ale w drodze do domu rozmyślał o doktor Gaul. Nie wątpił, że osoba tego pokroju ukarze ich za niedostarczenie pracy na czas, niezależnie od okoliczności. Może jednak powinien coś napisać, tak na wszelki wypadek.

Kiedy wspiął się po schodach na dwunaste piętro, w apartamencie zastał wzburzoną Panibabkę, która wściekała się na dystrykty i wietrzyła najlepszą czarną suknię na pogrzeb Arachne. Rzuciła się na niego i zaczęła oglądać go ze wszystkich stron, chcąc się upewnić, że nie jest ranny. Tigris tylko szlochała.

— Nie wierzę, że Arachne nie żyje. Widziałam ją dzisiaj po południu w sklepie, jak kupowała te winogrona.

Pocieszał je, jak mógł, i zapewniał o swoim bezpieczeństwie.

— To się nie powtórzy. To był tylko okropny wypadek. Od teraz jeszcze wzmocnią ochronę.

Kiedy się uspokoiły, Coriolanus poszedł do siebie, zdjął uwalany krwią mundur i ruszył do łazienki. Tam wyszorował się w niemalże wrzącej wodzie z prysznica, żeby pozbyć się ostatnich śladów krwi Arachne. Przez jakąś minutę bolesny szloch rozrywał jego pierś, ale szybko minął. Coriolanus nie był pewien, czy płakał z powodu śmierci Arachne, czy też przez własne problemy. Pewnie jedno i drugie. Włożył zniszczony jedwabny szlafrok, który kiedyś należał do ojca, i zaczął spisywać swoje propozycje. I tak nie zdołałby zasnąć, nadal słyszał w głowie rzężenie dogorywającej Arachne. Żadna ilość pudru o zapachu róż nie mogłaby na to pomóc. Pochłonęła go praca nad zadaniem i nieco się uspokoił, zresztą wolał pracować samotnie, dzięki temu nie musiał dyplomatycznie utrącać pomysłów kolegów. Bez zakłóceń udało mu się stworzyć prosty, ale solidny projekt zmian.

Przypominając sobie klasową dyskusję z doktor Gaul i ożywienie wśród widzów, kiedy karmili głodujących trybutów w zoo, skupił się na jedzeniu. Po raz pierwszy sponsorzy mieliby możliwość kupna artykułów żywnościowych — bochenka chleba, kawałka sera — i dostarczenia ich wybranemu trybutowi za pomocą dronów. Specjalnie powołana komisja oceniałaby charakter i wartość poszczególnych rzeczy. Sponsor musiałby być mieszkańcem Kapitolu, o wysokiej pozycji społecznej, niezwiązanym bezpośrednio z igrzyskami. To eliminowało organizatorów, mentorów, Strażników Pokoju wyznaczonych do pilnowania trybutów oraz osoby blisko spokrewnione z członkami wspomnianych grup. Rozwijając swój pomysł związany z zakładami, zasugerował powołanie drugiej komisji, która wskazałaby miejsce na kolekturę, gdzie obywatele Kapitolu mogliby legalnie obstawiać uczestników. Ta sama komisja ustaliłaby stawki i nadzorowała wypłaty wygranych. Zyski z obu programów zostałyby przeznaczone na pokrycie kosztów igrzysk, dzięki czemu rząd Panem w zasadzie w ogóle nie musiałby za nie płacić.

Coriolanus pracował nieprzerwanie aż do piątkowego świtu. Gdy pierwsze promienie słońca wpadły przez okno pokoju, włożył czysty mundur, wsunął projekt pod ramię i jak najciszej wyszedł z apartamentu.

Doktor Gaul sprawowała kilka funkcji — zajmowała się badaniami, wojskowością i nauczaniem — więc musiał zgadywać, gdzie mieści się jej gabinet. Ponieważ chodziło o Głodowe Igrzyska, ruszył do imponującej budowli znanej jako Cytadela, w której znajdowało się Ministerstwo Wojny. Strzegący go Strażnicy Pokoju nie mieli najmniejszego zamiaru wpuszczać Coriolanusa do strefy podwyższonego bezpieczeństwa, jednak zapewnili go, że praca trafi na biurko doktor Gaul. Nic więcej nie mógł zrobić.

Gdy wracał na Corso, na ekranie, który o świcie wyświetlał jedynie godło Panem, zaczęły się pojawiać wydarzenia ubiegłego wieczoru. Wciąż od nowa pokazywali trybutkę podrzynającą gardło Arachne, Coriolanusa ruszającego na pomoc i zastrzelenie morderczyni. Coriolanus czuł dziwny dystans do tego, co się działo na ekranie, jakby zużył cały zapas emocji podczas krótkiego wybuchu pod prysznicem. Ponieważ jego pierwsza reakcja na śmierć Arachne była raczej niezadowalająca, ulżyło mu, gdy ujrzał, że kamery nagrały tylko moment udzielania pomocy, scenę w której był dzielny i odpowiedzialny. Trzeba by się uważnie przyjrzeć, żeby dostrzec, że drży.

Szczególnie ucieszyło go ujęcie Livii Cardew, rzucającej się do ucieczki przy dźwięku wystrzałów. Na lekcji retoryki oznajmiła kiedyś, że Coriolanus nie potrafi zrozumieć głębszego znaczenia pewnego poematu, gdyż jest zbyt skupiony na sobie. Zakrawało na ironię, że te słowa wyszły akurat z ust Livii! No cóż, czyny przemawiają głośniej niż słowa. Coriolanus ruszył na ratunek, Livia do najbliższego wyjścia.

Kiedy dotarł do domu, Tigris i Panibabka już nieco doszły do siebie po szoku spowodowanym śmiercią Arachne i obwołały Coriolanusa bohaterem narodowym. Oczywiście dał im do zrozumienia, że nie ma o czym mówić, ale w głębi duszy bardzo się z tego cieszył. Powinien być wyczerpany, a tymczasem przepełniała go nerwowa energia. Komunikat, że Akademia nie odwoła lekcji, jeszcze bardziej go ożywił. Bycie bohaterem w domu miało swoje ograniczenia; potrzebował większej publiczności.

Po śniadaniu złożonym ze smażonych ziemniaków i zimnej maślanki ruszył do Akademii, zachowując niezbędną w takiej sytuacji powagę. Był uważany za przyjaciela Arachne, co udowodnił, próbując ją ratować, więc rozumiało się samo przez się, że zostanie głównym żałobnikiem. Na korytarzach niemal wszyscy składali mu kondolencje, a także chwalili jego zachowanie. Ktoś zasugerował, że Coriolanusowi zależało na Arachne jak na własnej siostrze, a on nie zaprzeczył, choć nie była to prawda. Nie wypadało okazywać zmarłej braku szacunku.

Jako dziekan Akademii to Highbottom powinien poprowadzić apel, ale się nie pojawił. Przemawiająca w jego zastępstwie Satiria wychwalała Arachne: mówiła o jej odwadze, jej zuchwałości, jej poczuciu humoru. *O wszystkim*, pomyślał Coriolanus, osuszając oczy chusteczką, *co było w niej tak irytujące i co w rezultacie doprowadziło do jej śmierci*. Profesor Sickle przejęła mikrofon i pochwaliła przede wszystkim Coriolanusa, ale także Festusa, za pośpieszenie na ratunek koleżance w potrzebie. Hippocrata Lunt, szkolna pedagog, zachęciła, by każdy uczeń, który nie potrafi uporać się z żałobą, przyszedł do jej gabinetu, zwłaszcza gdyby zapragnął zrobić krzywdę sobie lub innym. Po chwili Satiria obwieściła, że oficjalne uroczystości pogrzebowe odbędą się następnego dnia i że wszyscy uczniowie mają się zjawić, żeby uczcić pamięć Arachne. Pogrzeb będzie transmitowany na żywo w całym Panem, więc powinni zachowywać się i wyglądać jak na kapitolińską młodzież przystało. Potem mogą wmieszać się w tłum, wspominać koleżankę i pocieszać się nawzajem po jej stracie. Lekcje zostaną wznowione po lunchu.

Po tostach z brejowatą rybną sałatką mentorzy mieli się ponownie spotkać z profesorem Demiglossem, chociaż nikt nie miał na to ochoty. Nie pomógł fakt, że pierwszą rzeczą, jaką zrobił, było rozdanie kartek ze zaktualizowanym przydziałem mentorów.

— To powinno wam pomóc śledzić wasze postępy podczas igrzysk — oznajmił.

DZIESIĄTE GŁODOWE IGRZYSKA
PRZYDZIAŁ MENTORÓW

PIERWSZY DYSTRYKT

Chłopiec (Facet)	*Livia Cardew*
Dziewczyna (Velvereen)	*Palmyra Monty*

DRUGI DYSTRYKT

Chłopiec (Marcus)	*Sejanus Plinth*
Dziewczyna (Sabyn)	*Florus Friend*

TRZECI DYSTRYKT

Chłopiec (Circ)	*Io Jasper*
Dziewczyna (Teslee)	*Urban Canville*

CZWARTY DYSTRYKT

Chłopiec (Mizzen)	*Persephone Price*
Dziewczyna (Coral)	*Festus Creed*

PIĄTY DYSTRYKT

Chłopiec (Hy)	*Dennis Fling*
Dziewczyna (Sol)	*Iphigenia Moss*

SZÓSTY DYSTRYKT

Chłopiec (Otto)	*Apollo Ring*
Dziewczyna (Ginnee)	*Diana Ring*

SIÓDMY DYSTRYKT

Chłopiec (Treech)	*Vipsania Sickle*
Dziewczyna (Lamina)	*Pliny Harrington*

ÓSMY DYSTRYKT

Chłopiec (Bobbin)	*Juno Phipps*
Dziewczyna (Wovey)	*Hilarius Heavensbee*

DZIEWIĄTY DYSTRYKT

Chłopiec (Panlo)	*Gaius Breen*
Dziewczyna (Sheaf)	*Androcles Anderson*

DZIESIĄTY DYSTRYKT

Chłopiec (Tanner)	*Domitia Whimsiwick*
Dziewczyna (Brandy)	*Arachne Crane*

JEDENASTY DYSTRYKT

Chłopiec (Reaper)	*Clemensia Dovecote*
Dziewczyna (Dill)	*Felix Ravinstill*

DWUNASTY DYSTRYKT

Chłopiec (Jessup)	*Lysistrata Vickers*
Dziewczyna (Lucy Gray)	*Coriolanus Snow*

Coriolanus i kilkoro jego kolegów automatycznie wykreślili nazwisko dziewczyny z Dziesiątego Dystryktu. Ale co dalej? Wykreślenie Arachne też miałoby sens, jednak to było coś innego. Jego długopis zawisł nad jej nazwiskiem, ale Coriolanus na razie je zostawił. Skreślenie jej z listy ot tak wydawało się bezduszne.

Jakieś dziesięć minut po rozpoczęciu lekcji przyszło polecenie z gabinetu dyrektora — Coriolanus i Clemensia mieli przerwać lekcję i natychmiast stawić się w Cytadeli. Niewątpliwie chodziło o reakcję na projekt zmian i Coriolanus poczuł mieszankę ekscytacji i zdenerwowania. Czy doktor Gaul była zadowolona? Zła? Co to oznaczało?

Clemensia poczuła się urażona, że wcześniej nie raczył wspomnieć jej o swoich propozycjach.

— Nie wierzę, że wypisywałeś jakieś sugestie, kiedy ciało Arachne jeszcze nie zdążyło ostygnąć! Ja przez całą noc płakałam.

Rzeczywiście, jej spuchnięte oczy to potwierdzały.

— Ja też nie mogłem spać — oznajmił Coriolanus. — Przecież trzymałem ją w ramionach, kiedy umarła. Dzięki pracy mi nie odbiło.

— Wiem, wiem. Każdy inaczej radzi sobie z żałobą. Nie chciałam, żeby to tak zabrzmiało — westchnęła. — No to niby co razem z tobą napisałam?

Coriolanus pokrótce streścił jej swoje pomysły, ale nadal wydawała się zirytowana.

— Przepraszam, naprawdę chciałem ci to powiedzieć. To w sumie bardzo prosty projekt, częściowo omówiliśmy go w grupie. Słuchaj, już dostałem naganę w tym tygodniu, nie mogę sobie dodatkowo pozwolić na gorsze stopnie.

— A przynajmniej dopisałeś moje nazwisko? Nie chcę, żeby to wyglądało tak, jakbym była zbyt rozchwiana, żeby cokolwiek zrobić — powiedziała.

— W ogóle tego nie podpisywałem. To jakby klasowy projekt. — Coriolanus uniósł z irytacją ręce. — Poważnie, Clemmie, myślałem, że oddaję ci przysługę!

— Dobrze, dobrze — ustąpiła. — Chyba powinnam ci podziękować. Szkoda tylko, że nawet nie miałam szansy tego przeczytać. Kryj mnie, jeśli zacznie nas przepytywać.

— Jasne. Zresztą Gaul i tak pewnie uzna, że to dno — odparł. — To znaczy, moim zdaniem to całkiem niezły projekt, ale ona kieruje się zupełnie innymi przesłankami.

— To prawda — przyznała Clemensia. — Myślisz, że Głodowe Igrzyska w ogóle się odbędą?

O tym nie pomyślał.

— Nie wiem. Śmierć Arachne, pogrzeb... Nawet jeśli się odbędą, to na pewno z opóźnieniem, tak mi się wydaje. Zresztą tobie i tak się nie podobają.

— A tobie? Czy w ogóle komukolwiek się podobają? — spytała.

— Może po prostu odeślą trybutów do domu.

Ta perspektywa nie była taka zła, kiedy pomyślał o Lucy Gray. Zastanawiał się, czy odczuła konsekwencje śmierci Arachne. Czy ukarano trybutów? Czy będzie się mógł z nią zobaczyć?

— No właśnie, albo zrobią z nich awoksów czy coś — powiedziała Clemensia. — To okropne, ale i tak lepsze od areny. Ja na przykład wolałabym nie mieć języka niż nie żyć, a ty?

— Ja też, ale nie wiem, jak moja trybutka — odparł Coriolanus. — Da się śpiewać bez języka?

— Nie wiem. Może tylko nucić. — Dotarli do bram Cytadeli. — Kiedy byłam mała, to miejsce mnie przerażało.

— Mnie nadal przeraża — powiedział Coriolanus, na co zareagowała śmiechem.

Przy posterunku Strażników Pokoju przeszli skanowanie siatkówki, a wyniki sprawdzono w zasobach Kapitolu. Odebrano im teczki, po czym strażniczka poprowadziła ich długim szarym korytarzem do windy, która zjechała co najmniej dwadzieścia pięć pięter. Coriolanus nigdy nie był tak głęboko pod ziemią i o dziwo, spodobało mu się tutaj. Chociaż uwielbiał penthouse Snowów, podczas wojennych bombardowań czuł się w nim bezbronny. Tymczasem tu nic nie mogłoby go dosięgnąć.

Drzwi windy się rozsunęły i weszli wprost do gigantycznego otwartego laboratorium. Wokół rozciągały się rzędy stołów laboratoryjnych, nieznanych maszyn i szklanych gablot. Coriolanus odwrócił się do strażniczki, ale zdążyła już zamknąć drzwi i odjechać bez słowa.

— Idziemy? — zwrócił się do Clemensii.

Ostrożnie ruszyli w głąb laboratorium.

— Mam okropne przeczucie, że zaraz coś zbiję — wyszeptała Clemensia.

Ruszyli wzdłuż ściany szklanych gablot, wysokich na pięć metrów. Wewnątrz ujrzeli menażerię rozmaitych stworzeń, znajomych oraz zmienionych do tego stopnia, że nie dałoby się ich nazwać. Istoty snuły się lub wędrowały, dysząc, i już na pierwszy rzut oka było witać, że są nieszczęśliwe. Przerośnięte kły, pazury i płetwy atakowały szkło, kiedy przechodzili obok nich.

Podszedł do nich młody mężczyzna w laboratoryjnym fartuchu i ruszyli za nim do sekcji pełnej gablot z gadami, gdzie doktor Gaul zaglądała do wielkiego terrarium z setkami węży. Były nienaturalnie jaskrawe, ich skóra niemal promieniowała neonowym różem, żółcią i błękitem. Nie dłuższe od linijki i niewiele grubsze od ołówka, zwijały się w psychodeliczny dywan wyścielający dno terrarium.

— O, jesteście — powiedziała doktor Gaul z uśmiechem. — Powiedzcie dzień dobry moim nowym pociechom.

— Dzień dobry. — Coriolanus zbliżył twarz do szkła, żeby przyjrzeć się kłębowisku.

Węże z czymś mu się kojarzyły, ale nie mógł sobie przypomnieć z czym.

— Czy te kolory mają jakieś znaczenie? — spytała Clemensia.

— Wszystko ma jakieś znaczenie, albo żadnego, zależy od punktu widzenia — odparła doktor Gaul. — To mi przypomina o waszej pracy. Sugestie przypadły mi do gustu. Kto je spisał? Tylko wy dwoje? A może wasza bezczelna koleżanka zdążyła coś dorzucić, zanim poderżnięto jej gardło?

Wzburzona Clemensia zacisnęła usta, ale po chwili Coriolanus zobaczył, jak mięśnie jej twarzy się napinają. Nie zamierzała dać się zastraszyć.

— Cała klasa robiła projekt grupowy — odparła.

— Wieczorem Arachne miała wszystko spisać, ale wtedy... stało się to, o czym pani mówiła — dodał Coriolanus.

— Jednak wasza dwójka postanowiła skończyć projekt, tak? — spytała doktor Gaul.

— Właśnie — przytaknęła Clemensia. — Spisaliśmy pomysły w bibliotece, a wieczorem wydrukowałam to w swoim mieszkaniu. Potem dałam wydruk Coriolanusowi, żeby rano go tu podrzucił. Jak nam pani kazała.

Doktor Gaul popatrzyła na Coriolanusa.

— Tak właśnie było?

Coriolanus poczuł się jak na dywaniku u dyrektora.

— Tak, podrzuciłem projekt dziś rano. To znaczy, oddałem go pełniącym wartę Strażnikom Pokoju. Nie wpuszczono mnie do środka — dodał wymijająco. W tym przesłuchaniu kryło się coś dziwnego. — Był jakiś problem?

— Chciałam się jedynie upewnić, że oboje pracowaliście przy projekcie — odparła doktor Gaul.

— Mogę pokazać fragmenty, nad którymi dyskutowała cała grupa, i wyjaśnić, jak ewoluowały w projekcie — zaproponował.

— Tak. Zrób to. Przyniosłeś kopię?

Clemensia popatrzyła pytająco na Coriolanusa.

— Nie, nie przyniosłem — powiedział. Nie był zachwycony, że Clemensia zwala wszystko na niego, zwłaszcza że była zbyt roztrzęsiona, aby pomóc przy pisaniu. Do tego należała do grupy jego największych rywali o nagrody Akademii. — A ty?

— Zabrali nam teczki. — Clemesia spojrzała na doktor Gaul. — Może skorzystamy z egzemplarza, który pani od nas dostała?

— Moglibyśmy, jednak mój asystent wyłożył nim to terrarium, kiedy jadłam lunch. — Doktor Gaul się roześmiała.

Coriolanus popatrzył na masę węży, które wiły się i wystawiały języki. I rzeczywiście, spomiędzy splecionych ciał prześwitywały pojedyncze zdania projektu.

— Może go wyciągnięcie? — zaproponowała doktor Gaul.

To wyglądało na test, dziwaczny test w jej stylu. Na dodatek zaplanowany, chociaż Coriolanus nie miał pojęcia, w jakim celu. Zerknął na Clemensię, próbując sobie przypomnieć, czy bała się węży, ale nawet nie wiedział, czy sam się ich boi. W szkolnym laboratorium nie było węży.

Clemensia uśmiechnęła się do doktor Gaul przez zaciśnięte zęby.

— Oczywiście — powiedziała. — Mamy sięgnąć przez klapkę u góry?

Doktor Gaul zdjęła całą pokrywę.

— Nie, będziecie mieli więcej miejsca. Może ty zacznij, Coriolanusie.

Włożył powoli rękę do terrarium i poczuł ciepło podgrzewanego powietrza.

— Właśnie tak. Łagodne ruchy. Proszę ich nie niepokoić — instruowała go doktor Gaul.

Wsunął palce pod krawędź kartki i powoli wyciągnął ją spod węży. Zbiły się w kupkę, ale nie wydawały się szczególnie zaniepokojone.

— Chyba nawet mnie nie zauważyły — zwrócił się do Clemensii, która wyraźnie pozieleniała.

— Teraz moja kolej. — Sięgnęła do terrarium.

— Niezbyt dobrze widzą, a słyszą jeszcze gorzej — oznajmiła doktor Gaul. — Ale zdają sobie sprawę z waszej obecności. Węże potrafią wywąchać kogoś za pomocą języka, zwłaszcza te zmieszańce.

Clemensia wsunęła paznokieć pod kartkę i ją uniosła. Węże się poruszyły.

— Jeśli kogoś znają, jeśli mają przyjemne skojarzenia z jego zapachem — na przykład ciepłe terrarium — to go ignorują. Nowy, obcy zapach stanowi zagrożenie — ciągnęła doktor Gaul. — Jesteś zdana na siebie, dziewczynko.

Coriolanus nagle pojął, co się stało, i wtedy ujrzał niepokój na twarzy Clemensii. Wyszarpnęła rękę z terrarium, ale wcześniej pół tuzina neonowych węży zdążyło zatopić zęby w jej ciele.

8

Clemensia wydała z siebie mrożący krew w żyłach wrzask, machając ręką, żeby strząsnąć węże. Z maleńkich, okrągłych ranek po ich zębach sączył się neonowy płyn w kolorze ich skóry. Po palcach Clemensii spływała jaskraworóżowa, żółta i błękitna ropa.

Nagle tuż obok nich zmaterializowali się laboratoryjni asystenci w białych fartuchach. Dwóch z nich przyszpiliło Clemensię do podłogi, trzeci wstrzyknął jej czarny płyn z groźnie wyglądającej strzykawki. Usta Clemensii zrobiły się fioletowe, a potem pobladły, tuż nim straciła przytomność. Asystenci przenieśli ją na nosze i zabrali.

Coriolanus ruszył za nimi.

— Ty nie — zatrzymała go doktor Gaul. — Zostaniesz tutaj.

— Ale ja... ona... — jąkał się. — Czy ona umrze?

— Któż to wie — odparła doktor Gaul. Włożyła rękę do terrarium i sękatym palcem delikatnie pogłaskała swoich pupilków. — Najwyraźniej na papierze nie było jej zapachu. Czy sam napisałeś projekt?

— Tak.

Kłamstwo nie miało sensu. To właśnie kłamstwo prawdopodobnie zabiło Clemensię. Niewątpliwie miał do czynienia z wariatką i należało zachować daleko posuniętą ostrożność.

— Dobrze. Nareszcie prawda. Nie potrzeba mi kłamców. Czym są kłamstwa, jeśli nie próbą ukrycia takiej czy innej słabości? Jeśli coś podobnego zdarzy się raz jeszcze, wyrzucę cię, a jeśli dziekan Highbottom zechce cię ukarać, to mu nie przeszkodzę. Czy to jasne?

Owinęła różowego węża wokół nadgarstka niczym bransoletę i popatrzyła na niego z podziwem.

— Całkowicie jasne — przytaknął Coriolanus.

— Twój projekt jest dobry — oświadczyła. — Przemyślany i łatwy do wykonania. Zamierzam zarekomendować go mojemu zespołowi i wdrożyć wariant pierwszego etapu.

— Dobrze — odparł Coriolanus, obawiając się powiedzieć coś więcej w otoczeniu tych śmiertelnie groźnych stworzeń, które słuchały doktor Gaul.

— Idź do domu. — Roześmiała się. — Albo odwiedź koleżankę, jeśli jest jeszcze kogo odwiedzać. Pora na moje herbatniki z mlekiem.

Coriolanus odszedł w pośpiechu i władował się na terrarium z jaszczurkami, które wpadły w popłoch. Skręcił w złą stronę, potem raz jeszcze i trafił do przerażającej sekcji laboratorium, gdzie w szklanych gablotach tkwili ludzie z wszczepionymi częściami ciała zwierząt. Maleńkie pierzaste krezy wokół szyi, szpony czy nawet macki zamiast palców i coś — skrzela? — osadzone w piersi. Jego obecność ich poruszyła, a kiedy kilkoro otworzyło błagalnie usta, uświadomił sobie, że to awoksi. Ich krzyki odbijały się echem od ścian, a on zauważył, że nad ludźmi siedzą małe czarne ptaki. Przypomniała mu się nazwa *głoskułka*. Krótki rozdział w podręczniku genetyki. Nieudany eksperyment, ptak, który potrafił naśladować ludzką mowę i był użytecznym szpiegowskim narzędziem, dopóki rebelianci tego nie rozgryźli i nie zaczęli odsyłać ptaków z fałszywymi informacjami. Teraz te bezużyteczne stworzenia tworzyły kabinę pogłosową, pełną żałosnego zawodzenia awoksów.

W końcu kobieta w laboratoryjnym fartuchu i wielkich różowych okularach o dwuogniskowych szkłach zrugała go za niepokojenie ptaków i odprowadziła z powrotem do windy. Gdy czekał, kamera ochrony mrugała na niego, a on kompulsywnie usiłował wygładzić zmiętą kartkę projektu, którą zgniótł w dłoni. Na górze powitali go Strażnicy Pokoju, oddali mu obie teczki, jego i Clemensii, po czym wyprowadzili go z Cytadeli.

Coriolanus ruszył ulicą i skręcił za róg, zanim nogi w końcu odmówiły mu posłuszeństwa i osunął się na krawężnik. Słońce go oślepiało, z trudem chwytał powietrze. Był wyczerpany, nie spał w nocy, ale buzowała w nim adrenalina. Co się przed chwilą wydarzyło? Czy Clemensia zmarła? Jeszcze się nie pogodził z brutalną śmiercią Arachne, a teraz to. Całkiem jak na Głodowych Igrzyskach, tyle że oni nie byli dzieciakami z dystryktu. Kapitol miał ich chronić. Przypomniał sobie, jak Sejanus mówił doktor Gaul, że rolą rządu jest ochrona wszystkich, nawet ludzi w dystryktach. Coriolanus jednak nadal nie był pewien, jak pogodzić to z faktem, że jeszcze tak niedawno byli wrogami. Tak czy inaczej, dziecko Snowów powinno być traktowane priorytetowo. Mógłby już nie żyć, gdyby to Clemensia napisała projekt, a nie on. Ukrył twarz w dłoniach, skołowany, zły, ale przede wszystkim wystraszony. Bał się doktor Gaul. Bał się Kapitolu. Bał się wszystkiego. Jeśli ludzie, których zadaniem było strzec, tak swobodnie igrali ludzkim życiem... jak mieli przetrwać? Takim ludziom nie wolno ufać. A skoro nie można ufać im, to komu? W grę wchodził każdy scenariusz.

Coriolanus zadrżał na wspomnienie wężowych zębów zatapiających się w ciele biednej Clemmie. Czy naprawdę zginęła, i to w taki upiorny sposób? A jeśli tak, to czy to była jego wina? Bo nie powiedział, że kłamała? To przecież drobiazg, ale czy doktor Gaul zamierzała go obwinić, bo krył Clemmie? Gdyby Clemensia umarła, miałby poważne problemy.

Przypomniał sobie, że w nagłych wypadkach ludzie trafiają do pobliskiego Szpitala Kapitolińskiego, więc pobiegł w tamtym kierunku. W chłodnej recepcji ruszył za oznaczeniami prowadzącymi do izby przyjęć. Gdy tylko automatyczne drzwi się otworzyły, usłyszał krzyki Clemensii, które brzmiały identycznie jak wtedy, kiedy ukąsiły ją węże. Przynajmniej nadal żyła. Wybełkotał coś do pielęgniarki za biurkiem, a ona zrozumiała przynajmniej tyle, żeby kazać mu usiąść w chwili, gdy dopadła go fala mdłości. Musiał wyglądać okropnie, bo przyniosła mu dwie paczki energetycznych sucharów i szklankę gazowanej lemoniady, którą usiłował sączyć, ale w końcu przełknął w kilku łykach, już marząc o następnej. Dzięki cukrowi poczuł się trochę lepiej, choć nie na tyle, żeby zjeść suchary, które schował do kieszeni. Kiedy pojawił się zajmujący się Clemensią lekarz, Coriolanus niemal całkiem już nad sobą panował. Lekarz go pocieszył, tłumacząc mu, że przyjmowali już pacjentów po wypadkach w laboratorium. Antidotum podano błyskawicznie, więc mieli powody zakładać, że Clemensia przeżyje, choć mogły wystąpić powikłania neurologiczne. Postanowiono, że zostanie w szpitalu, dopóki nie będą pewni, że jej stan się poprawił. Być może za kilka dni zdoła przyjmować gości.

Coriolanus podziękował lekarzowi i podał mu teczkę Clemensii. Usłyszał, że powinien teraz iść do domu, więc ruszył w kierunku wyjścia, a wtedy dostrzegł rodziców Clemensii biegnących w jego stronę. W ostatniej chwili zdążył się ukryć za drzwiami. Nie miał pojęcia, co powiedziano Dovecote'om, ale nie chciał z nimi rozmawiać, zwłaszcza że jeszcze nie wymyślił przekonującej historyjki.

Właśnie brak wiarygodnej relacji, zwłaszcza takiej, która uwalniałaby go od współodpowiedzialności za stan Clemensii, uniemożliwiał mu powrót do szkoły, a nawet do domu.

Tigris miała się zjawić najwcześniej w porze kolacji, a Panibabka byłaby przerażona jego sytuacją. Uświadomił sobie, że o dziwo, jedyną osobą, z którą miał ochotę porozmawiać, była Lucy Gray, nie brakowało jej bystrości, a poza tym raczej nie powtórzyłaby nikomu jego słów.

Nogi same zaprowadziły go do zoo, zanim zdążył się zastanowić, jakie przeszkody tam napotka. Para uzbrojonych po zęby Strażników Pokoju stała przy głównym wejściu, za nimi kręciło się kilku innych. Początkowo usiłowali go przegonić; zgodnie z wytycznymi nie wolno im było wpuszczać gości do zoo. Coriolanus jednak wyciągnął asa z rękawa i zadeklarował, że jest mentorem. W tym momencie kilku strażników rozpoznało w nim chłopaka, który próbował pomóc Arachne. Sława, która mu towarzyszyła, wystarczyła, żeby zadzwonili z prośbą o wyjątek. Strażnik Pokoju rozmawiał bezpośrednio z doktor Gaul, i Coriolanus, chociaż stał kilka metrów dalej, słyszał jej charakterystyczny rechot po drugiej stronie linii. Wpuszczono go razem ze strażnikiem, ale na krótko.

Śmieci pozostawione przez uciekający tłum nadal walały się na alejce prowadzącej do małpiarni. Wokół kręciło się mnóstwo szczurów, posilając się a to gnijącą żywnością, a to zgubionymi w panice butami. Choć słońce stało wysoko na niebie, grasowały tu również nieliczne szopy pracze, zgarniając smakowite kąski w małe, zwinne łapki. Jeden przeżuwał zdechłego szczura i burczał na konkurentów, żeby omijali go szerokim łukiem.

— Nie takie zoo pamiętam — odezwał się Strażnik Pokoju. — Teraz to tylko dzieciaki w klatce i szkodniki na wolności.

W pewnych miejscach wzdłuż alejki Coriolanus zauważył niewielkie pojemniki z białym proszkiem, wsunięte pod kamienie albo mury. Przypomniał sobie truciznę używaną przez Kapitol w trakcie oblężenia — z czasów, kiedy brakowało jedzenia, ale nie szczurów. Ludzie, zwłaszcza martwi, stanowili wtedy podstawę ich wyżywienia. W najgorszych chwilach, rzecz jasna, także i ludzie żywili się ludźmi, nie mieli zatem podstaw czuć wyższości nad szczurami.

— Czy to trutka na szczury? — spytał Strażnika Pokoju.

— Tak, jakaś nowa, dziś ją wypróbowują. Ale szczury są sprytne, nawet do niej nie podejdą. — Strażnik wzruszył ramionami. — W takich warunkach musimy pracować.

W klatce trybuci, znowu w kajdanach, opierali się o ścianę z tyłu albo ukrywali za skałami, próbując nie rzucać się w oczy.

— Musi się pan trzymać na dystans — powiedział Strażnik Pokoju. — Pańska dziewczyna raczej nie stanowi zagrożenia, ale kto wie, może pana zaatakować któreś z pozostałych. Proszę stanąć tak, żeby nie mogli pana sięgnąć.

Coriolanus skinął głową i poszedł w stronę tego samego kamienia, co zawsze, jednak tym razem stanął za nim. Nie czuł się zagrożony przez trybutów — byli najmniejszym z jego problemów — ale nie chciał dawać dziekanowi Highbottomowi pretekstu, by go ukarał.

Początkowo nie mógł dostrzec Lucy Gray. Potem nawiązał kontakt wzrokowy z Jessupem, który siedział pod tylną ścianą i przykładał do szyi coś, co wyglądało jak chustka Snowów. Sięgnął za siebie i czymś potrząsnął, a wtedy Lucy Gray gwałtownie usiadła.

Przez chwilę wydawała się zdezorientowana. Na widok Coriolanusa przetarła oczy i przyczesała włosy palcami. Wstając, straciła równowagę, więc wyciągnęła rękę, żeby oprzeć się o ramię Jessupa. Niepewnym krokiem ruszyła w kierunku Coriolanusa, ciągnąc za sobą łańcuchy. Czy zachowywała się tak z powodu upału? Stresu po zabójstwie? Głodu? Kapitol nie karmił trybutów, więc nic nie jadła od śmierci Arachne, kiedy zwymiotowała to, co dostała od ludzi, a także jego pudding chlebowy i poranne jabłko. Przez niemal pięć dni żyła tylko na kanapce z pieczenią i śliwce. Musiał znaleźć sposób, żeby więcej jadła, choćby kapuśniaku.

Kiedy przeszła przez suchą fosę, uniósł rękę w ostrzegawczym geście. „Przykro mi, nie możemy bliżej podejść".

Lucy Gray zatrzymała się ponad metr od ogrodzenia.

— Zdumiewające, że w ogóle tu wszedłeś — zauważyła.

Jej gardło, skóra, włosy — wszystko wydawało się wypalone w gorącym popołudniowym słońcu. Na jej ramieniu zobaczył paskudny siniak, którego wczoraj nie miała. Kto ją uderzył? Któryś z trybutów czy strażnik?

— Nie chciałem cię budzić — powiedział.

— To nic. — Wzruszyła ramionami. — Jessup i ja sypiamy na zmianę. Kapitolińskie szczury rozsmakowały się w ludziach.

— Szczury się do was dobierają? — spytał ze wzburzeniem.

— Coś ugryzło Jessupa pierwszej nocy po przyjeździe. Było zbyt ciemno, żeby zobaczyć, co to, ale wspomniał, że to coś miało sierść. A wczoraj coś wspięło mi się po nodze. — Wskazała pojemnik z białym proszkiem przy ogrodzeniu. — To kompletnie nic nie daje.

Coriolanus zobaczył oczami duszy okropny obrazek — martwą Lucy Gray pod stadem rojących się szczurów. To ostatecznie przerwało tamę i wpadł w rozpacz. Rozpaczał nad nią. Nad sobą. Nad nimi obojgiem.

— Lucy Gray, przepraszam. Tak bardzo cię przepraszam. Przepraszam za to wszystko.

— To nie twoja wina — powiedziała.

— Na pewno mnie nienawidzisz. I dobrze. Ja sam bym siebie nienawidził — oznajmił.

— Nie nienawidzę cię. To nie ty wymyśliłeś Głodowe Igrzyska — odparła.

— Ale biorę w nich udział. Pomagam w ich przygotowaniu! — Zwiesił ze wstydem głowę. — Powinienem zachować się jak Sejanus i przynajmniej spróbować odejść.

— Nie rób tego! Proszę, nie. Nie zostawiaj mnie samej z tym wszystkim!

Zrobiła krok w jego kierunku i omal nie zemdlała. Chwyciła się ogrodzenia, po czym z wolna osunęła się na ziemię.

Ignorując ostrzeżenie strażnika, odruchowo podbiegł i ukucnął przy niej, po drugiej stronie ogrodzenia.

— Wszystko z porządku?

Skinęła głową, ale wcale nie wyglądała tak, jakby wszystko było w porządku. Chciał jej opowiedzieć o zdarzeniu z wężami i o śmiertelnym niebezpieczeństwie, w jakim znalazła się

Clemensia. Liczył na radę Lucy Gray, ale to wszystko bladło w porównaniu z jej sytuacją. Przypomniał sobie o przekąsce od pielęgniarki i wyszperał w kieszeni pokruszone suchary.

— Przyniosłem ci coś. Niewiele, ale są bardzo pożywne.

Zabrzmiało to idiotycznie. Jakie znaczenie miał dla niej fakt, że suchary są pożywne? Uświadomił sobie, że bezmyślnie powtarza to, co nauczyciele mówili podczas wojny, kiedy jednym z najważniejszych powodów chodzenia do szkoły była zapewniana przez rząd darmowa przekąska. Drapiące w gardle, pozbawione smaku suchary popijane wodą były dla niektórych dzieciaków jedynym posiłkiem w ciągu dnia. Przypomniał sobie ich małe, szponiaste dłonie rozrywające opakowanie i łapczywe chrupanie.

Lucy Gray natychmiast otworzyła paczkę i wsunęła do ust jeden z dwóch sucharów, z trudem żując i przełykając. Przyłożyła rękę do brzucha, westchnęła i znacznie wolniej zjadła drugi suchar. Jedzenie chyba pomogło jej się skupić, bo jej głos już brzmiał spokojniej.

— Dziękuję — powiedziała. — Już mi lepiej.

— Zjedz resztę — poprosił, wskazując głową drugą paczkę.

— Nie. — Pokręciła głową. — Zostawię je dla Jessupa. Teraz jest moim sojusznikiem.

— Sojusznikiem? — powtórzył zaskoczony.

Jak można było mieć sojusznika w Głodowych Igrzyskach?

— Uhm. Trybuci z Dwunastego Dystryktu idą na dno razem. Może i nie jest szczególnie bystry, ale za to silny jak wół.

Dwa suchary wydawały się niewygórowaną ceną za sojusz z Jessupem.

— Jak tylko będę mógł, przyniosę ci coś do jedzenia. Wygląda na to, że ludziom wolno będzie wysyłać żywność na arenę. To już oficjalna informacja.

— To dobrze. Przydałoby się więcej jedzenia. — Pochyliła głowę i oparła ją o ogrodzenie. — Jak powiedziałeś, śpiewanie miałoby wtedy sens. Zarobiłabym na pomoc od ludzi.

— Podczas wywiadu mogłabyś znowu zaśpiewać tę piosenkę o dolinie — zasugerował.

— Może. — Zmarszczyła czoło z zadumą. — Pokazują to w całym Panem, czy tylko w Kapitolu?

— Chyba w całym Panem — odparł. — Ale nie dostaniesz niczego z dystryktów.

— Wcale się nie spodziewam. Nie o to chodzi — oznajmiła. — Może jednak zaśpiewam. Przydałaby się gitara.

— Postaram się jakąś załatwić.

Tyle że Snowowie nie mieli żadnych instrumentów. Poza codziennymi hymnami Panibabki i piosenkami na dobranoc, które mama śpiewała mu przed laty, przed pojawieniem się Lucy Gray w jego życiu było bardzo mało muzyki. Rzadko słuchał transmisji w kapitolińskimi radiu, które głównie nadawało marsze i pieśni propagandowe, a te zlewały mu się w jedno.

— Halo! — Strażnik Pokoju pomachał mu z alejki. — Za blisko! Zresztą czas i tak już minął.

Coriolanus wstał.

— Lepiej pójdę, jeśli mają mnie tu jeszcze wpuścić — powiedział.

— Jasne, jasne. I dzięki. Za suchary i w ogóle. — Lucy Gray chwyciła się ogrodzenia i z trudem podniosła.

Wsunął rękę za pręty, żeby jej pomóc.

— To drobiazg — odparł.

— Może dla ciebie. Dla mnie to jednak wiele znaczy, że ktoś tu przyszedł, jakbym była ważna.

— Bo jesteś — oznajmił.

— Cóż, wiele wskazuje na coś wręcz przeciwnego. — Zagrzechotała łańcuchami, ciągnąc je za sobą.

Nagle, jakby sobie coś przypomniała, popatrzyła w niebo.

— Jesteś dla mnie ważna — podkreślił.

Kapitol może jej nie cenił, on jednak tak. Przecież chwilę wcześniej otworzył przed nią serce.

— Już pora, panie Snow! — zawołał Strażnik Pokoju.

— Jesteś dla mnie ważna, Lucy Gray — powtórzył Coriolanus.

Te słowa sprawiły, że na niego popatrzyła, jednak nadal wydawała się nieobecna.

— Słuchaj, dzieciaku, nie zmuszaj mnie, żebym na ciebie doniósł — zirytował się strażnik.

— Muszę iść. — Coriolanus ruszył w jego kierunku.

— Hej! — zawołała z naciskiem, a on się odwrócił. — Hej, musisz wiedzieć, że nie wierzę, żebyś tu przychodził dla dobrych stopni czy chwały. Rzadki z ciebie okaz, Coriolanusie.

— Z ciebie również — odparł.

Skinęła głową, jakby się z tym zgadzała, po czym ruszyła do Jessupa. Jej łańcuchy zostawiały ślady wśród brudnej słomy i szczurzych odchodów. Kiedy dotarła do partnera, położyła się i zwinęła w kłębek, jakby to krótkie spotkanie całkiem ją wyczerpało.

Po drodze do wyjścia Coriolanus dwukrotnie się potknął i uświadomił sobie, że jest zbyt zmęczony, żeby teraz myśleć nad rozwiązaniem swoich problemów. Było już na tyle późno, żeby jego powrót do domu nie wydał się podejrzany, więc postanowił iść prosto do apartamentu. Miał pecha i po drodze wpadł na koleżankę z klasy, Persephone Price, córkę niesławnego Nero Price'a, tego, który kiedyś zjadł pokojówkę. Dalej poszli razem, bo byli sąsiadami. Jako mentorka Mizzena, krzepkiego trzynastolatka z Czwartego Dystryktu, była obecna, kiedy Coriolanus wyszedł z klasy razem z Clemensią. Obawiał się rozmowy o projekcie, ale Persephone nadal czuła się zbyt rozbita po śmierci Arachne, żeby rozmawiać o czymkolwiek innym. Zazwyczaj Coriolanus unikał Persephone, bo nadal go nurtowało to, czy znała składniki potrawki przygotowanej w jej domu podczas wojny. Przez pewien czas się jej bał, teraz jednak budziła w nim tylko niesmak, niezależnie od tego, jak często powtarzał sobie, że w niczym nie zawiniła. Ze swoimi dołeczkami i orzechowymi oczami była ładniejsza od innych jego rówieśnic, może z wyjątkiem Clemensii... To znaczy Clemensii przed ukąszeniem przez węże. Mimo to perspektywa pocałunku z Persephone go brzydziła. Nawet teraz, gdy ze łzami w oczach uścisnęła go na pożegnanie, myślał tylko o tamtej odrąbanej nodze.

Powlókł się po schodach, zatopiony w ponurych wspomnieniach o biednej pokojówce, która zmarła z głodu na ulicy. Zastanawiał się, ile jeszcze wytrzyma Lucy Gray. Marniała w oczach, była słaba i rozkojarzona. Pobita i załamana. Przede wszystkim jednak powoli umierała z głodu. Być może jutro w ogóle nie zdoła wstać. Zrozumiał, że jeśli nie znajdzie sposobu, by zapewnić jej pożywienie, Lucy Gray umrze, zanim Głodowe Igrzyska w ogóle się rozpoczną.

9

Kiedy dotarł do apartamentu, Panibabka tylko rzuciła na niego okiem i od razu zasugerowała mu drzemkę przed kolacją. Runął na łóżko i choć czuł się zbyt zestresowany, aby zasnąć, następne, co poczuł, to to, że Tigris łagodnie potrząsa jego ramieniem. Z tacy na nocnym stoliku napływał krzepiący zapach rosołu z makaronem. Czasem rzeźnik dawał jej za darmo kurze korpusy, a ona przyrządzała z nich coś pysznego.

— Corio — odezwała się. — Satiria dzwoniła trzy razy, skończyły mi się wymówki. No chodź, zjedz trochę zupy i oddzwoń.

— Pytała o Clemensię? Czy wszyscy już wiedzą?

— O Clemensię Dovecote? Nie. Dlaczego miałaby o nią pytać? — zainteresowała się Tigris.

— To było straszne. — Opowiedział jej całą historię, z drastycznymi szczegółami.

W miarę jego opowiadania Tigris coraz bardziej bladła.

— Doktor Gaul napuściła na nią węże z powodu niewinnego kłamstewka?

— Owszem. I ani trochę jej nie obchodziło, czy Clemmie przeżyje — odparł. — Spławiła mnie, żeby zjeść w spokoju popołudniową przekąskę.

— To sadystka albo kompletna wariatka — oznajmiła Tigris. — Powinieneś na nią donieść.

— Komu? Jest główną organizatorką igrzysk — zauważył. — I współpracuje z prezydentem. Powie, że to nasza wina, bo kłamaliśmy.

Tigris zastanawiała się przez chwilę.

— No dobrze, nie składaj donosu. Ani nie próbuj z nią o tym rozmawiać. Po prostu staraj się jej unikać.

— Będzie mi trudno jako mentorowi. Wpada do Akademii, żeby bawić się z króliczym zmiechem i zadawać mnóstwo wariackich pytań. Jedno jej słowo mogłoby mi zapewnić albo odebrać nagrodę. — Przetarł twarz rękami. — Arachne nie żyje, Clemensia jest nafaszerowana jadem, a Lucy Gray... to jeszcze inna koszmarna historia. Wątpię, żeby dotrwała do igrzysk, może zresztą tak będzie lepiej.

Tigris wetknęła mu łyżkę do ręki.

— Jedz zupę. Radziliśmy sobie w gorszych sytuacjach. Snow zawsze na szczycie?

— Snow zawsze na szczycie — powtórzył z tak zerowym przekonaniem, że oboje parsknęli śmiechem.

Dzięki temu poczuł się trochę normalniej. Przełknął kilka łyżek zupy, żeby sprawić przyjemność Tigris, a wtedy uświadomił sobie, że umiera z głodu i szybko dojadł resztę.

Kiedy Satiria zadzwoniła ponownie, omal się nie wygadał, okazało się jednak, że chciała go tylko poprosić, żeby rano zaśpiewał hymn na pogrzebie Arachne.

— Twoje bohaterstwo w zoo plus fakt, że tylko ty znasz cały tekst, sprawiły, że byłeś pierwszym wyborem grona pedagogicznego.

— Będę zaszczycony — oznajmił.

— To dobrze. — Satiria siorbnęła i lód w szklance zagrzechotał. — Co słychać u twojej trybutki?

Coriolanus się zawahał. Narzekanie mogłoby zabrzmieć dziecinnie, jakby nie potrafił uporać się z własnymi problemami. Niemal nigdy nie prosił Satirii o pomoc, pomyślał jednak o Lucy Gray uginającej się pod ciężarem łańcucha i machnął ręką na ostrożność.

— Kiepsko. Widziałem się z nią dzisiaj, tylko przez moment. Jest bardzo słaba. Kapitol wcale jej nie karmi.

— Odkąd wyjechała z Dwunastego Dystryktu? Ile to już, cztery dni? — spytała Satiria.

— Pięć. Wątpię, czy dotrwa do Głodowych Igrzysk. Pewnie nawet nie będę miał trybutki do mentorowania — zauważył. — Nie ja jeden.

— To niesprawiedliwe. To tak, jakby kazali wam przeprowadzić eksperyment z wykorzystaniem niesprawnego sprzętu — odparła. — A do tego igrzyska opóźnią się o dzień albo dwa. — Umilkła, po czym dodała: — Zobaczę, co się da zrobić.

Po rozmowie odwrócił się do Tigris.

— Chcą, żebym śpiewał na pogrzebie. Nie wspomniała o Clemensii. Pewnie trzymają to w sekrecie.

— Więc ty też będziesz — oświadczyła Tigris. — Może zamierzają udawać, że nic się nie stało.

— Może nawet nie powiedzą o tym dziekanowi Highbottomowi — ucieszył się, ale nagle uderzyła go inna myśl. — Tigris? Właśnie sobie przypomniałem, że w zasadzie nie umiem śpiewać.

Nie wiedzieć czemu oboje uznali, że to najśmieszniejsza rzecz, z jaką kiedykolwiek się spotkali.

Panibabce jednak zupełnie nie było do śmiechu i następnego dnia już o świcie obudziła Coriolanusa, żeby go poduczyć. Pod koniec każdego wersu dźgała go w żebra linijką, krzycząc: „Oddychaj!", aż w końcu nie wyobrażał sobie, że mógłby robić cokolwiek innego. Po raz trzeci w tym tygodniu poświęciła jeden ze swoich skarbów dla przyszłości wnuka i przypięła błękitny pączek do starannie wyprasowanego munduru.

— Pod kolor twoich oczu — powiedziała.

Elegancki, z brzuchem pełnym owsianki i posiniaczonymi żebrami, które przypominały mu o oddychaniu, Coriolanus wyruszył do Akademii.

Chociaż była sobota, wszyscy uczniowie pojawili się na godzinie wychowawczej, a następnie zebrali się na schodach Akademii, podzieleni alfabetycznie na klasy. Ze względu na przydzielone zadanie Coriolanus znalazł się w pierwszym rzędzie, razem z ciałem pedagogicznym i honorowymi gośćmi, z których najważniejszy był prezydent Ravinstill. Satiria pokrótce streściła Coriolanusowi program, jednak zapamiętał tylko tyle, że jego występ otworzy ceremonię. Nie miał nic przeciwko publicznym przemówieniom, ale jeszcze nie śpiewał przed tłumem — w Panem nie było ku temu zbyt wielu okazji. Między innymi to właśnie z tego powodu piosenka Lucy Gray tak zaintrygowała ludzi. Uspokoił nerwy, gdy pomyślał, że nawet jeśli będzie wył jak pies, nie ma go z kim porównać.

Po drugiej stronie alei tymczasowe trybuny ustawione na czas pogrzebu szybko wypełniały się żałobnikami w czerni, jedynym kolorze, który każdy miał w szafie, po utracie bliskich podczas wojny. Coriolanus szukał wzrokiem Crane'ów, jednak nie dostrzegł ich w tłumie. Akademia i okoliczne budynki były przyozdobione kirem, w każdym oknie łopotała flaga Kapitolu. Wokół rozstawiono kamery, żeby nagrywały pogrzeb, a liczni reporterzy Kapitol TV komentowali na żywo jego przebieg. Coriolanus pomyślał, że to nie lada widowisko, nieproporcjonalne zarówno do życia Arachne, jak i jej śmierci, której mogłaby uniknąć, gdyby się tak nie popisywała. Tylu ludzi zginęło bohatersko podczas wojny, bez rozgłosu, że ten rozmach go denerwował. Cieszył się, że ma śpiewać zamiast wychwalać jej talenty, które, o ile pamiętał, sprowadzały się do tak donośnych krzyków, że dało się je usłyszeć w szkolnej auli bez mikrofonu, oraz do umiejętności balansowania łyżką na nosie. I to jego dziekan Highbottom oskarżał o popisy? Przypomniał sobie jednak, że mimo wszystko Arachne była niemal jak członek rodziny.

Zegar Akademii wybił dziewiątą i tłum ucichł. Na dany znak Coriolanus wstał i podszedł do podium. Satiria obiecała mu akompaniament, ale cisza przeciągała się tak nieznośnie, że Coriolanus odetchnął głęboko, żeby zacząć hymn. Wtedy jednak z głośników gruchnęła metaliczna wersja z szesnastotaktową introdukcją.

Klejnot Panem,
Wszechpotężne
Miasto lśniące od setek lat.

Jego śpiew bardziej przypominał melorecytację niż muzyczny majstersztyk, ale hymn nie był szczególnie trudny. Wysoka nuta, konsekwentnie fałszowana przez Panibabkę, była opcjonalna, większość ludzi śpiewała o oktawę niżej. Pamiętając o dźgającej go linijce, Coriolanus przebrnął przez całość utworu — ani razu się nie zgubił, ani nie zabrakło mu oddechu. Usiadł przy wtórze rzęsistych braw, a prezydent skinął mu z aprobatą głową i wszedł na podium.

— Dwa dni temu zakończyło się młode i drogie nam życie Arachne Crane, i tak oto opłakujemy kolejną ofiarę zabójczej rebelii, która nadal nas prześladuje — zaczął. — Arachne zmarła śmiercią równie waleczną jak na polu bitwy, a strata jest tym dotkliwsza, że podobno mamy pokój. Nie jest on jednak możliwy, póki ta choroba zżera wszystko, co dobre i szlachetne w naszym kraju. Dziś uczcimy poświęcenie Arachne, przypominając wszystkim, że choć zło istnieje, nie dominuje. Raz jeszcze będziemy świadkami, jak nasz wspaniały Kapitol sprawiedliwie rządzi Panem.

Bębny zaczęły wybijać powolny, donośny rytm, a ludzie w tłumie się odwrócili, gdy kondukt pogrzebowy skręcił za róg na ulicę. Choć nie tak szeroka jak Corso, Scholars Road bez trudu pomieściła gwardię honorową Strażników Pokoju, ramię przy ramieniu, w prostokącie o szerokości dwudziestu i długości czterdziestu funkcjonariuszy, maszerującą z idealną precyzją w rytmie bębnów.

Coriolanus zastanawiał się wcześniej, jaką strategię obierze rząd, żeby poinformować dystrykty o zamordowaniu dziewczyny z Kapitolu przez trybutkę. Teraz już wszystko było jasne. Za Strażnikami Pokoju jechała długa ciężarówka z platformą, do której przymocowany był żuraw. Wysoko w powietrzu zwisało z haka podziurawione kulami ciało Brandy, dziewczyny z Dziesiątego Dystryktu. Do platformy przykutych było pozostałych dwadzieścioro troje trybutów, przeraźliwie brudnych i sponiewieranych. Zbyt krótkie łańcuchy uniemożliwiały im stanie, więc albo kucali, albo siedzieli na nagiej metalowej podłodze. To była kolejna okazja, żeby przypomnieć dystryktom ich gorszy status i uświadomić jego mieszkańcom, że za opór czekają ich konsekwencje.

Coriolanus widział, jak Lucy Gray usiłuje zachować resztki godności, siedząc tak prosto, jak na to pozwalały kajdany, i patrząc przed siebie, nie na trupa, który lekko kołysał się nad jej głową. To jednak nic nie dało. Brud, kajdany, wystawienie na widok publiczny — tego było zbyt wiele. Usiłował sobie wyobrazić, jak on by się zachowywał w podobnych okolicznościach, kiedy nagle zdał sobie sprawę z tego, że robi to samo, co Sejanus, i przywołał się do porządku.

Za trybutami maszerował jeszcze jeden batalion Strażników Pokoju, torując drogę czwórce koni, przystrojonych girlandami i zaprzężonych do ozdobnego wozu ze śnieżnobiałą trumną, całą w kwiatach. Za trumną jechali Crane'owie w ciągniętym przez konie rydwanie. Przynajmniej mieli dość przyzwoitości, żeby wyglądać na skrępowanych. Kondukt się zatrzymał, kiedy trumna zajechała przed podium.

Doktor Gaul, która siedziała obok prezydenta, podeszła do mikrofonu. Coriolanus pomyślał, że nie powinno się jej dopuszczać do głosu w takiej chwili, ale najwyraźniej zostawiła swoje szaleństwo i różowe bransolety z węży w domu, bo przemówiła z surową i przenikliwą jasnością.

— Arachne Crane, my, obywatele Panem, przysięgamy, że twoja śmierć nie pójdzie na marne. Gdy jedno z nas pada ofiarą, uderzamy dwa razy mocniej. Głodowe Igrzyska będą się toczyły z większą energią i zaangażowaniem niż dotychczas, a my dodamy twoje nazwisko do długiej listy niewinnych, którzy zginęli w obronie sprawiedliwego i prawego kraju. Twoi przyjaciele, rodzina i obywatele oddają ci cześć i poświęcają Dziesiąte Głodowe Igrzyska twojej pamięci.

A zatem teraz wrzaskliwa Arachne została obrończynią sprawiedliwego i prawego kraju. *Tak, oddała życie, drażniąc trybutkę kanapką,* pomyślał Coriolanus. *Może epitafium na jej grobie powinno brzmieć: „Ofiara kiepskiego żartu".*

Rząd przepasanych czerwonymi szarfami Strażników Pokoju uniósł broń i oddał salwę w niebo nad konduktem, który ciągnął się przez parę ulic i znikał za rogiem.

Gdy tłum zaczął się przerzedzać, kilka osób uznało ból na twarzy Coriolanusa za oznakę żalu po śmierci Arachne, chociaż w rzeczywistości sam chętnie by ją zamordował, gdyby tylko to było możliwe. Mimo wszystko uważał, że dobrze daje sobie radę, dopóki się nie odwrócił i nie zobaczył, że dziekan Highbottom mierzy go uważnym spojrzeniem.

— Moje kondolencje z powodu śmieci przyjaciółki — powiedział dziekan.

— I pańskiej uczennicy. To trudne chwile dla nas wszystkich. Ale ceremonia była wzruszająca — odparł Coriolanus.

— Tak uważasz? Mnie się wydała przesadna i w złym guście — oświadczył dziekan Highbottom. Zaskoczony Coriolanus parsknął śmiechem, ale natychmiast się opanował i zrobił zaszokowaną minę. Dziekan przeniósł spojrzenie na błękitny pąk róży przy mundurze Coriolanusa. — Niesamowite, jak niewiele się zmienia. Po tym całym zabijaniu. Po tych wszystkich wzruszających obietnicach, że nie zapomnimy o kosztach. Po tym wszystkim nadal nie umiem odróżnić pąka od kwiatu. — Pstryknął różę palcem, poprawił ją i się uśmiechnął. — Nie spóźnij się na lunch. Podobno będzie ciasto.

Z tego spotkania Coriolanus wyniósł jedynie tyle, że faktycznie zjadł ciasto, tym razem brzoskwiniowe, podawane na specjalnym bufecie w jadalni. Inaczej niż w dniu dożynek, nałożył sobie cały talerz smażonego kurczaka i wziął największy kawałek ciasta, jaki zdołał wypatrzyć. Obficie smarował masłem bułeczki i wypił trzy dolewki winogronowego ponczu — ostatnią szklankę napełnił pod czubek tak, że się przelała, i pobrudził płócienną serwetę, kiedy wycierał nią poncz. A niech sobie gadają. Główny żałobnik musiał się pokrzepić.

Już podczas jedzenia uświadomił sobie, że jego samokontrola szwankuje. Złożył to na karb nękania przez dziekana Highbottoma. Co on tam bełkotał? Pąki? Kwiaty? Powinno się go zamknąć, albo jeszcze lepiej, wysłać do jakiejś odległej placówki, żeby przestał się czepiać przyzwoitych kapitolińczyków. Na samą myśl o dziekanie Coriolanus poszedł po dokładkę ciasta.

Sejanus z kolei tylko dziabał kurczaka i bułki, nawet ich nie próbując. Skoro Coriolanusowi nie podobała się ceremonia pogrzebowa, to dla Sejanusa musiała być torturą.

— Doniosą na ciebie, jeśli wyrzucisz to całe jedzenie — przypomniał mu Coriolanus.

Nie przepadał za Sejanusem, co nie znaczyło, że życzył mu kary.

— Słusznie — odparł Sejanus, nadal jednak nie był w stanie przełknąć niczego poza łykiem ponczu.

Po lunchu Satiria zebrała dwadzieścioro dwoje aktywnych mentorów, żeby ich poinformować, że Głodowe Igrzyska nie tylko się odbędą, ale że mają być najbardziej widowiskowe ze wszystkich dotychczasowych. Właśnie dlatego mentorzy mieli tego popołudnia oprowadzić swoich trybutów po arenie. Zaplanowano ogólnokrajową transmisję, w ramach spełniania zapowiedzi wygłoszonych przez doktor Gaul na pogrzebie. Główna organizatorka doszła do wniosku, że odseparowanie młodzieży z Kapitolu od młodzieży z dystryktów wskazywałoby na słabość tej pierwszej i stwarzało wrażenie, że kapitolińscy uczniowie za bardzo obawiają się wrogów, żeby przebywać w ich obecności. Postanowiono, że trybuci pozostaną tylko w kajdankach, bez łańcuchów na nogach. Wśród żołnierzy znajdą się najlepsi snajperzy Strażników Pokoju, jednak mentorzy będą szli ramię w ramię ze swoimi podopiecznymi.

Coriolanus wyczuł niechęć niektórych kolegów z klasy — po śmierci Arachne kilkoro rodziców złożyło skargi na kiepską ochronę — ale nikt się nie odezwał, żeby nie wyjść na tchórza. To wszystko wydało mu się niebezpieczne i niezbyt mądre. Niby co miało powstrzymać pozostałych trybutów przed atakiem na mentorów? Naturalnie i on milczał, nigdy nie powiedziałby tego głośno. W duchu zastanawiał się jednak, czy doktor Gaul nie liczy na kolejny akt przemocy, żeby móc ukarać jeszcze jednego trybuta, może tym razem na żywo, przed kamerami.

Ten kolejny przykład bezduszności doktor Gaul sprawił, że coś w Coriolanusie zaczęło się buntować. Zerknął na talerz Sejanusa.

— Już? — spytał.

— Nie mam apetytu — odparł Sejanus. — Nie wiem, co dalej.

Gdy wokół nich zrobiło się pusto, Coriolanus rozłożył poplamioną płócienną serwetkę na kolanach pod stołem. Poczuł się jeszcze bardziej niepokorny, gdy sobie uświadomił, że na materiale wyhaftowano godło Kapitolu.

— Daj to tutaj — powiedział, zerkając na Sejanusa.

Sejanus rozejrzał się i szybko przełożył kurczaka i bułki na serwetkę. Coriolanus zwinął ją, po czym wsunął do teczki. Nie wolno im było wynosić żywności z jadalni, a już na pewno nie dla trybuta, ale niby skąd miał wziąć jedzenie przed wycieczką na arenę? Lucy Gray nie mogła jeść przed kamerami, na szczęście jednak jej sukienka miała głębokie kieszenie. Nie podobało mu się, że połowa jego zdobyczy trafi do Jessupa, ale w trakcie igrzysk ta inwestycja mogła się opłacić.

— Dzięki. Buntownik z ciebie — zauważył Sejanus, kiedy nieśli tace na taśmociąg do kuchni.

— Taaa, prawdziwy łobuz — mruknął Coriolanus.

Mentorzy wsiedli do busów Akademii i ruszyli na Arenę Kapitolińską, wybudowaną po drugiej stronie rzeki, żeby tłumy widzów nie zalewały śródmieścia. W swoim czasie w tym wielkim, nowoczesnym amfiteatrze organizowano wiele ekscytujących występów — sportowych, rozrywkowych i militarnych. Podczas wojny odbywały się tam pokazowe egzekucje, przez co arena stała się celem rebelianckich bombowców. Budowla przetrwała, była jednak uszkodzona i niestabilna, nadawała się jedynie na Głodowe Igrzyska. Pieczołowicie pielęgnowana bujna trawa na płycie wyschła z zaniedbania, co krok natrafiało się na leje po bombach, chwasty zaś stanowiły jedyną roślinność wśród połaci gołej ziemi. Wszędzie leżał gruz po eksplozjach, kawałki metalu i kamieni, a pięciometrowy mur otaczający pole był popękany i zryty odłamkami. Rok po roku zamykano tu trybutów wyposażonych jedynie w noże, miecze, maczugi i tego typu oręż, żeby mogli przelewać krew, co widzowie obserwowali z zacisza własnych domów. Pod koniec igrzysk ten, kto zdołał przetrwać, trafiał z powrotem do swojego dystryktu, zwłoki usuwano, broń zabierano, a drzwi pozostawały zamknięte aż do następnego roku. Nikt niczego nie naprawiał ani nie sprzątał. Jedynie wiatr i deszcz mogły zmywały ślady krwi, bo Kapitol umywał ręce.

Po przyjeździe na miejsce nadzorująca spotkanie profesor Sickle kazała mentorom zostawić rzeczy w busach. Coriolanus upchnął serwetkę z jedzeniem w przedniej kieszeni spodni, którą osłonił połą marynarki od munduru. Gdy wyszli z klimatyzowanego wnętrza na słoneczny żar, zobaczył skutych kajdankami trybutów stojących w rzędzie pod okiem licznych Strażników Pokoju. Mentorzy zajęli miejsca przy swoich podopiecznych, ustawionych według numerów, tak że Coriolanus i Lucy Gray wylądowali niemal na końcu. Za nim stał tylko Jessup ze swoją mentorką, Lysistratą, która nie ważyła więcej niż czterdzieści pięć kilo. Przed nim z kolei znalazł się trybut Clemensii, Reaper, ten, który dusił Coriolanusa na ciężarówce, a teraz wściekłym wzrokiem wpatrywał się w ziemię. Gdyby doszło do konfrontacji między trybutami a mentorami, Coriolanus znalazłby się na straconej pozycji.

Mimo delikatnej aparycji Lysistrata miała silny charakter. Córka lekarzy, którzy zajmowali się prezydentem Ravinstillem, szczęśliwie zdobyła stanowisko mentora, a teraz najwyraźniej ciężko pracowała nad porozumieniem z Jessupem.

— Przyniosłam ci krem na szyję. — Coriolanus słyszał jej szept. — Ale musisz go ukryć. — Jessup mruknął z aprobatą. — Włożę ci go do kieszeni przy pierwszej okazji.

Strażnicy Pokoju usunęli ciężkie sztaby i masywne drzwi otworzyły się szeroko, a za nimi ukazał się olbrzymi hol pełen zabitych deskami stoisk i upstrzonych przez muchy plakatów, które reklamowały imprezy z przedwojennych czasów. Ustawiona w szyku młodzież ruszyła za żołnierzami na drugi koniec holu, w kierunku pokrytych grubą warstwą kurzu obrotowych bramek o trzech zakrzywionych ramionach. Aby wejść, należało wrzucić do urządzenia kapitoliński żeton, taki sam jak ten, którym płaciło się za przejazd tramwajem.

To było wejście dla biedoty, pomyślał Coriolanus. A może nie dla biedoty, a dla plebsu. Snowowie wchodzili na arenę innym wejściem, oddzielonym aksamitnym sznurem. Rzecz jasna do ich loży nie można się było dostać przy użyciu tramwajowego żetonu. W przeciwieństwie do reszty areny miała dach, wysuwaną szybę i klimatyzację, dzięki której było tam przyjemnie nawet podczas upałów. Przydzielono im awoksa, który przynosił jedzenie i drinki, a także zabawki dla niego i Tigris. Kiedy Coriolanus się znudził, drzemał na wyściełanych pluszem fotelach.

Strażnicy Pokoju ustawieni przy bramkach wrzucali żetony, żeby mentor i jego trybut mogli przejść jednocześnie. Po każdym obrocie wesoły głosik szczebiotał: „Dobrej zabawy!”.

— Nie da się odblokować bramek na stałe? — spytała profesor Sickle.

— Dałoby się, gdybyśmy mieli klucz, ale nikt nie wie, gdzie jest — odparł jeden ze Strażników Pokoju.

— Dobrej zabawy! — życzyła bramka Coriolanusowi, gdy przechodzili.

Coriolanus odwrócił się i popchnął ramię urządzenia do wysokości pasa. Wyjście było zablokowane. Przeniósł wzrok nad bramki, gdzie żelazne pręty tworzyły kratę aż do sklepienia bramy. Widzowie z tanich miejsc najwyraźniej opuszczali arenę inną drogą. To zapewne pomagało szybciej rozproszyć tłum, jednak w żaden sposób nie uspokoiło podenerwowanego mentora na kontrowersyjnej wycieczce.

Na końcu rzędu bramek grupa Strażników Pokoju wmaszerowała do przejścia, kierując się wyłącznie czerwoną poświatą lamp awaryjnych na podłodze. Po bokach znajdowały się mniejsze łuki wejść do różnych sektorów widowni. Kolumna trybutów i mentorów ruszyła pod eskortą zwartych szeregów Strażników Pokoju. Gdy wkraczali w mrok, Coriolanus postanowił iść w ślady Lysistraty i wykorzystał okazję, żeby wsunąć serwetkę z jedzeniem w skute ręce Lucy Gray. Serwetka błyskawicznie zniknęła w kieszeni między falbanami. No i dobrze. Lucy Gray nie umrze z głodu, póki on ma cokolwiek do powiedzenia. Jego dłoń odnalazła jej dłoń i spletli palce. Ta bliskość, ta intymność w mroku sprawiły, że ciało Coriolanusa przeszył dreszcz. Po raz ostatni uścisnął dłoń Lucy Gray i cofnął swoją, kiedy wyszli na słońce na końcu tunelu, gdzie takie gesty nie znalazłyby wytłumaczenia.

Był na arenie kilka razy, we wczesnym dzieciństwie, żeby obejrzeć cyrkowców, ale przede wszystkim by wiwatować na widok pokazów organizowanych przez wojsko pod dowództwem jego ojca. Podczas ostatnich dziewięciu lat oglądał fragmenty igrzysk w telewizji. Nic jednak nie przygotowało go na to, co poczuł, gdy pod olbrzymią tablicą wyników wyszedł przez główne wejście na pole. Niektórzy z mentorów i trybutów jęknęli na widok rozległości areny i jej majestatyczności, widocznej mimo zniszczeń. Wpatrywał się we wznoszące się rzędy miejsc i czuł się tak maleńki, że aż zupełnie nieistotny. Jak kropla deszczu w czasie ulewy, jak kamyk w lawinie.

Na widok kamer oprzytomniał i przybrał minę mającą świadczyć o tym, że na Snowach nic nie robi szczególnego wrażenia. Lucy Gray, która wydawała się bardziej ożywiona i sprawniej się poruszała bez łańcuchów, pomachała Lepidusowi Malmseyowi, ale on, tak jak pozostali dziennikarze, nie dał niczego po sobie poznać i nie odwzajemnił tego gestu. Mieli jasne wytyczne — to był dzień powagi, dzień kary.

Słowo „wycieczka" użyte przez Satirię kojarzyło się ze zwiedzaniem, i chociaż Coriolanus nie oczekiwał atrakcji, nie spodziewał się panującego tu niemal namacalnego smutku. Strażnicy Pokoju po obu ich stronach się rozeszli, a dzieci posłusznie podążyły za grupą na przodzie, wędrując wokół płyty areny po wewnętrznej części jej owalu. Wyglądało to jak smutna parada w kurzu. Coriolanus przypomniał sobie, że cyrkowcy przybyli tą samą drogą, jadąc na słoniach i wierzchowcach, ozdobieni błyskotkami, pogodni. Poza Sejanusem zapewne wszyscy jego koledzy z klasy byli wtedy na widowni. Arachne siadywała w sąsiedniej loży, ubrana w sukienkę z cekinami, i darła się radośnie co sił w płucach.

Coriolanus rozglądał się po arenie w poszukiwaniu czegoś, czegokolwiek, co mogłoby dać przewagę Lucy Gray. Wysoki mur otaczający pole i oddzielający widownię nad nim wyglądał obiecująco. Zniszczona powierzchnia pełna była wyszczerbień, dziur na dłonie i stopy, po których zręczny wspinacz miałby szansę dostać się na trybuny. Bramy rozmieszczone symetrycznie wokół muru też wyglądały na uszkodzone, ale nie był pewien, co kryło się w tunelach, więc należało zachować ostrożność. Zbyt łatwo było tam utknąć w pułapce. Trybuny wydawały się najlepszą opcją, o ile Lucy Gray udałoby się na nie wspiąć. Zapamiętał to na później.

Gdy kolumna zaczęła się wydłużać, postanowił porozmawiać szeptem z Lucy Gray.

— Dziś rano okropnie się czułem, widząc cię w takim stanie.

— Przynajmniej po raz pierwszy nas nakarmili — odparła.

— Naprawdę? — Czyżby ze względu na jego rozmowę z Satirią?

— Kilkoro dzieciaków zemdlało, kiedy wczoraj wieczorem usiłowali nas spędzić. Pewnie doszli do wniosku, że jeśli ktokolwiek ma dożyć tego ich przedstawienia, to trzeba nas nakarmić. Głównie chlebem z serem. Dostaliśmy kolację i śniadanie, ale spokojnie, zostało mi mnóstwo miejsca na to, co mam w kieszeni. — Znowu zaczynała przypominać dawną siebie. — To twój śpiew słyszałam?

— A tak — przyznał. — Prosili, żebym zaśpiewał, bo uznali, że blisko się przyjaźniłem z Arachne. A tak nie było. Wstyd mi, że mnie słyszałaś.

— Podoba mi się twój głos. Tata powiedziałby, że ma w sobie władczość. Tyle że niezbyt mi się podobała piosenka — odparła Lucy Gray.

— Dzięki. W twoich ustach to wiele znaczy.

Lucy Gray trąciła go łokciem.

— Tym bym się nie chwaliła. Większość tutejszych uważa, że jestem niższą formą życia, coś jak pantofelek.

Coriolanus z uśmiechem pokręcił głową.

— Co? — zaciekawiła się.

— Używasz dziwnych sformułowań. Może nie tyle dziwnych per se, ile barwnych — wyjaśnił.

— Per se nie używam, jeśli o to ci chodzi — oznajmiła żartobliwie.

— Nie, podobają mi się. W porównaniu z nimi wszystko, co ja mówię, wydaje się takie sztywne. Jak mnie nazwałaś tamtego dnia w zoo? Coś z ciastkiem?

— A, że jesteś ciastkiem z kremem? Wy tak nie mówicie? — zdziwiła się. — To komplement. Tam, skąd pochodzę, ciastka bywają suche jak pieprz. A krem jest równie popularny jak kurze zęby.

Roześmiał się, na moment zapominając, gdzie są, jak ponure jest otoczenie. Przez ten moment istniał tylko jej uśmiech, jej śpiewny głos, i ta obietnica flirtu.

A potem świat eksplodował.

10

Coriolanus wiedział, co to bomby, i zawsze go przerażały. Uniósł ręce, żeby osłonić głowę, gdy uderzenie ścięło go z nóg i cisnęło głębiej na arenę. Padając, odruchowo rozpłaszczył się na brzuchu, wcisnął policzek w ziemię i zgiął ramię, żeby chronić odkryte oko i ucho.

Pierwsza eksplozja, która wydawała się dochodzić od głównego wejścia, zapoczątkowała serię wybuchów na całej arenie. Ucieczka nie wchodziła w grę. Mógł tylko leżeć przyciśnięty do ziemi i liczyć na to, że wszystko zaraz się skończy, i próbować zapanować nad paniką. Te chwile nazywali z Tigris „bombową porą”, surrealistycznym czasem, kiedy sekundy rozciągały się i kurczyły wbrew prawom fizyki.

Podczas wojny Kapitol przydzielił każdemu obywatelowi schron w pobliżu miejsca zamieszkania. We wspaniałym budynku, w którym mieszkali Snowowie, piwnica była tak wytrzymała i przestronna, że mieścili się w niej nie tylko mieszkańcy, ale i pół ulicy. Niestety, system ostrzegania w Kapitolu zależał przede wszystkim od elektryczności. Światło zapalało się i gasło jak robaczek świętojański, sieć elektroenergetyczna nieustannie szwankowała z powodu działalności rebelianckiej w Piątym Dystrykcie, syreny działały albo nie. W rezultacie bombardowania często rozpoczynały się znienacka i brakowało czasu na ucieczkę do piwnicy. W takich chwilach on, Tigris i Panibabka — jeśli akurat nie śpiewała hymnu — chowali się pod pięknym stołem wykutym z jednego bloku marmuru, stojącym w środkowym pokoju. Nawet w pomieszczeniu bez okien i z litą skałą nad głową Coriolanus zawsze sztywniał z przerażenia, gdy słyszał świst bomb, i musiały minąć godziny, zanim odzyskał pełne czucie w nogach. Ulice również nie były bezpieczne, podobnie jak Akademia. Bomby mogły spaść wszędzie, jednak zwykle udawało mu się znaleźć lepsze kryjówki niż ta. Teraz, bezbronny w obliczu ataku, leżał pod gołym niebem i czekał, aż niemiłosierna „bombowa pora" dobiegnie końca. Zastanawiał się tylko, jak bardzo ucierpią jego organy wewnętrzne.

Brak poduszkowca. Ta myśl pojawiła się niespodziewanie w jego głowie. Nie było poduszkowca. Czyli bomby podłożono wcześniej? Czuł zapach dymu, więc część z nich to były zapewne bomby zapalające. Przycisnął swoją chustkę do ust i nosa. Mrużąc oczy w czarnym dymie zagęszczonym pyłem z areny, jakieś pięć metrów dalej zobaczył Lucy Gray w pozycji embrionalnej, z czołem przy ziemi i palcami w uszach. Tyle tylko mogła zrobić w kajdankach. Zakaszlała bezradnie.

— Zakryj twarz! Serwetką! — krzyknął do niej.

Nie obejrzała się, ale musiała usłyszeć, bo przetoczyła się na bok i wyciągnęła serwetkę z kieszeni. Bułki i mięso kurczaka upadły na ziemię, gdy przycisnęła materiał do twarzy. Przemknęło mu przez głowę, że ten dym zaszkodzi jej głosowi.

Spokój go zwiódł i Coriolanus pomyślał, że to już koniec, jednak kiedy podniósł głowę, ostatnia eksplozja na trybunach nad nim zniszczyła to, co niegdyś było budką z przekąskami — z różową watą cukrową, jabłkami w karmelu — i płonące szczątki spadły prosto na niego. Coś mocno uderzyło go w głowę, a ciężka belka wylądowała mu na plecach, przygważdżając go do ziemi.

Oszołomiony, przez chwilę leżał niemal bez czucia. Ostry zapach spalenizny drażnił mu nozdrza i Coriolanus uświadomił sobie, że belka płonie. Usiłował się podźwignąć i spod niej wysunąć, ale świat zaczął się kręcić, a brzoskwiniowe ciasto podeszło mu do gardła.

— Pomocy! — zawołał. Wokół słyszał podobne okrzyki, lecz dym zasłaniał rannych. — Pomocy!

Ogień osmalił mu włosy i Coriolanus jeszcze energiczniej próbował wydostać się spod belki, jednak bezskutecznie. Poczuł przeszywający ból w szyi i ramieniu, kiedy nagle do niego dotarło, że tu spłonie. Wrzeszczał raz po raz, ale wyglądało na to, że utkwił samotnie w bańce ciemnego dymu i płonących odłamków. Nagle zobaczył sylwetkę wyłaniającą się z tego piekła. Lucy Gray wypowiedziała jego imię, a następnie gwałtownie odwróciła głowę, jakby coś, czego on nie widział, przyciągnęło jej uwagę. Jej stopy oddaliły się od niego o kilka kroków, po czym się zawahała, najwyraźniej rozdarta.

— Lucy Gray! — błagał zachrypniętym głosem. — Proszę!

Po raz ostatni spojrzała na to, co ją kusiło, i podbiegła do Coriolanusa. Belka uniosła się, ale moment później ponownie opadła. Uniosła się po raz drugi, akurat na tyle, żeby zdołał spod niej wypełznąć. Lucy Gray pomogła mu wstać, podparła go i kuśtykając, odciągnęła od ognia. Po chwili osunęli się na ziemię gdzieś pośrodku areny.

Początkowo skupił się tylko na kasłaniu i odruchach wymiotnych, ale powoli zaczął zdawać sobie sprawę z bólu głowy i oparzeń na szyi, plecach i ramionach. Jego palce kurczowo uczepiły się osmalonych falban sukienki Lucy Gray. Ściskał materiał niczym linę ratunkową. Skute ręce dziewczyny, wyraźnie poparzone, były zwinięte w pięści.

Dym opadł na tyle, że Coriolanus się zorientował, że bomby podłożono według schematu, w odstępach wokół całej areny, a główny ładunek znajdował się przy wejściu. Zniszczenia były tak ogromne, że zobaczył ulicę za murem i dwie osoby uciekające z areny. Czy właśnie dlatego Lucy Gray zamarła, zanim przybiegła mu na pomoc? Chodziło o możliwość ucieczki? Inni trybuci z pewnością skorzystali z okazji. Tak, słyszał już syreny i krzyki z ulicy.

Sanitariusze biegli przez gruzy do rannych.

— W porządku — powiedział do Lucy Gray. — Pomoc jest już na miejscu.

Jakieś ręce umieściły go na noszach. Puścił falbany, myśląc, że Lucy Gray też trafi na nosze, ale kiedy go wynosili, zobaczył, że Strażnik Pokoju przewraca ją na brzuch i wciska lufę karabinu w kark, wykrzykując obelgi pod jej adresem.

— Lucy Gray! — krzyknął Coriolanus.

Nikt nie zwrócił na niego uwagi.

Po uderzeniu w głowę nie mógł się skupić, ale zdawał sobie sprawę z tego, że jedzie karetką, że robiąc straszny hałas, wwożą go na noszach przez drzwi do tej samej poczekalni, w której zaledwie dzień wcześniej pił lemoniadę, że przenoszą go na stół pod jaskrawymi lampami, a zespół lekarski usiłuje oszacować uszkodzenia ciała. Chciał spać, ale ciągle zbliżali twarze do jego twarzy, żądając odpowiedzi, a przez ich nieświeże oddechy znów zbierało mu się na wymioty. Jedne urządzenia, drugie urządzenia, ukłucia igieł i w końcu, nareszcie, pozwolili mu odpłynąć. Co jakiś czas ktoś budził go w nocy i świecił mu w oczy. Jeśli tylko zdołał odpowiedzieć na kilka podstawowych pytań, pozwalali mu ponownie zapaść się w nicość.

Kiedy wreszcie na dobre się przebudził w niedzielę, przez okno wpadały promienie popołudniowego słońca, a Panibabka i Tigris pochylały się nad łóżkiem z troską w oczach. Poczuł krzepiące ciepło. *Nie jestem sam,* pomyślał. *Nie jestem na arenie, jestem bezpieczny.*

— Cześć, Corio — powiedziała Tigris. — To my.

— Hej. — Usiłował się uśmiechnąć. — Przegapiłaś bombową porę.

— Nic nie straciłam. Świadomość, że przechodzisz przez to sam, była jeszcze gorsza niż bycie tam z tobą — odparła.

— Nie byłem sam — oznajmił. Przez morfalinę i wstrząs mózgu nie mógł jasno myśleć. — Była tam Lucy Gray. Chyba uratowała mi życie.

Jakoś nie mieściło mu się to w głowie. To było słodkie, ale i niepokojące.

Tigris ścisnęła mu rękę.

— Wcale się nie dziwię. To niewątpliwie dobry człowiek. Od samego początku chroniła cię przed resztą trybutów.

Panibabki nie dało się tak łatwo przekonać. Dopiero kiedy opowiedział jej ze szczegółami, co się działo, oznajmiła:

— Cóż, pewnie doszła do wniosku, że Strażnicy Pokoju ją zastrzelą, jeśli zacznie uciekać, ale i tak wykazała się charakterem. Może, jak sama twierdzi, faktycznie nie jest z dystryktów.

To był naprawdę wielki komplement, przynajmniej w ustach Panibabki.

Gdy Tigris pokrótce streściła mu, co go ominęło, uświadomił sobie, że ten incydent bardzo wzburzył Kapitol. To, co się stało — a przynajmniej co się stało według kapitolińskich wiadomości — przeraziło mieszkańców Kapitolu zarówno z powodu bezpośrednich konsekwencji, jak długofalowych skutków. Nikt nie wiedział, kto podłożył bomby — bez wątpienia rebelianci, ale jakim cudem? To mógł być którykolwiek z dwunastu dystryktów albo banda zwyrodnialców zbiegłych z Trzynastki, albo nawet, niech Bóg broni, jakaś od dawna uśpiona komórka w samym Kapitolu. Ramy czasowe zamachu były niejasne. Ponieważ pomiędzy Głodowymi Igrzyskami arena stała pusta, zamknięta i niepilnowana, bomby mogły zostać podłożone równie dobrze parę dni, jak i parę miesięcy wcześniej. Kamery ochrony filmowały wejścia w murze wokół płyty, ale po rozsypującej się konstrukcji łatwo dało się wdrapać od zewnątrz. Nie wiedziano nawet, czy ładunki odpalono zdalnie, czy też były to miny-pułapki, jednak te niespodziewane straty wstrząsnęły Kapitolem do głębi. To, że dwójkę trybutów z Szóstego Dystryktu zabiły odłamki, nieszczególnie poruszyło ludzi, jednak ta sama eksplozja odebrała życie bliźniakom Ring. Trzech mentorów trafiło do szpitala — oprócz Coriolanusa znaleźli się tam Androcles Anderson i Gaius Breen, którzy odpowiadali za trybutów z Dziewiątego Dystryktu. Stan kolegów Coriolanusa był krytyczny — Gaius stracił obie nogi, a niemal wszyscy pozostali, mentorzy, trybuci czy Strażnicy Pokoju, potrzebowali takiej lub innej opieki medycznej.

Coriolanus był oszołomiony. Naprawdę lubił Polla i Didi, ich wzajemne przywiązanie, ich pogodę ducha. Gdzieś niedaleko Androcles, który chciał być reporterem jak jego matka, i Gaius, kapitoliński łobuz, specjalista od kiepskich dowcipów, walczyli o życie.

— A Lysistrata? Nic jej nie jest? — Stała wtedy tuż za nim.

Panibabka miała niewyraźną minę.

— A, ona. Nic jej nie jest. Chodzi i rozpowiada, że ten wielki brzydal z Dwunastego Dystryktu ją uratował, bo zakrył jej ciało swoim, ale kto tam wie? Vickersowie uwielbiają być w centrum uwagi.

— Czyżby? — mruknął Coriolanus sceptycznie.

Nie przypominał sobie, żeby Vickersowie choć raz znajdowali się w centrum uwagi, może poza krótką doroczną konferencją, podczas której wystawili prezydentowi Ravinstillowi doskonałe świadectwo zdrowia. Lysistrata była skrytą, bystrą dziewczyną, która nigdy nie robiła zamieszania wokół siebie. Sama sugestia, że należała do tego samego typu osób co Arachne, irytowała Coriolanusa.

— Tylko raz o tym wspomniała, reporterowi, tuż po wybuchu bomb. Myślę, że to prawda, Panibabciu — odezwała się Tigris. — Może ludzie z Dwunastego Dystryktu nie są tacy źli, jak uważasz. I Lucy Gray, i Jessup wykazali się odwagą.

— Widziałyście Lucy Gray? To znaczy w telewizji? Jak wygląda? — spytał.

— Nie wiem, Corio. Nie pokazywali żadnych materiałów z zoo. Ale nie ma jej na liście zabitych trybutów — odparła Tigris.

— Jest ich więcej? Poza tymi z Szóstki? — Nie chciał, żeby zabrzmiało to upiornie, ale to byli rywale Lucy Gray.

— Tak, zginęli już po wybuchu — wyjaśniła.

Obie pary z Pierwszego i Drugiego Dystryktu ruszyły do dziury, która powstała obok wejścia. Dzieciaki z Jedynki zastrzelono, dziewczyna z Dwójki dotarła do rzeki, przeskoczyła przez mur i zginęła, spadając, a Marcus zniknął — innymi słowy, po mieście krążył zdesperowany, niebezpieczny i silny chłopak. Odrzucona pokrywa studzienki szybu technicznego mogła świadczyć o tym, że ukrył się pod ziemią w Tranzycie, czyli sieci torów kolejowych oraz dróg zbudowanych pod Kapitolem, ale nikt tego nie wiedział na pewno.

— Pewnie potraktowali arenę jak symbol — powiedziała Panibabka. — Tak jak podczas wojny. Najgorsze, że minęło prawie dwadzieścia sekund, zanim przerwali transmisję w dystryktach, więc bez wątpienia wszyscy tam świętują. Co za bestie.

— Przecież mówią, że w dystryktach prawie nikt tego nie zobaczył — zauważyła Tigris. — Ich mieszkańcy nie lubią transmisji z Głodowych Igrzysk.

— Wystarczy garstka, żeby się rozniosło — odparła Panibabka. — Takie historie rozchodzą się błyskawicznie.

Pojawił się lekarz, ten, który rozmawiał z Coriolanusem po ataku węży, i przedstawił się jako doktor Wane. Odesłał Tigris i Panibabkę do domu, po czym pobieżnie zbadał Coriolanusa. Powiedział mu, że wstrząs mózgu jest raczej lekki, a oparzenia szybko się goją. Powrót do zdrowia trochę potrwa, ale jeśli Coriolanus będzie się odpowiednio zachowywał i nadal dochodził do siebie w takim tempie, zostanie wypisany ze szpitala już za parę dni.

— Nie wie pan, jak się miewa moja trybutka? Miała mocno poparzone ręce — powiedział Coriolanus.

Za każdym razem, gdy o niej myślał, czuł ukłucie niepokoju, ale przez morfalinę wszystko docierało do niego jak przez watę.

— Nie wiem — odparł lekarz. — Ale mają tam doskonałego weterynarza. Pewnie będzie całkiem zdrowa, zanim zaczną się igrzyska. Zresztą to nie twoje zmartwienie, młody człowieku. Ty masz tylko zdrowieć, a do tego potrzeba ci snu.

Coriolanus nie miał absolutnie nic przeciwko temu. Zapadł się w sen i w pełni oprzytomniał dopiero w poniedziałkowy poranek. Z obolałą głową i poobijanym ciałem niezbyt się śpieszył do opuszczenia szpitala. Klimatyzacja łagodziła ból oparzeń, a solidne porcje pozbawionego smaku jedzenia pojawiały się o regularnych porach. Oglądał wiadomości na wielkim ekranie telewizora, wlewając w siebie tyle gazowanej lemoniady, ile zdołał. Następnego dnia miał się odbyć pogrzeb bliźniaków Ring. Polowanie na Marcusa nadal trwało. Zarówno w Kapitolu, jak i w dystryktach zaostrzono środki bezpieczeństwa.

Troje mentorów martwych, trzech hospitalizowanych — właściwie to nawet czworo, jeśli doliczyć Clemensię. Sześcioro trybutów martwych, jeden zbiegły, kilkoro rannych. Jeśli doktor Gaul chciała nowej formuły Głodowych Igrzysk, to ją dostała.

Po południu Festus zapoczątkował paradę gości. Przyszedł z ręką na temblaku i paroma szwami tam, gdzie odłamki przecięły mu policzek. Powiedział, że Akademia odwołała lekcje, ale uczniowie mieli pojawić się rankiem na pogrzebie Ringów. Gdy rozmowa zeszła na bliźniaki, na chwilę stracił mowę, i Coriolanus zaczął się zastanawiać, czy sam zareaguje nieco bardziej emocjonalnie, kiedy zabiorą mu kroplówkę z morfaliną, która tłumiła zarówno ból, jak i radość. Satiria wpadła z ciastkami z cukierni, przekazała życzenia zdrowia od całego grona pedagogicznego i oznajmiła, że chociaż był to niefortunny incydent, zwiększał jego szanse na uzyskanie nagrody. Po krótkiej przerwie pojawił się Sejanus, który nie odniósł żadnych obrażeń, i przyniósł mu teczkę z busa oraz stos zrobionych przez jego matkę pysznych kanapek z pieczenią. Nie miał zbyt wiele do powiedzenia na temat swojego zbiegłego trybuta. W końcu pojawiła się Tigris, bez Panibabki, która została w domu, żeby odpocząć, ale przysłała czysty mundur, żeby wnuk miał w czym wyjść ze szpitala. Musiał się jak najlepiej prezentować na wypadek pojawienia się kamer. Podzielili kanapki, a potem przysnął, gdy Tigris zaczęła go głaskać po bolącej głowie, tak samo, jak to robiła w dzieciństwie, gdy dręczyły go migreny.

Kiedy ktoś obudził go we wtorek nad ranem, pomyślał, że to pielęgniarka przyszła sprawdzić, czy żyje, i trochę nim wstrząsnął widok zniszczonej twarzy Clemensii. Po ukąszeniu, a może po surowicy, jej złocistobrązowa skóra zaczęła się łuszczyć, a białka oczu miały kolor jajecznych żółtek. Najgorsze jednak były przeszywające ciało spazmy, przez które twarz Clemensii wykrzywiała się w grymasie, język co jakiś czas wysuwał się z ust, a ręce gwałtownie odskakiwały, nawet gdy sięgała do jego dłoni.

— Ciiii! — wysyczała. — Nie powinno mnie tu być. Nie mów im, że przyszłam. I co powiedzieli? Dlaczego nikt mnie nie odwiedził? Czy moi rodzice wiedzą, co się wydarzyło? Myślą, że nie żyję?

Oszołomiony snem i lekami Coriolanus nie do końca rozumiał, co do niego mówiła.

— Twoi rodzice? Przecież tu byli, widziałem ich.

— Nie. Nikt mnie nie odwiedził! — krzyknęła. — Muszę się stąd wydostać, Corio. Boję się, że ona mnie zabije. Nie jest bezpiecznie. Nie jesteśmy bezpieczni!

— Co? Kto chce cię zabić? Mówisz bez sensu — odparł.

— Doktor Gaul, a kto? — Chwyciła go za ramię i natychmiast poczuł ból oparzeń. — Przecież wiesz, byłeś tam!

Coriolanus usiłował uwolnić się z jej uścisku.

— Musisz wrócić do swojego pokoju. Jesteś chora, Clemmie. To przez te ukąszenia wymyślasz różne rzeczy.

— Wymyślam? To też wymyśliłam? — Rozchyliła szpitalną koszulę, demonstrując zmiany skórne na dekolcie i ramieniu. Duży fragment jej ciała pokrywały gadzie łuski, jasnoniebieskie, różowe i żółte, takie jak łuski węży w terrarium doktor Gaul. Kiedy Coriolanus jęknął, wrzasnęła: — I to się rozprzestrzenia! Rozprzestrzenia się!

Wtedy wpadły dwie osoby ze szpitalnego personelu, dźwignęły ją i wyniosły z pokoju. Przez resztę nocy Coriolanus leżał i myślał o wężach, skórze Clemensii i gablotach z koszmarnie zmodyfikowanymi awoksami o zwierzęcych cechach w laboratorium doktor Gaul. Czy właśnie tam miała skończyć Clemensia? A jeśli nie, to dlaczego rodzice jej nie odwiedzili? Dlaczego najwyraźniej nikt poza nim nie wiedział, co zaszło? Czy jeśli Clemensia umrze, on również zniknie, jako jedyny świadek? Czy naraził Tigris na niebezpieczeństwo, opowiadając jej o tej sprawie?

Przyjemny szpitalny kokon nagle wydał się niebezpieczną, klaustofobiczną pułapką. Godziny mijały, jednak nikt nie przyszedł sprawdzić stanu jego zdrowia, co dodatkowo go zaniepokoiło. W końcu, wraz z nastaniem świtu, przy łóżku Coriolanusa pojawił się doktor Wane.

— Podobno Clemensia odwiedziła cię w nocy — powiedział radośnie. — Przestraszyła cię?

— Trochę — odparł Coriolanus lekkim, jak miał nadzieję, tonem.

— Nic jej nie będzie. Jad powoduje mnóstwo nietypowych skutków ubocznych, kiedy ciało go wydala. Dlatego nie pozwoliliśmy na wizytę jej rodziców. Myślą, że przechodzi kwarantannę ze względu na bardzo zaraźliwą grypę. Za dzień czy dwa będzie już wyglądała normalnie — poinformował go lekarz. — Możesz ją odwiedzić, jeśli czujesz się na siłach. To pewnie poprawi jej humor.

— Dobrze. — Coriolanus poczuł się trochę lepiej.

Nie mógł jednak wymazać z pamięci tego, co zobaczył, i w szpitalu, i w laboratorium. Gdy odłączono kroplówkę z morfaliną, odniósł wrażenie, że świat się wyostrzył. Podejrzenia psuły mu każdą miłą rzecz, od obfitego śniadania złożonego z naleśników i bekonu, przez koszyk świeżych owoców i słodyczy z Akademii, do informacji, że nagranie hymnu w jego wykonaniu zostanie puszczone na pogrzebie Ringów, zarówno ze względu na jakość występu, jak i w uznaniu jego osobistego poświęcenia.

Materiał przedpogrzebowy zaczynał się o siódmej, a do dziewiątej wszyscy uczniowie znów zapełnili schody przed Akademią. Niewiele ponad tydzień temu Coriolanus czuł się całkiem nieważny ze względu na przydział trybutki z Dwunastego Dystryktu, a teraz nagrodzono go za odwagę na oczach całego narodu. Spodziewał się, że odtworzą jego występ z taśmy, tymczasem za podium ukazał się jego hologram, początkowo nieco rozmyty, ale później ostry i wyraźny. Ludzie często powtarzali, że z dnia na dzień coraz bardziej przypomina swojego przystojnego ojca, jednak dopiero teraz sam to dostrzegł. Nie chodziło tylko o oczy, ale i o kształt szczęki, włosy, dumną postawę. Lucy Gray się nie myliła, jego głos rzeczywiście był władczy. W sumie występ robił wrażenie.

Co do pogrzebu, Kapitol wysilił się dwa razy bardziej niż przy pożegnaniu Arachne, a Coriolanus czuł, że bliźniakom to się należy. Było więcej przemów, więcej Strażników Pokoju, więcej sztandarów. Nie przeszkadzały mu pochwały pod adresem bliźniąt, nawet przesadne, a ponieważ to jego hologram otworzył ceremonię, Coriolanus mógł tylko żałować, że młodzi Ringowie tego nie widzą. Liczba nieżyjących trybutów wzrosła, gdyż dwójka z Dziewiątego Dystryktu zmarła od obrażeń. Weterynarz podobno robiła, co mogła, ale odrzucono jej liczne prośby o przyjęcie trybutów do szpitala. Ich pokiereszowane zwłoki, razem z tym, co pozostało z trybutów z Szóstego Dystryktu, ułożono na grzbietach koni i zademonstrowano podczas parady wzdłuż Scholars Road. Dwoje trybutów z Pierwszego Dystryktu i dziewczyna z Drugiego, ze względu na ich tchórzliwą próbę ucieczki, byli wleczeni z tyłu. Za nimi jechały dwie ciężarówki z klatkami, takimi jak ta, w której Coriolanus dotarł do zoo, jedną dla chłopców, drugą dla dziewcząt. Coriolanus wysilał wzrok, żeby zobaczyć Lucy Gray, jednak nie zdołał jej dostrzec i zaczął się jeszcze bardziej martwić. Czyżby leżała na podłodze osłabiona ranami i głodem?

Kiedy pokazano identyczne srebrne trumny bliźniąt, przyszła mu na myśl głupia zabawa, którą wymyślili na boisku podczas wojny i nazwali „Ring na Ringu". Reszta dzieciaków goniła Didi i Polla, po czym chwytała się za ręce, tworząc koło i zamykając ich w środku. Ta zabawa zawsze kończyła się śmiechem wszystkich, w tym Ringów, i zbiorowym padnięciem na ziemię. Och, znowu mieć siedem lat i radośnie kłębić się z przyjaciółmi, kiedy pożywne suchary czekają na biurku!

Po lunchu doktor Wane oświadczył, że Coriolanus może zostać wypisany, jeśli obieca zachować spokój i dużo odpoczywać w łóżku. Jako że uroki szpitala przestały go nęcić, natychmiast przebrał się w czysty mundur. Tigris zjawiła się po niego i mu towarzyszyła, gdy jechał do domu tramwajem, potem jednak musiała wrócić do pracy. I on, i Panibabka spędzili popołudnie na drzemce, a po przebudzeniu Coriolanus zobaczył apetyczną zapiekankę przysłaną przez Mamuś Sejanusa.

Ulegając Tigris, położył się do łóżka o zachodzie słońca, ale sen nie nadchodził. Za każdym razem, gdy zamykał oczy, widział wokół płomienie, czuł drżenie ziemi i smród gryzącego czarnego dymu. Lucy Gray już wcześniej krążyła gdzieś na obrzeżach jego świadomości, teraz jednak nie mógł myśleć o nikim innym. Co się z nią działo? Czy była najedzona i dochodziła do siebie, czy cierpiała z głodu, w tej okropnej małpiarni? Czy kiedy on leżał w klimatyzowanym szpitalu pod kroplówką z morfaliną, weterynarz zajęła się jej dłońmi? Czy dym uszkodził ten niezwykły głos? Czy biegnąc mu na pomoc, zaprzepaściła swoje szanse na sponsorów na arenie? Zrobiło mu się wstyd, że spanikował, gdy spadła na niego belka, a jeszcze bardziej, gdy przypomniał sobie, co było potem. W materiale pokazanym w Kapitol TV dym zasłaniał niemal wszystko, ale czy istniało nagranie pokazujące, jak Lucy Gray go ratuje, albo, co gorsza, jak on czepia się jej falbaniastej sukienki, kiedy czekają na pomoc?

Jego dłoń wsunęła się do szuflady nocnego stolika i natrafiła na puderniczkę matki. Gdy wdychał zapach różanego pudru, jego myśli nieco się uspokoiły, jednak niepokój i tak wypędził go z łóżka. Przez następnych kilka godzin Coriolanus krążył po apartamencie, spoglądał w górę na nocne niebo i w dół na Corso, i na okna sąsiadów naprzeciwko. W pewnym momencie znalazł się na dachu wśród róż Panibabki, choć nie pamiętał, żeby wchodził po schodach do ogrodu. Świeże nocne powietrze pachnące kwiatami pomogło, ale szybko dostał dreszczy, przez co wszystko znowu go rozbolało.

Parę godzin przed świtem Tigris natknęła się na niego w kuchni, gdzie siedział przy stole. Zaparzyła herbatę, po czym zjedli resztki zapiekanki prosto z formy. Smakowite warstwy mięsa, ziemniaków i sera pokrzepiły Coriolanusa, podobnie jak łagodna uwaga Tigris, że to nie on odpowiada za sytuację Lucy Gray. W końcu oboje byli dziećmi, których życiem sterowały wysoko postawione władze.

W nieco lepszym nastroju zdołał przespać kilka godzin. Obudził go telefon od Satirii, która nalegała, żeby tego ranka poszedł do szkoły, jeśli czuje się na siłach. Zaplanowano kolejne spotkanie mentorów i trybutów, poświęcone przygotowaniom do wywiadów, które teraz miały być całkowicie nieobowiązkowe.

Później, w Akademii, kiedy spoglądał z galerii na Salę Heavensbee'ego, puste krzesła go zdenerwowały. Zdawał sobie sprawę z tego, że zginęło ośmioro trybutów, a jeden zaginął, ale nie wyobrażał sobie, jak to zaburzy porządek przy dwudziestu czterech stolikach. W wyniku naruszenia ustalonego schematu powstał niepokojący chaos. Brakowało trybutów z Pierwszego, Drugiego, Szóstego i Dziewiątego Dystryktu, i był tylko jeden z Dziesiątego. Większość pozostałych trybutów została ranna, a wszyscy bez wyjątku wyglądali fatalnie. Gdy mentorzy dołączyli do swoich podopiecznych, straty wydały się jeszcze bardziej dotkliwe. Spośród sześciu mentorów jedni albo nie żyli, albo znajdowali się w szpitalu, a ci przydzieleni trybutom z Pierwszego czy Drugiego Dystryktu nie mieli nikogo przy stolikach i wobec tego żadnego powodu do przyjścia. Livia Cardew głośno komentowała przebieg wypadków, żądając sprowadzenia nowych trybutów z dystryktów albo przynajmniej oddania jej Reapera, trybuta Clemensii, która, jak sądzili wszyscy, leżała w szpitalu z grypą. Jej życzenia nie zostały spełnione i Reaper siedział samotnie przy swoim stoliku, z owiniętym wokół głowy, poplamionym zaschniętą krwią bandażem.

Gdy Coriolanus zajął miejsce naprzeciwko Lucy Gray, nawet nie próbowała się uśmiechnąć. Chrypliwy kaszel wstrząsał jej piersią, a ubranie nadal było uwalane sadzą po pożarze. Skuteczność pani weterynarz przerosła oczekiwania Coriolanusa, gdyż skóra na dłoniach Lucy Gray ładnie się goiła.

— Cześć — powiedział, przesuwając po blacie kanapkę z masłem orzechowym i dwa ciastka od Satirii.

— Hej — odparła ochryple. Po próbach flirtu czy choćby przyjacielskiej bliskości nie było nawet śladu. Przykryła kanapkę dłonią, ale wydawała się zbyt zmęczona, żeby ją zjeść. — Dzięki.

— Nie, to ja dziękuję za uratowanie życia — powiedział lekkim tonem, ale kiedy popatrzył jej w oczy, jego beztroska znikła.

— To właśnie mówisz ludziom? — spytała. — Że ocaliłam ci życie?

Powiedział to Tigris i babce, a potem, być może nie bardzo wiedząc, co zrobić z tą informacją, pozwolił się jej ulotnić niczym sen. Teraz, wśród pustych krzeseł ofiar, pamięć o zachowaniu Lucy Gray na arenie wymagała jego uwagi, i nie mógł zignorować jej znaczenia.

Gdyby Lucy Gray nie udzieliła mu pomocy, byłby definitywnie, nieodwołalnie martwy. Jeszcze jedna trumna stałaby obsypana kwiatami. Jeszcze jedno krzesło byłoby puste. Kiedy odezwał się ponownie, słowa z trudem przechodziły mu przez ściśnięte gardło.

— Powiedziałem bliskim. Naprawdę. Dziękuję ci, Lucy Gray.

— Po prostu miałam trochę czasu. — Drżącym palcem powiodła po lukrowym kwiatku na ciasteczku. — Ładne ciastka.

Wtedy uświadomił sobie, że ma mętlik w głowie. Skoro uratowała mu życie, był jej dłużnikiem. Miał się za to odwdzięczyć kanapką i dwoma ciastkami? Właśnie tak spłacał dług za ocalenie życia. Najwyraźniej nisko je cenił. W gruncie rzeczy zawdzięczał jej wszystko. Poczuł palące rumieńce na policzkach.

— Mogłaś uciec. Gdybyś to zrobiła, stanąłbym w płomieniach, zanim zdążyliby do mnie dotrzeć.

— Uciec? Czyli musiałabym się nieźle namęczyć, żeby dać się zastrzelić — zauważyła.

Coriolanus pokręcił głową.

— Możesz sobie żartować, ale i tak oboje wiemy, co dla mnie zrobiłaś. Mam nadzieję, że zdołam ci się jakoś odwdzięczyć.

— Ja też mam taką nadzieję — odparła.

Wystarczyło tych kilka słów, żeby wyczuł zmianę dynamiki w kontakcie z Lucy Gray. Jako jej mentor był wcześniej wspaniałomyślnym darczyńcą, któremu zawsze należała się wdzięczność. Lucy Gray wywróciła wszystko do góry nogami, ofiarowując mu dar, który nie miał sobie równych. Pozornie sytuacja wydawała się taka sama jak wcześniej. Skuta dziewczyna, chłopiec ofiarowujący jej żywność i Strażnicy Pokoju, którzy pilnowali, by nic się nie zmieniło. W gruncie rzeczy jednak już nic nie mogło być jak dawniej. Na zawsze stał się dłużnikiem Lucy Gray. Miała prawo stawiać mu żądania.

— Tylko nie wiem jak — wyznał.

Lucy Gray rozejrzała się po pomieszczeniu, zatrzymując wzrok na rannych rywalach. Potem popatrzyła w oczy Coriolanusa, a kiedy się odezwała, usłyszał w jej głosie zniecierpliwienie.

— Na dobry początek zacznij myśleć, że mam szansę zwyciężyć.

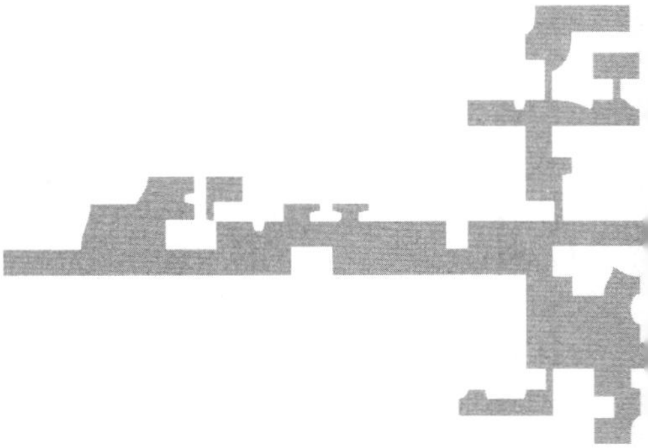

CZĘŚĆ II

NAGRODA

11

Słowa Lucy Gray go zabolały, ale po zastanowieniu uznał, że na nie zasłużył. Właściwie nigdy nie wierzył, że mogłaby zwyciężyć w igrzyskach. W swojej strategii nie zakładał doprowadzenia do jej wygranej. Pragnął tylko, żeby udzieliły mu się jej wdzięk i urok, dzięki czemu odniósłby sukces. Nawet kiedy ją zachęcał, by zaśpiewała dla sponsorów, tak naprawdę chciał tylko nadal grzać się w jej cieple. Jeszcze przed chwilą go cieszyło, że rany na dłoniach Lucy Gray się goją, bo będzie mogła zagrać na gitarze w wieczór prezentacji. Nawet nie pomyślał, że ze zdrowymi rękami będzie mogła obronić się przed atakiem na arenie. Fakt, że Lucy Gray jest dla niego ważna, tak jak twierdził w zoo, tylko pogarszał sytuację. Powinien był starać się uchronić ją przed śmiercią, pomóc jej zwyciężyć bez względu na wszystko.

— Powiedziałam szczerze, że jesteś ciastkiem z kremem — ciągnęła Lucy Gray. — Tylko ty zadałeś sobie trud i przyszedłeś. Ty i twój przyjaciel Sejanus. Obaj traktowaliście nas jak ludzi. Ale teraz możesz zrewanżować mi się tylko w jeden sposób — pomóż mi przeżyć.

— Zgoda. — To był krok we właściwą stronę, dzięki czemu poczuł się odrobinę lepiej. — Odtąd idziemy po zwycięstwo.

Lucy Gray wyciągnęła rękę.

— Umowa stoi?

Coriolanus ostrożnie uścisnął jej dłoń.

— Masz moje słowo. — Wyzwanie dodało mu skrzydeł. — Po pierwsze, muszę opracować strategię.

— Oboje musimy opracować strategię — poprawiła go, ale uśmiechnęła się i zatopiła zęby w kanapce.

— Tak, oboje. — Szybko przeliczył w myślach. — Zostało ci tylko czternaścioro rywali, chyba że znajdą Marcusa.

— Jeśli zdołasz utrzymać mnie przy życiu jeszcze przez kilka dni, może zwyciężę walkowerem.

Coriolanus powiódł wzrokiem po jej złamanych, osłabionych rywalach w łańcuchach. Poczuł się pokrzepiony ich widokiem, dopóki do niego nie dotarło, że stan Lucy Gray jest niewiele lepszy. Potem przypomniał sobie, że Jedynka i Dwójka wypadły z gry, Jessup czuwał nad koleżanką z dystryktu i pojawił się nowy program sponsoringu. To oznaczało, że odkąd Lucy Gray przybyła do Kapitolu, jej szanse po raz pierwszy znacznie wzrosły. Gdyby odpowiednio ją karmił, być może zdołałaby uciec i ukryć się gdzieś na arenie, żeby poczekać, aż inni się powybijają lub umrą z głodu.

— Muszę zadać ci jedno pytanie — odezwał się. — Gdyby przyszło co do czego, zabiłabyś człowieka?

Lucy Gray przez chwilę przeżuwała w milczeniu.

— Może w obronie własnej — odparła po namyśle.

— Całe Głodowe Igrzyska sprowadzają się do obrony własnej — zauważył. — Ale chyba będzie najlepiej, jeśli postarasz się uciekać przed innymi trybutami. Znajdziemy chętnych do sponsorowania ci jedzenia, żebyś przeczekała najgorsze.

— Tak, to dla mnie lepsza strategia — zgodziła się. — Wytrzymywanie okropności to jedna z moich zalet.

Okruch suchego chleba sprawił, że Lucy Gray się rozkaszlała.

Coriolanus podał jej butelkę wody, którą wyciągnął z teczki.

— Nadal przeprowadzają wywiady, ale tylko dla chętnych. Czujesz się na siłach?

— Żartujesz? Znam piosenkę idealną dla mojego sznapsbarytonu — obwieściła. — Masz dla mnie gitarę?

— Nie, ale dzisiaj poszukam — obiecał. — Ktoś na pewno mi pożyczy. Jeśli znajdą się skłonni cię wspierać sponsorzy, bardzo zbliżymy się do zwycięstwa.

Trochę się ożywiła, mówiąc o tym, co mogłaby zaśpiewać, ale ich rozmowa szybko dobiegła końca, bo przydzielono im tylko dziesięć minut. Krótkie spotkanie się zakończyło, kiedy profesor Sickle nakazała mentorom powrót na zajęcia w laboratorium zaawansowanej biologii.

Ze względu na procedury związane z podwyższonym stopniem zagrożenia, do sali odprowadzili ich Strażnicy Pokoju. Kiedy uczniowie zajmowali swoje miejsca, dziekan Highbottom odhaczał kolejne nazwiska. Pełnosprawni mentorzy zabitych i zaginionych trybutów, w tym Livia i Sejanus, już siedzieli przy stołach i patrzyli, jak doktor Gaul wrzuca marchewki do klatki z królikiem. Coriolanus oblał się potem na widok tej wariatki. Była tak blisko...

— Hejhopki, hejhopki, marchew czy kij? Wszyscy do grobów, a ty... — Odwróciła się i spojrzała na nich wyczekująco.

Wszyscy oprócz Sejanusa odwrócili wzrok.

— Smacznie śpij — dopowiedział Sejanus.

— Cóż za współczujące podejście! — zaśmiała się doktor Gaul. — Gdzie twój trybut, chłopcze? Już coś wiadomo?

Kapitolińskie wiadomości relacjonowały przebieg poszukiwań Marcusa, lecz od pewnego czasu coraz rzadziej poświęcano temu uwagę. Zgodnie z oficjalną wersją, chłopaka osaczono na odległym poziomie Tranzytu, gdzie wkrótce miał zostać złapany. W mieście zapanowała atmosfera odprężenia, powszechnie uważano, że dzieciak albo zginął, albo lada moment trafi w ręce władz. Tak czy inaczej, wydawało się bardziej prawdopodobne, że raczej ucieknie, niż wyłoni się z Tranzytu, żeby mordować niewinnych mieszkańców Kapitolu.

— Możliwe, że wkrótce będzie wolny — odparł Sejanus z napięciem w głosie. — Możliwe, że go złapali, ale trzymają to w tajemnicy. Możliwe, że jest ranny i gdzieś się zaszył. Możliwe, że nie żyje. Nie mam pojęcia. A pani?

Coriolanus w głębi duszy podziwiał jego odwagę. Chociaż Sejanus nie wiedział, jak bardzo niebezpieczna potrafi być doktor Gaul. Za brak ostrożności mógł wylądować w klatce, ze skrzydłami papugi i trąbą słonia.

— Nie, proszę nie odpowiadać — prychnął Sejanus. — Albo nie żyje, albo wkrótce umrze. Musicie go tylko złapać i przewlec w łańcuchach ulicami miasta.

— Mamy do tego prawo — zauważyła doktor Gaul.

— Nie, wcale nie! Wszystko jedno, co mówicie, nie macie prawa głodzić ludzi, karać ich bez powodu. Nie macie prawa odbierać im życia i wolności. To coś, z czym każdy się rodzi i czego nie możecie sobie wziąć. Zwycięstwo w wojnie nie daje wam takiego prawa, podobnie jak lepsze uzbrojenie czy fakt, że jesteście z Kapitolu. Nic wam nie daje takiego prawa. Ech, nawet nie wiem, po co tu dzisiaj przyszedłem.

Zerwał się z miejsca i ruszył do wyjścia, ale kiedy nacisnął klamkę, drzwi ani drgnęły. Szarpnął nią, po czym odwrócił się do doktor Gaul.

— Zamknęliście nas na klucz? — warknął. — Mamy własną małą małpiarnię.

— Zajęcia się nie skończyły — wycedziła doktor Gaul. — Usiądź, chłopcze.

— Nie. — Sejanus powiedział to cicho, ale kilka osób i tak podskoczyło.

Po chwili interweniował dziekan Highbottom.

— Drzwi są zamknięte od zewnątrz — wyjaśnił. — Strażnicy Pokoju mają rozkaz nie przeszkadzać nam aż do odwołania. Usiądź, proszę.

— A może powinniśmy im powiedzieć, aby zaprowadzili cię gdzie indziej? — zasugerowała doktor Gaul. — Wydaje mi się, że niedaleko stąd mieszczą się biura twojego ojca.

Chociaż konsekwentnie zwracała się do niego „chłopcze", niewątpliwie od początku wiedziała, kim jest.

Sejanus kipiał z gniewu i upokorzenia, nie chcąc albo nie mogąc się poruszyć. Stał nieruchomo i piorunował doktor Gaul wzrokiem, aż w końcu napięcie stało się nie do zniesienia.

— Obok mnie jest wolne miejsce — odezwał się Coriolanus, zanim zdążył się zastanowić.

Zaproszenie rozkojarzyło Sejanusa. Nagle stracił pewność siebie. Odetchnął głęboko, przeszedł między rzędami stołów i usiadł na taborecie. Jedną dłoń położył na pasku teczki, drugą zacisnął w pięść na blacie.

Coriolanus żałował, że nie trzymał języka za zębami. Zauważywszy zagadkowe spojrzenie dziekana Highbottoma, otworzył notatnik i zdjął skuwkę z długopisu.

— Wasze emocje sięgają zenitu — zwróciła się doktor Gaul do całej klasy. — Doskonale to zrozumiem. Niemniej musicie nauczyć się trzymać nerwy na wodzy i nad sobą panować. Wojny wygrywa się głową, nie sercem.

— Myślałam, że wojna się skończyła — odezwała się Livia.

Wydawała się rozzłoszczona, ale inaczej niż Sejanus. Coriolanus się domyślał, że jest wściekła z powodu utraty potężnego trybuta.

— Doprawdy? Nawet po tym, co cię spotkało na arenie? — spytała doktor Gaul.

— Ja też tak myślałam — wtrąciła Lysistrata. — A skoro się skończyła, to zasadniczo zabijanie również powinno się skończyć, prawda?

— Zaczynam myśleć, że wojna nigdy się nie skończy — westchnął Festus. — Mieszkańcy dystryktów zawsze będą nienawidzić nas, a my ich.

— Chyba jesteś na właściwym tropie — zauważyła doktor Gaul. — Załóżmy na chwilę, że wojna to stan permanentny. Konflikt może się nasilać i może słabnąć, niemniej nigdy całkiem nie ustanie. Co w takiej sytuacji powinno być naszym celem?

— Chce pani powiedzieć, że wojny nie da się wygrać? — spytała Lysistrata.

— Przypuśćmy, że się nie da — odparła doktor Gaul. — Jaką strategię powinniśmy obrać?

Coriolanus zacisnął usta, aby nie wyrzucić z siebie odpowiedzi. To było oczywiste. Zbyt oczywiste. Wiedział jednak, że Tigris miała rację. Należało unikać doktor Gaul, nawet gdyby kontakt z nią mógł zaowocować pochwałami. Klasa łamała sobie głowy nad pytaniem, a ona krążyła między stołami, aż w końcu zatrzymała się przy Coriolanusie.

— Panie Snow? Jakieś pomysły w związku z tym, co powinniśmy zrobić z naszą niekończącą się wojną?

Pokrzepił się myślą, że była starą kobietą i że nikt nie żyje wiecznie.

— Panie Snow? — powtórzyła z naciskiem, a on poczuł się jak szturchany jej metalowym prętem królik. — Strzelaj.

— Musimy zachować kontrolę — powiedział cicho. — Jeśli wojny nie da się zakończyć, musimy ją kontrolować w nieskończoność, tak jak teraz. Z wykorzystaniem Strażników Pokoju w dystryktach, surowych praw i takich imprez jak Głodowe Igrzyska, żeby przypominały, kto sprawuje władzę. Bez względu na okoliczności lepiej jest być górą. Lepiej być zwycięzcą niż pokonanym.

— Choć w naszym wypadku to zdecydowanie mniej moralne — wymamrotał Sejanus.

— Obrona nie jest niemoralna — oświadczyła Livia. — A poza tym każdy woli zwyciężać, niż przegrywać.

— Obawiam się, że i jedno, i drugie nieszczególnie mnie interesuje — powiedziała Lysistrata.

— Zważywszy na pytanie, bierność nie wchodzi w grę — przypomniał jej Coriolanus. — Jeśli się nad tym zastanowić.

— Jeśli się nad tym zastanowić. Słyszałeś, Casca? — Doktor Gaul wróciła na przód sali. — Odrobina pomyślunku może ocalić wiele istnień.

Dziekan Highbottom bazgrał po liście nazwisk. *A jeśli Highbottom też jest królikiem, jak ja?*, pomyślał Coriolanus i przyszło mu do głowy, że być może tracił czas, przejmując się dziekanem.

— Ale uszy do góry — ciągnęła radośnie doktor Gaul. — Jak to w życiu zwykle bywa, wojna ma swoje dobre i złe strony. I właśnie z tym będzie związane wasze następne zadanie. Napiszecie wypracowanie o tym wszystkim, co w wojnie jest atrakcyjne. O wszystkim, co w niej uwielbiacie.

Wielu uczniów ze zdumieniem podniosło wzrok, ale Coriolanus nie był zaskoczony. Ta kobieta dla zabawy napuściła węże na Clemensię. Niewątpliwie czerpała przyjemność z obserwowania cierpienia i pewnie zakładała, że wszyscy w klasie są tacy jak ona.

— Co w niej uwielbiamy? — Lysistrata zmarszczyła brwi.

— To nie będzie długa praca — powiedział Festus.

— Czy to zadanie grupowe? — spytała Livia.

— Nie, indywidualne. Problem z pracą w grupach polega na tym, że zwykle jedna osoba odwala robotę za resztę. — Doktor Gaul mrugnęła do Coriolanusa, a jego przeszył dreszcz. — Naturalnie, nie mam nic przeciwko temu, żebyście poprosili o radę członków rodziny. Możecie się zdziwić. Bądźcie na tyle szczerzy, na ile wystarczy wam odwagi. Wypracowania przynieście na niedzielne zebranie mentorów. — Wyciągnęła z kieszeni jeszcze kilka marchewek i odwróciła się do królika, jakby całkiem zapominając o uczniach.

Gdy drzwi się otworzyły i wyszli z sali, Sejanus dogonił Coriolanusa.

— Musisz przestać mnie ratować — powiedział.

Coriolanus pokręcił głową.

— Chyba nad tym nie panuję — westchnął. — To jak nerwowy tik.

— Nie wiem, co bym zrobił, gdyby cię tam nie było. — Sejanus ściszył głos. — Ta kobieta to zło wcielone i trzeba ją powstrzymać.

Coriolanus uważał, że wszelkie próby detronizacji doktor Gaul są skazane na porażkę, niemniej postanowił okazać Sejanusowi zrozumienie.

— Próbowałeś — powiedział.

— Nieskutecznie. Najchętniej wróciłbym z rodziną do domu, z powrotem do Drugiego Dystryktu. Tam jest nasze miejsce. Inna sprawa, że wcale by nas nie chcieli — dodał Sejanus. — Bycie kapitolińczykiem mnie zabije.

— To kiepski moment, Sejanusie. Igrzyska, atak bombowy... Wszyscy jesteśmy w dość kiepskiej formie. Nie rób niczego pochopnie, a już na pewno nie uciekaj.

Być może będę potrzebował przysługi, pomyślał Coriolanus i poklepał go po ramieniu.

— Miałbym uciec? Jak? Czym? — zdumiał się Sejanus. — Ale jestem ci zobowiązany za wsparcie. Chciałbym się jakoś odwdzięczyć.

Była jedna rzecz, której Coriolanus potrzebował.

— Nie masz przypadkiem gitary? Chętnie bym ją pożyczył.

Plinthowie nie mieli gitary, więc Coriolanus poświęcił resztę środowego popołudnia na jej poszukiwania, żeby dotrzymać złożonej Lucy Gray obietnicy. Pytał w szkole, ale udało mu się tylko usłyszeć „być może" od Vipsanii Sickle, mentorki chłopaka z Siódmego Dystryktu. Jej trybut miał na imię Treech i to on żonglował orzechami w zoo.

— Och, chyba mieliśmy jakąś gitarę w czasie wojny — oznajmiła. — Sprawdzę i dam ci znać. Bardzo bym chciała znowu usłyszeć śpiew tej twojej trybutki!

Nie był pewien, czy jej wierzyć, Sicklowie nie sprawiali wrażenia przesadnie muzykalnych. Vipsania odziedziczyła po ciotce Agrippinie skłonność do rywalizacji i być może chciała tylko popsuć występ Lucy Gray. Do tanga jednak trzeba było dwojga, więc zapewnił ją, że ratuje mu życie, a potem kontynuował poszukiwania.

Niewiele wskórał w Akademii, dlatego też pomyślał o Pluribusie Bellu, w którego lokalu mogły jeszcze walać się instrumenty z czasów, gdy prowadził nocny klub.

Wszedł do zaułka, a gdy tylko drzwi na zaplecze się otworzyły, ze środka wyskoczyła Boa Bell i otarła się o nogi Coriolanusa, mrucząc jak silnik. Jako siedemnastolatka była już niemłoda, więc ostrożnie wziął ją na ręce.

— Zawsze się cieszy na widok starego przyjaciela — zauważył Pluribus i zaprosił Coriolanusa do środka, po czym nalał mu szklankę mrożonej herbaty.

Klęska dystryktów nieszczególnie wpłynęła na interesy Pluribusa. Nadal zarabiał na życie handlem czarnorynkowymi towarami, obecnie nieco bardziej luksusowymi. Przyzwoite trunki, kosmetyki i wyroby tytoniowe wciąż były trudno dostępne. Pierwszy Dystrykt powoli skupił się na zapewnianiu Kapitolowi atrakcyjnych produktów, lecz nie każdy miał do nich dostęp, a ich ceny pozostawały wysokie. Snowowie nie należeli już do grona stałych klientów, ale Tigris od czasu do czasu zaglądała do Pluribusa, żeby sprzedać mu kartki na żywność, a za uzyskane pieniądze kupić mięso lub kawę, na które zwykle nie mogli sobie pozwolić. Ludzie z ochotą płacili za przywilej nabycia dodatkowego udźca z jagnięcia.

Znany z dyskrecji Pluribus był jedną z nielicznych osób, przy których Coriolanus nie musiał udawać bogacza. Bell znał sytuację Snowów, ale nigdy o niej nie paplał i w żaden sposób nie okazywał im wyższości. Dzisiaj nalał Coriolanusowi szlankę zimnej herbaty, zapełnił ciastkami jego talerzyk i wskazał krzesło. Gawędzili o zamachu bombowym, który przywołał złe wspomnienia z czasów wojny. Wkrótce jednak rozmowa skupiła się na Lucy Gray. Pluribus przyznał, że zrobiła na nim bardzo korzystne wrażenie.

— Gdybym miał kilka takich jak ona, mógłbym pomyśleć o ponownym otwarciu klubu — rozmarzył się. — Rzecz jasna, nadal sprzedawałbym luksusiki, ale w weekendy organizowałbym występy. Prawdę mówiąc, wyrzynanie się w pień zajęło nas do tego stopnia, że już nie pamiętamy, czym jest dobra zabawa. Ale ona to wie. Ta twoja dziewczyna.

Coriolanus opisał mu plan rozmowy przed kamerami i spytał, czy nie mógłby pożyczyć jakiejś gitary.

— Będziemy jej pilnować jak oka w głowie, słowo — obiecał. — Schowam ją w domu i zabiorę tylko na prezentację, żeby Lucy Gray mogła zagrać. Oddam gitarę zaraz po występie.

Pluribusa nie trzeba było długo namawiać.

— Wiesz, spakowałem wszystko i schowałem po tym, jak bomby załatwiły Cyrusa. W sumie to głupie. Tak jakbym mógł łatwo zapomnieć o miłości mojego życia.

Wstał i przesunął stertę skrzynek z perfumami, odsłaniając drzwi do starej garderoby. W środku znajdowały się przeróżne instrumenty muzyczne, starannie poukładane na półkach. Pluribus sięgnął po o dziwo niezakurzony futerał ze skóry i uniósł wieko. Coriolanus popatrzył na lśniącą, złocistą gitarę i odetchnął przyjemnym zapachem starego drewna i preparatu do jego pielęgnacji. Pudło rezonansowe miało kobiecy kształt, a sześć strun ciągnęło się wzdłuż szyjki aż do kołków napinających. Lekko trącił struny palcem. Instrument był fatalnie rozstrojony, lecz bogaty dźwięk przeniknął Coriolanusa do głębi.

Pokręcił głową.

— Za dobra — powiedział. — Nie chciałbym ryzykować jej uszkodzenia.

— Ufam i tobie, i twojej trybutce. Właściwie to chciałbym usłyszeć, jak sobie radzi z tą gitarą. — Pluribus opuścił wieko i podał instrument Coriolanusowi. — Bierz to i przekaż dziewczynie, że trzymam za nią kciuki. Dobrze jest mieć przyjaciela wśród widzów.

Coriolanus z wdzięcznością przyjął gitarę.

— Dziękuję, Pluribusie. Mam nadzieję, że uda ci się znowu otworzyć klub. Będę stałym klientem.

— Tak jak twój ojciec! — Pluribus się zaśmiał. — Kiedy liczył sobie mniej więcej tyle lat co ty, przesiadywał tu aż do zamknięcia razem z tym nicponiem Cascą Highbottomem.

Wszystko to brzmiało absurdalnie. Jego surowy ojciec, pozbawiony poczucia humoru i srogi, miałby szaleć w nocnym klubie? I to w dodatku z dziekanem Highbottomem? Coriolanus nigdy nie słyszał, żeby ktoś wymienił tych dwóch jednym tchem, choć byli z grubsza w tym samym wieku.

— Żartujesz, prawda?

— Ależ skąd. Była z nich para rozrabiaków — oświadczył Pluribus.

Chciał rozwinąć ten temat, ale musiał zająć się klientem.

Coriolanus bardzo ostrożnie zaniósł cenny instrument do domu i położył go na swojej komodzie. Tigris i Panibabka zachwyciły się gitarą, ale on nie mógł się doczekać reakcji Lucy Gray. Sprzęt, na którym grała w Dwunastym Dystrykcie, z pewnością nie dorównywał instrumentowi Pluribusa.

Głowa rozbolała go tak, że już o zmierzchu położył się do łóżka, ale przez dłuższy czas nie mógł zasnąć. Za bardzo zajmowały go rozmyślania o relacji ojca z „tym nicponiem Cascą Highbottomem". Nawet jeśli się przyjaźnili, jak zasugerował Pluribus, po ich wzajemnej zażyłości nie pozostało nawet wspomnienie. Coriolanus doszedł do wniosku, że bez względu na to, jak bardzo byli sobie bliscy w czasach zabaw w klubach, coś ich poróżniło. Postanowił jak najszybciej wycisnąć z Pluribusa więcej szczegółów.

W kolejnych dniach nie miał jednak ku temu okazji, gdyż skupili się na przygotowywaniu Lucy Gray do zaplanowanej na sobotni wieczór prezentacji. Każdej parze mentor-trybut przydzielono klasę, jak również dwóch Strażników Pokoju w charakterze straży, dzięki czemu Lucy Gray mogła chodzić bez łańcuchów i kajdanek. Tigris podarowała jej swoją starą sukienkę i oświadczyła, że jest gotowa wyprać i wyprasować tęczowe falbanki przed występem, jeśli trybutka się zgodzi. Lucy Gray się wahała, ale gdy Coriolanus przekazał jej drugi upominek od Tigris, małą kostkę lawendowego mydła w kształcie kwiatka, kazała mu się odwrócić, żeby mogła się przebrać.

Obchodziła się z gitarą z uczuciem, nie jak ze zwykłym przedmiotem, ale jak z żywym stworzeniem. Coriolanusowi trudno było sobie wyobrazić jej przeszłość, tak różną od jego własnej. Bez pośpiechu nastroiła gitarę, a potem śpiewała i grała piosenkę za piosenką, najwyraźniej wygłodniała zarówno muzyki, jak i posiłków, które przynosił. Faszerował ją wszystkim, co udało mu się zdobyć, a także butelkami herbaty słodzonej syropem kukurydzianym, żeby ukoić jej gardło. W rezultacie stan strun głosowych Lucy Gray znacznie się poprawił przed nadejściem wielkiej chwili.

Głodowe Igrzyska: Wieczór prezentacji rozpoczął się przed publicznością w auli Akademii, a transmisja objęła cały obszar Panem. Gospodarzem programu był prezenter pogody Kapitol TV, przekomiczny Lucretius „Lucky" Flickerman, co wydawało się wyjątkowo niestosowne, a co zarazem zostało zdumiewająco mile przyjęte w przededniu rzezi. Radosny Lucky ubrał się w niebieski garnitur ze stójką, przyozdobiony akcentami z kryształów górskich, a nażelowane włosy przyprószył pudrem w miedzianym odcieniu. Zawieszona w głębi sceny kurtyna, pamiętająca czasy sprzed wojny, posłużyła za tło występów. Przedstawiała rozgwieżdżone i rozmigotane niebo.

Gdy raźna interpretacja hymnu dobiegła końca, Lucky powitał publiczność na zupełnie nowych Głodowych Igrzyskach w zupełnie nowym dziesięcioleciu. Odtąd każdy obywatel Kapitolu mógł uczestniczyć w turnieju, sponsorując wybranego przez siebie trybuta. W chaosie minionych kilku dni zespół doktor Gaul zdołał jedynie zaproponować sześć podstawowych produktów żywnościowych do wysyłania trybutom przez sponsorów.

— Zastanawiacie się, jaki macie w tym interes? — zaszczebiotał Lucky.

Następnie wyjaśnił, na czym polega prosty system, w którym się wygrywa, obstawia i wskazuje możliwości wyboru, dobrze znany grającym na wyścigach przed wojną. Każdy, kto zechce przesłać pieniądze, żeby nakarmić trybuta, albo zapragnie je na niego postawić, musi tylko odwiedzić najbliższą pocztę, a tam jej personel chętnie udzieli dodatkowych wskazówek. Od jutra placówki pocztowe będą otwarte od ósmej rano do ósmej wieczorem, dzięki czemu nikomu nie zabraknie czasu, aby obstawić swojego faworyta przed rozpoczęciem Głodowych Igrzysk w poniedziałek. Po zaprezentowaniu nowego elementu igrzysk Lucky nie miał już zbyt wiele do roboty poza odczytywaniem tekstu z promptera między jedną rozmową a drugą. Udało mu się jednak pokazać kilka magicznych sztuczek, takich jak nalewanie różnobarwnego wina z tej samej butelki, żeby wznieść toast za Kapitol, czy też wypuszczenie gołębia z szerokiego rękawa marynarki.

Spośród par mentorów i trybutów, które były zdolne do występu przed kamerami, tylko połowa miała do zaprezentowania coś godnego uwagi. Coriolanus poprosił o ostatnie miejsce. Wiedział, że nikt nie może się równać z Lucy Gray, ale dla wzmocnienia efektu chciał ją pokazać na zakończenie programu. Pozostali mentorzy przedstawili ogólne informacje o trybutach, jednocześnie próbując dodać jakiś zapadający w pamięć akcent, by zachęcić potencjalnych sponsorów. Chcąc zademonstrować swoją siłę, Jessup z łatwością podniósł nad głowę krzesło wraz z siedzącą na nim sztywno Lysistratą. Circ z Trzeciego Dystryktu, podopieczny Io Jasper, oświadczył, że potrafi rozpalić ogień, używając okularów, a Io wykazała się naukową wiedzą, proponując różne kąty ustawienia szkieł i podpowiadając odpowiednie pory dnia, aby ułatwić mu zadanie. Przemądrzała Juno Phipps przyznała się do początkowego rozczarowania drobnej budowy Bobbinem. Czyż ona, z takim nazwiskiem, członkini rodziny należącej do założycieli Kapitolu, nie zasługiwała na coś lepszego niż Ósmy Dystrykt? Bobbin jednak przekonał ją do siebie, kiedy opisał pięć różnych sposobów zabicia człowieka igłą do szycia, co było jego specjalnością. Coral z Czwartego Dystryktu, podopieczna Festusa, oświadczyła, że potrafi posługiwać się trójzębem, bronią zwykle dostępną na arenie. Korzystając ze starej miotły, zademonstrowała kilka zwinnych ruchów, czym ponad wszelką wątpliwość dowiodła swojej fachowości. Dziedziczka fortuny mleczarskiej Domitia Whimsiwick sporo wiedziała o krowach, co okazało się jej istotnym atutem. Z natury pełna wigoru mentorka muskularnego Tannera z Dziesiątki do tego stopnia zaangażowała się w dyskusję o technikach rzeźniczych, że Lucky musiał im przerwać, kiedy przekroczyli limit czasu. Arachne myliła się wcześniej, twierdząc, że temat jest nieciekawy, gdyż jak dotąd to właśnie Tannera nagrodzono najbardziej rzęsistymi brawami.

Coriolanus przysłuchiwał się temu wszystkiemu jednym uchem, zajęty przygotowaniami do występu z Lucy Gray. Felix Ravinstill, stryjeczny wnuk prezydenta, usiłował zrobić na widzach wrażenie, prezentując Dill, trybutkę z Jedenastki. Coriolanus nie potrafił jednak zrozumieć jego taktyki, gdyż dziewczyna była tak osłabiona, że nawet nie miała siły głośno kaszleć.

Tigris jak zwykle dokonała cudu, tym razem z sukienką Lucy Gray. Spod brudu i sadzy wyłoniły się świeże, nakrochmalone rzędy tęczowych falbanek. Tigris przesłała jej także wyrzucony przez Fabricię słoiczek z resztką różu na dnie. Wyszorowana do czysta, z podkolorowanymi policzkami oraz ustami, z zaczesanymi do góry włosami jak w dniu dożynek, Lucy Gray pasowała do opisu Pluribusa: wyglądała jak ktoś, kto nadal potrafi się bawić.

— Wszystko wskazuje na to, że twoje szanse rosną z minuty na minutę — oznajmił Coriolanus i poprawił pąk jaskraworóżowej róży w jej włosach.

W klapie marynarki miał taki sam pączek, na wypadek gdyby ktoś zapomniał, do kogo należy Lucy Gray.

— Sam wiesz, co ludzie mówią. Przedstawienie trwa, dopóki kosogłos nie zaśpiewa — odparła.

— Kosogłos? — Zaśmiał się. — Serio, moim zdaniem sama wymyślasz te wszystkie historie.

— Tej akurat nie. Kosogłos to prawdziwy ptak — zapewniła go.

— I on śpiewa w twoim przedstawieniu? — spytał.

— Nie w moim, skarbie. W twoim. A w każdym razie w przedstawieniu Kapitolu — odparła Lucy Gray. — Chyba nasza kolej.

Na widok jej czystej sukienki i jego starannie wyprasowanego garnituru publiczność zareagowała brawami. Coriolanus nie tracił czasu na zadawanie mnóstwa pytań o sprawy, które nikogo nie obchodzą, dlatego przedstawił się i wycofał, pozostawiając Lucy Gray samą w świetle jupitera.

— Dobry wieczór — powiedziała. — Nazywam się Lucy Gray Baird, jestem z Trupy. Zaczęłam pisać tę piosenkę w Dwunastym Dystrykcie, kiedy jeszcze nie mogłam wiedzieć, jak to wszystko się skończy. Słowa są moje, dopasowałam je do starej melodii. Tam, skąd pochodzę, nazywa się to balladą. To piosenka, która opowiada konkretną historię, a ta ballada jest chyba o mnie. *Ballada o Lucy Gray Baird*. Mam nadzieję, że się wam spodoba.

W ostatnich dniach Coriolanus wysłuchał kilkudziesięciu utworów, w których była mowa o wszystkim, począwszy od piękna wiosny, a skończywszy na wyciskającej łzy z oczu rozpaczy po śmierci mamy. Kołysanki, rytmiczne piosenki, pieśni żałobne i proste przyśpiewki. Lucy Gray zależało na opinii Coriolanusa i brała sobie do serca jego uwagi na temat każdego utworu. Ustalili, że zaśpiewa uroczą piosenkę o tym, jak cudownie jest się zakochać, tymczasem już po kilku pierwszych taktach zrozumiał, że nie prezentowała tego utworu na próbach. Zapadająca w pamięć melodia przesądziła o nastroju, a słowa dokonały reszty. Lucy Gray zaśpiewała głosem chrapliwym od dymu i smutku.

W dzieciństwie pamiętam, boleśnie upadłam,
Gdy byłam młodziutka, w ramiona twe wpadłam.

Wciągnęło nas fatum w przebrzydłą szarówkę,
Tyś sprzedał swój honor, ja wdzięk za gotówkę.

Tańczyłam, by jeść, całusy rozdałam,
Ty kradłeś i grałeś, nic przeciw nie miałam.
Śpiew dał nam zarobek, piliśmy oboje.
Nie chciałeś mnie takiej, dostałam za swoje.

Odszedłeś, bo ze mnie nikt nie ma pożytku.
Ty też jesteś marny, wiadomo to wszystkim.
Nie mamy co liczyć na miłość jak w niebie,
Przypomnę ci tylko, kim jestem dla ciebie.

Gdy karku nadstawiasz, to ja cię pilnuję,
Wiem przecież, jak rzadko ci męstwa brakuje.
Słyszałam, coś we śnie rzekł o mnie, o sobie,
Nie tylko to spocznie głęboko w mym grobie.

Niedługo już pewnie zakopią mnie w trumnie,
A ty wtedy będziesz samotnie żył po mnie.
Ciekawe, ku komu skierujesz swe kroki.
Gdy dzwon zabrzmi, skarbie, okryję się mrokiem.

To ja, miły, służę ramieniem, gdy płaczesz,
Jak duszę ratować masz chorą, tłumaczę.
Zły los w czas dożynek musiał cię ukarać,
Co zrobisz, gdy będę złożona na marach?

Kiedy skończyła, zapadła cisza jak makiem zasiał. Potem ten i ów pociągnął nosem, kilka osób zakaszlało, a w końcu Pluribus wrzasnął: „Brawo!” z głębi auli i rozległy się huczne oklaski.

Coriolanus wiedział, że ballada była strzałem w dziesiątkę i że publiczność z przejęciem wysłuchała tej mrocznej, poruszającej i aż nazbyt osobistej historii życia Lucy Gray. Nie wątpił, że prezenty dla niej popłyną szerokim strumieniem na arenę. Sukces Lucy Gray nawet teraz był korzystny dla niego, więc mógł mówić o własnym sukcesie. Snow zawsze na szczycie i tak dalej. Wiedział, że powinien być wniebowzięty z powodu takiego rozwoju wypadków. Powinien w głębi duszy podskakiwać z radości, jednocześnie pokazując światu skromne, usatysfakcjonowane oblicze.

Tak naprawdę jednak zżerała go zazdrość.

12

„A ostatnia z ostatnich, dziewczyna z Dwunastego Dystryktu, trafia do Coriolanusa Snowa".

„Sprawy miałyby się inaczej, gdybyś nie dostał tej małej tęczowej dziewczynki".

„Prawdę mówiąc, wyrzynanie się w pień zajęło nas do tego stopnia, że już nie pamiętamy, czym jest dobra zabawa. Ale ona to wie. Ta twoja dziewczyna".

Jego dziewczyna. Tu, w Kapitolu, uważano za oczywiste, że Lucy Gray należy do niego, jakby w ogóle nie istniała, dopóki nie wyczytano jej nazwiska podczas dożynek. Nawet świętoszkowaty Sejanus wierzył, że dałoby się ją przehandlować. Co mogło dobitniej świadczyć o tym, że Lucy Gray nie była własnością Coriolanusa? Swoją piosenką odrzuciła to wszystko i zadeklarowała, że jej życie nie ma z nim nic wspólnego, gdyż jest związana z innym mężczyzną. Wyraziła się o nim „miły". Właśnie tak. Coriolanus nie rościł sobie praw do jej serca — ledwie znał tę dziewczynę! — niemniej nie podobało mu się, że ktoś inny zawładnął jej uczuciami. Piosenka okazała się niewątpliwym sukcesem, lecz Coriolanus poczuł się nią w pewnym sensie zdradzony, a nawet upokorzony.

Lucy Gray wstała i złożywszy ukłon, wyciągnęła rękę do Coriolanusa. Po chwili wahania dołączył do niej na brzegu sceny, a publiczność nagrodziła ich brawami na stojąco. Pluribus głośno domagał się bisu, jednak czas na występ minął, o czym przypomniał im Lucky Flickerman. Dlatego ukłonili się po raz ostatni i trzymając się za ręce, zeszli z estrady.

Za kulisami Lucy Gray chciała cofnąć dłoń, ale nie zwolnił uścisku.

— Odniosłaś sukces — zauważył. — Moje gratulacje. To nowa piosenka?

— Pracowałam nad nią przez pewien czas, ale ostatnią zwrotkę napisałam zaledwie kilka godzin temu — odparła. — Dlaczego pytasz? Nie podobała ci się?

— Zaskoczyła mnie. Miałaś tyle innych do wyboru — powiedział.

— Rzeczywiście. — Lucy Gray oswobodziła dłoń i powiodła palcami po strunach gitary, wybierając ostatnie dźwięki melodii, po czym ostrożnie włożyła instrument do futerału. — Posłuchaj, Coriolanusie. Będę z całych sił walczyła o zwycięstwo w tych igrzyskach, ale przeciwko mnie staną tacy ludzie jak Reaper czy Tanner, a także kilku innych, którym nieobce jest zabijanie. Niczego nie da się zagwarantować.

— A piosenka? — przypomniał.

— Piosenka? — powtórzyła i przez moment zastanawiała się nad odpowiedzią. — Zostawiłam kilka niezałatwionych spraw w Dwunastym Dystrykcie. Jako trybutka... Wiesz, można mieć marne szczęście i robić marne interesy. To był marny interes. Przyłożył do tego rękę ktoś, kto jest mi bardzo dużo winien. Piosenka była czymś w rodzaju wyrównania rachunków. Większość ludzi tego nie zrozumie, ale ludzie z Trupy otrzymają wiadomość, głośno i wyraźnie. A tak naprawdę tylko na nich mi zależy.

— I wystarczy jedno wykonanie? — powątpiewał Coriolanus. — Przecież już po wszystkim.

— Mojej kuzynce Maude Ivory wystarczy jedno wykonanie. To dziecko nigdy nie zapomina niczego, co ma melodię — zapewniła go Lucy Gray. — Wygląda na to, że znowu chcą mnie zgarnąć.

U jej boku pojawiło się dwóch Strażników Pokoju. Traktowali ją z wyraźną życzliwością, pytając, czy już jest gotowa, a do tego usiłowali powstrzymać uśmiechy, zupełnie jak Strażnicy Pokoju z Dwunastki. Coriolanus mimowolnie zaczął się zastanawiać, jak bardzo przyjacielska bywa Lucy Gray. Popatrzył na strażników nieprzychylnie, co nie przyniosło żadnego skutku, a kiedy ją zabierali, usłyszał, jak komplementują jej występ.

Tłumiąc rozdrażnienie, przyjmował napływające ze wszystkich stron gratulacje. Dzięki nim uświadomił sobie, że jest prawdziwą gwiazdą wieczoru. Nawet jeśli Lucy Gray sądziła inaczej, z perspektywy Kapitolu należała do niego. Jaki byłby sens w wychwalaniu trybutki z dystryktu? Z trudem odzyskany spokój Coriolanusa zaburzyło dopiero spotkanie z zachwyconym Pluribusem.

— Co za talent! — entuzjazmował się. — Co za spontaniczność! Jeśli zdoła przeżyć, zrobię wszystko, żeby została gwiazdą w moim klubie.

— To może być trudne. Nie odeślą jej do domu? — spytał Coriolanus.

— Jedna czy dwie osoby są mi winne przysługi — odparł. — Ach, Coriolanusie, czy nie była fenomenalna? Tak się cieszę, że ci się trafiła, mój chłopcze. Snowom należała się odrobina szczęścia.

Niemądry staruszek z idiotycznie napudrowaną peruką i niedołężnym kotem. Co on tam wiedział? Coriolanus już miał zaprotestować, kiedy pojawiła się Satiria.

— Myślę, że nagrodę masz jak w banku — wyszeptała mu na ucho, więc dał sobie spokój.

Sejanus, który podszedł niedługo potem, miał na sobie inny, całkiem nowy garnitur, a zjawił się pod rękę z rozczochraną, drobną kobietą w drogiej kwiecistej sukience. Coriolanus pomyślał, że w tym wypadku strój nie miał znaczenia. Można było ubrać rzepę w suknię balową, a i tak nadawałaby się tylko na purée. Nie wątpił, że ma przed sobą „Mamuś".

Sejanus przedstawił ich sobie, a Coriolanus wyciągnął rękę.

— Pani Plinth, to dla mnie zaszczyt — powiedział z życzliwym uśmiechem. — Proszę mi wybaczyć niedopatrzenie. Od pewnego czasu nosiłem się z zamiarem napisania do pani, lecz za każdym razem gdy zabierałem się do pracy, trudno mi było zebrać myśli z powodu łupania w głowie po wstrząśnieniu mózgu. Dziękuję za pyszną zapiekankę.

Zakłopotana pani Plinth zmrużyła oczy i zaśmiała się z zadowoleniem.

— To my powinniśmy podziękować tobie, Coriolanusie — odparła. — Ogromnie się cieszymy, że Sejanus ma tak dobrego przyjaciela. Jeśli kiedykolwiek będziesz czegoś potrzebował, pamiętaj, że możesz na nas liczyć.

— I nawzajem, proszę pani. Jestem do usług.

Przesadzał wręcz dramatycznie i był pewien, że wzbudzi podejrzenia Mamuś. Oczy pani Plinth jednak zaszły łzami i wydała z siebie coś w rodzaju bulgotu, jakby wielkoduszność Coriolanusa odebrała jej mowę. W monstrualnej torebce wielkości małej walizki wyszperała koronkową chusteczkę i wydmuchała w nią nos. Na szczęście za kulisy przyszła Tigris, szczerze życzliwa każdemu, i przejęła od Coriolanusa obowiązek prowadzenia pogawędki z Plinthami.

Gdy impreza wreszcie dobiegła końca, kuzynostwo wracało razem do domu, analizując przebieg wieczoru. Komentowali każdy szczegół, od stonowanego makijażu Lucy Gray po niedopasowaną sukienkę pani Plinth.

— Wiesz, Corio, wszystko ułożyło się rewelacyjnie dla ciebie — zauważyła Tigris.

— Jestem naprawdę zadowolony — odparł. — Myślę, że uda się nam zdobyć dla niej sponsorów. Nie wiem tylko, czy nie zniechęciła ludzi swoją piosenką.

— Ja byłam nią bardzo poruszona i myślę, że większość publiczności też. Tobie się nie podobała?

— Pewnie, że mi się podobała, ale jestem bardziej tolerancyjny od większości — odparł. — Jak myślisz, co chciała przekazać tą piosenką?

— Wygląda na to, że nie było jej lekko. Ktoś, kogo kochała, złamał jej serce — wyjaśniła Tigris.

— To nie wszystko. — Nawet Tigris nie miała prawa zakładać, że jest zazdrosny o jakieś zero z dystryktów. — Była jeszcze wzmianka o sprzedawaniu wdzięku za gotówkę.

— To może oznaczać wszystko. Koniec końców jest artystką — zauważyła Tigris.

— Chyba tak — przyznał po namyśle.

— Powiedziałeś, że straciła rodziców. Pewnie latami musiała radzić sobie sama. Chyba nikt, kto przeżył wojnę i czasy po niej, nie miałby pretensji do Lucy Gray o to, że chciała przetrwać. — Tigris opuściła wzrok. — Każdy z nas dopuszczał się rzeczy, z których nie jest dumny.

— Ty nie — zauważył.

— Doprawdy? — W głosie Tigris pobrzmiewała nietypowa dla niej gorycz. — Nikt z nas nie jest kryształowy. Może byłeś za mały, żeby teraz pamiętać. Może nie zorientowałeś się wtedy, jak bardzo było źle.

— Dlaczego tak mówisz? — oburzył się. — Właśnie pamiętam wyłącznie to, że było okropnie.

— W takim razie więcej wyrozumiałości, Corio — warknęła. — I postaraj się nie traktować z wyższością ludzi, którzy musieli wybierać między śmiercią a pohańbieniem.

Reprymenda Tigris wstrząsnęła Coriolanusem, ale jeszcze bardziej zszokowała go jej aluzja do zachowania, które można by uznać za hańbiące. Co takiego zrobiła? Cokolwiek to było, z pewnością chciała go chronić. Pomyślał o poranku dnia dożynek, kiedy od niechcenia zastanawiał się, co musiała przehandlować na czarnym rynku. Nigdy jednak nie myślał o tym na serio. A może wręcz przeciwnie? Czy wolałby nie wiedzieć, do jakich poświęceń była zdolna dla jego dobra? Jej słowa brzmiały niejasno, a tyle rzeczy wydawało się poniżej godności Snowów, że mógłby zacytować komentarz Tigris do piosenki Lucy Gray: „To może oznaczać wszystko". Czy chciał znać szczegóły? Nie. Z ręką na sercu, nie chciał.

Gdy otworzył przeszklone drzwi apartamentowca, Tigris krzyknęła z niedowierzaniem.

— Och, niemożliwe! — zawołała. — Winda działa!

Bardzo w to wątpił, bo winda popsuła się na początku wojny. Drzwi jednak stały otworem, a światło lamp odbijało się w wyłożonej lustrami kabinie. Zadowolony ze zmiany tematu, ukłonił się nisko.

— Panie przodem — zwrócił się do Tigris.

Chichocząc, wkroczyła do kabiny niczym wielka dama, którą była od urodzenia.

— Cóż za uprzejmość — powiedziała.

Coriolanus wszedł za nią i przez moment oboje wpatrywali się w przyciski z numerami pięter.

— Ostatni raz działała, kiedy wróciliśmy z pogrzebu mojego ojca — przypomniał sobie. — Wjechaliśmy do mieszkania, a od tamtego czasu już zawsze musieliśmy wspinać się schodami.

— Panibabka będzie zachwycona — oświadczyła Tigris. — Jej kolana już nie wytrzymują chodzenia po schodach.

— Ja już jestem zachwycony. Może przynajmniej raz na jakiś czas wyjdzie z apartamentu — rozmarzył się, a Tigris żartobliwie pacnęła go w ramię. — Poważnie. Dobrze byłoby mieć mieszkanie tylko dla siebie, choćby na pięć minut. Może któregoś ranka obejdziemy się bez hymnu albo bez krawata do kolacji. Ale kto wie, czy nie zachce się jej rozmów z ludźmi. „Kiedy Coriolanus zostanie prezydentem, w każdy wtorek z nieba będzie lał się szampan!".

— Może ludzie złożą to karb jej wieku — zauważyła Tigris.

— Miejmy nadzieję. Będziesz czynić honory? — spytał.

Tigris uniosła rękę i powoli, z zadowoleniem wcisnęła przycisk penthouse'u. Kilka sekund później drzwi zamknęły się bezszelestnie i winda ruszyła w górę.

— Dziwne, że rada mieszkańców postanowiła akurat teraz naprawić windę — zauważyła Tigris. — To musiało sporo kosztować.

Coriolanus zmarszczył brwi.

— Podejrzewasz, że chcą wymuskać budynek, bo zamierzają sprzedać mieszkania? Wiesz, z powodu nowych podatków.

Tigris nagle straciła dobry humor.

— Bardzo możliwe. Wiem, że Dolittle'owie rozważyliby sprzedaż za odpowiednią cenę. Jak twierdzą, apartament jest dla nich za duży, ale wiadomo, że nie o to chodzi.

— Będziemy mówili to samo? Że nasze rodzinne gniazdo zrobiło się za duże? — spytał Coriolanus, kiedy winda otworzyła się przed drzwiami do ich apartamentu. — Chodź, muszę odrobić lekcje.

Panibabka czekała na nich, żeby obsypać Coriolanusa pochwałami, i oznajmiła, że w telewizji nieustannie puszczają powtórki najciekawszych fragmentów prezentacji.

— Ta twoja dziewczyna to smutne, żałosne maleństwo, ale na swój sposób dziwnie urokliwe — powiedziała. — Może chodzi o jej głos. Jakoś tak przenika człowieka do głębi.

Coriolanus przeczuwał, że skoro Lucy Gray podbiła serce Panibabki, to z resztą kraju będzie podobnie. Skoro nikt inny nie wydawał się przejęty szemraną przeszłością dziewczyny, dlaczego on miałby się martwić?

Nalał sobie szklankę maślanki, przebrał się w jedwabny szlafrok po ojcu i usiadł, by opisać wszystko, co uwielbiał w wojnie. Zaczął od słów: *Jak powiadają, wojna to nieszczęście, jednak ma ona swój urok*. Uznał, że to inteligentny wstęp, niemniej jednak nic z niego nie wynikało. Pół godziny później nadal tkwił w tym samym miejscu. Festus zasugerował, że praca ma być bardzo krótka, ale Coriolanus wiedział swoje. Krótkie wypracowania nie satysfakcjonowały doktor Gaul, a poza tym gdyby się nie przyłożył, tylko niepotrzebnie skupiłby na sobie uwagę.

Kiedy Tigris przyszła powiedzieć mu dobranoc, przerzucił problem na nią.

— Pamiętasz cokolwiek, co się nam podobało?

Przysiadła na brzegu jego łóżka, żeby się zastanowić.

— Podobały mi się niektóre mundury — wyznała. — Nie takie, jakie noszą teraz. Pamiętasz czerwone marynarki ze złotą lamówką?

— Na defiladach? — Ożywił się nieco, przypomniawszy sobie, jak wychylał się przez okno, a orkiestry i żołnierze paradowali aleją. — Lubiłem defilady?

— Uwielbiałeś. Byłeś tak podekscytowany, że nie dawałeś się zmusić do zjedzenia śniadania — zapewniła go Tigris. — W dni defilad zawsze zapraszaliśmy gości.

— Miejsca w pierwszym rzędzie. — Coriolanus zapisał na kartce słowa *mundury* oraz *defilady*, a potem dodał *fajerwerki*. — Kiedy byłem mały, pewnie robiły na mnie wrażenie wszystkie widowiska.

— Pamiętasz indyka? — spytała nagle Tigris.

W ostatnim roku wojny w oblężonym i pełnym zdesperowanych ludzi Kapitolu zdarzały się przypadki kanibalizmu. Kończyła się już nawet fasola limeńska i od wielu miesięcy na stole Snowów nie było nic, co przypominałoby mięso. By poprawić morale obywateli, Kapitol ogłosił piętnasty grudnia Dniem Bohaterów Narodowych. W telewizji wyemitowano okolicznościowy program i udekorowano kilkanaście osób, które straciły życie w obronie miasta, między innymi ojca Coriolanusa, generała Crassusa Snowa. Na czas emisji przywrócono zasilanie elektryczne, które wraz z ogrzewaniem było wyłączone przez cały poprzedni dzień. Wszyscy troje stłoczyli się na ogromnym łóżku Panibabki i obejrzeli uroczystość ku czci bohaterów. Już wtedy Coriolanus słabo pamiętał ojca i choć znał jego twarz ze zdjęć, był zaskoczony jego niskim głosem i ostrymi słowami wypowiadanymi przeciwko dystryktom. Po tym, jak w telewizji odegrano hymn, poderwało ich z łóżka pukanie do drzwi. Okazało się, że trzech młodych żołnierzy w galowych mundurach przyniosło pamiątkową tabliczkę i upominek od władz: koszyk z dziesięciokilogramowym mrożonym indykiem. Ofiarodawcy najwyraźniej postanowili przywołać wspomnienia o luksusie, w którym niegdyś pławił się Kapitol, gdyż w koszyku znalazły się także zakurzony słoik z galaretką miętową, puszka łososia, trzy długie popękane cukierki o smaku ananasa, gąbka roślinna oraz świeczka o kwiatowym zapachu. Żołnierze postawili koszyk na stole w przedpokoju, odczytali oficjalne podziękowania, pożegnali się i poszli. Tigris zalała się łzami, Panibabka musiała usiąść, a Coriolanus natychmiast pobiegł zamknąć drzwi na klucz, żeby chronić świeżo uzyskane bogactwa.

Zjedli łososia na tostach i postanowili, że następnego dnia Tigris nie pójdzie do szkoły, żeby wykombinować, jak przyrządzić indyka. Coriolanus zaniósł Pluribusowi zaproszenie na kolację, wypisane na ozdobnej papeterii Snowów, a on zjawił się z poską i nieco zgniecioną puszką moreli. Dzięki jednej ze starych książek kucharskich Tigris przeszła samą siebie i przygotowała prawdziwą ucztę: indyka w glazurze z nadzieniem z chleba i kapusty. Nigdy nie jedli nic równie pysznego — ani przedtem, ani potem.

— To był jeden z najlepszych dni w moim życiu. — Nie był pewien, jak to ująć, ale w końcu dopisał do listy hasło: *Chwilowa ulga od niedostatku*. — Dokonałaś cudu, tak genialnie przyrządzając indyka. Wtedy wydawałaś mi się taka duża, choć w rzeczywistości byłaś tylko małą dziewczynką.

Tigris podziękowała mu uśmiechem.

— A ty założyłeś na dachu ogródek zwycięstwa — przypomniała.

— Jeśli lubiłaś natkę pietruszki, wygrałaś los na loterii! — Zaśmiał się.

Pamiętał jednak, że szczycił się swoją natką, która dodawała smaku zupie, a czasami udawało mu się wymienić ją na coś innego. *Zaradność,* zanotował.

Odrobił pracę domową, wspominając dziecięce przyjemności, ale w ostatecznym rozrachunku nie czuł się usatysfakcjonowany. Pomyślał o ostatnich dwóch tygodniach, o ataku bombowym na arenie, o utracie kolegów ze szkoły, o ucieczce Marcusa i o tym, jak to wszystko kojarzyło mu się z przerażeniem, które czuł w trakcie oblężenia Kapitolu. Zarówno wtedy, jak i teraz liczyło się to, by żyć bez tego strachu. Dlatego dodał akapit o swojej głębokiej uldze po tym, jak odnieśli zwycięstwo w tej wojnie, i o ponurej satysfakcji z widoku rzuconych na kolana przeciwników Kapitolu, którzy traktowali go tak okrutnie i przez których jego rodzina zapłaciła tak wysoką cenę. Wrogowie byli spętani i bezsilni. Już nie mogli go skrzywdzić. Pokochał to nieznane wcześniej poczucie bezpieczeństwa, które przyniosła ich klęska, tę świadomość panowania nad sytuacją. Tak, właśnie to kochał najbardziej.

Następnego ranka, gdy pozostali mentorzy schodzili się niespiesznie na niedzielne spotkanie, Coriolanus próbował sobie wyobrazić, kim by teraz byli, gdyby wojna nie wybuchła. Zaczęła się, kiedy ledwie nauczyli się chodzić, a gdy dobiegła końca, mieli mniej więcej po osiem lat. Choć nie było już tak ciężko, on i jego koledzy z klasy nie mogli liczyć na dostatnie życie, jakie z racji pozycji społecznej powinni wieść, a odbudowa otaczającego ich świata przebiegała zniechęcająco powoli. Gdyby mógł wymazać z przeszłości racjonowanie i bombardowania, głód i strach, a potem zastąpić je beztroskim życiem, które miało być im dane od urodzenia, czy w ogóle zdołałby ocenić właściwie swoich przyjaciół?

Coriolanus poczuł przypływ wyrzutów sumienia na myśl o Clemensii. Jeszcze jej nie odwiedził, zajęty rekonwalescencją, odrabianiem lekcji i przygotowywaniem Lucy Gray do igrzysk. Nie chodziło jednak tylko o brak czasu. Nie chciał wracać do szpitala ani sprawdzać, w jakim stanie była Clemensia. A jeśli lekarz kłamał i łuski pokryły jej całe ciało? A jeśli już przeobraziła się w węża? To brzmiało niemądrze, ale laboratorium doktor Gaul było tak przerażającym miejscem, że Coriolanusowi przychodziły do głowy najgorsze podejrzenia. Dręczyła go paranoiczna myśl. A jeśli ludzie doktor Gaul tylko czekali na jego wizytę, by go uwięzić? To jednak wydawało się bezsensowne, bo gdyby chcieli go zatrzymać, mieli okazję to zrobić podczas jego pobytu w szpitalu. Doszedł do wniosku, że to jakiś absurd i postanowił odwiedzić Clemensię przy pierwszej sposobności.

Doktor Gaul, niewątpliwie typ skowronka, i dziekan Highbottom, z pewnością sowa, analizowali występy z minionego wieczoru. Coriolanus i Lucy Gray bezapelacyjnie zwyciężyli, choć punkty należały się także tym, którzy przynajmniej zdołali doprowadzić swoich trybutów do etapu prezentacji. Lucky Flickerman przedstawiał w Kapitol TV najświeższe dane na temat zakładów, dostarczone przez pocztę główną. Ludzie wierzyli w zwycięstwo Tannera lub Jessupa, niemniej Lucy Gray zgarnęła trzy razy więcej prezentów niż następny z jej rywali.

— Popatrzcie na tych wszystkich ludzi — powiedziała doktor Gaul. — Ślą chleb wątłej dziewczynie ze złamanym sercem, choć nie wierzą w jej zwycięstwo. Jaka nauka z tego płynie?

— Podczas walk psów widziałem, jak kibicowano kundlom, które ledwie trzymały się na nogach — odparł Festus. — Ludzie uwielbiają ryzyko na loterii.

— Bardziej prawdopodobne, że ludzie uwielbiają dobre piosenki o miłości. — Persephone się uśmiechnęla, pokazując dołeczki na policzkach.

— Ludzie są głupi — prychnęła Livia. — Dziewczyna nie ma szans.

— Ale po świecie chodzi mnóstwo romantyków. — Pup zatrzepotał rzęsami i kilka razy głośno cmoknął.

— Tak, koncepcje romantyczności i idealizmu bywają bardzo pociągające. I tym sposobem możemy płynnie przejść do waszych wypracowań. — Doktor Gaul usadowiła się na stołku laboratoryjnym. — Przekonajmy się, co tam napisaliście.

Zamiast zebrać prace uczniów, doktor Gaul kazała im odczytywać na głos wybrane fragmenty. Jak się okazało, koledzy Coriolanusa poruszyli wiele spraw, które nie przyszły mu do głowy. Niektórzy wyrażali podziw dla odwagi żołnierzy i liczyli na to, że któregoś dnia sami wykażą się bohaterstwem. Inni wspominali o więzi, która łączy towarzyszy broni. Jeszcze inni dowodzili, jak szlachetnie jest bronić Kapitolu.

— Czuło się, że wszyscy uczestniczymy w czymś doniosłym. — Domitia z powagą pokiwała głową, a koński ogon na czubku jej głowy zakołysał się w przód i w tył. — W czymś ważnym. Musieliśmy się poświęcać, ale dla ratowania kraju.

Coriolanus nie czuł się związany z „koncepcjami romantyczności", gdyż jego wizja świata nie miała nic wspólnego z romantyzmem. Odwaga w bitwie często była koniecznością, kiedy inni popełniali błędy. Coriolanus nie wiedział, czy byłby gotów osłonić własnym ciałem Festusa, gdyby ktoś do niego strzelał. Nie zamierzał też się o tym przekonywać. A co do szlachetności... Czy oni naprawdę w to wierzyli? To, czego pragnął Coriolanus, nie miało wiele wspólnego ze wzniosłymi ideami. Chodziło wyłącznie o sprawowanie kontroli. Nie uważał, że nie ma zasad, z pewnością morale mu nie brakowało. Rzecz w tym, że niemal wszystko na wojnie, począwszy od jej wypowiedzenia, a skończywszy na paradach zwycięstwa, wydawało mu się marnotrawstwem zasobów. Udawał zainteresowanie dyskusją, lecz jednym okiem spoglądał na zegar. Pośpieszał w duchu czas, żeby uniknąć odczytywania swojej pracy. Fragment o defiladach wydawał się płytki. Kwestia powabu władzy była aktualna, lecz zabrzmiałoby to bezdusznie po deklaracjach reszty klasy. Do tego żałował, że w ogóle wspomniał o uprawie natki. To było zwyczajnie infantylne.

Kiedy zatem nadeszła kolej Coriolanusa, zdążył jedynie odczytać fragment o indyku. Domitia uznała, że jest wzruszający, Livia przewróciła oczami, a doktor Gaul uniosła brwi i spytała, czy chciałby podzielić się czymś więcej. Nie chciał.

— Panie Plinth? — zwróciła się do przygaszonego Sejanusa, który przez całą lekcję milczał.

Odwrócił kartkę.

— „W wojnie podobało mi się tylko to, że nadal mieszkałem w domu" — przeczytał. — Jeśli chcecie wiedzieć, czy poza tym miała w sobie coś wartościowego, to przyznaję, że była okazją do naprawienia pewnych krzywd.

— I czy udało się naprawić te krzywdy? — zainteresowała się doktor Gaul.

— Ani trochę. Sytuacja w dystryktach jest gorsza niż kiedykolwiek — odparł Sejanus.

Wokoło rozległy się protesty.

— Ejże!

— Nie wierzę, że to powiedział.

— No to wracaj do Dwójki! Nikt nie będzie za tobą tęsknił.

Naprawdę przegina, pomyślał Coriolanus, ale i jego ogarnęła złość. Do wojny potrzeba dwóch stron. A tak na marginesie, to rebelianci wszczęli konflikt, w wyniku którego został sierotą.

Sejanus jednak nie zwracał uwagi na kolegów, całkowicie skupiony na głównej organizatorce igrzysk.

— Pani doktor, a czy wolno mi spytać, co pani szczególnie podobało się w wojnie? — zwrócił się do niej.

Doktor Gaul patrzyła na niego przez długą chwilę.

— Dzięki wojnie dowiodłam, że miałam rację — odparła z uśmiechem.

Zanim ktokolwiek zdążył spytać o szczegóły, dziekan Highbottom ogłosił przerwę na lunch i wszyscy wyszli, pozostawiając wypracowania.

Dostali pół godziny, żeby coś zjeść, ale była niedziela, więc w szkole nie wydawano posiłków, a Coriolanus zapomniał wziąć jedzenie z domu. Rozłożył się więc w zacienionej części frontowych schodów i oparł głowę o stopień, przysłuchując się, jak Festus i Hilarius Heavensbee, mentor dziewczyny z Ósmego Dystryktu, omawiają strategie dla trybutek. Coriolanus ledwie pamiętał trybutkę Hilariusa, którą widział na stacji kolejowej. Miała na sobie sukienkę w paski oraz czerwony szalik, lecz rzucała się w oczy głównie dlatego, że była z Bobbinem.

— Problem z dziewczynami jest taki, że nie dorównują w walce — oświadczył Hilarius.

Rodzina Heavensbee była niewiarygodnie bogata, podobnie jak Snowowie przed wojną. Chociaż Hilariusowi żyło się zdecydowanie lepiej niż innym, zawsze wydawał się udręczony.

— Bo ja wiem — mruknął Festus. — Coś czuję, że moja Coral potrafiłaby przywalić każdemu.

— Moja to chuchro. — Hilarius wbił wypielęgnowane paznokcie w kanapkę ze stekiem. — Mówi o sobie Wovey. No więc usiłowałem podszkolić tę nieszczęsną Wovey przed prezentacją, ale kompletnie brak jej osobowości. Nikt jej nie wsparł, więc nie mam czym jej karmić, nawet jeśli zdoła trzymać się z dala od reszty.

— Jeśli przeżyje, znajdzie sponsorów — zauważył Festus.

— Czy ty w ogóle słuchasz? Dziewczyna nie umie walczyć, a ja nie mam na nią pieniędzy, bo mojej rodzinie nie wolno uczestniczyć w zakładach — jęczał Hilarius. — Byle jakoś trafiła do finałowej dwunastki, bo inaczej nie będę mógł spojrzeć w oczy rodzicom. Wstyd im, że ktoś o nazwisku Heavensbee tak marnie sobie radzi.

Po lunchu Satiria zabrała mentorów do studia kapitolińskich wiadomości, żeby zobaczyli Głodowe Igrzyska od strony kulis. Organizatorzy dysponowali kilkoma nędznymi gabinetami, a udostępniona uczniom reżyserka, choć załatwiała sprawę, wydawała się nieco za mała jak na doroczną imprezę. Coriolanus czuł się tym wszystkim rozczarowany, bo wyobrażał sobie coś bardziej wystrzałowego. Organizatorzy emocjonowali się natomiast nowinkami tegorocznych igrzysk i dużo mówili o komentarzu mentorskim, a także o sponsoringu. W reżyserce trwała krzątanina, gdyż właśnie sprawdzano zdalnie sterowane kamery, używane w czasach, kiedy arena służyła do celów sportowych. Sześciu organizatorów w skupieniu testowało miniaturowe drony, przeznaczone do dostarczania upominków od sponsorów. Rozpoznawały odbiorców po twarzach i każdorazowo przenosiły tylko po jednym przedmiocie.

Dzięki sukcesowi podczas prezentacji Lucky Flickerman został wybrany na gospodarza programu i mógł liczyć na wsparcie kilku dziennikarzy wiadomości. Występ Coriolanusa zaplanowano na kwadrans po ósmej następnego ranka, z czego się bardzo ucieszył, ale po chwili zrzedła mu mina, bo Lucky oświadczył:

— Chcieliśmy cię wpasować odpowiednio wcześnie, wiesz, zanim twoja dziewczyna kopnie w kalendarz.

Coriolanus poczuł się tak, jakby ktoś rąbnął go pięścią w brzuch. Livia była zgorzkniała, a doktor Gaul szalona, więc ignorował ich przekonanie, że Lucy Gray nie ma szans. Z jakiegoś powodu jednak słowa głupkowatego Lucky'ego Flickermana uświadomiły mu to, czego one nie zdołały. Wracając do apartamentu, aby przygotować się przed ostatnim spotkaniem z Lucy Gray, Coriolanus się zastanawiał, czy jutro o tej porze będzie już martwa. Poprzedniego wieczoru dręczyła go zazdrość o to, że Lucy Gray całkiem go przyćmiła i o jej chłopaka-przegrywa, teraz jednak zazdrość zniknęła bez śladu. Czuł, że ta dziewczyna, która wdarła się w jego życie nieoczekiwanie i w wielkim stylu, jest mu niezwykle bliska. Nie chodziło tylko o zaszczyty, które dzięki niej na niego spłynęły. Szczerze ją polubił, znacznie bardziej niż większość znajomych dziewczyn z Kapitolu. Gdyby zdołała przeżyć — och, gdyby tylko — z pewnością łącząca ich więź trwałaby przez całe życie. Mimo tej całej optymistycznej argumentacji wiedział jednak, że Lucy Gray miała niewielkie szanse, i zrobiło mu się ciężko na sercu.

W domu położył się na łóżku i ze strachem myślał o pożegnaniu. Chciał podarować Lucy Gray coś pięknego, czym naprawdę okazałby jej wdzięczność za to, co mu ofiarowała. Dzięki niej odzyskał świadomość własnej wartości. Dała mu okazję do zabłyśnięcia i zagwarantowała nagrodę. Już nie wspominając o tym, że uratowała mu życie. Dlatego pragnął dać jej coś całkiem wyjątkowego i cennego, coś tylko od siebie, nie róże, które tak naprawdę należały do Panibabki. Musiało to być coś, co mogłaby ścisnąć w dłoni, gdyby los nie sprzyjał jej na arenie, co przypominałoby jej, że był przy niej, i dzięki czemu odnalazłaby pociechę w świadomości, że nie umiera samotnie. W grę wchodziła jedwabna apaszka ufarbowana na intensywny ciemnopomarańczowy kolor. Nadawałaby się do przewiązania włosów. Albo złota szpilka z jego wygrawerowanym imieniem i nazwiskiem, którą dostał za wybitne osiągnięcia akademickie. A może przewiązany wstążką kosmyk jego włosów? Czy było coś bardziej osobistego?

Nagle poczuł złość. Jaki sens miały prezenty, których nie mogła wykorzystać do obrony własnej? Zachowywał się tak, jakby chciał ją wystroić, żeby był z niej ładny trup. Może udałoby się jej udusić kogoś apaszką albo przeszyć szpilką? Tyle tylko, że na arenie nie brakowało broni.

Nadal zastanawiał się nad prezentem, kiedy Tigris zawołała go do stołu. Jak się okazało, kupiła pół kilo siekanej wołowiny i usmażyła cztery kotlety. Ten przeznaczony dla niej był znacznie mniejszy od pozostałych i Coriolanus by zaprotestował, gdyby nie wiedział, że podczas przygotowywania jedzenia Tigris zawsze podjada surowe mięso. Uwielbiała je w takiej postaci i z pewnością zjadłaby całą swoją porcję przed smażeniem, gdyby Panibabka jej nie zabroniła. Kotlet zarezerwowany dla Lucy Gray trafił do dużej bułki razem z dodatkami. Tigris usmażyła też ziemniaki i starła białą kapustę na surówkę, a Coriolanus wybrał najlepsze owoce i słodycze ze szpitalnego koszyka z upominkami. Tigris wyłożyła płócienną serwetką małe kartonowe pudełko, przyozdobione rysunkami jaskrawo upierzonych ptaków, i poukładała w nim przysmaki na ucztę. Na koniec położyła na śnieżnobiałej tkaninie pąk róży z ogródka Panibabki. Coriolanus wybrał kwiat o intensywnie brzoskwiniowej barwie, przetykanej szkarłatem, ponieważ ludzie z Trupy uwielbiali kolory, a już Lucy Gray wyjątkowo za nimi przepadała.

— Przekaż jej, że trzymam za nią kciuki — poprosiła Tigris.

— I że wszystkim nam jest smutno, że musi umrzeć — dodała Panibabka.

Wieczór po słonecznym dniu był przyjemnie ciepły, więc chłód Sali Heavensbee'ego skojarzył się Coriolanusowi z rodzinnym mauzoleum Snowów, w którym spoczęli jego rodzice. Bez hałaśliwych uczniów każdy dźwięk, nawet stukot kroków czy westchnięcie, odbijał się od ścian głośnym echem. W rezultacie i tak posępne spotkanie nabrało metafizycznego charakteru. Nikt nie zapalił lamp, gdyż przez okna sączyło się jeszcze słabe światło, ale półmrok dramatycznie kontrastował z panującą na wcześniejszych zebraniach jasnością. Grupa mentorów zebrała się na galerii i w ciszy obserwowała swoich trybutów na dole.

— Rzecz w tym, że trochę się przywiązałam do Jessupa — wyszeptała Lysistrata do Coriolanusa i na moment umilkła, poprawiając papier na porcji zapiekanego makaronu z serem. — Uratował mi życie.

Coriolanus zastanawiał się, co widziała Lysistrata, kiedy wybuchły bomby. Bądź co bądź znajdowała się bliżej niego niż ktokolwiek inny na arenie. Czy zauważyła, że Lucy Gray go ocaliła? Czy do tego nawiązywała?

Gdy lawirując, zmierzali do swoich stołów, Coriolanus starał się myśleć pozytywnie. Ich ostatnie wspólne dziesięć minut nie powinno sprowadzać się do płaczu przed rozstaniem, gdyż nie płynęła z tego żadna korzyść. Mogli przeznaczyć ten czas na omówienie zwycięskiej strategii. Lucy Gray na szczęście prezentowała się lepiej niż podczas poprzednich spotkań. Była czysta i zadbana, w sukience, która nadal wyglądała świeżo w niezbyt intensywnym świetle. Można by pomyśleć, że przygotowała się na przyjęcie, a nie na rzeź.

Gdy zobaczyła pudełko, jej oczy rozbłysły.

Coriolanus wręczył jej przesyłkę, kłaniając się lekko.

— Przynoszę dary — powiedział.

Lucy Gray ostrożnie uniosła różę, odetchnęła jej wonią, po czym oderwała płatek i wsunęła go do ust.

— Smakuje jak pora na sen — oznajmiła ze smutnym uśmiechem. — Jakie ładne pudełko.

— Tigris przechowywała je na specjalną okazję — wyjaśnił. — Śmiało, jedz, póki ciepłe, jeśli jesteś głodna.

— Chyba sobie nie odmówię i zjem ostatni posiłek jak cywilizowany człowiek. — Uniosła brzegi serwetki i z podziwem patrzyła na zawartość pudełka. — Wygląda fantastycznie.

— Jest tego dużo, więc możesz poczęstować Jessupa — zaproponował Coriolanus. — Chociaż zdaje się, że Lysistrata coś mu przyniosła.

— Chętnie, ale w ogóle przestał jeść. — Lucy posłała Jessupowi zatroskane spojrzenie. — Może tylko zżerają go nerwy. Poza tym jakoś dziwnie się zachowuje. Ale w sumie wszyscy teraz wygadujemy głupoty.

— Jakie konkretnie? — zaciekawił się Coriolanus.

— Wczoraj wieczorem Reaper przeprosił każdego z nas za to, że będzie musiał nas zabić. Twierdzi, że nam to wynagrodzi, kiedy wygra. Zamierza zemścić się na Kapitolu, chociaż to nie brzmiało tak jasno jak to o mordowaniu nas wszystkich.

Spojrzenie Coriolanusa powędrowało do Reapera, który był nie tylko potężny, lecz najwyraźniej umiał też nieźle manipulować.

— I jak na to zareagowaliście?

— Większość tylko na niego patrzyła. Jessup mruknął coś obraźliwego, a ja powiedziałam, że przedstawienie trwa, dopóki kosogłos nie zaśpiewa, ale Reaper nie zrozumiał. Moim zdaniem na swój sposób usiłuje oswoić się z sytuacją. Wszyscy jesteśmy podminowani. Niełatwo pożegnać się z życiem. — Jej dolna warga zadrżała.

Lucy Gray odsunęła kanapkę, której nawet nie spróbowała, a Coriolanus uświadomił sobie, że rozmowa przybrała zły obrót, więc skierował ją na inne tory.

— Na szczęście ty nie musisz — pocieszył ją. — Tak się składa, że dostaniesz trzy razy więcej prezentów niż ktokolwiek inny.

Uniosła brwi.

— Trzy razy więcej? — powtórzyła.

— Tak jest. Zwyciężysz, Lucy Gray — podkreślił. — Starannie to przemyślałem. Gdy tylko zabrzmi gong, rzucisz się biegiem przed siebie. Będziesz pędziła ile sił w nogach. Dostaniesz się na trybuny i oddalisz od reszty, na ile tylko zdołasz. Znajdziesz dobrą kryjówkę, a ja dostarczę ci żywność. Potem zmienisz miejsce. Wystarczy, że będziesz w ciągłym ruchu. Musisz odczekać, aż pozostali się pozabijają albo umrą z głodu. Dasz sobie radę.

— Tak sądzisz? Wiem, że we mnie uwierzyłeś, bo na ciebie naciskałam, ale ostatniej nocy zaczęłam myśleć o tym, co mnie czeka na arenie. Będę uwięziona. Tam jest tyle broni... Reaper będzie chciał mnie dopaść. Za dnia mam więcej nadziei, ale po zmierzchu tak się boję, że…

Po jej twarzy nagle spłynęły łzy. Po raz pierwszy nie zdołała nad nimi zapanować. Kiedy burmistrz uderzył ją na scenie i gdy Coriolanus dał jej pudding chlebowy, była bliska płaczu, ale wzięła się w garść. Teraz łzy polały się strumieniami, zupełnie jakby pękła tama.

Na widok jej bezsilności Coriolanus poczuł, że sam się rozkleja. Bezradnie wyciągnął rękę.

— Och, Lucy Gray…

— Nie chcę umrzeć… — wyszeptała.

Delikatnie otarł palcami łzy z jej policzków.

— Pewnie, że nie chcesz — odparł. — I nie dopuszczę do tego. Nie pozwolę, żebyś zginęła, Lucy Gray! — dodał, kiedy dalej szlochała.

— A powinieneś. Jestem dla ciebie tylko kłopotem — załkała. — Narażam cię na niebezpieczeństwo i objadam. Poza tym zauważyłam, że nie podobała ci się moja ballada. Dobrze na tym wyjdziesz, kiedy jutro się mnie pozbędziesz.

— Jutro będę wrakiem człowieka! Powiedziałem, że jesteś dla mnie ważna, ale nie jako trybutka, tylko jako ty sama. Jako ty, Lucy Gray Baird. Jako człowiek i mój przyjaciel. Jako moja... — Zabrakło mu słowa. Ukochana? Dziewczyna? Było to co najwyżej zauroczenie, chyba nieodwzajemnione. Co jednak mógł stracić, gdyby się przyznał, że zaczęło mu na niej zależeć? — Gdy zaśpiewałaś tę swoją balladę, ogarnęła mnie zazdrość, bo chciałem, abyś myślała o mnie, a nie o kimś z przeszłości. To głupie, wiem, ale jesteś najbardziej niesamowitą dziewczyną, jaką kiedykolwiek poznałem. Poważnie. Jesteś nadzwyczajna pod każdym względem. A ja... — Zamrugał, kiedy oczy zaszły mu łzami. Musiał być silny, dla niej i dla siebie. — I nie chcę cię stracić. To wykluczone. Proszę cię, nie płacz.

— Przepraszam, wybacz. Już przestaję. Chodzi o to, że... czuję się taka samotna — wyznała.

— Nie jesteś samotna. — Wziął ją za rękę. — I nie będziesz osamotniona na arenie. Pozostanę przy tobie. Nie odstąpię cię ani na moment. Nie spuszczę z ciebie oka. Zwyciężymy razem, Lucy Gray. Obiecuję.

Przywarła do niego.

— Mówisz tak, jakby to było możliwe.

— Więcej niż możliwe — zapewnił ją. — To prawdopodobne, a nawet przesądzone, jeśli będziesz postępować zgodnie z planem.

— Naprawdę w to wierzysz? — Popatrzyła mu w oczy. — Bo gdybym tak myślała, to może sama bym w to uwierzyła.

Doniosłość tej chwili należało podkreślić pamiętnym gestem. Na szczęście coś przygotował. Wcześniej się wahał, obawiał ryzyka, ale teraz wiedział, że nie może jej zostawić z niczym. W grę wchodził honor. Była jego dziewczyną, uratowała mu życie, a on musiał teraz zrobić wszystko, żeby się zrewanżować tym samym.

— Posłuchaj. Słuchasz mnie? — Wciąż płakała, ale jej szloch przycichł i osłabł, powoli zamieniał się w westchnienia. — Mama coś mi zostawiła, zanim zmarła. Nie mam nic cenniejszego. Chcę, żebyś nosiła to przy sobie na arenie, na szczęście. Ale pamiętaj, to tylko pożyczka i zdecydowanie oczekuję zwrotu. Inaczej nigdy bym się z tym nie rozstawał.

Coriolanus sięgnął do kieszeni, po czym wyciągnął przed siebie rękę. Na jego otwartej dłoni, lśniąc w ostatnich promieniach słońca, leżała puderniczka matki.

Na ten widok Lucy Gray szeroko otworzyła usta, a przecież niełatwo było zrobić na niej wrażenie. Wyciągnęła rękę i pogłaskała różę, misternie wygrawerowaną w starym srebrze. Po chwili z żalem cofnęła dłoń.

— Och, nie mogę jej przyjąć, jest zbyt wartościowa. Ale wystarczy samo to, że chciałeś mi ją pożyczyć, Coriolanusie.

— Na pewno? — spytał nieco przekornie.

Płynnym ruchem odblokował zatrzask, otworzył puderniczkę i podsunął ją Lucy Gray, żeby spojrzała na swoje odbicie w lusterku.

Westchnęła i zachichotała.

— Teraz wykorzystujesz moją słabość — zauważyła.

Rzeczywiście tak było. Przywiązywała dużą wagę do wyglądu, nie dlatego, że była próżna, ale po prostu świadoma swoich atutów.

Dostrzegła puste zagłębienie tam, gdzie jeszcze przed godziną znajdował się sprasowany puder.

— Czy tu kiedyś był puder? — spytała.

— Owszem, ale… — Coriolanus umilkł. Wiedział, że jeśli to powie, nie będzie odwrotu, a jeśli tego nie powie, zapewne straci ją na dobre. Ściszył głos do szeptu. — Przyszło mi do głowy, że zechcesz używać własnego.

13

Lucy Gray w lot go zrozumiała i szybko przeniosła spojrzenie na Strażników Pokoju. Nie zwracali na nią uwagi, więc pochyliła się i powąchała puderniczkę.

— Mhm, mimo to nadal pachnie. Ślicznie.

— Różami — wyjaśnił.

— Tobą — odparła. — Jakbym miała cię przy sobie, prawda?

— Śmiało — zachęcił ją. — Weź mnie ze sobą. Weź ten drobiazg.

Otarła łzy wierzchem dłoni.

— W porządku, ale tylko ją pożyczam. — Przyjęła puderniczkę, wsunęła ją do kieszeni i poklepała. — Dzięki niej rozjaśni mi się w głowie. Zwycięstwo w igrzyskach to coś niewyobrażalnego, ale jeśli sobie powiem: „Muszę to zwrócić Coriolanusowi", będę mogła trzymać się tej myśli.

Rozmawiali jeszcze przez chwilę, głównie o rozplanowaniu areny i zakątkach z najlepszymi kryjówkami. Coriolanusowi udało się przekonać Lucy Gray do zjedzenia połowy kanapki i całej brzoskwini, a kiedy profesor Sickle zagwizdała, oboje podnieśli się z miejsc. Nie był pewien, jak to się stało, lecz najwyraźniej ruszyli ku sobie, gdyż nagle Lucy Gray znalazła się w jego ramionach. Objął ją, a ona zacisnęła dłonie na jego koszuli.

— Na arenie będę myślała tylko o tobie — szepnęła.

— A nie o tym gościu z Dwunastki? — spytał półżartem.

— Nie, zadbał o to, żebym już nigdy nic do niego nie poczuła — odparła. — Teraz jesteś jedynym chłopcem, którego noszę w sercu.

A potem go pocałowała. Nie cmoknęła, tylko naprawdę pocałowała w usta. Pachniała trochę brzoskwinią, trochę pudrem. Ciepło jej miękkich warg sprawiło, że jego ciało przeszyły dreszcze. Mógł się odsunąć, ale zamiast tego przytulił ją mocniej, a od jej smaku i dotyku zakręciło mu się w głowie. A więc to o tym mówili ludzie! To doprowadzało ich do szaleństwa! Kiedy w końcu oderwali się od siebie, odetchnął głęboko, jakby właśnie wynurzył się z głębin. Lucy Gray zatrzepotała rzęsami i uniosła powieki. Spojrzawszy sobie w oczy, oboje dostrzegli to samo i jednocześnie przysunęli się do siebie, lecz ich następny pocałunek przerwali Strażnicy Pokoju, którzy odciągnęli Lucy Gray.

Festus trącił Coriolanusa łokciem, kiedy obaj wychodzili z sali.

— To dopiero było pożegnanie — zauważył.

— Co mam powiedzieć? — Coriolanus wzruszył ramionami. — Trudno mi się oprzeć.

— Chyba faktycznie — westchnął Festus. — Usiłowałem poklepać Coral po ramieniu, żeby ją podnieść na duchu, a ona niemal złamała mi rękę.

Po pocałunku Coriolanus miał zawroty głowy. Niewątpliwie przekroczył pewną granicę, ale tego nie żałował... To było niezwykłe przeżycie. Wrócił do domu sam, delektując się wspomnieniem o słodko-gorzkim rozstaniu. Był podminowany własną śmiałością. Kto wie, może złamał jakąś zasadę, kiedy ofiarował Lucy Gray puderniczkę wraz z sugestią, żeby napełniła ją trutką na szczury, ale przecież nie istniał żaden formalny zbiór reguł Głodowych Igrzysk. No dobra, pewnie je złamał, ale i tak było warto — dla niej. Mimo to nie zamierzał nikomu się z tego zwierzać, nawet Tigris.

To, co zrobił, niekoniecznie musiało zmienić przebieg igrzysk. Otrucie innego trybuta wymagało łutu szczęścia i sprytu, ale

Lucy Gray była sprytna i nie bardziej pechowa od innych. Trutka musiała zostać podana z pokarmem, więc Coriolanus zamierzał załatwić Lucy Gray jedzenie na przynętę. Poczuł, że panuje nad sytuacją, bo miał co robić poza oglądaniem igrzysk.

Kiedy Panibabka poszła spać, powiedział do Tigris:

— Chyba się we mnie zakochała.

— To oczywiste. A ty co do niej czujesz? — spytała.

— Sam nie wiem — odparł. — Pocałowałem ją na pożegnanie.

Tigris uniosła brwi.

— W policzek?

— Nie. W usta. — Zastanawiał się, jak to wyjaśnić, ale nic mu nie przyszło do głowy. — Ona jest inna — oznajmił tylko.

Tak właśnie było, pod wieloma względami. Prawdę mówiąc, nie miał dużego doświadczenia w relacjach z dziewczynami, a jeszcze mniejsze w miłości. Najważniejszą sprawą zawsze było utrzymanie sytuacji Snowów w tajemnicy. Kuzynostwo prawie nigdy nie przyprowadzało gości. Nie zdarzyło się to nawet wtedy, gdy Tigris zakochała się po uszy na ostatnim roku w Akademii, a jej niechętny stosunek do zaproszenia ukochanego został uznany za brak zaangażowania i przesądził o rozstaniu. Coriolanus potraktował to jako ostrzeżenie przed zbytnim wplątywaniem się w sprawy sercowe. Interesowało się nim wiele koleżanek z klasy, lecz z wyczuciem trzymał je na dystans. W takich sytuacjach przydawały się wymówki w postaci zepsutej windy oraz kilku fikcyjnych dolegliwości Panibabki, których leczenie rzekomo wymagało absolutnej ciszy i spokoju. Coś się wydarzyło, jeden jedyny raz, rok wcześniej, w zaułku za dworcem kolejowym, ale to nie był żaden romans, tylko wyzwanie rzucone mu przez Festusa. Coriolanus przesadził z poską, a do tego zrobiło się ciemno, więc niewiele pamiętał. Nigdy nawet nie poznał jej imienia, za to zyskał reputację podrywacza.

Lucy Gray jednak była jego trybutką i wkrótce miała trafić na arenę. Nawet w innych okolicznościach pozostawałaby tylko dziewczyną z dystryktów, a w najlepszym wypadku spoza Kapitolu, obywatelką drugiej kategorii. Niby istota ludzka, ale zezwierzęcona. Może i bystra, ale na niższym poziomie ewolucji. Stanowiła element bezkształtnej masy nieszczęsnych, barbarzyńskich stworów, które krążyły na obrzeżach świadomości Coriolanusa. Co oczywiste, gdyby kiedykolwiek zaistniał wyjątek od reguły, byłaby nim Lucy Gray Baird, osoba, która wymykała się oczywistym definicjom. Rzadki ptak, zupełnie jak on. Bo niby z jakiego innego powodu zwykły pocałunek w usta sprawiłby, że zmiękły mu kolana?

Tamtej nocy Coriolanus zasnął, rozmyślając o tym pocałunku…

Poranek Głodowych Igrzysk był jasny i pogodny. Coriolanus się ubrał, zjadł jajka przyrządzone przez Tigris i wyszedł na długi spacer w upale do kapitolińskich mediów. Zrezygnował z mocnego makijażu, takiego jak ten, który wcześniej zrobił sobie Lucky, ale zgodził się na lekką warstwę pudru, żeby kamery nie pokazały, jak się poci. Spokojny i niewzruszony — właśnie tak powinien prezentować się Snow. Puder miał słodki zapach, lecz brakowało mu jakości sprasowanego pudru z puderniczki, który Coriolanus schował w swojej szufladzie na skarpety.

— Dzień dobry, panie Snow. — Głos doktor Gaul sprawił, że natychmiast wrócił do rzeczywistości.

To jasne, że przyszła do telewizji. Niby gdzie miała być rankiem w dniu otwarcia igrzysk?

Trudno było powiedzieć, dlaczego dziekan Highbottom uznał za konieczne pojawić się w studiu. Tak czy inaczej, teraz z wyższością patrzył mętnym wzrokiem na Coriolanusa.

— Obiło się nam o uszy, że doszło do nader wzruszającej sceny, kiedy wczoraj wieczorem rozstawałeś się z trybutką — zauważył.

Fuj. Czy na całym świecie istniało dwoje ludzi jeszcze mniej zdolnych do miłości? I jak się dowiedzieli o pocałunku? Profesor

Sickle nie wyglądała na plotkarę, więc kto to wypaplał? Pewnie większość mentorów widziała, co się stało…

Mniejsza z tym. Postanowił, że nie da się wyprowadzić z równowagi.

— Jak zauważyła pani doktor Gaul, emocje sięgają zenitu — odparł.

— Tak, fatalnie się składa, że dziewczyna raczej nie doczeka końca dnia — westchnęła doktor Gaul.

Tak bardzo ich nienawidził. Cieszyli się z jego nieszczęścia. Drażnili się z nim. Mimo to mógł sobie pozwolić tylko na obojętne wzruszenie ramionami.

— No cóż, powiadają, że przedstawienie trwa, dopóki kosogłos nie zaśpiewa. — Z satysfakcją zauważył konsternację na ich twarzach.

Nie mieli szansy go o nic wypytać, gdyż zjawił się Remus Dolittle z informacją, że trybut z Piątego Dystryktu zmarł w nocy z powodu komplikacji wywołanych astmą czy czegoś w tym rodzaju. Tak czy inaczej, weterynarz nie zdołała go uratować, więc należało ogłosić śmierć chłopaka.

Coriolanus bardzo się starał, lecz nie potrafił przypomnieć sobie tego trybuta. Nie pamiętał nawet, kto był jego mentorem. W ramach przygotowań do otwarcia igrzysk aktualizował listę mentorów, którą otrzymał od profesora Demiglossa. Podjął decyzję, że ze względu na klarowność będzie wykreślał zespoły parami, nie zważając na to, co się komu stało. Nie oznaczało to braku empatii, po prostu nie było innego sposobu na zachowanie przejrzystości listy. Wyciągnął ją z teczki, żeby odnotować zgon chłopca.

DZIESIĄTE GŁODOWE IGRZYSKA
PRZYDZIAŁ MENTORÓW

PIERWSZY DYSTRYKT

~~*Chłopiec (Facet)*~~	~~*Livia Cardew*~~
~~*Dziewczyna (Velvereen)*~~	~~*Palmyra Monty*~~

DRUGI DYSTRYKT

~~*Chłopiec (Marcus)*~~	~~*Sejanus Plinth*~~
~~*Dziewczyna (Sabyn)*~~	~~*Florus Friend*~~

TRZECI DYSTRYKT

Chłopiec (Circ)	*Io Jasper*
Dziewczyna (Teslee)	*Urban Canville*

CZWARTY DYSTRYKT

Chłopiec (Mizzen)	*Persephone Price*
Dziewczyna (Coral)	*Festus Creed*

PIĄTY DYSTRYKT

~~*Chłopiec (Hy)*~~	~~*Dennis Fling*~~
Dziewczyna (Sol)	*Iphigenia Moss*

SZÓSTY DYSTRYKT

~~*Chłopiec (Otto)*~~	~~*Apollo Ring*~~
~~*Dziewczyna (Ginnee)*~~	~~*Diana Ring*~~

SIÓDMY DYSTRYKT

Chłopiec (Treech)	*Vipsania Sickle*
Dziewczyna (Lamina)	*Pliny Harrington*

ÓSMY DYSTRYKT

Chłopiec (Bobbin)	*Juno Phipps*
Dziewczyna (Wovey)	*Hilarius Heavensbee*

DZIEWIĄTY DYSTRYKT

~~*Chłopiec (Panlo)*~~	~~*Gaius Breen*~~
~~*Dziewczyna (Sheaf)*~~	~~*Androcles Anderson*~~

DZIESIĄTY DYSTRYKT

Chłopiec (Tanner)	*Domitia Whimsiwick*
~~*Dziewczyna (Brandy)*~~	~~*Arachne Crane*~~

JEDENASTY DYSTRYKT	
Chłopiec (Reaper)	*Clemensia Dovecote*
Dziewczyna (Dill)	*Felix Ravinstill*
DWUNASTY DYSTRYKT	
Chłopiec (Jessup)	*Lysistrata Vickers*
Dziewczyna (Lucy Gray)	*Coriolanus Snow*

Lucy Gray miała teraz już tylko trzynaścioro przeciwników. Z zestawienia zniknął jeszcze jeden trybut, w dodatku chłopak, co dobrze jej wróżyło.

Kartka z zapiskami trochę się już pogniotła, więc starannie złożył ją na czworo. Postanowił dla łatwiejszego dostępu wsunąć listę do zewnętrznej kieszeni teczki, lecz zajrzawszy tam, zobaczył chustkę. To go zdumiało, gdyż swoją zawsze nosił w kieszeni. Dopiero po chwili przypomniał sobie, że Lucy Gray oddała mu chustkę po tym, jak otarła nią wilgotne oczy. Stało się to w dniu, w którym przyniósł jej pudding chlebowy. Dobrze było mieć coś tak osobistego, coś w rodzaju amuletu, więc delikatnie umieścił listę obok chustki.

Do programu poprzedzającego rozpoczęcie imprezy zaproszono tylko tych siedmioro mentorów, którzy pojawili się na wieczorze prezentacji. Siłą rzeczy stali się oni twarzami Kapitolu na igrzyskach, choć paru ich trybutów praktycznie nie miało szans na zwycięstwo. W kącie studia stało kilka foteli i stolik kawowy, a nad nimi wisiał lekko przechylony żyrandol. Mentorzy w większości ponownie przedstawiali ogólne informacje o swoich trybutach, wyolbrzymiając wszystko, co groźne i niebezpieczne.

Ponieważ Coriolanus poświęcił całą prezentację na piosenkę Lucy Gray, jedynie on wystąpił z nowym materiałem. Zadowolony z tego powiewu świeżości Lucky Flickerman pozwolił mu przekroczyć wyznaczony limit czasu. Po podaniu standardowych informacji, Coriolanus mówił głównie o Trupie i podkreślał, że

Lucy Gray w gruncie rzeczy wcale nie pochodzi z dystryktów. Członkowie Trupy od dawien dawna słynęli jako muzycy, byli nieczęsto spotykanym typem artystów i równie dobrze można by mówić, że kapitolińczycy to mieszkańcy dystryktów. Właściwie, jeśli się nad tym zastanowić, ludzie z Trupy praktycznie byli kapitolińczykami i tylko za sprawą serii niefortunnych przypadków trafili do Dwunastego Dystryktu lub wręcz zostali tam zesłani wskutek pomyłki. Widzowie z pewnością zauważyli, że Lucy Gray czuje się w Kapitolu jak u siebie w domu. A Lucky musiał przyznać, że tak, rzeczywiście, ta dziewczyna ma w sobie coś szczególnego.

Zasiadając na miejscu Coriolanusa, Lysistrata posłała mu poirytowane spojrzenie. Zrozumiał, w czym rzecz, kiedy w trakcie rozmowy zaczęła łączyć Jessupa z Lucy Gray, aby zdobyć życzliwość publiczności dla nich obojga jako pary. Co prawda Jessup był z krwi i kości górnikiem z Dwunastego Dystryktu, lecz on i Lucy Gray od pierwszego ukłonu udowadniali, że są urodzonymi partnerami. Niezwykła bliskość między nimi rzucała się w oczy, co nieczęsto daje się zauważyć u trybutów z tego samego dystryktu. Lysistrata była przekonana, że są do siebie bardzo przywiązani. Jessupa cechowała wielka siła, a Lucy potrafiła oczarować publiczność, więc Lysistrata nie wątpiła, że tegoroczny zwycięzca będzie pochodził z Dwunastego Dystryktu.

Powód obecności Highbottoma stał się jasny, kiedy wystąpił przed kamerami zaraz po Lysistracie. Udało mu się omówić program mentor-trybut tak, jakby wcześniej nie był wiecznie naćpany. Coriolanus pomyślał, że niektóre spostrzeżenia dziekana są wręcz niepokojąco przytomne. Podkreślił on, że uczniowie z Kapitolu początkowo wydawali się nieco uprzedzeni do swoich trybutów z dystryktów, lecz teraz, dwa tygodnie po dożynkach wielu patrzy na nich z uznaniem i szacunkiem.

— Ludzie mawiają, że przede wszystkim trzeba poznać swojego wroga. Najlepiej poznamy się nawzajem, łącząc siły na Głodowych Igrzyskach. Kapitol wygrał wojnę dopiero po długiej i zaciętej walce, a niedawno doszło do ataku bombowego na naszą arenę. Błędem byłoby zakładać, że którejkolwiek ze stron brakuje inteligencji, siły bądź odwagi.

— Ale chyba nie porównuje pan naszych i ich dzieci? — spytał Lucky. — Już na pierwszy rzut oka widać, że nasze są lepszego chowu.

— Na pierwszy rzut oka widać, że nasze są lepiej wykarmione, ładniej ubrane i mają lepszą opiekę dentystyczną — oświadczył dziekan Highbottom. — Nie wolno wyciągać mylnych wniosków na temat ich rzekomej fizycznej, umysłowej, a zwłaszcza moralnej wyższości. Właśnie taka pycha niemal doprowadziła do naszej klęski podczas wojny.

— Niesamowite. — Lucky najwyraźniej nie wiedział, jak zareagować. — Pańskie poglądy są absolutnie fascynujące.

— Dziękuję panu. Ponad wszystko cenię sobie pańską opinię — odparł dziekan ze śmiertelną powagą.

Coriolanus nie wątpił, że to ironia, lecz Lucky oblał się rumieńcem.

— To bardzo uprzejme z pańskiej strony — wydukał. — Jak wszyscy wiemy, jestem tylko skromnym prezenterem pogody.

— I przyszłym magikiem — przypomniał mu dziekan.

— Cóż, chyba muszę przyznać się do winy! — zachichotał Lucky. — Zaraz, a cóż to takiego? — Sięgnął za ucho Highbottoma i wyciągnął stamtąd mały, płaski cukierek w jaskrawe paski. — Jak mniemam, to należy do pana.

Wyciągnął przed siebie cukierek, który zostawił kolorowe smugi na jego otwartej, spoconej dłoni.

Dziekan Highbottom nawet nie drgnął.

— Wielkie nieba — powiedział. — Skąd się tam wziął, Lucky?

— To moja słodka tajemnica. — Lucky uśmiechnął się znacząco. — Moja słodka tajemnica.

Samochody już czekały, żeby odwieźć uczestników programu z powrotem do Akademii. Coriolanus trafił do auta z Felixem i dziekanem Highbottomem, którzy najwyraźniej znali się na gruncie towarzyskim i przez większość czasu wymieniali się plotkami, ignorując Coriolanusa. Dzięki temu miał czas na rozmyślania o tym, co dziekan Highbottom powiedział o mieszkańcach dystryktów — że zasadniczo byli równi mieszkańcom Kapitolu, tylko gorzej sytuowani. Ta myśl wydawała się nieco radykalna jak na wypowiedź przed kamerami. Bez wątpienia Panibabka i ogół kapitolińczyków się z tym nie zgadzali, a dziekan dodatkowo podkopał wysiłki Coriolanusa, który chciał przedstawić Lucy Gray jako kogoś zupełnie innego niż ludzie z dystryktów. Coriolanus zaczął się zastanawiać, co z tego miało związek ze zwycięską strategią, a co odzwierciedlało jego zamęt w uczuciach do Lucy Gray.

Kiedy skierowali się do sali, Felix zatrzymał się przy ekipie telewizyjnej, a wtedy Coriolanus poczuł dotyk czyjejś dłoni na ramieniu.

— Co do tego twojego przyjaciela z Dwójki — przemówił dziekan Highbottom. — Tego emocjonalnego…

— Nazywa się Sejanus Plinth. — Właściwie się nie przyjaźnili, ale to nie była sprawa dziekana.

— Może powinieneś znaleźć mu miejsce blisko drzwi. — Dziekan wyjął z kieszeni fiolkę, pochylił się za pobliską kolumną i wkropił sobie dawkę morfaliny.

Zanim Coriolanus zdążył przemyśleć jego słowa, zjawiła się rozzłoszczona Lysistrata.

— Coriolanus, cholera, mógłbyś trochę współpracować! Jessup ciągle nazywa Lucy Gray swoim sprzymierzeńcem!

— Nie miałem pojęcia, że to twoja taktyka. Poważnie, nie chciałem ci rzucać kłód pod nogi. Jeśli nadarzy się sposobność, przedstawię nas jako zespół — obiecał.

— „Jeśli" to kluczowe słowo — prychnęła Lysistrata z irytacją.

Satiria przecisnęła się przez tłum.

— Szalenie chytrze to sobie obmyśliłeś, mój drogi — zapiała z zachwytu, dodatkowo pogrążając Coriolanusa. — Sama prawie uwierzyłam, że twoja dziewczyna urodziła się w Kapitolu!

A teraz chodźcie. Tak, ty też, Lysistrato! Musicie wziąć plakietki i komunikatory!

Poprowadziła ich przez salę, która wrzała od emocji, zupełnie inaczej niż w minionych latach. Ludzie głośno życzyli Coriolanusowi powodzenia i gratulowali wywiadu. Cieszyło go, że skupia na sobie uwagę, lecz jednocześnie wyczuwał w tej sytuacji coś wyraźnie niepokojącego. Wcześniej były to smętne zebrania, na których ludzie nie patrzyli sobie w oczy i odzywali się tylko z konieczności. Teraz sala kipiała energią, zupełnie jakby czekała ich wesoła impreza.

Jeden z organizatorów igrzysk nadzorował przy stole rozdawanie mentorskich akcesoriów. Wszyscy otrzymali jaskrawożółte plakietki z napisem „Mentor", do zawieszenia na szyi, lecz komunikatory wręczono tylko tym szczęśliwcom, których trybuci nadal pozostawali w grze, przez co stały się obiektem zazdrości. W trakcie wojny i po jej zakończeniu wyszło z użycia mnóstwo zaawansowanych technologicznie przedmiotów osobistego użytku, gdyż zakłady przestawiono na ważniejszą produkcję. W rezultacie nawet proste przyrządy robiły furorę. Komunikatory w formie bransoletek zapinanych na nadgarstkach wyposażono w mały ekran z mrugającym na czerwono rejestrem podarunków od sponsorów. Mentorzy musieli tylko przejechać po liście produktów żywnościowych, wybrać jeden z menu i dwa razy kliknąć, żeby organizator uruchomił procedurę dostawy dronem. Niektórzy z trybutów w ogóle nie dostali prezentów. Chociaż Reaper nie pojawił się na prezentacji, zyskał kilku sponsorów, którzy zapamiętali go z zoo, lecz nigdzie nie było widać Clemensii. Jej komunikator leżał nieodebrany na stole, przyciągając pożądliwe spojrzenia Livii.

Coriolanus odciągnął Lysistratę na bok i pokazał jej ekran.

— Patrz, mam niezłe zapasy do dyspozycji. Jeśli nasi trybuci będą trzymać się razem, podeślę żywność obojgu.

— Dzięki, też tak zrobię. Nie chciałam tak na ciebie warczeć, to nie twoja wina. Powinnam była wcześniej poruszyć ten temat. — Ściszyła głos do szeptu. — Chodzi o to, że... Nie mogłam zasnąć, bo myślałam o tym, jak to wytrzymać. Wiem, że chodzi o ukaranie dystryktów, ale czy już nie wystarczy? Jak długo mamy ciągnąć tę wojnę?

— Doktor Gaul chyba uważa, że do końca świata — odparł. — Tak jak powiedziała na zajęciach.

— Nie tylko ona tak myśli. Rozejrzyj się. — Wskazała na rozbawiony tłum w pomieszczeniu. — Niedobrze się robi.

Coriolanus spróbował ją uspokoić.

— Zdaniem mojej kuzynki powinniśmy pamiętać, że to nie nasz pomysł. W sumie też jeszcze jesteśmy dziećmi.

— To jakoś nie pomaga. Jesteśmy wykorzystywani — zauważyła Lysistrata ze smutkiem. — Zwłaszcza że troje z nas już nie żyje.

Wykorzystywani? Coriolanus dotąd uważał, że funkcja mentora jest wyłącznie zaszczytna. Mentorem zostawało się po to, by służyć Kapitolowi i może jeszcze dla odrobiny chwały. Lysistrata miała jednak słuszność. Jeśli cel nie był szczytny, to jak uczestnictwo w organizacji igrzysk mogło być chwałą? Coriolanus najpierw poczuł się skołowany, potem zmanipulowany, a na koniec dostrzegł swoją bezsilność, zupełnie jakby był bardziej trybutem niż mentorem.

— Powiedz, że to się szybko skończy — westchnęła Lysistrata.

— To się szybko skończy — zapewnił ją. — Siądziemy razem? Będziemy mogli koordynować wysyłkę podarunków.

— Bardzo chętnie — zgodziła się.

Wszyscy uczniowie byli już na miejscu. Oboje przeszli do sektora dla mentorów, gdzie krzesła ustawiono tak samo jak podczas dożynek. Każdy z mentorów miał obowiązek się stawić, bez względu na kondycję jego trybuta.

— Nie siadajmy w pierwszym rzędzie — poprosiła Lysistrata. — Nie chcę, żeby kamera była wycelowana we mnie, kiedy Jessup zginie.

Miała słuszność, rzecz jasna. Po śmierci trybuta kamerę kierowano na mentora. Gdyby Lucy Gray umarła, *zwłaszcza* gdyby

Lucy Gray umarła, Coriolanus miał zagwarantowane długie, solidne zbliżenie.

Spełnił prośbę Lysistraty, kierując się ku ostatniemu rzędowi. Gdy się usadowili, skupił uwagę na gigantycznym ekranie. Lucky Flickerman właśnie występował w roli przewodnika, podając ogólne wiadomości o dystryktach i dominującym w każdym z nich przemyśle, i od czasu do czasu okraszając wypowiedzi informacjami o pogodzie oraz sztuczkami magicznymi. Głodowe Igrzyska były dla Lucky'ego wielkim przełomem w karierze, więc opowiadając o elektryczności wytwarzanej w Piątym Dystrykcie, posunął się do tego, że uruchomił jakiś gadżet, od którego włosy stanęły mu dęba.

— Porażające! — wysapał.

— Co za idiota — mruknęła Lysistrata, ale w następnej chwili ktoś inny przykuł jej uwagę. — To musiała być paskudna grypa.

Coriolanus powiódł wzrokiem za jej spojrzeniem. Clemensia właśnie odebrała swój komunikator i rozglądała się po sali… Och, to jego wypatrywała! Gdy popatrzyli sobie w oczy, ruszyła prosto do ostatniego rzędu. Nie wyglądała na zadowoloną — w gruncie rzeczy wyglądała okropnie. Jej jaskrawożółte oczy spłowiały do barwy pyłku kwiatowego. Biała bluzka z długimi rękawami i wysokim kołnierzykiem skrywała łuski, ale mimo to Clemensia wręcz emanowała chorobą. Machinalnie dotykała suchych plam na twarzy, a jej język, choć już nie wystawał z ust, nieustannie wypychał policzek od środka.

Clemensia podeszła do krzesła bezpośrednio przed Coriolanusem, stanęła tam i wpatrywała się w niego, od czasu do czasu strzepując płatki liniejącej skóry.

— Dzięki za odwiedziny, Corio — odezwała się w końcu.

— Naprawdę chciałem, Clemmie, ale byłem wykończony… — zaczął się tłumaczyć.

— Dzięki za skontaktowanie się z moimi rodzicami — przerwała mu. — Dzięki, że im powiedziałeś, gdzie mnie szukać.

Lysistrata wydawała się zdezorientowana.

— Wiedzieliśmy, gdzie jesteś, Clem. Mówili nam, że nie wolno ci przyjmować gości, bo możesz ich zarazić. Raz zadzwoniłam, ale podobno spałaś.

Coriolanus uczepił się tej wersji.

— Ja też próbowałem, Clemmie. Wielokrotnie. Zawsze odprawiali mnie z kwitkiem. A co do twoich rodziców, lekarze zapewnili mnie, że już są w drodze. — Nie powiedział ani słowa prawdy, ale co mógł zrobić? Na pewno jad wytrącił ją z równowagi, w przeciwnym razie nie przywoływałaby tego incydentu w miejscu publicznym. — Jeśli postąpiłem źle, przepraszam. Jak już słyszałaś, musiałem dojść do siebie.

— Czyżby? — burknęła. — Na prezentacji tryskaliście życiem, ty i twoja trybutka.

— Clem, spokojnie. To nie jego wina, że zachorowałaś — odezwał się Festus, który zjawił się wcześniej i słyszał całą rozmowę.

— Zamknij się, Festus. Nie masz pojęcia, o czym gadasz! — wyrzuciła z siebie Clemensia i ciężkim krokiem odeszła na miejsce blisko pierwszego rzędu.

Festus zajął krzesło przy Lysistracie.

— Co ją ugryzło? — spytał. — Poza tym, że wygląda tak, jakby się rozsypywała.

— Kto ją tam wie? — westchnęła Lysistrata. — Wszyscy jesteśmy wewnętrznie rozdygotani.

— A jednak jest jakaś nieswoja. Ciekawe, co… — zaczął Festus.

— Sejanus! — przerwał mu Coriolanus, zadowolony z okazji do zmiany tematu. — Tutaj!

Obok niego pozostało wolne miejsce, a chciał skierować rozmowę na inne tory.

— Dzięki. — Sejanus opadł na pierwsze krzesło z brzegu. Wyglądał źle, był wyczerpany, a jego skóra błyszczała jak od gorączki.

Lysistrata wyciągnęła rękę przed Coriolanusem i uścisnęła dłoń Sejanusa.

— Im szybciej się zacznie, tym wcześniej się skończy — powiedziała.

— Aż do przyszłego roku — przypomniał jej, ale z wdzięcznością poklepał ją po dłoni.

Uczniom kazano usiąść i zaraz potem na ekranie pojawiło się godło Kapitolu. Wszyscy wstali do hymnu. Głos Coriolanusa wyraźnie wybijał się pośród mamrotania innych mentorów. Coriolanus nie rozumiał, dlaczego na tym etapie jego koledzy nie spróbują się trochę wysilić.

Kiedy Lucky Flickerman powrócił i rozpostarł ręce w powitalnym geście, Coriolanus zauważył na jego dłoniach kolorowe smugi po sztuczce z cukierkiem.

— Panie i panowie — przemówił Lucky. — Rozpoczynamy Dziesiąte Głodowe Igrzyska!

Widok Lucky'ego zastąpiło szerokie ujęcie areny. Czternaścioro trybutów, którzy pozostali na liście Coriolanusa, stało w dużym kręgu, czekając na gong otwarcia. Nikt nie zwracał uwagi ani na nich, ani na gruzowisko po zamachu bombowym, ani na broń rozrzuconą po pylistej ziemi, ani na wiszącą na trybunach flagę Panem, która była całkiem nowym elementem dekoracji na arenie.

Wszystkie spojrzenia w skupieniu podążały za obrazem z kamery, która robiła powolne zbliżenie na parę stalowych słupów, ustawionych nieopodal głównego wejścia. Miały mniej więcej po siedem metrów wysokości i były połączone równie długą poprzeczną belką. Pośrodku konstrukcji wisiał na kajdanach Marcus, tak pobity i zakrwawiony, że Coriolanus w pierwszej chwili uznał go za wystawionego na widok publiczny trupa. Wtedy jednak nabrzmiałe wargi Marcusa drgnęły, odsłaniając połamane zęby. A więc jeszcze żył.

14

Coriolanusowi zrobiło się niedobrze, jednak nie zdołał odwrócić wzroku. Byłby przerażony widokiem każdego stworzenia — psa, małpy czy nawet szczura — wystawionego na widok publiczny w takim stanie. Ale chłopak? Chłopak, który zawinił wyłącznie tym, że uciekł, żaby ratować życie? Gdyby wpadł w morderczy szał i pozabijał mieszkańców Kapitolu, to byłoby co innego, ale po jego zniknięciu nie pojawiły się takie doniesienia. Coriolanus powrócił myślami do parad na pogrzebach. Największą makabrę — Brandy wiszącą na haku oraz wleczonych ulicami trybutów — zarezerwowano dla martwych. Głodowe Igrzyska opierały się na perwersyjnie błyskotliwym pomyśle wystawienia do walki jednego dziecka z dystryktów przeciwko drugiemu. W rezultacie Kapitol miał czyste, nieskalane przemocą ręce. Dotąd nigdy nie dopuszczono się tortur na trybutach. Pod przewodnictwem doktor Gaul Kapitol wspiął się na nowy poziom okrucieństwa.

Widok Marcusa skutecznie zepsuł imprezową atmosferę w Sali Heavensbee'ego. We wnętrzu areny, na owalnej ścianie, zainstalowano tylko kilka mikrofonów, i żaden nie znajdował się dostatecznie blisko chłopaka, żeby dało się usłyszeć, czy Marcus próbuje coś powiedzieć. Wstrząśnięty Coriolanus nie mógł się doczekać początkowego gongu, który pozwoli trybutom działać, a jemu skupić uwagę na czymś innym, jednak wszystko zdawało się zawieszone w próżni.

Czując, że Sejanus trzęsie się z wściekłości, odwrócił się do niego. Już miał mu położyć rękę na ramieniu, żeby go uspokoić, kiedy Sejanus nagle zerwał się z miejsca i pobiegł przed siebie. Z przodu sektora dla mentorów stało pięć pustych krzeseł, przeznaczonych dla nieobecnych uczniów. Sejanus chwycił jedno z nich stojące boku i cisnął nim w ekran, prosto w zmaltretowaną twarz Marcusa.

— Potwory! — wrzasnął. — Wszyscy jesteście potworami!

Kiedy popędził środkiem sali do wyjścia, nikt nawet nie drgnął, żeby go zatrzymać.

W tym momencie rozległ się gong i trybuci się rozbiegli. Większość ruszyła do prowadzących do tuneli bramek. Siła eksplozji podczas zamachu bombowego sprawiła, że kilka z nich stało otworem. Coriolanus widział kolorową sukienkę Lucy Gray, zbliżającej się do przeciwnej strony areny. Zacisnął palce na krawędzi krzesła, w myślach dopingując dziewczynę. *Biegnij! Uciekaj stamtąd!* Garstka najsilniejszych popędziła po broń, lecz chwyciwszy kilka sztuk, które wpadły im w ręce, Tanner, Coral i Jessup rzucili się do ucieczki. Tylko uzbrojony w widły i długi nóż Reaper wydawał się gotowy do walki, ale kiedy się rozejrzał, w pobliżu nie było już nikogo. Odwrócił się, popatrzył na znikające w oddali sylwetki przeciwników i z frustracją podniósł głowę, po czym wdrapał się na trybuny, żeby rozpocząć polowanie.

Organizatorzy igrzysk skorzystali z okazji i zrobili przebitkę na Lucky'ego.

— Chcieliście obstawić trybuta, ale nie zdążyliście na pocztę? W końcu wybraliście kogoś, kogo warto wesprzeć? — Na dole ekranu zamigotał numer telefonu. — Wszystko to możecie teraz zrobić telefonicznie! Wystarczy, że wybierzecie podany niżej numer, podacie swój numer identyfikacyjny, imię trybuta oraz sumę, którą chcielibyście postawić lub przekazać, a wejdziecie do gry! A jeśli wolicie przeprowadzić transakcję osobiście, urząd pocztowy będzie czynny codziennie, od ósmej do dwudziestej. Pośpieszcie się, bo przegapicie historyczną chwilę! To wasza szansa, żeby wesprzeć Kapitol, a przy okazji nieźle zarobić. Weźcie udział w Głodowych Igrzyskach i wygrywajcie! A teraz wracamy na arenę.

Wystarczyło kilka minut, żeby z areny zniknęli wszyscy trybuci z wyjątkiem Reapera, który przez jakiś czas wędrował po trybunach, ale wkrótce również i on gdzieś się zaszył. Dogorywający w mękach Marcus ponownie znalazł się w centrum uwagi.

— Nie powinieneś iść za Sejanusem? — wyszeptała Lysistrata do Coriolanusa.

— Chyba woli teraz być sam — odszepnął.

Do pewnego stopnia była to prawda, lecz dla Coriolanusa bardziej liczyło się co innego. Nie chciał niczego przegapić, wolał nie prowokować doktor Gaul i nie pokazywać się publicznie z Sejanusem. Coraz bardziej martwiło go powszechnie narastające przekonanie, że są bliskimi przyjaciółmi i że ta tykająca bomba z dystryktu darzy go olbrzymim zaufaniem. Rozdawanie kanapek to jedno, ciskanie krzesłem — zupełnie coś innego. Ta sprawa nie mogła przejść bez echa, a Coriolanus miał wystarczająco dużo kłopotów i nie potrzebował dokładać do nich sprawy Sejanusa.

Następne pół godziny ciągnęło się niemiłosiernie, gdyż na arenie absolutnie nic się nie działo. Ładunki wybuchowe zdetonowane blisko wejścia wysadziły główną bramę, ale pod tablicą wyników zbudowano barykadę. Konstrukcja składała się z wielu warstw betonowych płyt, drewnianych desek i drutu kolczastego, co wyglądało nieestetycznie i jednocześnie przypominało o rebelianckim ataku. Zapewne z tego powodu organizatorzy nie poświęcili barykadzie zbyt dużo czasu antenowego. Ponieważ jednak nie mieli nic do pokazania, skupili się na chudej, długonogiej dziewczynie, która wypełzła z fortyfikacji.

— To Lamina! — powiedział Pup do Livii, która siedziała obok niego, kilka rzędów przed Coriolanusem.

Coriolanus nie przypominał sobie trybutki Pupa. Zapadło mu w pamięć tylko to, że nie mogła przestać płakać podczas pierwszego spotkania mentorów z trybutami. Pup nie przygotował jej do prezentacji i w ten sposób pozbawił ją szansy na wypromowanie się. Coriolanus nie pamiętał nawet, z którego była dystryktu... Może z Piątki?

Irytujący głos komentatora szybko rozwiał jego wątpliwości.

— Widzimy piętnastoletnią Laminę z Siódmego Dystryktu — oznajmił Lucky. — Jej mentorem jest Pliny Harrington. Siódmy Dystrykt ma zaszczyt zaopatrywać Kapitol w drewno wykorzystywane do naprawy naszej ukochanej areny.

Lamina z uwagą przyjrzała się zmaltretowanemu Marcusowi, mrużąc oczy w ostrym słońcu. Letni wiatr poruszył aureolą jej jasnych włosów. Miała na sobie sukienkę zrobioną chyba z worka po mące, ze sznurem zamiast paska. Na gołych stopach i nogach dziewczyny widniały liczne ślady po ukąszeniach owadów. Jej zapuchnięte i zmęczone oczy były zaczerwienione, ale suche. Co ciekawe, wydawała się dziwnie spokojna, zważywszy na okoliczności. Nieśpiesznie, bez zdenerwowania, podeszła do rozrzuconej broni i spokojnie wybrała sobie najpierw nóż, a potem niewielki toporek, starannie sprawdzając ostrość obu narzędzi końcem kciuka. Zatknęła nóż za prowizoryczny pasek i od niechcenia zamachnęła się toporkiem w przód i w tył, żeby oszacować jego wagę. Następnie podeszła do jednego ze słupów i przesunęła dłonią po pokrytej resztkami farby, zardzewiałej stali. Coriolanus sądził, że Lamina jako mieszkanka leśnego dystryktu spróbuje ściąć słup, ona jednak wsunęła trzonek toporka między zęby i zaczęła się wspinać. Wykorzystywała do tego kolana i stwardniałe podeszwy stóp. Poruszała się zwinnie, niczym gąsienica pełznąca po łodydze, ale Coriolanus poświęcił wiele dodatkowych godzin na naukę wspinaczki po linie na zajęciach z gimnastyki, więc wiedział, jakiej to wymaga siły.

Na szczycie słupa Lamina odzyskała oparcie dla stóp i wsunęła toporek za sznur przewiązany w pasie. Chociaż poprzeczna belka miała mniej niż dwadzieścia centymetrów szerokości, dziewczyna z łatwością po niej przeszła i zatrzymała się nad Marcusem. Usiadła okrakiem na belce, dla bezpieczeństwa skrzyżowała nogi w kostkach i pochyliła się ku głowie zmasakrowanego chłopca. Powiedziała coś, czego nie wychwyciły mikrofony, ale on z pewnością ją usłyszał, gdyż w odpowiedzi poruszył wargami. Lamina wyprostowała się i zastanowiła nad sytuacją. Potem znowu zebrała siły, zamachnęła się i zatopiła ostrze toporka w zgięciu szyi Marcusa. Raz. Drugi. Dobiła go przy trzecim uderzeniu i tryskającej wokoło krwi. Usiadła prosto, wytarła dłonie w sukienkę i zapatrzyła się na arenę.

— Zuch dziewczyna! — zawołał Pup.

Nagle pojawił się w telewizji, gdy kamera w Sali Heavensbee'ego zrobiła zbliżenie, żeby pokazać jego reakcję. Coriolanus zobaczył siebie parę rzędów za Pupem i natychmiast się wyprostował. Zadowolony Pup uśmiechnął się szeroko, demonstrując aparat ortodontyczny z tkwiącymi w nim resztkami jajecznicy ze śniadania, po czym triumfalnie pomachał zaciśniętą pięścią.

— Pierwszy trup dzisiaj! — zwrócił się do kamery. — To zasługa mojej trybutki, Laminy z Siódmego Dystryktu. — Uniósł nadgarstek. — A mój komunikator czeka na zgłoszenia. Jeszcze zdążycie ją wesprzeć i przesłać jej upominek!

Numer telefonu ponownie zamigotał na ekranie, a Coriolanus usłyszał kilka przyciszonych pisków z komunikatora Pupa, co oznaczało, że Lamina otrzymała sponsorowane podarunki. Głodowe Igrzyska były bardziej dynamiczne, bardziej zmienne, niż się spodziewał Coriolanus. *Obudź się!*, powiedział do siebie. *Nie jesteś widzem, a mentorem!*

— Dziękuję! — Pup pomachał do kamery. — Chyba zasłużyła na coś dobrego, prawda?

Przez chwilę manipulował przy komunikatorze i wyczekująco popatrzył na ekran, na którym ponownie pojawiła się Lamina. Publiczność przyglądała się z ciekawością, gdyż była to pierwsza próba dostarczenia prezentu trybutowi. Minęła minuta, potem pięć. Coriolanus zaczął się zastanawiać, czy technika zawiodła organizatorów, lecz w końcu nadleciał mały dron z półlitrową butelką wody w szponach. Pojawił się nad koroną areny, blisko wejścia, i chybotliwie ruszył do Laminy. Zataczał pętle, nurkował, a nawet się cofał, aż w końcu rąbnął w belkę dobre trzy metry od Laminy i spadł na ziemię jak strzepnięty owad. Butelka pękła, a woda rozlała się i wsiąkła w ziemię.

Lamina patrzyła beznamiętnie na prezent, jakby właśnie tego się spodziewała.

— Zaraz! — wybuchnął ze złością Pup. — To nie w porządku! Ktoś słono zapłacił za tę wodę!

Publiczność zamruczała na znak zgody. Z początku nic nie wskazywało na to, że ktokolwiek zamierza rozwiązać problem, lecz dziesięć minut później przyleciała następna butelka i tym razem Lamina zdołała wyrwać ją dronowi, zanim wzorem swojego poprzednika roztrzaskał się na pylistej ziemi.

Lamina od czasu do czasu pociągała łyk wody, ale poza tym niewiele się działo, jeśli nie liczyć much zlatujących się do zwłok Marcusa. Coriolanus słyszał niekiedy popiskiwanie komunikatora Pupa, co oznaczało, że Laminę obdarowywano kolejnymi upominkami. Ona sama wydawała się zadowolona ze swojego miejsca, a jej strategii nie dało się odmówić sensu. Na belce z pewnością było bezpieczniej niż na ziemi. Lamina miała plan i potrafiła zabijać. W niespełna godzinę przemieniła się w aktywnego uczestnika igrzysk i sprawiała wrażenie znacznie twardszej niż Lucy Gray, która gdzieś przepadła.

Czas mijał. Jeśli nie liczyć Reapera, od czasu do czasu przemierzającego trybuny, żaden z trybutów, nawet tych uzbrojonych, nie dał się poznać jako łowca. Gdyby nie zaprezentowano Marcusa i gdyby Lamina nie skróciła jego cierpień, otwarcie igrzysk przebiegałoby wyjątkowo niemrawo. Rozpoczęciu turnieju zazwyczaj towarzyszyła mniejsza lub większa jatka, lecz z powodu śmierci sporej grupy ambitnych trybutów na placu boju pozostała głównie zwierzyna łowna.

Obraz areny skurczył się do wielkości okienka w kącie ekranu, gdy ponownie pojawił się Lucky, żeby podać więcej informacji o dystryktach i dodatkowo przedstawić prognozę pogody. Dotychczas igrzyska nie miały pełnoetatowego gospodarza, więc usilnie się starał wczuć w tę rolę. Kiedy Tanner doszedł do najwyższego rzędu miejsc i zaczął tam spacerować, Lucky natychmiast przerwał prognozę, ale trybut tylko posiedział chwilę w słońcu i ponownie zniknął w przejściach pod trybunami.

Zamieszanie na tyłach Sali Heavensbee'ego sprawiło, że ludzie odwrócili głowy. Coriolanus zauważył Lepidusa Malmseya, który szedł środkiem pomieszczenia wraz ze swoją ekipą telewizyjną. Po chwili zaprosił Pupa do rozmowy i wywiad poszedł na żywo. Pup, wcześniej niewykorzystane źródło wiedzy, wypaplał wszystko, co wiedział o Laminie, a potem dorzucił jeszcze garść informacji, które zdaniem Coriolanusa sfabrykował. Trwało to zaledwie kilka minut i przesądziło o rozkładzie poranka. Wypełniły go rozmowy z mentorami w formie krótkich, rzeczowych wywiadów, które miały umilić widzom czas podczas długich pasm braku aktywności na arenie. Wszyscy z ulgą powitali przerwę na lunch.

— Kłamałeś, że to się szybko skończy — burknęła Lysistrata, kiedy ustawili się w kolejce po kanapki z bekonem, ułożone na stole w sali.

— Zrobi się ciekawiej — zapewnił ją Coriolanus. — Musi.

Wyglądało jednak na to, że wcale nie musi. W trakcie długiego, upalnego popołudnia zauważono jeszcze kilkoro trybutów, a nad Marcusem zaczęły leniwie krążyć cztery padlinożerne ptaszyska. Lamina zdołała przerąbać jego kajdany i trup zwalił się na ziemię. Pup nagrodził ją za wysiłek kromką chleba, którą połamała na kawałki, ugniotła z nich kulki i po kolei je zjadała. Następnie wyciągnęła się na brzuchu, przywiązała patykowate ciało sznurem do belki i zasnęła.

Kapitolińskie wiadomości na krótko zdołały zapełnić czas antenowy materiałem z placu przed areną, gdzie ustawiono koncesjonowane stragany z napojami i słodyczami dla obywateli, którzy przybyli śledzić przebieg igrzysk na dwóch dużych ekranach po bokach wejścia. Na arenie działo się bardzo niewiele, więc największe zainteresowanie budziły dwa psy, które właściciel wystylizował na Lucy Gray i Jessupa. Coriolanus miał co do tego sprzeczne odczucia — niespecjalnie podobał mu się widok głupiego pudla w tęczowych falbankach — lecz zmienił zdanie, kiedy kilka razy usłyszał piszczenie komunikatora. Doszedł do wniosku, że każda reklama jest dobra. Potem jednak psy się zmęczyły i zabrano je do domu, a na igrzyskach nadal nic się nie działo.

Dochodziła siedemnasta, kiedy Lucky przedstawił widzom doktor Gaul. Widać było, że napięcie towarzyszące prowadzeniu programu go wykańcza, gdyż uniósł ręce i z konsternacją popatrzył na główną organizatorkę.

— O co chodzi, proszę pani? — spytał.

Doktor Gaul całkiem go zignorowała, przemawiając prosto do kamery.

— Niektórzy z państwa mogą się zastanawiać nad tym, dlaczego igrzyska rozkręcają się tak powoli. Przypominam tylko, jakie zawirowania poprzedziły nasz turniej. Ponad jedna trzecia trybutów w ogóle nie trafiła na arenę, a tych, którzy tam się znaleźli, w większości trudno uznać za machiny bojowe. Co do statystyki ofiar, wynik jest taki sam jak w ubiegłym roku.

— Wszystko to prawda — zgodził się Lucky. — Chyba jednak wypowiem się w imieniu wielu ludzi, kiedy spytam, gdzie w tym roku podziali się trybuci? Zwykle bardziej rzucają się w oczy.

— Zapewne pan zapomniał o niedawnym ataku bombowym — odparła doktor Gaul. — W minionych latach obszar przeznaczony dla trybutów był w dużej mierze ograniczony do płyty areny oraz do trybun. W wyniku ubiegłotygodniowego zamachu pojawiło się wiele szczelin i rozpadlin, które zapewniają łatwy dostęp do labiryntu tuneli pod areną. Jesteśmy świadkami nowego typu igrzysk. Trybut musi teraz znaleźć rywala, a potem wypłoszyć go z jakiegoś bardzo ciemnego zakątka.

— Hm. — Lucky zrobił rozczarowaną minę. — To znaczy, że niektórych trybutów już nie zobaczymy?

— Bez obaw. Kiedy zgłodnieją, zaczną się wyłaniać — zapewniła go doktor Gaul. — To jeszcze jedna zmiana w tym turnieju. Dzięki widzom, którzy zapewniają uczestnikom żywność, igrzyska mogą trwać w nieskończoność.

— W nieskończoność? — powtórzył Lucky.

— Lepiej, aby miał pan w zanadrzu jeszcze wiele sztuczek! — zachichotała doktor Gaul. — Tak się składa, że dysponuję królikiem-zmieszańcem, którego mógłby pan wyciągnąć z cylindra. To krzyżówka z pitbulem.

Lucky pobladł i zaśmiał się z wysiłkiem.

— Nie, dziękuję pani — wymamrotał. — Mam własne zwierzątka.

— Prawie mi go żal — wyszeptał Coriolanus do Lysistraty.

— A mnie nie — odparła. — Są siebie warci.

O siedemnastej dziekan Highbottom odprawił uczniów, lecz czternaścioro aktywnych mentorów pozostało w sali, głównie dlatego, że ich komunikatory funkcjonowały tylko w pobliżu przekaźników Akademii oraz stacji kapitolińskich wiadomości.

Mniej więcej o dziewiętnastej pojawiła się prawdziwa kolacja dla „utalentowanych", dzięki czemu Coriolanus poczuł się ważną osobistością w samym centrum zdarzeń. Kotlety wieprzowe z ziemniakami były zdecydowanie lepsze od tego, na co mógł liczyć w domu, i między innymi z tej przyczyny zależało mu na tym, żeby Lucy Gray przeżyła. Dojadając resztki sosu mięsnego z talerza, zastanawiał się, czy jest głodna. Kiedy poczęstowali się tartą z borówkami i śmietaną, odciągnął na bok Lysistratę, żeby omówić z nią zaistniałą sytuację. Ich trybuci powinni mieć całkiem przyzwoitą ilość zapasów ze spotkania pożegnalnego, zwłaszcza jeśli Jessup stracił apetyt, ale problemem pozostawała woda. Czy na arenie był do niej dostęp? Poza tym gdyby chcieli dostarczyć swoim trybutom żywność, jak mieli to zrobić, nie ujawniając ich kryjówki? Doktor Gaul zapewne miała rację —

trybuci się wyłonią, kiedy będą czegoś potrzebowali. Coriolanus i Lysistrata doszli do wniosku, że do tego czasu najlepszą strategią będzie powstrzymanie się od działania.

Gdy mentorzy zjedli deser, ruch na arenie ściągnął ich z powrotem na miejsca. Circ z Trzeciego Dystryktu, trybut Io Jasper, wypełzł z barykady przy wyjściu, rozejrzał się i skinął ręką, jakby kogoś przywoływał. Po chwili wygramoliła się za nim drobna, brudnawa dziewczyna o ciemnych kędzierzawych włosach. Lamina, która nadal drzemała na belce, uchyliła jedno oko, żeby ocenić zagrożenie.

— Bez obaw, moja słodka Lamino — przemówił Pup do ekranu. — Tych dwoje nie zdoła tam wejść nawet po drabinie.

Lamina najwyraźniej była tego samego zdania, gdyż tylko ułożyła się wygodniej.

W rogu ekranu pojawił się Lucky Flickerman z serwetką zatkniętą za kołnierzyk i rozmazaną borówką na brodzie. Przypomniał widzom, że ostatnia dwójka to trybuci z Trzeciego Dystryktu, specjalizującego się w technice. Circ twierdził wcześniej, że potrafi używać okularów do rozpalania ognia.

— A dziewczyna ma na imię... — Lucky spojrzał w bok, żeby sprawdzić na kartce. — Teslee! Teslee z Trójki! Jej mentorem jest nasz... — Lucky ponownie zerknął na bok, ale tym razem wyraźnie się pogubił. — Mentorem Teslee jest nasz...

— Mógłbyś się wysilić — burknął z pierwszego rzędu Urban Canville.

Jego matka i ojciec, podobnie jak rodzice Io, byli naukowcami, może fizykami? Urban miał tak okropny charakter, że nikt nie czuł się winny, nienawidząc go za jego doskonałe oceny na testach z rachunków. Coriolanus uznał, że trudno winić Lucky'ego za lenistwo, skoro Urban zlekceważył wywiady. Teslee była drobna, ale nie wyglądała na beznadziejną.

— Jest nasz Turban Canville! — dokończył Lucky.

— Urban, nie Turban! — wycedził Urban. — Poważnie, nie mogli znaleźć zawodowca?

— Niestety, nie mieliśmy okazji zobaczyć Turbana i Teslee podczas wywiadu — zauważył Lucky.

— Bo nie chciała ze mną gadać! — warknął Urban.

— Widać jest odporna na jego wdzięki — odezwał się Festus, wywołując wesołość w ostatnim rzędzie.

— Podeślę coś Circowi. Nie wiadomo, kiedy go znowu zobaczę — zadecydowała Io i pochyliła się nad komunikatorem.

Coriolanus zauważył, że Urban poszedł za jej przykładem.

Circ i Teslee pośpiesznie obeszli zwłoki Marcusa i przykucnęli, żeby obejrzeć zniszczone drony. Ostrożnie dotykali sprzętu, oceniając zakres uszkodzeń, i zaglądali do zakamarków, na które mało kto zwróciłby uwagę. Circ wyłuskał z urządzenia prostokątny przedmiot, zapewne baterię, i uniósł kciuk. Teslee podczepiła kilka przewodów przy swoim dronie, który po chwili zamrugał światełkami. Trybuci uśmiechnęli się do siebie.

— Rety! — zawołał Lucky. — Na naszych oczach dzieje się coś niesamowitego!

— Byłoby jeszcze bardziej niesamowicie, gdyby mieli piloty — zauważył Urban, ale wydawał się odrobinę mniej wkurzony.

Trybuci nadal dłubali przy dronach, kiedy nadleciały jeszcze dwa i zrzuciły nieopodal trochę chleba i wody. Dzieciaki zaczęły zbierać swoje prezenty, gdy w głębi areny zamajaczyła czyjaś sylwetka. Circ i Teslee zamienili ze sobą kilka słów, podnieśli drony i w pośpiechu wrócili do barykady. Jak się okazało, postacią w oddali był Reaper, który wskoczył do jednego z tuneli, po czym wyłonił się z kimś na rękach. Gdy kamery zrobiły zbliżenie, Coriolanus zobaczył Dill. Skulona w embrionalnej pozycji, wyglądała, jakby się skurczyła. Patrzyła pustym wzrokiem w przedwieczorne słońce, które plamiło cętkami jej poszarzałą skórę. Kiedy się rozkaszlała, z kącika jej ust wypłynęła strużka krwawej śliny.

— Dziwne, że przetrwała dzień — mruknął Felix w przestrzeń.

Reaper omijał gruzy po eksplozjach, aż w końcu dotarł do nasłonecznionego miejsca i położył Dill na zwęglonym kawałku drewna. Dygotała mimo upału. Wskazał na słońce i coś powiedział, ale nie zareagowała.

— Czy to nie on zapowiadał, że wszystkich pozabija? — spytał Pup.

— Jak na mój gust nie wygląda na takiego twardziela — odparł Urban.

— To jego partnerka z dystryktu — wyjaśniła Lysistrata. — I jest już jedną nogą w grobie. To pewnie gruźlica.

Wszyscy umilkli, gdyż choroba, uważana za przewlekłą, nadal pojawiała się w Kapitolu. Z trudem nad nią panowano, a o wyleczeniu nie było mowy. W dystryktach, rzecz jasna, równała się wyrokowi śmierci.

Reaper przez chwilę niespokojnie krążył w pobliżu Dill, jakby chciał jak najszybciej wrócić na polowanie albo nie mógł dłużej znieść jej cierpienia. W końcu poklepał ją na pożegnanie i wielkimi susami pognał do barykady.

— Nie powinnaś mu czegoś podesłać? — zwróciła się Domitia do Clemensii.

— Niby za co? Nie zabił jej, tylko ją przeniósł. Ani myślę go za to nagradzać — odparła Clemensia.

Coriolanus, który unikał jej przez cały dzień, uznał, że podjął właściwą decyzję. Clemensia nie była sobą. Może jad węży spowodował, że coś jej się poprzestawiało w głowie.

— No tak, równie dobrze mogę zrobić użytek z tych paru groszy, które mam do dyspozycji. To jej własność. — Felix wystukał coś na komunikatorze.

Dron dostarczył Dill dwie butelki wody, ale chyba nawet ich nie zauważyła. Po kilku minutach z tunelu wyskoczył chłopak z rozwianymi czarnymi włosami, którego Coriolanus zapamiętał jako żonglera. Podbiegł do Dill i nie zwalniając, pochylił się, by chwycić wodę, i już po chwili zniknął w dużej szczelinie w murze. Lucky przypomniał z offu, że chłopak ma na imię Treech, pochodzi z Siódmego Dystryktu, a jego mentorką jest Vipsania Sickle.

— To było okrutne — zauważył Felix. — Szkoda, że nie dał jej się napić przed śmiercią.

— Dobrze to wykombinował — oświadczyła Vipsania. — Nie muszę wydawać kasy, której i tak mi brakuje.

Słońce zbliżało się do linii horyzontu, a padlinożerne ptaki leniwie krążyły nad areną. Ciałem Dill w końcu wstrząsnęły konwulsje, którym towarzyszył atak silnego kaszlu, a na jej brudną sukienkę pociekł strumień krwi. Coriolanusowi zrobiło się niedobrze. Krew obficie płynąca z ust przerażała go i zarazem budziła w nim obrzydzenie.

Na wizji pojawił się Lucky Flickerman i ogłosił, że Dill, trybutka z Jedenastego Dystryktu, zmarła z przyczyn naturalnych. Oznaczało to, że niestety nie będą już mieli okazji oglądać Felixa Ravinstilla.

— Lepidusie, czy moglibyśmy na pożegnanie zamienić kilka słów z Felixem?

Lepidus odciągnął Felixa na bok i spytał, jak się czuje w związku z zakończeniem pracy przy igrzyskach.

— Właściwie to nie jest dla mnie szczególny wstrząs — odparł Felix. — Dziewczyna ledwie stała na nogach, kiedy tutaj trafiła.

— Moim zdaniem to w ogromnej mierze twoja zasługa, że poradziła sobie podczas wywiadu. — W głosie Lepidusa pobrzmiewało współczucie. — Wielu mentorom nie udała się nawet ta sztuka.

Coriolanus bez zazdrości zastanawiał się, czy te peany na cześć Felixa nie wiązały się przede wszystkim z tym, że był on ciotecznym wnukiem prezydenta. Lepidus nieświadomie ustawił poprzeczkę na wysokości, którą Coriolanus już pokonał, więc nawet gdyby Lucy Gray nie przetrwała nocy, i tak można było uważać jego osiągnięcie za ponadprzeciętne. Lucy Gray musiała jednak dotrwać do ranka, a potem do następnego i jeszcze kolejnego, dopóki nie zwycięży. Obiecał jej pomóc, ale jak na razie nie zrobił absolutnie nic poza promowaniem jej przed widownią.

Tymczasem Lucky obdarzył Felixa jeszcze kilkoma komplementami i pożegnał się ze wszystkimi, kończąc dyżur w studiu.

— Nad areną zapada noc i większość naszych trybutów udała się na spoczynek — oznajmił. — Życząc państwu dobrej nocy, zapewniam, że będziemy nadal obserwowali przebieg zdarzeń, jednak do rana nie należy się spodziewać niczego szczególnego. Miłych snów.

Organizatorzy zrobili przebitkę na szerokie ujęcie areny. Coriolanus zdołał dostrzec tylko sylwetkę Laminy na belce — po zmroku jedynie blask księżyca rozjaśniał ciemności, co utrudniało oglądanie igrzysk. Dziekan Highbottom oznajmił, że równie dobrze mogą iść do domów, niemniej warto, żeby następnym razem przynieśli szczoteczki do zębów i odzież na zmianę. Wszyscy uścisnęli dłoń Felixowi, gratulując mu dobrej roboty. Większość mówiła szczerze, gdyż przebieg dnia zacieśnił więzi między mentorami w zupełnie nowy sposób. Zostali członkami wyjątkowego klubu, który ostatecznie skurczy się do jednej osoby, lecz już zawsze będzie definiował ich wszystkich.

Wracając do domu, Coriolanus liczył w myślach. Nie żyło kolejnych dwoje trybutów, choć już jakiś czas temu przestał uważać Marcusa za uczestnika turnieju. Pozostało zatem tylko trzynaście osób, Lucy Gray musiała przeżyć dwanaście. Jak dowodził przykład Dill i astmatycznego chłopaka z Piątego Dystryktu, sprawa w znacznym stopniu sprowadzała się do przetrwania dłużej od pozostałych. Powrócił wspomnieniami do minionego dnia, kiedy otarł łzy Lucy Gray, obiecał uchronić ją przed śmiercią, pocałował. Czy teraz o nim myślała? Czy tęskniła za nim tak, jak on za nią? Miał nadzieję, że Lucy Gray pojawi się jutro i będzie mógł przesłać jej coś do jedzenia i picia. Należało przypomnieć widzom o jej istnieniu. Po południu otrzymał zaledwie kilka nowych podarunków, co zresztą mogło wynikać wyłącznie z jej sojuszu z Jessupem. Z upływem każdej kolejnej ponurej chwili Głodowych Igrzysk uroczy wizerunek Lucy Gray jako rozśpiewanego ptaszka robił coraz mniejsze wrażenie. Nikt poza Coriolanusem nie wiedział o trutce na szczury, więc należało w inny sposób zadbać o popularność trybutki.

Zgrzany i zmęczony po pełnym napięcia dniu marzył jedynie o prysznicu i śnie, kiedy jednak przekroczył próg apartamentu, poczuł aromat herbaty jaśminowej, przeznaczonej wyłącznie dla gości. Kto mógł się zjawić o tej porze, w dodatku w pierwszym dniu igrzysk? Było stanowczo za późno na wizytę przyjaciół Panibabki albo sąsiadów, którzy zresztą i tak nie byli specjalnie skorzy do spontanicznych odwiedzin. Musiało się stać coś złego.

Snowowie, rzecz jasna, mieli w salonie telewizor, choć rzadko go włączali. Teraz emitowano transmisję z pogrążonej w mroku areny, na której nic się nie zmieniło, odkąd Coriolanus opuścił Salę Heavensbee'ego. Panibabka w eleganckim szlafroku narzuconym na nocną koszulę przysiadła sztywno na krześle o prostym oparciu. Ze swojego miejsca przy stoliku herbacianym patrzyła, jak Tigris nalewa słomkowy napar do filiżanki gościa.

Była nim rozczochrana pani Plinth w wygniecionej sukience.

— Jesteście takimi dobrymi ludźmi — szlochała w chusteczkę. — Przepraszam za to niespodziewane najście.

— Wszyscy przyjaciele Coriolanusa są naszymi przyjaciółmi — zapewniła ją Panibabka. — Plinch, dobrze zrozumiałam?

Coriolanus wiedział, że Panibabka doskonale zdaje sobie sprawę z tego, kim jest Mamuś, lecz przymusowe goszczenie o tak późnej porze kogokolwiek, a zwłaszcza któregoś z Plinthów, stało w sprzeczności ze wszystkim, co głosiła.

— Plinth — chlipnęła matka Sejanusa. — Plinth.

— Wiesz, Panibabciu, to właśnie pani Plinth przysłała wspaniałą zapiekankę, kiedy Coriolanus został ranny — przypomniała babce Tigris.

— Przepraszam. Jest strasznie późno — westchnęła pani Plinth.

— Proszę się nie przejmować. Zrobiła pani to, co należało. — Tigris poklepała ją po ramieniu, a gdy ujrzała Coriolanusa, na jej twarzy odmalowała się ulga. — Och, przyszedł mój kuzyn! Może on będzie coś wiedział.

— Pani Plinth. Jaka miła niespodzianka. Wszystko w porządku? — spytał Coriolanus, choć na kilometr dało się od niej wyczuć złe wieści.

— Och, Coriolanusie! Nie, nic nie jest w porządku, niestety. Sejanus nie wrócił do domu. Słyszeliśmy, że dzisiaj rano opuścił Akademię, ale od tamtej pory go nie widziałam. Tak bardzo się martwię — dodała. — Gdzie on się podział? Ta historia z Marcusem ogromnie go poruszyła. Wiesz? Wiesz, gdzie może być? Czy był wzburzony, kiedy się widzieliście ostatni raz?

Coriolanus przypomniał sobie wybuch Sejanusa, ciskanie krzesłem i obelgi, ale wiedzieli o tym jedynie obecni w Sali Heavensbee'ego.

— Zdenerwował się, proszę pani, ale nie wiem, czy to powód do niepokoju. Musiał trochę ochłonąć, więc gdzieś poszedł, pewnie na długi spacer. Sam bym tak zrobił.

— Ale jest już strasznie późno. To nie w jego stylu, żeby tak znikać. Na pewno uprzedziłby swoją Mamuś — lamentowała.

— Wie pani, dokąd mógł pójść? — spytała Tigris. — Albo kogo chciałby odwiedzić?

— Nie. Nie. — Pani Plinth pokręciła głową. — Przyjaźni się tylko z twoim kuzynem.

Jakie to przygnębiające, pomyślał Coriolanus. *W ogóle nie mieć przyjaciół.*

— Wydaje mi się, że gdyby potrzebował towarzystwa, w pierwszej kolejności przyszedłby do mnie — powiedział. — Z pewnością chciał mieć trochę czasu dla siebie, żeby… żeby się w tym wszystkim odnaleźć. Jestem pewien, że nic mu się nie stało. W przeciwnym razie już by pani o tym wiedziała.

— Sprawdzała pani u Strażników Pokoju? — odezwała się Tigris.

Pani Plinth skinęła głową.

— Nic nie wiedzą — odparła.

— No właśnie — zauważył Coriolanus. — Czyli nic się nie wydarzyło. Kto wie, czy nie wrócił już do domu.

— Może powinna pani sprawdzić — oznajmiła Panibabka nieco zbyt ostentacyjnie.

Tigris posłała jej wymowne spojrzenie.

— Ale równie dobrze może pani zadzwonić — zaproponowała.

Pani Plinth uspokoiła się jednak na tyle, żeby zrozumieć aluzję.

— Nie — powiedziała. — Wasza babcia ma rację, powinnam być teraz w domu. Przeze mnie jeszcze nie poszliście spać.

— Coriolanus panią odprowadzi — oświadczyła Tigris stanowczo.

— Naturalnie — przytaknął, gdyż nie pozostawiła mu wyboru.

— Mój samochód czeka w pobliżu. — Pani Plinth wstała i przygładziła włosy. — Bardzo dziękuję. Wszyscy byliście dla mnie tacy dobrzy. Naprawdę dziękuję.

Podniosła swoją wielgachną torbę i już miała się odwrócić, kiedy coś na ekranie przykuło jej uwagę.

Zamarła.

Coriolanus podążył za jej spojrzeniem i dostrzegł ciemną sylwetkę, która wyłoniła się z barykady i ruszyła prosto do Laminy. Ktoś wysoki, niewątpliwie mężczyzna, szedł trzymając coś w rękach. *To Reaper albo Tanner*, pomyślał Coriolanus. Chłopak zatrzymał się przy zwłokach Marcusa i podniósł wzrok na śpiącą dziewczynę. *Któryś z trybutów pewnie w końcu zdecydował się z nią rozprawić.* Wiedział, że jako mentor powinien patrzeć, ale przede wszystkim chciał się pozbyć pani Plinth.

— Może odprowadzę panią do samochodu? — zaproponował. — Idę o zakład, że zastanie pani Sejanusa w łóżku.

— Nie, Coriolanusie — odparła pani Plinth stłumionym głosem. — Nie. — Ruchem głowy wskazała telewizor. — Mój syn jest tam.

15

Coriolanus od razu zrozumiał, że Mamuś się nie myli. Może tylko matka umiała dostrzec w mroku swoje dziecko, ale gdy o tym powiedziała, on również rozpoznał Sejanusa — jego posturę, lekko przygarbioną sylwetkę, zarys czoła. Biała koszula od munduru Akademii słabo jaśniała w ciemności i niemal dało się zobaczyć jaskrawożółtą plakietkę na sznurku, która wciąż kołysała się na jego piersi. Coriolanus nie miał pojęcia, w jaki sposób Sejanus przedostał się na arenę. Chłopak z Kapitolu, do tego mentor, zapewne nie zwrócił na siebie zbytniej uwagi przy wejściu, gdzie sprzedawano słodkie placki i różową lemoniadę, i wmieszał się w tłum oglądających igrzyska na telebimie. Czy tylko wtopił się w otoczenie, czy też wykorzystał swoją umiarkowaną popularność do oddalenia podejrzeń? *Mojego trybuta już wykończyli, więc w sumie mogę się zabawić.* Pozował do zdjęć? Zagadywał Strażników Pokoju i wśliznął się do środka, kiedy nie uważali? Komu przyszłoby do głowy, że Sejanus postanowi przekraść się na arenę i dlaczego w ogóle to zrobił?

Tymczasem na ekranie ledwie widoczny w mroku Sejanus ukląkł, odłożył przyniesioną paczkę i przetoczył Marcusa na plecy. Przez moment usiłował wyprostować jego nogi i skrzyżować ręce na piersi, ale kończyny trupa zesztywniały i nie dało się ich ułożyć. Coriolanus nie widział, co się działo później — coś z paczką — ale po chwili Sejanus wstał i uniósł dłoń nad zwłokami.

Tak jak w zoo, pomyślał Coriolanus. Przypomniał sobie, że po śmierci Arachne Sejanus posypał czymś trupa Brandy.

— Pani syn tam jest? Co on wyprawia? — spytała zbulwersowana Panibabka.

— Posypuje zwłoki okruchami — odparła pani Plinth. — Żeby Marcus miał żywność w drodze.

— W drodze dokąd? — spytała Panibabka. — Przecież on nie żyje!

— W drodze powrotnej tam, skąd przybył — wyjaśniła pani Plinth. — Tak robimy w domu, kiedy ktoś umiera.

Coriolanus mimowolnie poczuł zażenowanie. Jeśli ktokolwiek potrzebował dowodu na zacofanie dystryktów, miał go teraz jak na dłoni. Prymitywni ludzie o prymitywnych obyczajach. Ile chleba zmarnowali na te bzdury? *O nie, umarł z głodu! Niech ktoś przyniesie chleb!* Pomyślał ponuro, że ta domniemana przyjaźń jeszcze wyjdzie mu bokiem.

Jak na zawołanie, w tej samej chwili zadzwonił telefon.

— Czy całe miasto jest na nogach? — zdziwiła się Panibabka.

— Przepraszam. — Coriolanus podszedł do aparatu w holu. — Tak, słucham? — powiedział do słuchawki z nadzieją, że to pomyłka.

— Doktor Gaul przy telefonie — usłyszał i poczuł, jak ściskają mu się wnętrzności. — Jesteś blisko jakiegoś ekranu?

— Tak naprawdę właśnie wróciłem do domu — odparł, żeby zyskać na czasie. — O, tak, jest włączony. Moja rodzina ogląda transmisję.

— Co się dzieje z twoim przyjacielem? — spytała.

Coriolanus odwrócił się plecami do salonu.

— On właściwie nie jest... moim... — odparł półgłosem.

— Absurd. Znacie się jak łyse konie — oświadczyła. — Razem rozdawaliście kanapki, zapraszałeś go, żeby usiadł obok ciebie. Kiedy spytałam Cascę, z kim koleguje się Sejanus, wymienił tylko twoje nazwisko.

Jego uprzejmość w stosunku do Sejanusa niewątpliwie została źle odczytana. W gruncie rzeczy byli przecież tylko znajomymi.

— Pani doktor, gdybym mógł wyjaśnić...

— Nie mam czasu na wysłuchiwanie tłumaczeń. W tej chwili bachor Plinthów gania po arenie, na której czai się wataha wilków. Jeśli go zobaczą, zabiją na miejscu. — Odwróciła się, żeby komuś odpowiedzieć. — Nie, nie wolno znienacka przerwać emisji, to tylko przyciągnie uwagę widzów. Postaraj się jak najbardziej przyciemnić obraz. Niech to wygląda naturalnie. Zrób powolne zaciemnienie, jakby księżyc zniknął za chmurą. — Zaczerpnęła powietrza i powróciła do rozmowy z Coriolanusem. — Bystry z ciebie chłopak. Jaki komunikat otrzymają wówczas widzowie? Poniesiemy znaczne straty. Należy niezwłocznie interweniować.

— Można by tam posłać oddział Strażników Pokoju — zasugerował Coriolanus.

— Żeby zwiał jak królik? — prychnęła. — Spróbuj sobie wyobrazić, jak Strażnicy Pokoju usiłują go ścigać w ciemnościach. Nie, musimy go wywabić bez perturbacji, a do tego potrzebni są ludzie, na których mu zależy. Nie cierpi swojego ojca, nie ma rodzeństwa ani przyjaciół. Czyli w grę wchodzisz tylko ty i jego matka. Właśnie usiłujemy ją zlokalizować.

Coriolanusowi ścisnęło się serce.

— Jest tutaj — wyznał.

Tyle tytułem jego rzekomo luźnej znajomości z Sejanusem.

— No to sprawa załatwiona. Za dwadzieścia minut oczekuję was obojga na arenie. Jeśli się spóźnicie, tym razem to ja udzielę ci nagany, nie Highbottom, i będziesz mógł się pożegnać z jakąkolwiek szansą na nagrodę. — Gwałtownie odłożyła słuchawkę.

Coriolanus spojrzał na telewizor i przekonał się, że obraz pociemniał. W tej chwili ledwie było widać zarys sylwetki Sejanusa.

— Proszę pani — zwrócił się do jego matki. — Dzwoniła główna organizatorka igrzysk. Chce, żeby zjawiła się pani na arenie i odebrała syna. Doktor Gaul będzie tam na nas czekała.

Wolał nie dodawać nic więcej, żeby Panibabka nie dostała zawału.

— Ma kłopoty? — spytała z szeroko otwartymi oczami pani Plinth. — Z Kapitolem?

Coriolanusa zdziwiło, że w takim momencie bardziej przejmował ją Kapitol niż arena pełna uzbrojonych trybutów, ale może miała słuszność po tym, co spotkało Marcusa.

— Och, nie. Władze tylko martwią się o jego bezpieczeństwo. To nie powinno długo potrwać, ale nie czekajcie na mnie — zwrócił się do Tigris i Panibabki.

Żeby nie zwlekać, najchętniej przerzuciłby sobie panią Plinth przez ramię i ją wyniósł, ale opanował się i szybko poprowadził ją do windy i przez hol. Samochód podjechał bezszelestnie, a szofer, zapewne awoks, tylko skinął głową, gdy usłyszał, że ma jechać na arenę.

— Czas nas goni — dodał Coriolanus.

Auto pędziło coraz szybciej po opustoszałych ulicach. Jeśli ten dystans w ogóle można było pokonać w dwadzieścia minut, to zrobią to.

Pani Plinth ściskała torbę i wyglądała przez okno na wyludnione miasto.

— Po raz pierwszy ujrzałam Kapitol nocą, taką jak ta — westchnęła.

— Tak? — odparł Coriolanus przez grzeczność.

Kogo to obchodziło? Cała jego przyszłość zawisła na włosku przez jej krnąbrnego syna. Należało się zastanowić, jak wychowany był chłopak, który uznał, że wdarcie się na arenę może cokolwiek rozwiązać.

— Sejanus siedział dokładnie tam, gdzie ty, i mówił: „Wszystko będzie dobrze, Mamuś. Będzie dobrze". Próbował mnie uspokoić, ale oboje wiedzieliśmy, że czeka nas katastrofa — mówiła pani Plinth. — Był taki odważny i dobry. Myślał tylko o swojej Mamuś.

— Hm. To musiała być wielka zmiana — mruknął Coriolanus. O co chodziło tym Plinthom? Los im sprzyjał, a oni robili z tego dramat. Wystarczyło tylko spojrzeć na wnętrze ich samochodu — skóra z wytłoczonymi wzorami, obite tapicerką siedzenia, barek z kryształowymi karafkami pełnymi trunków o barwie klejnotów — aby od razu się zorientować, że Plinthowie to jedni z największych bogaczy w Panem.

— Rodzina i przyjaciele odcięli się od nas — ciągnęła pani Plinth. — Tutaj nie mieliśmy szansy na nowych. Strabo, znaczy się tatuś Sejanusa, nadal uważa, że dobrze zrobiliśmy. W Dwójce nie ma przyszłości. W ten sposób nas chroni. W ten sposób uratował Sejanusa przed igrzyskami.

— Co za ironia, zważywszy na okoliczności. — Coriolanus postanowił skierować rozmowę na inne tory. — Właściwie to nie znam zamiarów doktor Gaul, ale zapewne będzie pani potrzebować pomocy, żeby wydostać stamtąd Sejanusa.

— Nie wiem, czy dam radę — westchnęła. — Jest taki zdenerwowany. Mogę spróbować, ale sam musi uznać, że tak trzeba.

Tak trzeba. Coriolanus uświadomił sobie, że tym właśnie zawsze kierował się Sejanus. Był zdecydowany robić to, co trzeba. Zniechęcał do siebie ludzi między innymi z powodu swojego uporu, jak wtedy, gdy postawił się doktor Gaul, choć cała reszta usiłowała się dostosować. Szczerze mówiąc, Sejanus bywał nieznośny ze swoimi pełnymi wyższości uwagami, ale kto wie, czy nie dałoby się ich wykorzystać, żeby nim manipulować.

Gdy samochód zatrzymał się przed wejściem na arenę, Coriolanus zauważył, że władze usiłują zamaskować kryzys. Na miejscu znajdowało się zaledwie kilkunastu Strażników Pokoju oraz garstka organizatorów. Stragany z przekąskami zostały zamknięte, a tłum gapiów rozszedł się już wcześniej. Praktycznie nic nie mogło przyciągnąć ciekawskich widzów. Wysiadając z samochodu, Coriolanus uświadomił sobie, że temperatura mocno spadła od czasu jego spaceru do domu.

W zaparkowanej nieopodal furgonetce znajdował się monitor kapitolińskich wiadomości, z ekranem podzielonym na dwie części. Pierwsza przedstawiała faktyczny obraz z areny, a druga jego przyciemnioną wersję dla widzów. Doktor Gaul, dziekan Highbottom i kilku Strażników Pokoju zebrało się wokół odbiornika. Podchodząc bliżej wraz z panią Plinth, Coriolanus dostrzegł, że nieruchomy jak posąg Sejanus klęczy przy zwłokach Marcusa.

— Przynajmniej jesteś na czas — mruknęła doktor Gaul. — Pani Plinth, jak mniemam?

— Tak, tak — potwierdziła Mamuś drżącym głosem. — Przepraszam, jeśli Sejanus narobił kłopotów. Tak naprawdę to dobry chłopak, tylko strasznie bierze sobie wszystko do serca.

— Nie da się zarzucić mu obojętności — przyznała doktor Gaul i przeniosła spojrzenie na Coriolanusa. — Czy masz pomysł, jak moglibyśmy uratować twojego najlepszego przyjaciela?

Coriolanus zignorował tę szpilę i wbił wzrok w ekran.

— Co on tam robi? — spytał.

— Cały czas klęczy — odezwał się dziekan Highbottom. — Pewnie jest w szoku.

— Wydaje się spokojny. Może gdyby teraz wysłać Strażników Pokoju, toby go nie spłoszyli? — podsunął Coriolanus.

— Zbyt ryzykowne — odparła doktor Gaul.

— A gdyby pani Plinth przemówiła do syna przez głośnik albo megafon? — Nie rezygnował. — Skoro da się przyciemnić ekran, z pewnością można też manipulować dźwiękiem.

— Owszem, ale tylko w transmisji. Na arenie wszyscy trybuci natychmiast by się dowiedzieli, że jest wśród nich nieuzbrojony chłopak z Kapitolu — zauważył dziekan Highbottom.

Coriolanusa ogarnęły złe przeczucia.

— Co państwo proponują?

— Uważamy, że ktoś, kogo zna, powinien wśliznąć się na arenę, dyskretnie się przekraść i przekonać go do wyjścia — oznajmiła doktor Gaul. — Konkretnie chodzi o ciebie.

— Och, nie! — wybuchnęła pani Plinth z nieoczekiwaną gwałtownością. — Na pewno nie Coriolanus. Tylko tego brakuje, żeby narażać jeszcze jedno dziecko. Sama pójdę.

Coriolanus był jej bardzo wdzięczny za tę propozycję, ale wiedział, że nic z tego nie wyjdzie. Matka Sejanusa miała zaczerwienione i spuchnięte oczy, chybotliwe wysokie obcasy i nie wydawała się odpowiednią osobą do misji specjalnej.

— Potrzebujemy kogoś, kto w razie konieczności zdoła szybko pobiec. Pan Snow się do tego najlepiej nadaje. — Doktor Gaul skinęła ręką na Strażników Pokoju, którzy natychmiast ubrali Coriolanusa w kamizelkę kuloodporną. — To ochroni twoje organy wewnętrzne. Masz jeszcze gaz pieprzowy i latarkę błyskową, która czasowo oślepi napastników, jeśli ich napotkasz.

Popatrzył na małe opakowanie gazu oraz na latarkę.

— A pistolet? — spytał. — Może przynajmniej nóż?

— Nie zostałeś przeszkolony, więc tak będzie bezpieczniej — wyjaśniła doktor Gaul. — Pamiętaj, nie idziesz tam po to, żeby się wdawać w bójki. Masz szybko i dyskretnie wyprowadzić przyjaciela.

Inny uczeń, a nawet sam Coriolanus parę tygodni wcześniej, natychmiast by zaprotestował, upierał się przy wezwaniu rodzica, prosił o zmianę decyzji. Jednak po tym, jak węże pokąsały Clemensię, po bombardowaniu i torturach, jakim poddano Marcusa, Coriolanus wiedział, że apelowanie do sumienia doktor Gaul nie miałoby sensu. Skoro postanowiła go wysłać na kapitolińską arenę, musiał tam iść, nawet gdyby stawką nie była jego nagroda. Niczym się nie różnił od obiektów jej eksperymentów, zarówno uczniów, jak i trybutów, i nie liczył się bardziej niż awoksi w klatkach. Nie mógł się sprzeciwić.

— Tak nie wolno. To jeszcze chłopiec. Zadzwonię do męża — zaprotestowała pani Plinth.

Dziekan Highbottom uśmiechnął się półgębkiem do Coriolanusa.

— Nic mu nie będzie — zapowiedział. — Nie tak łatwo zabić Snowa.

Czyżby dziekan stał za tym pomysłem? Może dostrzegł dogodną sposobność, by osiągnąć swój ostateczny cel i przekreślić przyszłość Coriolanusa? W każdym razie wydawał się głuchy na usilne prośby Mamuś.

Strażnicy Pokoju odprowadzili Coriolanusa na arenę — żeby go chronić czy uniemożliwić mu ucieczkę? Niewiele pamiętał z tego, jak niesiono go po wybuchu — może opuścili arenę innym wyjściem — teraz jednak przekonał się, jak bardzo ucierpiała główna brama. Siła eksplozji zdmuchnęła jedne z dwojga olbrzymich drzwi, pozostawiając szeroki otwór okolony powyginanym żelastwem. Przy wejściu czuwał wartownik, ale poza tym niespecjalnie się starano zabezpieczyć teren. Coriolanus zauważył tylko kilka rzędów wysokich do pasa betonowych barier, ustawionych w poprzek bramy. Sejanus raczej nie miał większych trudności z ich pokonaniem — pewnie zaczekał, aż coś odwróci uwagę mundurowych, a przecież za dnia panował tu karnawałowy zgiełk. Jeśli Strażnicy Pokoju mieli zapobiec ewentualnej powtórce zamachu, z pewnością wypatrywali podejrzanych osób w tłumie. Mimo to panowało tu zbyt duże rozprzężenie. A gdyby trybuci ponownie spróbowali uciec?

Coriolanus oraz jego asysta przedostali się między zaporami i znaleźli się w holu, mocno zniszczonym podczas zamachu. W świetle nielicznych ocalałych żarówek przy miejscach poboru opłat i stoiskach z przekąskami widać było warstwę gipsowego pyłu, który pokrywał odłupane kawałki sufitu i podłogi, obalone kolumny i przełamane dźwigary. Aby dotrzeć do bramek obrotowych, należało ostrożnie omijać gruzy. Coriolanus utwierdził się w przekonaniu, że Sejanus mógł bez większego trudu dyskretnie przedostać się do wejścia — wystarczyła odrobina cierpliwości i szczęścia. Rebelianci wzięli na cel między innymi bramki w głębi z prawej strony, które wybuch zmienił w stertę powyginanego i nadtopionego złomu. Wejście na arenę stało otworem, dopóki Strażnicy Pokoju nie ustawili pierwszych prawdziwych umocnień w postaci ruchomych zapór otoczonych drutem kolczastym, których pilnowało sześciu uzbrojonych wartowników. Nieuszkodzone bramki nadal pełniły rolę skutecznej blokady dla wchodzących na arenę.

— A więc miał żeton? — spytał Coriolanus.

— Zgadza się — przytaknął starszawy Strażnik Pokoju, który wyglądał na dowódcę. — Zaskoczył nas. Naprawdę nie sądziliśmy, że ktoś będzie chciał się wedrzeć na arenę w trakcie igrzysk. Spodziewaliśmy się raczej prób ucieczki. — Wyjął z kieszeni żeton. — To dla ciebie.

Coriolanus obrócił krążek w palcach, ale zwlekał z podejściem do bramek.

— Jak zamierzał się potem wydostać? — spytał.

— Chyba się nad tym nie zastanawiał — odparł Strażnik Pokoju.

— A jak ja się wydostanę? — Cały ten plan w najlepszym wypadku wyglądał ryzykownie.

— Tamtędy. — Strażnik wskazał dłonią zapory. — Możemy odciągnąć drut kolczasty i unieść zaporę, a ty się pod nią przeczołgasz.

— Nawet gdyby to wymagało pośpiechu? — spytał z powątpiewaniem Coriolanus.

— Będziemy cię obserwować przez kamery. Zrobimy wam przejście, kiedy tylko ruszysz z przyjacielem do wyjścia — zapewnił go Strażnik Pokoju.

— A jeśli nie uda mi się go skłonić do ucieczki? — drążył Coriolanus.

— Nie mamy instrukcji na taką ewentualność. — Strażnik wzruszył ramionami. — Jak rozumiem, musisz tam zostać, dopóki nie wykonasz misji.

Coriolanus oblał się zimnym potem, gdy uświadomił sobie, że bez Sejanusa nie wydostanie się z areny. Popatrzył na koniec korytarza za bramką, gdzie pod tablicą wyników wzniesiono barykadę. To właśnie przez nią przedzierali się wcześniej Lamina, Circ i Teslee.

— A co z tą barykadą? — spytał.

— W sumie jest tylko na pokaz. Dzięki niej nie widać ani holu, ani ulicy, których nie należy pokazywać w telewizji — wyjaśnił mu strażnik. — Przedostaniesz się przez nią bez trudu.

W takim razie trybuci również, pomyślał Coriolanus i przejechał kciukiem po śliskiej powierzchni żetonu.

— Będziemy cię osłaniali aż do barykady — dodał Strażnik Pokoju.

— Więc zabijecie wszystkich trybutów, którzy mnie zaatakują — sprecyzował Coriolanus.

— W każdym razie ich przepłoszymy. Uszy do góry, czuwamy nad tobą.

— Doskonale — wymamrotał Coriolanus bez przekonania, po czym wziął się w garść, wrzucił żeton do otworu i pchnął metalowe ramiona.

— Dobrej zabawy! — odezwała się bramka.

W nocnej ciszy te słowa zabrzmiały wyjątkowo głośno, a jeden ze Strażników Pokoju zachichotał.

Coriolanus skierował się do prawej ściany, po czym jak najszybciej i jak najciszej ruszył przed siebie. Czerwone lampy awaryjne, jedyne oświetlenie w przejściu, roztaczały łagodną, krwawą poświatę. Mocno zacisnął usta i zaczął wciągać i wydmuchiwać powietrze nosem, żeby kontrolować oddech. Prawa, lewa, prawa, lewa. Nic się nie działo, nikt się nie ruszał. Może, jak sugerował Lucky, wszyscy trybuci poszli spać?

Zatrzymał się na chwilę przy barykadzie. Tak jak mówił strażnik, była to atrapa sklecona z naprędce rozciągniętego na ramach drutu kolczastego, ułożonych byle jak kawałków drewna oraz betonowych płyt. Wszystko to miało zasłaniać widok, a nie blokować przejście trybutom. Najprawdopodobniej zabrakło czasu na zbudowanie prawdziwej barykady, choć może nie było takiej potrzeby, skoro w pobliżu znajdowały się zasieki i czuwali Strażnicy Pokoju. Coriolanus musiał tylko przecisnąć się przez tylną część konstrukcji, by dotrzeć na skraj płyty areny. Zawahał się za ostatnim odcinkiem drutu kolczastego i uważnie rozejrzał.

Księżyc stał wysoko na niebie, a w jego srebrzystym blasku Coriolanus dostrzegł sylwetkę Sejanusa, nadal klęczącego nad zwłokami Marcusa, plecami do barykady. Lamina nawet nie drgnęła i wyglądało na to, że poza tym w pobliżu nie ma nikogo. Coriolanusowi brakowało jednak pewności. W gruzowisku po wybuchach było wiele dogodnych kryjówek. Inni trybuci mogli się czaić w odległości zaledwie kilku metrów, a on nie miał jak tego sprawdzić. Jego przesiąknięta potem koszula lepiła się nieprzyjemnie do skóry i żałował, że nie wziął kurtki, która chroniłaby go przed chłodem. Pomyślał o Lucy Gray w sukience bez rękawów. Czy jego trybutka leżała wtulona w Jessupa, żeby się rozgrzać? Z irytacją odsunął od siebie tę wizję. Nie mógł teraz zaprzątać sobie głowy Lucy Gray. Groziło mu niebezpieczeństwo i musiał się zastanowić, jak zaprowadzić Sejanusa z powrotem za bramki.

Odetchnął głęboko i wyszedł na płytę areny. Idąc, wyobrażał sobie, że jest jednym z cyrkowych dzikich kotów, które oglądał tu w dzieciństwie: nieustraszonych, potężnych i cichych. Nie wolno mu było wystraszyć Sejanusa, a jednocześnie musiał podejść na tyle blisko, żeby z nim porozmawiać.

Przystanął jakieś trzy metry za Sejanusem i odezwał się cicho:

— Sejanus? To ja.

Sejanus zesztywniał, a potem jego ramiona się zatrzęsły. Coriolanus w pierwszej chwili wziął to za szloch, lecz szybko zrozumiał, że Sejanus się śmieje.

— Naprawdę nie możesz przestać mnie ratować, co? — spytał.

Coriolanus również zaśmiał się cicho.

— Jakoś nie — przyznał.

— Przysłali cię, żebyś mnie stąd wyłuskał? Co za szaleństwo. — Sejanus spoważniał i wstał. — Widziałeś kiedyś trupa?

— Mnóstwo. Podczas wojny. — Coriolanus uznał to za przyzwolenie i podszedł bliżej.

No proszę, mógł teraz chwycić go za ramię, ale co potem? Raczej nie dałby rady wyciągnąć Sejanusa z areny. Wobec tego wsunął dłonie do kieszeni.

— Ja znacznie mniej i z większej odległości. Głównie na pogrzebach i jeszcze wtedy wieczorem w zoo, ale tamte dziewczyny nie zdążyły zesztywnieć — powiedział Sejanus. — Nie wiem, czy wolałbym zostać spalony, czy pogrzebany. W sumie to i tak bez znaczenia.

— No cóż, na razie nie musisz podejmować takich decyzji. — Coriolanus rozejrzał się po płycie areny. Czy w cieniu za zawalonym murem krył się jakiś człowiek?

— Och, to nie będzie zależało ode mnie — odparł Sejanus. — Nie wiem, dlaczego trybuci jeszcze mnie nie znaleźli. Przecież siedzę tu już dość długo. — Po raz pierwszy przeniósł spojrzenie na Coriolanusa i z troską zmarszczył brwi. — Wiesz, powinieneś iść.

— Chciałbym. — Coriolanus starannie dobierał słowa. — Naprawdę bym chciał, ale jest jeszcze kwestia twojej Mamuś. Czeka przed wejściem i bardzo się przejmuje. Obiecałem, że cię do niej przyprowadzę.

Na twarzy Sejanusa odmalował się nieopisany smutek.

— Biedna Mamuś — westchnął. — Biedna, biedna. Wiesz, nigdy jej nie zależało na tym wszystkim. Ani na pieniądzach, ani na przeprowadzce, ani na eleganckich ciuchach, ani na szoferze. Chciała zostać w Dwójce, ale ojciec... Założę się, że go tu nie ma, co? Skąd, będzie trzymał się na dystans, dopóki sprawa nie przycichnie. A potem zacznie się wielkie kupowanie!

— Kupowanie czego? — Wiatr rozwiewał włosy Coriolanusa i głucho wył na arenie.

To trwało zbyt długo, a Sejanus nawet nie próbował ściszyć głosu.

— Wszystkiego! Kupił nam życie w Kapitolu, a mnie miejsce w szkole i funkcję mentora, ale mu odbija, bo ja nie daję się kupić — wyrzucił z siebie Sejanus. — Kupi i ciebie, jeśli mu na to pozwolisz, a przynajmniej wynagrodzi cię za to, że usiłujesz mi pomóc.

Niech kupuje, uznał Coriolanus, myśląc o przyszłorocznym czesnym.

— Jesteś moim przyjacielem — powiedział tylko. — Twój ojciec nie musi mi płacić za to, żebym ci pomagał.

Sejanus położył rękę na jego ramieniu.

— Tylko dzięki tobie przetrwałem tak długo, Coriolanus — wyznał. — Muszę przestać wpędzać cię w kłopoty.

— Nie miałem pojęcia, że jest ci tak ciężko. Powinienem był zamienić się z tobą na trybutów, kiedy o to poprosiłeś.

— To już bez znaczenia — westchnął Sejanus. — Nic już nie ma znaczenia.

— Oczywiście, że ma — zaoponował Coriolanus.

Odnosił wrażenie, że trybuci się zbliżają. Niemal wyczuwał nadciągającą watahę.

— Wyjdźmy stąd razem — zaproponował.

— Nie, to bez sensu — oświadczył Sejanus. — Nie pozostało mi nic innego, jak tylko umrzeć.

— Na pewno? — naciskał Coriolanus. — Nie masz innego wyboru?

— Tylko tak mogę pokazać, co myślę. Niech świat zobaczy, jak ginę na znak protestu — podsumował Sejanus. — Choć nie jestem prawdziwym kapitolińczykiem, to nie jestem też z dystryktów. Przypominam Lucy Gray, tyle że brak mi talentu.

— Naprawdę myślisz, że to pokażą? Po cichu usuną twoje zwłoki i oznajmią, że zmarłeś na grypę. — Coriolanus umilkł, zastanawiając się, czy nie powiedział za dużo i czy nie odniósł się zbyt bezpośrednio do tego, co spotkało Clemensię. Inna sprawa, że doktor Gaul i dziekan Highbottom nie mogli go usłyszeć. — Teraz niemal całkiem zaciemniają obraz.

— Nie pokażą tego? — Sejanus spochmurniał.

— W życiu. Zginiesz na próżno i stracisz szansę, by cokolwiek zmienić na lepsze.

Nagle rozległ się kaszel, cichy i stłumiony, niemniej bez wątpienia kaszel. Dobiegał z prawej strony trybun. Coriolanus był pewny, że się nie przesłyszał.

— Jaką szansę? — zdziwił się Sejanus.

— Masz pieniądze. Może nie w tej chwili, ale pewnego dnia odziedziczysz fortunę, a dzięki pieniądzom można sporo osiągnąć. Sam wiesz, jak bardzo zmieniły twój świat. Ty też mógłbyś wprowadzić dużo zmian na lepsze. Jeśli tego nie zrobisz, pewnie jeszcze wielu ludzi ucierpi.

Coriolanus zacisnął palce na gazie pieprzowym, lecz po chwili namysłu wziął do ręki latarkę błyskową. Zastanawiał się, która broń bardziej mu się przyda w razie ataku.

— Dlaczego zakładasz, że dałbym radę to zrobić? — spytał Sejanus.

— Tylko ty miałeś odwagę postawić się doktor Gaul — odparł Coriolanus.

Przyznawał to z niechęcią, ale taka była prawda. Z całej klasy tylko Sejanus się jej sprzeciwił.

— Dziękuję. — Sejanus wydawał się zmęczony, ale mówił przytomniej. — Naprawdę dziękuję, że tak uważasz.

Coriolanus położył wolną rękę na jego ramieniu, jakby chciał go podnieść na duchu, ale tak naprawdę zamierzał chwycić Sejanusa za koszulę i uniemożliwić mu ewentualną ucieczkę.

— Okrążają nas. Idę stąd, a ty chodź ze mną. — Widział, że Sejanus zaczyna się łamać. — Proszę cię. Musisz się zdecydować — albo walczysz przeciwko trybutom, albo o nich. Chyba nie chcesz dać doktor Gaul satysfakcji z tego, że cię pokonała? Nie poddawaj się.

Sejanus przez kilka długich sekund wpatrywał się w Marcusa i rozważał następny ruch.

— Masz rację — przyznał w końcu. — Jeśli chcę być wierny sobie, bezwzględnie muszę dać nauczkę tej kobiecie. Trzeba wreszcie przerwać ten koszmar. — Uniósł głowę, jakby nagle dotarło do niego, w jakiej jest sytuacji. Przeniósł spojrzenie na trybuny, tam gdzie wcześniej ktoś kaszlał. — Ale Marcusa nie zostawię.

Coriolanus błyskawicznie ocenił sytuację.

— Ja go wezmę za nogi — zapowiedział.

Okazały się sztywne i ciężkie, a do tego cuchnęły krwią i brudem. Mimo to ujął Marcusa pod kolana i uniósł dolną połowę jego ciała. Sejanus otoczył ramionami jego klatkę piersiową, po czym ruszyli w kierunku barykady, częściowo niosąc, częściowo wlokąc trupa. Jeszcze tylko dziesięć metrów, jeszcze pięć. Byli już blisko. Za barykadą mogli liczyć na wsparcie Strażników Pokoju.

Coriolanus potknął się, a upadając, uderzył kolanem o coś ostrego i spiczastego. Zerwał się błyskawicznie i znowu dźwignął Marcusa. Byli już prawie na miejscu. Prawie…

Usłyszał za plecami odgłos szybkich, lekkich kroków. Ktoś, kto wcześniej ukrył się za barykadą, teraz biegł w jego kierunku. Coriolanus odruchowo puścił zwłoki i odwrócił się w chwili, gdy Bobbin zadawał mu cios trzymanym w uniesionej ręce nożem.

16

Ostrze ześliznęło się po kamizelce i rozcięło lewe ramię Coriolanusa. Odskoczył, niecelnie zamachnął się na Bobbina i w rezultacie wylądował na stercie kawałków starych płyt i odłamków gipsu. Gdy gorączkowo szukał czegoś, co nada się na broń, Bobbin zaatakował ponownie, tym razem celując w twarz. Coriolanus zacisnął palce na grubej desce, uniósł ją i uderzył Bobbina w skroń. Trybut osunął się na kolana, a Coriolanus zerwał się z ziemi. Chwycił deskę jak maczugę i raz za razem zadawał ciosy na oślep.

— Musimy uciekać! — wrzasnął Sejanus.

Coriolanus nie potrzebował zachęty — już słyszał gwizdy i tupot nóg na odkrytych trybunach. Oszołomiony, ruszył ku zwłokom Marcusa, ale Sejanus gwałtownie pociągnął go z powrotem.

— Nie! Zostaw go! Biegnij!

Coriolanus ruszył w kierunku barykady, nie zwracając uwagi na silny ból od łokcia do ramienia. Pompował rękami najmocniej, jak potrafił, tak jak uczyła ich profesor Sickle. Gdy dobiegł do barykady, drut kolczasty wbił mu się w koszulę. Coriolanus odwrócił głowę, żeby się oswobodzić, i wtedy ich zobaczył. Dwoje trybutów z Czwartego Dystryktu, Coral i Mizzen, a oprócz nich Tanner, chłopak z rzeźni, pędzili prosto ku niemu, uzbrojeni po zęby. Mizzen odchylił rękę z trójzębem, a wtedy Coriolanus szarpnął się, rozdzierając rękaw, i odskoczył w bok, żeby uniknąć ciosu. Sejanus znajdował się tuż za jego plecami.

Jedynie słaby blask księżyca oświetlał barykadę. Coriolanus wpadł na stertę drewna, tłukąc się niczym dziki ptak w klatce. Był pewien, że postawił na nogi wszystkich trybutów, którzy jakimś cudem jeszcze nie zauważyli jego obecności. Uderzył twarzą w kawał betonu, po chwili Sejanus wpadł na niego i w rezultacie Coriolanus znowu rąbnął o twardą powierzchnię, tym razem czołem. Kiedy się podnosił, poczuł się tak, jakby wstrząśnienie mózgu wcale nie minęło. Łupało go w głowie, jego wzrok zasnuła mgła.

Trybuci wznieśli okrzyk triumfu i tłukąc bronią o barykadę, zabrali się do przetrząsania labiryntu w poszukiwaniu mentorów. Coriolanus nie wiedział, w którą stronę uciekać. Miał wrażenie, że trybuci są wszędzie. Sejanus chwycił go za rękę i pociągnął. Coriolanus powlókł się za nim po omacku, ranny i przerażony. Czyli to koniec? W taki sposób miał umrzeć? Poczuł, że spotkała go niesprawiedliwość, która zmieniła jego życie w kiepski żart. To wywołało w nim furię i w nagłym przypływie sił wyprzedził Sejanusa, by po chwili wylądować na czworakach w poświacie przygaszonego światła o czerwonej barwie. Był w przejściu! W oddali dostrzegł zarys bramek i wiedział, że przy prowizorycznych zaporach czekają Strażnicy Pokoju. Musiał biec, żeby przeżyć.

Niezbyt długi tunel zdawał się nie mieć końca. Coriolanus unosił i opuszczał stopy tak, jakby tkwił po pas w kleju, a przed oczami miał czarne plamy. Sejanus nie odstępował go ani na krok, lecz trybuci nieuchronnie się zbliżali. Coś ciężkiego i twardego, pewnie cegła, otarło się o szyję Coriolanusa. Jakiś inny przedmiot utkwił na chwilę w kamizelce, zanim z brzękiem spadł. Dlaczego nikt go nie osłaniał? Dlaczego Strażnicy Pokoju nie strzelali? Nie robili nic, absolutnie nic. Zapory nawet nie drgnęły. Chciał wrzeszczeć, żeby pozabijali trybutów, wybili ich do nogi, ale brakowało mu tchu.

Ktoś ciężkimi krokami zbliżył się na odległość zaledwie kilku metrów, ale Coriolanus, pamiętając o naukach profesor Sickle, nie tracił ani sekundy na sprawdzanie, kto go ściga. Strażnicy Pokoju w końcu zdecydowali się odrobinę unieść jedną z zapór, tworząc w ten sposób wolną przestrzeń o wysokości około trzydziestu centymetrów. Coriolanus dał nura, zdzierając na twardym podłożu kilka warstw skóry na podbródku. Z trudem udało mu się wsunąć dłonie na tyle głęboko pod zaporę, żeby Strażnicy Pokoju zdołali go chwycić i mocno pociągnąć. Zabrakło mu czasu na uniesienie głowy, więc przejechał twarzą po brudnej nawierzchni, ale był uratowany.

Wartownicy natychmiast go zostawili, żeby pomóc Sejanusowi, który głośno krzyknął, kiedy Tanner w ostatniej chwili rozciął mu nożem łydkę. Strażnicy Pokoju wyciągnęli Sejanusa, a zapora opadła na swoje miejsce i szybko dokręcono śruby, które ją blokowały. To jednak nie zniechęciło trybutów. Tanner, Mizzen i Coral dźgali bronią zapory, usiłując dosięgnąć Coriolanusa oraz Sejanusa, i jednocześnie obrzucali ich nienawistnymi szyderstwami. W tym samym czasie Strażnicy Pokoju tłukli pałkami w bramki. Nie wystrzelono ani jednej kuli. Nikogo nawet nie spryskano gazem pieprzowym. Coriolanus zrozumiał, że żołnierze dostali zakaz atakowania trybutów.

— Dzięki, że nas osłanialiście! — wyrzucił z siebie z wściekłością, kiedy Strażnicy Pokoju pomagali mu wstać.

— Tylko wykonywaliśmy rozkazy. Miej pretensje do Gaul, że gotowa była spisać cię na straty — odparł stary Strażnik Pokoju, ten, który obiecywał mu wsparcie.

Coriolanus odepchnął kogoś, kto usiłował go podtrzymać.

— Sam pójdę! I tak dam radę, choć mi nie pomogliście! — krzyknął.

W następnej sekundzie przechylił się i niemal runął na posadzkę, ale Strażnicy Pokoju go podtrzymali, a następnie wyprowadzili przez tunel. Coriolanus długo miotał przekleństwa, co nie robiło na nikim wrażenia. Mundurowi wywlekli jego bezwładne ciało poza teren areny i bezceremonialnie cisnęli je na ziemię. Po minucie rzucili obok niego Sejanusa. Dysząc ciężko, obaj chłopcy leżeli na płytkach, którymi wyłożono nawierzchnię przed areną.

— Tak mi przykro, Corio — powiedział Sejanus. — Strasznie mi przykro.

Corio. Tak zwracali się do Coriolanusa starzy przyjaciele i rodzina. Ludzie, których kochał. Sejanus właśnie w tym momencie postanowił tak go nazywać? Gdyby Coriolanus miał choć trochę siły, wyciągnąłby ręce i go udusił.

Nikt nie zwracał na nich najmniejszej uwagi. Mamuś gdzieś zniknęła. Doktor Gaul i dziekan Highbottom oglądali materiał w furgonetce, rozwodząc się nad poziomem głośności. Strażnicy Pokoju podzieli się na luźne grupki i czekali na polecenia. Minęło pięć minut, zanim podjechała karetka i ratowniczka medyczna otworzyła tylne drzwi. Chłopcy trafili do środka, a przedstawiciele władz nawet na nich nie spojrzeli.

Ratowniczka wręczyła Coriolanusowi gazik i kazała mu przytrzymywać go przy ranie na ramieniu. Sama zajęła się groźniejszym rozcięciem na łydce Sejanusa, które mocno krwawiło. Coriolanus bał się powrotu do szpitala pod opiekę niegodnego zaufania doktora Wane'a, ale przez małą szybę zobaczył, że zawieziono ich do Cytadeli, co wydało mu się dwa razy groźniejsze. Obaj wylądowali na wózkach, po czym szybko przetransportowano ich do podziemnego laboratorium, w którym węże zaatakowały Clemensię. Coriolanus zaczął się zastanawiać, jakie modyfikacje go czekają.

Przy laboratorium znajdowała się niewielka klinika, gdyż wypadki bez wątpienia nie należały tu do rzadkości. W klinice brakowało odpowiedniego sprzętu do odratowania Clemensii, ale wydawała się odpowiednia dla rannych nastolatków. Pomiędzy dwoma szpitalnymi łóżkami wisiała biała zasłona, więc Coriolanus słyszał, jak Sejanus odpowiada monosylabami na pytania lekarzy. Sam również nie był zbyt rozmowny, kiedy zabrali się do zszywania mu ramienia i oczyszczania ran na twarzy. Bolała go głowa, ale wolał nie pytać o skutki wstrząśnienia mózgu z obawy, że nie wypuszczą go z kliniki. Pragnął tylko znaleźć się jak najdalej od tych ludzi. Choć protestował, lekarze podłączyli go do kroplówki, żeby uzupełnić płyny w organizmie i podać koktajl lekarstw. W rezultacie leżał sztywno, z trudem powstrzymując chęć ucieczki. Wykonał polecenie doktor Gaul, jego misja się powiodła, lecz mimo to czuł się bardziej bezbronny niż kiedykolwiek. Był ranny i utknął w pułapce, ukryty przed światem w mateczniku głównej organizatorki igrzysk.

Ból w ręce zelżał, jednak aksamitna kurtyna morfaliny nie spowiła świadomości Coriolanusa. Doszedł do wniosku, że podano mu jakieś alternatywne lekarstwo, gdyż myślał trzeźwiej niż zwykle i wszystko widział dokładniej, począwszy od splotu tkaniny, z której uszyto pościel, przez ucisk opatrunków na poranionej skórze, po nieprzyjemny posmak wody z metalowego kubka. Stukot butów Strażników Pokoju przybliżył się i oddalił. Znaczyło to, że zabrali ze sobą kuśtykającego Sejanusa. W głębi laboratorium rozległy się piski sygnalizujące porę karmienia jakiegoś stwora. Coriolanus poczuł lekką woń ryby. Potem na długo zapadła względna cisza. Zastanawiał się, czy nie zaryzykować ucieczki, ale w głębi duszy wiedział, że lepiej poczekać. Czekać na ciche kroki kobiety, która prędzej czy później zjawi się w jego boksie.

Doktor Gaul w końcu odciągnęła zasłonę. Przez półmrok panujący w nocy w laboratorium Coriolanus odniósł dziwne wrażenie, że stała na skraju urwiska i że gdyby ją lekko popchnął, runęłaby tyłem w głęboką przepaść i przepadła na zawsze. *Gdyby to było możliwe*, pomyślał. *Gdyby to było możliwe.* Doktor Gaul podeszła i przyłożyła dwa palce do jego nadgarstka, żeby zmierzyć tętno. Coriolanus się wzdrygnął, czując dotyk jej chłodnych, suchych palców.

— Tak się składa, że zaczynałam jako lekarz — powiedziała. — Położnik.

Co za koszmar, pomyślał Coriolanus. *Przyjść na świat i na dzień dobry zobaczyć kogoś takiego.*

— To nie dla mnie — ciągnęła. — Rodzice zawsze oczekują gwarancji, których nie można im dać. Chcą wiedzieć, jaka przyszłość czeka ich dzieci. Skąd mogę wiedzieć, co je spotka? Weźmy ciebie i to, co się zdarzyło wieczorem. Kto by pomyślał, że ukochany synek Crassusa Snowa będzie walczył o życie na kapitolińskiej arenie? Na pewno nie twój tata.

Coriolanus nie wiedział, co powiedzieć. Ledwie pamiętał ojca, a już na pewno nie zastanawiał się nad jego przemyśleniami.

— Jak było na arenie? — zainteresowała się doktor Gaul.

— Strasznie — odparł bezbarwnym tonem.

— I tak miało być. — Skontrolowała jego źrenice, świecąc latarką najpierw w jedno, potem w drugie oko. — A co z trybutami?

Od światła bolała go głowa.

— Co miałoby z nimi być?

Doktor Gaul skupiła się na jego szwach.

— Co myślisz o nich teraz, po tym, jak ich rozkuto i usiłowali cię zabić? Twoja śmierć w żaden sposób nie poprawiłaby ich sytuacji. Nie jesteś ich rywalem.

Fakt, pomyślał. Znajdowali się wystarczająco blisko, żeby go rozpoznać. Urządzili polowanie na niego i na Sejanusa, który tak dobrze traktował trybutów, karmił ich i bronił, a nawet odprawiał obrzędy nad zwłokami. A przecież mogli skorzystać ze sposobności, by pozabijać się nawzajem.

— Myślę, że nie doceniłem ich nienawiści do nas — westchnął.

— A kiedy to sobie uświadomiłeś, jaka była twoja reakcja? — dopytywała się.

Powrócił myślami do Bobbina, ucieczki i do trybutów, żądnych jego krwi nawet gdy już znalazł się za zasiekami.

— Chciałem ich śmierci — wyznał. — Pragnąłem, żeby zginęli wszyscy co do jednego.

Doktor Gaul skinęła głową.

— No to zadanie wykonane — oświadczyła. — Przynajmniej w wypadku tego knypka z Ósemki. Zrobiłeś z niego miazgę. Musisz teraz wymyślić jakąś historyjkę dla tego bufona Flickermana, żeby miał o czym mówić rano. Ale nadarzyła ci się wspaniała okazja i dostąpiłeś przemiany.

— To była przemiana? — Przypomniał sobie odrażające dudnienie, kiedy tłukł Bobbina deską.

Co właściwie zrobił? Dopuścił się morderstwa? Nie, to nie tak. To była przecież obrona własna. Ale co z tego wynikało? Z całą pewnością zabił i już nic nie mogło tego wymazać. Nie miał szansy odzyskać niewinności. Odebrał życie innemu człowiekowi.

— A nie? Nawet nie liczyłam na tak gruntowną transformację. Miałeś wyciągnąć Sejanusa z areny, rzecz jasna, ale chciałam też, żebyś sam zakosztował tego, co tam się dzieje.

— Nawet gdybym miał zginąć? — spytał Coriolanus.

— Gdyby nie groziła ci śmierć, ta lekcja nie miałaby większego sensu — zapewniła go doktor Gaul. — Co się zdarzyło na arenie? Pozbyliśmy się maski człowieczeństwa. Trybuci. I ty również. I to wszystko, jeśli chodzi o wartości i zasady. Twoje dobre maniery, wykształcenie, rodowód, wszystko, czym się szczycisz, zniknęło w okamgnieniu, ujawniając, kim naprawdę jesteś. Chłopakiem z maczugą, który zatłukł innego chłopaka. Oto prawdziwe oblicze ludzkości.

Ta myśl, wyłożona kawa na ławę, wstrząsnęła Coriolanusem. Mimo to usiłował się roześmiać.

— Naprawdę jesteśmy aż tak źli?

— Powiedziałabym, że jak najbardziej, tak. Ale to kwestia osobistej opinii. — Doktor Gaul wyjęła rolkę gazy z kieszeni fartucha. — A jak ty uważasz?

— Uważam, że nie pobiłbym nikogo na śmierć, gdyby nie posłała mnie pani na arenę! — odparł.

— Możesz zrzucić winę na okoliczności, na otoczenie, ale sam dokonywałeś pewnych wyborów. Nikt tego za ciebie nie zrobił. Trudno tak szybko to sobie przyswoić, lecz najważniejsze, żebyś się zmobilizował i odpowiedział na jedno pytanie. Kim są ludzie? Bo od tego, kim jesteśmy, zależy rodzaj rządów, których potrzebujemy. Mam nadzieję, że później zastanowisz się nad tym i uczciwie przemyślisz to, czego się dzisiaj dowiedziałeś. — Doktor Gaul zabrała się do bandażowania jego rany. — Kilka szwów na ramieniu to niezbyt wysoka cena za tę lekcję.

Jej słowa sprawiły, że Coriolanusowi zrobiło się niedobrze i jednocześnie ogarnęła go wściekłość. Doktor Gaul chciała mu coś udowodnić, więc zmusiła go do zabicia człowieka. To powinna być jego decyzja, nie jej. Tylko i wyłącznie jego.

— W takim razie, skoro jestem bezwzględnym zwierzęciem, to kim jest pani? Nauczycielem, który zmusił swojego ucznia do zatłuczenia innego chłopaka!

— Owszem, właśnie ta rola przypadła mi w udziale. — Starannie zawiązała bandaż. — Wiesz, dziekan Highbottom i ja przeczytaliśmy twoje wypracowanie o tym, co ci się podobało w wojnie. Nawciskałeś tam mnóstwo kitu i banałów. Tylko fragment na końcu jest godny uwagi — to, co napisałeś o kontroli. Niech to będzie twoja następna praca domowa. Rozwiń ten temat. Przedstaw korzyści płynące z kontroli i wyjaśnij, co się dzieje bez niej. Nie śpiesz się. Taka praca mogłaby być istotnym załącznikiem do twojego wniosku o nagrodę.

Coriolanus wiedział, co się dzieje, gdy brakuje kontroli. Zobaczył to niedawno, w zoo, kiedy zginęła Arachne, a także na arenie, gdy odpaliły ładunki wybuchowe, a potem jeszcze raz, ostatniego wieczoru.

— Zapanowuje chaos — powiedział. — Co jeszcze można dodać?

— Och, myślę, że mnóstwo, ale zacznij od tego. Chaos. Brak kontroli, bezprawie, nieobecność władzy. Tak jak na arenie. Dokąd to prowadzi? Jakie porozumienie jest konieczne, jeśli mamy żyć w pokoju? Bez jakiej umowy społecznej nie przetrwamy? — Odłączyła kroplówkę. — Wróć za kilka dni na kontrolę szwów. Do tego czasu na twoim miejscu zachowałabym dla siebie informacje o ostatnich zdarzeniach. Lepiej idź do domu i prześpij się przez kilka godzin. O dziwo, twoja trybutka nadal cię potrzebuje.

Kiedy wyszła, Coriolanus powoli włożył pociętą, porwaną i zakrwawioną koszulę, po czym zapiął guziki. Przez pewien czas snuł się po korytarzach, dopóki nie znalazł windy, którą wyjechał na poziom ulicy. Zobojętniali wartownicy przepuścili go bez słowa. Tramwaje jeździły tylko do północy, a kapitoliński zegar wskazywał drugą, więc Coriolanus powłókł się na ugiętych nogach w brudnych butach w stronę domu.

Podjechał do niego luksusowy samochód Plinthów, a gdy szyba się opuściła, za kierownicą ujrzał awoksa, który wysiadł i otworzył tylne drzwi. Coriolanus się domyślił, że szofer już odwiózł Sejanusa i wrócił tu na żądanie Mamuś. Ponieważ w aucie nie było żadnego z Plinthów, Coriolanus wsiadł. Postanowił, że po raz ostatni skorzysta z okazji, a później już na zawsze zerwie relacje z tą rodziną. Kierowca zawiózł go pod dom, wypuścił, po czym wręczył mu dużą papierową torbę. Coriolanus chciał zaprotestować, jednak szofer szybko odjechał.

Na górze zastał Tigris czekającą przy stoliku herbacianym, otuloną sfatygowanym futrem, które niegdyś należało do jej matki. Traktowała je jak kocyk bezpieczeństwa, podobnie jak Coriolanus puderniczkę z różą, dopóki nie zmienił jej w broń.

Chwycił z wieszaka szkolną marynarkę, włożył ją i dopiero wtedy poszedł na spotkanie z Tigris.

Postanowił zbagatelizować koszmarne wydarzenia minionego wieczoru.

— Chyba nie jest aż tak źle, że tego potrzebujesz? — spytał.

— Sam mi powiedz. — Zacisnęła dłonie na futrze.

— Powiem — zgodził się. — Wszystko, ze szczegółami. Ale dopiero rano, dobrze?

— Dobrze.

Wyciągnęła ręce, żeby uściskać go na dobranoc, i wyczuła dłonią zgrubienie na jego ramieniu. Zanim Coriolanus zdołał ją powstrzymać, ściągnęła z niego marynarkę i ujrzała krew.

— Och, Corio — westchnęła, przygryzając wargę. — Kazali ci wejść na arenę, prawda?

Przytulił ją.

— Nie było tak źle. Przecież wróciłem, i na dodatek wyciągnąłem stamtąd Sejanusa.

— Nie było tak źle? Aż strach pomyśleć, że tam trafiłeś. Że ktokolwiek tam trafił! — krzyknęła. — Biedna Lucy Gray.

Lucy Gray. Ponieważ sam znalazł się tam, gdzie ona, jej sytuacja wydała mu się jeszcze bardziej dramatyczna. Z bólem wyobraził ją sobie skuloną w chłodzie i mroku areny, zbyt przerażoną, aby zmrużyć oczy. Po raz pierwszy z zadowoleniem pomyślał o tym, że zabił Bobbina. Przynajmniej ocalił ją przed tą bestią.

— Będzie dobrze, Tigris, ale musisz dać mi odpocząć. I sama musisz się przespać.

Skinęła głową, ale wiedział, że przy odrobinie szczęścia uda się jej przespać zaledwie godzinę czy dwie.

— To od Mamuś Plinth. — Wręczył jej torbę. — Śniadanie, sądząc po zapachu. Zjemy razem rano?

Nie zaprzątając sobie głowy myciem, zapadł w sen głęboki niczym śpiączka, z którego wybudził go dopiero głos wyśpiewującej hymn Panibabki. Pomyślał, że i tak miał już wstać. Obolały, chwiejnym krokiem powędrował pod prysznic, odwinął bandaż z ramienia i polał gorącą wodą pokiereszowane ciało. Po pobycie w szpitalu pozostała mu tubka maści i choć nie był pewien, jak ją stosować, posmarował uszkodzoną skórę na twarzy i podbródku. Szwy na ramieniu zaczepiały o czystą koszulę, ale już nie krwawił. Postanowił, że tego dnia na wszelki wypadek będzie nosił marynarkę. Wrzucił szczoteczkę do zębów i świeży mundur do teczki, po raz ostatni zerknął do lustra i westchnął. *Wypadek rowerowy*, pomyślał. *Tego się będę trzymał. Co prawda rower od lat nie jeździ, ale mniejsza o to.* Cóż, teraz miał wytłumaczenie, dlaczego jego rower nie nadaje się do użytku.

Kiedy już wyglądał jak człowiek, od razu sprawdził w telewizji, czy nic złego nie stało się Lucy Gray. Kamera jednak nawet nie drgnęła i w porannym świetle widać było tylko Laminę na belce. Unikając spotkania z Panibabką, Coriolanus przeszedł do kuchni, gdzie Tigris podgrzewała resztki jaśminowej herbaty.

— Późno się zrobiło — powiedział. — Będę już szedł.

— To śniadanie dla ciebie. — Wręczyła Coriolanusowi zawiniątko, a do kieszeni wsunęła mu dwa żetony. — I pojedź dzisiaj tramwajem.

Coriolanus wiedział, że musi oszczędzać siły, więc zrobił to, co kazała: pojechał tramwajem i zjadł dwie ciężkie od jajek i kiełbasy bułki, przysłane przez mamę Sejanusa. Żałował, że zrywając kontakty z Plinthami, pozbawi się przygotowywanego przez nią jedzenia.

Uczniom kazano przyjść za kwadrans ósma, więc w szkole były tylko ranne ptaszki: aktywni mentorzy oraz kilkoro awoksów, którzy sprzątali salę. Coriolanus mimowolnie rzucił pełne skruchy spojrzenie w kierunku Juno Phipps, która mogłaby zostać w domu i spać w najlepsze, a siedziała przy Domitii, skupiona na omawianiu strategii. Nie przepadał za nią, bo zawsze popisywała się przed nim swoim pochodzeniem, jakby jego nie było równie dobre. Tyle tylko, że ostatniej nocy niewątpliwie jej zaszkodził. Zastanawiał się, w jaki sposób przedstawią śmierć Bobbina i co on sam, poza mdłościami, wtedy poczuje.

W Sali Heavensbee'ego serwowano wyłącznie herbatę, co sprowokowało Festusa do narzekań.

— Skoro mamy tu przychodzić tak wcześnie, mogliby przynajmniej nas nakarmić — oświadczył. — Co z twoją twarzą?

— Spadłem z roweru — odparł Coriolanus na tyle głośno, żeby wszyscy usłyszeli.

Rzucił Festusowi torbę z ostatnią bułką, zadowolony, że przynajmniej tym razem może go poczęstować. Zawdzięczał Creedom więcej posiłków, niż był w stanie sobie przypomnieć.

— Dzięki. Wygląda apetycznie. — Festus z miejsca zatopił zęby w kanapce.

Lysistrata poleciła Coriolanusowi krem zapobiegający infekcji, po czym oboje zajęli swoje miejsca, gdy do sali zaczęli napływać inni uczniowie.

Chociaż słońce wzeszło już kilka godzin wcześniej, na ekranie nic się nie działo poza tym, że zniknęły zwłoki Marcusa.

— Chyba je wynieśli — odezwał się Pup.

Coriolanus pomyślał jednak, że pewnie nadal leżą przy barykadzie, tam gdzie on i Sejanus porzucili je minionej nocy, tuż poza zasięgiem kamery.

Gdy wybiła ósma, wszyscy wstali, aby odśpiewać hymn, co wychodziło im coraz lepiej. Potem zjawił się Lucky Flickerman i przywitał zebranych w drugim dniu Głodowych Igrzysk.

— Kiedy spaliście, wydarzyło się coś bardzo ważnego — obwieścił. — Rzućmy okiem, dobrze?

Na ekranie pojawiła się panorama areny, kamera powoli obróciła się ku barykadzie, a realizatorzy zrobili zbliżenie. Zgodnie z podejrzeniami Coriolanusa, trup Marcusa leżał tam, gdzie zostawili go nocą. Kilka kroków dalej znajdowało się zmaltretowane ciało Bobbina, oparte o kawał betonu. Chłopak wyglądał o wiele gorzej, niż to sobie wyobrażał Coriolanus. Zakrwawione kończyny, wyłupione oko i obrzęknięta, pozbawiona rysów twarz. Czy naprawdę zrobił coś takiego innemu chłopcu, w dodatku tak młodemu? Bobbin po śmierci wydawał się jeszcze drobniejszy niż za życia, a na jego martwym obliczu malowała się zgroza. Na czole Coriolanusa pojawiły się krople potu. Chciał opuścić salę i budynek, wypisać się z całej tej imprezy. Rzecz jasna, to nie wchodziło w grę. Przecież nie był taki jak Sejanus.

Realizatorzy przez dłuższy czas prezentowali ujęcie z trupami, po czym puścili obraz z kamery wycelowanej w Lucky'ego, który zastanawiał się głośno, kto mógł to zrobić. Nagle jego nastrój diametralnie się zmienił.

— Wiemy jednak na pewno, że jest okazja do świętowania! — wykrzyknął i donośnie zatrąbił na plastikowej trąbce, a z sufitu posypało się konfetti. — Otóż właśnie dotarliśmy do półmetka! Tak jest, dwanaścioro trybutów odpadło, a dwanaścioro dalej walczy! — Z jego dłoni wystrzelił sznur wielobarwnych, jaskrawych chustek, którymi wymachiwał wokół swojej głowy, tańcząc i wiwatując. — Jupi! — Gdy w końcu się uspokoił, na jego twarzy odmalował się smutek. — Oznacza to jednak, że musimy się pożegnać z panną Juno Phipps. Lepidusie?

Lepidus już wcześniej ustawił się obok rzędu, w którym siedziała zaskoczona Juno. Nie pozostało jej nic innego, jak tylko dołączyć do reportera i poradzić sobie z rozczarowaniem na wizji. Miała trochę czasu, żeby wziąć się w garść, więc Coriolanus spodziewał się po niej więcej klasy, tymczasem zareagowała z irytacją i podejrzliwością. Wyraziła wątpliwości co do przebiegu ostatnich wydarzeń, wymachując skórzanym segregatorem z inkrustowanym herbem rodowym Phippsów.

— Coś mi tu śmierdzi — poinformowała Lepidusa. — Skąd się niby wziął przy zwłokach Marcusa? Kto je przeniósł? I w jakich okolicznościach zginął Bobbin? Nawet nie potrafię sobie wyobrazić, co tam się działo. Czuję, że mogło dojść do przekrętu!

Dziennikarz wydawał się szczerze zdumiony.

— Co konkretnie można by uznać za przekręt? — spytał. — Na arenie?

— No, nie wiem konkretnie — sapnęła Juno ze złością. — Ale bardzo chętnie obejrzałabym powtórkę wydarzeń z ostatniej nocy!

Życzę powodzenia, Juno, pomyślał Coriolanus.

Potem jednak uświadomił sobie, że takie nagranie istnieje. Doktor Gaul i dziekan Highbottom usadowili się w furgonetce i obejrzeli obie wersje, zarówno oryginalny materiał, jak i celowo przyciemniony dla zatajenia szczegółów misji. Choć nawet wyjściowy obraz był zapewne nieczytelny, Coriolanus czuł niepokój na myśl, że obciążające go nagranie w ogóle istnieje. Gdyby taki film, choćby i niewyraźny, ujrzał światło dzienne… Cóż, Coriolanus nie wiedział, co by się stało, ale to wytrąciło go z równowagi.

Lepidus nie przeciągał rozmowy z Juno, żałosną przegraną, której w obliczu porażki zabrakło godności Felixa. Poklepał ją krzepiąco po plecach i odesłał na miejsce.

Lucky, nadal upstrzony konfetti, wydawał się nieświadomy jej cierpienia. Przysunął się do kamery, z trudem ukrywając radość.

— Jak myślicie, co teraz? — spytał. — Mamy wspaniałą niespodziankę, zwłaszcza dla dwunastki pozostałych mentorów!

Coriolanus zdążył tylko wymienić pytające spojrzenia z przyjaciółmi, zanim Lucky pognał w podskokach przez studio do Sejanusa, siedzącego u boku ojca, Strabo Plintha, którego surowe oblicze wyglądało jak wyrzeźbione w granicie z jego rodzinnego dystryktu. Lucky zajął zarezerwowane dla siebie miejsce i poklepał Sejanusa po udzie.

— Sejanusie, żałuję, że wczoraj nie miałeś okazji wypowiedzieć się na temat śmierci swojego trybuta Marcusa.

Sejanus wpatrywał się w niego pustym wzrokiem. Lucky nagle zrobił taką minę, jakby po raz pierwszy ujrzał otarcia na jego twarzy.

— A to co? — spytał. — Wyglądasz tak, jakbyś się z kimś tłukł.

— Spadłem z roweru — wychrypiał Sejanus, a Coriolanus lekko się skrzywił.

Dwa wypadki rowerowe w ciągu jednej doby nie wyglądały na zbieg okoliczności.

— Ajajaj! No cóż, zdaje się, że chciałbyś podzielić się z nami ważną nowiną! — Lucky zachęcająco skinął głową.

Sejanus na moment opuścił wzrok. Ojciec i syn nie zwracali na siebie uwagi, niemniej wyglądało na to, że toczy się między nimi walka.

— Tak — zaczął w końcu Sejanus. — My, rodzina Plinthów, chcielibyśmy ogłosić, że mentor, którego trybut zwycięży w Głodowych Igrzyskach, otrzyma od nas pełne stypendium na całe studia uniwersyteckie.

Pup krzyknął z radości, a pozostali mentorzy wymienili szerokie uśmiechy. Coriolanus wiedział, że większość z nich nie potrzebuje pieniędzy tak bardzo jak on, a być może w ogóle, jednak taka nagroda byłaby powodem do chwały dla każdego.

— Fantastycznie! — zawołał Lucky. — Dwunastka pozostałych mentorów z pewnością nie posiada się teraz z radości! Czy to był twój pomysł, Strabo? Czy to ty wymyśliłeś Nagrodę Plintha?

— Mój syn na to wpadł. — Strabo wykrzywił kąciki ust do góry, a Coriolanus uznał, że zapewne usiłował się uśmiechnąć.

— To niezwykle hojny i imponujący gest, zwłaszcza w świetle porażki Sejanusa. Co prawda nie zwyciężyłeś w igrzyskach, ale z pewnością zabierzesz do domu nagrodę za sportową postawę, chłopcze. Chyba wyrażę opinię wszystkich kapitolińczyków, kiedy podziękuję ci z całego serca! — Lucky promieniał, ale rozmowa zupełnie się nie kleiła, więc wykonał zamaszysty gest ręką. — No dobrze, w takim razie wróćmy na arenę!

Coriolanusowi zakręciło się w głowie od tych rewelacji. Sejanus słusznie przewidział, że jego ojciec będzie pośpiesznie usiłował przykryć pieniędzmi skandaliczne zachowanie syna. Cóż, należało jakoś zminimalizować straty. Coriolanus nie słyszał, żeby ktoś w Sali Heavensbee'ego szczególnie się przejął incydentem z krzesłem, ale z pewnością krążyły opowieści o tym zdarzeniu. W takiej sytuacji ufundowanie nagrody dla mentora-zwycięzcy wydawało się naprawdę niską ceną. Ile Plinth dałby za to, żeby ludzie nie dowiedzieli się o wyprawie Sejanusa na arenę? Czyżby zamierzał kupić milczenie Coriolanusa?

Mniejsza z tym, naprawdę mniejsza z tym, powiedział sobie Coriolanus. Ważniejsze było to, że mógł zdobyć Nagrodę Plintha, niezależną od Akademii, więc dziekan Highbottom nie miałby tu nic do gadania. W tym wypadku nawet doktor Gaul nie mogłaby się wtrącać. Pełne stypendium wyzwoliłoby go spod ich władzy i zdjęło z jego barków nieznośny ciężar niepokoju o przyszłość. Wysoka stawka igrzysk nagle poszybowała do stratosfery. *Skup się*, przykazał sobie i kilka razy odetchnął, powoli i głęboko. *Skup się na tym, jak pomóc Lucy Gray*.

Co jednak miał robić, skoro w ogóle się nie pokazywała? W miarę upływu poranka niektórzy trybuci odważyli się wyłonić. Coral i Mizzen kręcili się razem przez pewien czas, zbierając żywność i wodę od swoich mentorów, Festusa i Persephone. Ci ostatni trzymali ze sobą, obmyślając wspólną strategię dla swoich trybutów, a Coriolanus zauważył, że Festus jest coraz bardziej zauroczony Persephone. Czy wypadało powiedzieć najlepszemu przyjacielowi, że jego ukochana jest kanibalem? Zawsze kiedy człowiek potrzebuje rady, nie ma się do kogo zwrócić.

Gdy po lunchu usiedli na podium, okazało się, że mentorskie miejsca zredukowano do dwunastu. Pozostały krzesła tylko dla tych, których trybuci jeszcze uczestniczyli w igrzyskach.

— To wymóg organizatorów — zwróciła się Satiria do finałowej dwunastki. — Dzięki temu widzom łatwiej się zorientować, kto jeszcze nie odpadł z rywalizacji. Mamy usuwać miejsca po śmierci kolejnych trybutów.

— To jak zabawa w gorące krzesła — odezwała się wyraźnie zadowolona Domitia.

— Tyle że tutaj umierają ludzie — mruknęła Lysistrata.

Decyzja o usuwaniu przegranych z podium sprawiła, że Livię ogarnęło jeszcze większe rozgoryczenie, jeśli to w ogóle było możliwe. Coriolanus z zadowoleniem przyjął informację o przeniesieniu Livii do sektora dla zwykłej publiczności, gdyż dzięki temu nie musiał już wysłuchiwać jej zjadliwych uwag. Inna sprawa, że w rezultacie trudniej mu było trzymać na dystans Clemensię, która najwyraźniej postanowiła przeznaczać każdą wolną chwilę na piorunowanie go wzrokiem. Usadowił się w ostatnim rzędzie i podtrzymywany na duchu przez Festusa i Lysistratę, starał się robić wrażenie zainteresowanego przebiegiem akcji.

Kiedy nadeszło popołudnie, jego głowa zaczęła się jednak stawać coraz cięższa, aż w końcu Lysistrata musiała dwukrotnie go szturchnąć, żeby nie zasnął. Pomyślał, że po morderczej nocy przynajmniej za dnia nie musi się szczególnie wysilać. Trybutów widziano jeszcze kilka razy, ale Lucy Gray konsekwentnie pozostawała w ukryciu.

Dopiero przed wieczorem Głodowe Igrzyska w końcu rozkręciły się tak, jak tego oczekiwali widzowie. Trybutka z Piątego Dystryktu, rachityczne stworzonko, które dla Coriolanusa było tylko pionkiem w stadzie brudasów, skierowała się ku odkrytym trybunom na drugim końcu areny. Nie mogąc ustalić jej imienia, Lucky z trudem powiązał ją z równie nierzucającą się w oczy mentorką, Iphigenią Moss, której ojciec nadzorował Ministerstwo Rolnictwa i tym samym przepływ żywności w całym Panem. Wbrew temu, czego należałoby się spodziewać, Iphigenia zawsze wyglądała na niedożywioną. Często oddawała szkolny lunch kolegom i czasem zdarzało jej się zemdleć. Clemensia wyjawiła kiedyś Coriolanusowi, że Iphigenia tylko w taki sposób może się zemścić na ojcu, ale nie chciała podać żadnych szczegółów.

Jak to było do przewidzenia, Iphigenia postanowiła wysłać swojej trybutce całą dostępną żywność. Ledwie jednak drony wyruszyły w długą drogę przez arenę, z tuneli wypadli Mizzen, Coral i Tanner. Po przygodzie z minionej nocy najwyraźniej stworzyli bandę, gdyż wspólnie przystąpili do polowania. Wystarczył krótki pościg wzdłuż trybun, żeby trójka otoczyła dziewczynę, po czym Coral wbiła jej trójząb w gardło.

— I po szpakach — skomentował Lucky, który wciąż jeszcze nie zdołał ustalić imienia trybutki. — Lepidusie, co ma nam do powiedzenia jej mentorka?

Iphigenia już zdążyła podejść do Lepidusa.

— Miała na imię Sol, a może Sal — oznajmiła. — Mówiła z dziwnym akcentem. Niewiele więcej da się o niej powiedzieć.

Lepidus był skłonny się z tym zgodzić.

— Świetnie sobie poradziłaś, pomagając jej dotrwać do drugiego etapu, Albino! — pochwalił.

— Jestem Iphigenia — burknęła przez ramię, schodząc z podium.

— Tak jest! — oznajmił Lepidus. — To oznacza, że pozostało tylko jedenaścioro trybutów!

A więc dziesięcioro trybutów dzieli mnie od nagrody, pomyślał Coriolanus, podczas gdy jeden z awoksów wynosił krzesło Iphigenii. Żałował, że nie może dostarczyć Lucy Gray żywności i wody. A gdyby wysłał jedno i drugie, nie znając miejsca jej pobytu? Patrzył, jak na ekranie banda zabiera żywność Sol czy też Sal, po czym ucieka z powrotem do tuneli, zapewne po to, aby odpocząć przed nocą. Czy powinien właśnie teraz zaryzykować?

Szeptem przedyskutował to z Lysistratą, która uważała, że powinni wspólnie spróbować wysłać drony.

— Nie możemy dopuścić do tego, żeby za bardzo się odwodnili i opadli z sił — oznajmiła. — Moim zdaniem Jessup od kilku dni nie miał nic w ustach. Zaczekajmy, aż spróbują się z nami skontaktować. Dajmy im czas do przerwy na kolację.

Lucy Gray pojawiła się w chwili, gdy uczniowie zaczynali rozchodzić się do domów. Wypadła z tunelu i rzuciła się biegiem przed siebie tak prędko, że jej rozplecione warkocze powiewały za plecami.

— Gdzie Jessup? — Lysistrata zmarszczyła brwi. — Dlaczego nie są razem?

Zanim Coriolanus zdołał cokolwiek powiedzieć, Jessup wyłonił się chwiejnym krokiem z tego samego tunelu, z którego wyskoczyła wcześniej Lucy Gray. Coriolanus w pierwszej chwili pomyślał, że Jessup został ranny, być może kiedy bronił Lucy Gray. Tylko dlaczego uciekała? Czyżby ścigali ich inni trybuci?

Kamera zrobiła najazd na Jessupa i stało się jasne, że nie jest ranny, tylko chory. Miał sztywne kończyny i wydawał się rozgorączkowany. Kilka razy machnął ręką, jakby opędzał się od słońca, po czym przykucnął i niemal natychmiast zerwał się na równe nogi. Na ekranie po raz pierwszy pokazano zbliżenie jego twarzy.

Coriolanus zastanawiał się, czy Lucy Gray znalazła sposób na to, żeby otruć Jessupa, ale to nie miało sensu. Był zbyt cenny jako obrońca, zwłaszcza przed bandą, która zorganizowała się minionej nocy. Co zatem mu dolegało?

W grę wchodziło wiele chorób i należałoby wziąć je pod uwagę, gdyby nie charakterystyczna piana, która właśnie pojawiła się na ustach Jessupa.

17

— Ma wściekliznę — powiedziała cicho Lysistrata.

Wścieklizna powróciła do Kapitolu w czasie wojny. Lekarze byli potrzebni na polu bitwy, a transport i zakłady produkcyjne ucierpiały wskutek bombardowań, więc opieka medyczna dla ludzi, między innymi dla matki Coriolanusa, pozostawiała wiele do życzenia, a wymuskane zwierzęta domowe kapitolińczyków właściwie nie mogły liczyć na profesjonalną pomoc. Zaszczepienie kota nie znalazło się na liście priorytetów, kiedy ludziom brakowało pieniędzy na chleb. Nie ustalono, skąd przywędrowała wścieklizna. Może przywlókł ją zainfekowany kojot z gór? Może była skutkiem nocnego spotkania z nietoperzem? Tak czy owak, rozniosły ją psy, w większości wygłodniałe i porzucone ofiary wojny. Przekazywały chorobę sobie, a w końcu zaraziły ludzi. Wirus rozwijał się nieoczekiwanie szybko i zdążył uśmiercić kilkunastu obywateli Kapitolu, zanim wprowadzono skuteczny program szczepień.

Coriolanus przypomniał sobie plakaty, które uczulały kapitolińczyków na niepokojące objawy u zwierząt i ludzi. Pamiętał, że uznał to za kolejne zagrożenie dla swojego świata. Nagle przypomniał sobie, jak Jessup przyciskał chustkę do szyi.

— Pokąsał go szczur? — zasugerował.

— Nie, nie szczur. — Na twarzy Lysistraty dostrzegł szok i smutek. — Szczury prawie nigdy nie roznoszą wścieklizny. To pewnie był jeden z tych parszywych szopów.

— Lucy Gray wspomniała o sierści, więc uznałem... — Zawiesił głos.

Nie miało znaczenia, jakie zwierzę ugryzło Jessupa. Cokolwiek to było, chłopak dostał wyrok śmierci. Musiał się zarazić jakieś dwa tygodnie temu.

— Szybko poszło, prawda? — zauważył.

— Błyskawicznie. To dlatego, że to coś ugryzło go w szyję. Im szybciej wirus dostanie się do mózgu, tym szybciej się umiera — wyjaśniła. — A Jessup jest przecież wygłodzony i słaby.

Coriolanus doszedł do wniosku, że zapewne się nie myliła. Wyobrażał sobie, że rodzina Vickersów spokojnie i fachowo rozmawia przy kolacji właśnie o takich sprawach.

— Biedny Jessup — westchnęła Lysistrata. — Nawet jego śmierć musi być straszna.

Publiczność rozpoznała chorobę i przez salę przetoczyła się fala komentarzy przesyconych strachem i obrzydzeniem.

— Wścieklizna! Jak on to złapał?

— Założę się, że przywlókł z dystryktów.

— No to super, teraz zarazi całe miasto!

Pogrążeni w przykrych wspomnieniach z dzieciństwa uczniowie ponownie usiedli, żeby niczego nie przegapić.

Coriolanus milczał, solidaryzując się z Lysistratą, ale narastał w nim niepokój, gdyż Jessup zataczał się na arenie, zmierzając w kierunku Lucy Gray. Nie sposób było powiedzieć, co się dzieje w jego głowie. W zwykłych okolicznościach z pewnością broniłby towarzyszki, ale najwyraźniej stracił rozum i zagrażał jej życiu, skoro uciekała w panice.

Kamery śledziły Lucy Gray, która dotarła na drugi koniec areny i zaczęła się wspinać po uszkodzonym murze, ku głównej loży prasowej. Konstrukcja znajdowała się pośrodku trybun, zajmowała kilka rzędów i jakimś cudem nie ucierpiała w zamachu bombowym. Zadyszana Lucy Gray na moment przystanęła i obserwowała, jak Jessup goni ją chwiejnym krokiem, po czym ruszyła do szczątków pobliskiego stoiska. Szkielet ramy pozostał, ale siła wybuchu całkowicie zniszczyła wnętrze straganu. Dach walał się dziesięć metrów dalej, wszędzie wokół leżały cegły i deski, przez co okolica przypominała tor przeszkód. Lucy Gray przedarła się przez gruzowisko i wspięła na szczyt stosu odłamków.

Organizatorzy skorzystali z okazji i zrobili zbliżenie na jej twarz. Widząc popękane wargi Lucy Gray, Coriolanus od razu sięgnął po komunikator. Wyglądało na to, że odkąd trafiła na arenę, czyli od półtora dnia, nie miała dostępu do wody. Wystukał zamówienie na butelkę. Szybkość dostaw poprawiała się przy każdym zleceniu i nawet gdyby Lucy Gray musiała biec, mogłaby przechwycić wodę, o ile trzymałaby się otwartej przestrzeni. Gdyby tylko uciekła Jessupowi, Coriolanus miał szansę zapewnić jej dużo żywności i wody, na jej własny użytek i do nafaszerowania trutką na szczury. W tej chwili jednak ten plan wydawał się raczej odległy.

Jessup, wyraźnie zdumiony reakcją Lucy Gray, w pogoni za nią dotarł na drugi koniec areny i zaczął się wspinać na trybuny. Z trudem utrzymywał równowagę, a gdy dotarł do gruzowiska, jego koordynacja jeszcze się pogorszyła. Dwukrotnie gruchnął na ziemię i poważnie rozciął sobie kolano oraz skroń. Za drugim razem zalał się krwią, oszołomiony usiadł na schodku i wyciągnął rękę do Lucy Gray. Poruszył ustami, a wtedy piana pociekła mu na brodę.

Stojąc bez ruchu, Lucy Gray ze zrozpaczoną miną obserwowała Jessupa. Powstała dziwna kompozycja: chłopak z wścieklizną, uwięziona dziewczyna, wysadzona w powietrze budowla. Wszystko to razem zdawało się opowiadać historię, która musiała się skończyć tragedią. Urodzeni pod nieszczęśliwą gwiazdą kochankowie, których los jest przesądzony. Opowieść o zemście, która obraca się przeciwko samej sobie. Saga o wojnie, w której nie bierze się jeńców.

Proszę cię, umrzyj, pomyślał Coriolanus. Od czego umiera człowiek chory na wściekliznę? Nie może oddychać? Serce przestaje bić? Cokolwiek miało wykończyć Jessupa, dla dobra wszystkich powinno go dopaść jak najszybciej.

Nad areną pojawił się dron z butelką wody. Lucy Gray uniosła głowę, śledząc jego chwiejny przelot, i z niecierpliwością oblizała spieczone wargi. Kiedy jednak dron frunął nad Jessupem, ten najwyraźniej zorientował się w sytuacji, gdyż zatrząsł się i zamachnął deską. Trafiony dron spadł na trybuny, a widok rozbitej butelki wprawił Jessupa w stan pobudzenia. Cofnął się, potykając o miejsca dla widzów, po czym ruszył prosto do Lucy Gray. Ona z kolei zaczęła się wspinać jeszcze wyżej.

Coriolanus wpadł w panikę. Taktyka polegająca na ukrywaniu się za gruzowiskiem miała sens, niemniej Lucy Gray groziło odcięcie drogi ucieczki na płytę areny. Wirus upośledzał ruchy Jessupa, lecz również dodawał szaleńczej szybkości jego potężnemu ciału. Nic nie mogło odwrócić jego uwagi od Lucy Gray. *Z wyjątkiem rozlanej wody*, pomyślał Coriolanus. Woda. Z mroków jego pamięci wyłoniło się słowo. Pamiętał, że widniało na plakatach, którymi na pewien czas oblepiono Kapitol. *Wodowstręt*. Niemożność połykania płynów sprawiała, że chorzy na wściekliznę dostawali szału na sam widok wody.

Coriolanus zaczął wystukiwać polecenia na komunikatorze. Zamawiał wodę w nadziei na to, że przepłoszy Jessupa, jeśli wyśle odpowiednio dużo butelek. W razie konieczności był gotów wykorzystać wszystko, co miał do dyspozycji.

Lysistrata go powstrzymała, przykrywając jego dłoń swoją.

— Nie, pozwól, że ja to zrobię — powiedziała. — W końcu to mój trybut.

Zaczęła zamawiać jedną butelkę za drugą. Wysyłała Jessupowi mnóstwo wody, żeby go kompletnie rozstroić. Jej twarz była właściwie pozbawiona emocji, ale po policzku spłynęła łza i dosięgła kącika ust. Lysistrata otarła ją pośpiesznie.

— Lyssie… — Nie zwracał się tak do niej od wczesnego dzieciństwa. — Nie musisz.

— Skoro Jessup nie może zwyciężyć, chcę wygranej Lucy Gray. On też by tego chciał. A Lucy Gray nie wygra, jeśli Jessup ją zabije — oznajmiła. — Być może już za chwilę.

Coriolanus spojrzał na ekran i zobaczył, że Lucy Gray rzeczywiście znalazła się w trudnym położeniu. Z lewej strony miała wysoki tylny mur areny, a z prawej grubą przeszkloną ścianę loży prasowej. Jessup był coraz bliżej, więc kilka razy spróbowała mu uciec, ale zawsze zmieniał trasę, żeby przeciąć jej drogę. Gdy znalazł się w odległości około sześciu metrów od Lucy Gray, przemówiła do niego i wyciągnęła rękę w uspokajającym geście. To go powstrzymało, ale tylko na chwilę, i zaraz znowu ku niej ruszył.

Po przeciwnej stronie areny pojawił się dron z pierwszą butelką od Lysistraty, a może z wodą na wymianę za tę, która się rozbiła. Tym razem urządzenie wydawało się stabilniejsze i pewniej zmierzało do trybutki, podobnie jak mała flotylla dronów za nim. Na ich widok Lucy Gray przestała się cofać. Coriolanus zauważył, że poklepała falbany spódnicy tam, gdzie w kieszeni ukryła srebrną puderniczkę. Coriolanus uznał to za znak, że pojęła plan z wodą. Wskazała palcem drony i zaczęła krzyczeć, a zaalarmowany Jessup odwrócił głowę.

Zamarł, wytrzeszczając pełne przerażenia oczy na widok zbliżającch się dronów. Zamachał rękami, lecz nie sięgnął do żadnego, kiedy zaś spadły pierwsze butelki, całkiem stracił panowanie nad sobą. Nawet bomby nie wywołałyby silniejszej reakcji Jessupa, a uderzenia butelek o trybuny wzbudziły w nim dziką panikę. Gdy woda ochlapała jego dłoń, wzdrygnął się, jakby kwas wypalił mu skórę. Pośpiesznie ruszył do przejścia między sektorami i pognał w dół, lecz zjawiło się dwanaście nowych dronów, które zaczęły go bombardować butelkami. Ponieważ kierowano nimi tak, aby dostarczały produkty prosto do trybutów, nie mógł przed nimi uciec. Biegnąc w dół, w pewnej chwili potknął się i poleciał głową do przodu. Siłą rozpędu przefrunął ponad murem, po czym spadł na płytę areny.

Trzask łamanych kości towarzyszący uderzeniu ciała o podłoże zaskoczył widzów, gdyż Jessup wylądował nieopodal jednego z niewielu mikrofonów. Ciężko dysząc, znieruchomiał na plecach. Pozostałe butelki spadały na niego, a on tylko rozchylił wargi. Nie mrugając, wpatrywał się w jaskrawe słońce, którego promienie migotały w kroplach wody.

Lucy Gray zbiegła po schodach i wychyliła się przez barierkę.

— Jessup!

Zdołał tylko przenieść wzrok na jej twarz.

— Och, nie pozwól mu umrzeć w samotności — odezwała się Lysistrata ledwie słyszalnym szeptem.

Lucy Gray rozejrzała się po pustej arenie, żeby ocenić stopień zagrożenia, po czym zeszła po zniszczonym murze. Coriolanus niemal jęknął — przecież powinna uciekać! — ale powstrzymał się ze względu na Lysistratę.

— Nie opuści go — zapewnił ją, bo nadal pamiętał, jak Lucy Gray ściągnęła z niego płonącą belkę. — To nie w jej stylu.

— Zostało mi trochę pieniędzy. — Lysistrata otarła oczy. — Wyślę tam coś do jedzenia.

Jessup powiódł spojrzeniem za Lucy Gray, kiedy zeskoczyła na arenę. Wyglądało na to, że nie był w stanie się ruszyć. Może doznał paraliżu po upadku?

Podeszła ostrożnie i uklękła na tyle daleko, żeby jego długie ręce nie zdołały jej dosięgnąć.

— Prześpij się, Jessup — odezwała się z wymuszonym uśmiechem. — Słyszysz? Teraz moja kolej na wartę.

Chyba coś do niego dotarło, może rozpoznał jej głos albo słowa, które powtarzała w trakcie tych dwóch tygodni. Jego stężała twarz się rozluźniła, a powieki zatrzepotały.

— Tak jest — podjęła Lucy Gray. — Odpręż się. Nic miłego ci się nie przyśni, jeśli nie zaśniesz. — Przysunęła się i przyłożyła dłoń do jego czoła. — Wszystko w porządku, będę nad tobą czuwać. Jestem tu obok i tutaj zostanę.

Jessup wpatrywał się w nią, kiedy powoli uchodziło z niego życie, aż jego klatka piersiowa znieruchomiała.

Lucy Gray przygładziła grzywkę Jessupa i przykucnęła na piętach. Kiedy ciężko westchnęła, Coriolanus zrozumiał, że jest bardzo wyczerpana. Po chwili potrząsnęła głową, jakby usiłowała się ocknąć, po czym chwyciła najbliższą butelkę, odkręciła zakrętkę i duszkiem wypiła wodę. Tak samo opróżniła drugą i trzecią, a na koniec otarła usta wierzchem dłoni. Wstała, popatrzyła na Jessupa i otworzyła jeszcze jedną butelkę, żeby polać wodą twarz zmarłego. Gdy już zmyła z niego pianę i ślinę, wyjęła z kieszeni białą płócienną chustkę z piknikowego pudełka, które Coriolanus przyniósł jej w ostatni wieczór przed igrzyskami. Pochyliła się i pomagając sobie rąbkiem materiału, delikatnie zamknęła oczy Jessupa, po czym strzepnęła chustkę i zasłoniła twarz zmarłego, żeby ukryć ją przed widzami.

Spadające wokoło przesyłki z żywnością od Lysistraty otrzeźwiły Lucy Gray. Szybkimi ruchami pozbierała kawałki chleba i sera, upychając je po kieszeniach. Zaczęła też wkładać butelki z wodą, ale przestała, gdy na drugim końcu areny pojawił się Reaper. Nie tracąc czasu, Lucy Gray zniknęła w najbliższym tunelu, razem z zapasami. Reaper nie rzucił się za nią w pościg, tylko w gasnącym świetle zebrał pozostałe butelki. Zerknął na Jessupa, ale zostawił go w spokoju.

Coriolanus uznał to za dobry znak. Jeśli trybuci będą zabierali żywność trupom, plan z trucizną może się powieść. Nie miał jednak zbyt dużo czasu na rozmyślania, gdyż zjawił się Lepidus, żeby porozmawiać z Lysistratą.

— A to dopiero! — oznajmił. — Kto by się spodziewał! Wiedziałaś o wściekliźnie?

— Skąd. Zaalarmowałabym władze, żeby przebadały szopy pracze w zoo — oznajmiła.

— Co takiego? Chcesz powiedzieć, że nie przywlókł tego z dystryktów? — zdumiał się Lepidus.

— Nie, coś ugryzło go tutaj, w Kapitolu — odparła stanowczo.

— W zoo? — Lepidus zrobił przejętą minę. — Wielu z nas było ostatnio w zoo. Szop pracz łaził po moim sprzęcie, wiesz, skrobał wszystko tymi dziwacznymi łapkami…

— Nie ma pan wścieklizny — ucięła Lysistrata głuchym głosem.

Lepidus poruszył przygiętymi palcami, jakby coś drapał.

— Majstrował przy moich rzeczach — dodał.

— Ma pan jakieś pytania o Jessupa? — zniecierpliwiła się.

— O Jessupa? Nie, nigdy do niego nie podszedłem… Zaraz, chodzi ci o… Czy chcesz podzielić się swoimi przemyśleniami?

— Owszem. — Odetchnęła głęboko. — Wszyscy powinni wiedzieć, że Jessup był dobrym człowiekiem. Osłonił mnie, kiedy na arenie eksplodowały ładunki wybuchowe. Nawet nie zrobił tego świadomie, tylko odruchowo. W głębi serca był obrońcą. Raczej nie zdołałby zwyciężyć w igrzyskach, gdyż oddałby życie w obronie Lucy Gray.

— Och, jak jakiś pies, czy coś. — Lepidus pokiwał głową. — Taki naprawdę wierny.

— Nie, nie jak pies. Jak człowiek — podkreśliła Lysistrata.

Lepidus patrzył na nią, zastanawiając się, czy to żart.

— Hm — mruknął. — Lucky, jakieś informacje z kwatery głównej?

Kamera przyłapała Lucky'ego na obgryzaniu skórki u paznokcia.

— Och, co? — spłoszył się. — Hej! Jak na razie z góry nic nie słychać. Zajrzyjmy ponownie na arenę, dobrze?

Kamery się odwróciły, więc Lysistrata sięgnęła po swoje rzeczy.

— Nie idź jeszcze — poprosił ją Coriolanus. — Zjedz z nami kolację.

— Nie, chcę iść do domu. Ale dzięki za wszystko, Corio. Dobry z ciebie sojusznik — powiedziała.

— To ty jesteś dobrym sojusznikiem. — Uścisnął ją. — Wiem, że nie było ci łatwo.

— Przynajmniej mam to już za sobą — westchnęła.

Pozostali mentorzy zgromadzili się wokół niej, powtarzając „dobra robota" i słowa wsparcia, po czym Lysistrata opuściła salę. Wkrótce reszta uczniów także się rozeszła i kilka minut później pozostała tylko dziesiątka mentorów. Odkąd stawką w grze stała się Nagroda Plintha, spoglądali na siebie inaczej niż dotąd. Każdy z nich liczył nie tylko na to, że będzie miał zwycięzcę, ale że sam zostanie zwycięzcą w igrzyskach.

Organizatorzy z pewnością również to sobie uświadomili, gdyż Lucky ponownie pojawił się na ekranie, żeby zaprezentować listę aktywnych mentorów i ich trybutów. Na podzielonym monitorze wyświetlono zdjęcia par, czemu towarzyszył komentarz Lucky'ego. Niektórzy mentorzy jęknęli na widok swoich brzydkich zdjęć z legitymacji uczniowskich, ale Coriolanus odetchnął z ulgą, że nie pokazują jego obecnie pokrytej strupami twarzy. Trybuci nie mieli oficjalnych fotografii, więc widzowie obejrzeli ich przypadkowe zdjęcia zrobione po dożynkach.

Listę ułożono w kolejności dystryktów, począwszy od Trzeciego z parami Urban-Teslee oraz Io-Circ.

— Przez cały czas zastanawiamy się, co też nasi trybuci z dystryktu technicznego zrobili z dronami — powiedział Lucky.

Następni byli Festus i Coral, a po nich Persephone i Mizzen.

— Trybuci z Czwartego Dystryktu świetnie sobie radzą w naszej finałowej dziesiątce! — Zdjęcie Laminy na belce oraz Pupa sprowokowało tego ostatniego do wznoszenia okrzyków radości. Ucichł dopiero na widok żonglującego w zoo Treecha oraz Vipsanii. — Do ulubieńców publiczności Laminy oraz Pliny'ego Harringtona dołączają chłopak z Siódmego Dystryktu, Treech, oraz jego mentorka Vipsania Sickle! Tak więc Dystrykty Trzeci, Czwarty i Siódmy mają zespoły w komplecie! Przejdźmy zatem do trybutów solistów. — Na ekranie pojawiła się rozmazana fotografia kucającej w zoo Wovey oraz zdjęcie Hilariusa z paskudnym trądzikiem. — Wovey z Ósemki oraz Hilarius Heavensbee jako jej przewodnik! — Ponieważ wykorzystano zdjęcie z prezentacji, Tanner wyglądał lepiej w zestawieniu z Domitią. — Chłopak z Dziesiątki nie może się doczekać, aż zrobi użytek ze znajomości rzeźniczych technik! — Na fotografii Reaper stał w bojowej pozie na arenie, a obok niego znajdowała się wymuskana Clemensia. — Oto trybut, na którego warto zwrócić szczególną uwagę! Reaper z Jedenastki! — Coriolanus w końcu ujrzał własne zdjęcie, ani dobre, ani złe, wraz z olśniewającą Lucy Gray, śpiewającą podczas prezentacji. — A nagroda dla ulubieńców publiczności wędruje do Coriolanusa Snowa i Lucy Gray z Dwunastki!

Byli ulubieńcami publiczności? Coriolanus uznał, że to miłe, ale nie robi wrażenia. *Mniejsza z tym*, pomyślał. Sympatia widzów zapewniła Lucy Gray mnóstwo pieniędzy. Nie zginęła, była najedzona i napojona, a do tego miała zapasy. Liczył na to, że uda jej się zaszyć w jakimś bezpiecznym zakątku i poczekać, aż reszta się powybija. Utrata Jessupa, który ją chronił, była silnym ciosem, ale w pojedynkę Lucy Gray łatwiej mogła znaleźć kryjówkę. Coriolanus obiecał jej, że nigdy nie będzie całkiem osamotniona na arenie, że przez cały czas będzie nad nią czuwał. Zastanawiał się, czy teraz trzymała w dłoni puderniczkę. Czy myślała o nim tak, jak on o niej?

Zaktualizował kartkę z przydziałem mentorów, z przykrością wykreślając Jessupa i Lysistratę.

DZIESIĄTE GŁODOWE IGRZYSKA
PRZYDZIAŁ MENTORÓW

PIERWSZY DYSTRYKT

~~Chłopiec (Facet)~~	*~~Livia Cardew~~*
~~Dziewczyna (Velvereen)~~	*~~Palmyra Monty~~*

DRUGI DYSTRYKT

~~Chłopiec (Marcus)~~	*~~Sejanus Plinth~~*
~~Dziewczyna (Sabyn)~~	*~~Florus Friend~~*

TRZECI DYSTRYKT

Chłopiec (Circ)	*Io Jasper*
Dziewczyna (Teslee)	*Urban Canville*

CZWARTY DYSTRYKT

Chłopiec (Mizzen)	*Persephone Price*
Dziewczyna (Coral)	*Festus Creed*

PIĄTY DYSTRYKT

~~*Chłopiec (Hy)*~~	~~*Dennis Fling*~~
~~*Dziewczyna (Sol)*~~	~~*Iphigenia Moss*~~

SZÓSTY DYSTRYKT

~~*Chłopiec (Otto)*~~	~~*Apollo Ring*~~
~~*Dziewczyna (Ginnee)*~~	~~*Diana Ring*~~

SIÓDMY DYSTRYKT

Chłopiec (Treech)	*Vipsania Sickle*
Dziewczyna (Lamina)	*Pliny Harrington*

ÓSMY DYSTRYKT

~~*Chłopiec (Bobbin)*~~	~~*Juno Phipps*~~
Dziewczyna (Wovey)	*Hilarius Heavensbee*

DZIEWIĄTY DYSTRYKT

~~*Chłopiec (Panlo)*~~	~~*Gaius Breen*~~
~~*Dziewczyna (Sheaf)*~~	~~*Androcles Anderson*~~

DZIESIĄTY DYSTRYKT

Chłopiec (Tanner)	*Domitia Whimsiwick*
~~*Dziewczyna (Brandy)*~~	~~*Arachne Crane*~~

JEDENASTY DYSTRYKT

Chłopiec (Reaper)	*Clemensia Dovecote*
~~*Dziewczyna (Dill)*~~	~~*Felix Ravinstill*~~

DWUNASTY DYSTRYKT

~~*Chłopiec (Jessup)*~~	~~*Lysistrata Vickers*~~
Dziewczyna (Lucy Gray)	*Coriolanus Snow*

Konkurencja wyraźnie się skurczyła, lecz Coriolanus wiedział, że niełatwo będzie pokonać kilkoro z pozostałych trybutów. Reaper, Tanner, dwójka z Czwartego Dystryktu... A poza tym kto mógł wiedzieć, co knuła parka mózgowców z Trójki?

Gdy dziesiątka mentorów zebrała się na pyszną jagnięcinę w potrawce z suszonymi śliwkami, Coriolanus zatęsknił za Lysistratą. Była jego jedynym prawdziwym sprzymierzeńcem, podobnie jak Jessup był jedynym sprzymierzeńcem Lucy Gray.

Po kolacji usiadł między Festusem i Hilariusem, usilnie próbując walczyć z sennością. Ponieważ od śmierci Jessupa nie wydarzyło się nic godnego uwagi, około dziewiątej wieczorem kazano mentorom rozejść się do domów i przyjść wcześniej następnego ranka. Coriolanusowi nie uśmiechał się spacer do apartamentu, jednak przypomniał sobie o drugim żetonie od Tigris i z ulgą wsiadł do tramwaju, z którego wyskoczył w odległości jednej przecznicy od domu.

Panibabka już poszła spać, ale Tigris czekała w jego sypialni, znów otulona futrem swojej matki. Coriolanus opadł na szezlong u stóp kuzynki. Wiedział, że powinien jej zrelacjonować, co się zdarzyło na arenie, lecz się wahał, nie tylko z powodu zmęczenia.

— Wiem, że chciałabyś posłuchać o minionej nocy — powiedział. — Tyle że boję się o tym mówić, bo mógłbym narobić ci kłopotów.

— W porządku, Corio. Sporo wyczytałam z twojej koszuli. — Podniosła z podłogi koszulę, którą nosił na arenie. — Ubrania są dla mnie jak otwarta księga. — Wygładziła materiał na kolanie i zaczęła opowiadać o upiornych wydarzeniach z poprzedniej nocy. Na początek zademonstrowała zakrwawione rozcięcie na rękawie. — Tu, w tym miejscu, ktoś ugodził cię nożem. — Przesunęła palcami po zniszczonej tkaninie. — Wtarty brud i wszystkie te drobne rozdarcia świadczą o tym, że się czołgałeś, a może nawet ktoś cię wlókł po ziemi. Pasują do tego otarcia na twojej brodzie i krwi na kołnierzyku. — Tigris dotknęła wycięcia u góry koszuli i przejechała dłonią niżej. — Drugi rękaw jest rozdarty tak, jakbyś wpadł na drut kolczasty, pewnie przy barykadzie. Ale krew w tym miejscu, rozpryśnięta na mankiecie… Nie sądzę, żeby należała do ciebie. Moim zdaniem masz coś wspólnego z tym, co się tam zdarzyło.

Coriolanus popatrzył na plamy krwi i przypomniał sobie, z jaką siłą tłukł Bobbina deską po głowie.

— Tigris…

Potarła skroń.

— Przez cały czas się zastanawiam, jak do tego doszło — wyznała. — Jak to możliwe, że mój mały kuzyn, który nie skrzywdziłby nawet muchy, trafił na arenę i musiał walczyć o życie.

Za wszelką cenę chciałby uniknąć tej rozmowy.

— Sam nie wiem — westchnął. — Nie miałem wyboru.

— Zdaję sobie z tego sprawę, oczywiście, że tak. — Tigris otoczyła go ramionami. — Po prostu nienawidzę ich za to, co ci robią.

— Daję sobie radę — zapewnił ją. — To już nie potrwa długo. A nawet jeśli nie wygram, jestem pierwszym kandydatem do którejś z nagród. Poważnie, moim zdaniem wszystko zmieni się na lepsze.

— Jasne. Tak. Jestem tego pewna. Snow zawsze na szczycie — odparła, lecz nie wydawała się przekonana.

— Co się stało? — spytał, ale Tigris pokręciła głową. — No powiedz, o co chodzi?

— Chciałam ci to wyjawić dopiero po zakończeniu Głodowych Igrzysk… — Umilkła.

— Ale teraz już musisz — odparł. — Bo inaczej będę sobie wyobrażał wszystko, co najgorsze. Proszę cię, wyrzuć to z siebie.

— Coś wymyślimy. — Chciała wstać, lecz pociągnął ją z powrotem.

— Tigris, o co chodzi? — spytał.

Niechętnie sięgnęła do kieszeni futra i wręczyła Coriolanusowi list ze stemplem Kapitolu.

— Dzisiaj przyszedł rachunek — wyjaśniła.

Nie musiała wdawać się w szczegóły, jej mina była wystarczająco wymowna. Bez pieniędzy na opłacenie podatków, bez możliwości zaciągnięcia dalszych pożyczek Snowowie byli skazani na utratę apartamentu.

18

Dotychczas Coriolanus udawał sam przed sobą, że problem podatków nie istnieje, ale teraz perspektywa odebrania rodzinie apartamentu spadła na niego jak grom z jasnego nieba. Jak mógł pożegnać się z jedynym domem, jaki znał? Jak miał się rozstać z cudownymi wspomnieniami o matce, o dzieciństwie i o życiu przed wojną? Te cztery ściany nie tylko odgradzały jego rodzinę od świata, ale też chroniły legendę o bogactwie Snowów. Miał za jednym zamachem stracić zarówno swoją rezydencję, jak i swoją historię oraz tożsamość.

Zostało im półtora miesiąca na zdobycie pieniędzy. Musieli zgromadzić równowartość rocznych zarobków Tigris. Zastanawiali się, co jeszcze mogliby sprzedać, ale nawet gdyby znaleźli kupców na wszystkie meble i pamiątki, w najlepszym wypadku wystarczyłoby im na kilka miesięcznych opłat. Wiedzieli, że rachunki będą spływały regularnie, jak w zegarku. Do wynajęcia innego mieszkania potrzebowali choćby marnych pieniędzy ze sprzedaży dobytku. Za wszelką cenę musieli uniknąć eksmisji, gdyż publiczne upokorzenie byłoby zbyt silnym ciosem o długotrwałych konsekwencjach. Pozostała im zatem tylko przeprowadzka.

— Co zrobimy? — spytał Coriolanus.

— Nic, dopóki nie skończą się Głodowe Igrzyska. Musisz skupić się tylko na nich, żeby zdobyć Nagrodę Plintha albo przynajmniej tę drugą. Ja się zajmę sprawą podatków — oznajmiła stanowczo Tigris.

Przygotowała Coriolanusowi kubek gorącego mleka z syropem kukurydzianym, a potem głaskała go po pękającej z bólu głowie tak długo, aż zasnął. Śniły mu się niepokojące sceny przemocy, nawiedzały go wspomnienia wydarzeń z areny, aż w końcu się przebudził, słysząc to samo, co każdego ranka.

Klejnot Panem,
Wszechpotężne
Miasto lśniące od setek lat.

Czy za miesiąc lub dwa Panibabka będzie śpiewała hymn w wynajętym mieszkaniu? Czy też raczej będzie się czuła zbyt upokorzona i na zawsze ucichnie? Choć uważał te poranne recitale za niepoważne, zasmuciła go perspektywa ich braku.

Gdy się ubierał, nici chirurgiczne zahaczały o materiał, co mu przypomniało, że powinien wpaść do Cytadeli na kontrolę. Na jego podrapanej twarzy pojawiły się ciemnoczerwone strupy, ale opuchlizna się zmniejszyła. Przypudrował się odrobiną pudru matki, który wprawdzie kiepsko maskował strupy, ale miał za to kojący zapach.

Beznadziejna sytuacja finansowa rodziny sprawiła, że Coriolanus bez oporów przyjął żetony od Tigris. Dlaczego miałby oszczędzać drobniaki, skoro już od dawna brakowało dolarów? W tramwaju pochłonął ciasteczka z masłem orzechowym, starając się nie porównywać ich z kanapkami Mamuś. Przyszło mu do głowy, że Plinthowie mogliby udzielić mu pożyczki albo wręcz opłacić jego milczenie w podziękowaniu na uratowanie Sejanusa. Panibabka jednak nigdy by na to nie pozwoliła, a perspektywa płaszczenia się przed Plinthami wydawała się nie do przyjęcia. Za to Nagroda Plintha była jak najbardziej do zdobycia. Tigris miała rację — następne dni przesądzą o jego przyszłości.

W Akademii dziesiątka mentorów popijała herbatę, przygotowując się do występu przed kamerami. Z każdym kolejnym dniem zajmowano się nimi coraz troskliwiej. Organizatorzy igrzysk przysłali makijażystkę, która zdołała do pewnego stopnia zamaskować strupy na twarzy Coriolanusa, a przy okazji trochę poprawiła kształt jego brwi. Mentorzy nie mieli nastroju, aby rozmawiać o igrzyskach, z wyjątkiem Hilariusa Heavensbee'ego, który nie mógł przestać gadać.

— U mnie to wygląda inaczej — oświadczył. — Wczoraj wieczorem rzuciłem okiem na swoją listę. Od wejścia na arenę każdy z żyjących trybutów dostał coś do jedzenia, a przynajmniej wodę, z wyjątkiem wiecznie nieobecnej Wovey. Gdzie ją wcięło? Skąd mam wiedzieć, czy nie zwinęła się w kłębek i nie padła gdzieś w tych tunelach? Może już nie żyje, a ja tu siedzę jak kretyn i bawię się komunikatorem!

Coriolanus chciał mu powiedzieć, żeby się zamknął, bo inni ludzie mają prawdziwe problemy, ale tylko przesiadł się na krzesło na końcu rzędu, obok Festusa pogrążonego w rozmowie z Persephone.

Lucky Flickerman zaczął od wyliczenia pozostałych przy życiu trybutów, po czym poprosił Lepidusa o wysłuchanie komentarzy mentorów. Coriolanus trafił na pierwszy ogień i musiał ustosunkować się do paniki związanej z chorobą Jessupa. Przede wszystkim wyraził wdzięczność oraz uznanie dla Lysistraty, która świetnie poradziła sobie z sytuacją swojego trybuta na arenie i zachowała się wyjątkowo wspaniałomyślnie w ostatnich minutach jego życia. Następnie odwrócił się do sektora dla mentorów, którzy wypadli z gry, poprosił Lysistratę o powstanie z miejsca i zachęcił publiczność do nagrodzenia jej oklaskami. Widzowie natychmiast zaczęli bić brawo, a co najmniej połowa z nich zerwała się z krzeseł. Lysistrata wydawała się zakłopotana, lecz Coriolanus uznał, że nie miała nic przeciwko temu. Dodał, że pragnąłby jej podziękować, pomagając zwyciężyć trybutowi z Dwunastego Dystryktu — tak, jak przewidziała Lysistrata — czyli Lucy Gray. Widzowie sami się przekonali, że to bardzo bystra trybutka. Należy pamiętać o tym, jak wiernie trwała przy Jessupie aż do smutnego końca. Takiego zachowania można było się spodziewać po kapitolince, ale nie po kimś z dystryktów. W takiej sytuacji warto się zastanowić, do jakiego stopnia ceni się charakter zwycięzcy Głodowych Igrzysk i na ile Lucy Gray uosabia wartości istotne dla publiczności przed telewizorami. Widzowie najwyraźniej wzięli sobie te słowa do serca. Słysząc, że jego komunikator zapiszczał kilkanaście razy, Coriolanus uniósł go przed kamerą i podziękował hojnym sponsorom.

Pup najwyraźniej nie był zachwycony, że Coriolanus skupia na sobie całą uwagę, gdyż pochylił się na krześle i głośno obwieścił, że musi dać Laminie śniadanie. Dosłownie zarzucił ją jedzeniem i piciem, a ponieważ była jedyną trybutką widoczną na arenie, nikt nie mógł z nim konkurować. W ten sposób Pup po raz kolejny dowiódł, jak bardzo jest irytujący. Coriolanus z satysfakcją przyjął milczenie jego komunikatora.

Wiedział, że ma spokój, przynajmniej dopóki nie wypowiedzą się pozostali mentorzy, więc udawał zainteresowanie, choć ledwie słuchał ich przemów. Nieustannie się zastanawiał, czy nie powinien zwrócić się o pieniądze do Strabo Plintha. Naturalnie żaden szantaż nie wchodził w grę, Coriolanus zastanawiał się tylko, czy nie zasłużył na finansową wdzięczność. Może powinien wpaść do Plinthów i sprawdzić, co u Sejanusa, poważnie rannego w nogę? Po prostu zajrzałby do nich, a potem się zobaczy?

Lucky przerwał rozważania Io na temat tego, co Circ może zrobić z dronem — „Jeśli diody nie są uszkodzone, mógłby skonstruować prowizoryczną latarkę, co dałoby mu istotną przewagę nocą" — i skierował uwagę widzów na Reapera, który wychylił się z barykady.

Lamina zebrała wodę, chleb oraz ser z sześciu dronów i starannie ułożyła zapasy na belce. Prawie nie zwróciła uwagi na pojawienie się Reapera, ale on podszedł do niej stanowczym krokiem i wskazał najpierw słońce, a potem jej twarz. Coriolanus po raz pierwszy zauważył, jak fatalnie odbił się na Laminie długotrwały pobyt pod gołym niebem. Była poważnie poparzona, a skóra na jej nosie się łuszczyła. Gdy przyjrzał się uważniej, dostrzegł, że jej bose stopy są z wierzchu całkiem czerwone. Reaper wycelował palec w jedzenie Laminy, ona zaś potarła stopę, zastanawiając się nad propozycją. Przez chwilę się targowali, aż w końcu oboje skinęli głowami na znak zgody. Reaper pobiegł przez arenę, wspiął się do flagi Panem, po czym wyciągnął długi nóż i przeszył nim ciężką tkaninę.

Publiczność w sali głośno zaprotestowała, wstrząśnięta brakiem poszanowania dla świętości flagi narodowej. Gdy Reaper zabrał się do rozcinania materiału, żeby wykroić z niego fragment o rozmiarach niewielkiego koca, niepokój wśród widzów narastał. Byli pewni, że taki postępek nie ujdzie mu płazem. Z drugiej strony udział w Głodowych Igrzyskach sam w sobie był najcięższą karą, więc nikt nie wiedział, co powinno spotkać Reapera.

Lepidus pośpieszył do Clemensii, żeby spytać, co sądzi o zachowaniu swojego trybuta.

— Głupio zrobił, co tu kryć — odparła. — Jak teraz znajdzie sponsorów?

— To i tak bez znaczenia, skoro go ani razu nie nakarmiłaś — wytknął jej Pup.

— Dostanie jedzenie, kiedy sobie na to zasłuży — odparła Clemensia. — A poza tym dzisiaj sam zadbałeś o jego wyżywienie.

— Ja? — Pup zmarszczył brwi.

Clemensia wskazała głową ekran, na którym Reaper biegł z powrotem do belki. Po chwili znowu wdał się w negocjacje z Laminą. Wyglądało na to, że policzyli do trzech i jednocześnie wykonali dwie czynności: Reaper podrzucił zwinięty fragment flagi, a Lamina upuściła kawałek chleba. Flaga nie podleciała wystarczająco wysoko, żeby dało się ją złapać, co sprowokowało kolejną wymianę zdań. Gdy po kilku próbach Reapera Lamina w końcu złapała flagę, nagrodziła go porcją sera.

Nie zawarli oficjalnego sojuszu, niemniej ten handel wymienny najwyraźniej zacieśnił ich relacje. Lamina strzepnęła flagę i zarzuciła ją sobie na głowę, a Reaper usiadł pod jednym ze słupów, gdzie zjadł chleb i ser. Nie odzywali się już do siebie, ale wydawali się względnie spokojni. Kiedy na drugim końcu areny pojawiła się banda trybutów, Lamina wskazała ich ręką, a Reaper z wdzięcznością skinął głową i wycofał się za barykadę.

Coral, Mizzen i Tanner usiedli na trybunach, po czym poruszyli dłońmi przy ustach, symulując jedzenie. Festus, Persephone oraz Domitia natychmiast sięgnęli do komunikatorów i po chwili trójka trybutów dzieliła się chlebem, serem i jabłkami zrzuconymi z dronów.

Tymczasem w studio okazało się, że Lucky przyniósł swoją papugę o imieniu Jubel, którą przez kilka minut usiłował nakłonić do powiedzenia „Cześć, przystojniaku!" do dziekana Highbottoma. Przygnębiony ptak w trakcie kuracji antyświerzbowej siedział w milczeniu na nadgarstku Lucky'ego, podczas gdy dziekan czekał ze splecionymi dłońmi.

— No powiedz to wreszcie! Śmiało! „Cześć, przystojniaku! Cześć, przystojniaku!".

— Wiesz, Lucky, on chyba nie ma ochoty tego mówić — odezwał się w końcu dziekan Highbottom. — Może wcale nie uważa mnie za przystojniaka.

— Co takiego? Ha! Skąd! Onieśmielają go nieznajomi i tyle. — Wyciągnął rękę z papugą. — Może chciałby pan go potrzymać?

— Nie. — Dziekan się odchylił.

Lucky ponownie przysunął Jubla do piersi i końcem palca pogłaskał go po piórach.

— Panie dziekanie, proszę nam powiedzieć, co pan o tym wszystkim myśli?

— O czym wszystkim? — spytał dziekan.

— No, w ogóle. O tym, co się dzieje na Głodowych Igrzyskach. — Lucky machnął ręką w powietrzu. — O wszystkim!

— Cóż, zauważam nową formę interaktywności igrzysk — oznajmił dziekan Highbottom.

— Interaktywność igrzysk. — Lucky pokiwał głową. — Proszę mówić dalej.

— Od samego początku, a nawet wcześniej. Kiedy nastąpił atak bombowy, ofiarami byli uczestnicy, ale doszło również do zmiany krajobrazu — ciągnął dziekan.

— Doszło do zmiany krajobrazu — powtórzył Lucky.

— Tak. Teraz mamy barykadę, a także belkę i dostęp do tuneli. To zupełnie nowa arena, dzięki czemu trybuci zachowują się w całkiem nowy sposób — wyjaśnił dziekan.

— No i mamy drony! — dodał Lucky.

— Otóż to. W tej chwili widzowie są aktywnymi uczestnikami igrzysk. — Dziekan Highbottom pochylił głowę ku Lucky'emu. — Wiesz, co to oznacza.

— Co? — spytał Lucky.

— To oznacza, że wszyscy razem jesteśmy na arenie, Lucky — wyjaśnił dziekan powoli, jakby przemawiał do małego dziecka.

— Hm. — Lucky zmarszczył brwi. — Nie całkiem rozumiem.

Dziekan Highbottom postukał się palcem wskazującym w skroń.

— Więc to przemyśl — poradził Lucky'emu.

— Cześć, przystojniaku — zaskrzeczał Jubel ponuro.

— No proszę! A nie mówiłem? — zatriumfował Lucky.

— Mówiłeś — zgodził się dziekan. — Niemniej było to nieoczekiwane.

Przed lunchem niewiele się wydarzyło. Lucky przedstawił prognozę pogody dla każdego dystryktu z osobna, co miał urozmaicić Jubel, który jednak nie chciał już nic mówić, więc Lucky robił to za niego.

— Jubel, jak tam pogoda w Dwunastym Dystrykcie? — spytał.

— *Mają śnieg, Lucky* — odpowiedział sobie piskliwie.

— Śnieg w lipcu, Jubel?

— *Przecież Coriolanus ma tak na nazwisko!*

Coriolanus wzniósł do kamery uniesione kciuki, kiedy zrobili przebitkę na jego reakcję. Ledwie mógł uwierzyć, że to się dzieje naprawdę.

Lunch nie spełnił jego oczekiwań, gdyż podano kanapki z masłem orzechowym, które jadł na śniadanie. Mimo to pochłonął wszystko, bo zawsze zjadał to, co dawali za darmo, żeby zachować siły. Nagle przez salę przebiegł szmer i Coriolanus zrozumiał, że coś się dzieje na ekranie. Pośpiesznie wrócił na miejsce. Może pojawiła się Lucy Gray?

Lucy Gray pozostała w ukryciu, za to banda najwyraźniej otrząsnęła się z porannego rozleniwienia. We troje przeszli przez arenę i znaleźli się bezpośrednio pod belką Laminy. Zauważyła ich dopiero wtedy, gdy Tanner rąbnął mieczem w jeden ze słupów. Wyprostowała się i popatrzyła w dół. Z pewnością wyczuła zmianę atmosfery, gdyż sięgnęła po toporek i nóż, żeby wyczyścić je flagą.

Po krótkiej naradzie trybuci z Czwartego Dystryktu przekazali trójzęby Tannerowi. Coral i Mizzen podeszli do metalowych słupów podtrzymujących belkę, a Tanner stanął pod Laminą, uzbrojony w dwa trójzęby. Coral i Mizzen z nożami w zębach kiwnęli do sobie porozumiewawczo głowami i rozpoczęli wspinaczkę po słupach.

Festus poruszył się niespokojnie.

— Zaczęło się — mruknął.

— Nie dadzą rady — oświadczył Pup.

— Są przeszkoleni do pracy na statkach. Umieją się wspinać po linach — zauważyła Persephone.

— Po takielunku — sprecyzował Festus.

— Tak, rozumiem. Koniec końców mam ojca komandora — burknął Pup. — Wchodzenie po linie to co innego. Te słupy bardziej przypominają pnie drzew.

Pup irytował wszystkich, więc nawet mentorzy innych trybutów uznali za stosowne skomentować jego słowa.

— A maszty? — spytała Vipsania.

— I drzewce? — dodał Urban.

— Nie poradzą sobie — upierał się Pup.

Trybutom z Czwartego Dystryktu brakowało płynności ruchów Laminy, szło im jednak całkiem nieźle. Powoli wdrapywali się coraz wyżej, a Tanner nimi dyrygował, od czasu do czasu wołając do Coral, żeby zaczekała na Mizzena.

— Patrzcie, kombinują tak, żeby jednocześnie dotrzeć na szczyt — zauważyła Io. — Kiedy dziewczyna wda się w walkę z jednym, drugie wejdzie na belkę.

— Więc Lamina zabije jedno z nich i ucieknie na dół — powiedział Pup.

— Gdzie czeka na nią Tanner — dodał Coriolanus.

— Przecież wiem! — obruszył się Pup. — I niby co mam zrobić? Przecież nie mają wścieklizny, nie mogę tak po prostu obrzucić ich wodą!

— W życiu by ci to nie przyszło do głowy — oświadczył Festus.

— A właśnie, że by przyszło! — warknął Pup. — Zamknijcie się wszyscy!

Zapadła cisza, głównie dlatego, że Coral i Mizzen zbliżali się do szczytu. Lamina spoglądała raz w lewo, raz w prawo, zastanawiając się, komu stawić czoło. W końcu ruszyła w stronę Coral.

— Nie, tylko nie dziewczyna! Wybierz jego! — wrzasnął Pup i zerwał się na równe nogi. — Teraz będzie musiała walczyć na belce z tym chłopakiem!

— Zrobiłabym tak samo. Lepiej nie walczyć z tą dziewczyną wysoko na wąskiej belce — zauważyła Domitia, a kilkoro mentorów mruknęło na potwierdzenie.

— Nie? — stropił się Pup. — Może i masz rację.

Lamina dotarła do końca belki i bez wahania zamachnęła się toporkiem na Coral. Chciała ją trafić w głowę, lecz minimalnie chybiła, ścinając tylko kosmyk włosów. Coral się wycofała, zsunęła o mniej więcej metr, ale Lamina jeszcze kilka razy machnęła toporkiem, jakby zamierzała dowieść, że nie żartuje. Jak należało się spodziewać, Mizzen zdążył w tym czasie wejść na belkę. Tanner rzucił mu trójząb, który jednak doleciał tylko do dwóch trzecich wysokości słupa i spadł na ziemię. Lamina po raz ostatni zamachnęła się na Coral, a potem zwinnie natarła na Mizzena. O wiele lepiej utrzymywała równowagę na belce, więc zdołał zrobić tylko kilka chwiejnych kroków, gdy go dopadła. Tannerowi lepiej się udał drugi rzut, ale trójząb odbił się od spodu belki i wylądował na ziemi. Mizzen przykucnął, usiłując go chwycić, i wyprostował się akurat wtedy, gdy Lamina wymierzała mu cios płaską stroną toporka w zewnętrzną część kolana. Siła uderzenia była tak duża, że oboje stracili równowagę. O ile jednak Lamina dała sobie radę, spadając okrakiem na belkę, Mizzen upuścił nóż i runął w dół, w ostatniej chwili zawisając na jednej ręce.

Nawet mikrofony na arenie wychwyciły triumfalny okrzyk Coral, która wspięła się na samą górę słupa. Tanner przebiegł na jej stronę i podrzucił trójząb na tyle precyzyjnie, że zdołała go chwycić w powietrzu. Wśród kapitolińskiej widowni rozległy się okrzyki podziwu. Lamina zerknęła na Mizzena, lecz znajdował się w beznadziejnym położeniu i bezpośrednio jej nie zagrażał, więc odwróciła się i przygotowała na atak Coral. Lepiej radziła sobie na belce, ale Coral dysponowała bronią o większym zasięgu. Kiedy Laminie udało się zablokować toporkiem kilka pierwszych pchnięć, Coral zakręciła trójzębem tak, żeby zmylić przeciwniczkę, po czym wbiła go jej w brzuch. Od razu puściła broń i cofnęła się o krok, przyczajając się z nożem, ale nie musiała powtarzać ataku. Lamina spadła z belki i zginęła na miejscu.

— Nie! — ryknął Pup na całą Salę Heavensbee'ego.

Przez dłuższy czas stał jak wryty, aż w końcu podniósł krzesło i opuścił sektor mentorów, nie zwracając uwagi na wyciągnięty mikrofon Lepidusa. Po chwili trzasnął krzesłem koło miejsca Livii i wymaszerował z sali. Coriolanus odniósł wrażenie, że Pup starał się powstrzymać łzy.

Coral podeszła do Mizzena i przez moment stała nad nim w niepokojącym bezruchu. Coriolanus się zastanawiał, czy nie zamierza kopnąć go w rękę, żeby spadł tak jak Lamina. Coral jednak przysiadła, na wszelki wypadek skrzyżowała nogi i pomogła Mizzenowi wdrapać się na belkę. Uderzenie toporkiem uszkodziło mu kolano, jednak nie dało się stwierdzić, w jakim stopniu. Mizzen częściowo się ześliznął, częściowo zszedł po słupie, a po chwili Coral poszła w jego ślady. Na ziemi podniosła nieużywany trójząb, który leżał porzucony przez Tannera. Mizzen oparł się o słup i ostrożnie sprawdzał, co z jego kolanem.

Zachwycony Tanner odtańczył coś w rodzaju tańca zwycięstwa nad trupem Laminy i do nich podbiegł. Mizzen z szerokim uśmiechem na ustach uniósł ręce, żeby przybić z nim piątkę. Ledwie ich dłonie się zetknęły, Coral wbiła drugi trójząb w plecy Tannera, a on padł na Mizzena, który odepchnął go od siebie. Tanner obrócił się w miejscu, na próżno machając za sobą ręką, jakby chciał wyciągnąć tkwiące w nim obce ciało. Zakończone zadrami zęby wbiły się zbyt głęboko. Gdy osuwał się na kolana, wydawał się nie tyle wstrząśnięty, ile urażony. Po chwili runął twarzą na ziemię, a Mizzen dobił go pchnięciem noża w szyję. Potem znowu oparł się o słup, a Coral oderwała skrawek materiału z resztek flagi i zabrała się do bandażowania mu kolana.

Twarz Lucky'ego w studio przypominała maskę, na której zastygł wyraz szoku.

— Czy widzieliście to samo co ja? — spytał.

Rozczarowana Domitia zacisnęła usta i w ciszy spakowała swoje rzeczy, ale kiedy Lepidus podetknął jej mikrofon pod nos, odezwała się spokojnym, opanowanym głosem.

— Jestem zaskoczona — wyznała. — Sądziłam, że Tanner zwycięży i pewnie tak by się stało, gdyby sprzymierzeńcy go nie zdradzili. I chyba właśnie taki z tego płynie wniosek. Trzeba uważać na to, komu się ufa.

— Na arenie i poza nią. — Lepidus pokiwał głową niczym stary mędrzec.

— Wszędzie — przytaknęła Domitia. — Tak się składa, że Tanner był bardzo pogodnym człowiekiem, a Czwarty Dystrykt to wykorzystał. — Ze smutkiem popatrzyła na Festusa i Persephone, dając do zrozumienia, że to stawia ich w złym świetle, a Lepidus zacmokał z dezaprobatą. — Między innymi tego się nauczyłam jako mentorka. Zawsze będę wysoko ceniła swoje doświadczenia z Głodowych Igrzysk, a pozostałym mentorom życzę wszystkiego najlepszego.

— Nic dodać, nic ująć, Domitio. Moim zdaniem pokazałaś innym mentorom, jak się przegrywa z klasą — podsumował Lepidus. — Lucky?

Na ekranie pojawił się Lucky z herbatnikiem w dłoni, zajęty wabieniem Jubla, który przysiadł na żyrandolu.

— Co? Nie porozmawiasz z tym drugim, jak mu tam... Tym synem komandora?

— Zrezygnował z komentarza — oświadczył Lepidus.

— W takim razie wracamy na arenę! — zawołał Lucky.

Tyle tylko, że na arenie już nie było czego oglądać. Coral dokończyła bandażowanie kolana Mizzena i pozbierała trójzęby, wyszarpując je z ciał ofiar. Mizzen kuśtykał, kiedy oboje niespiesznie szli w kierunku swojego tunelu.

Wśród mentorów zjawiła się Satiria i kazała im ustawić dwa schludne rzędy krzeseł, po cztery w każdym. Io, Urban, Clemensia i Vipsania usiedli z przodu, a Coriolanus, Festus, Persephone i Hilarius z tyłu. Zabawa w gorące krzesła trwała dalej.

Upokorzenie związane z występowaniem jako laleczka brzuchomówcy Lucky'ego najwyraźniej stało się nieznośne, gdyż Jubel ani myślał zleźć z żyrandola, skąd starali się go ściągnąć Lucky i jego klakierzy. Publiczność przed areną podzieliła się na sekcje kibiców różnych trybutów. Ekipa Lucy Gray składała się zarówno z młodych, jak i starych, z mężczyzn i kobiet. Nie brakowało nawet garstki awoksów, którzy tak naprawdę się nie liczyli, bo sprowadzono ich tylko do trzymania transparentów.

Coriolanus żałował, że Lucy Gray nie widzi, ilu ludzi ją uwielbia, i nie wie, jak on sam ją wspiera. Zrobił się aktywniejszy — kiedy nic się nie działo, zagadywał Lepidusa i wychwalał Lucy Gray pod niebiosa, dzięki czemu sponsorzy zasypywali ją prezentami. Był pewien, że zdoła wykarmić ją przez tydzień, więc nie pozostało mu nic innego, jak tylko patrzeć i czekać.

Na chwilę wyłonił się Treech, zgarnął toporek Laminy i coś do jedzenia od Vipsanii, po czym ponownie zniknął. Teslee zabrała jeszcze jeden dron i trochę jedzenia od Urbana. Następnie niewiele się działo aż do późnego popołudnia, kiedy z barykady wyszedł Reaper, przecierając zaspane oczy. Wyglądało na to, że nie rozumie, co się stało, gdy patrzył na martwe ciała Tannera i przede wszystkim Laminy. Obszedł pokaleczone zwłoki, po czym dźwignął Laminę i zaniósł ją tam, gdzie leżeli Bobbin i Marcus. Całą trójkę ułożył w rzędzie na ziemi, przez chwilę krążył wokół belki, aż w końcu zawlókł Tannera do pozostałych trupów i zostawił go u boku Laminy. W ciągu następnej godziny przeniósł jeszcze Dill, a potem Sol, je także umieszczając w swojej prowizorycznej kostnicy.

Został już tylko Jessup, zapewne dlatego, że Reaper bał się zarazić wścieklizną. Starannie ułożywszy trupy, usiłował odpędzić zlatujące się muchy, ale dał za wygraną i po chwili namysłu wrócił do flagi. Wykroił z niej następny płat materiału, którym przykrył zwłoki, a wtedy przez salę znowu przetoczyła się fala oburzenia. Reaper strzepnął kawałek flagi, którym okrywała się Lamina, i zawiązał go sobie na ramionach jak pelerynę. To go najwyraźniej ożywiło, gdyż zaczął się powoli obracać, zerkając przez ramię, żeby popatrzeć, jak powiewa jego nowa peleryna. Potem odbiegł z rozłożonymi rękami, a flaga załopotała w promieniach słońca. W końcu wdrapał się na trybuny i znieruchomiał po wyczerpującym dniu.

— Na litość boską, Clemmie, nakarm go wreszcie! — nie wytrzymał Festus.

— Pilnuj własnego nosa — burknęła Clemensia.

— Jesteś bez serca — oznajmił.

— Jestem dobrym menedżerem. Zapowiadają się długie Głodowe Igrzyska. — Obdarzyła Coriolanusa nieprzyjemnym uśmiechem. — A poza tym wcale go nie porzuciłam.

Coriolanusowi przyszło do głowy, że mógłby zaprosić Clemensię do Cytadeli, idąc na wizytę kontrolną. Przydałoby mu się towarzystwo, a ona odwiedziłaby swoje węże.

O siedemnastej wypuszczono do domów uczniów z widowni, a ośmioro mentorów zebrało się na gulasz wołowy i ciasto. Coriolanus nie mógłby szczerze przyznać, że brakuje mu Domitii, a już na pewno nie tęsknił za Pupem, lecz oboje tworzyli bufor, oddzielający go od osób pokroju Clemensii, Vipsanii i Urbana. Drażnił go nawet Hilarius ze swoimi żałosnymi opowieściami o tym, jak to jest nosić nazwisko Heavensbee. Kiedy Satiria zwolniła ich około dwudziestej, ruszył prosto do wyjścia w nadziei, że jeszcze nie jest za późno na kontrolę szwów.

Strażnicy w Cytadeli go rozpoznali, a po przeszukaniu teczki pozwolili mu ją zatrzymać. Coriolanus ruszył do laboratorium bez nadzoru. Jakiś czas się błąkał, aż wreszcie dotarł na miejsce i czekał w klinice przez pół godziny. W końcu zjawiła się lekarka, zbadała go i obejrzała szwy, a następnie stwierdziła, że wszystko jest w porządku i kazała mu znowu zaczekać.

W laboratorium zapanowało nietypowe zamieszanie. Słychać było szybkie kroki, podniesione głosy, niecierpliwie wydawane polecenia. Coriolanus wsłuchiwał się z uwagą, ale nie wiedział, co jest przyczyną zamętu. Niejednokrotnie padały słowa *arena* oraz *igrzyska*, więc się zastanawiał, co się właściwie dzieje. Wreszcie zjawiła się doktor Gaul, lecz tylko zerknęła na szwy.

— Jeszcze kilka dni — oznajmiła. — A teraz powiedz mi, czy znałeś Gaiusa Breena?

— Czy go znałem? — Coriolanus od razu zwrócił uwagę na czas przeszły. — Owszem. Jesteśmy kolegami z klasy. Wiem, że stracił nogi na arenie, ale…

— Nie żyje. Wystąpiły komplikacje — wyjaśniła.

— O nie… — Coriolanus usiłował przetrawić tę nowinę.

Gaius umarł? Gaius Breen? Przypomniało mu się, jak Gaius niedawno opowiadał mu dowcip o tym, ilu rebeliantów potrzeba do zawiązania buta.

— Nie odwiedziłem go w szpitalu — uświadomił sobie. — Kiedy pogrzeb?

— Nie ustalono jeszcze terminu. Musisz zachować tę wiadomość dla siebie, dopóki nie pojawi się oficjalny komunikat — uprzedziła go. — Mówię ci to tylko dlatego, żeby choć jedno z was miało coś inteligentnego do powiedzenia w rozmowie z Lepidusem. Myślę, że staniesz na wysokości zadania.

— Tak, naturalnie. Ogłoszenie tego w trakcie igrzysk będzie wyglądało dość dziwnie, jak triumf rebeliantów — zauważył Coriolanus.

— Otóż to. Zapewniam cię jednak, że zareagujemy w stosowny sposób. Prawdę powiedziawszy, to twoja dziewczyna podsunęła mi pewien pomysł. Jeśli zwycięży, powinnyśmy wymienić się spostrzeżeniami. Poza tym nie zapomniałam, że jesteś mi winien pracę. — Wyszła, zaciągając za sobą kotarkę.

Coriolanus był wolny. Zapiął koszulę i sięgnął po teczkę. O czym właściwie miał napisać? O katastrofie? Kontroli? Kontrakcie? Był pewien, że chodzi o coś, co się zaczyna na K.

Gdy zbliżał się do windy, ujrzał przed sobą dwoje asystentów laboratoryjnych, usiłujących wprowadzić wózek do kabiny. Na wózku znajdowało się duże terrarium z wężami, które zaatakowały Clemensię.

— Kazała zabrać chłodziarkę? — spytał pierwszy.

— Nie pamiętam — mruknęła jego koleżanka. — Myślałem, że są nakarmione. Powinniśmy to sprawdzić. Jeśli nawaliliśmy, wpadnie w szał. Przepraszam, musimy się wycofać — powiedziała na widok Coriolanusa.

— Nie ma sprawy. — Odsunął się, żeby mogli wyprowadzić wózek.

Drzwi windy się zamknęły i rozległ się szmer kabiny jadącej na wyższe poziomy.

— Ups, sorry. Wróci za moment — stropiła się asystentka.

— Nie ma sprawy — powtórzył Coriolanus.

Przeczuwał jednak, że nadciągają naprawdę poważne problemy. Pomyślał o zamieszaniu w laboratorium, o wzmiance na temat igrzysk i o doktor Gaul, która zapowiedziała stosowną reakcję.

— Gdzie trafią te węże? — spytał najbardziej niewinnie, jak potrafił.

— Och, tylko do innego laboratorium — powiedział asystent, ale wymienił porozumiewawcze spojrzenie z koleżanką. — Chodźmy, do przeniesienia chłodziarki potrzeba dwóch osób.

Oboje się oddalili, pozostawiając Coriolanusa samego przy terrarium. „Prawdę powiedziawszy, to twoja dziewczyna podsunęła mi pewien pomysł". Jego dziewczyna. Lucy Gray, która po raz pierwszy zwróciła na siebie uwagę, wrzucając węża za kołnierz córki burmistrza. „Jeśli zwycięży, powinnyśmy wymienić się spostrzeżeniami". Spostrzeżeniami o czym? O tym, jak wykorzystywać węże w charakterze broni? Zapatrzył się na pełzające gady i wyobraził je sobie na arenie. Jak by się zachowały? Ukryłyby się? Wyruszyły na polowanie? Zaatakowały? Nawet gdyby wiedział, co mogłyby zrobić, raczej nie należało oczekiwać, że zachowają się zgodnie z jakimikolwiek zasadami. Koniec końców, to doktor Gaul odpowiadała za ich genetyczne programowanie.

Coriolanus ze ściśniętym sercem przypomniał sobie Lucy Gray podczas ich ostatniego spotkania, kiedy wziął ją za rękę i obiecał, że zwyciężą. Co z tego, skoro w żaden sposób nie mógł jej obronić przed stworzeniami w terrarium, tak jak nie miał szans uchronić jej przed trójzębami i mieczami. Przed tymi ostatnimi przynajmniej mogła się ukryć. Nie wiedział tego na pewno, lecz się domyślał, że węże popełzną prosto do tuneli. Ciemność nie wpłynie na powonienie gadów, nie rozpoznają zapachu Lucy Gray, tak jak nie rozpoznały woni Clemensii. Lucy Gray wrzaśnie i padnie na ziemię, jej usta staną się fioletowe, a potem odpłynie z nich krew. Jaskraworóżowa, niebieska i żółta ropa zacznie się sączyć na sukienkę z falbanami. Nagle przypomniał sobie, z czym skojarzyły mu się węże, gdy ujrzał je po raz pierwszy. Pasowały do jej sukienki, zupełnie jakby były pisane Lucy Gray…

Machinalnie wyjął chustkę, starannie zwiniętą w kulkę, żeby wyglądała jak rekwizyt z magicznych sztuczek Lucky'ego. Przysunął się do terrarium, odwrócony plecami do kamery monitoringowej, po czym pochylił się z rękami opartymi o pokrywę zbiornika, udając, że zafascynowały go węże. Obserwował, jak chustka wpada przez klapkę i znika pod tęczowym kłębowiskiem ciał.

19

Co on zrobił? Co najlepszego zrobił? Serce Coriolanusa łomotało z całych sił, kiedy na oślep skręcił najpierw w jedną ulicę, potem w drugą, próbując zrozumieć, co się stało. Nie myślał trzeźwo, ale ogarnęło go straszne przeczucie, że przekroczył niewidzialną granicę i teraz nie ma już odwrotu.

Idąc aleją, odniósł wrażenie, że znalazł się pod obserwacją. Mijało go niewielu przechodniów i kierowców, lecz nawet oni zdawali się piorunować go wzrokiem. W końcu zaszył się w jakimś parku i ukrył w cieniu, na ławce wśród krzaków. Z wysiłkiem zapanował nad oddechem, licząc do czterech przy każdym wdechu i wydechu, aż krew przestała mu dudnić w uszach i spróbował racjonalnie podsumować, co się stało.

No dobrze, a zatem wrzucił do terrarium z wężami chustkę przesiąkniętą zapachem Lucy Gray — chustkę, którą nosił w zewnętrznej kieszeni teczki. Zrobił to, żeby jej nie pokąsały tak, jak Clemensii. Nie chciał, żeby ją zabiły, bo była mu bliska. Tylko czy na pewno? A może raczej zależało mu na jej zwycięstwie w Głodowych Igrzyskach, bo chciał zgarnąć Nagrodę Plintha? Jeśli tak, to dopuścił się oszustwa i tyle.

Zaraz, zaraz. Przecież nigdzie nie jest powiedziane, że te węże trafią na arenę, pomyślał. Asystenci, których spotkał, twierdzili co innego, zresztą nigdy dotąd nie uciekano się do takich metod. Może doświadczył tylko chwilowego szaleństwa. A nawet gdyby węże faktycznie wpuszczono między trybutów, nigdzie nie było powiedziane, że Lucy Gray musiałaby mieć z nimi styczność. Igrzyska rozgrywały się na rozległym terenie i Coriolanus wątpił, by węże krążyły po całej okolicy, atakując ludzi na prawo i lewo. Żeby to zrobiły, trzeba było na nie nadepnąć czy jakoś je rozdrażnić. Poza tym gdyby nawet Lucy Gray napotkała węża, a on by jej nie ukąsił, to niby jak by to powiązano z jej mentorem? Nikt by nie zakładał, że Coriolanus dysponuje ściśle tajnymi informacjami i dostępem do chronionych miejsc. I chustką z zapachem Lucy Gray… Dlaczego w ogóle miałby trzymać coś takiego? Wszystko było w porządku. Nic mu nie groziło.

Pozostawał jedynie problem z niewidzialną granicą. Przekroczył ją, bez względu na to, czy komuś uda się powiązać go z tą sprawą, czy też nie. Tak naprawdę wiedział, że od pewnego czasu stąpa po grząskim gruncie. Zachował się nieostrożnie, zabierając z jadalni porcję Sejanusa, żeby nakarmić Lucy Gray. Popełnił drobne wykroczenie, umotywowane pragnieniem utrzymania jej przy życiu, a także złością z powodu niedbalstwa organizatorów. Można by się upierać, że po prostu postąpił przyzwoicie, nie był to jednak odosobniony przypadek. Teraz wyraźnie dostrzegał, że od kilku tygodni zjeżdżał po równi pochyłej. Zaczęło się od wyniesienia resztek żywności Sejanusa, a teraz siedział w parku i dygotał w mroku, na opuszczonej ławce. Nie wiedział, co się z nim stanie, jeśli bardziej się stoczy. Do czego jeszcze był zdolny? Doszedł do wniosku, że pora to zmienić. Koniec z tym. Jeśli nie miał honoru, to znaczyło, że nie miał niczego. Nie zamierzał dłużej oszukiwać i wprowadzać w życie mętnych strategii. Dość racjonalizowania. Odtąd będzie żył uczciwie, a jeśli skończy jako żebrak, to przynajmniej zachowa przyzwoitość.

Nieświadomie oddalił się od domu, ale Plinthowie mieszkali zaledwie kilka minut stąd. Dlaczego nie miałby wpaść z wizytą?

Drzwi otworzyła awoksa w uniformie pokojówki i wyciągnęła rękę w niemym pytaniu, czy ma wziąć jego teczkę. Odmówił i spytał, czy może się widzieć z Sejanusem. Awoksa zaprowadziła go do salonu i pokazała na migi, żeby usiadł. Czekając, rozejrzał się po pomieszczeniu — od razu zauważył piękne meble, grube dywany, haftowane gobeliny, czyjeś popiersie z brązu. Z zewnątrz apartament nie prezentował się imponująco, lecz na wyposażenie wnętrza nie pożałowano grosza. Teraz do umocnienia statusu Plinthom brakowało tylko adresu przy Corso.

Do salonu wpadła pani Plinth, cała w mące, i natychmiast zaczęła przepraszać. Wyglądało na to, że Sejanus już się położył, a Coriolanus oderwał ją od pracy. Może na chwilę zejdzie do kuchni i napije się herbaty? Czy raczej powinna podać herbatę w salonie, tak jak Snowowie? Nie, nie, zapewnił ją, kuchnia to świetne miejsce. Tak jakby ktokolwiek poza Plinthami przyjmował gościa w kuchni. Nie przyszedł jednak po to, żeby ich osądzać, ale po podziękowania, a jeśli przy okazji mógł dostać ciastko, to tym lepiej.

— Masz ochotę na placek? Jest jeżynowy, a jeśli zaczekasz, dostaniesz brzoskwiniowy. — Ruchem głowy wskazała dwa przygotowane do pieczenia placki. — A może chciałbyś ciastko z kremem? Upiekłam trochę po południu. Awoksi bardzo je lubią, bo wiesz, łatwo je przełykać. Kawy, herbaty czy mleka?

Zmarszczki między jej brwiami pogłębiły się z niepokoju, jakby żadna z tych propozycji nie była dla niego wystarczająco dobra.

Coriolanus był po kolacji, ale wydarzenia w Cytadeli i spacer całkiem go wyczerpały.

— Och, chętnie napiłbym się mleka, a placek jeżynowy na pewno jest pyszny. Nikt nie dorówna pani w kuchni.

Pani Plinth napełniła dużą szklankę po sam brzeg, po czym odkroiła ćwiartkę placka i przełożyła ją na talerz.

— Lubisz lody? — spytała.

Dołożyła mu kilka porcji lodów waniliowych i przysunęła krzesło do zaskakująco skromnego stołu z drewna, który stał pod obramowanym haftem na kanwie, przedstawiającym panoramę gór oraz jedno słowo: DOM.

— Siostra mi przysłała — wyjaśniła pani Plinth. — Właściwie tylko z nią utrzymuję kontakt, a raczej ona ze mną. Haft w sumie nie pasuje do reszty wnętrza, ale mam tu swój kącik. Usiądź, proszę. Jedz.

Na jej kącik składał się stół z trzema różnymi krzesłami, haft, a także półka z dziwnymi drobiazgami: solniczką i pieprzniczką w kształcie kogutów, marmurowe jajo oraz miękka lalka w połatanym ubranku. Coriolanus podejrzewał, że to wszystko, co przywiozła z domu. Tak wyglądał jej ołtarzyk ku czci Drugiego Dystryktu. Z litością pomyślał, że pani Plinth kurczowo trzyma się wspomnień o tym zacofanym górskim regionie. Była biednym przesiedleńcem bez szans na wtopienie się w nowe miejsce. Całymi dniami piekła ciastka z kremem dla awoksów, którzy nie mieli szansy poczuć ich smaku, i tęskniła za przeszłością. Popatrzył, jak pani Plinth wkłada placki do piekarnika, i spróbował swojej porcji. Jego kubki smakowe ożyły pod wpływem nagłej przyjemności.

— I jak tam? — spytała niespokojnie.

— Wyśmienite — pochwalił. — Tak jak wszystko, co pani ugotuje.

Nie przesadzał. Pani Plinth może i była żałosna, ale w kuchni stawała się niemal artystką.

Pozwoliła sobie na lekki uśmiech i usiadła obok Coriolanusa przy stole.

— Jeśli kiedyś będziesz miał ochotę na więcej, nasze drzwi stoją przed tobą otworem — powiedziała. — Nie wiem, jak mam ci dziękować za to, co dla nas zrobiłeś. Sejanus jest całym moim życiem. Żałuję, że nie może się z tobą zobaczyć, ale nałykał się środków uspokajających. Bez nich nie daje rady zasnąć. Przepełnia go złość, jest zagubiony. Nie muszę ci mówić, jaki to nieszczęśliwy chłopiec.

— Kapitol to nie najlepsze miejsce dla niego — przyznał Coriolanus.

— Prawdę mówiąc, dla żadnego z Plinthów. Strabo mawia, że trudno tu żyć, ale Sejanusowi i jego dzieciom będzie łatwiej. Czy ja wiem. — Podniosła wzrok na półkę. — Rodzina i przyjaciele to prawdziwe życie, Coriolanusie, a my zostawiliśmy bliskich w Dwójce. Ale widzę, że ty to wiesz. Cieszę się, że masz babcię i tę uroczą kuzynkę.

Coriolanus próbował podnieść ją na duchu, zapewniał, że będzie lepiej, kiedy Sejanus ukończy Akademię. Na Uniwersytet uczęszczało więcej ludzi, i to rozmaitych, z całego Kapitolu, więc na pewno zawrze nowe znajomości.

Pani Plinth bez przekonania pokiwała głową. Awoksa pokojówka zwróciła na siebie jej uwagę i zamachała rękami, porozumiewając się czymś w rodzaju języka migowego.

— W porządku, przejdzie na górę, kiedy skończy placek — poinformowała ją pani Plinth. — Mój mąż pragnąłby się z tobą spotkać, o ile nie masz nic przeciwko temu. Chyba chciałby podziękować ci osobiście.

Coriolanus przełknął ostatni kęs placka, pożegnał się z panią Plinth i poszedł za pokojówką na górę. Poruszali się praktycznie bezszelestnie po grubych dywanach i bez uprzedzenia stanęli w otwartych drzwiach biblioteki. Dzięki temu Coriolanus mógł dobrze się przyjrzeć nieświadomemu jego obecności gospodarzowi. Wysoki Strabo Plinth stał wsparty łokciem o półkę nad eleganckim kamiennym kominkiem i patrzył na palenisko, w którym o innej porze roku płonąłby ogień. Teraz było zimne i puste, a Coriolanus się zastanawiał, co takiego widział tam Strabo Plinth, skoro na jego twarzy malował się głęboki smutek. Zaciskał dłoń na aksamitnej klapie drogiej bonżurki, która zupełnie do niego nie pasowała, tak jak designerska sukienka do pani Plinth czy też garnitur do Sejanusa. Garderoba Plinthów na wszystkie okazje świadczyła o tym, że usilnie pragną uchodzić za kapitolińczyków. Niewątpliwie wysoka jakość odzieży kłóciła się z prowincjonalną osobowością właścicieli, zamiast ją maskować. Na podobnej zasadzie Panibabka mogłaby włożyć worek po mące, a i tak każdy by widział, że jest z Corso.

Pan Plinth spojrzał mu w oczy, a Coriolanus poczuł się tak jak wtedy, gdy przebywał z ojcem — jednocześnie zaniepokojony i zakłopotany, jakby właśnie dał się przyłapać na robieniu czegoś głupiego. Ten człowiek był jednak Plinthem, nie Snowem.

Coriolanus uśmiechnął się swoim wystudiowanym uśmiechem.

— Dobry wieczór panu — powiedział. — Nie przeszkadzam?

— Ani trochę. Zapraszam. Proszę usiąść. — Pan Plinth wskazał na obite skórą fotele przy kominku, co zapowiadało prywatną rozmowę. Gdyby mieli mówić o oficjalnych sprawach, zasiedliby przy ciężkim dębowym biurku. — Jadł pan coś? No oczywiście, po wizycie w kuchni mojej żony z pewnością jest pan napchany po uszy. Czego się pan napije? Może whisky?

Dorośli nigdy nie częstowali go napojami mocniejszymi niż poska, która szybko uderzała mu do głowy. Nie mógł ryzykować przed tą rozmową.

— Nie wiem, gdzie miałbym ją zmieścić. — Zaśmiał się i poklepując brzuch, usiadł w fotelu. — Ale proszę się napić i mną nie przejmować.

— Och, nie piję. — Pan Plinth usadowił się w fotelu naprzeciwko i uważnie przyjrzał się Coriolanusowi. — Jest pan podobny do swojego ojca.

— Często to słyszę — odparł Coriolanus. — Znał go pan?

— Czasami spotykaliśmy się w sprawach zawodowych. — Postukał długimi palcami w poręcz fotela. — Prawdę powiedziawszy, podobieństwo jest uderzające. Ale poza tym w niczym go pan nie przypomina.

Nie, pomyślał Coriolanus. *Jestem biedny i nie mam władzy*. Nie wykluczał jednak, że różnice, które dostrzegał pan Plinth, dało się przekuć na konkretne korzyści podczas tej rozmowy. Nienawidzący dystryktów ojciec Coriolanusa z pewnością przewracałby się w grobie, gdyby widział, jak Strabo Plinth wkracza na salony Kapitolu i zostaje potentatem na rynku zbrojeniowym. Nie za to generał Crassus Snow oddał życie na wojnie.

— W niczym — powtórzył pan Plinth. — W przeciwnym razie nie poszedłby pan na arenę, żeby ratować mojego syna. Nieustannie zadaję sobie pytanie, dlaczego pan to zrobił.

Nie bardzo miałem wybór, pomyślał Coriolanus.

— To mój przyjaciel — powiedział.

— Za każdym razem, kiedy ktoś to mówi, ogarniają mnie wątpliwości. Inna rzecz, że Sejanus wyróżniał pana od samego początku. Może odziedziczył pan charakter po matce? Znała moje pochodzenie, a mimo to zawsze okazywała mi dużo życzliwości, kiedy przed wojną przyjeżdżałem w interesach. Prawdziwa dama. Taką ją zapamiętałem. — Wbił uważne spojrzenie w Coriolanusa. — Czy jest pan taki jak matka?

Rozmowa nie przebiegała tak, jak to sobie wyobrażał Coriolanus. Dlaczego nie mówili o nagrodzie pieniężnej? Jak miał dać się przekonać do jej przyjęcia, skoro nikt mu jej nie proponował?

— Chciałbym w to wierzyć — odparł. — Przynajmniej pod pewnymi względami.

— Pod jakimi względami? — spytał pan Plinth.

Te pytania wydawały się dziwne. W czym przypominał swoją kochającą, czułą mamę, która każdego wieczoru śpiewała mu do snu?

— Cóż, oboje przepadaliśmy za muzyką.

Czy na pewno? Ona ją lubiła, a on raczej nie miał nic przeciwko muzyce.

— Muzyka, tak? — mruknął pan Plinth, jakby słowa Coriolanusa były kompletnie nieistotne, jak chmurki na niebie.

— I jak myślę, oboje wierzyliśmy, że za powodzenie w życiu trzeba się odwdzięczać… i to codziennie. Dobry los nie jest dany raz na zawsze.

Nie miał pojęcia, co to właściwie znaczy, ale pan Plinth chyba zrozumiał, o co chodziło.

— Byłbym skłonny się z tym zgodzić — odparł po namyśle.

— Bardzo mnie to cieszy. No dobrze, więc... Sejanus — przypomniał mu Coriolanus.

Pan Plinth zrobił znużoną minę.

— Sejanus — powtórzył. — No właśnie, dziękuję panu za uratowanie mu życia.

— Nie ma za co. Jak już wspomniałem, to mój przyjaciel.

Coriolanus pomyślał, że wreszcie nadszedł czas na pieniądze, odmowę, naleganie i zgodę.

— To dobrze. No cóż, chyba powinien pan wracać do domu. Pańska trybutka nadal bierze udział w igrzyskach, prawda? — spytał pan Plinth.

Zbity z tropu tą odprawą Coriolanus wstał.

— Hm, no tak. Racja. Chciałem tylko sprawdzić, co u Sejanusa. Czy wkrótce wróci do szkoły?

— Nie wiadomo — powiedział pan Plinth. — Ale miło, że pan wpadł.

— Dziękuję. Proszę mu przekazać, że nam go brakuje. Dobranoc — pożegnał się Coriolanus.

— Dobranoc. — Pan Plinth skinął głową.

Ani pieniędzy, ani nawet uścisku dłoni.

Coriolanus czuł się wytrącony z równowagi i rozczarowany. Dostał przyzwoitą nagrodę pocieszenia w postaci ciężkiej torby z jedzeniem, a szofer zawiózł go do domu. To było miłe, ale w ostatecznym rozrachunku żałował straconego czasu, zwłaszcza że jeszcze musiał napisać pracę dla doktor Gaul. Pracę, która „mogłaby być istotnym załącznikiem do twojego wniosku o nagrodę". Dlaczego wszystko szło mu jak po grudzie?

Poinformował Tigris, że się spóźnił, bo zajrzał do Sejanusa, a ona nie żądała dodatkowych wyjaśnień. Zaparzyła mu filiżankę jaśminowej herbaty, co było luksusem, podobnie jak szastanie pieniędzmi na żetony, ale kto by się teraz tym przejmował?

Usiadł do pracy i zapisał na kawałku papieru — *katastrofa*, *kontrakt* i co tam jeszcze? A, *kontrola*. Co się dzieje, kiedy nikt nie kontroluje ludzi? Właśnie na ten temat miał pisać. Powiedział, że zapanowuje chaos, a doktor Gaul kazała mu od tego zacząć.

Chaos. Skrajny bałagan i zamieszanie. „Tak jak na arenie", zauważyła doktor Gaul. Podobno „nadarzyła mu się wspaniała okazja", która doprowadziła do jego „przemiany". Coriolanus zastanowił się nad tym, co czuł na arenie, gdzie nie obowiązywały zasady, panowało bezprawie i nikt nie ponosił konsekwencji. Wskazówka jego moralnego kompasu miotała się jak szalona na wszystkie strony. Napędzany przerażającą świadomością, że jest ofiarą, szybko przeobraził się w drapieżcę, który bez zahamowań zatłukł Bobbina deską. Doświadczył przemiany, bez wątpienia, lecz nie czuł dumy. A przecież jako Snow panował nad sobą lepiej niż większość ludzi. Starał się wyobrazić sobie, co by było, gdyby cały świat kierował się właśnie takimi zasadami. Brak konsekwencji. Ludzie braliby to, co by chcieli i kiedy by chcieli, a w razie potrzeby by zabijali. Liczyłoby się tylko przetrwanie. Podczas wojny zdarzały się dni, podczas których Coriolanus i jego bliscy bali się wyjść z apartamentu. W takie dni bezprawia nawet Kapitol stawał się areną.

Bezprawie — wszystko sprowadzało się właśnie do tego. Ludzie musieli zatem zaakceptować pewne prawa. Czy właśnie to doktor Gaul miała na myśli, mówiąc o „umowie społecznej"? Należało się zgodzić, że nie wolno rabować, znęcać się ani zabijać? Z pewnością. Prawo należy egzekwować, i tu pojawia się kontrola. Bez kontroli, niezbędnej do egzekwowania prawa wynikającego z umowy społecznej, zapanowuje chaos. Ten, kto sprawuje kontrolę, musi mieć władzę większą niż naród, żeby nie można było się jej przeciwstawić. Tylko Kapitol nadawał się do pełnienia tej roli.

Łamał sobie głowę aż do drugiej w nocy, jednak udało mu się napisać zaledwie jedną stronę. Wiedział, że doktor Gaul oczekiwała więcej, lecz nie był w stanie już nic dodać, więc wgramolił się do łóżka i śnił o Lucy Gray, na którą polują tęczowe węże. Obudził się raptownie, dygocząc, przy dźwiękach hymnu.

Musisz wziąć się w garść, przykazał sobie. *Igrzyska na pewno wkrótce się skończą.*

Śniadaniowe smakołyki przygotowane przez panią Plinth dodały mu energii przed czwartym dniem Głodowych Igrzysk. W tramwaju uraczył się kawałkiem placka jeżynowego, bułką z kiełbasą, a także tarteletką z serem. Przez igrzyska i Plinthów pasek jego spodni powoli robił się za ciasny. Coriolanus postanowił się wysilić i wrócić do domu piechotą.

Na podium, wokół sektora dla ośmiu pozostałych mentorów, rozciągnięto aksamitne liny, a z tyłu każdego krzesła wisiała teraz tabliczka z imieniem. Przypisywanie miejsc mentorom było czymś nowym, lecz zapewne miało na celu powstrzymanie złośliwości, która rozpleniła w ostatnich dniach. Coriolanus pozostał w ostatnim rzędzie, pomiędzy Io i Urbanem. Biedny Festus utknął między Vipsanią i Clemensią.

Na powitanie widzów wyszedł Lucky w towarzystwie udręczonego Jubla, który siedział teraz w klatce odpowiedniejszej dla królika niż dla ptaka. Na arenie panował bezruch, zupełnie jakby trybuci spali w najlepsze. W nocy wydarzyło się tylko tyle, że ktoś, zapewne Reaper, przeciągnął zwłoki Jessupa do trupów leżących nieopodal barykady.

Coriolanus nerwowo czekał na ogłoszenie informacji o śmierci Gaiusa Breena, lecz nikt nic nie mówił. Organizatorzy igrzysk spędzali czas wśród tłumu przed areną, który stawał się coraz liczniejszy. Objawili się członkowie fanklubów, ubrani w koszulki z podobiznami trybutów i mentorów. Coriolanus z zadowoleniem i zakłopotaniem zobaczył swoją twarz na gigantycznym ekranie.

Pierwszy trybut wyłonił się dopiero przed południem. Widzowie z początku nie wiedzieli, kto to taki.

— Wovey! — krzyknął Hilarius z ulgą. — Żyje!

Coriolanus pamiętał, że była wychudzona, teraz jednak wyglądała jak szkielet obciągnięty skórą, z rękami i nogami cienkimi jak patyki i z zapadniętymi policzkami. Ubrana w brudną sukienkę w paski, przycupnęła u wejścia do tunelu, ściskając pustą butelkę po wodzie i mrużąc oczy w słońcu.

— Trzymaj się, Wovey! Jedzenie jest już w drodze! — Hilarius od razu zabrał się do wystukiwania zamówienia na komunikatorze.

Z pewnością nie miała wielu sponsorów, lecz zawsze znalazł się ktoś gotowy postawić na mało prawdopodobnego kandydata na zwycięzcę.

Pojawił się Lepidus, a Hilarius zaczął się rozwodzić nad zaletami Wovey. Wyjaśnił, że jej nieobecność była przejawem ostrożności i że od samego początku stosowali strategię ukrywania się aż do czasu oczyszczenia pola.

— No i proszę! Znalazła się w finałowej ósemce! — Hilarius rozemocjonował się jeszcze bardziej na widok sześciu dronów, pędzących ku niej nad płytą areny. — Leci jedzenie i woda! Teraz wystarczy, że pozbiera zapasy i ponownie się ukryje!

Gdy spadały prezenty, Wovey uniosła ręce, ale wydawała się oszołomiona. Pomacała ziemię, a gdy natrafiła na butelkę wody, z wysiłkiem odkręciła zakrętkę i wypiła kilka łyków. Potem znowu oparła się o ścianę i cicho beknęła. Cienka strużka srebrzystego płynu pociekła z kącika jej ust, po czym Wovey znieruchomiała.

Widzowie przez chwilę patrzyli na nią z konsternacją.

— Nie żyje — oznajmił Urban.

— Nie! — zaprotestował Hilarius. — Naprawdę! Ona tylko odpoczywa!

Im dłużej jednak Wovey siedziała z otwartymi oczami, nie mrugając mimo ostrego słońca, tym trudniej było uwierzyć, że żyje. Coriolanus badawczo popatrzył na jej ślinę, która nie wydawała się ani czysta, ani krwawa, tylko nieco zmętniała. Zastanawiał się, czy Lucy Gray w końcu zrobiła użytek z trutki na szczury. Łatwo byłoby zatruć ostatni łyk wody w butelce i porzucić ją w jednym z tuneli. Zdesperowana Wovey bez wahania wypiłaby wszystko do dna.

Nikt, nawet Hilarius, nie zauważył jednak niczego podejrzanego.

— Sam nie wiem — zwrócił się do niego Lepidus. — Wygląda na to, że twój kolega może mieć rację.

Odczekali jeszcze dziesięć długich minut, lecz Wovey nie poruszyła się, więc Hilarius w końcu dał za wygraną i opuścił krzesło. Lepidus obsypał zmarłą pochwałami, a Hilarius mimo rozczarowania przyznał, że mogło być o wiele gorzej.

— Wytrwała tam bardzo długo, biorąc pod uwagę jej stan. Żałuję, że nie wyszła wcześniej, bo mógłbym ją nakarmić, ale chyba mam prawo chodzić z podniesioną głową. Finałowa ósemka to dobry wynik!

Coriolanus w myślach sporządził listę żyjących trybutów. Dwoje z Trójki, dwoje z Czwórki, do tego Treech i Reaper. Tylko oni dzielili Lucy Gray od zwycięstwa. Sześcioro trybutów i spora doza szczęścia.

Przez pewien czas nikt na arenie nie zauważył, że Wovey nie żyje. Dopiero gdy zbliżała się pora lunchu, z barykady wyszedł Reaper, nadal z peleryną z flagi na ramionach. Ostrożnie zbliżył się do Wovey, równie niegroźnej za życia, jak i po śmierci, przykucnął i podniósł jabłko. Potem zmarszczył brwi i z uwagą przyjrzał się jej twarzy.

On wie, pomyślał Coriolanus. *A przynajmniej podejrzewa, że nie zmarła z przyczyn naturalnych*.

Reaper upuścił jabłko, wziął Wovey w ramiona i ruszył do martwych trybutów, porzucając żywność i wodę na ziemi.

— Widzicie? — mruknęła Clemensia w przestrzeń. — Widzicie, z kim mam do czynienia? Mój trybut jest niezrównoważony psychicznie.

— Chyba racja — przyznał Festus. — Przepraszam za to wcześniejsze.

I na tym się skończyło. Śmierć Wovey nie wzbudziła podejrzeń poza areną, a wśród trybutów tylko Reaper miał wątpliwości co do jej przyczyny. Lucy Gray nie bywała nieostrożna. Może dla zakamuflowania otrucia wzięła na cel kruchą Wovey, która i tak stała nad grobem. Coriolanus czuł się sfrustrowany, nie mogąc skontaktować się z Lucy Gray, żeby obmyślić strategię. Zostało niewielu trybutów, więc czy należało nadal się ukrywać, czy też podjąć bardziej agresywne działania? Rzecz jasna, nie znał odpowiedzi na to pytanie. Kto wie, czy właśnie w tej chwili nie przygotowywała zatrutej żywności i wody. Jeśli tak, to potrzebne jej były zapasy, więc powinna się pokazać, żeby je odebrać. Usiłował skontaktować się z nią telepatycznie, ale zupełnie bez wiary w sukces. *Pomogę ci, Lucy Gray, jeśli mi to umożliwisz. Przynajmniej daj znać, że u ciebie wszystko w porządku*, pomyślał, po czym dodał: *Tęsknię.*

Reaper powrócił do tuneli, a jakiś czas później trybuci z Czwartego Dystryktu zgarnęli jedzenie Wovey. W ogóle ich nie obeszło, skąd się wzięła żywność na arenie, co utwierdziło Coriolanusa w przekonaniu, że nie obawiają się otrucia. Usadowili się dokładnie tam, gdzie siedziała Wovey, pochłonęli wszystko, a potem bez pośpiechu wrócili do tunelu. Mizzen kuśtykał, ale gdyby doszło do walki, i tak poradziłby sobie z większością pozostałych trybutów. Coriolanus się zastanawiał, czy na koniec to właśnie Coral i Mizzen rozstrzygną między sobą, który trybut z Czwartego Dystryktu zabierze nagrodę do domu.

Zawsze zjadał szkolny lunch do ostatniego okruszka, ale tym razem na widok kartonowych pojemników z fasolą limeńską i makaronem zrobiło mu się niedobrze. Nadal był syty po śniadaniu od Plinthów, więc nie zdołał przełknąć nawet łyżki. Żeby uniknąć reprymendy, szybko wymienił swoją nietkniętą porcję na pusty pojemnik Festusa.

— Masz — mruknął. — Nie mogę jeść fasoli limeńskiej, bo wciąż przypomina mi się wojna.

— Ja mam to samo z owsianką. Wystarczy, że ją powącham i od razu zbiera mi się na ucieczkę do bunkra — wyznał Festus i szybko rozprawił się z potrawą. — Dzięki. Zaspałem i przyszedłem na czczo.

Coriolanus miał nadzieję, że fasola limeńska nie była złym znakiem, po czym zrugał się w myślach. To nie był czas na uleganie przesądom. Musiał zachować trzeźwość umysłu, ujmująco prezentować się przed kamerami i wytrwać do końca dnia. Lucy Gray z pewnością wygłodniała, więc popijając wodę, planował następną dostawę żywności.

Po odejściu Hilariusa trzy pozostałe krzesła mentorskie w ostatnim rzędzie zsunięto i Coriolanus usiadł na środkowym z nich. Tak jak to określiła Domitia, grali w gorące krzesła, a Coriolanusa otaczały te same osoby, z którymi bawił się przez całe dzieciństwo. Czy jeśli kiedyś będzie miał dzieci, co zresztą planował, one również będą należały do klubu kapitolińskiej elity? Czy zostaną zdegradowane do gorszych kręgów? Szkoda, że nie mieli większej rodziny. Niestety, on i Tigris byli jedynymi Snowami w tym pokoleniu. Gdyby nie ona, zmierzałby w przyszłość sam jak palec.

Tego popołudnia niewiele się działo na arenie. Coriolanus wypatrywał Lucy Gray i czekał na okazję, żeby ją nakarmić, ale pozostawała nieuchwytna. Najwięcej emocji wzbudziła publiczność przed areną, kiedy fani Coral wszczęli burdę z fanami Treecha o to, kto bardziej zasługuje na miano zwycięzcy. Zdążyli wymienić kilka ciosów, zanim Strażnikom Pokoju udało się rozdzielić obie grupy i ustawić je po dwóch przeciwnych stronach tłumu. Coriolanus z zadowoleniem pomyślał, że jego fani mają więcej klasy.

Późnym popołudniem, kiedy Lucky wrócił na stanowisko komentatora, naprzeciwko niego zasiadła doktor Gaul razem z Jublem w klatce. Papuga kiwała się w przód i w tył jak małe dziecko, które szuka pociechy. Lucky z niepokojem przypatrywał się ptakowi, jakby przewidywał, że straci go na rzecz laboratorium.

— Jest z nami dzisiaj wyjątkowy gość, główna organizatorka igrzysk, pani doktor Gaul, która zdążyła się już zaprzyjaźnić z Jublem — obwieścił. — Słyszałem, że ma pani dla nas smutne nowiny.

Doktor Gaul postawiła klatkę na stole.

— Owszem — przytaknęła. — Z powodu ran odniesionych podczas rebelianckiego ataku bombowego na arenę zmarł jeszcze jeden z uczniów naszej Akademii, Gaius Breen.

Koledzy z klasy Coriolanusa podnieśli krzyk, podczas gdy on starał się skoncentrować. W każdej chwili mogli go poprosić o komentarz na temat Gaiusa, ale nie to było powodem jego niepokoju. Łatwo było wychwalać Gaiusa, bo nie miał żadnych wrogów.

— Chyba mogę w imieniu wszystkich przekazać wyrazy współczucia jego rodzinie — powiedział Lucky.

— Jak najbardziej — zgodziła się doktor Gaul i zacisnęła usta. — Czyny przemawiają jednak głośniej niż słowa i nasi rebelianccy wrogowie muszą się o tym przekonać. W reakcji na tę tragedię zaplanowaliśmy coś wyjątkowego dla ich dzieci na arenie.

— Może tam zajrzymy? — zaproponował Lucky.

Teslee i Circ przykucnęli na stercie gruzu pośrodku areny i czegoś tam szukali, nie zdradzając zainteresowania Reaperem, który siedział wysoko na trybunach, owinięty peleryną i oparty plecami o mur. Nagle z tunelu wyskoczył Treech i pognał w kierunku trybutów z Trzeciego Dystryktu, ci zaś natychmiast popędzili do barykady.

Przez salę przetoczył się pomruk konsternacji. Gdzie było to „coś wyjątkowego", co obiecała doktor Gaul? Jak na zawołanie pojawił się nietypowo duży dron z terrarium pełnym tęczowych węży.

Coriolanus zdążył już niemal sobie wmówić, że atak węży to tylko wytwór jego rozgorączkowanej wyobraźni, lecz widok terrarium wszystko zmienił. A zatem się nie pomylił. Nie wiedział tylko, jak węże zachowają się na wolności. Był jednak w laboratorium i zdawał sobie sprawę z tego, że doktor Gaul nie hoduje tam pieszczochów, tylko projektuje broń.

Niezwykła przesyłka przyciągnęła uwagę Treecha. Być może pomyślał, że dostał jakiś niezwykły prezent, gdyż zamarł, kiedy dron dotarł na środek areny. Teslee oraz Circ również znieruchomieli, i nawet Reaper wstał, żeby się przyjrzeć. Dron uwolnił pozbawiony pokrywy zbiornik, który runął na ziemię z wysokości około dziesięciu metrów. Zamiast się rozbić, odbił się jednak od podłoża, a potem ściany terrarium rozłożyły się niczym płatki rozkwitającego kwiatu.

Węże wystrzeliły na wszystkie strony, co wyglądało jak wielobarwny rozbłysk na suchej ziemi.

Siedząca w pierwszym rzędzie Clemensia zerwała się na równe nogi i wrzasnęła tak przeraźliwie, że Festus niemal zleciał z krzesła. Ponieważ większość ludzi spokojnie obserwowała rozwój sytuacji, jej reakcja wydawała się absurdalna. W obawie, że Clemensia w panice wszystko wygada, Coriolanus rzucił się naprzód i objął ją ramionami. Sam nie wiedział, czy chciał ją pocieszyć, czy obezwładnić. Clemensia stężała, ale ucichła.

— Nie ma ich tutaj. Są na arenie — szepnął jej do ucha. — Jesteś bezpieczna.

Mimo to nadal ją trzymał, obserwując rozwój wypadków na ekranie.

Niewykluczone, że dzięki życiu w leśnym dystrykcie Treech miał pewną wiedzę o wężach, bo gdy tylko wypełzły z terrarium, odwrócił się na pięcie i popędził w stronę trybun. Niczym kozica wskoczył na gruzowisko i biegł dalej, sadząc wielkie susy ponad rzędami.

Chwilowa konsternacja Teslee i Circa okazała się tragiczna w skutkach. Teslee udało się dobiec do jednego ze słupów i wspiąć się na bezpieczną wysokość kilku metrów, lecz Circ potknął się o starą, zardzewiałą włócznię, a wtedy węże go dopadły. Dwanaście par zębów jadowych przeszyło jego ciało, a potem węże, najwyraźniej usatysfakcjonowane, popełzły dalej. Ciało Circa pokryło się różowymi, żółtymi i niebieskimi pasmami jaskrawej ropy, która wypłynęła z ran. Był mniejszy od Clemensii, a przyjął dwa razy większą dawkę jadu. Przez jakieś dziesięć sekund łapał oddech, po czym umarł.

Teslee patrzyła na jego zwłoki uczepiona słupa i szlochała ze zgrozą. W dole drobne gady zbiły się w stadko, unosząc głowy i pląsając u podnóża konstrukcji.

— Co się dzieje? — rozległ się głos Lucky'ego z offu.

— Mamy tutaj zmieszańce stworzone w naszych kapitolińskich laboratoriach — zwróciła się doktor Gaul do widzów. — To jeszcze młode węże. W pełni dorosłe z łatwością prześcigną człowieka i wpełzną na taki słup. Są zaprojektowane tak, żeby polować na ludzi i błyskawicznie się reprodukować. Dzięki temu w miejsce zabitych szybko pojawiają się nowe.

Treech zdążył już się wdrapać na wąską półkę nad tablicą wyników, a Reaper schronił się na dachu loży prasowej. Kilka węży zdołało wspiąć się po gruzach na trybuny i teraz pełzały pod tablicą oraz lożą.

Mikrofony wychwyciły stłumiony dziewczęcy wrzask.

Dopadły Lucy Gray, pomyślał Coriolanus z rozpaczą. *Chustka się nie sprawdziła*.

W następnej sekundzie z tunelu przy barykadzie wyskoczył Mizzen, a za nim wrzeszcząca Coral z wężem, który wgryzł się w jej ramię i kołysał na boki. Oderwała go, lecz kiedy upadł, dziesiątki innych zaatakowały jej nogi poniżej kolan. Mizzen odrzucił trójząb i skoczył najwyżej jak mógł na wolny słup. Pomimo kontuzji kolana wdrapał się na szczyt dwa razy szybciej niż poprzednio i stamtąd obserwował dramatyczny, lecz na szczęście szybki koniec Coral.

Po rozprawieniu się z celami na ziemi większość węży przegrupowała się pod słup Teslee. Jej ręce wyraźnie słabły, więc krzyknęła do Mizzena, prosząc go o pomoc, ale on tylko pokręcił głową, raczej w oszołomieniu niż ze złośliwą satysfakcją.

Kiedy widzowie w sali zaczęli się nawzajem uciszać, Coriolanus nie miał pojęcia, o co im chodzi. Dopiero kiedy wszyscy umilkli, usłyszał to, co wcześniej wychwyciły osoby o wrażliwszym słuchu. Ktoś cicho śpiewał na arenie.

Jego dziewczyna.

Lucy Gray wyłoniła się z tunelu jakby w zwolnionym tempie. Szła tyłem, ostrożnie unosząc stopy, łagodnie rozkołysana w rytm własnej muzyki.

La, la, la, la,
La, la, la, la, la, la,
La, la, la, la, la, la…

Na razie piosenka nie miała więcej słów, niemniej wpadała w ucho. Za Lucy Gray podążało sześć węży, jakby zahipnotyzowanych melodią.

Coriolanus puścił Clemensię, która już zdążyła się uspokoić. Popchnął ją leciutko w kierunku Festusa, a sam podszedł do ekranu i wstrzymując oddech, przyglądał się Lucy Gray. Nadal szła tyłem i w pewnym momencie skręciła tam, gdzie wcześniej leżały zwłoki Jessupa. Jej głos brzmiał teraz głośniej, gdyż świadomie lub nie, zmierzała do mikrofonu. Może po to, by po raz ostatni zaśpiewać, po raz ostatni dać występ.

Tyle tylko, że ani jeden wąż nie zamierzał jej atakować, choć sunęły ku niej z całej areny. Stado pod słupem Teslee wyraźnie się przerzedziło, kilka gadów spadło z trybun, a kilkadziesiąt wypełzło z tuneli, aby dołączyć do masowej migracji w kierunku Lucy Gray. Otoczyły ją, nadciągnęły ze wszystkich stron, przez co już nie mogła zrobić ani kroku. Jaskrawe ciała falowały na jej bosych stopach i wiły się wokół kostek, kiedy ostrożnie siadała na bryle marmuru.

Czubkami palców rozpostarła na ziemi falbany, jakby zapraszając kłębowisko węży, a one natychmiast podpełzły i przykryły spłowiałą tkaninę.

Lucy Gray miała teraz błyszczącą spódnicę z ruchliwych gadów.

20

Coriolanus zacisnął pięści, niepewny intencji węży. Wcześniej, kiedy oswoiły się z jego zapachem na pracy dla doktor Gaul, całkowicie go zignorowały. Teraz jednak zachowywały się tak, jakby Lucy Gray przyciągała je niczym magnes. Czy to zmiana otoczenia odpowiadała za tę różnicę? Czy gwałtownie uwolnione z ciepłego, niedużego zbiornika na wielką, odkrytą przestrzeń podążały ku Lucy Gray, bo tylko jej zapach wydał się im znajomy? Czy wpełzły na jej sukienkę w poszukiwaniu bezpieczeństwa?

Lucy Gray nie miała o niczym pojęcia, bo gdy tamtego dnia w zoo chciał jej opowiedzieć o wypadku z wężami, była w nieporównanie gorszej sytuacji niż on, więc to przemilczał. Zresztą nawet gdyby wiedziała, musiałaby pokładać ogromną wiarę w jego umiejętności, aby w ogóle przyszło jej do głowy, że znalazł sposób na uporanie się z wężami na igrzyskach. Co zdaniem Lucy Gray trzymało węże w szachu? Z pewnością jej śpiew. Czy śpiewała wężom w swoim dystrykcie? „Byłam do niego bardzo przywiązana", odpowiedziała dziewczynce w zoo na pytanie o węża. Może w Dwunastym Dystrykcie miała oswojonego węża. Może uważała, że jeśli przestanie śpiewać, te tutaj natychmiast ją zabiją. Może to był jej łabędzi śpiew. Z pewnością nie chciałaby odejść bez wielkiego finału. Wolałaby umrzeć na swoich warunkach, w jak najjaśniejszym świetle jupiterów.

Kiedy zaczęła śpiewać, jej głos był cichy, ale dźwięczny niczym dzwon.

Na niebo kurs wziąłeś,
Na słodkie zaświaty,
A ja tutaj tkwię z nogą w drzwiach,
I nim się wykruszę,
Coś skończyć wciąż muszę
Tutaj, gdzie trzyma nas świat.

To jakaś stara piosenka, pomyślał Coriolanus. Była w niej mowa o zaświatach, co mu się skojarzyło z Sejanusem i jego okruchami chleba. No i ten dziwny ostatni wers o świecie, który nas tu trzyma. Z pewnością chodziło o chwilę obecną, o to, co tu i teraz. O czas poprzedzający śmierć.

Przyniosę ci wieści,
Gdy przebrzmią me pieśni,
Gdy kumpli odprawię z zespołu,
Gdy karty wyłożę i wstanę od stołu,
Gdy spłacę ostatni swój dług,
Bym odejść bez żalu już mógł.
Tutaj, gdzie trzyma nas świat.
Gdzie nie ma już nic z dawnych lat.

Organizatorzy pokazali ujęcie szerszego planu. Coriolanus chciał głośno zaprotestować, lecz po chwili zrozumiał, dlaczego to zrobili. Wszystkie węże na arenie najwyraźniej uległy syreniemu głosowi i sunęły gromadnie ku Lucy Gray. Nawet te w gnieździe pod Teslee, która wydawała się łatwą zdobyczą, porzuciły swoją zwierzynę, żeby podążyć do źródła śpiewu. Wstrząśnięta i rozdygotana Teslee ześliznęła się niepewnie na ziemię, po czym chwiejnym krokiem ruszyła do siatki ogrodzeniowej przy jednym z segmentów barykady. Kiedy wspinała się na bezpieczną wysokość, znów rozległy się słowa piosenki.

Opowiem ci niejedno,
Gdy w szklance ujrzę dno,
Gdy przyjaciół nie będę miał wcale,
Gdy się już wypalę,
Gdy łzy mi obeschną,
Gdy wreszcie oddam się snom
Tutaj, gdzie trzyma nas świat.
Gdzie nie ma już nic z dawnych lat.

Na ekranie znowu pojawiła się Lucy Gray. Coriolanus pomyślał, że zwykle występowała przed mocno podchmieloną publicznością. Przed prezentacją wielokrotnie słyszał, jak grupki bywalców spelunek wyśpiewywały pijackie piosenki, kołysząc blaszanymi kubkami z dżinem. Inna rzecz, że alkohol raczej nie był niezbędny. Zerknął przez ramię i przekonał się, że kilka osób w Sali Heavensbee'ego zaczęło się kiwać na boki w rytm muzyki. Głos Lucy Gray przybrał na sile i rozniósł się echem po całej arenie…

Przybędę ze świata krańców,
Gdy zedrę zelówki w tańcu,
Gdy serce na koniec zabije,
Gdy łodzią do brzegu dobiję,
Gdy porachuję się z sobą,
I mnie poniosą do grobu
Tutaj, gdzie trzyma nas świat.
Gdzie nie ma już nic z dawnych lat.

…a na sam koniec osiągnął apogeum:

Gdy duszę zostawię w czystości,
Gdy pojmę znaczenie miłości,
Tutaj, gdzie trzyma nas świat.
Gdzie nie ma już nic z dawnych lat.

Ostatnia nuta zawisła w powietrzu, a publiczność wstrzymała oddech. Węże zaczekały, aż dźwięk przebrzmi, po czym zaczęły się ruszać. A może tylko to sobie wyobraził? Lucy Gray cicho nuciła, jakby uspokajała zdenerwowane dziecko. Widzowie odetchnęli z ulgą, kiedy węże wokół niej się odprężyły.

Na ekranie pojawiło się oblicze Lucky'ego, który wydawał się równie zauroczony jak węże. Miał nieco szkliste oczy i półotwarte usta. Natychmiast je zamknął, widząc się na podglądzie, i skupił uwagę na doktor Gaul, która siedziała z kamienną twarzą.

— No cóż, pani doktor — odezwał się. — Chyba... czapki z głów!

Sala Heavensbee'ego zatrzęsła się od oklasków, a widzowie zerwali się z miejsc. Coriolanus nie spuszczał wzroku z doktor Gaul. Co się kryło za jej obojętną miną? Czy przypisywała zachowanie węży śpiewowi Lucy Gray, czy też wietrzyła podstęp? Nawet jeśli wiedziała o chustce, może była skłonna mu wybaczyć ze względu na spektakularny efekt końcowy.

Doktor Gaul pozwoliła sobie na ledwie widoczne skinienie głową.

— Dziękuję — odparła. — Dzisiaj jednak nie powinniśmy skupiać uwagi na mnie, lecz na Gaiusie Breenie. Może koledzy zechcą go powspominać.

Lepidus wziął się do roboty i przez pewien czas zbierał wypowiedzi uczniów w Sali Heavensbee'ego. Coriolanus był zadowolony, że doktor Gaul go uprzedziła. Dzięki temu w swojej wypowiedzi powiązał heroiczną postawę zmarłego, węże oraz karę, którą publicznie wymierzono trybutom na arenie, podczas gdy reszta opowiadała tylko żarciki lub zabawne historyjki o Gaiusie.

— Nie wolno nam dopuścić, żeby śmierć wybitnej młodzieży kapitolińskiej pozostała bez reperkusji — oznajmił na koniec. — Kiedy ktoś nas atakuje, kontratakujemy ze zdwojoną siłą, jak niegdyś wspomniała pani doktor Gaul.

Lepidus postanowił nawiązać w rozmowie do Lucy Gray i jej niezwykłego występu z wężami.

— Była godna uwagi — przyznał krótko Coriolanus. — Niemniej doktor Gaul ma rację — ta chwila należy do Gaiusa. Zostawmy Lucy Gray na jutro.

Po trwających pół godziny wspomnieniach Lepidus oficjalnie pożegnał się z Festusem i Io, gdyż Coral i Circ polegli w starciu z jadem węży. Coriolanus mocno uścisnął Festusa. Gdy patrzył, jak jego wierny przyjaciel opuszcza podium, ogarnęło go niespodziewane wzruszenie. Z przykrością przyjął również odejście Io, gdyż podczas rywalizacji zachowywała się raczej rzeczowo niż wojowniczo. Niestety, nie mógł powiedzieć tego o innych, może z wyjątkiem Persephone. Postanowił spędzić z nią godzinę przeznaczoną na porę kolacji. Lepsi kanibale niż bezlitośni zabójcy.

Większość uczniów rozeszła się do domów, a garstka aktywnych mentorów zajęła się stekami. Coriolanus zerknął na rywali. Dotarł do finałowej piątki, więc powinien być zadowolony. Jeśli jednak zwycięży ktoś inny, zostanie mu nagroda dziekana Highbottoma, która może jednak nie wystarczyć na opłacenie studiów. Dziekan chętnie wyłga się naganą.

Tylko Nagroda Plintha mogła go uratować.

Przeniósł wzrok na ekran. Lucy Gray nadal nuciła swoim zwierzątkom, Teslee zniknęła za barykadą, a Mizzen, Treech i Reaper pozostali na stanowiskach w górze. Słońce zachodziło i nadciągające burzowe chmury wyglądały oszałamiająco. Zmiana pogody sprawiła, że szybko zapadł zmierzch i Coriolanus nawet nie zdążył dokończyć puddingu, kiedy Lucy Gray zniknęła z ekranu, a potężne grzmoty wstrząsnęły areną. Miał nadzieję, że błyskawice trochę rozjaśnią mrok, lecz ulewie, która się rozpętała, towarzyszyły egipskie ciemności.

Coriolanus razem z czwórką pozostałych mentorów postanowił spędzić noc w Sali Heavensbee'ego. Z wyjątkiem Vipsanii nikt nie przyniósł posłania, więc usadowili się w miękkich fotelach, podparli nogi, a teczki wykorzystali jako poduszki. Deszczowa noc ochłodziła powietrze w pomieszczeniu. Coriolanus przysypiał w fotelu i tylko jednym przymrużonym okiem śledził sytuację na arenie. Burza przysłoniła wszystko, więc w końcu zasnął. Przed świtem obudził się gwałtownie i rozejrzał. Vipsania, Urban i Persephone smacznie spali, ale kilka metrów od siebie dostrzegł duże, ciemne oczy Clemensii, które błyszczały w przytłumionym świetle.

Nie chciał być jej wrogiem. Skoro forteca Snowów chyliła się ku upadkowi, potrzebował przyjaciół. Do czasu wypadku z wężami uważał Clemensię za jedną z najlepszych sojuszniczek, w dodatku zawsze dobrze dogadywała się z Tigris. Ale jak miał naprawić sytuację?

Clemensia trzymała jedną rękę pod koszulą, wodząc palcami po łuskowatym obojczyku, który pokazała mu w szpitalu.

— Zeszły? — wyszeptał Coriolanus.

Clemensia stężała.

— Ustępują — odparła. — W końcu. Dowiedziałam się, że to może potrwać nawet rok.

— Boli? — Po raz pierwszy przyszło mu to do głowy.

— Nie, nie są bolesne, ale czuję, jak ściągają mi skórę. — Potarła łuski. — Trudno to wytłumaczyć.

Podniesiony na duchu tym szczerym wyznaniem, postanowił pójść za ciosem.

— Przepraszam, Clemmie — powiedział. — Poważnie. Za wszystko.

— Nie wiedziałeś, co zaplanowała — mruknęła.

— Fakt, nie wiedziałem. Ale później, w szpitalu, powinienem być przy tobie. Powinienem był wyważyć drzwi i się upewnić, że u ciebie wszystko w porządku — upierał się.

— Tak! — przyznała z naciskiem, ale wyglądało na to, że jej złość trochę ustępuje. — Wiem, że ty też ucierpiałeś, na arenie.

— Nie szukaj dla mnie usprawiedliwienia. — Uniósł ręce. — Oboje wiemy, że jestem beznadziejny!

— W sumie nie do końca. — Dostrzegł na jej ustach cień uśmiechu. — Chyba jestem ci winna podziękowanie. Gdyby nie ty, dziś zrobiłabym z siebie kompletną idiotkę.

— Tak? — Zmrużył oczy, jakby usiłował sobie przypomnieć. — Pamiętam tylko, że do ciebie przylgnąłem. Nie powiem, żebym się za tobą chował, ale z pewnością przylgnąłem.

Zaśmiała się cicho, jednak po chwili spoważniała.

— Nie powinnam była aż tak cię obwiniać. Wybacz mi. Przeraziłam się.

— Nie bez powodu. Szkoda, że musiałaś oglądać to, co się dzisiaj zdarzyło.

— Może to podziałało na mnie oczyszczająco. Czuję się trochę lepiej — wyznała. — Czy jestem zła?

— Skąd — zaprzeczył. — Jesteś po prostu odważna.

W ten sposób zdołał nieco odbudować ich przyjaźń. Nie budząc innych, podzielili się ostatnią tarteletką z serem z zapasów Coriolanusa, pogawędzili o tym i o owym, a nawet zastanawiali się nad zawiązaniem sojuszu między Lucy Gray a Reaperem. Porzucili jednak te plany, gdyż nie mieli na nie żadnego wpływu. Ich trybuci mogli się sprzymierzyć lub nie.

— Przynajmniej my znowu jesteśmy sojusznikami — zauważył.

— W każdym razie nie wrogami — odparła.

Kiedy poszli przemyć twarze przed występem w telewizji, pożyczyła mu mydło, żeby nie musiał korzystać ze żrącego paskudztwa w płynie, które było dostępne w łazienkach. Ten drobny, lecz serdeczny gest wystarczył, aby Coriolanus zrozumiał, że Clemensia mu wybaczyła.

Organizatorzy nie dostarczyli śniadania, ale Festus zjawił się przed czasem i po koleżeńsku poczęstował wszystkich jabłkami i kanapkami z jajkiem. Persephone popijała herbatę i patrzyła na niego z uśmiechem. Teraz, gdy Clemensia się rozpogodziła, Coriolanus nie czuł już takiego zagrożenia ze strony reszty mentorów. Wszyscy chcieli zwyciężyć, to jednak zależało głównie od trybutów. W myślach ocenił rywali Lucy Gray. Teslee była mała i inteligentna. Mizzen śmiertelnie groźny, choć kontuzjowany. Treech silny, lecz nadal zagadkowy. Reaper — tak dziwny, że nie do opisania.

Ostatnie chmury oddaliły się wraz ze wschodem słońca. Na arenie walały się martwe węże, leżały wśród gruzów i unosiły się na powierzchni kałuż. Wyglądało na to, że potonęły albo nie zdołały przetrwać zimnej, deszczowej nocy. Niektóre genetycznie zaprojektowane stworzenia kiepsko sobie radziły poza laboratorium. Lucy Gray i Teslee gdzieś zniknęły, ale trzej chłopcy w przemoczonych ubraniach nie odważyli się zejść ze swoich wysokich stanowisk. Mizzen spał, przypasany do belki. Gdy pozostali uczniowie zapełniali Salę Heavensbee'ego, Vipsania i Clemensia, które zachowywały się całkiem spokojnie, wysłały żywność swoim trybutom.

Wygłodniały Treech z zapałem pochłonął produkty dostarczone przez drony, za to Reaper ponownie zignorował jedzenie i zszedł na płytę areny, żeby zaczerpnąć wody z kałuży. Nie zwracając uwagi na Treecha i Mizzena, który w końcu się obudził, zabrał się do przenoszenia Coral i Circa. Po chwili oboje zajęli miejsce w rzędzie trupów. Treech i Mizzen czujnie obserwowali rywala, lecz nie zamierzali go zaczepiać, odstręczeni jego ekscentrycznym zachowaniem lub z obawy przed pojawieniem się wężowych niedobitków. Zapewne mieli nadzieję, że ktoś inny go załatwi, ale bez przeszkód dokończył pracę i uporządkowawszy swoją kostnicę, wrócił na dach loży prasowej. Treech siedział na brzegu tablicy wyników i majtał nogami. Mizzen pokazał na migi, że coś by zjadł, na co Persephone błyskawicznie zamówiła mu obfite śniadanie.

Moment później pojawiła się Teslee. W skupieniu uniosła dostawczy dron, który jednak wydawał się trochę przerobiony, i ustawiła się dokładnie pod Mizzenem.

— Jej zdaniem ten dron będzie latał? — spytała Vipsania z powątpiewaniem. — A jeśli nawet, to jak zamierza nim sterować?

Urban, który ze zmarszczonymi brwiami wpatrywał się w ekran, nagle pochylił się na krześle.

— Nie musi. To nie jest konieczne, o ile... Tylko jak ona... — Zawiesił głos, starając się rozwikłać jakąś zagadkę.

Teslee pstryknęła przełącznik, uniosła ręce i wypuściła dron w powietrze. Gdy wzlatywał, okazało się, że ma podczepiony przewód, którego drugi koniec Teslee obwiązała sobie wokół nadgarstka. Na takiej uwięzi dron zaczął zataczać kółka. Znajdował się mniej więcej w połowie wysokości między nią a Mizzenem, który patrzył z nieskrywanym zdumieniem, ale po chwili skupił się na pierwszym dronie od Persephone. Po zrzuceniu mu kawałka chleba maszyna jak zwykle zawróciła do bazy, lecz kilka metrów dalej gwałtownie skręciła i ruszyła z powrotem do Mizzena. Zaskoczony, odchylił się i instynktownie zamachał rękami. Urządzenie przeleciało nad nim, rozchylając szczypce tak, jakby dostarczało nieistniejący prezent, a potem powtórzyło całą operację.

— Co jest z tym dronem? — zdumiała się Persephone.

Nikt tego nie wiedział, ale w tej samej chwili nadleciał drugi dron z wodą i trzeci z serem. One również dostarczyły przesyłki i pozostały na miejscu, usiłując powtórzyć dostawy. Tyle tylko, że zaprogramowano je na płynny przelot z towarem, więc teraz zaczęły wpadać na siebie, a czasami na Mizzena. Ogon jednego z nich trafił go w oko. Mizzen wrzasnął, z furią machając rękami.

— Mogę jakoś skontaktować się z organizatorami igrzysk? — spytała Persephone. — Bo wiecie, wysłałam jeszcze trzy!

— Nic nie zrobią — zapewnił ją Urban z rozbawieniem. — Teslee włamała się do ich systemu. Zablokowała program powrotu, więc teraz jedynym celem dronów jest twarz Mizzena.

I rzeczywiście, gdy kolejno pojawiły się następne trzy drony, każdy z nich psuł się tak samo jak pierwszy. Mizzen stanowił ich jedyny cel, a to, co z początku wyglądało śmiesznie, było teraz śmiertelnie niebezpieczne. Wstał, próbując uciec po belce, ale roiły się wokół niego niczym pszczoły wokół garnka miodu.

Ponieważ zostawił trójząb na ziemi, sięgnął po nóż i próbował walczyć z dronami, lecz w najlepszym wypadku udawało mu się tylko na moment wytrącić je z kursu. Nie były zaprogramowane na kontakt, ale odbijały się od siebie i od jego noża. W rezultacie coraz częściej wpadały na Mizzena, jakby przypuszczały na niego atak. Ruszył po omacku w kierunku słupa, tego samego, na którym pozostawił Teslee jej losowi, okazało się jednak, że jego uszkodzone kolano całkowicie zawiodło. W panice zamachnął się z całej siły na drony i oparł ciężar ciała na kontuzjowanej nodze, która zachwiała się i bezwładnie ugięła. W tym momencie stracił równowagę i runął na ziemię, a jego kark trzasnął jak gałązka.

— Och! — krzyknęła Persephone, kiedy spadł. — Zabiła go!

Vipsania zmarszczyła brwi, patrząc na ekran.

— Jest bystrzejsza, niż mogłoby się wydawać — mruknęła.

Z uśmiechem satysfakcji Teslee przyciągnęła dron, wyłączyła go i czule przytuliła.

— Jak widać, pozory mylą. — Urban zachichotał i postukał w komunikator, żeby zamówić upominki. — Zwłaszcza w wypadku mojej trybutki.

Jego radość była jednak krótkotrwała. Organizatorzy igrzysk skupili się na transmisji incydentu z dronami i zapomnieli o pokazywaniu reszty areny. W tym czasie Treech zszedł z tablicy wyników, opuścił trybuny i zeskoczył na arenę. Wyglądało to tak, jakby zmaterializował się znikąd. Jednym susem wskoczył w pole widzenia kamery i zwinnie zaatakował Teslee toporkiem. Zdążyła zrobić zaledwie krok, kiedy ostrze rozłupało jej czaszkę. Zginęła na miejscu. Treech oparł dłonie na kolanach, zadyszany z wysiłku, po czym usiadł na ziemi obok Teslee i patrzył, jak jej krew wsiąka w piasek. Ożywił się dopiero na widok dronów z żywnością. Zebrał dwanaście paczek i wycofał się za barykadę.

Maskując chwilowe niedowierzanie, Urban zrobił pełną obrzydzenia minę i wstał, żeby wyjść. Nie udało mu się jednak uniknąć wszędobylskiego mikrofonu Lepidusa.

— Dla mnie to koniec — niemal warknął. — Kupa śmiechu, co?

Odszedł, a Persephone zaczęła się rozwodzić nad tym, jak jej przykro, i dziękować za powierzenie jej funkcji mentorki.

— Dotarłaś do pierwszej piątki! — promieniał Lepidus. — Nikt ci tego nie odbierze.

— To prawda — przyznała z powątpiewaniem w głosie. — To zostanie na zawsze.

Coriolanus popatrzył najpierw na Clemensię, potem na Vipsanię.

— Chyba zostaliśmy sami — zauważył.

Ustawili swoje krzesła w jednym rzędzie. Coriolanus usiadł pośrodku, a krzesła pokonanych uprzątnięto.

Lucy Gray. Treech. Reaper. Finałowa trójka. Finałowa dziewczyna. Finałowy dzień? Może i tak.

Lucky wszedł w kapeluszu udekorowanym pięcioma drucikami zimnych ogni.

— Witaj, Panem! Przygotowałem ten kapelusz specjalnie dla finałowej piątki, lecz niektórzy z niej już się wypalili! — Wyciągnął z kapelusza dwa zimne ognie i nie oglądając się, rzucił je przez ramię. — To jak będzie z tą finałową trójką?

Jeden z zimnych ogni zasyczał i zgasł na podłodze, ale od drugiego zajęła się zasłona. Lucky przeraźliwie zapiszczał, po czym w panice rzucił się do ucieczki. Uzbrojony w gaśnicę członek ekipy wbiegł na wizję, żeby zażegnać niebezpieczeństwo, co dało Lucky'emu czas na dojście do siebie. Trzy zimne ognie na kapeluszu zgasły, a na dole ekranu zamigotał numer telefonu dla sponsorów i hazardzistów.

— Jupi! Atmosfera się zagęszcza! Obstawiajcie, bo stracicie okazję do zabawy!

Komunikator Coriolanusa popiskiwał intensywnie, ale sponsorzy byli hojni również dla Vipsanii i Clemensii.

— Dużo mi z tego przyjdzie — wymamrotała Clemensia do Coriolanusa. — Nie ufa mi na tyle, żeby zjeść to, co mu podeślę.

Lucy Gray z pewnością była głodna, ale Coriolanus zakładał, że odpoczywa w tunelach. Chciał jej przesłać żywność i wodę, zarówno do zjedzenia, jak i do zatrucia. Obaj rywale znacznie przewyższali ją siłą, więc musiał zrobić coś, co przechyli szalę zwycięstwa na jej stronę. Ale na razie nie przychodziło mu do głowy nic poza tym, żeby nadal zaskarbiać jej sympatię widzów. Kiedy Lepidus podszedł, żeby zapytać o obiecane przemyślenia na temat występu Lucy Gray, Coriolanus postanowił szarżować. Nie miał pojęcia, co jeszcze powiedzieć, by dowieść, że jego trybutka nie jest z dystryktów, jeśli sama dotąd nie przekonała o tym ludzi.

— Być może spotkała ją wielka niesprawiedliwość — oznajmił. — Nie tylko dlatego, że trafiła na dożynki. W ogóle nie powinna była się znaleźć w Dwunastym Dystrykcie. Widzowie będą musieli ocenić to sami. Jeśli zgadzacie się ze mną lub choćby podejrzewacie, że mogę mieć rację, wiecie, co robić.

W odpowiedzi zasypano go datkami, lecz nie miał pojęcia, jak je wykorzystać. Już wcześniej zebrał tyle, że pewnie wystarczyłoby mu na karmienie Lucy Gray całymi tygodniami.

Cóż z tego, skoro po arenie krążył tylko Reaper, który wcześniej zszedł z loży prasowej i po drodze odciął następny wielki kawał flagi. Wymizerowany, chwiejnym krokiem podszedł do Teslee i Mizzena i zaciągnął ich do swojej ponurej kolekcji, a następnie przykrył nową płachtą materiału. Z trudem dowlókł się do najwyższego rzędu miejsc i przysnął w słońcu, kołysząc się łagodnie w przód i w tył, w rozpostartej do wyschnięcia pelerynie. Coriolanus zastanawiał się, czy Reaper wkrótce umrze z przyczyn naturalnych — o ile można tak nazwać śmiertelne wygłodzenie. Nie miał co do tego pewności. Czy taki zgon można by uznać za naturalny, jeśli głód stał się bronią?

Odetchnął z ulgą, kiedy tuż przed południem Lucy Gray pojawiła się w zacienionym tunelu. Rozejrzała się i najwyraźniej doszła do wniosku, że nic jej nie grozi, bo wyszła na słońce. Błoto na rąbku jej sukienki już się trochę zbryliło, ale wilgotna tkanina nadal kleiła się do ciała. Coriolanus pochylił się nad komunikatorem, żeby zamówić ucztę, a Lucy Gray podeszła do kałuży Reapera i uklękła. Nabrała w dłonie wody, napiła się i obmyła twarz. Palcami rozczesała włosy i związała je w luźny kok, a gdy kończyła, dwanaście dronów nadleciało nad arenę.

Zdawała się ich nie zauważać. Wyjęła z kieszeni butelkę i zanurzyła szyjkę w kałuży, nabierając dwa lub trzy centymetry wody. Zakręciła butelką, wylała wodę z powrotem do kałuży i już miała napełnić butelkę, kiedy nadciągające drony w końcu przykuły jej uwagę. Po chwili wokół Lucy Gray zaczęły spadać przesyłki z żywnością i wodą. Wtedy odrzuciła swoją butelkę i pozbierała prezenty do spódnicy.

Ruszyła do najbliższego tunelu, ale po drodze zerknęła na otępiałego Reapera, który kiwał się na trybunach. Skręciła, pośpiesznie podeszła do jego kostnicy i uniosła płachtę z flagi. Widać było, jak porusza ustami, licząc trupy.

— Stara się ustalić, kto jeszcze uczestniczy w igrzyskach — wyjaśnił Coriolanus do mikrofonu, który Lepidus podetknął mu pod nos.

— Może powinniśmy zamieszczać to na tablicy wyników — zażartował Lepidus.

— Ta informacja z pewnością przydałaby się trybutom — odparł Coriolanus. — Poważnie, to dobry pomysł.

Lucy Gray nagle uniosła głowę, a zapasy wypadły jej ze spódnicy na ziemię. Odwróciła się na pięcie i rzuciła się do ucieczki, usłyszawszy coś, czego nie wychwyciły mikrofony. Uzbrojony w toporek Treech wyskoczył zza barykady i złapał Lucy Gray za nadgarstek, kiedy wbiegała pod belkę. Odwróciła się i padła na kolana, wyrywając się zajadle, ale Treech zdążył już unieść broń.

— Nie! — Coriolanus zerwał się z miejsca i odepchnął Lepidusa. — Lucy Gray!

Wtedy dwie rzeczy zdarzyły się jednocześnie. Kiedy toporek opadał, Lucy Gray rzuciła się w ramiona Treecha i przywarła do niego, w ten sposób unikając ciosu. Przez długą chwilę zdawali się trwać w dziwacznym uścisku, aż nagle Treech szeroko otworzył oczy, a na jego twarzy odmalowało się przerażenie. Odepchnął niedoszłą ofiarę, upuścił toporek i oderwał coś z karku. Gwałtownie uniósł dłoń, w której mocno ściskał jasnoróżowego węża, po czym runął na kolana i zaczął nim tłuc o ziemię, raz za razem, aż w końcu sam padł martwy, z trupem gada w pięści.

Zadyszana Lucy Gray odwróciła się gwałtownie, żeby zlokalizować Reapera, który jednak nadal siedział na trybunach i się kołysał. Chwilowo bezpieczna, przyłożyła rękę do serca, a drugą pomachała widzom.

Gdy publiczność w sali nagradzała ją rzęsistymi brawami, Coriolanus wypuścił z płuc długo wstrzymywane powietrze. Stopniowo docierało do niego, że mu się udało. Jej się udało. Z kieszeniami pełnymi trucizny znalazła się w finałowej dwójce. Z pewnością tego różowego węża ukryła w kieszeni, tak samo jak schowała zielonego podczas dożynek. Czy uchowały się jeszcze inne, czy też Treech zatłukł ostatni okaz? Nie wiadomo. Gdyby Lucy Gray dysponowała jeszcze jednym groźnym gadem i przez to wydawała się śmiertelnie niebezpiecznym przeciwnikiem.

Kiedy Lepidus odprowadzał Vipsanię, która przez zaciśnięte zęby dziękowała organizatorom igrzysk, Coriolanus opadł na krzesło i patrzył, jak Lucy Gray zbiera swoją ucztę.

— Cieszę się, że zostaliśmy we dwoje — wyszeptał do Clemensii.

Odpowiedziała konspiracyjnym uśmiechem.

Gdy Lucy Gray rozwinęła opakowania i elegancko rozłożyła całą żywność, Coriolanus pomyślał o ich pikniku w zoo. Czyżby odtwarzała tamte chwile przez wzgląd na niego? Poczuł ukłucie w sercu i nagle przypomniał sobie pocałunek. Czy w przyszłości mógł liczyć na więcej? Rozmarzył się na moment i wyobraził sobie, jak Lucy Gray wygrywa, opuszcza arenę i zamieszkuje z nim w penthousie Snowów, którego jakimś cudem nie obłożono podatkami. Dzięki Nagrodzie Plintha Coriolanus uczęszcza na Uniwersytet, a ona święci triumfy w ponownie otwartym nocnym klubie Pluribusa, gdyż Kapitol pozwolił jej zostać. Cóż, nie dopracował jeszcze wszystkich szczegółów tego marzenia, ale najważniejsze, że był z Lucy Gray. Pragnął tego. Chciał mieć ją przy sobie, całą i zdrową. Zachwycającą i zachwyconą. Oddaną. I tylko jego, całkowicie i bezapelacyjnie. „Teraz jesteś jedynym chłopcem, którego noszę w sercu", powiedziała tuż przed pocałunkiem. Jeśli to była prawda, z pewnością zależało jej na tym samym, co jemu.

Dość!, przykazał sobie. *Na razie jeszcze nikt niczego nie wygrał!* Pochłonęła większość jedzenia, więc zamówił następny transport, i to spory, żeby mogła część zachomikować i przetrwać jeszcze kilka dni. Wystarczyło przecież ukryć się i zaczekać na śmierć Reapera. Plan był dobry, niewiele ryzykowała i miałaby zwycięstwo w kieszeni, o ile jej rywal nadal stanowczo odmawiałby jedzenia. Ale równie dobrze mógł pójść po rozum do głowy, przyjąć przesyłki od Clemensii i zabrać się do spożywania olbrzymich zapasów, które zapewniali mu sponsorzy. Wówczas znowu doszłoby do fizycznej konfrontacji i Lucy Gray znalazłaby się na straconej pozycji, o ile nie trzymała w pogotowiu węży.

Kiedy drony dostarczyły transport, Lucy Gray podzieliła produkty i poupychała je po kieszeniach, które nie wydawały się dostatecznie obszerne, żeby zmieścić całe jedzenie i wodę, a także jeszcze jednego węża, lecz Lucy Gray była piekielnie sprytna. Coriolanus nawet nie zauważył, jak wyjmowała węża, który zabił Treecha.

Festus przyniósł Coriolanusowi i Clemensii kanapki na lunch, ale ze zdenerwowania oboje stracili apetyt. Pozostali uczniowie zjedli na swoich miejscach, żeby niczego nie przegapić. Coriolanus słyszał prowadzone szeptem, gorączkowe dyskusje o tym, kto zwycięży. Nie przypominał sobie, żeby w przeszłości ludzie aż tak bardzo się tym przejmowali.

Intensywne słońce powoli osuszało arenę. Płytkie kałuże wyparowały i pozostało tylko kilka na tyle głębokich, że można było z nich pić. Lucy Gray przysiadła na odłamku gruzu, po czym rozpostarła spódnicę do wyschnięcia. Lucky skorzystał z chwili spokoju i przedstawił szczegółową prognozę pogody. Udzielił też kilku porad związanych z wysokimi temperaturami i dorzucił garść wskazówek, jak uniknąć skurczy, wyczerpania i udaru. Ludzie w długiej kolejce do stoiska z lemoniadą chowali się pod parasolami albo tłoczyli się w nielicznych skrawkach cienia. Diabli wzięli nawet chłód zwykle panujący w Sali Heavensbee'ego, więc uczniowie pościągali marynarki i wachlowali się notatnikami. Po południu szkoła poczęstowała wszystkich ponczem owocowym, dzięki czemu impreza nabrała odświętnego charakteru.

Lucy Gray miała Reapera na oku, ale nie próbował jej atakować. Nagle wstała, jakby nie mogła się doczekać, aż sprawy ruszą z miejsca, i wróciła do ciała Treecha. Złapała go za kostkę i zaczęła wlec do kostnicy Reapera, który ocknął się w chwili, gdy dotknęła zwłok. Wychylił się i krzyknął coś niezrozumiale, po czym pognał w dół trybun. Lucy Gray puściła Treecha i uciekła do pobliskiego tunelu. Reaper sam zajął się przeniesieniem trupa, którego starannie ułożył w rzędzie martwych trybutów i przykrył resztką flagi. Usatysfakcjonowany, ruszył z powrotem na trybuny, ale gdy tylko dotarł do muru, Lucy Gray wybiegła z innego tunelu, odsłoniła zwłoki i krzyknęła. Reaper odwrócił się szybko i pognał prosto ku niej, lecz momentalnie zniknęła za barykadą. Położył flagę na miejscu, zatknął tkaninę pod trupy, żeby lepiej się trzymała, odszedł i usiadł pod słupem. Po kilku minutach zamknął oczy i wyglądało na to, że zasnął w słońcu. Lucy Gray ponownie wystrzeliła przed siebie, zdarła fragment flagi i tym razem odbiegła, ciągnąc go za sobą. Zanim Reaper zdążył się połapać, była już jakieś pięćdziesiąt metrów od niego. Zawahał się, co pozwoliło jej oddalić się jeszcze bardziej i dowlec flagę na sam środek areny. Zostawiła ją tam i skierowała się ku trybunom. Wyraźnie wściekły Reaper podbiegł i odzyskał flagę.

Zrobił zaledwie kilka kroków w kierunku Lucy Gray i przegrał walkę z wyczerpaniem. Przycisnął dłonie do skroni, dysząc ciężko, choć wcale się nie pocił. Zgodnie z tym, co niedawno mówił Lucky, mogło to świadczyć o udarze cieplnym.

Stara się go zamęczyć, pomyślał Coriolanus. *I może jej się udać.*

Reaper zatoczył się jak pijany. Ciągnąc za sobą flagę, ruszył do swojej kałuży, jednej z nielicznych, które nie wyschły po południu. Osunął się na kolana i pił, siorbiąc tak długo, aż na dnie pozostał tylko mulisty osad. Kiedy usiadł na piętach, zrobił dziwną minę i zaczął ugniatać żebra oraz mostek. Zwymiotował część wody, po czym przez pewien czas na czworakach walczył z torsjami, aż w końcu wstał niepewnie. Z flagą w dłoni powoli, nierównym krokiem skierował się do swojej kostnicy. Ledwie jednak do niej dotarł, padł jak długi tuż obok Treecha. Jedną ręką usiłował przykryć trupy flagą, lecz zdołał tylko częściowo osłonić siebie, nim podkulił ręce i nogi i znieruchomiał.

Coriolanus zamarł. I to już? Naprawdę wygrał? Zwyciężył w Głodowych Igrzyskach? Zdobył Nagrodę Plintha? I dziewczynę? Wpatrywał się w twarz Lucy Gray, która obserwowała Reapera z trybun. Jej spojrzenie wydawało się nieobecne, jakby myślami była daleko od wydarzeń na arenie.

Przez salę przetoczył się pomruk. Czy Reaper umarł? Nie powinno się ogłosić zwycięzcy? Coriolanus i Clemensia odpędzili Lepidusa z mikrofonem, czekając na rozwój wydarzeń. Minęło pół godziny, zanim Lucy Gray zeszła z trybun i przybliżyła się do Reapera. Przyłożyła palce do jego szyi, żeby sprawdzić tętno. Zadowolona, zamknęła powieki zmarłego i ostrożnie osłoniła trybutów flagą, jakby układała dzieci do snu. Potem odsunęła się i usiadła pod słupem, czekając.

To chyba przekonało organizatorów, gdyż pojawił się Lucky i podskakując, ogłosił, że Lucy Gray Baird, trybutka z Dwunastego Dystryktu, oraz jej mentor, Coriolanus Snow, zwyciężyli w Dziesiątych Głodowych Igrzyskach.

Sala wokół Coriolanusa niemal eksplodowała, a Festus skrzyknął kilku kolegów, żeby dźwignąć go razem z krzesłem i obnieść wokół podium. Kiedy w końcu Coriolanus znalazł się z powrotem na podłodze, Lepidus zarzucił go pytaniami, na które odpowiadał, podkreślając przede wszystkim, że przyjął zwycięstwo z radością i pokorą. Potem uczniów skierowano do jadalni, żeby świętowali przy cieście i posce. Coriolanus zasiadł na honorowym miejscu, wysłuchując gratulacji i pijąc więcej, niż powinien. No i co z tego? W tej chwili czuł się niezwyciężony.

Satiria uratowała go w chwili, kiedy zaczynało mu się kręcić w głowie. Wypędziła go z jadalni i skierowała do laboratorium zaawansowanej biologii.

— Chyba przyprowadzą twoją dziewczynę — zapowiedziała. — Nie zdziw się, jeśli zapędzą was razem przed kamery. Dobra robota.

Coriolanus uścisnął ją spontanicznie i pośpieszył do laboratorium. Cieszyła go ta chwila spokoju. Czuł, jak jego usta rozciągają się w wariackim uśmiechu. Zwyciężył. Zapewnił sobie chwałę, przyszłość, a może również miłość. Lada moment weźmie w ramiona Lucy Gray. *Snow zawsze na szczycie, to najprawdziwsza prawda.* Przed drzwiami z wysiłkiem rozluźnił mięśnie twarzy i poprawił marynarkę, aby ukryć, że jest pod wpływem. W takim stanie nie powinien pokazywać się doktor Gaul.

W środku zastał tylko dziekana Highbottoma, który siedział na swoim zwyczajowym miejscu przy stole.

— Zamknij za sobą drzwi — zażądał dziekan.

Coriolanus wykonał polecenie. Pomyślał, że Higbottom pewnie chce mu pogratulować na osobności albo wręcz przeprosić go za prześladowanie. Spadająca gwiazda może pewnego dnia potrzebować gwiazdy wschodzącej. Kiedy jednak podszedł bliżej, oblał go zimny pot. Na blacie, niczym okazy laboratoryjne, leżały trzy przedmioty: serwetka Akademii poplamiona winogronowym ponczem, srebrna puderniczka matki oraz wyświechtana biała chustka.

Spotkanie trwało najwyżej pięć minut. Potem, zgodnie z umową, Coriolanus ruszył prosto do Ośrodka Rekrutacyjnego, gdzie został najnowszym i bodaj najsłynniejszym Strażnikiem Pokoju w Panem.

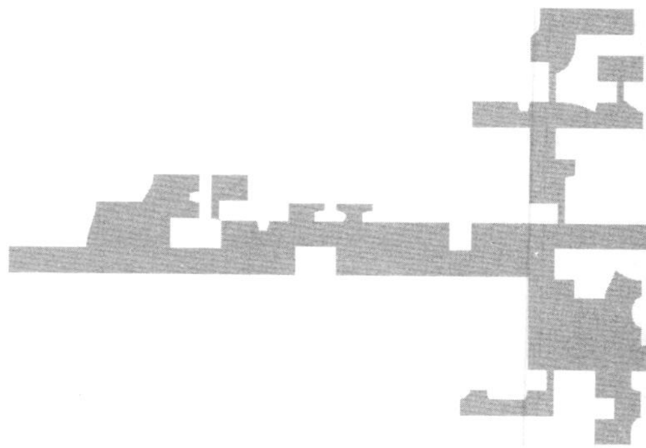

CZĘŚĆ III

STRAŻNIK POKOJU

21

Coriolanus oparł skroń o szybę w nadziei, że szkło zdoła ochłodzić jego skórę. W dusznym przedziale nareszcie zrobiło się pusto, kiedy sześciu innych rekrutów wysiadło w Dziewiątym Dystrykcie. W końcu został sam. Tkwił w pociągu już okrągłą dobę i nie miał nawet chwili prywatności. Przejazd był często przerywany długimi, nieoczekiwanymi postojami. Niespokojna podróż i paplanina współpasażerów sprawiły, że Coriolanus nie zmrużył oka, ale udawał sen, żeby nikt z nim nie rozmawiał. Zastanawiał się, czy teraz zdoła się zdrzemnąć. Może potem ocknie się z tego koszmaru, realistycznego i uporczywego. Sztywnym, szorstkim mankietem nowej koszuli Strażnika Pokoju potarł pokryty strupami policzek, a jego poczucie beznadziei tylko się wzmogło.

Jak tu paskudnie, pomyślał, całkiem otępiały, kiedy pociąg telepał się przez Dziewiąty Dystrykt. Betonowe budynki, odłażąca farba i nędza, smażące się w ostrym popołudniowym słońcu. Dwunasty Dystrykt według wszelkiego prawdopodobieństwa był jeszcze brzydszy, gdyż pokrywała go warstwa pyłu węglowego. Coriolanus nie miał okazji przyjrzeć się Dwunastce, widział tylko niewyraźną transmisję z placu w dniu dożynek. Okolica nie wyglądała na miejsce odpowiednie dla ludzi.

Kiedy poprosił o skierowanie do Dwunastego Dystryktu, oficer ze zdumieniem uniósł brwi.

— Rzadko to słyszymy — powiedział, ale nie ciągnął tematu i postawił pieczątkę.

Najwyraźniej nie wszyscy oglądali Głodowe Igrzyska, gdyż oficer nie kojarzył Coriolanusa i nie wspomniał o Lucy Gray. Tym lepiej. Anonimowość była w tej chwili wielce pożądana. Wstyd towarzyszący tej sytuacji wynikał głównie z tego, że Coriolanus nosił takie a nie inne nazwisko. Zaczerwienił się na wspomnienie rozmowy z dziekanem Highbottomem…

— *Słyszysz ten dźwięk, Coriolanusie? Tak pada Snow.*

Z całej duszy nienawidził dziekana Highbottoma, jego nalanej twarzy nad dowodami rzeczowymi, kiedy wskazywał końcem długopisu przedmioty na stole laboratoryjnym.

— Na serwetce znajduje się twoje DNA — oznajmił dziekan. — Użyłeś jej do przemycenia żywności z jadalni na arenę. Po ataku bombowym zabraliśmy tę serwetkę jako dowód z miejsca zbrodni. Przeprowadziliśmy rutynową kontrolę, no i wyszło szydło z worka.

— Głodziliście ją na śmierć — odparł Coriolanus łamiącym się głosem.

— To raczej standardowa procedura na Głodowych Igrzyskach. Chodzi jednak nie tyle o samo dokarmianie, na które patrzyliśmy przez palce w wypadku wszystkich mentorów, ile o okradanie Akademii. To surowo zabronione — podkreślił dziekan Highbottom. — Stanowczo opowiadałem się wówczas za ujawnieniem prawdy o tobie, udzieleniem ci następnej nagany i dyskwalifikacją z igrzysk. Doktor Gaul uważała jednak, że bardziej się przydasz w roli męczennika za sprawę poranionego Kapitolu. Dlatego puściliśmy nagranie, na którym grzmiącym głosem śpiewasz hymn. W tym czasie wracałeś do zdrowia w szpitalu.

— Więc po co podnosić tę sprawę teraz? — spytał Coriolanus.

— Chodzi tylko o ustalenie pewnego wzorca twojego zachowania. — Postukał długopisem w puzderko ze srebrną różą. — Co do tej puderniczki. Nawet nie zliczę, ile razy widziałem, jak twoja matka wyciąga ją z torebki, żeby zajrzeć do lusterka. Twoja ładna, banalna matka, która wmówiła sobie, że twój ojciec ofiaruje jej wolność i miłość. Z deszczu pod rynnę, jak to się mówi.

— Wcale taka nie była… — wydukał Coriolanus, myśląc o tym, że nie była banalna.

— Tylko młody wiek ją usprawiedliwiał. Szczerze powiedziawszy, wydawała się wiecznym dzieckiem, w przeciwieństwie do tej twojej dziewczyny, Lucy Gray. Szesnastolatka, a zachowuje się jak trzydziestka piątka, i to doświadczona przez życie — odparł dziekan Highbottom.

— To ona oddała wam puderniczkę? — Coriolanus poczuł ciężar na sercu.

— Och, nie wiń jej. Strażnicy Pokoju musieli ją powalić, żeby odebrać jej ten drobiazg. Dokładnie rewidujemy zwycięzców, kiedy opuszczają arenę. — Dziekan z uśmiechem przechylił głowę. — Bardzo sprytnie otruła Wovey i Reapera. Trudno to nazwać fair play, ale cóż począć? Dostateczną karą będzie odesłanie jej do Dwunastego Dystryktu. Powiedziała, że sama wpadła na pomysł z trutką na szczury, a puderniczka była tylko dowodem sympatii.

— To prawda — zauważył Coriolanus. — To dowód mojej sympatii. Nic nie wiem o żadnej truciźnie.

— Powiedzmy, że ci wierzę, choć to nieprawda. Ale załóżmy, że tak jest. Co zatem mam sądzić o tym? — Uniósł chustkę końcem długopisu. — Jeden z asystentów w laboratorium znalazł ją wczoraj rano w terrarium dla węży. Z początku wszyscy zdębieli i zaczęli sprawdzać po kieszeniach, czy nie zgubili chustek, bo nikt inny nie zbliżał się do zmiechów. Jeden młodziak wręcz się przyznał. Oświadczył, że cierpi na wyjątkowo dokuczliwą alergię i zaledwie kilka dni wcześniej zawieruszył gdzieś chustkę. Właśnie składał rezygnację, kiedy ktoś zauważył inicjały. Nie twoje, twojego ojca. Są dyskretnie wyhaftowane w rogu.

CXS. Inicjały wyhaftowano tą samą białą nitką, co obrzeże chustki. Wyglądały jak element szlaczka, tak zakamuflowany, że trzeba było wytężyć wzrok, aby go dostrzec — nie dało się jednak zaprzeczyć, że tam były. Coriolanus nigdy nie zadawał sobie trudu, żeby przyglądać się chustkom — po prostu wsuwał którąś do kieszeni, kiedy wychodził z domu. Mógłby próbować odeprzeć zarzut, gdyby środkowy inicjał nie był tak charakterystyczny. Xanthos. Coriolanus nie znał żadnego innego imienia, które zaczynałoby się od X, a nosił je tylko jego ojciec. Crassus Xanthos Snow.

Nie warto było pytać o badanie DNA, gdyż dziekan Highbottom z pewnością je przeprowadził i odkrył ślady zarówno jego, jak i Lucy Gray.

— Dlaczego nie upublicznił pan tej sprawy?

— Och, wierz mi, bardzo mnie korciło. Rzecz w tym, że zgodnie z tradycją, usuwanemu z Akademii uczniowi rzuca się koło ratunkowe — wyjaśnił dziekan. — Jeśli chcesz uniknąć publicznego pohańbienia, możesz jeszcze dzisiaj zostać Strażnikiem Pokoju.

— Ale… dlaczego miałbym to zrobić? — wydukał Coriolanus. — Przecież właśnie zdobyłem Nagrodę Plintha i mogę iść na Uniwersytet. Jak miałbym to wytłumaczyć?

— Któż to wie? Bo tak rozumiesz patriotyzm? Bo twoim zdaniem lepiej się uczyć obrony kraju, niż ślęczeć nad książkami? — Dziekan Highbottom zaniósł się śmiechem. — Bo Głodowe Igrzyska cię odmieniły i wybierasz się tam, gdzie będziesz najlepiej służył Panem? Inteligentny z ciebie młodzieniec, Coriolanusie. Z pewnością coś wymyślisz.

— Ale… Ale ja… — Kręciło mu się w głowie od poski i adrenaliny. — Dlaczego? Dlaczego tak bardzo mnie pan nienawidzi? — wyrzucił z siebie. — Myślałem, że przyjaźnił się pan z moim ojcem!

Te słowa otrzeźwiły dziekana.

— Kiedyś też tak myślałem. Potem jednak okazało się, że mnie lubi, bo jestem dla niego użyteczny. Nawet teraz.

— Przecież on już nie żyje! Umarł lata temu! — krzyknął Coriolanus.

— I dobrze. Problem w tym, że jak najbardziej żyje w tobie. — Dziekan machnął ręką, jakby go odpędzał. — Lepiej się pośpiesz, za dwadzieścia minut zamykają biuro. Zdążysz, jeśli pobiegniesz.

Coriolanus pobiegł, bo nie wiedział, co innego mógłby zrobić. Zaciągnął się do wojska, po czym ruszył prosto do Cytadeli, żeby błagać doktor Gaul o litość. Nie wpuszczono go jednak, choć twierdził, że dostał infekcji szwów. Strażnicy Pokoju zatelefonowali do laboratorium, gdzie kazano im odesłać go do szpitala. Jeden z wartowników zlitował się nad nim i powiedział, że przekaże doktor Gaul jego pracę końcową, niczego jednak nie obiecywał. Coriolanus zaczął pisać na marginesie prośbę o interwencję, lecz szybko zrozumiał bezcelowość tego pomysłu. Ostatecznie nabazgrał tylko *Dziękuję*. Nie wiedział za co, ale nie chciał, żeby syciła się jego rozpaczą.

Gdy wracał do domu, gratulacje sąsiadów raniły go niczym noże, lecz najgorsze katusze przeżył w apartamencie, w którym powitały go dźwięki blaszanych trąbek oraz wiwaty. Specjalnie na tę okazję Tigris oraz Panibabka powyciągały sylwestrowe akcesoria i kupiły ciasto. Coriolanus uśmiechnął się niemrawo, po czym zalał się łzami i wszystko opowiedział. Kiedy skończył, obie były bardzo spokojne i całkiem nieruchome, jak dwa marmurowe posągi.

— Kiedy wyjeżdżasz? — spytała Tigris.

— Jutro rano — odparł.

— Kiedy wrócisz? — chciała wiedzieć Panibabka.

Nie był w stanie jej wyznać, że za dwadzieścia lat, nie miała szansy żyć tak długo. Następnym razem mógł ją zobaczyć tylko w mauzoleum.

— Nie wiem.

Skinęła głową na znak, że rozumie, po czym usiadła wygodniej.

— Pamiętaj, Coriolanusie, że dokądkolwiek trafisz, zawsze będziesz nazywał się Snow — oznajmiła. — Nikt ci tego nie odbierze.

Zastanawiał się, czy to właśnie ta niemożność bycia Snowem w powojennym świecie nie stanowiła największego problemu. Przecież dlatego zrobił to, co zrobił.

— Obym pewnego dnia był godny nosić to nazwisko — odparł.

— Chodź, Corio. — Tigris wstała. — Pomogę ci się spakować.

Poszedł za nią do swojego pokoju. Nie płakała. Wiedział, że aż do jego wyjazdu będzie się starała powstrzymywać łzy.

— Nie mam zbyt dużo do spakowania. Kazali mi włożyć stare ciuchy do wyrzucenia. Zapewniają mundury, środki higieniczne, wszystko. Mogę wziąć tylko te przedmioty osobiste, które się tu zmieszczą.

Wyciągnął z teczki pudełko o wymiarach dwadzieścia centymetrów na trzydzieści, głębokie na jakieś osiem. Oboje wpatrywali się w nie przez dłuższą chwilę.

— Co zabierzesz? — spytała Tigris. — To musi być coś ważnego.

Wziął zdjęcie matki, na którym trzymała go na rękach, fotografie ojca w mundurze, Tigris i Panibabki, a także kilkorga swoich przyjaciół. Stary mosiężny kompas, niegdyś własność ojca. Pomarańczową apaszkę z jedwabiu, w którą owinął dysk pudru o zapachu róży, wyłuskany ze srebrnej puderniczki po matce. Trzy chustki. Papeterię z pieczęcią rodziny Snowów. Swoją legitymację Akademii. Pamiątkę z dzieciństwa — odcinek biletu do cyrku, opatrzony stemplem areny. Odprysk marmuru z ruin po ataku bombowym. Czuł się całkiem jak Mamuś Plinth, z jej garstką pamiątek z Drugiego Dystryktu.

Tej nocy żadne z nich nie zmrużyło oka. Razem wyszli na dach i aż do wschodu słońca patrzyli na Kapitol.

— Myśleli, że nie masz szans — powiedziała Tigris. — Głodowe Igrzyska to nienormalna, okrutna kara. Jesteś dobrym człowiekiem. Jak można było oczekiwać, że ktoś taki jak ty będzie się stosował do ich zasad?

— Nie wolno ci nikomu tego mówić. To niebezpieczne — ostrzegł ją Coriolanus.

— Wiem — odparła. — I to też jest nienormalne.

Coriolanus wziął prysznic i przebrał się w wystrzępione spodnie od szkolnego munduru, wytarty podkoszulek oraz sfatygowane klapki, a następnie poszedł do kuchni i napił się herbaty. Przed wyjściem ucałował Panibabkę i po raz ostatni rozejrzał się po apartamencie.

W przedpokoju Tigris wręczyła mu stary kapelusz na lato i okulary przeciwsłoneczne, które niegdyś należały do jej ojca.

— To na podróż — wyjaśniła.

Coriolanus natychmiast się zorientował, że to przebranie. Z wdzięcznością założył okulary i wsunął loki pod kapelusz. W milczeniu szli opustoszałymi ulicami do ośrodka rekrutacyjnego. Na miejscu Coriolanus zatrzymał się i spojrzał na Tigris.

— Zostawiam wszystko na twojej głowie — przemówił głosem ochrypłym od emocji. — Mieszkanie, podatki, Panibabkę. Bardzo cię przepraszam. Zrozumiem, jeśli mi nigdy nie wybaczysz.

— Nie mam ci czego wybaczać — zapewniła go. — Napiszesz najszybciej, jak się da?

Uścisnęli się tak mocno, że poczuł, jak kilka szwów na jego ramieniu pęka z trzaskiem. Potem wszedł do ośrodka, gdzie kręciło się już ze trzystu obywateli Kapitolu, pragnących rozpocząć nowe życie. W Coriolanusie ożyła nadzieja. Mogli go przecież odrzucić ze względów zdrowotnych. Sekundę potem ta sama myśl wywołała w nim panikę. Jaki los go czekał, jeśliby tak się stało? Publiczna reprymenda? Więzienie? Dziekan Highbottom tego nie mówił, ale można się było spodziewać najgorszego. Badanie nie wykazało jednak żadnych nieprawidłowości. Nawet zdjęli mu szwy i nie skomentowali tego ani słowem. Czuł się nagi we fryzurze rekruta, która zastąpiła słynne loki, a jego aparycja tak bardzo się zmieniła, że teraz już nikt nie posyłał mu ciekawskich spojrzeń. Przebrał się w nowiutki mundur polowy i dostał worek marynarski z odzieżą na zmianę, zestaw do higieny osobistej, butelkę wody i kanapki z pasztetem na podróż pociągiem. Następnie podpisał stertę dokumentów, między innymi zlecenie, by połowa jego skromnych poborów trafiała do Tigris i Panibabki. Dzięki temu poczuł się odrobinę lepiej.

Ostrzyżony, przebrany i zaszczepiony Coriolanus pojechał wraz z innymi rekrutami autobusem na dworzec. Znalazł się w otoczeniu chłopców i dziewcząt z Kapitolu, przeważnie świeżo upieczonych absolwentów szkół średnich, w których rozdanie dyplomów nastąpiło wcześniej niż w Akademii. Coriolanus zaszył się w zakątku dworca, gdzie obejrzał kapitolińskie wiadomości. Obawiał się materiału o swojej trudnej sytuacji, lecz wyemitowano tylko standardowy sobotni program — prognozę pogody, informacje o objazdach z powodu robót drogowych i przepis na letnią sałatkę jarzynową. Zupełnie jakby nigdy nie było żadnych Głodowych Igrzysk.

Wymazali mnie, pomyślał. *A żeby to zrobić, musieli wymazać igrzyska.*

Kto wiedział o jego hańbie? Kadra pedagogiczna? Przyjaciele? Nikt się z nim nie skontaktował. Nawet jeśli jeszcze nie wiedzieli, wkrótce to się zmieni. Ludzie będą gadali, pojawią się plotki. Jakaś wykoślawiona i wybujała wersja prawdy stanie się tematem dnia. Och, Livia Cardew zatriumfuje, a na koniec nauki Clemensia zgarnie Nagrodę Plintha. Podczas miesięcznych wakacji będą o nim myśleli, ten i ów pewnie nawet zatęskni. Festus, może Lysistrata. Jego koledzy we wrześniu rozpoczną studia, a on stopniowo odejdzie w zapomnienie.

Wymazanie igrzysk oznaczało także wymazanie Lucy Gray. Gdzie teraz była? Czy naprawdę odesłali ją do domu? Czy w tej chwili wracała do Dwunastego Dystryktu, zamknięta w cuchnącym bydlęcym wagonie, w którym przywieziono ją do Kapitolu? Dziekan Highbottom sugerował, że taka kara spotka ją za oszukiwanie, ostateczne decyzje podejmowała jednak doktor Gaul, a nie należało liczyć na jej wyrozumiałość. Mogła nakazać uwięzić lub zabić Lucy Gray, lub zrobić z niej awoksę. W najgorszym scenariuszu czekał ją dożywotni los królika doświadczalnego w laboratorium grozy doktor Gaul.

Coriolanus przypomniał sobie, że jest w pociągu i zamknął oczy, żeby powstrzymać łzy. Mazanie się jak dziecko mogło mu tylko zaszkodzić, więc z wysiłkiem zapanował nad emocjami. Uspokoił się, gdy doszedł do wniosku, że odesłanie Lucy Gray do Dwunastego Dystryktu to prawdopodobnie najkorzystniejsze rozwiązanie dla Kapitolu. Może za jakiś czas doktor Gaul ponownie ją zaprezentuje, zwłaszcza jeśli Coriolanus będzie gdzieś daleko. Lucy Gray miała szansę wrócić i zaśpiewać na otwarciu następnych igrzysk. Jej wykroczenia, o ile w ogóle zrobiła coś złego, były drobne w porównaniu do jego przestępstw. A w dodatku widzowie ją pokochali, prawda? Może urok osobisty znowu ją uratuje.

Co pewien czas pociąg przystawał i wypluwał kolejnych rekrutów, albo w ich docelowym dystrykcie, albo z przeznaczeniem do dalszego transportu na północ, południe czy gdziekolwiek tam, gdzie ich przydzielono. Coriolanus czasami wyglądał przez okna na mijane martwe miasta, teraz zdane na pastwę żywiołów. Zastanawiał się wtedy, jak wyglądał świat, kiedy rozkwitały, kiedy była tu Ameryka Północna, a nie Panem. Na pewno wspaniale, na ziemi pełnej takich miejsc jak Kapitol. Co za strata…

Około północy drzwi przedziału się rozsunęły i do środka wpadły dwie dziewczyny, które skierowano do Ósmego Dystryktu. Okazało się, że przemyciły do pociągu prawie dwa litry poski. Było jak było, więc Coriolanus przez całą noc pomagał im w piciu alkoholu i obudził się dopiero dobę później, gdy parnym wtorkowym świtem pociąg wjeżdżał do Dwunastego Dystryktu.

Wytaczając się na peron, czuł, że ma język wyschnięty na wiór i boleśnie łupało go w głowie. Zgodnie z rozkazem, ustawił się w szeregu wraz z trojgiem pozostałych rekrutów i wspólnie czekali przez godzinę na Strażnika Pokoju, na oko niewiele starszego od nich, za którym wyszli ze stacji i ruszyli brudnymi ulicami. Z powodu upału i wilgoci powietrze osiągnęło stan pośredni pomiędzy cieczą a gazem. Coriolanus sam nie wiedział, czy je wdycha, czy wydycha. Wilgoć osiadała na jego ciele, nadając mu nieznany dotąd połysk, którego nie dało się wytrzeć. Zamiast wysychać, pot się nawarstwiał. Coriolanusowi ciekło z nosa, a pył węglowy sprawił, że smarki przybrały czarną barwę. Mokre skarpetki mlaskały w sztywnych butach. Po godzinnym marszu po żużlu i popękanym asfalcie ulicy pełnej odrażających domów dotarli do bazy, która miała być nowym domem Coriolanusa.

Dzięki ogrodzeniu wokół zabudowań, a także uzbrojonym Strażnikom Pokoju u bramy poczuł się mniej obnażony. Rekruci poszli za przewodnikiem, mijając różne nijakie budynki o szarych elewacjach. W koszarach obie dziewczyny odłączyły się od grupy, a on i drugi rekrut — wysoki, chudy jak patyk chłopak o imieniu Junius — trafili do pokoju z czterema piętrowymi pryczami i ośmioma szafkami. Dwie prycze były starannie zasłane, a na dwóch pozostałych, przy brudnym oknie z widokiem na śmietnik, leżały stosiki pościeli. Na polecenie opiekuna chłopcy nieporadnie posłali łóżka i Coriolanus zajął górne, przez wzgląd na lęk wysokości Juniusa. Resztę poranka mieli przeznaczyć na prysznic, rozpakowanie się i przejrzenie podręcznika szkoleniowego dla Strażników Pokoju, przed lunchem o jedenastej w kantynie.

Coriolanus stał pod prysznicem i z odchyloną głową połykał letnią wodę. Trzy razy wytarł się ręcznikiem, zanim w końcu pogodził się z faktem, że wilgoć na skórze jest tutaj czymś naturalnym. Ubrał się w czysty mundur polowy, rozpakował worek i położył swoje cenne pudełko na najwyższej półce w szafce. Potem wdrapał się na łóżko i udał, że pogrąża się w lekturze podręcznika. Nie chciał rozmawiać z Juniusem, nerwowym gościem, którego trzeba było podnosić na duchu, a Coriolanus nie miał na to ochoty. Korciło go, żeby mu powiedzieć: „Twoje życie dobiegło końca, młody Juniusie. Pogódź się z tym". Tyle tylko, że w ten sposób sprowokowałby go do dalszych zwierzeń, a nie miał siły się spierać. Nagły brak obowiązków — wobec szkoły, rodziny i własnej przyszłości — pozbawiał go sił. Przytłaczały go nawet najbardziej błahe zadania.

Kilka minut przed jedenastą przyszli po nich współlokatorzy — Smiley, gadatliwy i uśmiechnięty chłopak o okrągłej twarzy i Bug, jego drobny kumpel. We czwórkę ruszyli do kantyny z długimi stołami, przy których stały popękane plastikowe krzesła.

— Dzisiaj jest wtorek, więc będzie zapiekanka! — oznajmił Smiley.

Został Strażnikiem Pokoju zaledwie tydzień wcześniej, ale wyglądało na to, że nie tylko zna plan każdego dnia, lecz również chętnie go przestrzega. Coriolanus wziął wyżłobioną tacę z czymś, co wyglądało jak psie żarcie nadziewane ziemniakami. Głód i entuzjazm kolegów dodały mu odwagi, więc spróbował odrobinę brei, która okazała się całkiem niezła, choć dramatycznie przesolona. Dostał też dwie połówki gruszki w zalewie i duży kubek mleka. Może niezbyt wyszukane, ale sycące. Zrozumiał, że jako Strażnik Pokoju raczej nie będzie głodował — prawdę mówiąc, miał zagwarantowane solidniejsze wyżywienie niż w domu.

Smiley oświadczył, że są już kumplami na zabój, a przed końcem lunchu nowo przybyli otrzymali przezwiska Gent i Beanpole — Coriolanus dlatego, że przy stole zachowywał się elegancko, wręcz jak gentleman, a Junius ze względu na tyczkowatą budowę ciała. Coriolanusa ucieszył ten przydomek, gdyż w żadnym wypadku nie chciał być nazywany Snowem. Koledzy z pokoju nie komentowali jego nazwiska ani nie wspomnieli o Głodowych Igrzyskach. Jak się okazało, szeregowi żołnierze mieli dostęp tylko do jednego telewizora w świetlicy, który odbierał tak marnie, że rzadko go włączano. Jeśli Beanpole widział Coriolanusa w Kapitolu, nie skojarzył mentora na Głodowych Igrzyskach z mrukiem, obok którego siedział. Może nikt nie rozpoznał Coriolanusa, gdyż nikt nie spodziewał się go w takim miejscu. Niewykluczone, że jego sława ograniczała się tylko do Akademii oraz garstki bezrobotnych w Kapitolu, którzy mieli czas na oglądanie igrzysk. Coriolanus w końcu odprężył się na tyle, żeby wyznać, że jego ojciec był żołnierzem i zginął na wojnie, babka i kuzynka zostały w domu, a szkołę skończył w ubiegłym tygodniu.

Ze zdumieniem odkrył, że Smiley i Bug, jak również wielu innych Strażników Pokoju, to nie kapitolińczycy, lecz mieszkańcy dystryktów.

— Pewnie! — powiedział Smiley. — Praca Strażnika Pokoju to dobra fucha, jeśli się nadajesz. Lepsza niż harówa w fabryce. Jedzenia po uszy i pieniędzy tyle, że można podsyłać rodzinie. Niektórzy szydzą z takiej roboty, ale po mojemu wojna to przeszłość, a robota to robota.

— Nie przeszkadza ci, że pilnujesz swoich ziomków? — zainteresował się Coriolanus.

— To nie są moi ziomkowie, jestem z Ósemki. Nie zostawią cię tam, skąd pochodzisz. — Smiley wzruszył ramionami. — Zresztą teraz to ty jesteś moim ziomem, Gent.

Tego popołudnia Coriolanus poznał jeszcze innych członków swojej nowej rodziny, kiedy skierowano go do pracy w kuchni. Trafił pod opiekę Cookie'ego, starego żołnierza, który na wojnie stracił lewe ucho. Rozebrawszy się do pasa, Coriolanus stanął przy zlewie z gorącą wodą, po czym przez cztery godziny szorował garnki i opłukiwał tace z resztek jedzenia. Potem dostał kwadrans na zjedzenie dokładki zapiekanki i przez następnych kilka godzin mył mopem podłogi na korytarzach i w kantynie. Po powrocie do sypialni miał jeszcze pół godziny dla siebie, a kiedy o dziewiątej zgasły światła, padł w bokserkach na łóżko i zasnął.

O piątej rano był już ubrany i czekał na boisku, żeby na serio wziąć się do treningu. Na pierwszym etapie rekruci mieli osiągnąć akceptowalny poziom sprawności. Robił przysiady, biegał sprintem i ćwiczył musztrę tak długo, aż jego ubranie przesiąknęło potem, a na piętach porobiły się pęcherze. Nadzór profesor Sickle dobrze mu zrobił. Zawsze upierała się przy wyczerpujących ćwiczeniach i od dwunastego roku życia maszerował w szyku. Z kolei Beanpole miał dwie lewe nogi i zapadniętą klatkę, a przez swoją nieporadność stał się obiektem kpin i wyzwisk prowadzącego musztrę sierżanta. Zasypiając tamtej nocy, Coriolanus słyszał, jak Beanpole usiłuje stłumić szloch poduszką.

Nowe życie Coriolanusa składało się z części składowych, takich jak trening, posiłek, sprzątanie i sen. Wszystko to robił mechanicznie, lecz na tyle sprawnie, żeby nikt się do niego nie przyczepiał. Kiedy dopisało mu szczęście, wygospodarowywał dla siebie cenne pół godziny przed ciszą nocną, choć i tak był w stanie tylko wziąć prysznic i wgramolić się do łóżka.

Myśli o Lucy Gray nie dawały mu spokoju, lecz musiał postępować ostrożnie. Gdyby zaczął krążyć po bazie i ciągnąć ludzi za język, ktoś mógłby się połapać, jaką rolę odegrał w igrzyskach, a tego chciał za wszelką cenę uniknąć. Oddział miał wolne w niedziele, obowiązki kończyły się w sobotę o siedemnastej. Nowi rekruci otrzymali zakaz opuszczania bazy aż do następnego weekendu. Coriolanus postanowił, że pójdzie wtedy do miasta i dyskretnie wypyta miejscowych o Lucy Gray. Smiley mówił, że Strażnicy Pokoju chętnie odwiedzają Ćwiek, czyli stary magazyn węgla, w którym można było kupić bimber, a także kogoś do towarzystwa. Na głównym placu w Dwunastym Dystrykcie, gdzie organizowano dożynki, mieściło się kilka sklepików oraz zakładów rzemieślniczych, lecz po zmroku niewiele się tam działo.

Nie licząc Beanpole'a, który za swoje niedociągnięcia dostał dyżur w latrynie, współlokatorzy Coriolanusa zaszyli się w świetlicy, żeby po sobotniej kolacji pograć w pokera. On sam został w kantynie, gdzie bez pośpiechu kończył makaron z mięsem z puszki. Ponieważ Smiley zwykle rozpraszał wszystkich swoją paplaniną, Coriolanus po raz pierwszy mógł dobrze się przyjrzeć innym strażnikom. Najmłodsi byli jeszcze nastolatkami, najstarszy wyglądał jak rówieśnik Panibabki. Niektórzy ze sobą rozmawiali, lecz większość milczała, z przygnębieniem żując makaron. Coriolanusowi przyszło do głowy, że właśnie ujrzał swoją przyszłość.

Koniec końców postanowił spędzić wieczór w koszarach. Resztki pieniędzy zostawił rodzinie, więc nie miał czym zagrać w karty. Brakowało mu nawet na drobne wydatki, dlatego musiał czekać na wypłatę, która przypadała pierwszego dnia miesiąca. Co ważniejsze, dostał list od Tigris i pragnął przeczytać go na osobności. Zaszył się z dala od innych, wolny od widoku, głosu i zapachu towarzyszy. Taka bliskość go przytłaczała, bo przywykł do zasypiania w samotności. Położył się na pryczy i ostrożnie otworzył list.

Kochany Corio,

Jest poniedziałkowy wieczór, a po Twoim wyjeździe apartament wydaje się pusty. Panibabka chyba nie bardzo rozumie, co się dzieje, bo dzisiaj dwa razy spytała, o której wrócisz i czy zaczekamy z kolacją. Niektórzy już wiedzą, co Cię spotkało. Poszłam porozmawiać z Pluribusem. Powiedział, że dotarły do niego różne plotki: że z miłości pojechałeś za Lucy Gray do Dwunastki, że świętując zwycięstwo, upiłeś się i zaciągnąłeś w ramach zakładu, że wbrew regułom sam przesłałeś Lucy Gray prezenty na arenę, że podpadłeś dziekanowi Highbottomowi. Powtarzam ludziom, że idziesz w ślady ojca i spełniasz obowiązek wobec państwa.

Dzisiaj wieczorem wpadli Festus, Persephone i Lysistrata, bardzo się o Ciebie martwią. Pani Plinth dzwoniła, pytając o Twój adres. Chyba zamierza do Ciebie napisać.

Już oficjalnie wystawiamy apartament na sprzedaż, dzięki pomocy ze strony Dolittle'ów. Pluribus mówi, że jeśli nie uda się nam od razu znaleźć jakiegoś lokalu, udostępni nam dwa wolne pokoje nad klubem. Zapewnia, że będę mogła pomagać z kostiumami, kiedy znowu otworzy interes. Do tego znalazł kupców na kilka mebli. Jest bardzo miły i prosi, żeby przekazać pozdrowienia Tobie i Lucy Gray. Udało Ci się z nią spotkać? To jedyny jasny punkt w tym całym szaleństwie.

Przepraszam, że tak krótko, ale zrobiło się późno, a ja mam jeszcze mnóstwo pracy. Chciałam napisać choć kilka słów, żebyś wiedział, jak bardzo Cię kochamy i tęsknimy za Tobą. Wiem, że jest Ci ciężko, ale nie trać nadziei. To dzięki niej przetrwaliśmy najmroczniejsze czasy. Tak będzie i teraz. Napisz, proszę, o swoim życiu w Dwunastce. Może nie jest idealne, ale kto wie, czym zaowocuje?

Snow zawsze na szczycie,
Tigris

Coriolanus ukrył twarz w dłoniach. Nazwisko Snow stało się dla Kapitolu obiektem drwin? Panibabka traci rozum? Zamieszkają w dwóch nędznych pokoikach nad nocnym klubem, w których Tigris będzie szyła cekinowe trykoty? Czy taki los czekał wspaniałą rodzinę Snowów?

A co z nim, Coriolanusem Snowem, przyszłym prezydentem Panem? Oczyma duszy ujrzał swoje tragiczne i bezsensowne życie. Zobaczył siebie za dwadzieścia lat, kiedy zmieni się w tępego, niepamiętającego o swoim pochodzeniu grubasa, z umysłem w stanie tak zaawansowanego zaniku, że nie pojawi się w nim nic poza najprostszymi, zwierzęcymi myślami o głodzie i śnie. Lucy Gray, ofiara eksperymentów doktor Gaul, już od dawna nie będzie żyła, a jego serce umrze wraz z nią. Dwadzieścia straconych lat, i co potem? Co zrobi, gdy skończy się czas jego służby? Po prostu zaciągnie się na nowo, bo nawet wtedy upokorzenie okaże się nie do zniesienia. Co czekałoby go w Kapitolu, gdyby jednak tam pojechał? Panibabka już by nie żyła. Tigris, w średnim wieku, lecz z wyglądu starsza, pracowałaby niewolniczo jako szwaczka. Już nie dobra dla wszystkich, a bezbarwna, wyśmiewana przez tych, których musiała zadowalać, żeby zarobić na życie. Nie, nigdy tam nie wróci. Zostanie w Dwunastce jak ten stary człowiek w kantynie, gdyż właśnie takie czekało go życie. Bez partnerki, bez dzieci, z adresem w koszarach. Jego rodziną będą inni Strażnicy Pokoju. Smiley, Bug, Beanpole. Jego gromada braci. Już nigdy nie zobaczy nikogo z domu. Nigdy, przenigdy.

Dojmujący ból ścisnął mu serce, kiedy ogarnęła go trująca fala tęsknoty i rozpaczy. Był pewien, że to zawał, ale zamiast wezwać pomoc, skulił się i przycisnął twarz do ściany. *Może to i dobrze*, pomyślał, *bo i tak nie było wyjścia z tej sytuacji*. Nie miał dokąd uciec i nie mógł liczyć na ratunek. W przyszłości nie czekało go nic poza piekłem na ziemi. Na co miał się cieszyć? Na zapiekankę ziemniaczaną z mięsem? Na cotygodniowy kubek dżinu? Może awansuje i nie będzie już zmywał naczyń, tylko je szorował? Czy nie lepiej było umrzeć od razu, zamiast ciągnąć to przez długie, pełne bólu lata?

Wydało mu się, że gdzieś w oddali trzasnęły drzwi i na korytarzu rozległ się odgłos kroków. Ktoś na chwilę przystanął i ponownie ruszył w jego kierunku. Coriolanus zacisnął zęby. Chciał, żeby jego serce natychmiast przestało bić, ponieważ on i świat nie mieli już ze sobą nic wspólnego. Nadeszła pora rozstania. Kroki były coraz głośniejsze, aż w końcu ucichły na progu pokoju Coriolanusa. Ktoś na niego patrzył? Czy to patrol? Czy strażnicy gapili się, jak leżał w tej żenującej pozycji? Sycili wzrok jego niedolą? Czekał na śmiech, na szyderstwa i nieunikniony dyżur w latrynie.

Tymczasem usłyszał cichy głos.

— Czy to łóżko jest wolne?

Cichy, dziwnie znajomy głos…

Coriolanus obrócił się na łóżku i szeroko otworzył oczy, a one potwierdziły to, co jego uszy już wiedziały. Na progu, w świeżo wypakowanym mundurze polowym, który dziwnie dobrze na nim wyglądał, stał Sejanus Plinth.

22

Coriolanus jeszcze nigdy nie cieszył się tak bardzo na czyjś widok.

— Sejanus! — zawołał.

Zeskoczył z pryczy, chwiejnie wylądował na pomalowanym betonie i otoczył przybysza ramionami.

Sejanus również go objął.

— To nietypowo ciepłe powitanie jak na kogoś, kto omal przeze mnie nie zginął — powiedział.

Coriolanus zaśmiał się nieco histerycznie i przez moment zastanowił się nad tymi słowami. Faktycznie, otarł się o śmierć, kiedy Sejanus wdarł się na arenę, ale obarczanie go winą za wszystko inne byłoby grubą przesadą. Sejanus zachowywał się nieznośnie, lecz nie przyłożył ręki do wendety, którą dziekan Highbottom prowadził przeciwko ojcu Coriolanusa. Nie miał też nic wspólnego z wypłynięciem sprawy chustki.

— Skąd, to nie tak — zaprzeczył Coriolanus.

Odsunął się i popatrzył na niego z uwagą. Sejanus miał ciemne kręgi pod oczami i stracił co najmniej siedem kilo. Wydawał się jednak odprężony, jakby zrzucił z barków wielki ciężar, który dźwigał w Kapitolu.

— Co tu robisz? — spytał Coriolanus.

— Hm. Niech pomyślę. Po tym, jak przeciwstawiłem się Kapitolowi, wchodząc na arenę, mnie też groziło wyrzucenie ze szkoły. Ojciec poszedł do zarządu i zadeklarował, że sfinansuje nową halę sportową dla Akademii, jeśli dadzą mi dyplom i pozwolą zaciągnąć się do Strażników Pokoju. Zgodzili się, ale ja powiedziałem, że nic z tego, jeśli i ty nie dostaniesz dyplomu. No cóż, profesor Sickle naprawdę zależało na hali sportowej, więc oznajmiła, że w sumie czemu nie, skoro i tak obaj znikniemy na dwadzieścia lat? — Sejanus położył worek na podłodze i wyciągnął pudełko z drobiazgami.

— Dostałem dyplom? — zdumiał się Coriolanus.

Sejanus wyjął ze środka małą skórzaną teczkę z godłem szkoły i z przesadnym namaszczeniem wręczył ją Coriolanusowi.

— Moje gratulacje — powiedział. — Jesteś absolwentem Akademii.

Coriolanus otworzył teczkę i popatrzył na dyplom z wypisanym zamaszyście swoim nazwiskiem. Z pewnością przygotowano go znacznie wcześniej, gdyż widniał na nim dopisek: *Ze szczególnym wyróżnieniem.*

— Dziękuję. To chyba głupie, ale ten papierek nadal ma dla mnie znaczenie.

— Dyplom będzie się liczył, jeśli kiedyś postanowisz zdawać egzamin oficerski. Do awansu potrzeba świadectwa ukończenia szkoły średniej. Dziekan Highbottom oświadczył, że szkoła powinna pozbawić cię tej możliwości. Jak twierdził, złamałeś reguły igrzysk, żeby pomóc Lucy Gray. Tak czy inaczej, został przegłosowany. — Sejanus zachichotał. — Naprawdę działa ludziom na nerwy.

— Nie spotkałem się z powszechnym potępieniem? — zdziwił się Coriolanus.

— Za co? Za to, że się zakochałeś? Moim zdaniem ludzie raczej ci współczują. Jak się okazało, wśród naszych nauczycieli jest sporo romantyków — odparł Sejanus. — A Lucy Gray zrobiła świetne wrażenie.

— Gdzie ona jest? — Coriolanus chwycił go za rękę. — Wiesz, co się z nią stało?

Sejanus pokręcił głową.

— Zwycięzców zwykle odsyłają do ich dystryktów, prawda?

— Boję się, że ją też ukarali za oszustwo — wyznał Coriolanus. — Majstrowałem przy wężach, żeby jej nie pogryzły. A ona użyła trutki na szczury.

— Więc o to chodziło. Nic o tym nie słyszałem. I nic nie wiem o tym, żeby została ukarana — zapewnił go Sejanus. — Prawdę mówiąc, jest tak utalentowana, że w przyszłym roku pewnie będą chcieli sprowadzić ją z powrotem.

— Też o tym myślałem. Może Highbottom miał rację, kiedy mówił, że ją odeślą. — Coriolanus usiadł na łóżku Beanpole'a i wbił wzrok w dyplom. — Wiesz, gdy się zjawiłeś, rozmyślałem o zaletach samobójstwa.

— Co takiego? Teraz, kiedy w końcu uwolniłeś się spod władzy dziekana Highbottoma i okropnej doktor Gaul? Kiedy dziewczyna twoich marzeń jest w zasięgu ręki? Kiedy Mamuś właśnie w tej chwili specjalnie dla ciebie pakuje domowe wypieki do skrzyni wielkości ciężarówki? — wyliczał Sejanus. — Przyjacielu, twoje życie dopiero się zaczyna!

Coriolanus zachichotał i po chwili obaj zanosili się śmiechem.

— Więc nie wylądowaliśmy na dnie? — spytał.

— Powiedziałbym, że to dla nas wybawienie. No, w każdym razie dla mnie. Och, Corio, nawet nie wiesz, jak bardzo się cieszę, że stamtąd uciekłem. — Sejanus spoważniał. — Nigdy nie lubiłem Kapitolu, ale po Głodowych Igrzyskach i po tym, co spotkało Marcusa... Nie wiem, czy sobie żartowałeś z tym samobójstwem, ale dla mnie to nie był dowcip. Wszystko już sobie obmyśliłem...

— Nie. Nie, Sejanusie — przerwał mu Coriolanus. — Nie dajmy im tej satysfakcji.

Sejanus zamyślił się i pokiwał głową, po czym przetarł twarz rękawem.

— Ojciec mówi, że tu wcale nie będzie lepiej. W dystryktach pozostanę chłopakiem z Kapitolu. No i trudno, gorzej też na pewno nie będzie. Jak tu jest?

— Maszerujemy albo myjemy podłogę — oznajmił Coriolanus. — To bardzo otępia.

— I dobrze. Przyda mi się odrobina otępienia po tych nieustannych dyskusjach z ojcem — odparł Sejanus. — W tej chwili nie chcę prowadzić żadnej poważnej rozmowy, bez względu na temat.

— Wobec tego pokochasz naszych współlokatorów.

Coriolanus odzyskał cień nadziei, a ból w jego piersi ustąpił. Lucy Gray, przynajmniej oficjalnie, uniknęła kary. Podniosła go na duchu sama świadomość, że nadal miała sprzymierzeńców w Kapitolu. To, co Sejanus mówił o awansie na oficera, nie dawało mu spokoju. Może jednak istniało wyjście z tej fatalnej sytuacji? Inna droga ku wpływom i władzy? Chwilowo pokrzepiła go świadomość, że dziekan Highbottom bał się takiego scenariusza.

— Świetnie — ucieszył się Sejanus. — Zamierzam rozpocząć tutaj zupełnie nowe, piękne życie. Takie, które mi pozwoli na mój skromny sposób poprawić świat.

— To się trochę napracujesz — zauważył Coriolanus. — Nie mam pojęcia, co mnie opętało, że poprosiłem o przydział do Dwunastki.

— Och, to zupełny przypadek — zażartował Sejanus.

Coriolanus poczuł, że głupio się zarumienił.

— Nawet nie wiem, jak ją znaleźć — wyznał. — Ani czy nadal jest mną zainteresowana. W końcu tyle się zmieniło…

— Żartujesz sobie? Jest w tobie zakochana po uszy! — zapewnił go Sejanus. — Nie martw się, znajdziemy ją.

Coriolanus pomagał mu się rozpakować i słać łóżko, a jednocześnie wysłuchiwał nowin z Kapitolu. Jego podejrzenia na temat Głodowych Igrzysk okazały się słuszne.

— Już następnego ranka nie było o nich mowy — powiedział Sejanus. — Kiedy poszedłem do Akademii na egzamin, słyszałem, jak część nauczycieli rozmawia o tym, jakim strasznym błędem było zaangażowanie uczniów, więc myślę, że to się więcej nie powtórzy. Ale wcale się nie zdziwię, jeśli w przyszłym roku znowu zobaczymy Lucky'ego Flickermana i pocztę gotową przyjmować prezenty i zakłady.

— Nasza spuścizna — mruknął Coriolanus.

— Na to wygląda — przyznał Sejanus. — Satiria powiedziała profesor Sickle, że doktor Gaul za nic nie zrezygnuje z igrzysk. To chyba część jej niekończącej się wojny. Zamiast bitew mamy Głodowe Igrzyska.

— Tak, żeby karać dystrykty i przypominać nam, jakimi jesteśmy bestiami — zgodził się Coriolanus i w skupieniu ułożył w szafce starannie poskładane skarpetki Sejanusa.

— Co? — Sejanus spojrzał na niego dziwnie.

— Sam nie wiem — przyznał Coriolanus. — Chodzi o to... Wiesz, że Gaul ciągle torturuje króliki albo rozpuszcza ciała zwierząt i tak dalej?

— Tak jakby to jej sprawiało przyjemność? — spytał Sejanus.

— Właśnie tak. Moim zdaniem uważa, że z natury rzeczy wszyscy jesteśmy mordercami i mamy wrodzoną skłonność do agresji — powiedział Coriolanus. — Głodowe Igrzyska mają nam przypominać, jakimi jesteśmy potworami i jak bardzo potrzebujemy Kapitolu, bo chroni nas przed chaosem.

— Więc nie dość, że świat jest brutalny, to ludzie jeszcze czerpią frajdę z jego brutalności? To jak w wypracowaniu o wszystkim, co kochaliśmy w wojnie — odparł Sejanus. — Zupełnie jakby była czymś w rodzaju wielkiego widowiska. — Pokręcił głową. — I to tyle, jeśli chodzi o unikanie myślenia.

— Mniejsza z tym — westchnął Coriolanus. — Cieszmy się, że mamy ją z głowy.

Zjawił się wyraźnie przybity Beanpole, zalatujący pisuarami i chlorem. Coriolanus przedstawił go Sejanusowi, a kiedy ten dowiedział się o niedoli nowego kolegi, obiecał mu pomóc z musztrą.

— W szkole sam długo się męczyłem, zanim ją opanowałem — powiedział krzepiąco. — Ale skoro mnie się udało, i ty sobie poradzisz.

Smiley i Bug przyszli niedługo później i ciepło powitali Sejanusa. Zgrali się w pokera, ale już nie mogli się doczekać imprezy zapowiedzianej na następną sobotę.

— Na Ćwieku wystąpi zespół — oznajmił Smiley.

— Zespół? — Coriolanus niemal skoczył ku niemu. — Jaki zespół?

— Nie pamiętam. — Smiley wzruszył ramionami. — Zaśpiewa jakaś dziewczyna, podobno świetna. Lucy jakaś tam.

Lucy jakaś tam. Coriolanus uśmiechnął się od ucha do ucha, a jego serce gwałtownie załomotało.

Sejanus też uśmiechnął się szeroko.

— Poważnie? — spytał. — W takim razie jest się na co cieszyć.

Po zgaszeniu świateł Coriolanus z błogą miną wpatrywał się w sufit. Nie dość, że Lucy Gray żyła, to jeszcze znajdowała się w Dwunastce i mógł spotkać się z nią już za tydzień. Jego dziewczyna. Jego ukochana. Jego Lucy Gray. Przetrwali dziekana Highbottoma, doktor Gaul i igrzyska. Po wielu tygodniach strachu, tęsknoty i niepewności weźmie ją w ramiona i nigdy jej nie puści. Przecież właśnie dlatego wybrał ten dystrykt.

Nie chodziło jednak tylko o Lucy Gray. Choć to zakrawało na ironię, przyjazd Sejanusa, który irytował go od dziesięciu lat, pomógł mu odzyskać chęć życia. Nie chodziło również tylko o dyplom, obiecane słodycze, zapewnienie, że w Kapitolu nie darzą go pogardą, nawet nie o perspektywę oficerskiej kariery. Coriolanusowi ogromnie ulżyło, że mógł porozmawiać z kimś, kto znał jego świat i, co ważniejsze, jego prawdziwą wartość w tym świecie. Podniosła go na duchu świadomość, że Strabo Plinth pozwolił Sejanusowi nalegać, aby przyznanie dyplomów im obu było warunkiem sfinansowania hali sportowej. Coriolanus uznał, że to częściowe wynagrodzenie za uratowanie życia Sejanusowi. Stary Plinth z pewnością go nie zapomniał i może nawet był gotów użyć bogactwa oraz wpływów, aby pomóc mu w przyszłości. Poza tym Mamuś go uwielbiała. Może sytuacja nie była aż tak tragiczna.

Dzięki przybyciu Sejanusa i jeszcze kilku maruderów z dystryktów zebrało się ich dwudziestu, dzięki czemu powstała pełna drużyna, gotowa do rozpoczęcia szkolenia. Rygor panujący w Akademii niewątpliwie dał Coriolanusowi i Sejanusowi przewagę w treningu sportowym i w musztrze, ale na zajęcia strzeleckie poszli zupełnie nieprzygotowani. Standardowy pistolet maszynowy Strażnika Pokoju był imponującą bronią z magazynkiem na sto nabojów. Na dobry początek rekruci musieli zapamiętać jej elementy, a także nauczyć się ją czyścić oraz składać i rozkładać. Po niezliczonych powtórkach potrafili to robić obudzeni w środku nocy. Pierwszego dnia na strzelnicy Coriolanus traktował broń z lekką nieufnością, gdyż dręczyły go koszmarne wspomnienia z wojny. Przekonał się jednak, że z własnym pistoletem maszynowym czuje się bezpieczniej. Dzięki niemu miał większą władzę. Sejanus okazał się urodzonym strzelcem wyborowym i wkrótce dostał przydomek Bull's Eye. Coriolanus zauważył, że choć nie protestował, nie był też zachwycony.

Pierwszego sierpnia w poniedziałek rozczarowani usłyszeli, że wypłatę dostaną dopiero po całym miesiącu służby. Szczególnie przybity był Smiley, gdyż całkiem się spłukał podczas weekendowych hulanek. Coriolanus też poczuł ciężar na sercu. Jak mógł liczyć na spotkanie z Lucy Gray, skoro nie stać go było na bilet?

W czwartek, po trzech dniach szkolenia, doczekali się jaśniejszej chwili. Dotarły paczki od pani Plinth, wypełnione po brzegi słodkościami. Beanpole, Smiley i Bug jak zaczarowani wpatrywali się w wypakowywane wiśniowe tarty, kulki z karmelizowanego popcornu i czekoladowe ciastka z lukrem. Sejanus i Coriolanus wszystkim się podzielili, tym samym wzmacniając braterskie relacje.

— Wiecie co? — wymamrotał Smiley z ustami pełnymi tarty. — Założę się, że jakbyśmy chcieli, to moglibyśmy w sobotę trochę tego wymienić. Na przykład na dżin.

Wszyscy się zgodzili i część słodyczy odłożono na wielką imprezę w sobotni wieczór.

Podkręcony cukrem Coriolanus nakreślił kilka słów podziękowania do Mamuś, a do Tigris napisał list, w którym ją zapewniał, że dobrze się miewa. Starał się nie rozwodzić nad wyczerpującą rutyną i więcej miejsca poświęcić perspektywie awansu. Wcześniej znalazł sfatygowany podręcznik dla kandydatów do sprawdzianu oficerskiego, z przykładowymi pytaniami do oceny przygotowania szkolnego, głównie ze słownictwa, matematyki i orientacji w terenie. Musiał wyuczyć się podstawowych zasad i przepisów, żeby rozwiązać zadania z sekcji wojskowej. Zdanie egzaminu nie oznaczało automatycznego awansu, tylko przystąpienie do szkolenia oficerskiego. Coriolanus miał dobre przeczucia co do swoich szans, gdyż wielu innych rekrutów było półanalfabetami. Przekonał się o tym podczas kilku lekcji o wartościach i tradycjach Strażników Pokoju. Przekazał Tigris niespecjalnie optymistyczne wiadomości o wypłacie, ale dodał, że od pierwszego września pieniądze powinny przychodzić jak w zegarku. Wydłubując językiem prażoną kukurydzę, która utkwiła mu między zębami, napisał jeszcze o przyjeździe Sejanusa. Dodał, że w nagłej potrzebie Tigris powinna zwrócić się do pani Plinth, bo raczej można na nią liczyć.

W piątkowy poranek zjedli śniadanie w pełnej napięcia atmosferze. Smiley dowiedział się od pielęgniarki w klinice, że miesiąc wcześniej, mniej więcej w czasie dożynek, doszło do wybuchu w kopalni. Zginął Strażnik Pokoju i dwóch szefów Dwunastego Dystryktu. Śledztwo doprowadziło do aresztowania mężczyzny, którego bliscy w czasie wojny zasłynęli jako przywódcy rebeliantów. Powieszenie sprawcy zostało wyznaczone na trzynastą, a ponieważ robotnicy mieli obejrzeć egzekucję, zadecydowano o chwilowym zamknięciu kopalni.

Coriolanus nie miał doświadczenia, więc uznał, że jego to nie dotyczy, i spokojnie zajmował się codziennymi sprawami. Podczas musztry zjawił się jednak dowódca bazy, stary cap o nazwisku Hoff, i przez chwilę obserwował rekrutów. Przed odejściem zamienił kilka słów z sierżantem, który natychmiast kazał wystąpić Coriolanusowi i Sejanusowi.

— Wy dwaj po południu weźmiecie udział w obstawie egzekucji — oznajmił. — Dowódca potrzebuje liczebniejszego oddziału i szuka rekrutów, którzy poradzą sobie podczas musztry. W południe zgłosicie się do transportu, ubrani w galowe mundury. Wykonujcie rozkazy, a wszystko będzie w porządku.

Coriolanus i Sejanus szybko przełknęli lunch i wrócili do koszar, żeby się przebrać.

— Czy morderca specjalnie wziął na cel Strażnika Pokoju? — spytał Coriolanus, po raz pierwszy wkładając wyprasowany biały mundur.

— Słyszałem, że próbował sabotować produkcję węgla i przypadkowo zabił trzech ludzi — odparł Sejanus.

— Sabotował produkcję? Po co? — zdziwił się Coriolanus.

— Nie wiem. Może chciał wzniecić następne powstanie?

Coriolanus tylko pokręcił głową. Dlaczego tym ludziom się wydawało, że sam gniew wystarczy do rozpętania rebelii? Nie mieli ani wojska, ani broni, ani władzy. W Akademii nauczyciele mówili, że niedawną wojnę wszczęli buntownicy z Trzynastego Dystryktu, którzy zdołali przejąć i rozdać broń oraz środki łączności swoim wspólnikom w całym Panem. Trzynastka wyparowała jednak w wybuchu jądrowym, a wraz z nią majątek Snowów. Nie pozostało nic, a jakiekolwiek pomysły dotyczące ponownej rebelii były czystą głupotą.

Gdy się zgłosili, Coriolanus ze zdumieniem przyjął broń, gdyż jego szkolenie było w najlepszym wypadku podstawowe.

— Bez obaw, major powiedział, że mamy tylko stać na baczność — zapewnił go inny rekrut.

Załadowano ich na ciężarówkę, która wytoczyła się z bazy i ruszyła drogą okalającą Dwunasty Dystrykt. Coriolanus czuł się zdenerwowany — w końcu jechał na pierwszą prawdziwą akcję Strażników Pokoju — ale i trochę podekscytowany. Kilka tygodni temu chodził jeszcze do szkoły, a teraz nosił mundur i broń. Uważano go za mężczyznę. Nawet najniższy rangą Strażnik Pokoju był powiązany z Kapitolem, dzięki czemu miał pewną władzę. Na myśl o tym Coriolanus uniósł wyżej głowę.

Ciężarówka pędziła wokół dystryktu, a Coriolanus przyglądał się budynkom, które z obskurnych zmieniały się w nędzne. Drzwi i okna rozpadających się domów zionęły pustką w upale. Kobiety o zapadniętych twarzach siedziały na progach i patrzyły na półnagie dzieci ze sterczącymi żebrami, bawiące się apatycznie na brudnej ziemi. Ustawione na niektórych podwórzach pompy świadczyły o braku bieżącej wody, a zwisające przewody dowodziły, że często nie ma tu prądu.

Ten obraz skrajnej nędzy budził w Coriolanusie strach. Przez większość życia był bez grosza, ale Snowowie zawsze ciężko pracowali, żeby utrzymywać przyzwoity poziom. Ci ludzie dali za wygraną, a głos w jego głowie szeptał, że sami są sobie winni. Pokręcił głową.

— Pompujemy tyle pieniędzy w dystrykty — westchnął.

To musiała być prawda. W Kapitolu wszyscy się na to skarżyli.

— Pompujemy pieniądze w nasz przemysł, a nie w dystrykty jako takie — zauważył Sejanus. — Ludzie sami muszą sobie radzić.

Ciężarówka z terkotem zjechała z żużlu na drogę gruntową wokół dużego pola ubitej ziemi i chwastów, kończącego się pod linią drzew. W kapitolińskich parkach było trochę zagajników, zazwyczaj starannie wypielęgnowanych. Coriolanus zakładał, że zbliżają się do czegoś, co ludzie nazywają lasem czy wręcz puszczą. Gęste drzewa, pnącza i zarośla rozciągały się w każdym kierunku, niepokojąco dziko. Kto wiedział, jakie stworzenia tam mieszkają? Bzyczenie, brzęczenie i szelesty wytrącały go z równowagi. Miejscowe ptaki robiły przeraźliwy hałas!

Na skraju lasu rosło olbrzymie drzewo o konarach rozłożonych niczym wielkie, sękate ramiona. Na jednej z gałęzi, nietypowo poziomej, zawieszono sznur z pętlą, a bezpośrednio pod nim stała zbita z desek prowizoryczna platforma z dwiema klapami.

— Ciągle obiecują nam przyzwoitą szubienicę — poskarżył się major w średnim wieku. — Na razie nasi ludzie sklecili coś takiego. Kiedyś podnosiliśmy skazanych z ziemi, ale koszmarnie powoli umierali. Kto ma na to czas?

Jedna z rekrutek, którą Coriolanus widział już podczas przemarszu do bazy, nieśmiało podniosła rękę.

— Przepraszam, ale kogo wieszamy? — spytała.

— Och, jakiegoś malkontenta, który próbował doprowadzić do zamknięcia kopalni — odparł major. — Wszyscy są malkontentami, ale ten to prowodyr. Nazywa się Arlo jakiś tam. Wciąż tropimy pozostałych, choć nie wiem, dokąd zamierzają uciec. Tutaj nie ma dokąd wiać. No dobra, wszyscy wysiadka!

Coriolanus i Sejanus mieli tu pełnić głównie dekoracyjną rolę. Stali w pozycji spocznij w ostatnim szeregu jednej z dwóch dwudziestoosobowych drużyn, które rozmieszczono po bokach platformy. Kolejna sześćdziesiątka Strażników Pokoju zajęła stanowiska wzdłuż skraju pola. Coriolanus był niezadowolony, że musi stać plecami do nieokiełznanej flory i fauny, ale rozkaz to rozkaz. Patrzył przed siebie, za pole, w kierunku dystryktu, z którego zaczął napływać nieprzerwany strumień ludzi. Ich wygląd i pokryte węglowym pyłem twarze wskazywały na to, że wielu z nich przyszło prosto z kopalń. Dołączyły do nich niewiele czystsze kobiety z dziećmi i rodziny ustawiły się na polu. Coriolanus poczuł niepokój, kiedy dziesiątki miejscowych zmieniły się w setki, a nowi nie przestawali nadciągać, przez co tłum niebezpiecznie przybliżał się do strażników.

Trzy samochody powoli jechały drogą w kierunku szubienicy. Z pierwszego, starego pojazdu, który przed wojną musiał uchodzić za luksusowy, wysiadł Lipp, burmistrz Dwunastki, a za nim ufarbowana na blond kobieta w średnim wieku. Ostatnia wyłoniła się Mayfair, dziewczyna, na którą Lucy Gray napuściła węża w dniu dożynek. Cała trójka zbiła się w gromadkę obok platformy. Drugim samochodem, z łopoczącą chorągiewką Panem na masce, przyjechał komendant Hoff wraz z szóstką oficerów. Tłum zafalował niespokojnie, kiedy otworzyły się tylne drzwi trzeciego pojazdu, białej furgonetki Strażników Pokoju. Ze środka wyskoczyli dwaj mundurowi i pomogli wysiąść więźniowi. Zakuty w ciężkie kajdany wysoki, szczupły mężczyzna zdołał się wyprostować i pod eskortą przejść do platformy. Z trudnością wciągnął łańcuchy po chwiejnych schodkach, a strażnicy ustawili go na jednej z dwóch klap.

Major wydał brzmiącą jak szczeknięcie komendę, by wszyscy stanęli na baczność, a Coriolanus odruchowo się wyprostował. Zasadniczo powinien patrzeć przed siebie, lecz ukryty w ostatnim szeregu, kątem oka śledził przebieg zdarzeń. Dotąd nie miał okazji obejrzeć egzekucji na żywo — transmitowano je w telewizji — i teraz z jakiegoś powodu nie mógł oderwać wzroku.

Tłum umilkł, a Strażnik Pokoju odczytał listę zbrodni Arlo Chance'a, wśród nich zamordowanie trzech osób. Strażnik usiłował mówić głośno i dobitnie, lecz w wilgotnym i gorącym powietrzu jego głos brzmiał żałośnie. Kiedy skończył, komendant skinął głową Strażnikom Pokoju na podwyższeniu. Zaproponowali skazanemu opaskę na oczy, a gdy odmówił, założyli mu pętlę na szyję. Arlo Chance stał spokojnie i zapatrzony w dal, czekał na swój koniec.

Z boku platformy zaterkotał werbel i w tej samej chwili ktoś z przodu tłumu krzyknął. Coriolanus z ciekawością zerknął w tamtą stronę. Młoda kobieta o oliwkowej cerze i długich czarnych włosach unosiła się ponad ludzką masą, szamocząc się w ramionach jakiegoś mężczyzny, który usiłował ją wynieść. Rozpaczliwie walczyła, żeby przedostać się bliżej rusztowania.

— Arlo! Arlo! — wrzeszczała piskliwie.

Strażnicy Pokoju już się ku niej zbliżali.

Głos kobiety wywarł elektryzujący wpływ na Arlo. Na jego twarzy odmalowało się zdumienie, a potem zgroza.

— Uciekaj! — ryknął. — Uciekaj, Lil! Uciekaj! Ucie...!

Trzaśnięcie uwalnianej klapy i łoskot naprężanego sznura przerwały mu wpół słowa. Tłum wstrzymał oddech. Arlo spadł z wysokości pięciu metrów i wyglądało na to, że zginął na miejscu.

Zapadła złowróżbna cisza. Coriolanus czuł, jak pot spływa mu po żebrach. Czekał, co się wydarzy. Czy ludzie zaatakują? Czy będzie musiał do nich strzelać? Czy pamiętał, jak funkcjonuje jego broń? Wytężył słuch w oczekiwaniu na rozkaz, ale usłyszał tylko głos martwego mężczyzny, w niewyjaśniony sposób dobiegający od lekko rozkołysanych zwłok.

— *Uciekaj! Uciekaj, Lil! Ucie…!*

23

Coriolanus poczuł na plecach ciarki. Wyczuwał, że pozostali rekruci przestępują z nogi na nogę.

— *Uciekaj! Uciekaj, Lil! Ucie...!*

Krzyk brzmiał coraz głośniej. Coriolanus miał wrażenie, że go pochłania, odbija się od drzew i atakuje od tyłu. Przez chwilę podejrzewał, że oszalał. Wbrew rozkazom raptownie odwrócił głowę, niemal oczekując, że ujrzy armię Arlów, wyłaniającą się z gęstego lasu. Nic się jednak nie wydarzyło, nikt się nie pojawił. Potem głos rozległ się ponownie — dobiegał z gałęzi kilka metrów nad Coriolanusem.

— *Uciekaj! Uciekaj, Lil! Ucie...!*

Na widok małego czarnego ptaka Coriolanus powrócił myślami do laboratorium doktor Gaul, gdzie widział takie same stworzenia w zamknięciu. Głoskułki. W lesie musiało się roić od tych ptaków, które teraz naśladowały śmiertelny krzyk Arlo, tak samo jak papugowały zawodzenie awoksów w laboratorium.

— *Uciekaj! Uciekaj, Lil! Ucie...! Uciekaj! Uciekaj, Lil! Ucie...! Uciekaj! Uciekaj, Lil! Ucie...!*

Gdy Coriolanus ponownie stanął na baczność, zorientował się, że ptaki wywołały zamęt wśród innych rekrutów z ostatniego szeregu, jednak pozostali Strażnicy Pokoju stali niewzruszeni. *Już przywykli*, pomyślał Coriolanus. Nie był pewien, czy kiedykolwiek przyzwyczai się do powtarzanego wielokrotnie przedśmiertnego krzyku człowieka. W tej chwili odgłos się zmieniał i już nie przypominał ludzkiej mowy, tylko niemal melodyjny zaśpiew. Wokoło rozbrzmiewały nuty, które kojarzyły się z modulacją głosu Arlo, i były bardziej przejmujące niż słowa.

Tymczasem Strażnicy Pokoju pojmali w tłumie kobietę o imieniu Lil i odciągali ją na bok. Po raz ostatni zawyła z rozpaczą, a ptaki podchwyciły także ten dźwięk, najpierw jako głos, potem jako element aranżacji. Ludzka mowa zanikła i pozostał tylko muzyczny chór, oparty na ostatnich słowach Arlo i Lil.

— Kosogłosy — burknął żołnierz z przodu. — Śmierdzące zmiechy.

Coriolanus przypomniał sobie rozmowę z Lucy Gray przed prezentacją.

— Sam wiesz, co ludzie mówią. Przedstawienie trwa, dopóki kosogłos nie zaśpiewa.

— Kosogłos? Serio, moim zdaniem sama wymyślasz te wszystkie historie.

— Akurat tej nie. Kosogłos to prawdziwy ptak.

— I on śpiewa w twoim przedstawieniu?

— Nie w moim, skarbie. W twoim. A w każdym razie w przedstawieniu Kapitolu.

Z pewnością to miała na myśli. Przedstawienie Kapitolu to egzekucja. Kosogłos to prawdziwy ptak. Nie głoskułka. Musiały się czymś różnić. Podejrzewał, że to jakieś lokalne stworzenia. Dziwne tylko, że strażnik nazwał je zmiechami. Coriolanus wytężył wzrok, wypatrując ich w liściach. Teraz wiedział, czego szuka, więc zauważył kilka głoskułek. Może kosogłosy były identyczne… Nie, zaraz! Nieco wyżej. Czarny ptak, trochę większy niż głoskułki, nagle rozpostarł skrzydła, demonstrując dwie olśniewająco białe plamki, i jednocześnie uniósł dziób do śpiewu. Coriolanus był pewien, że widzi swojego pierwszego kosogłosa i od razu poczuł do niego niechęć.

Ptasie trele wywołały poruszenie wśród ludzi. Szepty zmieniły się w pomruki, a potem w protesty, kiedy Strażnicy Pokoju wpychali Lil do furgonetki, którą przywieziono Arlo. Coriolanus bał się reakcji tłumu. A jeśli zwrócą się przeciwko żołnierzom? Bez rozkazu odbezpieczył kciukiem broń.

Podskoczył, gdy huknęła seria wystrzałów i rozejrzał się w poszukiwaniu zakrwawionych ciał, ale zobaczył tylko, jak jeden z oficerów opuszcza broń, śmieje się i kiwa głową do komendanta. Właśnie ostrzelał drzewa, a wystraszone stado ptaków zerwało się do lotu. Wśród nich Coriolanus zauważył dziesiątki migających czarno-białych skrzydeł. Salwa uciszyła tłum, więc Strażnicy Pokoju zaczęli machać rękami i krzyczeć: „Z powrotem do pracy!" i „Przedstawienie skończone!". Ludzie się rozchodzili, a Coriolanus nadal stał na baczność. Liczył na to, że nikt nie zauważył jego zdenerwowania.

Kiedy on i jego towarzysze wskoczyli do ciężarówki, żeby wrócić do bazy, głos zabrał major.

— Powinienem był was ostrzec przed ptakami — powiedział.

— Właściwie co to takiego? — spytał Coriolanus.

— Jedna wielka pomyłka, jeśli mam być szczery — prychnął major.

— Zmieszańce? — nie ustępował Coriolanus.

— W pewnym sensie. One i ich potomstwo. Po wojnie Kapitol wypuścił wszystkie głoskułki, żeby wyginęły, i nic dziwnego, bo to były tylko samce. Wpadły im jednak w oko miejscowe kosy, a te nie miały nic przeciwko temu. No i teraz musimy sobie radzić z tymi dziwadłami — kosogłosami. Za kilka lat wszystkie głoskułki wymrą i zobaczymy, czy te nowe mogą się między sobą rozmnażać.

Coriolanus nie miał ochoty słuchać przez następne dwadzieścia lat, jak to kosogłosy zapewniają oprawę muzyczną miejscowym egzekucjom. Może, jeśli kiedyś zostanie oficerem, zorganizuje wyprawę łowiecką, żeby oczyścić lasy z ptaków. Tylko po co miałby czekać? Może lepiej od razu to zaproponować? Niech rekruci poćwiczą strzelanie. Przecież nikt nie lubił kosogłosów. Ten pomysł trochę go podniósł na duchu. Odwrócił się do Sejanusa, żeby opowiedzieć mu o swoich zamiarach, lecz ujrzał na jego twarzy przygnębienie, takie jak w Kapitolu.

— Co się stało?

Ciężarówka ruszyła, ale Sejanus nie odrywał wzroku od lasu.

— Naprawdę tego nie przemyślałem — westchnął.

— Czego? — spytał Coriolanus, ale Sejanus tylko pokręcił głową.

Po powrocie do bazy zdali broń i nieoczekiwanie otrzymali wolny czas do kolacji o siedemnastej. Gdy tylko przebrali się w mundury polowe, Sejanus wymamrotał, że musi napisać do Mamuś, i zniknął. Coriolanus znalazł list, który zapewne odebrał za niego jeden ze współlokatorów. Na widok eleganckiego, zamaszystego pisma Pluribusa Bella wdrapał się na łóżko i zabrał do czytania. List w większości potwierdzał to, co wcześniej pisała Tigris. Pluribus zamierzał pomóc Snowom, zarówno sprzedając ich rzeczy, jak i oferując im tymczasowy lokal, dopóki nie wyjdą na prostą. Jeden akapit szczególnie przykuł uwagę Coriolanusa.

Przykro mi, że tak to się dla Ciebie skończyło. Raczej przesadna kara wymierzona przez Cascę Highbottoma dała mi do myślenia. Chyba już kiedyś wspomniałem, że na studiach Twój ojciec i dziekan znali się jak łyse konie. Pamiętam jednak, że pod koniec nauki doszło między nimi do scysji, co było dla nich nietypowe. Casca wpadł w szał, mówił, że wcześniej się upił i jakaś sprawa miała być tylko żartem, a Twój ojciec powiedział, że Casca powinien być mu wdzięczny za przysługę. Potem wyszedł, a Casca został i pił, dopóki nie zamknąłem lokalu. Pytałem go, o co chodzi, ale on powiedział tylko: „Jak ćmy do ognia". Był bardzo pijany. Sądziłem, że w końcu jakoś doszli do porozumienia, ale mogłem się mylić. Wkrótce obaj zajęli się pracą i już rzadko ich widywałem. Życie toczy się dalej.

Coriolanus uznał, że ten strzęp historii jest jak na razie najbardziej sensownym wyjaśnieniem przyczyny nienawiści, jaką darzył go dziekan Highbottom. Doszło do sprzeczki, wręcz do ostrej kłótni. Wiedział, że relacje jego ojca i Highbottoma się nie poprawiły, być może w grę wchodziła jeszcze jedna awantura. Dziekan wypowiadał się o jego ojcu w bardzo zjadliwy sposób. Jakże małostkowym człowiekiem musiał być Highbottom, skoro nie pozwalał zabliźnić się ranom po studenckim nieporozumieniu. Trwał w nienawiści nawet teraz, długo po śmierci swojego wyimaginowanego prześladowcy. *Człowieku, odpuść sobie,* pomyślał Coriolanus. *Dlaczego to wciąż ma dla ciebie znaczenie?*

Smiley, Beanpole i Bug chcieli przy kolacji poznać szczegóły egzekucji, a Coriolanus robił, co mógł, żeby zaspokoić ich ciekawość. Jego pomysł ze strzelaniem do kosogłosów przyjęto z entuzjazmem i koledzy zachęcali go, żeby poszedł z tym wyżej. Nastrój psuł jedynie Sejanus, który siedział milczący i zamknięty w sobie, a swój makaron oddał współlokatorom. Coriolanus przyglądał mu się z niepokojem. Kiedy ostatnim razem Sejanus stracił apetyt, stracił także rozum.

Później, gdy myli podłogę w kantynie, Coriolanus postanowił interweniować.

— Co cię gryzie? — spytał. — Tylko nie mów, że nic.

Sejanus zamieszał mopem szarą wodę w wiadrze.

— Nie wiem — westchnął. — Zastanawiam się, co by się dzisiaj zdarzyło, gdyby tłum zrobił się agresywny. Musielibyśmy strzelać do ludzi?

— Och, raczej nie — zaprzeczył Coriolanus, choć wcześniej sam o tym rozmyślał. — Pewnie posłalibyśmy tylko kilka salw w powietrze.

— Pomagam zabijać ludzi w dystryktach. To tak, jakbym przykładał rękę do ich mordowania na igrzyskach, prawda? — zauważył Sejanus.

Coriolanus pomyślał, że jego przypuszczenia były słuszne. Sejanus znowu pogrążał się w bagnie etycznych rozterek.

— A czego się spodziewałeś? Co ci się wydawało, kiedy się zaciągnąłeś?

— Myślałem, że zostanę medykiem — wyznał Sejanus.

— Medykiem — powtórzył Coriolanus. — W sensie, lekarzem?

— Nie, to by wymagało ukończenia studiów — odparł Sejanus. — Chodziło mi bardziej o ratownika. Chciałem pomagać wszystkim rannym, z Kapitolu i z dystryktów, gdyby doszło do wybuchu przemocy. Przynajmniej nie robiłbym nikomu krzywdy. Po prostu nie wiem, czy potrafiłbym kogoś zabić.

Coriolanus poczuł przypływ irytacji. Czy Sejanus zapomniał, że to przez jego lekkomyślne zachowanie musiał zabić Bobbina? I że przez jego samolubność nie mógł już wygłaszać takich deklaracji? Stłumił śmiech na myśl o starym Strabo Plincie. Potentat zbrojeniowy ze spadkobiercą pacyfistą. Już sobie wyobrażał te rozmowy ojca z synem. *Co za strata*, pomyślał. *Szkoda dynastii.*

— A w czasie wojny byś zabił? — spytał Sejanusa. — Koniec końców jesteś żołnierzem.

— Tak, wiem. Wojna to chyba co innego. Ale musiałbym walczyć o coś, w co wierzę. Musiałbym wierzyć, że dzięki temu świat będzie lepszy. I tak wolałbym być medykiem, ale teraz widzę, że w czasie pokoju nie ma na nich szczególnego zapotrzebowania. Jest długa lista osób, które chciałyby przyuczyć się do pracy w klinice. Zresztą do tego potrzeba referencji, a sierżant nie chce mi ich dać.

— Dlaczego? Wydajesz się do tego stworzony — zauważył Coriolanus.

— Za dobrze sobie radzę z bronią — westchnął Sejanus. — To fakt. Jestem świetnym strzelcem. Ojciec zaczął mnie szkolić, kiedy byłem bardzo mały. Co tydzień miałem obowiązkowy trening na strzelnicy. Ojciec uważa, że to konieczne ze względu na rodzinny interes.

Coriolanus usiłował oswoić się z tą nową informacją.

— Dlaczego tego nie zataiłeś?

— Myślałem, że zatajam. Tak naprawdę strzelam znacznie lepiej niż na szkoleniu. Starałem się nie wyróżniać, ale reszta drużyny jest beznadziejna. Nie ty — dodał natychmiast.

— Ja też — zaśmiał się Coriolanus. — Wiesz co, chyba za bardzo się przejmujesz. Przecież nie codziennie mamy egzekucję. A jeśli kiedyś przyjdzie co do czego, po prostu strzelaj tak, żeby chybić.

Te słowa tylko podkręciły Sejanusa.

— A jeśli przeze mnie zginiecie — ty, Smiley albo Beanpole? Bo was nie ochronię?

— Rany, Sejanus! — Coriolanus stracił cierpliwość. — Przestań się tak wszystkim przejmować! Wyobrażasz sobie najgorsze scenariusze. Nic takiego się nie stanie. Wszyscy umrzemy tu ze starości albo wykończy nas zbyt częste mycie podłóg, zobaczymy, co najpierw nas załatwi. A póki co przestań trafiać do celu! Albo wymyśl, że masz problemy ze wzrokiem! Albo przytrzaśnij sobie rękę drzwiami!

— Innymi słowy, mam przestać skupiać się na sobie — podsumował Sejanus.

— Na pewno masz przestać dramatyzować. Pamiętaj, że właśnie dlatego wylądowałeś na arenie — zauważył Coriolanus.

Sejanus drgnął, jakby Coriolanus go spoliczkował. Po chwili jednak z rezygnacją pokiwał głową.

— Niewiele brakowało, a zabiłbym nas obu — przyznał. — Masz rację, Corio. Dzięki. Przemyślę to, co mi powiedziałeś.

W sobotni poranek rozpętała się burza, po której została warstwa gęstego błota oraz wyjątkowo parne powietrze. Coriolanus miał wrażenie, że mógłby je wyżymać jak gąbkę. Nagle zaczęło mu smakować serwowane przez Cookie'ego słone jedzenie i przy każdym posiłku pochłaniał wszystko do ostatniego okrucha. Dzięki codziennemu treningowi czuł się silniejszy, bardziej sprawny i pewny siebie. Wiedział, że zdołałby stawić czoło miejscowym, nawet górnikom. Naturalnie, walka wręcz raczej nie wchodziła w grę, zważywszy na arsenał Strażników Pokoju, ale był przygotowany na każdą ewentualność.

W trakcie ćwiczeń na strzelnicy jednym okiem zerkał na Sejanusa, który chybiał trochę częściej niż zwykle. I dobrze — nagła utrata celności z pewnością przykułaby uwagę otoczenia. Gdyby ktoś inny oceniał swoje umiejętności, Coriolanus niekoniecznie by mu uwierzył, ale Sejanus nigdy się nie przechwalał. Skoro twierdził, że jest świetnym strzelcem, to bez wątpienia nim był. Innymi słowy, ogromnie by się przydał podczas rzezi kosogłosów, gdyby zgodził się wziąć w niej udział. Pod koniec zajęć Coriolanus przedstawił swój pomysł sierżantowi.

— To niekoniecznie zła myśl — usłyszał w odpowiedzi i ucieszył się w duchu. — Moglibyśmy upiec dwie pieczenie przy jednym ogniu.

— Och, mam nadzieję, że więcej niż dwie — zażartował Coriolanus, a sierżant odchrząknął, doceniając jego poczucie humoru.

Coriolanus niemal się ugotował w pralni, gdzie spędził popołudnie przy wielkich pralkach i suszarkach, wrzucając i wyjmując mundury polowe, które następnie sortował i składał. Po pracy pośpiesznie zjadł kolację i poszedł wziąć prysznic. Czy tylko mu się wydawało, czy jego broda naprawdę się zagęściła? Podziwiał ją, przejeżdżając po twarzy maszynką do golenia. To był jeszcze jeden znak, że wkracza w dorosłość. Kiedy suszył ręcznikiem włosy, z ulgą dostrzegł, że już trochę odrosły. Gdzieniegdzie nawet się lekko kręciły.

Perspektywa wieczornego koncertu na Ćwieku rozbudziła w łaźni emocje. Wyglądało na to, że żaden z rekrutów nie śledził przebiegu tegorocznych Głodowych Igrzysk.

— Będzie śpiewać jakaś dziewczyna.

— Tak, z Kapitolu.

— Nie, nie z Kapitolu. Pojechała tam na Głodowe Igrzyska.

— Aha. No to pewnie wygrała.

Twarze Coriolanusa i jego współlokatorów lśniły od upału i szorowania, kiedy wieczorem opuszczali bazę. Wartownik poradził im, żeby mieli oczy szeroko otwarte.

— Jesteśmy w piątkę, więc chyba poradzimy sobie z górnikami. — Beanpole rozglądał się nerwowo.

— Na pięści bez trudu — zgodził się Smiley. — A jeśli będą mieli broń?

— Przecież tutaj to zabronione — zauważył Beanpole.

— I co z tego? Po wojnie zostało im trochę broni ukrytej pod podłogą, w dziuplach i gdzie bądź. Wszystko da się kupić, jeśli masz forsę. — Smiley z przekonaniem pokiwał głową.

— Ale oni jej nie mają, co widać — odparł Sejanus.

Coriolanus też się denerwował, kiedy oddalali się piechotą od bazy, ale złożył to na karb nadmiaru sprzecznych emocji. Był na przemian podekscytowany, przerażony, pewny siebie i dramatycznie zagubiony przed spotkaniem z Lucy Gray. Tak wiele chciał jej powiedzieć, tyle pytań cisnęło mu się na usta, że nie miał pojęcia, od czego zacząć. Może od jeszcze jednego długiego, nieśpiesznego pocałunku...

Jakieś dwadzieścia minut później znaleźli się na Ćwieku. W lepszych czasach było to składowisko węgla, lecz po zmniejszeniu wydobycia stało się bezużyteczne. Należało zapewne do kogoś z Kapitolu, a może do samego Kapitolu, ale teraz raczej nikt Ćwieka nie nadzorował i nie utrzymywał. Pod ścianami znajdowało się kilka byle jak skleconych straganów z tym i owym, zwykle z drugiej ręki. Handlowano wszystkim, od ogarków świec przez ubite króliki i ręcznie plecione sandały, do popękanych okularów. Coriolanus się niepokoił, że po egzekucji będą traktowani z wrogością, jednak nikt nie zwracał na nich szczególnej uwagi, a zresztą w bazie mieszkało wielu klientów.

Smiley, który w swoim dystrykcie parał się handlem na czarnym rynku, strategicznie połamał jedno ciastko na kilkanaście kawałków i poczęstował nimi potencjalnych nabywców. Magia wypieków Mamuś przekonała kupców. Dzięki wymianie z bimbrownikami i sprzedaży ciastek za gotówkę kilku innym handlarzom chłopcy weszli w posiadanie litrowej butli przeźroczystego trunku o takiej woni, że łzy same płynęły z oczu.

— To naprawdę dobry towar! — zaręczał Smiley. — Lokalny bimber, który w sumie nie różni się od naszego.

Każdy pociągnął łyk, a po chwili wszyscy kasłali i klepali się nawzajem po plecach. Resztę samogonu pozostawili na koncert.

Coriolanusowi zostało jeszcze sześć kulek z prażonej kukurydzy, więc zaczął rozpytywać o bilety, ale ludzie tylko machali rękami.

— Biorą pieniądze dopiero po wszystkim — powiedział jakiś mężczyzna. — Lepiej zajmijcie sobie miejsca, jeśli chcecie dobrze widzieć. Przyjdą tłumy. Dziewczyna wróciła.

Zajęcie miejsca polegało na wyciągnięciu starej skrzynki, szpuli albo plastikowego wiadra ze sterty w kącie i ustawieniu się tam, skąd dało się zobaczyć scenę, wzniesioną z drewnianych palet pod jedną ze ścian Ćwieka. Coriolanus wybrał miejscówkę z boku hali, w połowie drogi do wyjścia. Liczył na to, że w półmroku Lucy Gray go nie zauważy. Potrzebował czasu, żeby zdecydować, jak nawiązać z nią kontakt. Czy już wiedziała, że tu jest? Raczej nie, bo kto miałby ją zawiadomić? W bazie był znany tylko jako Gent i nikt nie wspominał o jego wyczynach podczas Głodowych Igrzysk.

O zmierzchu ktoś pozapalał rozmaite niedopasowane lampy, połączone wiekowym przewodem i kilkoma przedłużaczami o podejrzanym wyglądzie. Coriolanus uznał, że pożar jest nieunikniony i na wszelki wypadek rozejrzał się w poszukiwaniu drogi ucieczki. Całe wnętrze starej konstrukcji z drewna pokrywał pył węglowy, więc wystarczyła przypadkowa iskra, żeby w okamgnieniu rozpętało się piekło. Ćwiek zaczął się zapełniać Strażnikami Pokoju i miejscowymi, w większości mężczyznami, choć pojawiło się też całkiem sporo kobiet. Zebrało się już ze dwieście osób, kiedy jakiś kościsty, na oko dwunastoletni chłopak w kapeluszu z kolorowymi piórkami ustawił na scenie mikrofon. Poprowadził przewód do czarnej skrzynki z boku estrady, po czym przyciągnął do stojaka drewnianą skrzynkę i schował się za rozwieszonym obszarpanym kocem. Pojawienie się chłopca ożywiło publiczność, która zaczęła rytmicznie klaskać. Ta reakcja była zaraźliwa i nawet Coriolanus przyłączył się do braw. Rozległy się głosy żądające rozpoczęcia koncertu. Ludzie już tracili nadzieję, kiedy koc się odchylił. Na scenę wyszła dziewczynka w różowej rozkloszowanej sukience i dygnęła.

Przy wtórze wiwatującej publiczności postukała w bębenek, który wisiał na pasku u jej szyi, po czym tanecznym krokiem podeszła do mikrofonu.

— Juhu, Maude Ivory! — zahuczał Strażnik Pokoju nieopodal Coriolanusa.

Stało się jasne, że na scenie pojawiła się kuzynka, o której wspomniała kiedyś Lucy Gray. Podobno to właśnie Maude Ivory potrafiła zapamiętać każdą zasłyszaną piosenkę. Jeśli rzeczywiście, była bardzo uzdolniona — miała najwyżej osiem, dziewięć lat. Wskoczyła na skrzynkę przy mikrofonie i pomachała do publiczności.

— Hej, wszyscy! Dzięki, że przyszliście! Chyba nie marzniecie, co? — spytała uroczym, piskliwym głosikiem, a widownia się zaśmiała. — I tak jeszcze was rozgrzejemy. Nazywam się Maude Ivory i z przyjemnością przedstawiam Trupę. — Ludzie nagrodzili ją brawami, a ona dygała, dopóki nie zrobiło się na tyle cicho, żeby mogła zaprezentować członków zespołu. — Na mandolinie gra Tam Amber!

Wysoki, wychudzony młodzieniec w kapeluszu z piórkami wyłonił się zza zasłonki, brzdąkając na instrumencie podobnym do gitary, lecz z pudłem rezonansowym w kształcie łzy. Podszedł prosto do Maude Ivory i stanął u jej boku, nie zwracając najmniejszej uwagi na publiczność. Jego palce przez cały czas przesuwały się lekko po strunach. Drugi pojawił się chłopiec, który ustawił mikrofon. Tym razem przeszedł przez scenę, grając na skrzypcach.

— Oto nasz skrzypek Clerk Carmine! — ogłosiła Maude Ivory. — A na kontrabasie gra Barb Azure!

Smukła młoda kobieta w długiej do kostek niebieskiej sukience w kratkę przydźwigała instrument, który wyglądał jak gigantyczne skrzypce. Dołączywszy do reszty, nieśmiało pomachała publiczności.

— A teraz, dopiero co uwolniona od obowiązków w Kapitolu, jedyna i niepowtarzalna Lucy Gray Baird!

Coriolanus wstrzymał oddech, kiedy wirując, zjawiła się na scenie, z gitarą w dłoni, otoczona rozwianymi falbanami wściekle zielonej sukienki i z umalowaną twarzą. Ludzie zerwali się z miejsc, Tam Amber zabrał skrzynkę Maude Ivory, a Lucy Gray lekkim krokiem podbiegła do mikrofonu pośrodku estrady.

— Hej, hej, Dwunastko, tęskniłaś za mną? — Uśmiechnęła się od ucha do ucha, kiedy odpowiedział jej ryk publiczności. — Na pewno nie wierzyliście, że jeszcze mnie kiedyś zobaczycie. I powiem wam, że z wzajemnością. Ale wróciłam. Wróciłam na dobre.

Zachęcony przez kolegów, jeden ze Strażników Pokoju niepewnie podszedł do sceny i podał Lucy Gray opróżnioną do połowy butelkę bimbru.

— A to co? Coś dla mnie? — spytała, przyjmując trunek, a Strażnik Pokoju pokazał, że to prezent od całej grupy. — Jak wszyscy wiecie, nie piję od dwunastego roku życia! — Publiczność zaniosła się gromkim śmiechem. — No co? Poważnie! Rzecz jasna, zawsze warto mieć pod ręką coś mocniejszego dla celów medycznych. Dziękuję wam z serca, to naprawdę miły gest. — Przyjrzała się butelce, posłała ludziom wymowne spojrzenie i pociągnęła łyk. — To dla oczyszczenia piszczałek! — wyjaśniła niewinnie w odpowiedzi na pokrzykiwania. — Traktujecie mnie tak okropnie, że sama nie wiem, po co ciągle tu wracam. Ale tak to już jest. Przypomniała mi się jedna stara piosenka.

Lucy Gray brzęknęła na gitarze i popatrzyła na pozostałych muzyków, którzy stanęli w półkolu blisko mikrofonu.

— No dobra, ptaszątka. I raz, i dwa, i raz, dwa, trzy…

Zagrali pogodnie i optymistycznie. Coriolanus zauważył, że wystukuje piętą rytm, choć Lucy Gray dopiero po chwili pochyliła się nad mikrofonem.

Głupie serce mam i to na pewno.
Może coś je zmieni, pukam w drewno.
Strzelaj, zdzieraj, poniewieraj,
Wróci do ciebie i tak, o tak.

Serce mi wariuje, rozum płacze.
Jesteś jak cukierek, puls mi skacze.
Trzyj je, drzyj je, bij je kijem.
Wróci do ciebie i tak.

Szkoda, że tak jest,
Pogrzebane już jak pies.
Dlaczego starłeś w proch
To, czym kocham cię?

Czy poczułeś lepiej się
Kiedy zmarnowałeś je?
Czy dlatego podeptałeś
To, czym kocham cię?

Lucy Gray zwolniła mikrofon, pozwalając Clerkowi Carmine'owi wykonać jakieś skomplikowane pizzicato z ozdobnikami przy akompaniamencie pozostałych instrumentów. Coriolanus nie mógł oderwać wzroku od jej twarzy. Nigdy nie widział, żeby tak promieniała. *Tak wygląda, kiedy jest szczęśliwa*, pomyślał. *Jest piękna!* Każdy to widział, nie tylko on, co mogło stanowić problem. Poczuł w sercu ukłucie zazdrości. Ale nie. Przecież była jego dziewczyną, prawda? Przypomniał sobie piosenkę, którą śpiewała podczas prezentacji, o kimś, kto złamał jej serce. Coriolanus przyjrzał się członkom zespołu w poszukiwaniu podejrzanego. W grę wchodził tylko Tam Amber z mandoliną, ale między nim a Lucy Gray zupełnie nie iskrzyło. Może zatem któryś z miejscowych?

Publiczność nagrodziła Clerka Carmine'a brawami, a Lucy Gray ponownie przejęła mikrofon.

Zniewoliłeś mi pikawkę, draniu,
Każdy kręci głową, patrząc na nią.
Więź ją, trzęś nią, tłucz ją pięścią,
Wróci do ciebie i tak, o tak.

Serce jak koń rączy mi cwałuje.
Już tylko z nawyku krew pompuje.
Krój je, psuj je, maltretuj je,
Wróci do ciebie i tak.

Pal je, wal je, przegoń w dal je,
Złam je, splam je, zniszcz je dla mnie,
Zmuś je, zduś je, zanim uśnie,
Wróci do ciebie i tak.

Po burzliwych owacjach połączonych z okrzykami aprobaty publiczność ucichła, żeby słuchać dalej.

Pomagając Lucy Gray podczas prób w Kapitolu, Coriolanus się przekonał, że jej zespół ma szeroki i zróżnicowany repertuar, w którym nie brak utworów instrumentalnych. Od czasu do czasu większość muzyków znikała za kocem, pozostawiając solistę lub duet. Szczególnie wyróżnił się Tam Amber, który porwał tłum niewiarygodnie sprawną grą na mandolinie. Co ciekawe, jego twarz przez cały czas pozostawała obojętna, jakby błądził gdzieś myślami. Maude Ivory, ulubienica publiczności, z wisielczym humorem zaćwierkała piosenkę o utonięciu córki pewnego górnika. Przekonała wielu zebranych do wspólnego śpiewu, co było zdumiewające, choć może wcale nie aż tak bardzo, biorąc pod uwagę, że większość już się upiła na wesoło.

Moja droga, moja droga,
Moja droga Clementine,
Już cię nie ma, do widzenia,
Tak mi przykro, Clementine.

Niektóre kawałki były niemal niezrozumiałe i zawierały nieznane słowa. Coriolanus usiłował domyślić się ich znaczenia, pamiętając, jak Lucy Gray mówiła, że są stare. Szczególnie te utwory dawały grupie pole do popisu. Cała piątka kołysała się w skupieniu, budując zawiłe, wielogłosowe konstrukcje. Nie podobały się Coriolanusowi, ten dźwięk wyprowadzał go z równowagi. Dopiero po co najmniej trzech utworach zrozumiał, że kojarzą mu się z kosogłosami.

Na szczęście większość piosenek była nowsza i bardziej w jego guście. Na zakończenie koncertu Lucy Gray zaśpiewała coś, co pamiętał z dożynek...

O nie,
To, co mi odbierzesz, funta kłaków nie jest warte.
Bierz, co chcesz, mnie tego nie potrzeba, to nie żarty.
Nie odbierzesz niczego, co warto zatrzymać!

...a słuchacze bezbłędnie odczytali ironię w tych słowach. Kapitol usiłował wszystko jej odebrać i poniósł całkowitą klęskę.

Kiedy brawa przycichły, skinęła głową w kierunku Maude Ivory, która wybiegła zza koca. W rękach trzymała koszyk przetykany wielobarwnymi wstążkami.

— Dziękuję wam serdecznie — powiedziała Lucy Gray. — Sami wiecie, na czym to polega. Nie sprzedajemy biletów, bo muzyka jest czasem najbardziej potrzebna głodującym. Ale i my bywamy głodni, więc jeśli zechcecie coś ofiarować, Maude Ivory pokręci się tu z koszyczkiem. Z góry dziękujemy.

Czwórka starszych muzyków cicho grała, kiedy Maude Ivory podrygiwała wśród tłumu, zbierając monety. Coriolanus i jego kompani mieli tylko kilka drobniaków, z całą pewnością za mało, ale Maude Ivory i tak podziękowała uprzejmym dygnięciem.

— Czekaj — powstrzymał ją Coriolanus. — Lubisz słodycze?

Uniósł brązowy papier, pod którym leżały ostatnie kulki z prażonej kukurydzy. Maude Ivory zajrzała do paczki i zrobiła wielkie oczy z zachwytu. Coriolanus włożył do koszyka wszystkie słodycze, gdyż i tak mieli nimi zapłacić za bilety. O ile znał Mamuś, kolejne przesyłki były już w drodze.

Maude Ivory z wdzięczności zawirowała w piruecie, po czym pośpiesznie przedarła się przez resztę publiczności, wbiegła na scenę i pociągnęła Lucy Gray za sukienkę. Coriolanus patrzył, jak na widok smakołyków w koszyku usta Lucy Gray układają się w „o". Potem zapytała, skąd się wzięły słodycze. Wiedział, że to ta chwila i uświadomił sobie, że odruchowo wyłonił się z cienia. Drżał z emocji, kiedy Maude Ivory unosiła dłoń, żeby wskazać na niego. Zastanawiał się, co zrobi Lucy Gray. Pozdrowi go? Zignoruje? A może wcale go nie rozpozna? Przecież miał na sobie mundur Strażnika Pokoju.

Powiodła spojrzeniem za palcem Maude Ivory i zatrzymała je na Coriolanusie. Na jej twarzy odmalowały się kolejno konsternacja, zrozumienie i radość. Z niedowierzaniem pokręciła głową, po czym zaśmiała się cicho.

— No dobrze, moi drodzy — przemówiła. — To jest… to chyba jest najlepszy wieczór w moim życiu. Dziękuję wam wszystkim, że się zjawiliście. Proponuję jeszcze jedną piosenkę na dobranoc. Pewnie już słyszeliście, jak ją śpiewam, ale w Kapitolu nabrała dla mnie zupełnie nowego znaczenia. Pewnie się domyślicie dlaczego.

Coriolanus wrócił na swoje miejsce — Lucy Gray już wiedziała, gdzie go szukać — żeby słuchać jej głosu i delektować się ponownym spotkaniem, od którego dzielił ich tylko jeden utwór. Jego oczy zaszły łzami, gdy usłyszał słowa piosenki z zoo.

Gdzieś tam w dolinie, w dolinie gdzieś
Gwizdek pociągu zanucił pieśń,
Słyszę, najdroższy, pociągu pieśń,
Gwizdek pociągu zanucił pieśń.

Coriolanus poczuł, jak ktoś go szturcha łokciem w żebra. Odwrócił się na widok rozpromienionego Sejanusa i pomyślał, że to jednak przyjemne, kiedy ktoś inny także rozumie prawdziwe znaczenie piosenki. Kiedy ktoś inny wie, przez co przeszli.

Zbuduj wysoko, zbuduj mi dom,
Żebym zdołała wypatrzeć go.
Ukochanego, wypatrzeć go,
Żebym zdołała wypatrzeć go.

To ja, pomyślał Coriolanus i chciał to powiedzieć wszystkim wokoło. *To ja jestem jej ukochanym. I uratowałem jej życie.*

Napisz mi w liście, jak znieść ten świat,
Tu, w Kapitolu, patrzę zza krat.
Czekam w więzieniu, patrzę zza krat,
Tu, w Kapitolu, patrzę zza krat.

Czy powinien najpierw się przywitać, czy od razu ją pocałować?

Fiołki weź sobie, różę daj mnie,
Wyznałam ptakom, że kocham cię.

Pocałować. Bez wątpienia powinien ją tylko pocałować.

Tak, tylko ciebie, tak, kocham cię.
Wyznałam ptakom, że kocham cię.

— Dobranoc wam wszystkim. Mam nadzieję, że zobaczymy się w przyszłym tygodniu. A do tego czasu śpiewajcie naszą piosenkę — powiedziała Lucy Gray i cały zespół ukłonił się po raz ostatni.

Publiczność ponownie nagrodziła muzyków brawami, a Lucy Gray uśmiechnęła się do Coriolanusa. Ruszył w jej kierunku, omijając ludzi, którzy przenosili swoje prowizoryczne siedzenia na stos w kącie. Kilku Strażników Pokoju zebrało się wokół niej, ale podczas rozmowy z nimi nieustannie zerkała w jego stronę. Przystanął, żeby zaczekać, aż Lucy Gray się od nich uwolni, a sam rozkoszował się jej widokiem, rozpromienionej i zakochanej.

Strażnicy Pokoju w końcu się z nią pożegnali i odwrócili do wyjścia. Coriolanus przygładził włosy, po czym ruszył przed siebie. Dzieliło ich jakieś pięć metrów, kiedy jego uwagę przykuło nagłe zamieszanie. Odwrócił głowę w kierunku brzęku rozbijanego szkła i krzyków protestu. Ciemnowłosy młody mężczyzna mniej więcej w wieku Coriolanusa, ubrany w koszulę bez rękawów i spodnie z nogawkami oderwanymi na wysokości kolan, przepychał się przez rzedniejącą ciżbę. Jego twarz lśniła od potu, a sposób poruszania się dowodził, że chłopak już dawno przesadził z bimbrem. Na ramieniu trzymał przypominający pudło instrument z krótką klawiaturą fortepianową wzdłuż boku. Za podpitym młodzieńcem dreptała Mayfair, córka burmistrza, która z pogardliwie zaciśniętymi ustami starannie omijała wszystkich po drodze. Coriolanus przeniósł wzrok na scenę i zauważył, że na twarzy Lucy Gray już nie maluje się radosne wyczekiwanie. Patrzyła przed siebie zimnym, nieruchomym wzrokiem, a pozostali członkowie grupy otoczyli ją ochronnym kręgiem. Ich sceniczna beztroska ustąpiła pola wściekłości przemieszanej ze smutkiem.

To on, pomyślał Coriolanus z niezachwianą pewnością, a jego żołądek nieprzyjemnie się ścisnął. *To ukochany z piosenki.*

24

Drobniutka Maude Ivory stanęła przed Lucy Gray i z wykrzywioną twarzą zacisnęła pięści.

— Wynocha stąd, Billy Taupe — wycedziła. — Nikt cię tu już nie chce.

Billy Taupe chwiał się lekko, obserwując członków zespołu.

— Może i nie chce, ale potrzebuje, Maude Ivory — wybełkotał.

— Nie chcemy cię ani nie potrzebujemy. Zmiataj stąd i zabierz tę swoją wredną małpę — rozkazała Maude Ivory.

Lucy Gray otoczyła ją ramieniem i przycisnęła dłoń do jej chudej klatki piersiowej. Albo chciała uspokoić dziewczynkę, albo ją powstrzymać.

— Cienko wam idzie to granie. Cieniutko — wymamrotał Billy Taupe i poklepał swój instrument.

— Poradzimy sobie bez ciebie, Billy Taupe. Dokonałeś wyboru. A teraz daj nam spokój. — Cichy głos Barb Azure brzmiał zaskakująco ostro.

Tam Amber w milczeniu skinął głową. Twarz Billy'ego Taupe'a przeszył bolesny skurcz.

— To też twoje zdanie, CC?

Clerk Carmine przycisnął smyczek do ciała.

Chociaż muzycy z zespołu różnili cię odcieniem skóry, kolorem włosów i rysami twarzy, Coriolanus zauważał wyraźne podobieństwo między Billym i Clerkiem. Czyżby byli braćmi?

— Możesz iść ze mną. Poradzimy sobie we dwóch — nalegał Billy Taupe, ale Clerk Carmine ani drgnął. — No i dobra. Wcale cię nie potrzebuję. Nigdy nikogo z was nie potrzebowałem i nigdy nie będę. Lepiej mi samemu.

Dwóch Strażników Pokoju ruszyło w jego kierunku. Ten, który ofiarował Lucy Gray butelkę bimbru, położył dłoń na ramieniu Billy'ego.

— Pora wychodzić — powiedział. — Przedstawienie skończone.

Billy Taupe odsunął się gwałtownie i pchnął go z pijacką agresją. Przyjacielska atmosfera na Ćwieku momentalnie prysła. Coriolanus czuł, że napięcie rośnie z sekundy na sekundę. Górnicy, którzy dotąd go ignorowali lub pozdrawiali skinieniem głowy znad butelki, nagle zrobili się skorzy do bitki. Strażnicy Pokoju wyprostowali się czujnie, a Coriolanus uświadomił sobie, że sam niemal stanął na baczność. Gdy sześciu żołnierzy natarło na Billy'ego Taupe'a, wyczuł zbliżających się górników. Już się szykował do nieuchronnej bijatyki, kiedy ktoś odłączył od prądu kable lamp i zapadł mrok.

Wszyscy na moment zamarli, a potem rozpętało się piekło. Czyjaś pięść wylądowała na wargach Coriolanusa, który odruchowo zaczął młócić pięściami na prawo i lewo. Walił na oślep, skupiony tylko na tym, by zachować wokół siebie bezpieczną przestrzeń. Ogarnęła go taka sama zwierzęca furia jak wtedy, gdy trybuci dopadli go na arenie. W jego uszach rozbrzmiało echo słów doktor Gaul. *Oto prawdziwe oblicze ludzkości. Pozbyliśmy się maski człowieczeństwa.* To oblicze w pełnej krasie objawiło się ponownie, gdy Coriolanus bił i kopał, szczerząc zęby w ciemności.

Przed Ćwiekiem kilka razy zatrąbił klakson, a reflektory ciężarówki zalały światłem okolice drzwi. Rozległy się gwizdki i głosy nakazujące ludziom się rozejść. Wszyscy tłoczyli się do wyjścia. Coriolanus nie dał się porwać ludzkiej fali, stał, próbując wypatrzeć Lucy Gray, aż w końcu uznał, że najlepiej będzie poszukać jej przed budynkiem. Parł naprzód, roztrącając ludzi, a czasem tłukąc ich pięściami, i wkrótce wypadł na świeże nocne powietrze. Jak się okazało, miejscowi się rozpierzchli, a Strażnicy Pokoju stanęli w luźnej gromadzie i tylko udawali, że ruszają w pościg. Większość z nich nawet nie była na służbie i nie tworzyli zorganizowanej jednostki, która mogłaby stawić czoło spontanicznemu wybuchowi agresji. Co więcej, w ciemności nikt nie był pewien, z kim walczy, więc lepiej było dać sobie spokój. To wszystko wytrąciło Coriolanusa z równowagi. Górnicy stawili opór, inaczej niż na egzekucji.

Ssąc rozciętą wargę, stanął tak, żeby dobrze widzieć drzwi, ale gdy wychodzili ostatni maruderzy, nie zobaczył wśród nich Lucy Gray, członków zespołu ani Billy'ego Taupe'a. Coriolanus z frustracją pomyślał, że choć jest tak blisko Lucy Gray, nie może z nią porozmawiać. Czy było inne wyjście z Ćwieka? Tak, przypomniał sobie drzwi przy scenie. Z pewnością wymknęli się tamtędy.

Mayfair Lipp nie miała tyle szczęścia. Stała w asyście Strażników Pokoju, którzy co prawda jej nie aresztowali, ale też nie pozwolili odejść.

— Nie zrobiłam nic złego — pieklila się. — Nie macie prawa mnie przetrzymywać.

— Niestety, panno Lipp — odezwał się jeden z nich. — Ze względów bezpieczeństwa nie może pani wracać sama do domu. Albo zgodzi się pani na naszą eskortę, albo skontaktujemy się z pani ojcem w celu uzyskania dalszych instrukcji.

Na wzmiankę o ojcu Mayfair umilkła, ale nadal kipiała wściekłością. Zacisnęła wargi w cienką, nieprzyjemną kreskę i oznajmiła, że ktoś za to zapłaci i ona sama tego dopilnuje.

Perspektywa odprowadzenia jej do domu nie wzbudziła szczególnego entuzjazmu Strażników Pokoju. Koniec końców wyznaczono Coriolanusa i Sejanusa, może dlatego, że zrobili dobre wrażenie podczas egzekucji, a może też dlatego, że byli względnie trzeźwi. W skład grupy weszło jeszcze dwóch oficerów i trzech żołnierzy.

— O tej porze i w takiej atmosferze lepiej dmuchać na zimne — zauważył jeden z oficerów. — To niedaleko.

Coriolanus wytężał wzrok w ciemności, gdy lawirowali po ulicach, a żwir chrzęścił im pod podeszwami. W Kapitolu stały latarnie, lecz tutaj musiało im wystarczyć światło z nielicznych okien oraz siny blask księżyca. Nieuzbrojony, niechroniony nawet białym mundurem, Coriolanus czuł się wystawiony na atak, więc trzymał się blisko grupy. Pocieszał się myślą, że oficerowie mają broń, która powinna odstraszyć napastników. Przypomniał sobie słowa babki. „Twój własny ojciec powtarzał, że ci ludzie piją wodę tylko dlatego, że z nieba nie pada krew. Ignorujesz to na własną zgubę, Coriolanusie". Ciekawe, czy czaili się nieopodal, obserwując i czekając na okazję, by zaspokoić pragnienie? Zatęsknił za bezpieczeństwem bazy.

Na szczęście zaledwie kilka przecznic dalej ulice dochodziły do opustoszałego placu. Coriolanus uświadomił sobie, że to tutaj urządzano doroczne dożynki. Nieliczne, niesymetrycznie rozmieszczone reflektory pomagały mu stąpać po kocich łbach.

— Dalej poradzę sobie sama — oznajmiła Mayfair.

— Nam się nie śpieszy — odparł jeden z oficerów.

— Dlaczego nie dacie mi spokoju? — warknęła.

— A dlaczego wciąż się pani włóczy z tym łobuzem? — spytał oficer. — Proszę mi wierzyć, nic dobrego z tego nie wyniknie.

— Pilnuj pan swojego nosa — wycedziła.

Przeszli na ukos przez plac i skierowali się świeżo wybrukowaną drogą do następnej ulicy. Wkrótce przystanęli przed dużym domem, który w Dwunastym Dystrykcie mógł uchodzić za rezydencję, choć w Kapitolu niczym by się nie wyróżniał. Przez okna, szeroko otwarte w sierpniowym skwarze, Coriolanus zobaczył rzęsiście oświetlone i umeblowane pokoje. Podmuchy z cicho buczących elektrycznych wentylatorów poruszały zasłonami.

Pociągnął nosem i wyczuł woń kolacji — chyba szynki — więc ślina napłynęła mu do ust, mieszając się z krwią z wargi. Może to i dobrze, że nie spotkał się z Lucy Gray, skoro jego usta i tak nie nadawały się do całowania.

Jeden z oficerów dotknął bramy, a wtedy Mayfair przepchnęła się obok niego, popędziła ścieżką i wpadła do domu.

— Powinniśmy powiedzieć jej rodzicom? — spytał drugi.

— Niby po co? — odparł pierwszy. — Wiesz, jaki jest burmistrz. Zaraz powie, że to przez nas szwendała się po nocy. Nie mam ochoty wysłuchiwać połajanek.

Drugi mruknął potakująco i wszyscy ruszyli w drogę powrotną przez plac. Coriolanus podążył za nimi, lecz jego uwagę przykuł cichy, mechaniczny świst. Odwrócił się ku zacienionym krzakom z boku budynku, gdzie dostrzegł ledwie widoczną postać. Ktoś stał nieruchomo w mroku, oparty plecami o mur. Kiedy w pokoju na piętrze zapaliła się lampa, żółtawa poświata oświetliła Billy'ego Taupe'a. Miał zakrwawiony nos i patrzył ponuro na Coriolanusa. Przyciskał do piersi swój instrument, z którego wydobywało się poświstywanie.

Coriolanus otworzył usta, żeby uprzedzić kolegów, lecz z jakiegoś powodu ugryzł się w język. Co nim powodowało? Strach? Obojętność? Niepewność co do reakcji Lucy Gray? Zespół jasno dał do zrozumienia, co sądzi o jego rywalu. Muzycy mogli jednak źle zareagować, gdyby Coriolanus wydał Billy'ego Taupe'a i być może doprowadził do jego uwięzienia. A gdyby doszli do wniosku, że w sumie to miły gość, który zasługuje na wybaczenie i kolejną szansę? Jak już się zorientował, lojalność była w Trupie głęboko zakorzeniona. A może by się ucieszyli? Zwłaszcza Lucy Gray, która zapewne chętnie by się dowiedziała, że jej dawny amant szukał pocieszenia w domu córki burmistrza. Co takiego zrobił ten człowiek, że odsunięto go od wszystkiego, co związane z Trupą, zawodowo i prywatnie? Coriolanus przypomniał sobie ostatnie słowa piosenki Lucy Gray, jej ballady z prezentacji.

Zły los w czas dożynek musiał cię ukarać,
Co zrobisz, gdy będę złożona na marach?

Z pewnością tutaj należało szukać wyjaśnienia.

Mayfair pojawiła się w oknie i je zamknęła, po czym zasunęła zasłonę, odcinając dostęp światła. Billy Taupe zniknął w mroku. Chwilę potem krzaki zaszeleściły i zapadła cisza.

— Corio? — Sejanus wrócił po niego. — Idziesz?

— Przepraszam, zamyśliłem się — mruknął Coriolanus.

— Kojarzy mi się z Kapitolem. — Sejanus ruchem głowy wskazał budynek.

— Nie uważasz Kapitolu za swój dom, prawda? — zauważył Coriolanus.

— Nie. Dla mnie domem zawsze będzie Drugi Dystrykt — przyznał Sejanus. — Ale to bez znaczenia. Pewnie już nigdy nie zobaczę ani jednego, ani drugiego.

Kiedy wracali, Coriolanus zastanawiał się, jakie są jego szanse powrotu do Kapitolu. Zanim przyjechał Sejanus, wydawały mu się zerowe. Gdyby jednak zdołał awansować na oficera lub został bohaterem wojennym, wszystko wyglądałoby inaczej. Rzecz jasna, mógłby się wykazać jedynie podczas wojny. To samo dotyczyło Sejanusa, jeśli chciał zostać medykiem.

Coriolanus odprężył się dopiero wtedy, gdy drzwi bazy się za nim zamknęły. Umył twarz, a układając się do snu, próbował ignorować dobiegające z dołu pijackie pochrapywanie Beanpole'a. Opuchnięta warga pulsowała, a on odtwarzał w pamięci wydarzenia wieczoru. Wszystko to przypominało sen — zobaczył Lucy Gray, usłyszał jej śpiew, ujrzał jej radość na jego widok — dopóki nie pojawił się Billy Taupe i nie popsuł długo oczekiwanego spotkania. Coriolanus miał kolejny powód, żeby nienawidzić tego człowieka. Z wielką satysfakcją przypomniał sobie reakcję Trupy na widok dawnego kolegi. To potwierdzało, że Lucy Gray należała do Coriolanusa, nie do Billy'ego.

Przy niedzielnym śniadaniu ogłoszono złe nowiny. Ze względu na wieczorną awanturę żaden żołnierz nie mógł w pojedynkę opuszczać bazy. Dowództwo rozważało nawet ogłoszenie zakazu wstępu na Ćwiek. Smiley, Bug i Beanpole, choć skacowani i poobijani po wczorajszym, utyskiwali z powodu nowych rozkazów. W razie wprowadzenia obostrzeń nie mogliby już cieszyć się na sobotnie wyprawy. Sejanus przejmował się tylko dlatego, że przejmował się Coriolanus, uznając decyzję przełożonych za kolejną przeszkodę na drodze do Lucy Gray.

— A gdyby ona odwiedzała cię tutaj? — zaproponował Sejanus, kiedy odnosili tace.

— Mogłaby? — spytał Coriolanus, po czym natychmiast doszedł do wniosku, że lepiej zrezygnować z tego pomysłu, nawet gdyby mogła.

Miał niewiele wolnego czasu, a poza tym gdzie pozwolono by im porozmawiać, przez ogrodzenie? Jak by to wyglądało? Poprzedniego wieczoru w chwili romantycznego uniesienia zamierzał publicznie powitać ją pocałunkiem, ale teraz wiedział, że wywołałby lawinę pytań innych żołnierzy i wzbudził zastrzeżenia oficerów. Wszystko wyszłoby na jaw, ludzie dowiedzieliby się, że zaciągnął się pod przymusem i że oszukiwał podczas igrzysk. Do tego dochodziły napięcia między miejscowymi i Strażnikami Pokoju. Słowem, rozsądek nakazywał nie upubliczniać tej znajomości. Szeptanie przez ogrodzenie mogłoby wywołać plotki, że Coriolanus jest sympatykiem rebeliantów albo, co gorsza, szpiegiem. Nie, jeśli mieli się spotkać, musiał iść do niej sam, potajemnie. Dzisiaj nadarzała się nieczęsta sposobność, żeby ją odszukać, jednak do opuszczenia bazy potrzebował przyjaciela.

— Najlepiej będzie, jeśli zachowamy naszą relację w tajemnicy — oświadczył. — Lucy Gray mogłaby wpaść w kłopoty, gdyby tu przyszła. Sejanusie, czy masz jakieś plany na dzisiaj, czy też…

— Mieszka w Złożysku — powiedział Sejanus. — To takie miejsce blisko lasu.

— Co? — zdumiał się Coriolanus.

— Wczoraj wieczorem spytałem jednego z górników, tak od niechcenia. — Sejanus się uśmiechnął. — Bez obaw, był zbyt pijany, żeby zapamiętać. Tak, bardzo chętnie z tobą pójdę.

Sejanus poinformował współlokatorów, że idzie z Coriolanusem do miasta, żeby wymienić paczkę kapitolińskiej gumy do żucia na papeterię. Podstęp okazał się jednak zbędny, gdyż ich koledzy zaraz po śniadaniu złożyli sponiewierane ciała z powrotem na pryczach. Coriolanus żałował, że nie ma ani grosza na prezent. Gdy w drodze do wyjścia przechodzili przez kantynę, jego spojrzenie padło na maszynę do lodu i przyszedł mu do głowy pewien pomysł. Podczas upałów żołnierze mogli bez ograniczeń brać lód do napojów lub dla ochłody. Pocieranie skóry kostkami zapewniało chwilową ulgę w kuchennej saunie.

Coriolanus zaskarbił sobie życzliwość kucharza starannym zmywaniem naczyń, więc łatwo wyprosił u niego starą plastikową torebkę. Dzień był tak upalny, że pod pretekstem ochrony przed udarem cieplnym chłopcy zabrali ze sobą porcję lodu. Coriolanus nie wiedział, czy Trupa ma zamrażarkę, ale sądząc po wyglądzie domów, które mijał w drodze na egzekucję, takie urządzenie było luksusem dla nielicznych. Tak czy owak, lód nic nie kosztował, a on nie przyjdzie z pustymi rękami.

Przy bramie podpisali listę wyjść, po czym wartownik doradził im zachowanie ostrożności i ruszyli w kierunku miejskiego placu. Coriolanus czuł niepokój. Tego dnia górnicy mieli wolne, więc w dystrykcie panowała cisza, a nieliczni przechodnie nie zwracali na nich uwagi. Na placu sklepy były zamknięte, z wyjątkiem małej piekarni. Powiewy wiatru, które wpadały przez jej szeroko otwarte drzwi, nieco łagodziły żar bijący od pieców. Czerwona jak burak właścicielka ani myślała udzielać wskazówek klientom, którzy niczego nie kupują, więc Sejanus wymienił swoją luksusową gumę do żucia na bochenek chleba. Udobruchana piekarka wyprowadziła ich na plac i wskazała ulicę prowadzącą do Złożyska.

Znajdujące się poza śródmieściem Złożysko ciągnęło się całymi kilometrami. Większe ulice szybko dzieliły się tu na mniejsze, nieoznakowane zaułki, które pojawiały się i kończyły nagle. Przy jednych stały rzędy podniszczonych, identycznych budynków, przy innych prowizoryczne konstrukcje, które tylko z litości można by nazwać chałupami. Wiele z nich nie runęło tylko dzięki podporom — domy były do tego stopnia połatane i pozapadane, że po ich pierwotnym kształcie pozostało jedynie wspomnienie. Tu i tam widzieli porzucone i przeważnie rozebrane chatynki.

Bez siatki prostopadłych ulic i wyraźnych punktów odniesienia, Coriolanus niemal natychmiast stracił orientację i jego niepokój się nasilił. Od czasu do czasu mijali kogoś, kto siedział na ganku albo w cieniu domu, ale nikt nie patrzył na nich z sympatią. Jedynymi spragnionymi kontaktu stworzeniami okazały się komary, do tego stopnia zafascynowane raną na wardze Coriolanusa, że musiał bez przerwy się od nich opędzać. Słońce niemiłosiernie prażyło, a na nogawce spodni Coriolanusa pojawiła się plama wilgoci, która osiadła na lodzie topniejącym w torebce. Jego zapał stopniowo słabł. Minionego wieczoru na Ćwieku był oszołomiony alkoholem i widokiem Lucy Gray, lecz tamte chwile kojarzyły mu się teraz z gorączkowym snem.

— Może to był zły pomysł — mruknął.

— Tak uważasz? — odparł Sejanus. — Jestem pewien, że idziemy we właściwym kierunku. Widzisz tamte drzewa?

Coriolanus popatrzył na pasmo zieleni w oddali i powlókł się dalej. Pomyślał z czułością o swojej pryczy i przypomniał sobie, że w niedzielę na obiad dostają smażoną kiełbasę z ziemniakami. Może nie nadawał się na kochanka. Może w głębi serca był raczej odludkiem. Coriolanus Snow, domator, nie adorator. Trzeba było przyznać, że Billy'emu Taupe'owi nie brakowało namiętności. Czy właśnie tego pragnęła Lucy Gray? Pasji, muzyki, alkoholu, blasku księżyca i dzikiego chłopaka, który dałby jej to wszystko? Wątpił, aby chciała spoconego Strażnika Pokoju, który w niedzielny ranek staje u jej drzwi z pękniętą wargą i torebką lodu.

Zdając się na Sejanusa, bez słowa ruszył za nim żużlowymi ścieżkami. Uznał, że jego towarzysz w końcu się zmęczy i obaj wrócą, aby zająć się pisaniem listów. Sejanus, Tigris, przyjaciele i nauczyciele — wszyscy bardzo się co do niego mylili. Nigdy nie kierował się ani miłością, ani ambicją. Pragnął tylko zgarnąć nagrodę i znaleźć dobrą, cichą pracę w biurze, gdzie przekładałby papiery i miał mnóstwo czasu na podwieczorki u znajomych. Tchórzliwy i… Jak dziekan Highbottom nazwał jego matkę? A tak, banalna. Banalny jak jego matka. Jakim rozczarowaniem byłby dla Crassusa Xanthosa Snowa.

— Posłuchaj. — Sejanus chwycił go za ramię.

Coriolanus zamarł i uniósł głowę. Ktoś wysokim głosem śpiewał melancholijny utwór. Maude Ivory? Skierowali się w tamtą stronę. Na końcu ścieżki, przy granicy Złożyska, ujrzeli mały drewniany domek, chylący się ku upadkowi niczym drzewo po wichurze. Na skrawku ziemi, który pełnił rolę ogródka przed domem, nie zastali nikogo, więc postanowili obejść kępy polnych kwiatów na różnym etapie kwitnienia bądź gnicia, posadzonych bez ładu i składu. Z tyłu domu ujrzeli Maude Ivory. Siedziała na ganku naprędce zbitym z desek, ubrana w starą, o dwa rozmiary za dużą sukienkę, i kamieniem łupała orzechy na pustaku, wybijając rytm piosenki.

— Moja droga — *łup* — Moja droga — *łup* — Moja droga Clementine! — *łup*. Podniosła wzrok i na ich widok uśmiechnęła się szeroko. — Poznaję was! — Strzepnęła łupiny z sukienki i wbiegła do domu.

Coriolanus otarł twarz rękawem. Miał nadzieję, że kiedy przyjdzie Lucy Gray, jego warga nie będzie prezentowała się aż tak źle. Maude Ivory przyprowadziła jednak zaspaną Barb Azure, z włosami pośpiesznie skręconymi w luźny kok. Podobnie jak Maude Ivory, i ona zmieniła sceniczny strój na sukienkę jakich wiele było w Dwunastym Dystrykcie.

— Dzień dobry — przywitała się. — Szukacie Lucy Gray?

— To jej przyjaciel z Kapitolu — przypomniała jej Maude Ivory. — Przedstawiał ją w telewizji, tylko teraz jest prawie łysy. Dał mi kulki z popcornu.

— Kulki nam smakowały i bardzo dziękujemy za wszystko, co zrobiłeś dla Lucy Gray — powiedziała Barb Azure. — Myślę, że znajdziecie ją na Łące. Chodzi tam wcześnie do pracy, żeby nie przeszkadzać sąsiadom.

— Ja pokażę. Mogę? — Maude Ivory zeskoczyła z ganku i złapała Coriolanusa za rękę, jak starego przyjaciela. — To tędy.

Coriolanus nie miał młodszych krewnych ani rodzeństwa, więc brakowało mu doświadczenia z dziećmi. Poczuł się jednak wyróżniony, kiedy Maude Ivory pociągnęła go za sobą, ufnie ściskając jego palce swoją chłodną, drobną dłonią.

— Widziałaś mnie w telewizji?

— Tylko raz, wieczorem. Była ładna pogoda i Tam Amber zużył mnóstwo folii do anteny. Normalnie widać tylko śnieżenie, ale dobrze, że w ogóle mamy telewizor — wyjaśniła Maude Ivory. — Mało kto tu ma. Zresztą i tak nie bardzo jest co oglądać poza tymi nudnymi wiadomościami.

Doktor Gaul mogła sobie mówić, co chciała o zainteresowaniu ludzi Głodowymi Igrzyskami. Ponieważ prawie nikt w dystryktach nie miał sprawnego odbiornika, wpływ imprezy ograniczał się do dożynek, kiedy wszystkich spędzano w jedno miejsce.

Szli w kierunku lasu, a Maude trajkotała o wczorajszym występie i późniejszej bijatyce.

— Przykro mi, że oberwałeś. — Wskazała na jego wargę. — Wszystko przez Billy'ego Taupe'a. Gdzie się pojawi, tam są kłopoty.

— To twój brat? — spytał Sejanus.

— E, nie, on jest z Clade'ów, brat Clerka Carmine'a. Reszta to kuzynki Baird. Znaczy się, dziewczyny, bo Tam Amber to zbłąkana dusza.

Coriolanus pomyślał, że nie tylko Lucy Gray wysławia się w dziwny sposób. Zapewne taka była specyfika Trupy.

— Zbłąkana dusza? — powtórzył.

— Właśnie tak. Trupa znalazła Tama Ambera, kiedy był jeszcze niemowlakiem. Ktoś go wsadził do kartonowego pudła i zostawił na poboczu, więc należy do nas. I temu komuś powinno być głupio, bo Tam Amber jest najlepszym szarpidrutem na świecie — obwieściła. — Tylko nie bardzo gadatliwym. To lód?

Coriolanus zakołysał malejącą porcją kostek.

— Raczej to, co z niego zostało.

— Och, Lucy Gray się ucieszy. Mamy lodówkę, ale zamrażalnik popsuł się już dawno temu — westchnęła Maude Ivory. — Lód latem to luksus. Jak kwiaty zimą. Rzadkie zjawisko.

Coriolanus przyznał jej rację.

— Moja babcia uprawia róże zimą. Ludzie się nimi zachwycają.

— Lucy Gray powiedziała, że pachniesz różami — przypomniała sobie Maude Ivory. — Masz ich tak dużo w domu?

— Babcia uprawia je na dachu — wyjaśnił.

— Na dachu? — zachichotała. — Głupie miejsce na kwiatki. Nie zsuwają się?

— Dach jest płaski, bardzo wysoko. Mają mnóstwo słońca — dodał. — Widać stamtąd cały Kapitol.

— Lucy Gray nie podobało się w Kapitolu. Chcieli ją tam zabić — powiedziała Maude Ivory.

— To prawda — potwierdził. — Z pewnością nie było jej miło.

— Powiedziała, że poza tobą nie było tam nic dobrego, a teraz ty jesteś tutaj. — Pociągnęła go za rękę. — Zostaniesz, prawda?

— Taki mam zamiar — odparł.

— To dobrze. Lubię cię, a ona będzie szczęśliwa — podsumowała Maude Ivory.

Cała trójka zdążyła już dotrzeć na skraj dużego pola, które obniżało się w stronę lasu. Porośnięta czystą, świeżą, wysoką trawą, przetykaną pasami jaskrawych polnych kwiatów Łąka w niczym nie przypominała zachwaszczonego placu przed szubienicznym drzewem.

— Tam są, ona i Shamus. — Maude Ivory wskazała samotną postać na głazie.

Lucy Gray miała na sobie szarą sukienkę, jakby dobraną do imienia, i siedziała plecami do nich, z głową pochyloną nad gitarą.

Shamus? Kim był Shamus? Jeszcze jednym członkiem zespołu? A może Coriolanus błędnie ocenił rolę Billy'ego Taupe'a w życiu Lucy Gray i jej kochankiem był Shamus? Oślepiony słońcem, przysłonił dłonią oczy, lecz widział tylko sylwetkę Lucy Gray.

— Shamus?

— To nasza koza. Nie daj się nabrać na jej chłopięce imię. Jak jest świeżo po porodzie, daje cztery litry mleka dziennie — wyjaśniła Maude Ivory. — Próbujemy zbierać śmietankę na masło, ale to trwa bez końca.

— Mhm, przepadam za masłem — westchnął Sejanus. — A właśnie, zapomniałem dać ci chleb. Jesteś już po śniadaniu?

— W rzeczy samej, nie. — Maude Ivory z zainteresowaniem przyglądała się bochenkowi.

Sejanus wręczył jej chleb.

— A może wrócimy do ciebie i go napoczniemy?

Maude Ivory wsadziła bochenek pod pachę.

— A co z Lucy Gray i tym tutaj? — Ruchem głowy wskazała Coriolanusa.

— Dołączą do nas, kiedy porozmawiają — odparł Sejanus.

— No dobra. — Maude Ivory wysunęła dłoń z uścisku Coriolanusa i chwyciła za rękę Sejanusa. — Barb Azure może nam kazać na nich zaczekać. Jeśli będziesz chciał, to najpierw połupiesz ze mną orzechy. Są zeszłoroczne, ale jeszcze nikt się nie rozchorował.

— Od dawna nikt mi nie złożył takiej fajnej propozycji. — Sejanus spojrzał na Coriolanusa. — Widzimy się później?

Coriolanus nagle poczuł się niepewnie.

— Dobrze wyglądam?

— Bosko. Uwierz mi, ta warga przydaje ci uroku, żołnierzu — zapewnił go Sejanus i wraz z Maude Ivory ruszył z powrotem do domu.

Coriolanus przygładził włosy i wszedł na Łąkę. Nigdy dotąd nie brnął przez równie wysoką trawę. Jej źdźbła łaskotały czubki jego palców, co tylko potęgowało jego zdenerwowanie. Dotąd nawet nie śmiał marzyć o tym, że spotka się z Lucy Gray sam na sam, i to na kwiecistej Łące, mając do dyspozycji cały dzień. To było przeciwieństwo tego, jak mogłoby wyglądać ich pośpieszne spotkanie na brudnym Ćwieku. To było — z braku lepszego słowa — romantyczne. Poruszał się najciszej, jak potrafił. Uważał Lucy Gray za trudną do zgłębienia tajemnicę i cieszyło go, że ma okazję się jej przyjrzeć, kiedy nie budowała wokół siebie muru.

Podchodząc bliżej, usłyszał piosenkę, którą śpiewała przy akompaniamencie gitary.

Czy przyjdziesz pod to drzewo,
Niezwykłe pośród drzew,
Bo zawisł na nim człowiek, co zabił ludzi trzech.
Kto był tam, ten sam widział
Zrządzenia dziwnej mocy,
Czy zechcesz przy tym drzewie mnie spotkać o północy?

Nie znał tego utworu, ale jego treść wyraźnie nawiązywała do egzekucji buntownika, którą przeprowadzono dwa dni wcześniej. Czy Lucy Gray tam była? Czy właśnie to zdarzenie opisano w piosence?

Czy przyjdziesz pod to drzewo,
Niezwykłe pośród drzew,
Gdzie „Biegnij, ukochana!", wisielca zabrzmiał śpiew?

Kto był tam, ten sam widział
Zrządzenia dziwnej mocy,
*Czy zechcesz przy tym drzewie mnie spotkać o północy?**

A więc tak, chodziło o stracenie Arlo, bo gdzie indziej trup wołałby do ukochanej, żeby uciekała? *Uciekaj! Uciekaj, Lil! Ucie...!* Powtarzały to śpiewnie te wynaturzone ptaki, kosogłosy. Tylko kogo zapraszała na spotkanie przy drzewie? Czyżby jego? Może zamierzała zaśpiewać to w najbliższą sobotę, jako tajną wiadomość dla niego, żeby spotkali się o północy przy szubienicznym drzewie? I tak by nie mógł, gdyż o tak późnej porze nie wolno mu było opuszczać bazy. Lucy Gray pewnie tego jednak nie wiedziała.

Teraz nuciła, wypróbowując rozmaite akordy, a on podziwiał zarys jej szyi, delikatność skóry. Kiedy podchodził bliżej, nastąpił na uschniętą gałąź, która głośno trzasnęła. Lucy Gray zerwała się z głazu, odwracając się gwałtownie, a w jej szeroko otwartych oczach pojawił się strach. Jednocześnie uniosła gitarę, jak gdyby chciała osłonić się przed ciosem. Przez moment wyglądało na to, że zamierza rzucić się do ucieczki, lecz gdy ujrzała Coriolanusa, na jej twarzy odmalowała się ulga. Lucy Gray pokręciła głową, nietypowo dla siebie zawstydzona, i oparła gitarę o głaz.

— Przepraszam — westchnęła. — Nadal jestem jedną nogą na igrzyskach.

Skoro po krótkotrwałym wypadzie na arenę Coriolanus miał zszargane nerwy i nawiedzały go koszmary, mógł sobie tylko wyobrażać, jak bardzo ucierpiała jej psychika. Miniony miesiąc wywrócił życie obojga do góry nogami i nieodwracalnie ich zmienił. Smutne, bo byli raczej wyjątkowi, a świat obszedł się z nimi niezwykle okrutnie.

— Tak, pozostawiły po sobie niezatarte wrażenie — przyznał.

---

* Tłumaczenie tej piosenki zostało nieco zmienione w stosunku do wersji zamieszczonej w *Kosogłosie*, III tomie „Igrzysk Śmierci".

Stali przez chwilę, przyglądając się sobie, po czym jednocześnie rzucili się ku sobie. Torebka z lodem wyślizgnęła się z dłoni Coriolanusa, kiedy chwycił Lucy Gray w ramiona i przywarł do niej całym ciałem. Przytulając ją mocno, przypomniał sobie, jak bardzo bał się o nią i o siebie. Pamiętał też, że nie śmiał marzyć o tej chwili, bo wydawała się całkowicie nieosiągalna. Teraz jednak byli bezpieczni na pięknej łące, trzy tysiące kilometrów od areny, skąpani w promieniach słońca. Już nic ich nie dzieliło.

— Odnalazłeś mnie — powiedziała.

W Dwunastym Dystrykcie? W Panem? Na świecie? Mniejsza z tym, to nie miało znaczenia.

— Wiedziałaś, że cię znajdę.

— Miałam nadzieję, ale nie wiedziałam. Prawdopodobieństwo nie było zbyt duże.

Odchyliła się lekko, żeby oswobodzić dłoń i przesunąć palcami po jego ustach. Kiedy badała obrażenia z poprzedniego wieczoru, wyczuł stwardnienia na jej miękkiej skórze, powstałe od długotrwałej gry na gitarze. Potem, prawie nieśmiało, pocałowała go, a przez jego ciało przetoczyły się rozkoszne fale. Wygłodniały i zafascynowany, nie zważając na ból, oddał pocałunek. Był tak rozbudzony, że ją całował, aż z jego wargi popłynęła strużka krwi. Chciał przedłużyć tę chwilę, lecz Lucy Gray odsunęła się od niego.

— Tutaj — powiedziała. — Schowajmy się w cieniu.

Resztka lodu zachrzęściła pod jego stopą. Coriolanus schylił się i podniósł torebkę.

— To dla ciebie — powiedział.

— Och, dziękuję. — Pociągnęła go za sobą i usiedli u podnóża głazu. Lucy Gray odgryzła róg plastikowej torebki, po czym uniosła ją nad usta, spijając lodowate krople. — Mmm. Do listopada nie znajdę tu nic chłodniejszego. — Gdy ścisnęła plastik, jej twarz spryskała chłodna mgiełka. — Cudowne. Odchyl głowę. — Zrobił to i poczuł mżawkę na ustach. Zlizał wilgoć, a już po chwili znowu rozkoszował się długim pocałunkiem. —

No dobrze. — Lucy Gray podciągnęła kolana. — Teraz powiedz mi, co robisz na mojej łące.

Sam się nad tym zastanawiał.

— Spędzam czas ze swoją dziewczyną — wyjaśnił.

— Ledwie to do mnie dociera. — Rozglądała się wokół. — Od dożynek wszystko wydaje się nierealne. Igrzyska były po prostu koszmarem.

— Dla mnie też — wyznał. — A skoro nie jesteśmy na wizji, powiedz mi, jak przez to przeszłaś.

Siedzieli obok siebie, przyciśnięci ramionami, żebrami i biodrami. Spletli palce i relacjonowali, co się działo, dzieląc się zimną wodą. Lucy Gray zaczęła od pierwszych dni igrzysk, spędzonych w ukryciu z Jessupem, coraz bardziej chorym na wściekliznę.

— Wędrowaliśmy po tych tunelach z jednego miejsca w drugie. To prawdziwy labirynt. Z biednym Jessupem było coraz gorzej, stopniowo tracił rozum. Pierwszej nocy spaliśmy blisko wejścia. To byłeś ty, prawda? Przyszedłeś przenieść Marcusa?

— Ja i Sejanus. Zakradł się, żeby... Właściwie nie jestem pewien, po co. Chciał coś udowodnić. Kazali mi go stamtąd zabrać — wyjaśnił Coriolanus.

— Ty zabiłeś Bobbina? — spytała cicho.

Skinął głową.

— Nie miałem wyboru. A potem jakichś trzech usiłowało mnie dopaść.

— Wiem. — Spochmurniała. — Słyszałam, jak się przechwalali po powrocie. Sądziłam, że cię zatłukli przy bramkach. Bałam się, że nie żyjesz. Umierałam ze strachu na myśl o tym, że mogłabym cię stracić. Z trudem oddychałam, dopóki nie przysłałeś mi wody.

— Więc wiesz, co czułem przez ten cały czas — powiedział Coriolanus. — Myślałem tylko o tobie.

— A ja o tobie. — Poruszyła palcami. — Tak mocno ściskałam puderniczkę, że miałam na skórze odcisk róży.

Wziął ją za rękę i pocałował spód dłoni.

— Bardzo chciałem cię wesprzeć i czułem się kompletnie bezużyteczny — wyznał.

— Och, pomogłeś mi. — Pogłaskała go po policzku. — Czułam, że troszczysz się o mnie. Podsyłałeś wodę, jedzenie. I wierz mi, zabicie Bobbina to było coś naprawdę ważnego, choć wiem, jak straszne musiało być dla ciebie. Dla mnie było.

Lucy Gray przyznała się do trzech zabójstw. Pierwsza zginęła Wovey, chociaż nie była celem. Lucy Gray podrzuciła w tunelach butelkę z resztką wody zaprawionej odrobiną trutki. Miało to wyglądać, jakby ktoś ją zgubił. Wovey przypadkiem znalazła butelkę.

— Polowałam na Coral — podkreśliła Lucy Gray i dodała, że Reaper, którego kałużę zatruła, złapał wściekliznę, kiedy Jessup splunął mu w oczy w zoo. — W gruncie rzeczy okazałam mu litość. Nie musiał przechodzić przez to co Jessup. A Treecha potraktowałam żmiją w obronie własnej. Wciąż nie jestem pewna, dlaczego te węże tak mnie pokochały. Wątpię, żeby wpadły im w ucho moje piosenki. Węże w ogóle kiepsko słyszą.

Coriolanus opowiedział jej więc o laboratorium i o Clemensii, i o tym, że doktor Gaul postanowiła uwolnić węże na arenie, a on dyskretnie podrzucił do terrarium chustkę po ojcu, żeby przywykły do zapachu.

— Znaleźli ją jednak, całą w moim i twoim DNA — zakończył.

— I dlatego tu jesteś? Nie z powodu trutki w puderniczce?

— Nie, nie przez trutkę. Wspaniale mnie kryłaś.

— Starałam się, jak mogłam. — Zastanawiała się przez chwilę. — Więc jesteśmy kwita. Ja cię uratowałam przed ogniem, a ty mnie przed wężami. Teraz nawzajem odpowiadamy za swoje życie.

— Tak?

— Jasne — potwierdziła. — Ty jesteś mój, a ja twoja. Nasz los jest zapisany w gwiazdach.

— Więc nic na to nie poradzimy. — Pochylił się i ją pocałował.

Zarumienił się ze szczęścia, bo choć nie wierzył w przeznaczenie, ona jednak tak, a to mu wystarczało jako gwarancja wierności. Swoją lojalnością nie musiał się przejmować. Skoro nigdy nie zakochał się w żadnej z dziewczyn w Kapitolu, było raczej nieprawdopodobne, by Dwunasty Dystrykt mógł mu zaproponować jakąś szczególną pokusę.

Drgnął, gdy poczuł tuż przy szyi dziwne łaskotanie. Jak się okazało, Shamus postanowiła skosztować jego kołnierzyka.

— Och, witam — zwrócił się do niej. — Co mogę dla pani zrobić?

— Tak się składa, że coś możesz — zaśmiała się Lucy Gray. — Trzeba ją wydoić.

— Wydoić. Hm — stropił się. — Nie jestem pewien, od czego zacząć.

— Od wiadra. Jest w domu. — Spryskała odrobiną mrożonej wody Shamus, która puściła kołnierzyk Coriolanusa. Lucy Gray rozdarła torebkę, wyjęła dwie ostatnie kostki, po czym wsunęła jedną w usta Coriolanusa, a drugą w swoje. — Miło jest dostać trochę lodu o tej porze roku. To luksus latem i przekleństwo zimą.

— Jest aż tak źle? — spytał.

— Gorzej. W styczniu zamarzły rury i musieliśmy rozpuszczać bryły lodu na piecu. Żeby mieć wodę dla sześciu osób i kozy, trzeba się nieźle natrudzić. Zdziwiłbyś się. Było lepiej, kiedy spadł śnieg, przynajmniej szybko topnieje. — Sięgnęła po sznurek, do którego była uwiązana Shamus, i podniosła gitarę.

— Ja wezmę. — Coriolanus wyciągnął rękę, choć nie był pewien, czy Lucy Gray powierzy mu instrument.

Nie miała oporów.

— Nie jest taka dobra jak ta pożyczona od Pluribusa, ale daje nam zarobić na życie. Problem w tym, że kończą się nam struny, a te własnej roboty do niczego się nie nadają. Jak myślisz, gdybym do niego napisała, podesłałby mi kilka? Założę się, że zostało mu trochę z czasów działalności klubu. Mogę zapłacić, oszczędziłam większość pieniędzy od dziekana Highbottoma.

Coriolanus znieruchomiał.

— Od dziekana Highbottoma? — powtórzył. — Dostałaś od niego pieniądze?

— Tak, ale po cichu. Najpierw przeprosił za to, przez co przeszłam, a potem wsunął mi do kieszeni zwitek banknotów. Cieszę się, że je mam. Po moim wyjeździe zespół nie występował, byli za bardzo wstrząśnięci stratą. Tak czy inaczej, chętnie zapłacę za te struny, jeśli Pluribus zgodzi się pomóc.

Coriolanus obiecał, że poprosi go o nie w najbliższym liście, ale poruszyła go informacja o hojności dziekana Highbottoma. Dlaczego ten diabeł wcielony miałby pomagać jego dziewczynie? Przez szacunek? Z litości? Z poczucia winy? Pod wpływem kaprysu wywołanego morfaliną? Zastanawiał się nad tym, kiedy wracali na ganek, gdzie Lucy Gray uwiązała Shamus do słupka.

— Wejdź, poznasz rodzinę. — Wzięła Coriolanusa za rękę i poprowadziła go do drzwi. — Co u Tigris? Szkoda, że nie mogłam jej osobiście podziękować za mydło i sukienkę. Ale teraz jestem już u siebie, więc napiszę do niej list i może jeszcze ułożę piosenkę, jeśli przyjdzie mi do głowy coś w miarę dobrego.

— Ucieszy się — zauważył Coriolanus. — Nie wiedzie im się tam najlepiej.

— Na pewno za tobą tęsknią. Chodzi o coś jeszcze? — zainteresowała się.

Zanim zdążył odpowiedzieć, weszli do domu, który składał się z dużego pokoju na dole oraz sypialni na poddaszu. W głębi pomieszczenia mieszkalnego na parterze znajdowało się coś w rodzaju aneksu kuchennego z piecem węglowym, zlewem, półką na naczynia i starą lodówką. Pod prawą ścianą umieszczono stojak z kostiumami, pod lewą instrumenty. Przestarzały telewizor na skrzynce wieńczyła absurdalnie wielka antena, która przypominała rozłożyste poroże. Na jej odnogach tkwiły poskręcane fragmenty folii aluminiowej. Jeśli nie liczyć kilku krzeseł oraz stołu, w pokoju nie było żadnych mebli.

Tam Amber siedział rozparty na krześle. Na kolanach trzymał mandolinę, lecz na niej nie grał. Clerk Carmine patrzył smętnie z poddasza na Barb Azure i Maude Ivory, która wydawała się czymś oburzona. Na widok nowo przybyłych podbiegła i pociągnęła Lucy Gray do okna z widokiem na podwórze z tyłu domu.

— Lucy Gray, on znowu robi kłopoty! — zawołała.

— Wpuściliście go? — Lucy Gray najwyraźniej wiedziała, o kim mowa.

— Nie. Powiedział, że chce zabrać resztę swoich gratów, więc je wyrzuciliśmy do ogródka. — Barb Azure stała z założonymi rękami, demonstrując niezadowolenie.

— Więc w czym problem? — Lucy Gray mówiła spokojnie, ale mocniej zacisnęła palce na dłoni Coriolanusa.

— W tym. — Barb Azure ruchem głowy wskazała okno.

Coriolanus zbliżył się do Lucy Gray i wyjrzał na podwórze. Między nich wcisnęła się Maude Ivory.

— Sejanus powinien pomagać mi przy orzechach — poskarżyła się.

Billy Taupe klęczał obok sterty ubrań i kilku książek. Mówił gorączkowo, jednocześnie skrobiąc na ziemi jakiś rysunek. Od czasu do czasu gestykulował i wskazywał w różnych kierunkach. Naprzeciwko niego przyklęknął Sejanus, uważnie słuchając. Ze zrozumieniem kiwał głową i sporadycznie zadawał pytania. Coriolanus był poirytowany obecnością Billy'ego Taupe'a w miejscu, które uważał już za swoje terytorium, niemniej nie widział powodu, by się szczególnie przejmować. Nie miał pojęcia, o czym Billy Taupe dyskutuje z Sejanusem. Może znaleźli wspólny temat do marudzenia, na przykład jak to nikt z rodziny ich nie rozumie.

— Martwisz się o Sejanusa? Bez obaw, gada, z kim popadnie. — Coriolanus bezskutecznie usiłował przyjrzeć się obrazkowi na ziemi. — Co on tam rysuje?

— Chyba udziela jakichś wskazówek. — Barb Azure wzięła od niego gitarę. — I jeśli się nie mylę, twój przyjaciel zamierza wracać do domu.

— Zajmę się tym. — Lucy Gray na próżno usiłowała oswobodzić dłoń z uścisku Coriolanusa. — Dzięki, ale nie musisz radzić sobie z całym moim bagażem.

— Mój los jest zapisany w gwiazdach — przypomniał jej z uśmiechem.

Uznał, że i tak nadszedł czas na konfrontację z Billym Taupe'em. Należało mu wyłożyć kilka zasad. Billy Taupe musi przyjąć do wiadomości, że Lucy Gray już nie jest jego dziewczyną. Na zawsze i zdecydowanie należała do Coriolanusa.

Odpowiedziało mu milczenie, lecz Lucy Gray przestała się wyrywać. Po cichu wyszli przez otwarte tylne drzwi. Coriolanus zmrużył oczy, oślepiony jaskrawym sierpniowym słońcem, które zdążyło już wspiąć się wysoko na niebo. Obaj młodzi mężczyźni byli do tego stopnia pochłonięci rozmową, że Billy Taupe zareagował dopiero wtedy, gdy stanęła przy nich Lucy Gray. Na jej widok pośpiesznie zamazał rysunek dłonią.

Bez podpowiedzi Barb Azure Coriolanus być może nie połapałby się, co na nim jest. Teraz jednak niemal natychmiast się zorientował, co przedstawia szkic.

Widniał na nim plan bazy.

25

Sejanus poczuł się chyba winny, bo nagle drgnął, zerwał się na równe nogi i zaczął strzepywać kurz z munduru. Z kolei Billy Taupe wstał powoli, po czym niemal leniwie odwrócił się do nich.

— Proszę, proszę, a któż to postanowił ze mną pogawędzić? — Uśmiechnął się niepewnie do Lucy Gray.

Czyżby rozmawiali po raz pierwszy od Głodowych Igrzysk?

— Sejanusie, Maude Ivory aż się skręca ze złości, że ją wystawiłeś z tymi orzechami — powiedziała.

— Fakt, zaniedbałem obowiązki. — Sejanus wyciągnął rękę do Billy'ego Taupe'a, który bez wahania ją uścisnął. — Cieszę się, że cię poznałem.

— Z wzajemnością. Jak będziesz chciał jeszcze pogadać, czasem bywam na Ćwieku — odparł Billy Taupe.

— Będę pamiętać. — Sejanus ruszył do domu.

Lucy Gray puściła dłoń Coriolanusa i unosząc głowę, popatrzyła na Billy'ego Taupe'a.

— Wynoś się, Billy Taupe — zażądała. — I nie wracaj.

— Bo co, Lucy Gray? Napuścisz na mnie swoich Strażników Pokoju? — Zaśmiał się.

— Jeśli będzie trzeba.

Billy Taupe zerknął na Coriolanusa.

— Ci tutaj wyglądają na łagodnych — zauważył.

— Nic nie rozumiesz. Tamto już nie wróci — powiedziała Lucy Gray.

Billy Taupe nagle się rozzłościł.

— Przecież wiesz, że nie próbowałem cię zabić.

— Wiem, że ciągle łazisz z dziewczyną, która próbowała — wypaliła Lucy Gray. — Podobno u burmistrza czujesz się już jak u siebie w domu.

— Ciekawe, kto mnie tam posłał? Niedobrze mi się robi, kiedy widzę, jak pogrywasz z tymi dzieciakami. Biedna Lucy Gray. Biedne jagniątko — szydził.

— Moi przyjaciele nie są głupi. Też chcą, żebyś się wyniósł — wycedziła.

Billy Taupe nagle chwycił ją za nadgarstek i przyciągnął do siebie.

— A dokąd konkretnie miałbym się wynieść?

Zanim Coriolanus zdążył interweniować, Lucy Gray zatopiła zęby w dłoni Billy'ego Taupe'a. Krzyknął i cofnął rękę, a Coriolanus na wszelki wypadek stanął u boku Lucy Gray. Billy Taupe posłał mu gniewne spojrzenie.

— Nie wygląda na to, żebyś była szczególnie samotna. To ten twój kochaś z Kapitolu? Przygnał za tobą z tak daleka? No to czeka go tu kilka niespodzianek.

— Wiem o tobie wszystko. — To nie była prawda, ale Coriolanus poczuł się nieco pewniej.

— O mnie? — Billy Taupe zaśmiał się z niedowierzaniem. — Jestem kwiatem róży na tej kupie łajna.

— A może już sobie pójdziesz, jak prosiła Lucy Gray? — wycedził lodowato Coriolanus.

— W porządku. Sam się przekonasz. — Billy Taupe pozbierał swoje rzeczy. — I to już niedługo.

Gdy odchodził w upale, Lucy Gray powiodła za nim wzrokiem, rozcierając obolały nadgarstek.

— Jeśli chcesz uciec, to teraz jest dobry moment — powiedziała.

— Nie chcę uciekać — zapewnił ją Coriolanus, choć ta rozmowa wytrąciła go z równowagi.

— To zakłamana gnida. Fakt, flirtuję, z kim popadnie. Taką już mam pracę. Ale to, co on sugeruje, to zwyczajne łgarstwo. — Lucy Gray popatrzyła na okno. — A nawet gdyby nie kłamał? Gdybym miała do wyboru to albo widok głodującej Maude Ivory? Żadne z nas by do tego nie dopuściło, bez względu na wszystko. Tyle tylko, że on ma inne zasady dla siebie, a inne dla mnie. Zawsze tak było. Gdzie on jest ofiarą, ja jestem śmieciem.

Coriolanus z niepokojem przypomniał sobie rozmowę z Tigris i pośpiesznie zmienił temat.

— Więc teraz spotyka się z córką burmistrza? — spytał.

— Właśnie tak. Posłałam go tam, żeby dawał jej lekcje gry na pianinie i zarobił parę centów. Ani się obejrzałam, jak burmistrz wyczytał mnie na dożynkach — westchnęła. — Nie jestem pewna, co takiego mu naopowiadała. Szlag by go trafił, gdyby się dowiedział, że jego córeczka szlaja się z Billym Taupe'em. Nie po to przeżyłam Kapitol, żeby wrócić tu do tego samego co wcześniej.

Coś w zachowaniu Lucy Gray, nieskrywana rozpacz, przekonało Coriolanusa o jej szczerości.

— Więc rozpocznij nowe życie. — Dotknął ramienia dziewczyny.

Uniosła dłoń i ich palce się splotły.

— Nowe życie — powtórzyła. — Z tobą.

Nie zdołał jednak odpędzić wiszącej nad nią chmury.

— Nie powinniśmy przypadkiem wydoić kozy? — Szturchnął ją lekko.

Oblicze Lucy Gray trochę się rozpogodziło.

— Owszem. — Zaprowadziła go z powrotem do domu.

Okazało się, że Maude Ivory właśnie wychodziła stamtąd z Sejanusem, żeby mu pokazać, jak wydoić Shamus.

— Nie mógł się wykręcić. Ma przechlapane, bo rozmawiał z wrogiem — wyjaśniła Barb Azure.

Wyjęła z podniszczonej lodówki garnek z chłodnym mlekiem, postawiła go na stole i uważnie obejrzała zawartość. Clerk Carmine zdjął z półki szklany słój z jakimś mechanizmem na wierzchu. Przymocowana do wieczka korbka poruszała małymi łopatkami w środku.

— Co tam kombinujecie? — zainteresował się Coriolanus.

— Przelewamy z pustego w próżne — roześmiała się Barb Azure. — Próbujemy zebrać wystarczająco dużo śmietanki, żeby ubić masło. Problem w tym, że w kozim mleku śmietana nie oddziela się tak jak w krowim.

— Może poczekamy jeszcze jeden dzień? — zaproponował Clerk Carmine.

— Może — zgodziła się Barb Azure i wstawiła mleko z powrotem do lodówki.

— Obiecaliśmy Maude Ivory, że spróbujemy. Ma bzika na punkcie masła. Tam Amber zmajstrował maselnicę na jej urodziny. Zobaczymy, co z tego wyniknie — powiedziała Lucy Gray.

— Więc wy... — Coriolanus bawił się korbką.

— Teoretycznie, kiedy zbierze się wystarczająco dużo śmietany, wystarczy pokręcić korbką, a łopatki ubiją masło — objaśniła Lucy Gray. — W każdym razie tak słyszeliśmy.

— To chyba mnóstwo pracy.

Coriolanus przypomniał sobie piękne, równe porcje masła, którymi częstował się przy bufecie w dniu dożynek. Nawet przez chwilę nie zastanawiał się nad ich pochodzeniem.

— Niemało — przyznała Lucy Gray. — Ale mamy nadzieję, że skórka jest warta wyprawki. Maude Ivory źle sypia, odkąd mnie zabrali. Za dnia wygląda w porządku, ale nocami budzi się z wrzaskiem. Staramy się dać jej trochę radości z życia.

Barb Azure przecedziła przyniesione przez Sejanusa i Maude Ivory świeże mleko, po czym przelała je do kubków. W tym czasie Lucy Gray pokroiła chleb. Coriolanus nigdy dotąd nie pił koziego mleka, za to Sejanus głośno zacmokał i oświadczył, że przypomniało mu się dzieciństwo w Drugim Dystrykcie.

— Byłam kiedyś w Drugim Dystrykcie? — zaciekawiła się Maude Ivory.

— Nie, skarbie, to daleko na zachodzie. Trupa raczej trzymała się wschodu — wyjaśniła Barb Azure.

— Czasami jeździliśmy na północ — zauważył Tam Amber, a Coriolanus uświadomił sobie, że po raz pierwszy słyszy jego głos.

— Do którego dystryktu? — spytał.

— Właściwie do żadnego — odparła Barb Azure. — Jeździliśmy do tych, którzy nie interesują Kapitolu.

Corionalusowi zrobiło się za nich głupio. Takie miejsce nie istniało. Już nie. Kapitol kontrolował cały znany świat. Przez moment wyobrażał sobie zgraję dzikusów w futrach z dzikich zwierząt, którzy wiedli żałosny żywot w jakiejś jaskini. Podejrzewał, że coś takiego jest możliwe, ale stanowiłoby to wielki krok wstecz nawet w porównaniu z dystryktami. Takie istoty właściwie trudno byłoby nazwać ludźmi.

— Pewnie tamtejszych mieszkańców też gdzieś zapędzono, jak kiedyś nas — powiedział Clerk Carmine.

— Raczej nigdy się nie dowiemy. — Barb Azure uśmiechnęła się ze smutkiem.

— Zostało trochę? Wcale się nie najadłam — zajęczała Maude Ivory, ale nie został nawet okruszek chleba.

— Zjedz garść swoich orzechów — poradziła jej Barb Azure. — Nakarmią nas na weselu.

Coriolanusa ogarnęło przygnębienie na wieść, że tego popołudnia zespół zagra na weselu w mieście. Miał nadzieję, że spędzi jeszcze trochę czasu sam na sam z Lucy Gray i dowie się czegoś więcej o Billym Taupie, co go z nią łączyło i dlaczego rysował na ziemi plan bazy. Wszystko to jednak musiało zaczekać, ponieważ zaraz po umyciu naczyń grupa zaczęła się szykować do występu.

— Wybaczcie, że tak szybko się rozstajemy, ale trzeba zarabiać na chleb. — Lucy Gray odprowadziła Coriolanusa i Sejanusa do drzwi. — Córka rzeźnika wychodzi za mąż i musimy zrobić dobre wrażenie. Zjawią się tam ludzie z pieniędzmi, którzy być może nas wynajmą. Niby moglibyście zaczekać i nas odprowadzić, ale zaczęłyby się...

— Plotki — dokończył za nią Coriolanus, zadowolony, że sama to zasugerowała. — Najlepiej się z tym nie afiszować. Kiedy cię znowu zobaczę?

— Kiedy zechcesz — zapewniła go. — Coś czuję, że twój grafik jest bardziej zapełniony niż mój.

— Występujesz na Ćwieku w najbliższą sobotę? — spytał.

— Jeśli nam pozwolą po wczorajszej burdzie.

Umówili się, że Coriolanus przyjdzie najszybciej, jak się da, aby mogli spędzić ze sobą kilka cennych minut przed koncertem.

— Tuż za Ćwiekiem stoi szopa, z której korzystamy — objaśniła Lucy Gray. — Możesz się tam z nami spotkać. Jeśli nie będzie występu, po prostu przyjdź do domu.

Dopiero gdy dotarli z Sejanusem na puste uliczki w pobliżu bazy, Coriolanus poruszył temat Billy'ego Taupe'a.

— O czym tak sobie gadaliście? — spytał.

— Właściwie o niczym. — Sejanus wydawał się speszony. — Powtarzaliśmy lokalne plotki.

— I do tego był wam potrzebny plan bazy? — drążył Coriolanus.

Sejanus zatrzymał się raptownie.

— Nic ci nie umknie, co? — mruknął. — Pamiętam ze szkoły. Patrzyłem, jak dyskretnie obserwujesz innych i starannie wybierasz odpowiedni moment na interwencję.

— Właśnie teraz interweniuję. Dlaczego tak się zaangażowałeś w tę rozmowę i co miał do tego plan bazy? Kim jest ten człowiek? Sympatykiem rebeliantów? — Sejanus odwrócił głowę, ale Coriolanus mówił dalej: — Skąd u niego zainteresowanie kapitolińską bazą?

Sejanus przez chwilę wpatrywał się w ziemię.

— Chodzi o dziewczynę — powiedział w końcu. — Tę z egzekucji. Potem ją aresztowali. Ma na imię Lil i jest uwięziona w bazie.

— A buntownicy zamierzają ją uwolnić? — naciskał Coriolanus.

— Nie. Chcą tylko się z nią skontaktować i upewnić, że nic jej nie jest — wyjaśnił Sejanus.

— A ty zaproponowałeś pomoc. — Coriolanus z trudem nad sobą panował.

— Nie, niczego nie proponowałem. Ale gdybym mógł, gdybym znalazł się blisko aresztu, może bym się czegoś dowiedział. Jej bliscy odchodzą od zmysłów — dodał Sejanus.

— Och, cudownie. Fantastycznie. Więc teraz jesteś rebelianckim informatorem. — Coriolanus ruszył dalej. — Sądziłem, że dałeś sobie spokój z tą całą rebelią!

Sejanus szedł tuż za nim.

— Zrozum, nie mogę — westchnął. — Taki już jestem. Poza tym sam powiedziałeś, że będę mógł pomóc mieszkańcom dystryktów, jeśli opuszczę arenę.

— O ile pamiętam, powiedziałem, że mógłbyś wspierać trybutów, czyli zapewnić im bardziej humanitarne warunki — sprostował Coriolanus.

— Humanitarne warunki! — wybuchnął Sejanus. — Zmuszają ich do mordowania się nawzajem! A poza tym trybuci są z dystryktów, więc nie widzę większej różnicy. To drobiazg, Corio, mam tylko sprawdzić, co z tą dziewczyną!

— To nie jest drobiazg — powiedział Coriolanus. — W każdym razie nie dla Billy'ego Taupe'a. Wytłumaczysz mi, dlaczego tak pośpiesznie starł plan? Dobrze wie, o co prosi, i wie, że robi z ciebie kolaboranta. A czy ty wiesz, jaki los spotyka kolaborantów?

— Myślałem tylko... — zaczął Sejanus.

— Nie, Sejanusie, ty w ogóle nie myślisz! — zdenerwował się Coriolanus. — A co gorsza, zadajesz się z ludźmi, którzy mają poważne problemy z myśleniem. Billy Taupe? Co on z tego ma? Pieniądze? Bo Lucy Gray twierdzi, że Trupa nie trzyma ani z rebeliantami, ani z Kapitolem. Są bardzo przywiązani do własnej tożsamości, cokolwiek to jest.

— Bo ja wiem. Powiedział, że... pyta w imieniu przyjaciela — zająknął się Sejanus.

— Przyjaciela? — Coriolanus zorientował się, że krzyczy i natychmiast ściszył głos do szeptu. — Przyjaciela tego całego Arlo, który podłożył bomby w kopalniach? Starannie zaplanował ten zamach. Na co on liczył? Rebelianci nie mają żadnych zasobów, nie mają niczego, co pozwoliłoby im ponownie wszcząć wojnę. A póki co kąsają rękę, która ich karmi, bo jak zarobią na chleb, jeśli w Dwunastce nie będzie kopalni? Nie wydaje mi się, żeby mieli za dużo innych możliwości. Co to za strategia?

— Desperacka. Rozejrzyj się! — Sejanus chwycił go za ramię i zatrzymał. — Jak długo mogą żyć w takich warunkach?

W Coriolanusie wzbierała nienawiść. Przypomniał sobie wojnę i koszmar, w który rebelianci zmienili jego życie. Wyszarpnął rękę.

— Przegrali wojnę, którą rozpoczęli. Sami podjęli ryzyko i teraz muszą za to płacić.

Sejanus rozejrzał się wokół, jakby nie bardzo wiedział, w którą stronę pójść, po czym przywarł plecami do uszkodzonego muru przy drodze, osunął się i usiadł na ziemi. Coriolanus odniósł nieprzyjemne wrażenie, że musi wcielić się w rolę starego Strabo Plintha i prowadzić niekończące się dyskusje o lojalności syna, a nie miał na to ochoty. Tyle tylko, że gdyby Sejanus wyrwał się spod kontroli, jego decyzje mogłyby być brzemienne w skutki.

— Posłuchaj — westchnął Coriolanus, siadając obok niego. — Myślę, że sytuacja się poprawi, ale nie w taki sposób. Wszędzie dookoła jest coraz lepiej, więc i tutaj będzie, chyba że dalej zamierzają wysadzać kopalnie. Jedyny skutek zamachów jest taki, że giną ludzie.

Sejanus pokiwał głową. Drogą przeszła gromadka obszarpanych dzieci, zajętych kopaniem starej puszki.

— Myślisz, że dopuściłem się zdrady? — spytał.

— Jeszcze nie. — Coriolanus uśmiechnął się niemrawo.

Sejanus chwycił wyrastające z muru chwasty.

— Doktor Gaul uważa mnie za zdrajcę — oświadczył. — Ojciec poszedł z nią porozmawiać, jeszcze przed spotkaniem z dziekanem Highbottomem i radą. Wszyscy wiedzą, że tak naprawdę to ona rządzi. Zapytał ją, czy mogę liczyć na taką samą szansę jak ty. Czy mogę zostać Strażnikiem Pokoju.

— Myślałem, że to przebiega automatycznie — zdziwił się Coriolanus. — Przecież wyrzucili cię tak jak mnie.

— Ojciec miał taką nadzieję, ale doktor Gaul powiedziała: „Proszę nie łączyć spraw tych dwóch chłopców. Błędnie obrana strategia jest niewspółmierna do zdradzieckiego popierania rebeliantów". — W jego głosie pobrzmiewała gorycz. — W takiej sytuacji na stole pojawił się czek na nowe laboratorium dla zmiechów doktor Gaul. To musiał być najdroższy w historii bilet do Dwunastego Dystryktu.

Coriolanus gwizdnął cicho.

— Hala sportowa i do tego laboratorium? — upewnił się.

— Mów, co chcesz, ale bardziej przyczyniłem się do odbudowy Kapitolu niż sam prezydent — zażartował Sejanus smętnie. — Masz rację, głupio się zachowałem. Znowu. Będę ostrożniejszy w przyszłości, cokolwiek ona przyniesie.

— Pewnie smażoną kiełbasę — zauważył Coriolanus.

— No to się pośpieszmy. — Ruszyli w dalszą drogę do bazy.

Na miejscu ujrzeli, że ich współlokatorzy właśnie zwlekają się z łóżek. Sejanus zabrał Beanpole'a na zewnątrz, aby poćwiczyć z nim musztrę, a Smiley i Bug poszli sprawdzić, co słychać w świetlicy. Coriolanus zamierzał poświęcić czas przed obiadem na naukę do testu dla kandydatów na oficerów, ale po rozmowie z Sejanusem zaświtała mu w głowie pewna myśl i szybko zdominowała wszystkie inne. A zatem doktor Gaul go broniła.

Cóż, może to za dużo powiedziane, ale niewątpliwie jasno dała do zrozumienia Strabo Plinthowi, że przewinienie Coriolanusa nie ma nic wspólnego z przestępczym czynem Sejanusa. Coriolanus tylko „błędnie obrał strategię", więc w sumie nie zrobił nic strasznego. Może nie spisała go całkiem na straty? Odniósł wrażenie, że podczas igrzysk tylko jego starała się edukować i czuł się wyróżniony. Kto wie, czy nie warto by było napisać do niej teraz, żeby... żeby... Właściwie nie miał pojęcia, co chciał osiągnąć. Ale kto wie, może kiedyś w przyszłości, jeśli zostanie oficerem i będzie coś znaczył, ich drogi ponownie się przetną? Jak mógłby sobie zaszkodzić, pisząc do niej? I tak już zabrali mu wszystko, co cenne. W najgorszym wypadku doktor Gaul zignoruje jego list.

Coriolanus gryzł długopis i próbował zebrać myśli. Czy powinien zacząć od przeprosin? Po co? Przecież wiedziała, że starał się wygrać i żałował tylko tego, że dał się złapać. Postanowił darować sobie przeprosiny. Mógłby opisać jej swoje życie w bazie, ale to wydawało się zbyt przyziemne. Rozmowy, które do niedawna prowadzili, były co najmniej wysublimowane i uważał je za nieustającą lekcję tylko dla siebie. Nagle go olśniło. Należało kontynuować ostatnią lekcję. Na czym stanęli? Musiał napisać jednostronicową pracę o katastrofie, kontroli i... jeszcze o czymś trzecim. Nigdy nie mógł sobie tego przypomnieć. A tak, o kontrakcie. O umowie, która umożliwiała Kapitolowi wykorzystanie dostępnej mu potęgi. Coriolanus zabrał się do pisania...

Szanowna Pani,

Wiele się zdarzyło od naszej ostatniej rozmowy, lecz informacje docierają do mnie codziennie. Dwunasty Dystrykt jest sceną, na której doskonale widać, jak dzięki kontroli nie dochodzi do katastrofy, a jako Strażnik Pokoju zajmuję miejsce w pierwszym rzędzie.

Po tym wstępie opisał kilka spraw, o których dowiedział się po przybyciu do bazy. Wspomniał o wyczuwalnym napięciu między obywatelami a siłami Kapitolu, o tym, jak podczas egzekucji niemal przerodziło się ono w przemoc i jak eksplodowało w formie bijatyki na Ćwieku.

Przypomniał mi się mój epizod na arenie. Czym innym jest mówienie o prawdziwym obliczu człowieka w teorii, a czym innym zetknięcie się z tym osobiście, kiedy obrywa się pięścią w twarz. Tyle tylko, że tym razem byłem lepiej przygotowany. Nie jestem całkowicie przekonany, że wszyscy ludzie są z natury agresywni, jak Pani twierdzi, niemniej bardzo niewiele trzeba, aby wyzwolić w nas bestię, przynajmniej pod osłoną mroku. Zastanawiam się, ilu z tych górników wymierzyłoby cios, gdyby Kapitol mógł ujrzeć ich twarze. W popołudniowym słońcu, podczas egzekucji szemrali, ale nie ośmielili się walczyć.

W każdym razie mam o czym myśleć, czekając, aż moja warga się zagoi.

Dodał, że nie liczy na odpowiedź, niemniej załącza życzenia wszystkiego dobrego. Dwie strony. Krótko i elegancko. Bez przesadnego domagania się uwagi, bez próśb o cokolwiek. Bez przeprosin. Starannie złożył list, zakleił kopertę i zaadresował ją do doktor Gaul w Cytadeli. Aby uniknąć pytań, w szczególności ze strony Sejanusa, od razu poszedł dorzucić list do poczty. *Raz kozie śmierć*, pomyślał.

Na obiad dostał duży półmisek kiełbasy z sosem jabłkowym i mocno okraszonymi kawałkami ziemniaków i zjadł to wszystko z apetytem. Po kolacji Sejanus pomógł mu w nauce do testu, sam jednak nie deklarował, czy zamierza go zdawać.

— Przeprowadzają testy tylko trzy razy w roku, a jeden z nich odbędzie się w najbliższą środę po południu — powiedział Coriolanus. — Obaj powinniśmy do niego podejść, choćby dla wprawy.

— Nie, jeszcze nie chwytam tych wszystkich wojskowych spraw, ale myślę, że ty nie będziesz miał trudności — odparł Sejanus. — Nawet jeśli z częścią zagadnień pójdzie ci tak sobie, to z resztą dasz radę modelowo. W sumie zbierzesz tyle punktów, że być może zdasz. Koniecznie spróbuj, zanim cała matematyka wyleci ci z głowy.

Coriolanus pomyślał, że coś w tym jest. Już zdążył zapomnieć niektóre zagadnienia z geometrii.

— Gdybyś był oficerem, może pozwoliliby ci zapisać się na szkolenie medyczne. Jesteś cholernie dobry w naukach ścisłych. — Usiłował zgadnąć, jakie plany miał Sejanus po ich wcześniejszej rozmowie. Zdecydowanie powinien się skupić na czymś nowym. — Potem mógłbyś, tak jak powiedziałeś, pomagać ludziom.

— Fakt. — Sejanus przez chwilę się zastanawiał. — Może pogadam z lekarzami w klinice i dowiem się, jak tam trafili.

Następnego ranka, po nocy pełnej dziwnych snów, w których na przemian całował Lucy Gray i karmił węże doktor Gaul, Coriolanus dopisał swoje nazwisko do listy zdających. Oficer nadzorujący poinformował go, że zostanie oficjalnie zwolniony ze szkolenia. Sam ten fakt był wystarczającą zachętą, żeby się zgłosić, gdyż zapowiadał się wyjątkowo upalny tydzień. Chodziło jednak o coś jeszcze. Owszem, Coriolanus nie lubił skwaru, ale poza tym codzienna rutyna zaczynała go nudzić. Gdyby został oficerem, otrzymywałby ambitniejsze zadania.

Dzień przyniósł dwa odstępstwa od schematu. Po pierwsze, zaczynali służbę wartowniczą. Nie budziło to entuzjazmu, gdyż powszechnie uchodziła za nudną, lecz Coriolanus wolał siedzieć za biurkiem przy wejściu do koszar, niż szorować garnki. Poza tym liczył na to, że uda mu się trochę poczytać lub popisać.

Druga zmiana wytrąciła go z równowagi. Kiedy przyszli na ćwiczenia ze strzelania, dowiedzieli się, że zaaprobowano propozycję Coriolanusa, by przetrzebić populację ptaków w okolicach szubienicy. Cytadela zażądała jednak odłowienia żywcem około stu głoskułek i kosogłosów oraz przekazania ich w nienagannym stanie do laboratorium w celu przeprowadzenia badań. Drużyna Coriolanusa miała pomóc przy instalowaniu klatek na drzewach, co oznaczało, że tego popołudnia będzie pracował z naukowcami z laboratorium doktor Gaul. Poduszkowiec z ekipą przyleciał rankiem. Coriolanus widział tylko garstkę osób w Cytadeli, ale bał się spotkania z gośćmi, gdyż każdy z nich na pewno znał szczegóły jego haniebnego oszustwa z wężami. Nagle naszła go straszna myśl. Doktor Gaul chyba nie będzie osobiście nadzorowała wyłapywania ptaków? Choć wysłanie do niej listu wydało mu się niemal śmieszne, zadrżał na myśl o osobistym spotkaniu z tą kobietą po raz pierwszy, odkąd go tu zesłała.

Podczas jazdy nierówną drogą Coriolanus podskakiwał w budzie ciężarówki, nieuzbrojony i być może skazany na rychłe zdemaskowanie. Jego weekendowy optymizm wyparował. Pozostali rekruci, zadowoleni z zajęć w terenie, gawędzili pogodnie, podczas gdy on zamknął się w sobie.

Tylko Sejanus rozumiał przyczyny jego niepokoju.

— Nie przejmuj się, doktor Gaul tu nie będzie — wyszeptał. — Skoro my bierzemy w tym udział, to podrzędna robota.

Coriolanus bez przekonania skinął głową.

Kiedy ciężarówka zatrzymała się pod drzewem wisielców, ukrył się za plecami kolegów i dyskretnie obejrzał sobie czwórkę naukowców z Kapitolu. Wszyscy byli bezsensownie poprzebierani w białe fartuchy laboratoryjne, zupełnie jakby szykowali się do odkrycia tajemnicy nieśmiertelności, a nie do wyłapania stada jakichś tam ptaków w temperaturze trzydziestu ośmiu stopni w cieniu. Żadna z twarzy nie wydała się Coriolanusowi znajoma, więc lekko się odprężył. W przestronnym laboratorium zatrudniano setki naukowców, a teraz miał przed sobą specjalistów od ptaków, nie od gadów. Pogodnie przywitali się z żołnierzami i kazali im wziąć po jednej z drucianych pułapek, które wyglądały jak klatki. Potem wyjaśnili, jak należy je zastawiać. Rekruci posłusznie zabrali pułapki i ustawili się na skraju lasu, obok rusztowania.

Sejanus uniósł kciuki, demonstrując Coriolanusowi zadowolenie z powodu nieobecności doktor Gaul. Coriolanus miał odpowiedzieć mu tym samym, kiedy zauważył samotną postać na pobliskiej polance wśród drzew. Kobieta w kitlu stała bez ruchu, odwrócona plecami do szubienicy, i z przechyloną głową wsłuchiwała się w kakofonię ptasich śpiewów. Pozostali naukowcy z szacunkiem czekali, aż skończy i wyjdzie z lasu. Kiedy przeciskała się między gałęziami, Coriolanus wyraźnie ujrzał jej twarz, zupełnie zwyczajną, gdyby nie duże, różowe okulary. Rozpoznał ją od razu. To ta kobieta dała mu do wiwatu za płoszenie ptaków, kiedy pośpiesznie usiłował uciec z laboratorium po tym, jak Clemensia runęła na podłogę, a z jej ręki pociekła tęczowa ropa. Zastanawiał się, czy kobieta go rozpozna. Jeszcze bardziej przygarbił się za plecami Smileya i udał ogromne zainteresowanie pułapką na ptaki.

Kobieta w różowych okularach, którą jeden z naukowców przedstawił, nazywając poufale „naszą doktor Kay", powitała ich życzliwie i wyjaśniła cel misji: złowić po pięćdziesiąt głoskułek i kosogłosów. Następnie przedstawiła plan działania. Mieli wspólnie zapełnić las pułapkami z przynętą w postaci jedzenia, wody i sztucznych ptaków, żeby zwabić ofiary. Doktor Kay powiedziała, że pułapki będą otwarte przez dwa dni, aby ptaki mogły bez przeszkód wchodzić i wychodzić. W środę mieli zjawić się ponownie, wymienić przynętę i nastawić pułapki w celu złapania ptaków.

Rekruci posłusznie podzielili się na pięć czteroosobowych grup, po czym każda z nich podążyła do innej części lasu, razem z przypisanym sobie naukowcem. Coriolanus najpierw zaszył się w gromadce pod przewodnictwem mężczyzny, który przedstawił doktor Kay, a potem jak najszybciej dał nura w gęstwinę. Żołnierze dźwigali nie tylko pułapki, ale też plecaki z różnego rodzaju przynętą. Po przebyciu stu metrów znaleźli się pod drzewem z czerwonym znakiem wskazującym punkt zerowy. Zgodnie z poleceniem naukowca rozeszli się promieniście, żeby w parach przygotowywać pułapki i instalować je wysoko na drzewach.

Coriolanus znalazł się w parze razem z Bugiem, jak się okazało wyśmienitym wspinaczem z Jedenastego Dystryktu, gdzie dzieci pomagały starszym w sadach. Przez dwie godziny pracowali w pocie czoła — Coriolanus napełniał pułapki przynętą, a Bug wciągał je na gałęzie. Gdy wrócili, pokąsany przez liczne owady Coriolanus dyskretnie wskoczył do ciężarówki i skupił się na oglądaniu śladów na skórze. Przestał dopiero, gdy oddalili się od doktor Kay, która i tak nie zwracała na niego szczególnej uwagi. *Skończ z tą paranoją*, pomyślał. *Ona cię nie pamięta.*

We wtorek powrócili do zwykłych obowiązków, tyle że podczas posiłków i tuż przed ciszą nocną Coriolanus uczył się do testu. Nie mógł się doczekać ponownego spotkania z Lucy Gray. Wciąż wracał do niej myślami, choć robił, co mógł, żeby się powstrzymać, i powtarzał sobie, że na marzenia przyjdzie czas po teście. W środę z trudem doczekał końca porannego treningu, spędził porę lunchu sam na sam z podręcznikiem, żeby jeszcze trochę powkuwać, i w końcu poszedł do sali, w której zwykle odbywały się zajęcia z taktyki. Na test zapisało się jeszcze dwóch Strażników Pokoju. Jeden był przed trzydziestką i twierdził, że to jego szósty raz, drugi z kolei z pewnością dobiegał pięćdziesiątki, więc trochę późno zdecydował się na życiowe zmiany.

Coriolanus świetnie sobie radził z zaliczaniem testów i kiedy otworzył broszurkę egzaminacyjną, poczuł znajome emocje. Uwielbiał wyzwania, a za sprawą swojej ambitnej natury niemal natychmiast wskoczył na intelektualny tor przeszkód.

Trzy godziny później, zlany potem i wyczerpany, ale szczęśliwy, zwrócił broszurkę i poszedł do kantyny po lód. Usiadł w skrawku cienia, rzucanego przez koszary, i trąc ciało kostkami, odtwarzał w pamięci pytania. Na krótko zrobiło mu się żal utraconej uniwersyteckiej kariery, ale otrząsnął się na myśl o tym, że ma szansę iść w ślady ojca i zostać legendarnym dowódcą. Może było mu to pisane od samego początku.

Reszta jego drużyny nadal pracowała z naukowcami z Cytadeli, wdrapując się na drzewa i nastawiając pułapki, więc poszedł po pocztę dla siebie i kolegów. Okazało się, że Mamuś Plinth znowu przysłała dwa gigantyczne pudła, co zapowiadało kolejną wieczorną zabawę na Ćwieku. Przeniósł je do pokoju, ale postanowił zaczekać z otwieraniem na powrót kolegów. Dostał też list od Mamuś, w którym dziękowała mu za wszystko, co zrobił dla jej syna, i prosiła, by nadal miał na niego oko.

Coriolanus odłożył list i westchnął, przygnębiony perspektywą opieki nad Sejanusem. Wyjazd z Kapitolu oznaczał dla Sejanusa chwilowy odpoczynek od cierpień, lecz sprawy rebeliantów szybko wytrąciły go z równowagi. Konspirował z Billym Taupe'em. Zadręczał się losem dziewczyny w areszcie. Zanosiło się na to, że prędzej czy później wytnie taki numer jak wtedy, gdy wdarł się na arenę, i ludzie znowu będą oczekiwali, że Coriolanus wyciągnie go z bagna.

Nie wierzył, że Sejanus kiedykolwiek zdoła się naprawdę zmienić. Może nie potrafi, lecz przede wszystkim zwyczajnie nie chce. Już zdążył odrzucić korzyści płynące ze służby: udawał, że nie umie strzelać, odmówił napisania testu dla kandydatów na oficerów, ewidentnie nie miał zamiaru przysparzać chwały Kapitolowi. Domem Sejanusa na zawsze miał pozostać Drugi Dystrykt, a rodziną — mieszkańcy dystryktów. Rebelianci nie przestaną służyć dobrej sprawie... a ich wspieranie będzie moralną powinnością Sejanusa.

Coriolanus znowu poczuł się zagrożony. Wcześniej starał się lekceważyć wybryki Sejanusa w Kapitolu, jednak tutaj sytuacja wyglądała inaczej. Tu był traktowany jak dorosły i to, co robił, mogło przesądzić o jego życiu lub śmierci. Za pomoc rebeliantom trafiało się przed pluton egzekucyjny. Co się działo w głowie Sejanusa?

Pod wpływem impulsu Coriolanus otworzył szafkę Sejanusa, wyjął jego pudełko i ostrożnie wysypał zawartość na podłogę. Znajdował się tam stosik pamiątek, paczka gumy do żucia i trzy fiolki z lekarstwami, przepisanymi przez lekarza z Kapitolu. W dwóch były kapsułki, zapewne nasenne, a w jednej morfalina, którą dawkowało się przez kroplomierz w wieczku. Coriolanus kilka razy widział, jak dziekan Highbottom zażywa preparat z bardzo podobnej fiolki. Mamuś wspomniała, że Sejanus leczył się farmakologicznie podczas załamania nerwowego. Ale dlaczego przywiózł leki tutaj? Czy Mamuś podrzuciła mu je na wszelki wypadek? Przejrzał resztę rzeczy. Skrawek materiału, papeteria, długopisy, kawałeczek marmuru, z którego wykuto coś w rodzaju serca, a także sterta fotografii. Plinthowie co roku robili sobie zdjęcia portretowe, więc Coriolanus mógł prześledzić rozwój Sejanusa od czasów niemowlęcych do początku bieżącego roku. Na wszystkich fotografiach widniała rodzina Plinthów, z wyjątkiem jednego starego zdjęcia ze szkoły. Coriolanus sądził, że to ich klasa, ale nikt nie wyglądał znajomo, a mnóstwo dzieciaków miało na sobie niedopasowane i podniszczone ubrania. W drugim rzędzie stał smutno uśmiechnięty Sejanus w schludnym garniturze, a za nim w trzecim rzędzie wysoki chłopiec wyglądający na sporo starszego. Coriolanus przyjrzał mu się uważniej i nagle wszystko stało się jasne. Za Sejanusem stał Marcus. Zdjęcie przedstawiało klasę Sejanusa z jego ostatniego roku nauki w Drugim Dystrykcie. Nie zabrał fotografii kolegów z Kapitolu, nawet Coriolanusa, i z jakiegoś powodu wydawało się to ostatecznym dowodem na to, z którą stroną trzymał.

Na samym dnie sterty Coriolanus znalazł grubą srebrną ramkę, w którą oprawiony był, co ciekawe, dyplom Sejanusa. Ktoś wyjął dokument z eleganckiej skórzanej teczki i przełożył go do ramki, jakby na pokaz. Tylko po co? Sejanus za żadne skarby nie zawiesiłby go na ścianie, nawet gdyby miał ją do dyspozycji. Coriolanus przesunął palcami po zmatowiałym metalu i odwrócił ramkę. Tylna ścianka wydawała się nieco przekrzywiona, a z boku wystawał rożek bladozielonego papieru. *To nie jest zwykły kawałek papieru*, pomyślał Coriolanus ponuro i odsunął zaczepy, żeby wyjąć płytkę. Gdy wypadła, na podłogę wysypał się plik świeżo wydrukowanych banknotów.

Pieniądze. I to niemało. Dlaczego Sejanus zabrał tyle gotówki, skoro miał rozpocząć nowe życie jako Strażnik Pokoju? Czy zrobił to na żądanie Mamuś? Nie, na pewno nie, Mamuś uważała raczej, że to pieniądze są główną przyczyną ich nieszczęść. Więc może Strabo uznał, że cokolwiek się zdarzy, gotówka uchroni jego syna przed niebezpieczeństwem. Niewykluczone, ale zwykle osobiście wręczał łapówki. Czyżby Sejanus przywiózł pieniądze bez wiedzy rodziców? Ta myśl zaniepokoiła Coriolanusa. Może w ramce znajdowały się oszczędności całego życia, ukryte na czarną godzinę? Czyżby na dzień przed wyjazdem Sejanus podjął je w banku i schował w ramce? Zawsze narzekał, że jego ojciec ma zwyczaj wykupywać się z kłopotów, ale może odziedziczył po nim rodzinną skłonność do takiego rozwiązywania problemów? Przekazywany z ojca na syna nieetyczny, lecz skuteczny obyczaj.

Coriolanus zgarnął pieniądze, ułożył je w zgrabny stosik i szybko przewertował. Miał przed sobą setki, tysiące dolarów. Jaki był z nich pożytek w Dwunastym Dystrykcie, gdzie nie dało się niczego kupić? W każdym razie niczego, na co nie wystarczyłby żołd Strażnika Pokoju. Większość rekrutów wysyłała połowę wynagrodzenia do domu, gdyż Kapitol dostarczał im niemal wszystko, co potrzebne. Musieli płacić tylko za papeterię i wieczory na Ćwieku. Coriolanus podejrzewał, że kwitnie tam czarny rynek, ale co poza alkoholem mogło skusić Strażników Pokoju? Nie potrzebowali martwych królików, sznurowadeł ani mydła własnej roboty. A nawet gdyby im na czymś zależało, mieli na to pieniądze. Rzecz jasna, dawało się kupić też inne rzeczy: informacje, prawo wstępu, milczenie. Były łapówki i była władza.

Coriolanus usłyszał głosy powracających kolegów. Szybko ukrył banknoty w srebrnej ramce, pamiętając o wysunięciu zielonkawego rożka. Włożył rzeczy z powrotem do pudełka i schował je w szafce Sejanusa. Kiedy współlokatorzy wpadli do pokoju, stał nad pudłami od Mamuś i rozkładając ręce, uśmiechał się szeroko.

— Kto ma wolne w sobotę? — spytał.

Smiley, Beanpole i Bug rozdzierali papier i wypakowywali skarby, a Sejanus siedział na pryczy, patrząc na to z rozbawieniem.

Coriolanus oparł się o łóżko nad Sejanusem.

— Opatrzność zesłała nam twoją mamę — powiedział. — Gdyby nie ona, bylibyśmy biedni jak myszy kościelne.

— Nie mielibyśmy ani grosza — zgodził się Sejanus.

Coriolanus nigdy nie podawał w wątpliwość jego uczciwości. Właściwie to uważał, że Sejanus wręcz z nią przesadza. Teraz jednak usłyszał ordynarne kłamstwo, wygłoszone tak gładko, jakby było szczerą prawdą — a to znaczyło, że odtąd każde słowo Sejanusa należało traktować podejrzliwie.

26

— Och! — Sejanus plasnął się w czoło. — Jak ci poszedł test?

— Zobaczymy — odparł Coriolanus. — Sprawdzą go i ocenią w Kapitolu. Mówili, że trzeba będzie trochę poczekać na wyniki.

— Zdasz — oznajmił Sejanus. — Zasłużyłeś.

Taki oddany. Obłudny. Autodestrukcyjny. Jak ćma do ognia. Coriolanus drgnął, przypomniawszy sobie list od Pluribusa. Czy nie to mamrotał dziekan Highbottom przed laty, po awanturze z ojcem Coriolanusa? Prawie, bo użył liczby mnogiej. *Jak ćmy do ognia.* Całkiem jakby cała chmara ciem leciała prosto do piekła. Cała autodestrukcyjna chmara. O kim myślał? A zresztą, kogo to obchodzi? Naćpany, napędzony nienawiścią, stary Na-Haju-Bottom. Lepiej w ogóle się nad tym nie zastanawiać.

Po obiedzie Coriolanus odbył pierwszą godzinę warty w hangarze lotniczym na drugim końcu bazy. Znalazł się w parze z weteranem, który kazał mu mieć oczy szeroko otwarte i natychmiast zasnął. Myśli Coriolanusa powędrowały do Lucy Gray. Żałował, że nie może się z nią zobaczyć albo przynajmniej porozmawiać. Warta wydawała się stratą czasu, skoro nic się tu nigdy nie działo. A przecież mógłby teraz trzymać Lucy Gray w ramionach. Czuł się uwięziony w bazie, podczas gdy ona mogła swobodnie włóczyć się po nocy. Pod pewnymi względami lepiej było mieć ją pod kluczem w Kapitolu, gdzie zawsze mniej więcej się orientował, co robiła. Być może właśnie w tej chwili Billy Taupe usiłował na powrót wkraść się w jej łaski. I po co udawać, że nie jest ani trochę zazdrosny? Może jednak trzeba było go aresztować…

Kiedy wrócił do koszar, szybko skreślił kilka słów do Mamuś, wychwalając jej smakołyki. Napisał również do Pluribusa, żeby podziękować mu za pomoc i poprosić o struny do gitary dla Lucy Gray. Zmęczony po teście, spał głęboko i obudził się cały spocony w parny sierpniowy poranek. Zastanawiał się, kiedy w końcu upał odpuści. We wrześniu? W październiku? Przed lunchem kolejka do lodziarki okrążała pół kantyny. Wyznaczony do dyżuru w kuchni Coriolanus przygotował się na najgorsze, ale okazało się, że awansował ze zmywaka i skierowano go do siekania. To byłaby miła odmiana, gdyby nie fakt, że przydzielono go do cebuli. Ze łzami jakoś by sobie poradził, jednak coraz bardziej martwił go zapach, którym przesiąkały jego dłonie. Nawet po całym wieczorze mycia podłogi ten smród wciąż wywoływał komentarze w koszarach i nie pomagało długie szorowanie. Coriolanus nie mógł się nie zastanawiać, czy nadal będzie tak cuchnął, kiedy znowu zobaczy Lucy Gray.

Mimo upału i niepokoju, który czuł w pobliżu naukowców z Cytadeli, w piątkowy poranek ulżyło mu, że tego popołudnia będzie miał do czynienia z ptakami. Nie lubił ich, ale przynajmniej nie śmierdziały. Kiedy Beanpole zasłabł w trakcie musztry, sierżant kazał jego współlokatorom zanieść go do kliniki, gdzie Coriolanus skorzystał z okazji i wyprosił puszkę pudru na potówki, które pojawiły się na jego torsie i pod prawą pachą. „Skóra musi być sucha", oznajmił lekarz, a Coriolanus z trudem powstrzymał się od parsknięcia. Nie był suchy nawet przez chwilę, odkąd pojawił się w łaźni parowej, czyli w Dwunastym Dystrykcie.

Po lunchu złożonym z kanapek z pasztetem, podskakując na wybojach, pojechali ciężarówką do lasu, gdzie czekali na nich naukowcy, nadal w laboratoryjnych fartuchach. Kiedy łączyli się w zespoły, Coriolanus się przekonał, że Bug, który w środę nie miał partnera, pracuje w tandemie z doktor Kay. Jego zręczność wśród gałęzi wywarła na niej wrażenie, i doktor poprosiła, żeby współpracował z nią ponownie. Było za późno na zmianę partnerów, więc Coriolanus podążył za jej grupą między drzewa, trzymając się na samym końcu.

Nic to nie dało. Doktor Kay podeszła do niego od tyłu, gdy obserwował, jak Bug wnosi przygotowaną pułapkę na pierwsze drzewo i zamienia ją na klatkę, w której siedziała złapana głoskułka.

— No i co myślisz na temat dystryktów, szeregowy Snow? — spytała doktor Kay.

Znalazł się w pułapce, jak ptak. Jak trybuci w zoo. Ucieczka nie wchodziła w grę. Przypomniał sobie słowa Lucy Gray, które ocaliły go wtedy w małpiarni. *Przejmij inicjatywę.*

Odwrócił się z uśmiechem, zarazem pełnym zakłopotania, aby przyznać, że go przejrzała, jak i pełnym rozbawienia, aby zademonstrować, że nic sobie z tego nie robił.

— Wie pani, więcej dowiedziałem się o Panem w ciągu jednego dnia jako Strażnik Pokoju niż podczas trzynastu lat nauki w szkole.

— O tak — zaśmiała się doktor Kay. — Tutaj można się wiele nauczyć. Przydzielono mnie do Dwunastki podczas wojny. Mieszkałam w twojej bazie. Pracowałam w tym lesie.

— Brała pani udział w tej akcji z głoskułkami? — spytał Coriolanus.

Przynajmniej oboje mieli na swoim koncie publiczną porażkę.

— Nadzorowałam ten projekt — odparła z naciskiem.

Olbrzymią publiczną porażkę. Coriolanus poczuł się trochę swobodniej. On zbłaźnił się jedynie na Głodowych Igrzyskach, nie w ogólnonarodowej wojnie. Może jeśli zrobi dobre wrażenie, doktor Kay okaże mu współczucie i po powrocie napisze korzystny dla niego raport. Próba wciągnięcia jej w rozmowę mogła się opłacić. Przypomniał sobie, że wszystkie głoskułki są samcami i nie mogą się między sobą rozmnażać.

— Te głoskułki… To właśnie je wykorzystywaliście do szpiegowania w czasie wojny?

— Uhm. To były moje maluchy. Nie sądziłam, że jeszcze kiedyś je zobaczę. Uważano, że nie przetrwają zimy. Genetycznie zaprogramowane stworzenia często nie radzą sobie na wolności. Ale moje ptaki okazały się silne, a przyroda ma własny plan — oznajmiła.

Bug dotarł do najniższej gałęzi i przekazał na dół klatkę z głoskułką.

— Na razie powinniśmy je zostawić w pułapkach. — To nie było pytanie.

— Tak. To może ograniczyć stres w okresie przejściowym — zgodziła się doktor Kay.

Bug skinął głową, zsunął się na ziemię i wziął do ręki świeżo przygotowaną klatkę, którą podał mu Coriolanus. Następnie, nie pytając nikogo o zgodę, ruszył do kolejnego drzewa. Doktor Kay patrzyła na niego z aprobatą.

— Niektórzy ludzie po prostu rozumieją ptaki — powiedziała.

Coriolanus poczuł bez cienia wątpliwości, że nigdy nie będzie jednym z nich, ale przez kilka godzin mógł przecież udawać kogoś takiego. Przykucnął obok klatki i przyjrzał się głoskułce.

— Wie pani, nigdy do końca nie rozumiałem, jak to działa. — Ani nawet nie próbował się tego dowiedzieć. — Wiem, że zapamiętywały rozmowy, ale jak je kontrolowaliście?

— Są wytresowane do reagowania na komendy dźwiękowe. Może dopisze nam szczęście i będę mogła ci to zademonstrować. — Doktor Kay wyciągnęła z kieszeni niewielkie prostokątne urządzenie. Wystawało z niego kilka kolorowych przycisków, nieoznaczonych, ale może po prostu symbole wytarły się z czasem. Przyklękła po drugiej stronie klatki i patrzyła na ptaka z, jak uznał Coriolanus, nieprzystającym naukowcowi uczuciem. — Czy nie jest piękny?

— Bardzo. — Miał nadzieję, że zabrzmiało to przekonywająco.

— To ćwierkanie, które teraz słyszysz, to jego własny trel. Potrafi naśladować inne ptaki albo nas, albo mówić, co zechce. Jest w trybie neutralnym.

— W trybie neutralnym? — powtórzył Coriolanus.

— *W trybie neutralnym?* — Usłyszał swój głos, dobiegający z dzioba ptaka. — *W trybie neutralnym?*

To jeszcze bardziej przerażające, kiedy słyszy się samego siebie, pomyślał Coriolanus, ale zaśmiał się z udawanym zachwytem.

— To ja!

— *To ja!* — powtórzyła głoskułka jego głosem, po czym zaczęła naśladować ptaka w pobliżu.

— W rzeczy samej — przytaknęła doktor Kay. — Ale w trybie neutralnym szybko zmieniają obiekt zainteresowania i naśladują inne dźwięki. Zwykle powtarzają krótkie zdania albo fragment ptasiego zaśpiewu, cokolwiek akurat im się spodoba. Do podsłuchu musieliśmy przestawić je na tryb rejestrowania. Trzymajmy kciuki.

Nacisnęła jeden z przycisków na pilocie. Coriolanus nic nie słyszał.

— O, nie — westchnął. — Pewnie jest za stary.

Na twarzy doktor Kay pojawił się uśmiech.

— Niekoniecznie. Komendy są niesłyszalne dla ludzkiego ucha, ale ptaki wychwytują je bez trudu. Zauważyłeś, jak ucichł?

Głoskułka umilkła i tylko skakała po klatce, przechylając łebek i dziobiąc. Zachowywała się zwyczajnie, tyle że milczała.

— Działa? — spytał Coriolanus.

— Zobaczymy. — Doktor Kay nacisnęła inny przycisk, a ptak znowu zaczął ćwierkać. — Ponownie tryb neutralny. Sprawdźmy, co zapamiętał. — Nacisnęła trzeci przycisk.

Po krótkiej chwili ptak przemówił.

— *O, nie. Pewnie jest za stary.*

— *Niekoniecznie. Komendy są niesłyszalne dla ludzkiego ucha, ale ptaki słyszą je bez trudu. Zauważyłeś, jak ucichł?*

— *Działa?*

— *Zobaczymy.*

Rozmowa brzmiała identycznie, a jednak nie do końca. Szelest liści, bzyczenie owadów, ćwierkanie innych ptaków — tego głoskułka nie odtworzyła. Tylko dźwięk ludzkich głosów.

— Hm. — Do pewnego stopnia zrobiło to na nim wrażenie. — Jak długo potrafią rejestrować?

— Mniej więcej godzinę, jeśli mają dobry dzień — odparła doktor Kay. — Są zaprojektowane tak, żeby poszukiwać zalesionych obszarów, do tego przyciągają je ludzkie głosy. Wypuszczaliśmy je do lasów w trybie rejestrowania, potem wabiliśmy je sygnałem powrotu, wysyłanym z bazy, i tam analizowaliśmy materiał. Nie tylko tutaj, ale i w Jedenastce, Dziewiątce, wszędzie, gdzie naszym zdaniem mogły się przydać.

— Nie wystarczyło po prostu rozmieścić po lasach mikrofony? — spytał Coriolanus.

— Da się podłożyć pluskwy w budynkach, jednak las to zbyt wielki obszar. Rebelianci doskonale znali tę okolicę, w przeciwieństwie do nas. Nieustannie się przemieszczali. Głoskułka to żywy ruchomy dyktafon i w przeciwieństwie do mikrofonu, niewykrywalny. Rebelianci mogli je złapać, zabić, nawet zjeść, i nadal uważaliby je za zwykłe ptaki — wyjaśniła doktor Kay. — Teoretycznie są doskonałe.

— Ale w praktyce rebelianci rozgryźli, z czym mają do czynienia — zauważył Coriolanus. — Jak im się to udało?

— Nie jestem pewna. Niektórzy sądzą, że rebelianci zauważyli ptaki wracające późną porą do bazy, ale zwabialiśmy je wyłącznie w środku nocy, kiedy zwyczajnie nie da się ich zauważyć, i to tylko po kilka sztuk naraz. Bardziej prawdopodobne, że nie zatarliśmy za sobą śladów. Nie sprawdziliśmy, czy informacje, na których podstawie działamy, miały też inne źródło niż nagrania w lesie. To wzbudziło podejrzenia, i chociaż czarne upierzenie to doskonały kamuflaż nocą, aktywność ptaków o tej porze była podejrzana. Potem rebelianci najprawdopodobniej zaczęli z nimi eksperymentować, podrzucali nam fałszywe informacje i sprawdzali, jak zareagujemy. — Wzruszyła ramionami. — A może mieli szpiega w bazie. Pewnie nigdy się nie dowiemy.

— Dlaczego po prostu nie użyje pani teraz sygnału, żeby je zwabić do bazy? Zamiast... — Przerwał, żeby nie wyjść na marudę.

— Zamiast ciągać was po lesie w tym upale, żeby komary mogły pożreć was żywcem? — Roześmiała się. — Cały system transmisyjny został zlikwidowany, a naszą starą ptaszarnię przerobiono na magazyn. Poza tym wolę osobiście zająć się ptakami. Chyba nie chcemy, żeby odleciały i nigdy nie wróciły, prawda?

— Oczywiście, że nie — skłamał. — A uciekłyby?

— Nie jestem pewna, jak się zachowają teraz, kiedy zdziczały. Pod koniec wojny wypuściłam je w trybie neutralnym. Inna opcja byłaby okrucieństwem. Niemy ptak musiałby stawić czoło zbyt wielu wyzwaniom. Nie tylko przetrwały, ale i z powodzeniem rozmnożyły się z lokalnymi kosami, i mamy teraz zupełnie nowy gatunek. — Doktor Kay wskazała kosogłosa wśród liści. — Miejscowi nazywają je kosogłosami.

— Co potrafią te ptaki? — spytał Coriolanus.

— Tego też nie jestem pewna. Obserwowałam je w ostatnich dniach. Nie potrafią naśladować mowy, ale umieją lepiej i dłużej powtarzać muzykę niż ich matki — odparła. — Zaśpiewaj coś.

Coriolanus miał w repertuarze tylko jeden utwór.

Klejnot Panem,
Wszechpotężne
Miasto lśniące od setek lat.

Kosogłos przechylił łebek i zaśpiewał. Nie powtórzył słów, ale idealnie naśladował melodię głosem, który wydawał się częściowo ludzki, a częściowo ptasi. Kilka innych ptaków w okolicy podchwyciło melodię i powstał harmonijny chór, który znowu skojarzył mu się ze starymi piosenkami Trupy.

— Powinniśmy je wszystkie powybijać. — Te słowa padły z jego ust, zanim zdołał ugryźć się w język.

— Powybijać? Dlaczego? — spytała zaskoczona doktor Kay.

— Są nienaturalne. — Starał się odwrócić kota ogonem, żeby jego poprzedni komentarz zabrzmiał tak, jakby padł z ust miłośnika ptaków. — Mogą skrzywdzić inne gatunki.

— Wydają się raczej zgodne. Poza tym występują w całym Panem, wszędzie tam, gdzie żyją razem głoskułki i kosy. Zabierzemy kilka i sprawdzimy, czy mogą się rozmnażać między sobą, kosogłos z kosogłosem. Jeśli nie, za kilka lat i tak wyginą. A jeśli tak, to komu przeszkadza jeszcze jeden śpiewający gatunek?

Coriolanus zgodził się z nią, że są zapewne nieszkodliwe. Resztę popołudnia spędził na zadawaniu pytań i troskliwym zajmowaniu się ptakami, próbując zatuszować swoją bezduszną sugestię. Głoskułki mu właściwie nie przeszkadzały, były całkiem interesujące z militarnego punktu widzenia, ale coś odstręczało go od kosogłosów. Podchodził podejrzliwie do ich spontanicznego pojawienia się, do przyrody, która zaszalała. Powinny wyginąć, i to szybko.

Pod koniec dnia okazało się jednak, że zdołali złowić ponad trzydzieści głoskułek i ani jednego kosogłosa.

— Może głoskułki są mniej podejrzliwe, zważywszy na to, że znają już klatki. W nich się w końcu wychowały — zauważyła doktor Kay. — Damy im jeszcze kilka dni i jeśli będzie trzeba, wyciągniemy sieci.

Albo broń, pomyślał Coriolanus.

W bazie razem z Bugiem musiał wyładowywać klatki, a także pomagać naukowcom ustawić je w starym hangarze zamienionym w tymczasowe lokum dla ptaków.

— Pomożecie nam się nimi zajmować, dopóki nie zabierzemy ich do Kapitolu? — spytała ich doktor Kay.

W odpowiedzi Bug obdarzył ją jednym ze swoich rzadkich uśmiechów, a Coriolanus z entuzjazmem przyjął propozycję. Nie chodziło jedynie o robienie dobrego wrażenia — w hangarze, wyposażonym w przemysłowe wentylatory, było chłodniej niż gdzie indziej. To pomagało na jego potówki, które w lesie imponująco wykwitły. Nowe zajęcie stanowiło przynajmniej jakąś odmianę.

Przed ciszą nocną wszyscy mieszkańcy koszar wyłożyli przysmaki od Mamuś i przygotowali plan na najbliższe dwa weekendy na Ćwieku, na wypadek gdyby paczki nie docierały regularnie. Skarbnikiem został Smiley, który skrupulatnie oddzielił partię słodyczy wystarczającą do wymiany na dwie kolejki bimbru i na zapłatę dla zespołu po występie. To, co zostało, podzielili na pięć części. Coriolanus wziął kolejnych sześć kulek prażonej kukurydzy, ale pozwolił sobie tylko na jedną. Resztę zatrzymał dla zespołu.

W sobotni poranek Coriolanus przebudził się przy akompaniamencie gradu bębniącego o dach koszar. W drodze na śniadanie chłopcy obrzucali się bryłkami lodu wielkości pomarańczy, ale jeszcze przed południem zza chmur wyjrzało mocniejsze niż zwykle słońce. Po południu Coriolanus i Bug mieli dyżur w hangarze z głoskułkami. Czyścili klatki, potem karmili i poili ptaki pod nadzorem dwóch naukowców z Cytadeli. Choć niektóre z głoskułek złapały się parami albo trójkami, teraz każdy ptak miał osobną klatkę. Pod koniec zmiany ostrożnie przenieśli ptaki, jeden po drugim, do części hangaru, w której urządzono prowizoryczne laboratorium. Głoskułki zostały policzone, zaobrączkowane i poddane podstawowej procedurze kontrolnej w celu sprawdzenia, czy nadal reagują na dźwiękowe komendy z pilotów. Wyglądało na to, że wszystkie zachowały umiejętność rejestrowania i odtwarzania ludzkich głosów.

Gdy znaleźli się z dala od naukowców, poza zasięgiem słuchu, Bug pokręcił głową.

— Czy to dla nich dobre?

— Nie wiem. Po to je stworzyli — odparł Coriolanus.

— Byłyby szczęśliwsze, gdybyśmy zostawili je w lesie — zauważył Bug.

Coriolanus nie był pewien, czy Bug ma rację. Równie dobrze ptaki mogły obudzić się za kilka dni w laboratorium w Cytadeli i z ulgą pożegnać dziesięcioletni koszmar w Dwunastym Dystrykcie. Może było im lepiej w sztucznym środowisku, gdzie nie występowały naturalne zagrożenia.

— Naukowcy z pewnością dobrze się nimi zajmą — oświadczył.

Po kolacji starał się nie okazywać zniecierpliwienia, kiedy jego współlokatorzy przygotowywali się do wyjścia. Postanowił utrzymać swój romans w tajemnicy, więc planował się oddalić od kolegów, kiedy już dotrą do Ćwieka. Pozostawał problem Sejanusa. Kłamał na temat pieniędzy, ale być może po prostu próbował się nie wyróżniać wśród biednych współlokatorów. Po incydencie z planem bazy wydawał się szczerze skruszony, więc istniała nadzieja, że zdał sobie sprawę z niebezpieczeństwa, które ściągnąłby na siebie jako łącznik z Lil. Czy Billy Taupe albo rebelianci spróbują wykorzystać go ponownie, skoro wstępnie wyraził chęć pomocy? Stanowił taki łatwy cel. Najprościej byłoby go zabrać ze sobą na spotkanie z Trupą, kiedy już odłączą się od kolegów.

— Chcesz iść ze mną za kulisy? — szepnął do Sejanusa, kiedy dotarli na Ćwiek.

— A jestem zaproszony? — spytał Sejanus.

— Oczywiście — odparł Coriolanus, choć tak naprawdę zaproszono tylko jego. Może jednak to był jakiś pomysł. Gdyby Sejanus zajął się Maude Ivory, Coriolanus miałby szansę spędzić chwilę sam na sam z Lucy Gray. — Ale musimy się wymiksować z ekipy.

To okazało się całkiem proste, gdyż tłum był większy niż w zeszłym tygodniu, a nowa partia bimbru wyjątkowo mocna. Zostawiwszy Smileya, Buga i Beanpole'a, żeby się potargowali, znaleźli drzwi nieopodal sceny i wyszli na wąską, pustą alejkę.

To, co Lucy Gray nazywała szopą, okazało się czymś w rodzaju starego garażu na jakieś osiem aut. Duża brama była zamknięta na łańcuch, ale drzwi w rogu budynku, dokładnie naprzeciwko wejścia na scenę, podparto pustakiem. Coriolanus usłyszał głosy i dźwięki instrumentów i już wiedział, że trafili we właściwe miejsce.

Zespół rozgościł się tutaj na dobre, a muzycy siedzieli na starych oponach i przypadkowych meblach. Sprzęt i futerały walały się po całym pomieszczeniu. Mimo że drugie drzwi w kącie po przeciwnej stronie otwarto na oścież, było tu gorąco jak w piecu. Promienie wieczornego słońca wpadały przez nieliczne popękane okna, oświetlając unoszące się w powietrzu drobiny gęstego kurzu.

Na widok Coriolanusa i Sejanusa ubrana w swoją różową sukienkę Maude Ivory puściła się biegiem w ich kierunku.

— Cześć! — zawołała.

— Dobry wieczór. — Coriolanus ukłonił się, po czym wyciągnął rękę z paczką kulek z prażonej kukurydzy. — Słodkie do słodkiego.

Maude Ivory rozchyliła papier i leciutko podskoczyła na jednej nodze, po czym dygnęła.

— Pięknie dziękuję. Zaśpiewam dziś piosenkę specjalnie dla ciebie.

— Na nic innego nie liczyłem — odparł Coriolanus.

Bawiło go, z jaką łatwością przychodziło członkom grupy posługiwanie się salonowym językiem Kapitolu.

— Nie mogę jednak wymienić twojego imienia, bo to sekret — zachichotała Maude Ivory.

Popędziła do Lucy Gray, która siedziała po turecku na starym biurku i stroiła gitarę. Uśmiechnęła się na widok rozradowanej twarzy dziecka, ale oświadczyła surowo:

— Zostaw je na później.

Maude Ivory pobiegła pochwalić się swoim skarbem reszcie zespołu. Sejanus podszedł do muzyków, a Coriolanus im pomachał, zmierzając w stronę Lucy Gray.

— Nie musiałeś tego robić — powiedziała. — Rozpieszczasz ją.

— Po prostu chcę dać jej trochę radości z życia — odparł.

— A co z moją radością? — zażartowała Lucy Gray. Coriolanus pochylił się i ją pocałował. — No dobrze, to jakiś początek.

Przesunęła się i poklepała blat obok siebie. Coriolanus usiadł, po czym rozejrzał się dookoła.

— Co to za miejsce? — spytał.

— Teraz to nasze pomieszczenie socjalne. Przychodzimy tu przed występem i po nim, i w trakcie — wyjaśniła.

— Ale do kogo należy? — Miał nadzieję, że nie weszli na cudzy teren.

— Nie mam pojęcia — odparła beztrosko. — Po prostu zalęgliśmy się tu i zostaniemy, dopóki nas nie wypłoszą.

Jak ptaki. Przy niej zawsze schodziło na ptaki, kiedy była mowa o zespole. Śpiew, zalęganie się, piórka przy kapeluszach. Wszystko miało związek z ptakami. Opowiedział jej o swoich obowiązkach przy głoskułkach w nadziei, że Lucy Gray będzie pod wrażeniem, ale ona wyraźnie posmutniała.

— Okropnie się czuję, kiedy myślę o tym, że siedzą w klatkach, a zdążyły już posmakować wolności — westchnęła. — Co spodziewają się odkryć w tych laboratoriach?

— Nie wiem. Czy ich broń nadal działa? — zasugerował.

— Takie kontrolowanie głosu jest jak tortura. — Uniosła dłoń, żeby dotknąć gardła.

Coriolanus pomyślał, że trochę dramatyzowała, ale i tak postanowił ją pocieszyć.

— Nie sądzę, żeby to było tak jak w przypadku ludzi.

— Czyżby? Zawsze czujesz się na tyle swobodnie, żeby jawnie mówić to, co myślisz, Coriolanusie Snow? — Popatrzyła na niego pytającym wzrokiem.

Jawnie mówić to, co myśli? Oczywiście, że tak. Cóż, w granicach rozsądku. Nie chodził i nie wywrzaskiwał swoich opinii na temat każdego głupstwa. O co jej chodziło? Pewnie o to, co myślał o Kapitolu. I o Głodowych Igrzyskach. I o dystryktach.

Prawda była taka, że popierał większość działań Kapitolu, a resztą rzadko się przejmował. Gdyby jednak musiał, powiedziałby, co myśli, prawda? Jak Sejanus? Nawet gdyby było to wbrew Kapitolowi i oznaczało reperkusje? Nie wiedział, ale poczuł, że musi się bronić.

— Owszem. Uważam, że powinno się mówić głośno to, co się myśli.

— Mój tata też tak uważał. I skończył, mając w ciele więcej kul, niż zdołałabym policzyć na palcach — odparła.

Co miała na myśli? Nie powiedziała tego na głos, ale mógł się założyć, że chodziło o kule z broni Strażnika Pokoju. Może nawet ubranego identycznie jak teraz Coriolanus.

— A mojego ojca zastrzelił rebeliancki snajper — powiedział.

— Rozzłościłeś się — westchnęła Lucy Gray.

— Nie — odparł nieszczerze, usiłując zapanować nad gniewem. — Jestem po prostu zmęczony. Przez cały tydzień czekałem na spotkanie z tobą. Przykro mi z powodu twojego ojca — i mojego też — ale to nie ja rządzę w Panem.

— Lucy Gray! — zawołała Maude Ivory z drugiej strony szopy. — Już pora!

Członkowie zespołu z instrumentami w dłoniach zaczęli się zbierać przy drzwiach.

— Lepiej już pójdę. — Coriolanus zsunął się z biurka. — Udanego występu.

— Zobaczymy się potem? — spytała.

Strzepnął kurz z munduru.

— Muszę wrócić przed ciszą nocną.

Lucy Gray wstała i przełożyła pasek od gitary nad głową.

— Rozumiem. Cóż, jutro wybieramy się nad jezioro, więc jeśli masz czas…

— Nad jezioro? — Czyżby w tej okropnej okolicy były jakieś przyjemne miejsca?

— W lesie. Trzeba się trochę nachodzić, ale woda nadaje się do pływania — powiedziała. — Byłoby fajnie, gdybyś się z nami wybrał. I weź ze sobą Sejanusa. Będziemy mieli dla siebie cały dzień.

Chciał iść nad jezioro i spędzić z nią cały dzień. Nadal czuł zdenerwowanie, ale to było głupie, przecież tak naprawdę o nic go nie oskarżyła. Rozmowa po prostu zeszła na niewłaściwe tory. Wszystko przez te głupie ptaki. Lucy Gray wyciągała do niego rękę — naprawdę chciał ją odtrącić? Tak rzadko ją widywał, że nie mógł sobie pozwolić na kaprysy.

— Dobrze — oznajmił. — Przyjdziemy po śniadaniu.

— W porządku. — Cmoknęła go w policzek i dołączyła do reszty grupy przy wyjściu.

Po powrocie na Ćwiek Coriolanus i Sejanus musieli przepychać się przez tłum w słabo oświetlonym wnętrzu. W powietrzu unosiła się woń potu i alkoholu. Znaleźli swoich współlokatorów tam gdzie tydzień temu. Bug zajął im wcześniej miejsca na skrzynkach, a Coriolanus i Sejanus usiedli po jego obu stronach i pociągnęli po łyku ze wspólnej butelki.

Maude Ivory wybiegła, aby przedstawić zespół, i w chwili, gdy członkowie Trupy weszli na scenę, rozległa się muzyka.

Coriolanus oparł się o ścianę i szybko napił się bimbru, żeby nadrobić stracony czas. Nie zamierzał później widzieć się z Lucy Gray, więc dlaczego nie miałby się lekko wstawić? Gniew uciskający jego pierś powoli zaczął znikać, kiedy wpatrywał się w śpiewającą Lucy Gray, tak piękną, tak ujmującą, tak żywą. Pożałował swojego wybuchu, nawet nie mógł sobie przypomnieć, co konkretnie tak go zdenerwowało. Może nic. To był długi, stresujący tydzień, z powodu testu, ptaków i głupoty Sejanusa. Zasłużył na rozrywkę.

Wypił jeszcze kilka łyków i poczuł się życzliwiej nastawiony do świata. Zatracił się w brzmieniu melodii, znajomych i nowych. Kiedy przyłapał się na tym, że śpiewa razem z resztą publiczności, umilkł z zakłopotaniem. Dopiero po chwili sobie uświadomił, że nikt nie zwraca na to uwagi i że nikt nie jest na tyle trzeźwy, aby w ogóle to zapamiętać.

W pewnym momencie Barb Azure, Tam Amber, Clerk Carmine zeszli ze sceny, zapewne po to, żeby odpocząć w szopie. Została tylko Maude Ivory na swojej skrzyni przy mikrofonie i Lucy Gray z gitarą za nią.

— Obiecałam przyjacielowi, że zaśpiewam dziś specjalnie dla niego, więc zaśpiewam — zaszczebiotała Maude Ivory. — Każdy z członków Trupy zawdzięcza imię balladzie i ta ślicznotka też ma swoją piosenkę! — Wyciągnęła rękę do Lucy Gray, która dygnęła przy akompaniamencie nielicznych oklasków. — Ballada jest bardzo stara, napisał ją człowiek o nazwisku Wordsworth. Trochę ją zmieniliśmy, żeby miała więcej sensu, ale i tak musicie uważnie słuchać.

Przyłożyła palec do ust i widownia ucichła. Coriolanus lekko potrząsnął głową, usiłując się skupić. Jeśli to była piosenka Lucy Gray, chciał uważnie jej wysłuchać, żeby jutro powiedzieć o niej coś miłego.

Maude Ivory skinęła głową Lucy Gray, żeby zaczęła grać, i zaśpiewała poważnym głosikiem:

Słuchałem wciąż o Lucy Gray;
I gdym przez dzicz szedł dróżką,
O świciem widział postać jej,
Samotną tę dziewuszkę.

Nie znała Lucy koleżanek;
Jej dom — na uroczysku
Górskim. Nie było tak kochanej
Wśród ludzkich istot wszystkich!

No dobrze, więc jakaś dziewczynka mieszkała sobie gdzieś na górze i najwyraźniej miała trudności ze znalezieniem przyjaciół.

Jelonka widać wciąż psikusy;
Na łące jest szaraczek;

Twarzyczki słodkiej, małej Lucy
Nikt więcej nie zobaczy.

To znaczy, że umarła. W jaki sposób? Miał przeczucie, że zaraz się dowie.

„Wieczorem będzie sroga zamieć —
Do miasta musisz ruszyć;
Latarnią, dziecko, poświeć mamie:
Śnieg gęsty będzie prószyć".

„Tatusiu, pójdę, ani chybi;
Dopiero popołudnie;
Wioskowy zegar drugą wybił,
A księżyc widać cudnie!".

Tu ojciec chrust haczykiem garnie;
By ją obdarzyć pękiem;
Pracował pilnie; a latarnię
Ujęła Lucy w rękę.

I, rześka niby górska sarna,
Ścieżyną idzie duchem
Nieznaną. Nóżką śnieg rozgarnia,
Jak dym go wzbija puchem.

Przedwcześnie przyszła śnieżna burza;
I w krąg się Lucy błąka,
Raz po raz wspina się na wzgórza,
Lecz miasta nie osiąga.

Ha. Mnóstwo absurdalnych słów, a chodzi o to, że zgubiła się w śniegu. W sumie nic dziwnego, skoro wysłali ją, kiedy zanosiło się na zamieć. Potem pewnie zamarzła.

Nieszczęśni jej rodzice, idąc,
Przez całą noc krzyczeli;
Lecz żaden dźwięk im ani widok
Poszlaki nie udzielił.

Na górce stali, w świtu bieli,
Skąd widać było wszystko;
Drewnianą kładkę tam ujrzeli,
A pod nią skał urwisko.

Wrócili ku domowi, płacząc:
„W niebiosach się spotkamy";
Wtem ślad maleńkich stóp zobaczył
Na śniegu wzrok jej mamy.

O, świetnie. Znaleźli ślady jej stóp. Szczęśliwe zakończenie. To była jeszcze jedna głupiutka piosenka, podobna do tej, którą Lucy Gray śpiewała o rzekomo zamarzniętym mężczyźnie. Usiłowali go spalić w piecu, a on odtajał i wszystko było w porządku. Sam jakiś tam.

Tropili w dół, po zboczu stromym,
Te ślady stóp nieduże;
Przez szpaler z głogu szły wyłomem
I przy kamiennym murze;

I dalej, szczerym polem, w poprzek —
Wciąż ślad ten sam pozostał;
Śledzili go, widoczny dobrze,
Aż zawiódł ich do mostu.

Szły ślady śniegiem, w dół przez brzegi,
Aż na drewniane bale,

I aż do środka kładki biegły;
A nic nie było dalej!

Zaraz. Co? Rozpłynęła się w powietrzu?

A jednak twierdzą, że istotka
Ta mała żyje dotąd;
Że można miłą Lucy spotkać
W odludziu tym, samotną.

Po gładkim biegnie, po wybojach,
I wstecz na uroczyszcze
Nie patrzy; pieśń odludną swoją
Śpiewa, co w wietrze świszcze *.

Aha, to była historyjka o duchach. Uch. Buu. Idiotyzm. Cóż, jutro na spotkaniu z zespołem postara się okazać zachwyt. Ale poważnie, kto daje dziecku imię na cześć zjawy? A skoro dziewczynka była duchem, to gdzie zniknęło jej ciało? Może już miała dosyć obojętnych rodziców, którzy wciąż wysyłali ją w zamieć, i zwiała, żeby zamieszkać w dziczy. Ale skoro tak, dlaczego nie dorosła? Nic z tego nie rozumiał, a bimber nie pomagał. Przypomniało mu się, jak kiedyś nie potrafił zinterpretować wiersza na zajęciach retoryki, a Livia Cardew upokorzyła go na oczach wszystkich. Co za okropna piosenka. Może nikt o niej nie wspomni… Nie, na pewno wspomną, Maude Ivory będzie oczekiwała jakiejś reakcji. No więc powie jej, że piosenka była genialna, i na tym poprzestanie. A jeśli Maude Ivory zechce o niej pogadać?

---

* William Wordsworth, *Lucy Gray, czyli samotność,* przekład (zmieniony na potrzeby książki) Stanisław Kryński, z tomu *Angielscy „Poeci Jezior”*, Zakład Narodowy im. Ossolińskich — Wydawnictwo, Wrocław 1963, s. 24-26.

Coriolanus postanowił porozmawiać o tym z Sejanusem, który zawsze był dobry z retoryki, i sprawdzić, co on myśli o piosence.

Kiedy jednak wychylił się zza Buga, zobaczył, że skrzynka Sejanusa jest pusta.

27

Coriolanus rozejrzał się, usiłując ukryć narastający niepokój. Gdzie się podział Sejanus? Adrenalina walczyła w nim z bimbrem o kontrolę nad mózgiem. Do tego stopnia zatracił się w muzyce i alkoholu, że naprawdę nie zauważył, kiedy Sejanus zniknął. A jeśli nie zmienił zdania na temat sprawy Lil? Czy w tej chwili skrywał się gdzieś w tłumie i konspirował z rebeliantami?

Coriolanus zaczekał, aż publiczność nagrodzi brawami Maude Ivory i Lucy Gray, po czym wstał ze skrzynki. Już miał ruszyć do wyjścia, kiedy w mglistym świetle dostrzegł powracającego Sejanusa.

— Gdzie byłeś? — spytał.

— Na zewnątrz. Ten bimber jest strasznie moczopędny. — Sejanus usiadł na swojej skrzynce i skupił uwagę na scenie.

Coriolanus również wrócił na miejsce. Chociaż patrzył w kierunku estrady, myślami błądził gdzie indziej. Bimber na nikogo nie działał moczopędnie — był na to zbyt mocny i piło się go w stosunkowo niedużych ilościach. Jeszcze jedno kłamstwo. Co to oznaczało? Czy już ani na moment nie mógł spuścić Sejanusa z oczu? Przez resztę koncertu co rusz zerkał w bok, aby mieć pewność, że Sejanus się nie wymknął. Trzymał się blisko niego także po tym, jak Maude Ivory zebrała pieniądze do koszyczka z wstążkami, ale Sejanus tylko pomógł Bugowi zaprowadzić pijanego Beanpole'a z powrotem do bazy. Nie mieli okazji pogadać. Jeśli Sejanus naprawdę się wymknął, żeby spiskować z buntownikami, to znaczyło, że plan Coriolanusa nie wypalił. Konfrontacja po incydencie z Billym Taupe'em nic nie dała. Należało opracować nową strategię.

W niedzielny poranek słońce wręcz oślepiało skacowanego Coriolanusa. Zwymiotował bimber i stał pod prysznicem, dopóki nie odzyskał ostrości wzroku. Smażone jajka w kantynie nie wchodziły w grę, więc tylko poskubał tost. Z kolei Sejanus pochłonął obie porcje, co tylko utwierdziło Coriolanusa w przekonaniu, że jego towarzysz prawie nic nie wypił, a już na pewno nie tyle, by podziałało to na niego moczopędnie. Ich współlokatorzy nawet nie zwlekli się na śniadanie. Coriolanus postanowił mieć baczenie na Sejanusa, zwłaszcza poza bazą i przynajmniej dopóki nie wymyśli czegoś lepszego. Tego dnia potrzebował jednak kogoś, kto pójdzie z nim nad jezioro.

Chociaż Coriolanus nieco stracił zapał, Sejanus z entuzjazmem przyjął zaproszenie.

— Jasne, to zupełnie jak wakacje! — oświadczył. — Weźmy trochę lodu.

Podczas gdy Sejanus wyłudzał od Cookie'ego następną plastikową torebkę, Coriolanus poszedł do lekarza po aspirynę. Później spotkali się przy wartowni i wyruszyli w drogę.

Ponieważ nie znali skrótu na Złożysko, wrócili na plac i poszli tą samą drogą co w zeszłym tygodniu. Coriolanus zastanawiał się, czy jeszcze raz nie porozmawiać szczerze z Sejanusem, ale skoro groźba oskarżenia o zdradę nie poskutkowała, to co mogło zadziałać? Zresztą nie było pewności, że Sejanus zadawał się z rebeliantami. A może ubiegłego wieczoru naprawdę musiał się tylko wysikać? Jeśli tak, po oskarżeniu poczułby się zaszczuty. Jedyny prawdziwy dowód stanowiły ukryte banknoty. Niewykluczone, że Strabo kazał mu je zabrać, a Sejanus postanowił nigdy z nich nie skorzystać. Nie cenił pieniędzy, a te zarobione na handlu bronią zapewne ciążyły mu na sumieniu. Może postawił sobie za punkt honoru zarabiać samodzielnie.

Jeśli Lucy Gray nadal była zdenerwowana po sprzeczce, nie dawała tego po sobie poznać. Przy drzwiach z tyłu domu powitała go pocałunkiem oraz szklanką zimnej wody przed wędrówką nad jezioro.

— To nam zajmie od dwóch do trzech godzin, jeśli natkniemy się na kolczaste krzaki, ale warto — wyjaśniła.

Tym razem członkowie Trupy nie zabrali instrumentów. W domu została także Barb Azure, żeby pilnować dobytku. Na drogę dała im wiadro, a w nim dzbanek z wodą, bochenek chleba i stary koc.

— Niedawno zaczęła się spotykać z dziewczyną, która mieszka kilka domów dalej — wyjawiła Lucy Gray, kiedy Barb Azure już nie mogła ich słyszeć. — Pewnie się cieszy, że przez cały dzień będą miały dom tylko dla siebie.

Tam Amber poprowadził ich przez Łąkę i wkrótce zanurzyli się w zieleni. Clerk Carmine, Maude Ivory i Sejanus szli za nim gęsiego, a Lucy Gray i Coriolanus zamykali pochód. Nie było ścieżki, więc musieli przeskakiwać nad zwalonymi drzewami, odsuwać na bok gałęzie i omijać ciernisty krzewy, które sterczały w podszyciu. Nie minęło dziesięć minut, a po Dwunastym Dystrykcie pozostał tylko drażniący zapach kopalni. Po kolejnych dziesięciu minutach zapach roślin stłumił tę nieprzyjemną woń. Korony drzew zapewniały cień, lecz nie dawały odpoczynku od skwaru. Przestrzeń wypełniła się brzęczeniem owadów, skrzeczeniem wiewiórek i śpiewem ptaków, niezważających na obecność ludzi.

Coriolanus miał za sobą dwa dni pracy w lesie, lecz w miarę jak oddalali się od względnie cywilizowanych okolic, ogarniał go coraz większy niepokój. Zastanawiał się, jakie inne istoty — większe, silniejsze, z ostrymi zębami — mogły się czaić wśród drzew. W dodatku nie zabrał żadnej broni. Gdy to do niego dotarło, znalazł na ziemi solidną gałąź i poodrywał z niej boczne gałązki, udając, że potrzebuje kija do podpierania.

— Skąd on wie, którędy iść? — zwrócił się do Lucy Gray i wskazał głową Tama Ambera.

— Wszyscy znamy drogę — odparła. — To nasz drugi dom.

Ponieważ nikt inny się tym nie przejmował, Coriolanus wytrwale maszerował dalej, zdawało mu się, że przez całą wieczność. Ucieszył się, kiedy przystanęli, lecz Tam Amber oznajmił tylko, że są mniej więcej w połowie drogi. W trakcie postoju przekazywali sobie torebkę z lodem, pijąc zimną wodę i ssąc resztki kostek.

Maude Ivory poskarżyła się na ból stopy. Gdy ściągnęła popękany brązowy but, okazało się, że ma paskudne otarcie.

— Buty mnie piją — powiedziała.

— Są stare, po Clerku Carminie. Liczymy na to, że dotrwają do końca lata — powiedziała Lucy Gray i zmarszczyła brwi na widok pęcherza.

— Ciasne — zajęczała Maude Ivory. — Chcę kajaki, jak w piosence.

Sejanus przykucnął, żeby wskoczyła mu na plecy.

— A może wolisz się przejechać? — zaproponował.

Maude Ivory natychmiast skorzystała z okazji.

— Tylko uważaj na moją głowę! — poprosiła.

Odtąd nieśli drobną dziewczynkę na zmianę, a ponieważ nie męczyła jej teraz droga, śpiewała na cały głos:

Gdzieś w jaskini, gdzieś w kanionie
Górnik w pracy żyły rwał.
Złota szukał, stukał, pukał,
Mieszkał z córką, Clementine.

Lekka, zwiewna niby wróżka,
O jej butach mówił kraj.
Jak kajaki, skrzynie, paki,
To sandałki Clementine.

Coriolanus się zaniepokoił, gdy kosogłosy podchwyciły melodię i zaczęły ją powtarzać. Nie spodziewał się, że mieszkają tak głęboko w lesie, a tutaj wręcz się od nich roiło. Zachwycona Maude Ivory ochoczo robiła harmider razem z nimi. Coriolanus niósł ją na ostatnim etapie i przy okazji skierował jej uwagę na inne tory, dziękując za piosenkę o Lucy Gray.

— Co o niej myślisz? — spytała.

— Bardzo mi się podobała — odparł wymijająco. — Wypadłaś fantastycznie.

— Dzięki, ale chodzi mi o piosenkę. Uważasz, że ludzie naprawdę widzą Lucy Gray, czy tylko im się wydaje? Bo ja sądzę, że ją widzą, ale teraz lata jak ptak.

— Poważnie? — Coriolanus poczuł się lepiej z tym, że niejasności w piosence są przedmiotem dyskusji, a on nie jest zbyt tępy, aby pojąć jedyną możliwą, uczoną interpretację.

— No bo jak inaczej nie mogłaby zostawiać śladów? — ciągnęła Maude Ivory. — Moim zdaniem fruwa sobie i nie chce spotykać ludzi, boby ją zabili za to, że jest inna.

— Fakt, jest inna. Jest duchem, głąbie — wtrącił się Clerk Carmine. — Duchy nie zostawiają śladów, bo są jak powietrze.

— No to gdzie jest jej ciało? — Coriolanus uznał, że wersja Maude Ivory jest przynajmniej spójna.

— Spadła z mostu i zginęła, ale nikt nie zobaczył jej z wysoka. A może rzeka ją zabrała — zasugerował Clerk Carmine. — W każdym razie nie żyje i nawiedza tamto miejsce. Jak by miała latać bez skrzydeł?

— Wcale nie spadła z mostu! Śnieg by wyglądał inaczej tam, gdzie stała! — upierała się Maude Ivory. — Lucy Gray, jak było naprawdę?

— To tajemnica, skarbie. Ja też jestem tajemnicą i dlatego to jest moja piosenka — wyjaśniła Lucy Gray.

Kiedy dotarli nad jezioro, Coriolanus był wyczerpany i spragniony, a do tego piekły go potówki. Jego towarzysze rozebrali się do bielizny i wskoczyli do wody, więc nie tracąc czasu, poszedł w ich ślady. Przez chwilę brodził w zimnej toni, która wypłukała pajęczyny z jego włosów i ukoiła wysypkę. Dobrze pływał, bo od dzieciństwa chodził na basen, ale nigdy nie próbował swoich sił w naturalnych warunkach. Błotniste dno opadało stromo i wyczuł, że jezioro jest głębokie. Mimo to wypłynął na środek, by unosząc się na plecach, kontemplować otoczenie. Wokół rósł las i chociaż nigdzie nie było widać drogi dojazdowej, na brzegach stały małe, niszczejące domki. Większości nie dałoby się już wyremontować, lecz jeden z nich miał całkiem solidne betonowe ściany zwieńczone dachem, a zamknięte drzwi skutecznie chroniły go przed przyrodą. Parę metrów dalej przepłynęła rodzina kaczek, pod stopami Coriolanus zauważył ryby. Nagle jednak zaniepokoił się tym, co jeszcze mogło pływać wokół niego, i ruszył z powrotem na brzeg. Trupa zdążyła już wciągnąć Sejanusa w zabawę w głupiego jasia, w której zamiast piłki używali dużej szyszki. Coriolanus z radością przyłączył się do gry. Wreszcie mógł robić coś wyłącznie dla przyjemności. Napięcie towarzyszące życiu człowieka dorosłego w końcu go zmęczyło.

Przez chwilę odpoczywali, a potem Tam Amber skonstruował parę wędek z gładkich gałęzi, do których przywiązał nić i haczyki własnej roboty. Clerk Carmine zabrał się do wykopywania robaków, a Maude Ivory zapędziła Sejanusa do zbierania jeżyn.

— Nie podchodźcie do tych, które rosną blisko skał — ostrzegła ich Lucy Gray. — Lubią się tam chować węże.

— Zawsze wie, gdzie są węże — powiedziała Maude Ivory, prowadząc Sejanusa. — Łapie je w ręce, ale ja się ich boję.

Coriolanusowi i Lucy Gray przypadło w udziale zbieranie suchego drewna na ognisko. To wszystko go emocjonowało: mógł pływać półnago wśród dzikich stworzeń, palić ognisko w lesie, spędzać wolny czas z Lucy Gray. Miała przy sobie pudełko zapałek, ale jak wyjaśniła, były drogie, więc jedna musiała jej wystarczyć. Kiedy płomień ogarnął stertę suchych liści, Coriolanus usiadł na ziemi, blisko Lucy Gray. Oboje dorzucali do ognia najpierw gałązki, potem większe kawałki drewna. Coriolanus od wielu tygodni nie cieszył się tak bardzo tym, że żyje.

Lucy Gray przytuliła się do jego ramienia.

— Posłuchaj, przepraszam, jeśli zdenerwowałam cię wczoraj wieczorem — powiedziała. — Nie chciałam zrzucać na ciebie winy za śmierć mojego taty. Oboje byliśmy dziećmi, kiedy to się stało.

— Wiem — odparł. — Wybacz, jeśli zareagowałem zbyt ostro. Po prostu nie mogę udawać kogoś, kim nie jestem. Nie ze wszystkim, co robi Kapitol, się zgadzam, ale jestem jego częścią i uważam, że mamy rację co do tego, że potrzeba nam porządku.

— My wierzymy, że trafiliśmy na ziemię po to, żeby ograniczać ludzką niedolę, zamiast się do niej dokładać. Myślisz, że Głodowe Igrzyska są w porządku? — spytała.

— Szczerze mówiąc, nawet nie jestem pewien, dlaczego je organizujemy. Uważam jednak, że ludzie zbyt szybko zapominają o wojnie. Nie pamiętamy, co robiliśmy sobie nawzajem i do czego jesteśmy zdolni. To dotyczy zarówno dystryktów, jak i Kapitolu. Wiem, że w dystryktach Kapitol wydaje się bezkompromisowy, ale my tylko próbujemy kontrolować sytuację. W przeciwnym razie panowałby chaos, a ludzie mordowaliby się bez opamiętania, jak na arenie.

Po raz pierwszy próbował powiedzieć, co myśli, komuś innemu niż doktor Gaul. Czuł się dość niepewnie, jak dziecko podczas nauki chodzenia, ale cieszyło go, że stanął na własnych nogach i zyskał niezależność.

Lucy Gray odrobinę się odsunęła.

— Twoim zdaniem ludzie tak by się właśnie zachowywali? — spytała.

— Tak uważam. Gdyby nie było prawa ani kogoś, kto je egzekwuje, w moim przekonaniu zachowywalibyśmy się jak zwierzęta — dodał z większym przekonaniem. — Może ci się to podobać lub nie, ale tylko Kapitol zapewnia ludziom bezpieczeństwo.

— Hm. Więc oni dbają o moje bezpieczeństwo. A z czego muszę zrezygnować w zamian?

— Zrezygnować? — Coriolanus grzebał kijem w ogniu. — No, z niczego.

— A nasz zespół musiał — powiedziała. — Nie możemy podróżować. Nie możemy występować bez ich zgody. Możemy śpiewać tylko określony rodzaj piosenek. Jeśli ktoś nie zechce dać się zapędzić w jedno miejsce, zginie zastrzelony jak mój tata. Jeśli ktoś się nie zgodzi na rozdzielenie rodziny, skończy z rozwaloną głową jak moja mama. A jeśli uważam, że cena jest zbyt wysoka? Może moja wolność jest warta ryzyka.

— Więc twoi bliscy jednak byli rebeliantami. — Ten fakt niespecjalnie zdziwił Coriolanusa.

— Moi bliscy przede wszystkim byli sobą. Nie mieszkańcami dystryktów, nie kapitolińczykami, nie rebeliantami ani nie Strażnikami Pokoju. Byli sobą. A ty jesteś taki jak my. Chcesz myśleć samodzielnie. Idziesz pod prąd. Wiem to po tym, co dla mnie zrobiłeś na igrzyskach.

Tu go miała. Skoro Kapitol uważał, że Głodowe Igrzyska są niezbędne, a on próbował pokrzyżować plany organizatorom, to czy przypadkiem nie podważał władzy Kapitolu? Czy nie szedł pod prąd, jak to ujęła Lucy Gray? Nie robił tego jak Sejanus, otwarcie wyrażając sprzeciw. Zachowywał się spokojniej, subtelniej, we własnym stylu.

— Powiem ci, w co wierzę — oznajmił. — Gdyby Kapitol nie rządził, nawet nie prowadzilibyśmy tej rozmowy, bo sami byśmy się wykończyli.

— Ludzie bardzo długo radzili sobie bez Kapitolu. Sądzę, że będą sobie dobrze radzili długo po tym, jak on zniknie — odparła.

Coriolanus pomyślał o wymarłych miastach, które mijał w drodze do Dwunastego Dystryktu. Lucy Gray z pewnością też je widziała w trakcie dawnych podróży Trupy.

— Tyle że nie będzie ich zbyt wielu — zauważył. — Panem kiedyś było wspaniałe, a teraz sama wiesz.

Clerk Carmine przyniósł Lucy Gray roślinę, którą wyrwał razem z korzeniami z dna jeziora. Miała spiczaste liście i małe białe kwiatki.

— Hej, znalazłeś strzałkę wodną. Dobra robota, CC — pochwaliła go Lucy Gray.

Coriolanus się zastanawiał, czy to roślina ozdobna, tak jak róże Panibabki, ale Lucy Gray natychmiast uważnie obejrzała korzenie obwieszone małymi bulwami.

— Jeszcze trochę za wcześnie — zauważyła.

— Fakt — zgodził się Clerk Carmine.

— Za wcześnie na co? — spytał Coriolanus.

— Na to, żeby je zjeść. Za kilka tygodni wyrosną do rozmiarów przyzwoitych kartofli i będziemy je piec — wytłumaczyła Lucy Gray. — Strzałka wodna to takie bagienne ziemniaki. Niektórzy nazywają ją katniss. Ładnie, prawda?

Tam Amber zjawił się z kilkoma rybami, które oczyścił, wypatroszył i pokroił. Kawałki mięsa owinął w liście i łodyżki jakiegoś zioła, a Lucy Gray poukładała je w żarze z ogniska. Kiedy Maude Ivory i Sejanus wrócili z wiadrem pełnym jeżyn, ryby były już upieczone. Marszruta i pływanie przywróciły apetyt Coriolanusowi. Zjadł całą swoją porcję ryby, chleba i jeżyn. Po posiłku Sejanus zaskoczył wszystkich, wyciągając sześć kruchych ciastek od Mamuś, które zaoszczędził ze swojego przydziału.

Rozpostarli koc pod drzewami, a następnie usadowili się na nim i oparci o pnie drzew, przyglądali się sunącym po jasnym niebie barankom.

— Nigdy nie widziałem nieba w takim kolorze — odezwał się Sejanus.

— Jest lazurowe — poinformowała go Maude Ivory. — Barb Azure tak się nazywa, bo lazur to jej kolor.

— Jej kolor? — zdziwił się Coriolanus.

— Właśnie tak. Wszyscy mamy pierwsze imiona z ballad, a drugie od koloru. — Uniosła się, żeby wytłumaczyć. — Barb pochodzi od *Barbara Allen*, a Azure, bo niebo jest lazurowo niebieskie. Ja jestem *Maude Clare*, ale też Ivory, bo to kolor kości słoniowej, taki jaki mają klawisze fortepianu. A Lucy Gray jest wyjątkowa, bo oba jej imiona są z ballady, i Lucy, i Gray.

— To prawda. Jestem Gray, szara jak zimowy dzień — dodała Lucy Gray z uśmiechem.

Coriolanus dotąd nie zwracał uwagi na ich imiona. Sądził, że po prostu są typowe dla Trupy. Ivory oraz Amber, czyli kość słoniowa i bursztyn kojarzyły mu się ze starą biżuterią, którą babka trzymała w szkatułce. Azure, Taupe i Carmine* — tych kolorów nie znał. Co do ballad... Kto mógł wiedzieć, skąd się wzięły? Poza tym nadawanie takich imion dzieciom wydawało mu się dziwne.

Maude Ivory dziabnęła go w brzuch.

— Twoje imię pasuje do Trupy.

— Jak to? — zaśmiał się.

— Bo śnieg jest biały. Biały jak śnieg — zachichotała. — Jest jakaś ballada o Coriolanusie?

— Nic mi o tym nie wiadomo. Może napiszesz jakąś o mnie? — Też ją dziabnął. — Powstałaby *Ballada o Coriolanusie białym jak śnieg*.

Maude Ivory usiadła mu na brzuchu.

— Lucy Gray to pisarka. Może ją poprosisz?

— Przestań go męczyć. — Lucy Gray odciągnęła Maude Ivory i posadziła ją obok siebie. — Powinnaś się przespać, zanim ruszymy w drogę powrotną.

— Będziecie mnie nieśli. — Maude Ivory oswobodziła się z uścisku. — A ja będę wam śpiewać!

Moja droga, moja droga...

— Ucisz się wreszcie — jęknął Clerk Carmine.

— Spróbuj się położyć — nalegała Lucy Gray.

---

* *Azure*, *taupe* i *carmine* (ang.) — lazurowy, ciemnoszary i karminowy.

— Położę się, jak mi zaśpiewasz. Chcę posłuchać tego, co mi śpiewałaś, jak chorowałam na krup. — Wyciągnęła się z głową na kolanach Lucy Gray.

— Dobrze, ale pod warunkiem, że będziesz cicho — odparła Lucy Gray.

Założyła jej włosy za ucho. Gdy Maude Ivory się uspokoiła, Lucy Gray zaczęła jej śpiewać kojącym głosem:

W oddali łąki, wejdźże do łóżka,
Czeka tam na cię z trawy poduszka.
Skłoń na niej główkę, oczęta zmruż,
Rankiem cię zbudzi słońce, twój stróż.

Tu jest bezpiecznie, ciepło jest tu,
Stokrotki polne zaradzą złu.
Najsłodsza mara tu ziszcza się,
Tutaj jest miejsce, gdzie kocham cię.

Piosenka uspokoiła Maude Ivory, a Coriolanus uświadomił sobie, że i jego niepokój słabnie. Syty po świeżym posiłku, ukryty w cieniu drzew, z Lucy Gray cicho śpiewającą u jego boku, zaczął doceniać uroki natury. Tutaj naprawdę było pięknie. Kryształowo czyste powietrze. Soczyste barwy. Czuł się odprężony i wolny. Może właśnie takie życie było mu pisane? Wstawałby, kiedy by zechciał, zdobywałby żywność na cały dzień i spędzałby czas nad jeziorem, w towarzystwie Lucy Gray. Kto potrzebuje bogactwa, sukcesów i władzy, skoro ma miłość? Czyż ona nie pokona wszystkiego?

Poblask miesiąca spłynie w mrok łąk,
Okryj się liśćmi, weź je do rąk.
W niepamięć odpuść kłopotów moc,
Znikną na zawsze, gdy minie noc.

Tu jest bezpiecznie, ciepło jest tu,
Stokrotki polne zaradzą złu.
Najsłodsza mara tu ziszcza się,
Tutaj jest miejsce, gdzie kocham cię.

Coriolanus już zaczynał przysypiać, kiedy kosogłosy, które w skupieniu słuchały Lucy Gray, same zaśpiewały. Poczuł napięcie mięśni, a przyjemna senność wyparowała. Cały zespół jednak się uśmiechał, gdy ptaki kopiowały piosenkę.

— Jesteśmy przy nich jak ziarnka piasku przy diamentach — powiedział Tam Amber.

— No... One więcej ćwiczą — zauważył Clerk Carmine, a reszta wybuchnęła śmiechem.

Nasłuchując ptaków, Coriolanus zauważył brak głoskułek. Jedynym wyjaśnieniem, jakie przyszło mu do głowy, było to, że kosogłosy zaczęły rozmnażać się bez nich — albo ze sobą, albo z miejscowymi kosami. Eliminacja kapitolińskich ptaków z tego równania głęboko go zaniepokoiła. Kosogłosy rozmnażały się teraz jak króliki, bez żadnej kontroli. Bez autoryzacji. Z wykorzystaniem techniki Kapitolu. Ani trochę mu się to nie podobało.

Maude Ivory w końcu zasnęła, skulona na kolanach Lucy Gray, z bosymi stopami zaplątanymi w koc. Coriolanus został z dziewczętami, podczas gdy reszta poszła znowu popływać w jeziorze. Po pewnym czasie Clerk Carmine przyniósł znalezione na brzegu jaskrawoniebieskie piórko i położył je na kocu dla Maude Ivory.

— Nie mów jej, skąd się wzięło — mruknął szorstko.

— Jasne. To urocze, CC — odparła Lucy Gray. — Będzie zachwycona. — Kiedy wrócił do wody, pokręciła głową. — Martwię się o niego. Tęskni za Billym Taupe'em.

— A ty? — Coriolanus podparł się na łokciu, żeby widzieć jej twarz.

— Nie — oświadczyła bez wahania. — Nie od dożynek.

Dożynki. Przypomniał sobie balladę, którą zaśpiewała na prezentacji.

— Co miałaś na myśli, śpiewając o tym, że zły los w czas dożynek musiał go ukarać?

— Był pewien, że może mieć nas obie, mnie i Mayfair — odparła. — Igrał z losem. Mayfair dowiedziała się o mnie, a ja o niej. Kazała ojcu wyczytać moje nazwisko na dożynkach. Nie wiem, co mu powiedziała, na pewno nie to, że jest z Billym Taupe'em. Coś innego. Jesteśmy tu outsiderami, więc łatwo kłamać na nasz temat.

— Dziwi mnie, że są razem — zauważył Coriolanus.

— Cóż, Billy Taupe nieustannie powtarza, że najszczęśliwszy jest sam, ale tak naprawdę chce dziewczyny-opiekunki. Pewnie Mayfair wydawała mu się dobrą kandydatką, więc zagiął na nią parol. Nikt nie potrafi tak wykorzystywać swojego wdzięku jak Billy Taupe. Dziewczyna była bez szans. Poza tym na pewno czuje się samotna, nie ma rodzeństwa ani przyjaciół. Górnicy nienawidzą jej rodziny, która zajeżdża luksusowym autem pod szubienicę, żeby przyglądać się egzekucji. — Maude Ivory poruszyła się we śnie, a Lucy Gray pogłaskała ją po głowie. — Ludzie są podejrzliwi w stosunku do nas, ale to ich nienawidzą.

Nie podobało mu się, że jej wściekłość na Billy'ego Taupe'a słabnie.

— Czy on nie chciałby do ciebie wrócić? — spytał.

Podniosła piórko i obróciła je między palcem wskazującym a kciukiem.

— Och, pewnie, że tak — odparła po chwili. — Wczoraj przyszedł na moją łąkę. Snuł wielkie plany. Chce, żebyśmy się spotkali pod drzewem wisielców i uciekli.

— Pod drzewem wisielców? — Coriolanus pomyślał o Arlo kołyszącym się na sznurze i ptakach przedrzeźniających jego ostatnie słowa. — Dlaczego tam?

— Bo dawniej tam właśnie chodziliśmy. To jedyne miejsce w całej Dwunastce, w którym można mieć odrobinę prywatności

— powiedziała. — Chce, żebyśmy pojechali na północ. Uważa, że są tam ludzie, wolni ludzie. Mówi, że ich odnajdziemy i wtedy wrócimy po innych. Gromadzi zapasy, nie wiem, skąd wziął na to pieniądze. Ale jakie to ma znaczenie? Już nie mogę mu ufać.

Coriolanus poczuł, jak zazdrość ściska go za gardło. Myślał, że Lucy Gray całkiem skreśliła Billy'ego Taupe'a, a tymczasem od niechcenia wspomniała teraz o jakimś przypadkowym spotkaniu na Łące. Tyle że wcale nie było przypadkowe, Billy Taupe wiedział, gdzie jej szukać. Ile czasu tam spędzili, jak długo ją czarował, kusił ją do ucieczki? Dlaczego nie odeszła, tylko go słuchała?

— Zaufanie jest ważne — powiedział tylko.

— Myślę, że nawet ważniejsze od miłości. Ja kocham rozmaite rzeczy, którym nie mogę ufać. Pioruny... bimber... węże. Czasem mi się wydaje, że kocham je właśnie dlatego, że nie mogę im ufać. To strasznie pokręcone. — Lucy Gray odetchnęła głęboko. — Ale tobie ufam.

Wyczuł, że to wyznanie było dla niej trudne, może nawet trudniejsze niż deklaracja miłości, jednak i tak nie mógł wyrzucić z głowy obrazu Billy'ego Taupe'a uwodzącego ją na Łące.

— Dlaczego? — spytał.

— Dlaczego? Cóż, będę musiała się nad tym zastanowić.

Kiedy go pocałowała, oddał pocałunek, ale bez przekonania. Ten niespodziewany obrót spraw go przygnębił. Może popełnił błąd, tak się do niej przywiązując. Niepokoiło go coś jeszcze — piosenka, którą śpiewała tamtego pierwszego dnia na Łące. Wtedy myślał, że to piosenka o wieszaniu, ale było tam też coś o spotkaniu przy drzewie wisielców. Skoro widywali się tam dawno temu, to po co nadal śpiewała o tym miejscu? Coriolanus zaczął się zastanawiać, czy przypadkiem nie był jej potrzebny tylko do odzyskania Billy'ego Taupe'a. Może pogrywała z nimi obydwoma.

Maude Ivory przebudziła się i teraz podziwiała swoje piórko, które Lucy Gray wsunęła jej we włosy. Zaczęli przygotowywać się do powrotu — zabrali koc, dzbanek i wiadro. Coriolanus zaproponował, że pierwszy poniesie dziewczynkę. Gdy jezioro zostało za nimi, celowo zwolnił i spytał Maude Ivory:

— Widujesz ostatnio Billy'ego Taupe'a?

— Och, nie — odparła. — Już nie jest jednym z nas.

To go ucieszyło, choć jednocześnie świadczyło o tym, że Lucy Gray ukryła przed zespołem swoje spotkanie z Billym Taupe'em. Coriolanus znowu nabrał podejrzeń. Maude Ivory przysunęła usta do jego ucha.

— Nie dopuszczaj Billy'ego Taupe'a do Sejanusa — wyszeptała. — Sejanus jest słodki, a Billy'ego Taupe'a ciągnie do słodyczy.

Coriolanus mógłby się założyć, że ciągnie go też do pieniędzy. Bo niby skąd je miał, żeby zrobić zapasy na czas ucieczki?

Tam Amber wybrał nieco inną drogę, nieopodal krzewów jeżynowych, żeby po drodze mogli napełnić wiadro owocami. Już pod miastem Clerk Carmine zauważył drzewo pełne dojrzewających jabłek. Tam Amber i Sejanus poszli dalej, dźwigając Maude Ivory i sprzęt, a Clerk Carmine wspiął się na drzewo, żeby zrzucać jabłka, które Coriolanus wkładał do spódnicy Lucy Gray. Gdy dotarli do domu, właśnie zapadał zmierzch. Coriolanus czuł się zmęczony i był gotów wracać do bazy, ale zobaczył, że Barb Azure siedzi samotnie przy kuchennym stole i przebiera jeżyny.

— Tam Amber zabrał Maude Ivory na Ćwiek, żeby wymienić trochę jeżyn na buty — wyjaśniła. — Kazałam im wybrać coś ciepłego, bo lada chwila zrobi się zimno.

— A Sejanus? — Coriolanus popatrzył przez okno na ogródek.

— Poszedł kilka minut później. Powiedział, że tam się z tobą spotka — odparła.

Na Ćwieku. Coriolanus natychmiast się pożegnał.

— Muszę iść — powiedział. — Jeśli zobaczą Sejanusa bez drugiego Strażnika Pokoju, wyrzucą go. Mnie zresztą też, bo musimy trzymać się parami. Sejanus zdaje sobie z tego sprawę, nie wiem, co on sobie myśli.

Tak naprawdę jednak miał wrażenie, że doskonale wie, co sobie myślał Sejanus. Co za wspaniała okazja do odwiedzenia Ćwieka bez nadzoru Coriolanusa.

Przyciągnął do siebie Lucy Gray, żeby ją pocałować.

— Dzisiaj było cudownie, dziękuję ci za to. Zobaczymy się w sobotę w szopie?

Wypadł za drzwi, zanim zdążyła odpowiedzieć.

Szedł dwa razy szybciej niż zwykle, a gdy trafił na Ćwiek, stanął w otwartych drzwiach i się rozejrzał. Krążył tam mniej więcej tuzin ludzi, przyglądając się towarom na straganach. Na jednej z beczek siedziała Maude Ivory, a Tam Amber sznurował jej bucik. Na samym końcu magazynu Sejanus stał przy ladzie i rozmawiał z jakąś kobietą. Podchodząc, Coriolanus przyjrzał się jej towarom. Lampy górnicze. Kilofy. Siekiery. Noże. Nagle zrozumiał, co mógł kupować Sejanus za pieniądze z Kapitolu. Broń, i to nie tylko taką, jaką miał przed sobą — również broń palną.

Jakby na dowód, że dzieje się tu coś podejrzanego, kobieta zamilkła, gdy Coriolanus zbliżył się do lady. Sejanus podszedł prosto do niego.

— Robisz zakupy? — spytał Coriolanus.

— Myślałem o tym, żeby kupić sobie scyzoryk — odparł Sejanus. — Ale akurat ich zabrakło.

Bardzo sprytnie. Mnóstwo żołnierzy miało scyzoryki. Kiedy nie byli na służbie, dla rozrywki zakładali się o pieniądze, kto celniej rzuci.

— Sam chciałem sobie taki kupić — powiedział Coriolanus. — Kiedy dostaniemy żołd.

— Jasne, kiedy dostaniemy żołd — powtórzył Sejanus, jakby to się rozumiało samo przez się.

Coriolanus miał ochotę go uderzyć, ale zdołał się powstrzymać i wymaszerował z Ćwieka, nie zwracając uwagi ani na Maude Ivory, ani na Tama Ambera. W drodze do bazy prawie się nie odzywał, tylko zastanawiał nad nową strategią. Musiał się dowiedzieć, w co dał się wciągnąć Sejanus. Logika nic mu nie dała, nie zdołał dzięki niej zyskać jego zaufania. Może bliskość sprawdziłaby się lepiej? Nie zaszkodzi spróbować.

Kilka przecznic od bazy położył rękę na ramieniu Sejanusa i obaj przystanęli.

— Wiesz, Sejanusie, jestem twoim przyjacielem — powiedział Coriolanus. — Więcej niż przyjacielem. Jesteś dla mnie niemal jak brat, a rodzinę obowiązują wyjątkowe zasady. Jeśli potrzebujesz pomocy... To znaczy, jeśli wplątałeś się w coś, z czym nie dajesz sobie rady... Jestem tu.

W oczach Sejanusa pojawiły się łzy.

— Dziękuję, Corio. To naprawdę wiele dla mnie znaczy. Myślę, że jesteś jedyną osobą na świecie, której mogę zaufać.

Och, znowu to zaufanie. Wszędzie go było pełno.

— Chodź tutaj. — Uścisnął Sejanusa. — Po prostu obiecaj mi, że nie zrobisz nic głupiego, okej?

Poczuł, jak Sejanus w odpowiedzi kiwa głową, ale zdawał sobie sprawę, że prawdopodobieństwo dotrzymania przez niego tej obietnicy jest niemal równe zeru.

Przynajmniej dzięki napiętemu grafikowi Sejanus nieustannie znajdował się pod nadzorem, nawet kiedy opuszczali bazę. W poniedziałkowe popołudnie znowu zdejmowali pułapki z drzew. Choć nikt nie ruszał klatek przez cały weekend, nie złapał się ani jeden kosogłos. O dziwo, doktor Kay wydawała się z tego zadowolona.

— Najwyraźniej odziedziczyły więcej niż tylko zaawansowaną umiejętność naśladownictwa — oświadczyła. — Rozwinęły też zdolności przetrwania. Nie wystawiajcie więcej klatek, mamy dość głoskułek. Jutro spróbujemy z sieciami ornitologicznymi.

Kiedy strażnicy wysiedli z ciężarówek we wtorkowe popołudnie, naukowcy zdążyli już wytypować miejsca, w których często pojawiały się kosogłosy. Wydzielone drużyny — Coriolanus i Bug znowu trafili pod opiekę doktor Kay — pomogły ustawić słupki, między którymi rozciągała się sieć ornitologiczna o drobnych oczkach, odpowiednia do łapania kosogłosów. Prawie niewidoczne sieci sprawdziły się niemal natychmiast, więżąc ptaki w rzędzie kieszonek rozciągających się na całej szerokości materiału. Doktor Kay nakazała nieustannie nadzorować sieci, a ptaki miały być z nich usuwane jak najszybciej, żeby nie zdążyły za bardzo się zaplątać i zestresować. Osobiście zajęła się pierwszymi trzema kosogłosami, które przytrzymywała ostrożnie dłonią i wyłuskiwała z półki. Bug dostał pozwolenie, a wtedy się okazało, że ma wrodzony talent do tego zajęcia — łagodnie wyplątał i umieścił w klatce swojego pierwszego kosogłosa. Gdy Coriolanus dotknął innego kosogłosa, ten wrzasnął z udręką, a zamknięty w dłoniach wbił mu dziób w rękę. Coriolanus odruchowo go puścił i ptak błyskawicznie zniknął w gęstwinie. Wredne stworzenie. Doktor Kay oczyściła i zabandażowała dłoń Coriolanusa, on zaś przypomniał sobie, jak Tigris robiła to samo w dniu dożynek, kiedy kolec róży Panibabki przebił mu skórę. Od tamtej chwili nie minęły nawet dwa miesiące. Snuł tyle planów i co z tego wyszło? Teraz wyłapywał bękarty zmiechów w dystryktach.

Przez resztę popołudnia przenosił klatki z ptakami do ciężarówki. Mimo zranionej dłoni nie udało mu się wymigać od obowiązków przy ptakach, więc w hangarze powrócił do czyszczenia klatek.

Coraz bardziej przekonywał się do głoskułek. Były naprawdę imponującym wytworem inżynierii genetycznej. W laboratorium walały się stare piloty, a naukowcy pozwolili Coriolanusowi bawić się z ptakami, które już skatalogowano.

— To nie zaszkodzi — powiedział jeden z naukowców. — Nawet wygląda na to, że kontakt z ludźmi sprawia im przyjemność.

Bug nie brał w tym udziału, a kiedy Coriolanus się znudził, programował ptaki do rejestrowania głupich zwrotów i odśpiewywania fragmentów hymnu, żeby sprawdzić, ile głoskułek zareaguje na jedno kliknięcie pilota. Czasem nawet cztery, jeśli klatki stały blisko siebie. Zawsze starannie usuwał zapamiętany materiał, uruchamiając po raz ostatni tryb rejestrowania i milcząc, żeby przypadkiem jego głos nigdy nie trafił do laboratorium w Cytadeli. Musiał przestać śpiewać, kiedy kosogłosy zaczęły podchwytywać melodię, mimo że odczuwał pewną satysfakcję, słysząc, jak wychwalają Kapitol. Nie miał jak ich uciszyć, a potrafiły wałkować w nieskończoność jeden utwór.

W zasadzie już nasycił się muzyką w swoim życiu, wręcz się nią przesycił. Obecnie nieustannie ją słyszał — śpiewały ptaki, Trupa, ptaki z Trupą. Może jednak nie odziedziczył po matce miłości do muzyki — a przynajmniej nie do muzyki w takich ilościach. Chciwie skupiała na sobie jego uwagę, domagała się słuchania i utrudniała myślenie.

Wczesnym środowym popołudniem mieli w końcu pięćdziesiąt kosogłosów, dość, by usatysfakcjonować doktor Kay. Coriolanus i Bug przez resztę dnia zajmowali się ptakami i przenosili nowe kosogłosy na stół w laboratorium, gdzie je liczono i obrączkowano. Skończyli przed obiadem, po którym znowu wrócili do hangaru, żeby przygotować ptaki do podróży do Kapitolu. Naukowcy pokazali Coriolanusowi i Bugowi, jak zamocować materiałowe osłony na klatkach, a następnie przenieśli się do poduszkowca, powierzając im obu dokończenie zadania. Coriolanus podjął się nakładania osłon, a Bug nosił ptaki do poduszkowca i pomagał szykować je do podróży.

Coriolanus zaczął od kosogłosów, zadowolony, że stąd znikną. Pojedynczo przenosił klatki na stół roboczy, nakładał osłony, pisał literę K i numer ptaka kredą na materiale i przekazywał klatkę. Bug właśnie wychodził z pięćdziesiątą klatką, w której kosogłos szczebiotał wniebogłosy, kiedy w drzwiach pojawił się wyraźnie nabuzowany Sejanus.

— Dobre wieści! Kolejna przesyłka od Mamuś!

Bug, który właśnie wychodził z klatką, trochę się rozpogodził.

— Twoja mama jest genialna.

— Powtórzę jej. — Sejanus przyglądał się odchodzącemu Bugowi, po czym odwrócił się do Coriolanusa, który wziął do ręki głoskułkę oznaczoną numerem jeden.

Ptak ćwierkał w klatce, nadal naśladując ostatniego kosogłosa. Sejanus już się nie uśmiechał, a na jego twarzy pojawiła się udręka. Rozejrzał się po hangarze, chcąc się upewnić, że są sami.

— Mamy tylko kilka minut — odezwał się ściszonym głosem. — Wiem, że nie pochwalisz tego, co zamierzam zrobić, ale spróbuj przynajmniej zrozumieć. Po tym, jak mówiłeś, że jesteśmy braćmi, czuję, że jestem ci winien wyjaśnienie. Proszę, wysłuchaj mnie.

A zatem przyszedł czas na wyznanie. Apele Coriolanusa o rozsądek i ostrożność rozważono i uznano za niewystarczające. Zwyciężył chybiony zapał. Teraz nadeszła pora na wyjawienie prawdy o poszczególnych elementach układanki. Pieniądze. Broń. Plan bazy. Za chwilę cały zdradziecki plan przestanie być tajemnicą, a kiedy Coriolanus go pozna, nie będzie się niczym różnił od rebeliantów. Kapitol uzna go za buntownika. Powinien spanikować, uciec albo przynajmniej próbować uciszyć Sejanusa. Tak się jednak nie stało.

Jego ręce działały z własnej woli. Tak jak wtedy, kiedy wrzucił chustkę do terrarium, zanim nawet zdał sobie sprawę z tego, co zamierza zrobić. Teraz jego lewa ręka poprawiała osłonę na klatce, a prawa, niewidoczna dla Sejanusa, opadła na blat, gdzie leżał pilot. Coriolanus wcisnął przycisk rejestrowania i głoskułka zamilkła.

28

Coriolanus odwrócił się plecami do klatki, oparł o blat i czekał.

— No więc... — Sejanus mówił głosem drżącym od emocji — niektórzy z rebeliantów chcą na zawsze opuścić Dwunasty Dystrykt. Jadą na północ, żeby zacząć nowe życie z dala od Panem. Powiedzieli, że jeśli pomogę im z Lil, też pozwolą mi jechać.

Coriolanus pytająco uniósł brwi.

Słowa wydawały się same wylewać z Sejanusa.

— Wiem. Wiem, ale oni mnie potrzebują. Chodzi o to, że są zdecydowani uwolnić Lil i zabrać ją ze sobą. Jeśli tego nie zrobią, Kapitol powiesi ją razem z resztą rebeliantów, których w najbliższym czasie aresztują. Plan jest naprawdę prosty. Strażnicy więzienni pracują na cztery zmiany. Zamierzam zaprawić narkotykiem parę smakołyków od Mamuś i dać je wartownikom na zewnątrz. To lekarstwo, które dostałem w Kapitolu, zwala z nóg, o tak. — Strzelił palcami. — Zabiorę jednemu broń. Strażnicy w środku nie są uzbrojeni, więc mogę ich zapędzić pod bronią do pokoju przesłuchań. Jest dźwiękoszczelny, nikt nie usłyszy ich wrzasków. Potem pójdę po Lil, a jej brat przeprowadzi nas za ogrodzenie i od razu ruszymy na północ. Powinniśmy mieć parę godzin, zanim znajdą strażników. Skoro nie wyjdziemy przez bramę, to pewnie założą, że ukryliśmy się w bazie, więc ją zamkną i od niej zaczną poszukiwania. Kiedy to rozgryzą, nas już dawno nie będzie. Nikt nie ucierpi. I nikt nie pozna prawdy.

Coriolanus opuścił głowę i potarł palcami czoło, jakby usiłował zebrać myśli. Nie był pewien, jak długo może milczeć, nie wzbudzając podejrzeń. Sejanus jednak mówił dalej:

— Nie mogłem odejść i nic ci nie powiedzieć. Rodzony brat nie byłby od ciebie lepszy. Nigdy nie zapomnę, co zrobiłeś dla mnie na arenie. Wymyślę, jak przekazać Mamuś, co się ze mną dzieje. Ojcu pewnie też. Dam mu znać, że nazwisko Plinth nadal żyje, tyle że bez rozgłosu.

No i proszę, padło nazwisko Plinthów. Tyle wystarczyło. Lewa ręka Coriolanusa natrafiła na pilota i wcisnęła przycisk trybu neutralnego, a głoskułka powróciła do piosenki, którą ćwierkała wcześniej.

Coriolanus dostrzegł kątem oka jakiś ruch.

— Bug wraca — powiedział.

— *Bug wraca* — powtórzył ptak jego głosem.

— Cicho, głupku — zwrócił się do ptaka, zadowolony, że ten znowu zachowuje się zupełnie zwyczajnie.

Nic nie wzbudziło podejrzeń Sejanusa. Coriolanus szybko nakrył klatkę i napisał na materiale G1.

— Potrzebujemy butelki z wodą, jedna pękła — oświadczył Bug, wchodząc do hangaru.

— *Jedna pękła* — oznajmiła głoskułka głosem Buga, po czym zaczęła naśladować przelatującą wronę.

— Zaraz coś znajdę. — Coriolanus wręczył mu klatkę.

Po wyjściu Buga podszedł do pojemnika, który pełnił funkcję schowka, i go przeszukał. Na czas rozmowy lepiej było trzymać się z dala od innych głoskułek. Gdyby powtarzały zbyt wiele, Sejanus mógłby zacząć się zastanawiać, dlaczego pierwszy ptak milczał. Z drugiej strony nie wiedział przecież, jak funkcjonowały głoskułki, doktor Kay nie wyjaśniła tego całej grupie.

— To jakieś szaleństwo, Sejanus. Tyle rzeczy może pójść nie tak. — Coriolanus zaczął szybko wyliczać. — A jeśli wartownicy nie przyjmą od ciebie smakołyków Mamuś? A jeśli jeden przyjmie i padnie na oczach drugiego? A jeśli strażnicy w środku wezwą pomoc, zanim zapędzisz ich do pokoju przesłuchań? A jeśli nie znajdziesz klucza do celi Lil? Co to znaczy, że jej brat przeprowadzi was za ogrodzenie? Nikt nie zauważy, jak je przecina?

— Nie, ogrodzenie za generatorem jest uszkodzone. Poluzowało się. Słuchaj, wiem, że wszystko musiałoby pójść zgodnie z planem, ale myślę, że tak właśnie będzie. — Sejanus mówił tak, jakby próbował przekonać samego siebie. — Musi. A jeśli nie, to aresztują mnie już teraz zamiast później, prawda? Kiedy wplączę się w coś gorszego?

Coriolanus ze smutkiem pokręcił głową.

— Mogę cię jakoś skłonić do zmiany zdania?

— Nie, już postanowiłem. — Sejanus był nieugięty. — Nie mogę tu zostać, obaj o tym wiemy. Prędzej czy później pęknę. Nie jestem w stanie z czystym sumieniem wykonywać obowiązków Strażnika Pokoju i nie mogę wciąż cię narażać z powodu swoich szaleńczych planów.

— Ale jak będziesz tam żył? — Coriolanus znalazł zapakowaną butelkę.

— Mamy trochę zapasów, a ja dobrze strzelam — odparł Sejanus.

Nie wspominał, że rebelianci mają broń, najwyraźniej jednak tak właśnie było.

— A jeśli skończą się wam kule?

— Coś wymyślimy. Można łowić ryby, łapać ptaki w sieci. Podobno na północy są ludzie — odparł Sejanus.

Coriolanus pomyślał o Billym Taupie wabiącym Lucy Gray do tej wyimaginowanej placówki na północy. Dowiedział się o niej od rebeliantów czy raczej oni od niego?

— Zresztą nawet jeśli tak nie jest, to nic. Najważniejsze, że nie ma tam Kapitolu — dodał Sejanus. — Dla mnie to się liczy najbardziej. Nie chcę mieszkać w tym czy innym dystrykcie, nie chcę być studentem ani Strażnikiem Pokoju. Chcę osiedlić się gdzieś, gdzie nikt nie będzie kontrolować mojego życia. Wiem, że taka ucieczka wygląda na tchórzostwo, ale mam nadzieję, że kiedy już tam trafię, rozjaśni mi się w głowie i wymyślę jakiś sposób, żeby pomóc dystryktom.

Bez szans, pomyślał Coriolanus. *Zdziwię się, jeśli zdołasz przetrwać zimę*. Wyciągnął butelkę ze zgrzewki.

— No cóż, mogę tylko powiedzieć, że będzie mi cię brakowało. I powodzenia. — Sejanus zrobił krok w jego kierunku, żeby go uścisnąć, kiedy w drzwiach pojawił się Bug. Coriolanus pokazał mu butelkę. — Znalazłem!

— No dobrze, nie przeszkadzam. — Sejanus pomachał mu i wyszedł.

Coriolanus mechanicznie nakrywał i znakował klatki, ale jego myśli szalały. Co powinien zrobić? Jakiś głos podpowiadał mu, żeby pobiegł do poduszkowca zresetować głoskułkę numer jeden. Najpierw przestawiłby ją na tryb odtwarzania, potem na neutralny, potem nagrywania i znowu na neutralny, bardzo szybko, żeby ptak zapamiętał jedynie odległe pokrzykiwania żołnierzy na lądowisku. Ale co dalej? Miałby odwieść Sejanusa od jego planu? Wątpił, żeby mu się udało, a nawet jeśli, wkrótce Sejanus wymyśli coś nowego. Może wydać go komendantowi bazy? Sejanus na pewno by zaprzeczył, a skoro jedyny dowód istniał tylko w pamięci głoskułki, Coriolanus nie miałby jak uzasadnić swoich oskarżeń. Nie wiedział nawet, kiedy planowali uciec, więc nie dałoby się zastawić pułapki. A zresztą jak by wtedy wyglądał w oczach Sejanusa? I reszty bazy? Wyszedłby na kapusia, w dodatku mało wiarygodnego, i na mąciciela.

Kiedy głoskułka rejestrowała, celowo ani razu się nie odezwał, żeby w żaden sposób nie dało się go obarczyć odpowiedzialnością. Doktor Gaul jednak zrozumiałaby uwagę dotyczącą areny i od razu by wiedziała, że ptak nieprzypadkowo zapamiętał tę wypowiedź. Gdyby wyekspediował ptaka do Kapitolu, sama mogłaby zdecydować, co dalej robić. Pewnie zadzwoniłaby do Strabo Plintha, kazała wyrzucić Sejanusa z wojska i wysłałaby go do domu, zanim zdążyłby narobić szkód. Tak, tak byłoby najlepiej. Wrzucił pilota do pojemnika z rzeczami dla ptaków. Gdyby wszystko poszło jak należy, już za parę dni miałby Sejanusa z głowy.

Spokój okazał się krótkotrwały. Po kilku godzinach Coriolanus przebudził się z okropnego koszmaru. Stał na trybunach nad areną i spoglądał na Sejanusa, który klęczał obok zmasakrowanego ciała Marcusa i posypywał je okruchami chleba, nieświadomy, że ze wszystkich stron otacza go armia zbliżających się kolorowych węży. Coriolanus krzyczał do niego i krzyczał, ale Sejanus chyba nie słyszał. Kiedy węże w końcu go dopadły, sam zaczął przeraźliwie krzyczeć.

Przepełniony wyrzutami sumienia i zlany potem Coriolanus uświadomił sobie, że nie przemyślał konsekwencji wysłania głoskułki do Kapitolu. Sejanus mógł mieć z tego powodu spore problemy. Wychylił się z łóżka i na moment poczuł się lepiej, patrząc na Sejanusa, który spał spokojnie po drugiej stronie sali.

Na pewno przesadzał. Naukowcy najprawdopodobniej nigdy nie usłyszą zarejestrowanej wypowiedzi, nie mówiąc już o przekazaniu jej doktor Gaul. Niby po co mieli przestawiać ptaka na tryb odtwarzania? Nie było powodu. Głoskułki przetestowano wcześniej w hangarze. Owszem, jego czyn budził wątpliwości, ale przecież nie mógł doprowadzić do śmierci Sejanusa ani od ukąszeń węży, ani z żadnego innego powodu.

Ta myśl go uspokoiła, dopóki nie uświadomił sobie, że w takim wypadku wrócił do punktu wyjścia i grozi mu wielkie niebezpieczeństwo, bo zna zamiary rebeliantów. Wiedział o planach odbicia Lil, ucieczki, nawet o uszkodzonym ogrodzeniu za generatorem. O achillesowej pięcie Kapitolu. Sama świadomość, że rebelianci mają ukryty dostęp do bazy, przerażała go i budziła jego wściekłość. To było pogwałcenie kontraktu, wstęp do chaosu i katastrofy. Czy ci ludzie nie rozumieli, że bez kontroli Kapitolu cały system się zawali? Równie dobrze wszyscy mogli uciec na północ i żyć jak zwierzęta, bo właśnie taki los by ich czekał.

Rozmyślając tak, zapragnął, żeby głoskułka jednak dostarczyła wiadomość. Gdyby władze Kapitolu przypadkowo usłyszały wyznanie Sejanusa, co by mu zrobiły? Czy kupno rebelianckiej broni, która miała zostać użyta przeciwko Strażnikom Pokoju, groziło egzekucją? Nie, zaraz, nie zarejestrowało się nic o kupnie nielegalnej broni. Tylko to, że Sejanus zamierzał ukraść pistolet strażnika... Też fatalnie.

Kto wie, czy nie oddawał Sejanusowi przysługi. Gdyby go złapali, zanim zdążyłby cokolwiek zrobić, może skazaliby go tylko na więzienie i uniknąłby surowszej kary. Albo, co najbardziej prawdopodobne, pieniądze starego Plintha znowu załatwiłyby sprawę. Dwunasty Dystrykt otrzymałby nowiutką bazę. Sejanus wyleciałby z wojska, co by go bardzo ucieszyło, i pewnie skończyłby za biurkiem w zbrojeniowym imperium ojca, co ucieszyłoby go znacznie mniej. Byłby nieszczęśliwy, ale żywy. I, co ważniejsze, ktoś inny musiałby się tym przejmować.

Sen nie chciał nadejść i Coriolanus skupił się na Lucy Gray. Co by o nim pomyślała, gdyby wiedziała, co zrobił Sejanusowi? Znienawidziłaby go, rzecz jasna. Lucy Gray i jej umiłowanie wolności dla kosogłosów, dla głoskułek, zespołu, dla każdego. Pewnie bez wahania poparłaby plan Sejanusa, zwłaszcza że sama trafiła na arenę. A on stałby się znów potworem z Kapitolu, więc wróciłaby do Billy'ego Taupe'a, zabierając ze sobą tę odrobinę szczęścia, która jeszcze pozostała Coriolanusowi.

Rano wstał z łóżka zmęczony i zirytowany. W nocy naukowcy odlecieli do Kapitolu, więc drużyna Coriolanusa znowu była skazana na monotonię codziennych zajęć. Snuł się przez cały dzień, próbując nie myśleć o tym, że już za parę tygodni rozpoczynałby w pełni opłacone zajęcia na Uniwersytecie. Wybierałby sobie kursy, zwiedzał kampus, kupował książki. Co do problemu Sejanusa... Coriolanus pogodził się już z faktem, że nikt nigdy nie odsłucha wiadomości zarejestrowanej przez głoskułkę. Musiał po prostu przyprzeć Sejanusa do muru i przemówić mu do rozumu. Powinien mu zagrozić, że złoży na niego donos do dowódcy i zawiadomi ojca, i że nie zawaha się tego zrobić, jeśli Sejanus będzie trwał w swoim uporze. Coriolanus miał już dosyć tych idiotyzmów. Niestety, przez cały dzień nie znalazł okazji, żeby wyłożyć kawę na ławę.

Jakby tego było mało, w piątek przyszedł list od Tigris, a w nim same złe wieści. Przez apartament Snowów przetoczyły się rzesze potencjalnych nabywców i różnych wścibskich osób, lecz zaowocowało to tylko dwiema ofertami na sumy znacznie poniżej oczekiwań. Żeby przeprowadzić się do choćby najskromniejszego mieszkania, które brała pod uwagę Tigris, potrzeba było dużo więcej pieniędzy. Goście wytrącili z równowagi Panibabkę, która na znak protestu kryła się wśród róż, kiedy przychodzili. Mimo to podsłuchała pewną parkę na dachu, która rozmawiała o likwidacji jej ukochanego ogrodu i zainstalowaniu tam oczka wodnego ze złotymi rybkami. Wizja zniszczenia róż, symbolu dynastii Snowów, dodatkowo pogorszyła stan Panibabki. Była tak oszołomiona i zdenerwowana, że nie można było zostawiać jej samej. Tigris nie wiedziała, co robić, i pytała o radę, ale jak mógł jej pomóc? Zawiódł je na całej linii i nie wiedział, jak je uratować. Mógł tylko podzielić się z nimi złością, bezradnością i upokorzeniem.

W sobotę niemal się cieszył, że stawi czoło Sejanusowi. Liczył na wymianę ciosów. Ktoś powinien zapłacić za dramat rodziny Snowów, a kto odpowiadał za to bardziej niż jeden z Plinthów?

Smiley, Bug i Beanpole jak zwykle nie mogli się doczekać wyjścia na Ćwiek, choć mieli już trochę dosyć leczenia kaca w każdą niedzielę. Przebierając się na wieczór, współlokatorzy postanowili zastąpić bimber cydrem ze sfermentowanych jabłek, który co prawda nie dawał takiego kopa, ale wywoływał miły szum w głowie. Dla Coriolanusa kwestia była czysto teoretyczna, gdyż wcale nie zamierzał pić. Chciał trzeźwo myśleć podczas konfrontacji z Sejanusem.

Już zamierzali opuścić koszary, kiedy Cookie nieoczekiwanie zlecił im dodatkową robotę. Przez pół godziny musieli rozładowywać zapełniony skrzynkami poduszkowiec.

— W przyszłym tygodniu będziecie zadowoleni, że mi pomogliście — oznajmił. — Szykuje się przyjęcie urodzinowe komendanta.

W nagrodę wręczył im litrową butlę taniej whisky, która okazała się nieporównanie lepsza od miejscowego samogonu.

Gdy dotarli na Ćwiek, w ostatnim momencie udało im się znaleźć kilka skrzynek i wepchnąć się na wolny skrawek podłogi pod tylną ścianą. Po chwili Maude Ivory weszła tanecznym krokiem na scenę i zapowiedziała Trupę. Nie mieli rewelacyjnych miejsc, ale nikt się nie uskarżał, bo mogli popijać whisky od Cookie'ego i pogryzać smakołyki od Mamuś, zamiast je sprzedawać. Tylko Coriolanus w skrytości ducha ubolewał, że nie zdążył spotkać się z Lucy Gray w szopie. Swoją skrzynkę postawił tuż obok skrzynki Sejanusa, żeby nie przegapić jego ewentualnego zniknięcia. I rzeczywiście, po mniej więcej godzinie ujrzał kątem oka, że Sejanus wstaje. Powiódł za nim wzrokiem do głównych drzwi, policzył do dziesięciu i poszedł w jego ślady. Starał się nie zwracać na siebie uwagi, a ponieważ siedzieli blisko wyjścia, nikt nawet na niego nie spojrzał.

Lucy Gray zaśpiewała jakiś nastrojowy utwór, a Trupa zagrała w żałobnym tempie.

Kiedy nocą wracasz, kiedy padasz z nóg,
Ten zapach, który czuję, tylko pieniądz kupić mógł.
Nie mamy ani centa, przynajmniej tak mówiłeś.
A zatem skąd masz kasę? Jak za to zapłaciłeś?

Nie dla ciebie zachód słońca, nie dla ciebie wschód.
Wiem, że tak ci się wydaje, ale mylisz się.
Czemu wciąż mnie okłamujesz, mierzi mnie ten brud.
Więc każdemu za półdarmo chętnie oddam cię.

Piosenka go zirytowała. Brzmiała jak jeszcze jeden kawałek zainspirowany Billym Taupe'em. Zastanawiał się, dlaczego Lucy Gray nie napisała czegoś o nim, tylko uparcie powracała do tego chłystka? Przecież to on, Coriolanus, uratował jej życie po tym, jak Billy Taupe kupił jej bilet na arenę.

Wyszedł na zewnątrz w chwili, gdy Sejanus znikał za rogiem Ćwieka. Idąc wzdłuż budynku, Coriolanus słyszał głos Lucy Gray.

Wstajesz, kiedy zechcesz, nie poświęcasz mi chwili,
A ja wiem, że z nią byłeś, bo mi ludzie mówili.
Nie mam ciebie na własność, nie władam taką mocą,
Tylko co ja zrobię sama ciemną, zimną nocą?

Nie dla ciebie księżyc rośnie, nie dla ciebie maleje.
Wiem, że tak ci się wydaje, ale mylisz się.
Z twojej winy ciągle cierpię, przez ciebie smutnieję,
Więc każdemu za półdarmo chętnie oddam cię.

Coriolanus przystanął w cieniu za Ćwiekiem i patrzył, jak Sejanus pośpiesznie przekracza próg otwartych drzwi szopy. Cała Trupa była na scenie, więc kogo tam szukał? Czy to było wcześniej umówione spotkanie z rebeliantami? Czy chciał dogadać z nimi szczegóły ucieczki? Coriolanus nie miał ochoty pakować się w sam środek gromady buntowników, więc postanowił pozostać w ukryciu. W następnej chwili z szopy wyszła ta sama kobieta, z którą Sejanus widział się wcześniej na Ćwieku, rzekomo w związku z kupnem scyzoryka. Mijając próg, wepchnęła do kieszeni zwitek banknotów, po czym zniknęła w ciemnym zaułku.

Więc o to chodziło. Sejanus przyszedł zapłacić jej za broń, zapewne za karabiny, które miały się przydać podczas polowań na północy. Coriolanus uznał, że równie dobrze może stawić mu czoło już teraz i przyłapać go na gorącym uczynku z kontrabandą.

Gdy ostrożnie skradał się do szopy, muzyka tłumiła jego kroki. Wiedział, że nie wolno mu wystraszyć Sejanusa, który mógł właśnie testować karabin.

Niby jesteś tutaj ze mną, tak naprawdę wciąż ściemniasz.
Nie chodzi tylko o nas, nie pokazuj, gdzie je masz.
Są małe i wrażliwe, martwią się o ciebie.
Czy zostajesz, czy uciekasz, one muszą to wiedzieć.

Nie dla ciebie gwiazda świeci, nie dla ciebie spada.
Wiem, że tak ci się wydaje, ale mylisz się.
Lepiej ze mną nie zadzieraj, oto moja rada,
Bo każdemu za półdarmo chętnie oddam cię.

Gdy rozległy się brawa, Coriolanus zajrzał do otwartej szopy. Jedynym źródłem światła była ustawiona na skrzynce w głębi budynku latarenka, podobna do tych, które widział w rękach niektórych górników podczas egzekucji Arlo. Mimo półmroku zauważył Sejanusa i Billy'ego Taupe'a. Obaj przykucnęli nad workiem, z którego wystawała broń palna. Coriolanus minął próg i zamarł, kiedy ktoś przysunął mu do żeber lufę strzelby.

Wstrzymał oddech i zaczął powoli unosić ręce, ale nagle usłyszał za plecami odgłos szybkich kroków i śmiech Lucy Gray. Po chwili poczuł na ramionach jej dłonie.

— Hej! — zawołała. — Widziałam, jak się wymykasz. Barb Azure powiedziała, że jeśli…

Nagle umilkła i zamarła na widok uzbrojonego mężczyzny.

— Do środka — wycedził krótko.

Gdy Coriolanus szedł w kierunku lampy, Lucy Gray kurczowo trzymała się jego ręki. Oboje usłyszeli zgrzyt pustaka po betonowej posadzce i trzaśnięcie zamykanych drzwi.

Sejanus zerwał się na równe nogi.

— Nie — powiedział. — Wszystko w porządku, Spruce, on jest ze mną. Oboje są ze mną.

Spruce przysunął się do lampy, a wtedy Coriolanus rozpoznał w nim mężczyznę, który powstrzymywał Lil w dniu egzekucji. Bez wątpienia był to brat, o którym wspomniał Sejanus.

Rebeliant obrzucił ich uważnym spojrzeniem.

— To miało być tylko między nami — burknął.

— On jest dla mnie jak brat — odparł Sejanus. — Będzie mnie osłaniał, kiedy uciekniemy. Zapewni nam więcej czasu.

Coriolanus niczego takiego mu nie obiecywał, niemniej skinął głową.

Spruce wziął na cel Lucy Gray.

— A ta tutaj? — spytał.

— Mówiłem ci o niej — odezwał się Billy Taupe. — Wybiera się na północ razem z nami. To moja dziewczyna.

Coriolanus poczuł, jak Lucy Gray ściska jego rękę, a potem ją puszcza.

— Jeśli mnie zabierzecie — powiedziała.

— Wy dwoje nie jesteście razem? — Spruce przenosił spojrzenie szarych oczu z Coriolanusa na Lucy Gray.

Coriolanus sam się nad tym zastanawiał. Czy Lucy Gray go wykorzystywała, tak jak podejrzewał? Czy naprawdę postanowiła odejść z Billym Taupe'em?

— On się spotyka z moją kuzynką, Barb Azure — wyjaśniła Lucy Gray. — Prosiła mnie, żebym mu przekazała, gdzie są dzisiaj umówieni.

A zatem skłamała, żeby rozładować napięcie. O to chodziło? Coriolanus nie był do końca pewien.

— To prawda — przytaknął na wszelki wypadek.

Spruce się zawahał, ale wzruszył ramionami i opuścił broń, dotąd wycelowaną w Lucy Gray.

— Przynajmniej Lil będzie miała towarzystwo — mruknął.

Wzrok Coriolanusa padł na tajny skład broni. Były tam jeszcze dwie strzelby, a także standardowy karabin Strażników

Pokoju, taki jak te, których używali na strzelnicy, oraz jakiś cięższy sprzęt, zapewne wyrzutnia granatów, i kilka noży.

— Sporo tego — zauważył Coriolanus.

— Pięć osób da sobie radę — odparł Spruce. — Martwi mnie tylko brak amunicji. Byłoby dobrze, gdybyś przyniósł nam więcej z bazy.

Sejanus skinął głową.

— Zobaczę, co się da zrobić — zgodził się. — Właściwie nie mamy dostępu do składnicy broni, ale się rozejrzę.

— Jasne. Nie hamuj się.

Wszyscy raptownie skierowali głowy w głąb szopy, skąd dobiegł kobiecy głos. Coriolanus zapomniał o drugim wejściu, gdyż mało kto z niego korzystał. Poza kręgiem światła z lampy panowała nieprzenikniona ciemność, więc nie wiedział, czy dodatkowe drzwi są otwarte, czy zamknięte, ani nie widział nieproszonego gościa. Jak długo intruz czaił się w mroku?

— Kto tam? — spytał Spruce.

— Broń, amunicja — kpił głos. — Nie skołujecie tego na północy, co?

Nieprzyjemny ton pomógł Coriolanusowi go rozpoznać. Słyszał ten głos w wieczór awantury na Ćwieku.

— To Mayfair Lipp, córka burmistrza — wyjaśnił.

— Biega za Billym Taupe'em jak suka w rui — dodała półgłosem Lucy Gray.

— Ostatni nabój zawsze trzymajcie w bezpiecznym miejscu — ciągnęła Mayfair. — Żebyście zdążyli strzelić sobie w łeb, zanim was złapią.

— Wracaj do domu — zażądał Billy Taupe. — Później ci to wyjaśnię. Nie jest tak, jak ci się wydaje.

— Nie, nie — zaprotestował Spruce. — Dołącz do nas, Mayfair, nic do ciebie nie mamy. Tatusia się nie wybiera.

— Nie zrobimy ci krzywdy — dodał Sejanus.

— Pewnie, że nie — zaśmiała się złośliwie.

— O co chodzi? — Spruce spojrzał pytająco na Billy'ego Taupe'a.

— O nic, tak tylko sobie gada. Nic nie zrobi.

— Cała ja. Tylko gadam, nic nie robię. Wiesz coś o tym, Lucy Gray, no nie? A właśnie, dobrze się bawiłaś w Kapitolu?

Drzwi cicho skrzypnęły. Coriolanus pomyślał, że Mayfair się wycofuje i że jeśli ucieknie, diabli wezmą nie tylko jego przyszłość, ale i życie. Gdyby złożyła doniesienie, właściwie byli już martwi.

Spruce w ułamku sekundy wycelował strzelbę w Mayfair, ale Billy Taupe rąbnął dłonią w lufę, kierując ją ku ziemi. Coriolanus odruchowo sięgnął po wojskowy karabin i wystrzelił w stronę, skąd dobiegał głos Mayfair. Usłyszeli jej krzyk, a potem łoskot padającego ciała.

— Mayfair!

Billy Taupe rzucił się ku tylnym drzwiom, tam gdzie leżała Mayfair. Po chwili wrócił chwiejnym krokiem, a jego umazana krwią dłoń zalśniła w świetle lampy.

— Coś ty zrobił? — ryknął na Coriolanusa niczym wściekłe zwierzę.

Lucy Gray dygotała tak samo jak tamtego dnia w zoo, gdy trybutka poderżnęła gardło Arachne Crane.

Coriolanus ją pchnął, a ona machinalnie zrobiła kilka kroków ku drzwiom.

— Wracaj — syknął. — Idź na scenę. To twoje alibi. Idź!

— O, nie. Jeśli ja zawisnę, to ona razem ze mną! — Billy Taupe ruszył za Lucy Gray.

Spruce bez wahania strzelił mu prosto w pierś, a wtedy Billy Taupe poleciał do tyłu i runął na plecy.

Zapadła cisza. Coriolanus po raz pierwszy od końca piosenki Lucy Gray uświadomił sobie, że z Ćwieka dobiega muzyka. Maude Ivory porwała tłum, który wraz z nią głośno wyśpiewywał słowa:

Z uśmiechem idź przez życie, z uśmiechem przez nie przejdź.

— Lepiej rób, co mówi. — Spruce popatrzył na Lucy Gray. — Zanim zauważą, że cię nie ma i ktoś pójdzie cię szukać.

Z uśmiechem idź przez życie, bo uśmiech liczy się.

Lucy Gray nie mogła oderwać wzroku od zwłok Billy'ego Taupe'a. Coriolanus chwycił ją za ramiona i zmusił, żeby spojrzała mu w oczy.

— Idź — powtórzył. — Sam się tym zajmę.

Skierował ją do wyjścia.

On pomaga nam na co dzień, uśmiech zawsze będzie w modzie.

Otworzyła drzwi i oboje wyjrzeli na zewnątrz. Droga była wolna.

Więc z uśmiechem idź przez życie, z uśmiechem przez nie przejdź.
O, tak, z uśmiechem idź przez życie, z uśmiechem przez nie przejdź.

Przez Ćwiek przetoczyły się pijackie wiwaty, co oznaczało koniec piosenki Maude Ivory. Zdążyli w samą porę.

— Nie było cię tutaj — wyszeptał Coriolanus do ucha Lucy Gray.

Puścił ją, a ona niepewnie przeszła przez chodnik i skierowała się do Ćwieka. Coriolanus zamknął drzwi stopą.

Sejanus sprawdził tętno Billy'emu Taupe'owi, a Spruce wepchnął broń z powrotem do worka.

— Daruj sobie — zwrócił się do Sejanusa. — Oboje nie żyją. Zamierzam trzymać język za zębami, a wy?

— Też. To jasne — odezwał się Coriolanus. Wstrząśnięty Sejanus tylko wytrzeszczał na nich oczy. — On również. Sam tego dopilnuję.

— Zastanów się, czy nie chcesz iść z nami. Ktoś za to zapłaci — zauważył Spruce.

Sięgnął po lampę i zniknął za tylnymi drzwiami. Szopa pogrążyła się w ciemnościach.

Coriolanus po omacku ruszył naprzód, odszukał Sejanusa i pociągnął go za Spruce'em na zewnątrz. Potem nogą wepchnął zwłoki Mayfair do szopy i ramieniem mocno zamknął drzwi prowadzące do miejsca zbrodni. *Otóż to*, pomyślał. Udało mu się wejść i wyjść, nie dotykając niczego odkrytą skórą. Rzecz jasna, trzymał w rękach karabin, z którego zastrzelił Mayfair, i na pewno pozostawił na nim odciski palców i DNA — tyle tylko, że Spruce zabierze broń, kiedy będzie na zawsze opuszczał Dwunasty Dystrykt. Ostatnie, czego potrzebował Coriolanus, to powtórka scenariusza z chustką. Wciąż rozbrzmiewał mu w uszach szyderczy głos dziekana Highbottoma…

Słyszysz ten dźwięk, Coriolanusie? Tak pada Snow.

Przez chwilę głęboko oddychał nocnym powietrzem. Docierała do nich muzyka, jakiś instrumentalny utwór. Domyślił się, że Lucy Gray wróciła na estradę, ale jeszcze nie odzyskała głosu. Wziął Sejanusa za łokieć, a gdy obeszli szopę, zerknął na przejście między budynkami. Pusto. Szybkim krokiem poprowadził Sejanusa wzdłuż Ćwieka, ale przystanął, nim minęli róg.

— Ani słowa — wysyczał.

Sejanus patrzył na niego rozszerzonymi źrenicami. Na kołnierzu miał plamy potu.

— Ani słowa — powtórzył.

Weszli do środka i zajęli swoje miejsca. Obok nich siedział Beanpole, oparty plecami o ścianę i ewidentnie zamroczony alkoholem. U drugiego boku Coriolanusa Smiley podrywał jakąś dziewczynę, a Bug dopijał whisky z butelki. Wyglądało na to, że nikt nie zwrócił uwagi na ich nieobecność.

Instrumentalny kawałek dobiegł końca, a Lucy Gray wzięła się w garść na tyle, żeby ponownie zaśpiewać. Wybrała utwór, który wymagał wsparcia ze strony całego zespołu. Bystra dziewczyna. Było bardzo prawdopodobne, że to muzycy odkryją zwłoki, ponieważ wszystkie przerwy spędzali w szopie. Im dłużej Lucy

Gray przetrzyma ich razem na scenie, tym lepsze będą mieli alibi, tym więcej czasu zyska Spruce na usunięcie broni i tym trudniej będzie publiczności poukładać wszystko w czasie.

Serce Coriolanusa biło jak oszalałe, kiedy próbował ocenić zakres szkód. Wątpił, by ktokolwiek przejął się losem Billy'ego Taupe'a, może z wyjątkiem Clerka Carmine'a. Ale Mayfair, jedyna córka burmistrza? Spruce miał rację. Ktoś zapłaci za to, co ją spotkało.

Lucy Gray ogłosiła koncert życzeń i zdołała zatrzymać całą piątkę na estradzie aż do końca występu. Maude Ivory jak zwykle poszła zebrać pieniądze, Lucy Gray podziękowała wszystkim, Trupa ukłoniła się po raz ostatni, a publiczność nieśpiesznie skierowała się do wyjścia.

— Musimy wracać prosto do bazy — zwrócił się cicho Coriolanus do Sejanusa.

Dźwignęli Beanpole'a i zarzuciwszy sobie jego ręce na ramiona, opuścili Ćwiek. Bug i Smiley powlekli się za nimi. Uszli może dwadzieścia metrów, kiedy nocną ciszę przeszyły histeryczne wrzaski Maude Ivory. Wszyscy przystanęli i skierowali wzrok w stronę szopy. Coriolanus i Sejanus nie mogli iść dalej bez wzbudzenia podejrzeń, więc odwrócili się razem z Beanpole'em. Niemal natychmiast usłyszeli gwizdki Strażników Pokoju, a dwóch oficerów wymachując rękami, wydało rozkaz powrotu do bazy. Coriolanus i Sejanus ukryli się w tłumie. W milczeniu pokonali całą drogę do koszar, tam poczekali, aż ich współlokatorzy wreszcie zaczną chrapać, i wymknęli się do łazienki.

— Nic nie wiemy. To wszystko — wyszeptał Coriolanus. — Tylko na chwilę wyszliśmy z Ćwieka, żeby się wysikać. Przez resztę czasu byliśmy na koncercie.

— W porządku — odszepnął Sejanus. — A co z innymi?

— Spruce jest już daleko, a Lucy Gray nie piśnie ani słowa, nikomu, nawet członkom zespołu. Na pewno nie będzie chciała narazić ich na niebezpieczeństwo. Jutro obaj będziemy leczyć kaca i spędzimy cały dzień w bazie.

— Tak. Tak. Dzień w bazie. — Sejanus był tak rozstrojony, że mówił niemal bez ładu i składu.

Coriolanus ujął jego twarz w dłonie.

— Sejanus, to sprawa życia i śmierci. Musisz wziąć się w garść.

Sejanus przytaknął, ale przez całą noc nie zmrużył oka i tylko nerwowo przewracał się z boku na bok. Coriolanus go słyszał, bo sam wciąż odtwarzał w pamięci szczegóły strzelaniny. Zabił po raz drugi, tyle że Bobbina zatłukł w obronie własnej. A Mayfair? Nie zamordował jej z premedytacją. Właściwie to w ogóle nie było morderstwo. Po prostu znowu musiał się bronić. Z punktu widzenia prawa to mogło wyglądać inaczej, ale w gruncie rzeczy chodziło o samoobronę. Co z tego, że Mayfair nie groziła mu nożem? Od niej zależało, czy go powieszą, nie mówiąc już o tym, jaki los czekałby Lucy Gray i pozostałych. Przejmował się mniej niż po zabiciu Bobbina, może dlatego, że nie widział śmierci Mayfair ani nawet nie przyjrzał się jej zwłokom. Możliwe, że drugie zabójstwo było zwyczajnie łatwiejsze niż pierwsze. W każdym razie wiedział, że zastrzeliłby ją ponownie, gdyby wszystko rozegrało się jeszcze raz, i z jakiegoś powodu to umocniło go w przekonaniu, że postąpił słusznie.

Następnego ranka nawet ich skacowani współlokatorzy powlekli się do kantyny na śniadanie. Smiley usłyszał sensacyjne wiadomości od zaprzyjaźnionej pielęgniarki, która miała dyżur w klinice, kiedy w nocy przywieziono zwłoki.

— Zginęło dwoje miejscowych, w tym córka burmistrza — oznajmił. — Drugi podobno był muzykiem, ale nie jednym z tych, których widzieliśmy. Ktoś ich zastrzelił w szopie za Ćwiekiem, i to podczas koncertu! Nikt z naszych nic nie słyszał, bo muzyka za głośno grała.

— Wiedzą już, kto to zrobił? — zainteresował się Beanpole.

— Jeszcze nie — odparł Smiley. — Niby nie wolno mieć broni palnej, ale już wam kiedyś mówiłem, że tu krąży. Sprawcy też są stąd.

— Skąd to wiadomo? — spytał Sejanus.

Zamknij się!, pomyślał Coriolanus. Przeczuwał, że Sejanus może być o krok od przyznania się do zbrodni, której nawet nie popełnił.

— Podobno myślą, że dziewczynę zastrzelono z karabinu Strażników Pokoju, pewnie jakiegoś starego, ukradzionego w czasie wojny. A muzyka trafiono ze strzelby używanej przez miejscowych do polowań. Możliwe, że strzelały dwie osoby — relacjonował Smiley. — Przeszukali okolicę, ale broni nie znaleźli. Przepadła razem z mordercami, jakby mnie kto pytał.

Coriolanus lekko się odprężył i zjadł kawałek naleśnika.

— Kto znalazł zwłoki?

— Ta mała, co śpiewa, no wiecie, w różowej sukience. — Smiley zawiesił głos.

— Maude Ivory — podpowiedział Sejanus.

— Chyba właśnie tak. No więc okropnie się przestraszyła. Przesłuchiwali zespół, ale kiedy ci goście mieli niby to zrobić? Znaleźli trupy zaraz po występie, a poza tym nigdzie nie ma broni — mówił Smiley. — Mocno ich to ruszyło. Pewnie znali tego muzyka.

Czując się znacznie lepiej, Coriolanus nadział kiełbaskę na widelec. Dochodzenie rozpoczęło się po jego myśli. Mimo to Lucy Gray mogła wpaść w kłopoty, bo miała podwójny motyw: Billy Taupe był jej dawną miłością, a Mayfair posłała ją na arenę. A skoro o arenie mowa, czy groziły mu jakieś zarzuty? Nikt z Dwunastki poza muzykami nie wiedział, że Lucy Gray go kocha, a ona potrafiła skłonić ich do milczenia. A poza tym dlaczego Lucy Gray lub on, jej nowy ukochany, mieliby się przejmować Billym Taupe'em? Co innego Mayfair. Mogli chcieć ją zabić, żeby się zemścić, a Billy Taupe mógł próbować jej bronić. W zasadzie właśnie coś takiego się zdarzyło, lecz setki świadków przysięgną, że Lucy Gray przez cały czas przebywała na scenie i zeszła z niej tylko na moment. Trudno byłoby udowodnić jej winę, skoro nie znaleziono narzędzia zbrodni. Coriolanus musiał uzbroić się w cierpliwość i poczekać, aż emocje opadną, a wtedy znowu będą razem. Pod wieloma względami czuł, że teraz, gdy połączyła ich ta nowa, mocna więź, Lucy Gray była mu bliższa niż kiedykolwiek.

W związku z wydarzeniami minionego wieczoru komendant zamknął bazę na cały dzień. Coriolanus i tak niczego nie planował — musiał do odwołania trzymać się z dala od Trupy. I on, i Sejanus kręcili się po bazie, próbując zachowywać się normalnie. Grali w karty, pisali listy, czyścili buty. Kiedy wytrząsali błoto z protektorów, Coriolanus wyszeptał:

— Co z planem ucieczki? Aktualny?

— Nie mam pojęcia — westchnął Sejanus. — W następny weekend są urodziny komendanta. Mieliśmy się wtedy wymknąć. Corio, a jeśli aresztują jakąś niewinną osobę za te morderstwa?

Wtedy nasze kłopoty się skończą, pomyślał Coriolanus.

— To bardzo mało prawdopodobne, skoro nie ma broni — odparł. — Na razie nie musimy się nad tym zastanawiać.

Tej nocy Coriolanus spał lepiej. W poniedziałek ponownie otwarto bazę i pojawiły się pogłoski, że podwójne morderstwo ma związek z wewnętrznymi porachunkami rebeliantów. Skoro chcieli się pozabijać, to nie należało im przeszkadzać. Burmistrz zjawił się w bazie i w napadzie szału zrobił awanturę komendantowi, ale ponieważ rozpuścił Mayfair jak dziadowski bicz i spuścił ze smyczy, zdaniem wszystkich sam był sobie winien, że zadawała się z rebeliantem.

Do wtorkowego popołudnia zainteresowanie morderstwami przygasło do tego stopnia, że w trakcie obierania ziemniaków potrzebnych na jutrzejsze śniadanie Coriolanus zaczął snuć plany na przyszłość. Przede wszystkim musiał dopilnować, żeby Sejanus porzucił zamiar ucieczki. Po wydarzeniach w szopie sam powinien zrozumieć, że igra z ogniem. Następnego dnia mieli razem myć podłogi, więc Coriolanus zamierzał skorzystać z okazji i odbyć z nim poważną rozmowę. Jeśli to nic nie da, pozostanie tylko złożenie donosu do komendanta. Zdecydowany to zrobić, pośpieszył się z obieraniem ziemniaków do tego stopnia, że skończył przed czasem, a Cookie w nagrodę skrócił mu dyżur o pół godziny. Coriolanus sprawdził pocztę i znalazł paczkę od Pluribusa, pełną zestawów strun do różnych instrumentów. Jak wynikało z dołączonego do przesyłki uprzejmego liściku, struny były prezentem. Coriolanus schował je w szafce, zadowolony, że sprawi przyjemność członkom zespołu, kiedy już będzie mógł bezpiecznie się z nimi spotkać. Może za tydzień lub dwa, jeśli sytuacja całkiem się ustabilizuje.

W drodze do kantyny czuł się prawie jak za dawnych czasów. Był wtorek, zatem należało się spodziewać zapiekanki z mięsa i ziemniaków. Do posiłku zostało jeszcze kilka minut, więc wstąpił do kliniki po następną puszkę proszku na potówki, które w końcu zaczęły ustępować. Kiedy wychodził, przed budynek zajechała wojskowa karetka, tylne drzwi się otworzyły i dwóch sanitariuszy wyciągnęło mężczyznę na noszach. Miał plamy krwi na koszuli i wyglądał jak martwy, lecz kiedy medycy nieśli go do środka, odwrócił głowę. Spojrzenie szarych oczu padło na Coriolanusa, który mimowolnie wstrzymał oddech. Spruce. Chwilę potem ranny zniknął za drzwiami kliniki.

Coriolanus zawiadomił Sejanusa dopiero wieczorem, ale żaden z nich nie miał pojęcia, co o tym myśleć. Spruce bez wątpienia zadarł ze Strażnikami Pokoju, ale dlaczego? Czy powiązali go z morderstwami? Czy słyszeli o planie ucieczki? Ustalili prawdę o kupnie broni? Schwytali go, więc co im teraz powie?

Podczas środowego śniadania niezawodna pielęgniarka Smileya poinformowała go, że Spruce zmarł w nocy od odniesionych ran. Niczego nie wiedziała na pewno, ale większość ludzi sądziła, że był zamieszany w morderstwa. Coriolanus przez cały ranek działał jak na autopilocie i tylko czekał na kolejny cios. Padł podczas lunchu, kiedy dwóch żandarmów podeszło do ich stołu w kantynie i aresztowało Sejanusa, który wyszedł z nimi bez słowa. Coriolanus starał się wyglądać na wstrząśniętego jak reszta kolegów. To oczywiste, że zaszła pomyłka, powtarzał za nimi.

Ze Smileyem na czele podeszli w trakcie ćwiczeń na strzelnicy do sierżanta.

— Jesteśmy pewni, że Sejanus nie popełnił tych morderstw. Był z nami przez cały wieczór.

— Nie odszedł ani na moment — ośmielił się dodać Beanpole.

Rzecz jasna, nie mógł tego wiedzieć, bo przez cały czas tkwił pod ścianą, kompletnie zamroczony alkoholem, niemniej wszyscy przytaknęli.

— Doceniam waszą lojalność — odparł sierżant. — Ale tu chodzi o coś innego.

Coriolanusowi zrobiło się zimno. Coś innego, czyli plan ucieczki? Spruce nie wyglądał na kogoś, kto sypie, zwłaszcza że mogła z tego powodu ucierpieć jego siostra. Nie, Coriolanus nie wątpił, że to jego głoskułka dotarła do doktor Gaul i takie były tego następstwa. Najpierw aresztowanie Spruce'a, potem Sejanusa.

Przez następne dwa dni czuł się tak, jakby jego świat stanął na głowie. Wmawiał sobie, że wszystko to leży w najlepiej pojętym interesie Sejanusa. Choć areszt się przedłużał, odrzucano prośby rekrutów o spotkanie z przyjacielem. Coriolanus czekał, aż Strabo Plinth wyląduje prywatnym poduszkowcem, wynegocjuje zwolnienie, zaproponuje sfinansowanie modernizacji całej floty powietrznej i zabierze zbłąkanego syna z powrotem do domu. Ale czy w ogóle wiedział o trudnej sytuacji Sejanusa? To nie była Akademia, w której wzywano rodziców, kiedy ktoś nabroił.

Najbardziej obojętnym tonem, na jaki potrafił się zdobyć, Coriolanus spytał starszego żołnierza, czy wolno im dzwonić do domu. Tak, każdy miał prawo do dwóch telefonów rocznie, ale dopiero po sześciu miesiącach służby, wcześniej można było jedynie pisać listy. Coriolanus nie wiedział, jak długo Sejanus pozostanie pod kluczem, więc napisał krótki list do Mamuś i bez wdawania się w szczegóły przekazał jej, że jej syn narobił sobie kłopotów. Poza tym zasugerował, że Strabo powinien uruchomić swoje kontakty. W piątek rano poszedł szybkim krokiem nadać przesyłkę, lecz nie zdążył, gdyż z megafonów rozległ się komunikat nakazujący wszystkim z wyjątkiem niezbędnego personelu niezwłocznie stawić się w auli. Komendant poinformował zebranych, że tego popołudnia żołnierz z ich bazy zawiśnie za zdradę. Żołnierz Sejanus Plinth.

Coriolanus miał wrażenie, że to się nie dzieje naprawdę. To było jak koszmar na jawie. Podczas musztry czuł się jak marionetka, szarpana na wszystkie strony niewidzialnymi sznurkami. Na zakończenie zajęć sierżant prowadzący wywołał Coriolanusa i wszyscy jego współtowarzysze patrzyli, jak otrzymuje rozkaz udziału w egzekucji w celu uzupełnienia szeregów.

Po powrocie do sali miał tak sztywne palce, że z trudem udało mu się zapiąć srebrzyste guziki munduru, na których widniało godło Kapitolu. Jego nogi poruszały się w tak samo nieskoordynowany sposób jak podczas ataku bombowego, lecz zdołał chwiejnym krokiem dotrzeć do składnicy broni i odebrać karabin. Gdy wspiął się na ciężarówkę, pozostali Strażnicy Pokoju wyraźnie się odsunęli. Żadnego z nich nie znał z imienia i był pewien, że powodem tego ostracyzmu są jego powiązania ze skazańcem.

Tak jak podczas egzekucji Arlo, musiał się ustawić w grupie z boku drzewa wisielców. Nie rozumiał, dlaczego tłum był tak liczny i tak wzburzony — Sejanus nie mógł w kilka tygodni zyskać takiego poparcia — dopóki nie zjawiła się furgonetka Strażników Pokoju i ze środka nie wysiedli Sejanus i Lil, oboje w kajdanach. Na widok dziewczyny wielu ludzi zaczęło głośno zawodzić jej imię.

Arlo, były żołnierz zahartowany przez lata pracy w kopalniach, potrafił zapanować nad sobą w ostatnich chwilach życia, przynajmniej do momentu, gdy usłyszał głos Lil. Sejanus i Lil, osłabieni ze strachu, nie wyglądali na swoje lata, co tylko wzmocniło wrażenie, że strażnicy wloką na szubienicę dwoje niewinnych dzieci. Nogi Lil tak się trzęsły, że nie mogły utrzymać ciężaru ciała, więc ciągnęli ją dwaj Strażnicy Pokoju. Obaj mieli ponure miny i widać było, że najbliższy wieczór spędzą przy flaszce bimbru, aby wymazać wspomnienie egzekucji.

Gdy skazańcy przechodzili obok, Coriolanus skrzyżował spojrzenie z Sejanusem, ale widział jedynie ośmioletniego chłopca na placu zabaw, ściskającego w dłoni torebkę z żelkami — tyle że teraz ten chłopiec był o wiele bardziej przerażony. Usta Sejanusa ułożyły się w słowo „Corio", a twarz przeszył bolesny skurcz. Coriolanus nie wiedział, czy Sejanus błaga go o pomoc, czy też oskarża o zdradę.

Strażnicy Pokoju ustawili skazańców na klapach zapadni. Jeden z żołnierzy zaczął odczytywać listę zarzutów, lecz zagłuszyły go wrzaski tłumu. Coriolanus zrozumiał tylko słowo „zdrada". Odwrócił wzrok, kiedy Strażnicy Pokoju zbliżyli się z pętlami, i dostrzegł wstrząśniętą twarzy Lucy Gray. Stała z przodu tłumu, w starej, szarej sukience, z włosami ukrytymi pod czarną chustką. Wpatrywała się w Sejanusa, a po jej policzkach spływały łzy.

Gdy zawarkotał werbel, Coriolanus zacisnął powieki. Żałował, że nie może zatkać uszu. Słyszał wszystko: krzyk Sejanusa, trzask opadających klap i głoskułki, które bez końca powtarzały ostatnie słowo umierającego chłopca, wywrzaskując je w oślepiającym słońcu.

— *Mamuś! Mamuś! Mamuś! Mamuś! Mamuś!*

29

Po egzekucji Coriolanus ledwie nad sobą panował. Otępiały, z kamienną twarzą wrócił do bazy, zdał broń i pomaszerował do koszar. Wiedział, że wszyscy się na niego gapią — zdawali sobie sprawę, że Sejanus był jego przyjacielem, a przynajmniej członkiem jego oddziału. Chcieli zobaczyć, jak Coriolanus się załamuje, ale nie zamierzał dać im tej satysfakcji. Gdy został sam, powoli zdjął mundur, starannie odwiesił każdą jego część, wygładzając zagniecenia palcami. Z dala od wścibskich oczu pozwolił sobie na rozluźnienie mięśni i ze zmęczenia zwiesił ramiona. Dziś udało mu się przełknąć tylko kilka łyków soku jabłkowego. Czuł się zbyt osłabiony, żeby iść ze swoją drużyną na strzelnicę, stawić czoło Bugowi, Beanpole'owi czy Smileyowi. Zresztą i tak nie utrzymałby karabinu w trzęsących się dłoniach. W samej bieliźnie usiadł na łóżku Buga w dusznym pomieszczeniu i czekał na to, co miało nadejść.

To była tylko kwestia czasu. Może powinien się zgłosić, zanim przyjdą go aresztować, bo Spruce się przyznał albo — co bardziej prawdopodobne — Sejanus opisał szczegóły morderstw. A nawet jeśli nie, gdzieś tam krążył karabin Strażnika Pokoju, noszący ślady DNA Coriolanusa. Najwyraźniej zamiast uciec wtedy na wolność, Spruce gdzieś się zaszył i czekał na sposobność, żeby uwolnić Lil. A jeśli on został w Dwunastce, to broń, którą dokonano morderstwa, również. Być może właśnie w tej chwili żołnierze sprawdzali karabin, szukając potwierdzenia, że

Spruce zabił Mayfair, i odkrywali, że strzelał dobrze im znany szeregowy Snow. Ten, który zdradził najlepszego przyjaciela i posłał go na szubienicę.

Coriolanus ukrył twarz w dłoniach. Odpowiadał za śmierć Sejanusa w równym stopniu jak za zatłuczenie Bobbina czy zastrzelenie Mayfair. Zabił osobę, która uważała go za brata. Mimo to, nawet kiedy przytłaczała go niegodziwość tego postępku, cichy głosik w jego głowie pytał: *A jaki miałeś wybór?* Jaki wybór? Żadnego. Sejanus uparł się zniszczyć samego siebie i ciągnął go za sobą, aż w końcu on również zawisnąłby na drzewie wisielców.

Starał się podejść do tego racjonalnie. Bez niego Sejanus zginąłby na arenie, padłby ofiarą bandy trybutów, którzy omal nie zabili ich obu. Praktycznie rzecz biorąc, Coriolanus podarował mu kilka dodatkowych tygodni życia i drugą szansę, okazję do poprawy. Sejanus jednak z niej nie skorzystał. Nie mógł albo nie chciał, był jaki był. Może rzeczywiście najlepiej poradziłby sobie na łonie natury. Biedny Sejanus. Biedny, wrażliwy, niemądry, martwy Sejanus.

Coriolanus podszedł do szafki Sejanusa, wyjął jego pudełko z osobistymi rzeczami, po czym usiadł na podłodze i rozłożył przed sobą jego zawartość. Od pierwszego przeszukania doszły tylko owinięte kawałkami chusteczki higienicznej dwa ciastka domowego wypieku. Coriolanus rozwinął chustkę i ugryzł jedno z nich. Dlaczego nie? Słodycz rozeszła się po jego języku, a w umyśle pojawiły się obrazy. Sejanus wyciąga rękę z kanapką w zoo. Sejanus stawia się doktor Gaul. Sejanus obejmuje go na drodze do bazy. Sejanus zwisa ze sznura.

— *Mamuś! Mamuś! Mamuś! Mamuś! Mamuś!*

Zwymiotował ciastko, którego kawałki wymieszały się z kwaśnym, przetrawionym sokiem jabłkowym. Coriolanus cały oblał się potem i wybuchnął płaczem. Oparł się o szafki, podkurczył nogi, a jego ciałem wstrząsał okropny, gwałtowny szloch. Opłakiwał Sejanusa, biedną starą Mamuś, słodką, oddaną Tigris i kruchą, coraz bardziej oderwaną od rzeczywistości Panibabkę, która wkrótce miała dowiedzieć się o jego makabrycznej śmierci. Opłakiwał również siebie, bo lada dzień mógł być martwy. Z przerażeniem chwytał powietrze ustami, jak gdyby sznur już wyciskał życie z jego ciała. Nie chciał umierać! Zwłaszcza nie tam, na polu, gdzie ptaki-mutanty będą wykrzykiwać jego ostatnie słowa. Kto wie, jakie głupoty człowiek może wypowiedzieć w takiej chwili? On będzie martwy, ptaki będą wrzeszczały, a kosogłosy zrobią z tego makabryczną pieśń.

Po jakichś pięciu minutach panika ustąpiła i Coriolanus się uspokoił. Pocierał kciukiem chłodne marmurowe serce z pudełka Sejanusa, myśląc o tym, że nie pozostało mu nic innego, jak stawić czoło śmierci jak mężczyzna. Jak żołnierz. Jak Snow. Gdy zaakceptował los, poczuł potrzebę uporządkowania swoich spraw. Musiał choć trochę zadbać o najbliższych z powodu tego, przez co przeszli. Odsunął zaciski z tyłu srebrnej ramki i wyciągnął całkiem spory plik gotówki pozostałej po zakupie broni przez Sejanusa. Wziął jedną z jego przywiezionych z Kapitolu eleganckich kremowych kopert, wepchnął do niej pieniądze i zaadresował ją do Tigris. Posprzątał drobiazgi Sejanusa i włożył pudełko z powrotem do szafki. Co jeszcze? Uświadomił sobie, że myśli o Lucy Gray, pierwszej i, jak się okazuje, jedynej miłości swojego życia. Chciał zostawić jej jakąś pamiątkę. Przejrzał własne pudełko i wybrał pomarańczową apaszkę, bo muzycy z zespołu kochali kolory. Nie był pewien, w jaki sposób wręczy ją Lucy Gray, ale gdyby udało mu się dożyć do niedzieli, może zdołałby się stąd wymknąć i spotkać się z nią po raz ostatni. Położył starannie złożoną apaszkę obok przysłanych przez Pluribusa strun. Potem wytarł smarki i łzy z twarzy, ubrał się i poszedł na pocztę wysłać pieniądze do domu.

Przy obiedzie szeptem zrelacjonował szczegóły egzekucji swoim przygnębionym współlokatorom, starając się je złagodzić.

— Myślę, że zginął natychmiast. Na pewno nie czuł bólu.

— Nadal nie mogę uwierzyć, że to zrobił — powiedział Smiley.

— Oby nie pomyśleli, że też jesteśmy w to zamieszani. — Głos Beanpole'a drżał.

— Tylko mnie i Buga mogliby wziąć za sprzymierzeńców rebeliantów, bo wychowaliśmy się w dystryktach — zauważył Smiley. — Wy nie macie się czym przejmować, jesteście z Kapitolu.

— Tak jak Sejanus — przypomniał mu Beanpole.

— No ale nie do końca, co nie? Ciągle gadał o Dwójce — mruknął Bug.

— Nie do końca — zgodził się Coriolanus.

Wieczorem miał wartę w pustym budynku aresztu. Spał jak zabity, co zrozumiałe, skoro już za kilka godzin sam miał być trupem.

Machinalnie przebrnął przez poranne obowiązki i niemal poczuł ulgę, kiedy pod koniec lunchu pojawił się komendant Hoff i zażądał, żeby Coriolanus poszedł za nim. Nie było to tak dramatyczne jak przybycie żandarmerii, ale uzasadnione, jako że usiłowali przywrócić żołnierzom poczucie normalności. Pewien, że prosto z gabinetu komendanta trafi do więzienia, Coriolanus żałował, że nie włożył do kieszeni jakiegoś drobiazgu z domu, aby mieć się czym pocieszać w ostatnich godzinach życia. Najlepszy byłby puder matki, coś, co by go uspokoiło w trakcie oczekiwania na egzekucję.

Choć niezbyt okazały, gabinet i tak wyglądał lepiej niż jakiekolwiek inne miejsce w bazie. Coriolanus usiadł w skórzanym fotelu po drugiej stronie biurka Hoffa, zadowolony, że wysłucha wyroku śmierci w komfortowych warunkach. *Pamiętaj, jesteś Snowem*, powiedział sobie w duchu. *Odejdź z godnością.*

Komendant odprawił adiutanta, który zamknął za sobą drzwi. Hoff odchylił się w fotelu i przez długą chwilę patrzył na Coriolanusa.

— To był dla ciebie ciężki tydzień.

— Tak, panie komendancie. — Wolałby, żeby przesłuchanie już się zaczęło. Był zbyt zmęczony na zabawy w kotka i myszkę.

— Ciężki tydzień — powtórzył Hoff. — Jak rozumiem, w Kapitolu byłeś doskonałym uczniem.

Coriolanus nie miał pojęcia, od kogo o tym usłyszał. Zastanawiał się, czy przypadkiem nie od Sejanusa. Zresztą nie miało to znaczenia.

— To przesadzona opinia — odparł.

Dowódca uśmiechnął się do niego.

— I na dodatek skromnym.

Aresztuj mnie wreszcie, pomyślał Coriolanus. Nie potrzebował długiej gadki o tym, jakim to okazał się rozczarowaniem.

— Podobno blisko się przyjaźniłeś z Sejanusem Plinthem — powiedział Hoff.

Zaczyna się, pomyślał Coriolanus. Równie dobrze mógł przyspieszyć bieg spraw, zamiast przeciągać to w nieskończoność, wszystkiemu zaprzeczając.

— Byliśmy więcej niż tylko przyjaciółmi — oznajmił. — Byliśmy jak bracia.

Hoff popatrzył na niego ze współczuciem.

— Wobec tego nie pozostaje mi nic innego, jak w imieniu Kapitolu wyrazić szczerą wdzięczność za twoje poświęcenie.

Zaraz. Co? Coriolanus z osłupieniem wpatrywał się w dowódcę.

— Słucham, panie komendancie?

— Doktor Gaul odsłuchała twoją wiadomość zarejestrowaną przez głoskułkę — wyjaśnił Hoff. — Powiedziała, że wysłanie jej musiało być dla ciebie trudną decyzją. Twoja lojalność wobec Kapitolu wiązała się z olbrzymią osobistą stratą.

A zatem miał jeszcze chwilę wytchnienia. Najwyraźniej dotąd nie znaleźli broni z jego DNA. Widzieli w nim targanego rozterkami kapitolińskiego bohatera. Przybrał cierpiętniczy wyraz twarzy, pasujący do człowieka w żałobie po przyjacielu, który zbłądził.

— Sejanus nie był złym człowiekiem, tylko zagubionym — powiedział.

— Zgadzam się z tobą, ale konspirowanie z wrogiem to przekroczenie pewnej granicy. Obawiam się, że nie możemy tego zignorować. — Zamyślony Hoff na chwilę umilkł. — Uważasz, że mógł być zamieszany w te morderstwa?

Coriolanus otworzył szeroko oczy, jak gdyby ta ewentualność nigdy nie przyszła mu do głowy.

— W morderstwa? — powtórzył. — To znaczy, te na Ćwieku?

— Chodzi o córkę burmistrza i… — Komendant przerzucił jakieś kartki, ale szybko to sobie darował. — …tego drugiego.

— Och… Nie, wątpię. Myśli pan, że to się łączy? — spytał Coriolanus z zaintrygowaną miną.

— Nie wiem i nieszczególnie mnie to obchodzi — odparł komendant. — Ten młody trzymał z rebeliantami, a dziewczyna z nim. Ten, kto ich zabił, pewnie zaoszczędził mi późniejszej fatygi.

— To niepodobne do Sejanusa — powiedział Coriolanus. — Nigdy nie chciał nikogo skrzywdzić. Chciał być medykiem.

— Tak też twierdził wasz sierżant — zauważył Hoff. — Nie wspominał o kupnie broni dla rebeliantów?

— Broni? Nic o tym nie wiem. Jak miałby ją kupić? — Ta sytuacja zaczynała go bawić.

— Na czarnym rynku? Podobno jest z bogatej rodziny — oświadczył Hoff. — No cóż, nieważne. To pewnie pozostanie tajemnicą, dopóki nie natrafimy na tę broń. Każę strażnikom w najbliższych dniach przeszukiwać Złożysko. Tymczasem doktor Gaul i ja postanowiliśmy utrzymać w sekrecie twoją pomoc w związku z Sejanusem, dla twojego bezpieczeństwa. Nie chcemy, żeby rebelianci wzięli cię na cel, prawda?

— Też wolałbym tego nie rozgłaszać — odparł Coriolanus. — Nawet prywatnie trudno mi sobie z tym poradzić.

— Rozumiem. Kiedy jednak kurz opadnie, pamiętaj, że oddałeś krajowi nieocenioną przysługę. Postaraj się już tego nie rozpamiętywać. — Po chwili, jakby mimochodem, dodał: — Dzisiaj są moje urodziny.

— Tak, pomagałem rozładowywać whisky na pańskie przyjęcie — powiedział Coriolanus.

— Zwykle to dobra zabawa. Mam nadzieję, że trochę się rozerwiesz. — Hoff wstał i wyciągnął rękę.

Coriolanus wstał również i ją uścisnął.

— Postaram się. I wszystkiego najlepszego, panie komendancie.

Kiedy wrócił, współlokatorzy powitali go ze szczerą radością i zarzucili pytaniami o to, po co wezwał go dowódca.

— Wiedział o mojej przyjaźni z Sejanusem i tylko chciał się upewnić, że nic mi nie jest — wyjaśnił Coriolanus.

Ta informacja poprawiła wszystkim humor, a zmiana w popołudniowym rozkładzie sprawiła Coriolanusowi niemałą satysfakcję. Zamiast do celu, pozwolono im strzelać do głoskułek i kosogłosów w okolicy drzewa wisielców. Chór ich głosów po okrzyku umierającego Sejanusa był kroplą, która przepełniła czarę, i tylko umocnił nienawiść Coriolanusa.

Z radością zestrzeliwał kosogłosy z gałęzi. Udało mu się zabić trzy ptaki. *Już nie jesteście takie mądre, co?*, pomyślał. Niestety, większość kosogłosów szybko znalazła się poza zasięgiem kul. Nieważne, i tak wrócą. On też wróci, jeśli wcześniej nie zawiśnie.

Żeby uczcić urodziny komendanta, wszyscy wzięli prysznic i włożyli czyste mundury polowe, zanim udali się do kantyny. Cookie przygotował zaskakująco wykwintny posiłek, złożony ze steków, purée ziemniaczanego oraz mięsnego sosu i groszku — świeżego, nie z puszki. Każdy żołnierz dostał po dużym kuflu piwa, a Hoff osobiście pokroił olbrzymi lukrowany tort. Po obiedzie wszyscy zebrali się w sali gimnastycznej udekorowanej transparentami i flagami z okazji urodzin dowódcy. Whisky płynęła strumieniami, wzniesiono też wiele spontanicznych toastów do mikrofonu wyciągniętego specjalnie na ten wieczór. Coriolanus nie miał pojęcia, że szykuje się część rozrywkowa, dopóki niektórzy z żołnierzy nie zaczęli ustawiać krzeseł.

— Pewnie — powiedział mu jeden z oficerów. — Wynajęliśmy zespół z Ćwieka. Komendant nieźle się przy nim bawi.

Lucy Gray. To była jego szansa, prawdopodobnie jedyna, żeby znów się z nią zobaczyć. Coriolanus pobiegł do koszar, wyciągnął pudełko od Pluribusa, ze strunami i apaszką, i w pośpiechu wrócił na przyjęcie. Zauważył, że koledzy zajęli mu miejsce w jednym ze środkowych rzędów, ale ustawił się z tyłu widowni. Gdyby nadarzyła się okazja, nie chciał zwracać na siebie uwagi, kiedy będzie wychodził.

Światła w głównej części sali zgasły, oświetlona była tylko przestrzeń wokół mikrofonu. Tłum się uciszył, wszyscy wpatrywali się w wejście do szatni, zasłonięte kocem, z którego zespół korzystał na Ćwieku.

Maude Ivory wybiegła w żółtej jak żonkil rozkloszowanej sukience i wskoczyła na skrzynię ustawioną przed mikrofonem.

— Witajcie wszyscy! — zawołała. — Dziś jest wyjątkowy wieczór i dobrze wiecie dlaczego! Ktoś tu ma urodziny!

Strażnicy Pokoju nagrodzili ją entuzjastycznym aplauzem. Maude Ivory zaśpiewała przy wtórze publiczności starą, wiecznie żywą urodzinową piosenkę.

Zdrowia, szczęścia,
Pomyślności!
Wielu dobrych, pięknych chwil!
Nasz jubilacie!
Nasz dzielny chwacie!
Panie komendancie,
Sto lat!

To była tylko jedna zwrotka, ale odśpiewali ją trzykrotnie, podczas gdy muzycy jeden po drugim zajmowali swoje miejsca na scenie.

Coriolanus wstrzymał oddech na widok Lucy Gray w tęczowej sukience z areny. Większość ludzi pomyślała zapewne, że to na cześć jubilata, on jednak był pewien, że ubrała się tak dla niego. W ten sposób chciała się porozumieć, przerzucić most nad przepaścią, która powstała między nimi wskutek zbiegu okoliczności. Poczuł, jak zalewa go fala miłości. Lucy Gray przypomniała mu, że nie jest osamotniony w tej tragedii. Powrócili na arenę, walcząc o przetrwanie, tylko oni dwoje przeciwko całemu światu. Poczuł słodko-gorzki ból na myśl o tym, że będzie patrzyła na jego śmierć, ale i radość, że ona przeżyje. Teraz już tylko on mógł powiązać ją z morderstwami. Nie tknęła broni. Nieważne, co się z nim stanie, pokrzepiała go świadomość, że Lucy Gray będzie żyła za nich oboje.

Nie odrywał od niej wzroku przez pierwsze pół godziny, gdy zespół wykonywał większość stałego repertuaru. Potem muzycy zniknęli, została tylko Lucy Gray przy mikrofonie. Usiadła na wysokim stołku, a następnie — czy tylko mu się wydawało? — poklepała się po kieszeni sukienki, tak jak na arenie. To był sygnał, że myśli o nim. Że choć oddalili się od siebie w przestrzeni, w czasie pozostali razem. Przeszywały go dreszcze, kiedy z napięciem słuchał nieznanej piosenki:

Każdy się rodzi tak czysty jak łza —
I świeży jak poranek,
Łagodny jak baranek.
Ale wytrwać w tym to nie taka prosta sprawa —
To długa udręka,
To wieloletnia męka.

Przeraża mnie ten świat,
Pełen mrocznych ścieżek.
Oberwałam nie raz,
Mało komu już wierzę.
Potrzebuję cię, bo jesteś
Nieskalany jak śnieg.

A więc nie. Niczego sobie nie wyobraził, wzmianka o śniegu potwierdziła, że Lucy Gray napisała ten utwór specjalnie dla niego.

Każdemu z nas marzy się los bohatera,
Chce mieć świetną opinię
I nie siedzieć bezczynnie.
Żeby coś osiągnąć, należy coś zmienić,
Mleko w masło od kóz,
A lód w wodę, choć mróz.

Ten świat odwraca wzrok,
Kiedy dzieci umierają.
Nie daję już rady,
A ty nigdy nie ustajesz.
Więc kocham cię, bo jesteś
Nieskalany jak śnieg.

Oczy Coriolanusa napełniły się łzami. Jego powieszą, ale ona zostanie ze świadomością, że był naprawdę dobrym człowiekiem. Nie potworem, który oszukiwał i zdradził przyjaciela, ale kimś, kto starał się postępować szlachetnie w niesprzyjających okolicznościach. Kimś, kto zaryzykował wszystko, żeby ocalić ją podczas igrzysk. Kimś, kto ponownie zaryzykował wszystko, żeby ocalić ją przed Mayfair. Bohaterem jej życia.

Taki zimny i czysty,
Śnieg nade mną się kłębi.
Spowijasz mnie.
Przenikasz do głębi
I wypełniasz mi serce.

Wypełniał jej serce.

Wszystkim się wydaje, że na wskroś mnie przejrzeli,
Przylepiają mi łatki,
Mówią gadki szmatki.
Kiedy ty się zjawiłeś, wiedziałeś, że kłamią.

Dla ciebie się liczę,
Nie jestem niczym.

Widzę świat ten okrutny,
Brzmi w nim ludzki krzyk,
Pytasz, czy mam powody,
Mam dwadzieścia trzy.
Lecz ufam ci, bo jesteś
Nieskalany jak śnieg.

Jeśli miał jakiekolwiek wątpliwości, to je rozwiało. Dwadzieścia trzy powody. Liczba trybutów, których pokonała w igrzyskach. Tylko dzięki niemu.

Więc ufam ci, bo jesteś
Nieskalany jak śnieg.

Wzmianka o zaufaniu. Było ważniejsze od pragnienia, od miłości. To zaufanie ceniła najbardziej — a ufała właśnie jemu, Coriolanusowi Snowowi.

Gdy publiczność biła brawo, on stał nieruchomo, ściskając pudełko, zbyt wzruszony, żeby dołączyć do oklasków. Reszta Trupy wbiegła na scenę, podczas gdy Lucy Gray zniknęła za kocem. Maude Ivory postawiła swoją skrzynkę tam, gdzie poprzednio, i rozległa się dźwięczna melodia.

Życie bywa szarawe, niewesołe i nudne,
Ale ma też swoją całkiem dobrą stronę.

Coriolanus rozpoznał melodię. To była piosenka o słonecznej stronie życia, ta, którą Maude Ivory śpiewała, kiedy umierali Mayfair i Billy Taupe. Teraz mógł spróbować. Jak najdyskretniej wymknął się najbliższymi drzwiami. Wszyscy zostali w środku, więc obiegł salę gimnastyczną i z zewnątrz zapukał do drzwi szatni. Otworzyły się natychmiast, jakby Lucy Gray na niego czekała. Bez wahania rzuciła mu się w ramiona.

Przez chwilę tylko stali nieruchomo, przytuleni do siebie, ale ta bliskość była wręcz niezwykła.

— Tak mi przykro z powodu Sejanusa. Dobrze się czujesz? — spytała Lucy Gray bez tchu.

Nie miała pojęcia, jaką rolę odegrał w tej sprawie.

— Nie bardzo — odparł. — Ale jakoś się trzymam.

Odsunęła się, żeby popatrzeć mu w oczy.

— Co się stało? Jak się dowiedzieli, że pomagał uwolnić Lil?

— Nie wiem. Chyba ktoś go zdradził — powiedział Coriolanus.

— Spruce — oświadczyła bez wahania.

— Pewnie tak. — Dotknął jej policzka. — A co z tobą? Wszystko u ciebie w porządku?

— Czuję się okropnie. Okropnie było patrzeć, jak umierał. I w ogóle wszystko było okropne po tamtej nocy. Wiem, że zabiłeś Mayfair, żeby mnie chronić. Mnie i resztę Trupy. — Oparła czoło o jego tors. — Nigdy nie zdołam ci się za to odwdzięczyć.

Coriolanus pogłaskał ją po głowie.

— Odeszła na zawsze. Jesteś już bezpieczna.

— Niezupełnie. Niezupełnie. — Zdenerwowana, wyplątała się z jego uścisku i zaczęła krążyć po pomieszczeniu. — Burmistrz nie zostawi mnie w spokoju. Jest pewien, że to ja ją zabiłam. Ich oboje. Podjeżdża tym okropnym autem pod nasz dom i godzinami tam czeka. Strażnicy Pokoju przesłuchali nas wszystkich już trzy razy. Podobno nęka ich dniem i nocą, żeby mnie aresztowali. I jeśli oni mnie nie ukarzą, on to zrobi.

To brzmiało groźnie.

— Co ci poradzili?

— Żebym go unikała. Ale jak mam to zrobić, skoro on przez cały czas siedzi trzy metry od naszego domu? — krzyknęła. — Mayfair była dla niego wszystkim i myślę, że burmistrz nie spocznie, dopóki nie będę martwa. Teraz zaczyna grozić reszcie zespołu, a ja... ja ucieknę.

— Co? — spytał ze zdumieniem. — Dokąd?

— Chyba na północ. Tam, gdzie się wybierał Billy Taupe i cała reszta. Jeśli tu zostanę, burmistrz na pewno znajdzie sposób, żeby mnie zabić. Odłożyłam trochę zapasów. Poza dystryktem może uda mi się przeżyć. — Znowu rzuciła się w jego ramiona. — Cieszę się, że mogłam się z tobą pożegnać.

Naprawdę zamierzała uciec. Chciała zaryzykować i wyruszyć na odludzie. Wiedział, że tylko perspektywa nieuchronnej śmierci mogła ją skłonić do takiej decyzji. Po raz pierwszy sam dostrzegł sposobność uniknięcia stryczka.

— Nie żegnaj się ze mną — oświadczył. — Ucieknę z tobą.

— Nie możesz. Nie pozwolę ci. Ryzykowałbyś życie — powiedziała.

— Życie? — Roześmiał się gorzko. — Moje życie to zastanawianie się, kiedy w końcu znajdą broń i powiążą mnie z zabójstwem Mayfair. Teraz przeszukują Złożysko. To się może stać w każdej chwili. Uciekniemy razem.

Lucy Gray z niedowierzaniem zmarszczyła czoło.

— Mówisz poważnie? — spytała.

— Jutro — odparł. — Umkniemy katu.

— I burmistrzowi — dodała. — W końcu uwolnimy się od niego, od Dwunastego Dystryktu, od Kapitolu, od wszystkiego. Jutro o świcie.

— Jutro o świcie — powtórzył i wepchnął pudełko w jej ręce. — To od Pluribusa, poza apaszką, ona jest ode mnie. Lepiej już pójdę, zanim ktoś zauważy, że zniknąłem, i nabierze podejrzeń. — Przyciągnął ją do siebie i namiętnie pocałował. — Znowu będziemy tylko my dwoje.

— Tylko my dwoje. — Jej twarz rozpromieniła się z radości.

Coriolanus wypadł z szatni z wrażeniem, że urosły mu skrzydła.

Śpiewaj z nami codziennie, śpiewaj zawsze z nadzieją,
Nawet jeśli jasne niebo zniknie w chmurach.

Nie tylko miał żyć — miał żyć z nią, tak jak tamtego dnia nad jeziorem. Pomyślał o smaku świeżej ryby, o słodkim powietrzu. Będzie wolny, będzie robił, co zechce, jak to wymyśliła natura. Pomyślał o braku odpowiedzialności przed kimkolwiek. O prawdziwym odrzuceniu przytłaczających oczekiwań świata.

Miejmy ufność, miejmy wiarę w to, co nam przyniesie jutro.
Niech uwierzy w piękną przyszłość i wesołek, i ponurak.

Wrócił do sali gimnastycznej i wśliznął się na swoje miejsce akurat w samą porę, żeby przyłączyć się do ostatniego refrenu.

Z uśmiechem idź przez życie, z uśmiechem przez nie przejdź.
Z uśmiechem idź przez życie, bo uśmiech liczy się.
On pomaga nam na co dzień, uśmiech zawsze będzie w modzie.
Więc z uśmiechem idź przez życie, z uśmiechem przez nie przejdź.
O, tak, z uśmiechem idź przez życie, z uśmiechem przez nie przejdź!

Myśli wirowały mu w głowie. Lucy Gray powróciła do muzyków, żeby zaśpiewać z nimi jeden z tych harmonijnych utworów o niezrozumiałych słowach, a on się wyłączył, próbując skupić uwagę na tej zdumiewającej szansie, którą niespodziewanie dostał od życia. Razem z Lucy Gray miał uciec na odludzie. Szaleństwo. Ale właściwie dlaczego nie? To była jedyna lina ratunkowa w jego zasięgu, a on zamierzał się jej złapać i mocno trzymać. Jutro, w niedzielę, miał wolne, i postanowił zniknąć z samego rana. Zje śniadanie, pewnie swój ostatni cywilizowany posiłek, tuż po otwarciu kantyny o szóstej, a potem ruszy w drogę. Jego współlokatorzy będą odsypiali sobotnią whisky, a on się wymknie z bazy… Ogrodzenie! Miał nadzieję, że Spruce się nie mylił co do uszkodzenia za generatorem. A potem wyruszy do Lucy Gray i uciekną ile sił w nogach.

Zaraz, zaraz. Czy powinien iść do jej domu? Przecież będą tam wszyscy muzycy i być może burmistrz. Czy chodziło jej o spotkanie na Łące? Zastanawiał się nad tym, kiedy piosenka się skończyła, a Lucy Gray znowu usiadła na stołku z gitarą.

— Prawie zapomniałam. Obiecałam zaśpiewać to dla jednego z was — oznajmiła.

I ponownie, jakby od niechcenia, położyła dłoń na kieszeni, po czym zaczęła śpiewać piosenkę, którą układała, kiedy Coriolanus po raz pierwszy zjawił się na Łące.

Czy przyjdziesz pod to drzewo,
Niezwykłe pośród drzew,
Bo zawisł na nim człowiek, co zabił ludzi trzech.
Kto był tam, ten sam widział
Zrządzenia dziwnej mocy,
Czy zechcesz przy tym drzewie
mnie spotkać o północy?

Drzewo wisielców. Dawne miejsce spotkań Lucy Gray i Billy'ego Taupe'a. Tam chciała się z nim spotkać.

Czy przyjdziesz pod to drzewo,
Niezwykłe pośród drzew,
Gdzie „Biegnij, ukochana!", wisielca zabrzmiał śpiew?
Kto był tam, ten sam widział
Zrządzenia dziwnej mocy,
Czy zechcesz przy tym drzewie
mnie spotkać o północy?

Wolałby raczej nie umawiać się w miejscu jej randek z dawnym kochankiem, ale z pewnością było to bezpieczniejsze niż spotkanie w domu. Kogo mogliby tam zastać w niedzielny poranek? Billy Taupe nie stanowił już problemu. Lucy Gray ponownie głęboko odetchnęła. Najwyraźniej napisała coś jeszcze…

Czy przyjdziesz pod to drzewo,
Niezwykłe pośród drzew?
Tam gdzie się spotkaliśmy, wolności usłysz zew.
Kto był tam, ten sam widział
Zrządzenia dziwnej mocy,
Czy zechcesz przy tym drzewie
mnie spotkać o północy?

O kogo jej chodziło? Billy Taupe powiedział, żeby tam przyszła, to oboje będą wolni? Czy ona teraz mówiła jemu, że będą wolni?

Czy przyjdziesz pod to drzewo,
Niezwykłe pośród drzew,
Ze sznura włóż naszyjnik, a w żyłach zamrze krew.
Kto był tam, ten sam widział
Zrządzenia dziwnej mocy,
Czy zechcesz przy tym drzewie
mnie spotkać o północy?

Teraz rozumiał. Piosenka była napisana z perspektywy Billy'ego Taupe'a, i to on śpiewał do Lucy Gray. Widział śmierć Arlo, słyszał ptaki wykrzykujące jego ostatnie słowa, błagał Lucy Gray, żeby uciekła z nim, wybierając wolność, a kiedy go odrzuciła, wolał, żeby raczej z nim zawisła, niż żyła bez niego. Coriolanus miał nadzieję, że to już ostatnia piosenka, która dotyczy Billy'ego Taupe'a. No bo co jeszcze można było powiedzieć? Zresztą to bez znaczenia — może i piosenka miała związek z Billym Taupe'em, ale Lucy Gray śpiewała ją dla Coriolanusa. Snow zawsze na szczycie.

Zespół zaprezentował jeszcze kilka utworów, po czym Lucy Gray oznajmiła:

— Cóż, jak mawiał mój tata, musicie kłaść się razem z ptakami, jeśli chcecie powitać je o świcie. Dziękujemy wam za dzisiejsze zaproszenie. Może jeszcze raz zaśpiewamy dla pana komendanta?

Cała pijana sala gimnastyczna wybełkotała ponownie „Zdrowia, szczęścia, pomyślności".

Trupa ukłoniła się po raz ostatni i zeszła ze sceny. Coriolanus zaczekał z tyłu, żeby pomóc Bugowi zanieść Beanpole'a do kwatery. Zanim się zorientowali, nadeszła cisza nocna i musieli kłaść się do łóżek w ciemnościach. Współlokatorzy natychmiast padli, Coriolanus jednak leżał i powtarzał w myślach plan ucieczki. Nie był on zbyt skomplikowany — tylko on sam, ubranie na grzbiecie, parę pamiątek w kieszeni i mnóstwo szczęścia.

Wstał o świcie, włożył świeży mundur polowy i poupychał kilka sztuk czystej bielizny i skarpet po kieszeniach. Wybrał trzy rodzinne zdjęcia, wkład z pudrem matki oraz kompas ojca, i również je schował. Na koniec postarał się ułożyć poduszkę i koc tak, żeby przypominały jego sylwetkę, po czym nakrył je kołdrą. Jego współlokatorzy nadal chrapali, kiedy po raz ostatni rozglądał się wokół i zastanawiał, czy będzie za nimi tęsknił.

Dołączył do garstki rannych ptaszków na śniadaniu złożonym z puddingu chlebowego, co uznał za dobry znak przed wyruszeniem w drogę, jako że było to ulubione danie Lucy Gray. Żałował, że nie może wziąć trochę dla niej, ale jego kieszenie były wypchane aż po brzegi, a w kantynie nie mieli serwetek. Opróżnił kubek soku jabłkowego, otarł usta wierzchem dłoni, zaniósł tacę na zmywak i wyszedł przed budynek, zamierzając udać się okrężną drogą do generatora.

Gdy stanął w słońcu, podeszło do niego dwóch wartowników. Uzbrojonych wartowników, nie adiutantów.

— Szeregowy Snow — odezwał się jeden z nich. — Masz się stawić w gabinecie komendanta.

Coriolanus poczuł przypływ adrenaliny, krew zadudniła mu w skroniach. To się nie działo naprawdę. Nie mogli go aresztować, gdy był już na progu wolności. Nowego życia z Lucy Gray. Jego wzrok powędrował do generatora, niespełna sto metrów od kantyny. Nawet po ostatnich treningach nie dałby rady. Nigdy w życiu. *Potrzebuję tylko pięciu minut*, zwrócił się błagalnie do wszechświata. *Wystarczą choćby dwie*.

Wszechświat go zignorował.

Z wartownikami po obu stronach, z uniesioną głową ruszył w kierunku gabinetu dowódcy, gotów na spotkanie z przeznaczeniem. Gdy wszedł, komendant Hoff wstał od biurka, wyprostował się, po czym zasalutował.

— Szeregowy Snow — powiedział. — Pozwól, że pierwszy złożę ci gratulacje. Jutro wyjeżdżasz do szkoły oficerskiej.

30

Oszołomiony Coriolanus zamarł, a wartownicy zaczęli ze śmiechem klepać go po plecach.

— Ja... Ja...

— Jesteś najmłodszy ze wszystkich, którzy kiedykolwiek zdali ten test — oznajmił rozpromieniony komendant. — W innych okolicznościach szkolilibyśmy cię tutaj, ale ze swoimi wynikami zakwalifikowałeś się do elitarnego programu w Drugim Dystrykcie. Przykro nam, że nas opuścisz.

Tak bardzo chciałby pojechać do Drugiego Dystryktu, który znajdował się całkiem blisko jego domu w Kapitolu! Szkoła oficerska, elitarna uczelnia, gdzie mógłby się wyróżnić i odnaleźć sposób na powrót do wartościowego życia. Może nawet była to lepsza droga do władzy niż Uniwersytet. Gdzieś tam jednak zostało narzędzie zbrodni, broń z jego odciskami palców. DNA go pogrąży, tak jak to na chustce. Pękało mu serce, ale dalsze przebywanie w dystrykcie było zbyt niebezpieczne.

Musiał udawać przed komendantem, choć sprawiało mu to niemal fizyczny ból.

— O której wyjeżdżam? — spytał.

— Poduszkowiec odlatuje w tamtym kierunku jutro z samego rana, zabierze cię. Dzisiaj chyba masz wolne. Wykorzystaj ten czas, żeby się spakować i pożegnać. — Komendant uścisnął mu dłoń, już po raz drugi w ciągu czterdziestu ośmiu godzin. — Wiele się po tobie spodziewamy.

Coriolanus mu podziękował i wyszedł, po czym na chwilę przystanął, żeby się zastanowić, jaki ma wybór. To było bez sensu — nie miał żadnego. Nienawidził siebie, a jeszcze bardziej nienawidził Sejanusa Plintha. Ruszył w stronę budynku z generatorem, nawet nie przejmując się tym, że ktoś może go zobaczyć. Co za gorzkie rozczarowanie — nieodwracalnie zaprzepaścił drugą szansę na świetlaną przyszłość. Żeby się skupić, przywołał na myśl sznur, szubienicę i głoskułki powtarzające jego ostatnie słowa. Miał zdezerterować z wojska, więc musiał się ogarnąć.

Kiedy dotarł do generatora, zerknął za siebie. Baza nadal była pogrążona we śnie, więc niezauważony przez nikogo zakradł się na tyły budynku. Tam przyjrzał się ogrodzeniu, ale początkowo nie dostrzegł żadnego uszkodzenia. Zacisnął palce na siatce i potrząsnął nią z frustracją. A jednak, ogniwa odłączyły się od słupka, dzięki czemu powstał otwór, przez który Coriolanus z wysiłkiem przedostał się na zewnątrz. Gdy znalazł się po drugiej stronie, powróciła jego wrodzona czujność. Przeszedł wzdłuż ogrodzenia z tyłu bazy i zniknął w lesie, z którego w końcu dotarł do drogi, prowadzącej do drzewa wisielców. Następnie ruszył tą samą trasą, którą wcześniej pokonywał ciężarówką. Szedł energicznie, ale niezbyt prędko, aby nie zwracać na siebie uwagi. Inna rzecz, że i tak po drodze nie spotkał prawie nikogo. W upalny niedzielny poranek tuż po świcie większość górników i Strażników Pokoju jeszcze smacznie spała.

Po kilku kilometrach dotarł do ponurego pola i puścił się biegiem w kierunku drzewa wisielców, żeby jak najszybciej zniknąć w lesie. Nigdzie nie było śladu Lucy Gray, a kiedy przechodził pod gałęziami, zastanawiał się, czy przypadkiem czegoś nie pomylił i czy nie powinien pójść na Złożysko. Nagle w oddali mignęło coś pomarańczowego, więc ruszył tym śladem aż do polany. Stała tam Lucy Gray, wypakowując stertę tobołków z niewielkiego wózka. Przewiązała włosy jego apaszką, wykorzystując ją jako ozdobę.

Podbiegła i przytuliła Coriolanusa, a on odwzajemnił się tym samym, choć wydawało mu się, że jest za gorąco na uściski. Po chwili jednak pocałunek poprawił mu nastrój.

Dotknął apaszki na włosach Lucy Gray.

— To bardzo kolorowa ozdoba jak dla uciekinierki — zauważył.

— Nie chcę, żebyś mnie zgubił. — Uśmiechnęła się. — Nadal piszesz się na ucieczkę?

— Nie mam wyboru. — Uświadomił sobie, że nie zabrzmiało to zbyt entuzjastycznie, więc dodał: — Teraz tylko ty się dla mnie liczysz.

— A ty dla mnie. Jesteś całym moim życiem. Kiedy tu siedziałam, czekając, aż się zjawisz, uświadomiłam sobie, że bez ciebie zabrakłoby mi odwagi, żeby to zrobić — wyznała. — Nie chodzi tylko o to, że byłoby mi ciężko. Czułabym się zbyt samotna. Może wytrzymałabym kilka dni, ale potem musiałabym wrócić do domu, do Trupy.

— Rozumiem. Nawet nie brałem pod uwagę ucieczki, dopóki o tym nie wspomniałaś. To spore... wyzwanie. — Przejechał dłonią po tobołkach. — Przepraszam. Nie mogłem ryzykować i wziąć zbyt dużo.

— Tak przypuszczałam. Udało mi się to wszystko zebrać, i jeszcze spustoszyłam nasz składzik. Ale wszystko w porządku, zostawiłam Trupie resztę pieniędzy. Nic im nie będzie — dodała, jakby usiłując przekonać samą siebie.

Podniosła jedno z zawiniątek i zarzuciła je sobie na ramię. On również sięgnął po część rzeczy.

— Co zrobią? — spytał. — Co zespół pocznie bez ciebie?

— Dadzą sobie radę. Wszyscy potrafią śpiewać, a Maude Ivory za kilka lat i tak zastąpiłaby mnie jako wokalistka — odparła Lucy Gray. — Poza tym kłopoty to moja specjalność, więc chyba już za długo siedzę w Dwunastym Dystrykcie. Wczorajszego wieczoru komendant zabronił mi śpiewać *Drzewo wisielców*. Powiedział, że ta piosenka jest zbyt ponura. Raczej zbyt buntownicza. Obiecałam mu, że nigdy więcej nie usłyszy jej z moich ust.

— To dziwny utwór — zauważył Coriolanus.

— Maude Ivory go lubi — zaśmiała się Lucy Gray. — Mówi, że ma w sobie władczość.

— Jak mój głos — przypomniał sobie Coriolanus. — Kiedy śpiewałem hymn Kapitolu.

— No właśnie — powiedziała. — Gotowy?

Podzielili rzeczy między siebie i dopiero po chwili Coriolanus uświadomił sobie, czego brakuje.

— A twoja gitara? Nie zabierasz jej?

— Zostawiłam ją Maude Ivory. Sukienkę mojej mamy też. — Z trudem zachowywała pogodny ton. — Po co mi one? Tam Amber uważa, że na północy nadal są ludzie, ale ja w to wątpię. Moim zdaniem będziemy sami.

Przyszło mu do głowy, że nie on jeden porzuca swoje marzenia.

— Tam też będziemy mieli o czym marzyć — obiecał jej, choć w głębi duszy wcale nie był tego pewien. Wyjął kompas ojca, przyjrzał mu się i wskazał ręką. — Północ jest w tym kierunku.

— Pomyślałam, że najpierw pójdziemy w stronę jeziora. Jest prawie na północ od nas. Chyba chciałabym jeszcze raz je zobaczyć — dodała.

Plan był tak dobry jak każdy inny, więc się nie sprzeciwił. Wkrótce i tak mieli błąkać się po odludziu i nigdy tu nie wrócić. Dlaczego nie podarować jej odrobiny radości? Poprawił obluzowany koniec apaszki.

— A więc nad jezioro — oznajmił.

Lucy Gray popatrzyła za siebie, na miasto, chociaż stąd Coriolanus widział jedynie szubienicę.

— Do widzenia, Dwunasty Dystrykcie. Do widzenia, drzewo wisielców, Głodowe Igrzyska i burmistrzu Lipp. Pewnego dnia coś mnie zabije, ale to nie będziesz ty. — Odwróciła się i weszła głębiej między drzewa.

— Nie bardzo mamy za czym tęsknić — zauważył Coriolanus.

— Ja będę tęskniła za muzyką i moimi ślicznymi ptakami. — Głos Lucy Gray drżał. — Mam nadzieję, że kiedyś mnie odnajdą.

— Wiesz, za czym ja nie będę tęsknił? Za ludźmi — oznajmił Coriolanus. — No, może za garstką. Jak się nad tym zastanowić, większość jest okropna.

— Ludzie wcale nie są tacy źli — zauważyła. — To świat tak ich zmienia. Pomyśl o nas na arenie. Robiliśmy tam rzeczy, które nigdy w życiu nie przyszłyby nam do głowy, gdyby zostawili nas w spokoju.

— Czy ja wiem? Zabiłem Mayfair, i to wcale nie na arenie — powiedział.

— Zrobiłeś to, żeby mnie uratować. — Zamyśliła się. — Uważam, że każdy człowiek ma w sobie wrodzone dobro. Wie, kiedy przekracza granicę i staje się zły. To właśnie próba pozostania po właściwej stronie tej granicy stanowi prawdziwe życiowe wyzwanie.

— Czasem trzeba podejmować trudne decyzje. — Tak jak on przez całe lato.

— Wiem. Jasne, że wiem, przecież jestem zwyciężczynią — odparła ze smutkiem. — Ucieszyłabym się, gdybym w tym nowym życiu nie musiała nikogo zabijać.

— Też na to liczę. Trzy zabójstwa to aż za dużo nawet na całe życie. A już na pewno na jedno lato. — Nieopodal rozległ się krzyk dzikiego stworzenia, a Coriolanus przypomniał sobie, że nie ma broni. — Znajdę sobie kij do maszerowania. Ty też chcesz?

— Pewnie. — Przystanęła. — Przyda się nie tylko do podpierania.

Znaleźli dwie grube gałęzie. Lucy Gray je przytrzymała, gdy Coriolanus obrywał z nich mniejsze gałązki.

— Kto był trzeci?

— Co? — Dziwnie na niego popatrzyła. Dłoń Coriolanusa się osunęła, a kawałek kory wbił mu się pod paznokieć. — Au!

Zignorowała jego okrzyk.

— Trzeci człowiek, którego zabiłeś — wyjaśniła. — Powiedziałeś, że tego lata zabiłeś trzy osoby.

Coriolanus wbił zęby w drzazgę, żeby ją wyciągnąć, i przy okazji kupić sobie trochę czasu. No właśnie, kto był trzeci? Naturalnie, że Sejanus, ale przecież tego nie mógł jej powiedzieć.

— Pomożesz mi? — Wyciągnął rękę i poruszył obolałym palcem w nadziei, że odwróci jej uwagę.

— Pokaż. — Lucy Gray przyglądała się drzazdze. — Bobbin, Mayfair... Kto był trzeci?

Myślał gorączkowo, szukając wiarygodnej odpowiedzi. Może zdarzył się jakiś nagły wypadek? Ktoś z jego powodu zginął podczas ćwiczeń? Czyścił broń i przypadkiem wypaliła? Postanowił, że najlepiej będzie obrócić to w żart.

— To ja. Zabiłem dawnego siebie, żeby móc z tobą uciec.

Wyciągnęła drzazgę z jego palca.

— No i już — oznajmiła. — Mam nadzieję, że ten stary ty nie będzie nawiedzał nowego ciebie. I tak prześladuje nas sporo duchów.

Wyglądało na to, że problem został rozwiązany, ale rozmowa się urwała. Żadne z nich się nie odzywało aż do połowy drogi, kiedy przystanęli, żeby trochę odpocząć.

Lucy Gray zdjęła zakrętkę z plastikowego dzbanka i podała go Coriolanusowi.

— Zauważyli już twoje zniknięcie? — spytała.

— Raczej nie zauważą aż do obiadu. A twoje? — Wypił spory łyk wody.

— Kiedy wychodziłam, nie spał tylko Tam Amber. Powiedziałam mu, że wychodzę w sprawie kozy. Rozmawialiśmy o założeniu stada, żeby trochę sobie dorobić na sprzedaży mleka — wyjaśniła. — Pewnie zaczną mnie szukać nie wcześniej niż za kilka godzin. Może dopiero późnym wieczorem pomyślą o drzewie wisielców i znajdą wózek, a wtedy dodadzą dwa do dwóch.

Oddał jej dzbanek.

— Będą cię szukali?

— Może. Ale wtedy będziemy już daleko. — Też się napiła, po czym otarła usta wierzchem dłoni. — A ciebie będą tropić?

Wątpił, aby Strażnicy Pokoju szybko zaczęli się przejmować jego nieobecnością. Dlaczego miałby dezerterować, skoro czekała na niego elitarna szkoła oficerska? Nawet jeśli zauważą, że go nie ma, pewnie dojdą do wniosku, że wybrał się do miasta razem z innym żołnierzem. Chyba że znajdą broń, rzecz jasna. Nie chciał mówić Lucy Gray o szkole oficerskiej już teraz, kiedy rana była jeszcze świeża.

— Nie wiem — odparł. — Nawet kiedy się połapią, że uciekłem, nie będą wiedzieli, gdzie mnie szukać.

Zatopieni w myślach, zmierzali do jeziora. Wszystko to wydawało mu się nierzeczywiste, jakby wybrali się na zwykłą wycieczkę, taką jak ta dwa tygodnie temu. Miał wrażenie, że idą na piknik i że musi wrócić na smażoną kiełbasę i na ciszę nocną. A jednak wcale tak nie było. Po dotarciu nad jezioro zamierzali ruszyć dalej, na odludzie, by wieść życie polegające na zaspokajaniu najbardziej podstawowych potrzeb. Co będą jeść? Gdzie mieszkać? I co, do diabła, będą robili, kiedy już sprostają wyzwaniom i znajdą żywność oraz schronienie? Ona pozostanie bez muzyki, on bez szkoły, wojska i całej reszty. Założą rodzinę? Taka egzystencja wydawała się zbyt przygnębiająca, żeby skazywać na nią dziecko. Żadne dziecko na to nie zasługuje, a już na pewno nie jego własne. Jakie ambicje by mu pozostały, skoro nie mógłby już dążyć do bogactwa, sławy i władzy? Czy przetrwanie było celem samym w sobie i na nic więcej nie należało liczyć?

Zatopiony w myślach Coriolanus nawet nie zauważył, kiedy pokonali resztę drogi nad jezioro. Bagaże złożyli na brzegu, a Lucy Gray od razu zaczęła szukać kijów na wędki.

— Nie wiadomo, co nas czeka, więc lepiej najedzmy się tutaj — oznajmiła.

Pokazała mu, jak przywiązać do wędki grubą nić z haczykiem. Grzebanie w miękkim błocie w poszukiwaniu robaków budziło w nim obrzydzenie i zaczął się zastanawiać, czy to będzie odtąd jego codzienne zajęcie. Z pewnością, jeśli mocno zgłodnieją. Nadziali przynętę na haczyki, w milczeniu usiedli nad wodą i czekali, zasłuchani w szczebiot ptaków. Lucy Gray złowiła dwie ryby, Coriolanus ani jednej.

Nadciągnęły ciężkie, ciemne chmury, które dały mu odpocząć od prażącego słońca, lecz nasiliły jego przygnębienie. Tak teraz wyglądało jego życie. Musiał kopać w poszukiwaniu robaków, zdany na łaskę i niełaskę pogody w prymitywnych warunkach. Egzystował jak zwierzę. Wiedział, że przyszłoby mu to łatwiej, gdyby nie był tak wyjątkowy, gdyby nie był najlepszym i najbardziej błyskotliwym przedstawicielem ludzkości. Najmłodszym żołnierzem, który zdał egzamin dla kandydatów na oficerów. Ktoś bezużyteczny i głupi nie czułby takiej wewnętrznej pustki po utracie dobrodziejstw cywilizacji, po prostu w ogóle by się tym nie przejął. Duże, zimne krople deszczu spadły na jego mundur, znacząc go mokrymi plamami.

— W takich warunkach nic się nie da ugotować — westchnęła Lucy Gray. — Lepiej wejdźmy do środka. W domku jest kominek, rozpalimy ogień.

Z pewnością chodziło jej o jedyny dom nad jeziorem, który jeszcze miał dach. Coriolanus podejrzewał, że to będzie jego ostatni dach nad głową, dopóki nie wybuduje własnego. Właściwie jak się buduje dach? Takie pytanie nie padło w teście dla kandydatów na oficerów.

Lucy Gray szybko sprawiła ryby i owinęła je w liście, po czym oboje zebrali rzeczy i pobiegli do domku, bombardowani przez deszcz. Byłoby nawet przyjemnie, gdyby nie fakt, że tak teraz wyglądało prawdziwe życie Coriolanusa. Chciałby doświadczyć takiej kilkugodzinnej przygody z uroczą dziewczyną i perspektywą obiecującej przyszłości gdzie indziej.

Zablokowane drzwi się otworzyły, gdy Lucy Gray popchnęła je biodrem, i pośpiesznie schronili się w środku. Rzucili rzeczy na podłogę, a Coriolanus rozejrzał się po wnętrzu, które składało się z jednego pomieszczenia w całości wykonanego z betonu.

W domku nie było prądu, ale światło wpadało przez okna we wszystkich czterech ścianach oraz przez drzwi. Wzrok Coriolanusa powędrował do kominka pełnego starego popiołu i schludnie ułożoną stertę suchego drewna. Przynajmniej nie musieli wychodzić po opał.

Lucy Gray podeszła do kominka, położyła ryby na małym betonowym palenisku i zabrała się do układania warstw drewna i gałązek na starym metalowym ruszcie.

— Trzymamy tutaj drewno, żeby zawsze było suche — wyjaśniła.

Coriolanus zastanawiał się nad tym, czy mogliby zamieszkać w tym małym, ale solidnym domku, w głębi lasu, nad jeziorem pełnym ryb. Zapuszczanie korzeni tak blisko Dwunastego Dystryktu byłoby jednak niebezpieczne. Skoro Trupa znała to miejsce, inni z pewnością też o nim wiedzieli. A zatem musiał zrezygnować nawet z tej namiastki cywilizacji. Czyżby miał skończyć w jaskini? Przypomniał sobie piękny penthouse Snowów, z marmurowymi posadzkami i kryształowymi żyrandolami. Jego dom, prawdziwy dom. Wiatr wdmuchnął do środka krople deszczu i Coriolanus poczuł, jak lodowata woda spryskuje mu spodnie. Zatrzasnął za sobą drzwi i nagle zamarł na widok tego, co dotąd zasłaniały. Na podłodze leżał podłużny worek z wystającą lufą strzelby.

Nie wierzył własnym oczom. Wstrzymał oddech i trącił worek butem. W środku zobaczył nie tylko strzelbę, ale i karabin Strażników Pokoju. Przyjrzał się uważniej. Obok leżała także wyrzutnia granatów. Ponad wszelką wątpliwość miał przed sobą czarnorynkową broń, którą Sejanus kupił w szopie. Znalazł narzędzia zbrodni.

Lucy Gray rozpaliła ogień.

— Przyniosłam starą puszkę, bo przyszło mi do głowy, że moglibyśmy nosić ze sobą żar — powiedziała. — Kończą mi się zapałki, a trudno wykrzesać ogień krzemieniem.

— Mhm — mruknął Coriolanus. — Dobra myśl.

Skąd się tu wzięła ta broń? Właściwie to miało sens. Billy Taupe mógł przyprowadzić Spruce'a nad jezioro, a może Spruce po prostu znał drogę. Domek zapewne służył rebeliantom za kryjówkę w czasie wojny, a Spruce był sprytny i wiedział, że nie może się narażać, ukrywając dowód zbrodni w Dwunastym Dystrykcie.

— Hej, co tam znalazłeś? — Lucy Gray dołączyła do niego i przykucnęła, żeby odciągnąć tkaninę. — Och. To ta sama broń, którą mieli w szopie?

— Tak, na pewno — powiedział. — Powinniśmy zabrać to ze sobą?

Lucy Gray odsunęła się, wstała i przez chwilę wpatrywała się w arsenał.

— Raczej nie — odparła w końcu. — Mam wątpliwości co do tych karabinów. Ale to może się przydać. — Wyciągnęła długi nóż i obróciła go w dłoni. — Skoro już mamy ogień, pójdę nakopać strzałki. Znam dobre miejsce nad jeziorem.

— Myślałem, że jeszcze nie urosła — powiedział.

— Dwa tygodnie mogą sporo zmienić — zauważyła.

— Ciągle pada — zaprotestował. — Będziesz cała mokra.

— Nie jestem z cukru. — Zaśmiała się.

W gruncie rzeczy się ucieszył, że ma okazję przez chwilę pomyśleć. Kiedy wyszła, odwrócił worek i broń wysypała się na podłogę.

Ukląkł przy stercie, sięgnął po karabin Strażników Pokoju, z którego zabił Mayfair, i przytulił go do siebie. No proszę, narzędzie zbrodni. Nie trafiło do kapitolińskiego laboratorium kryminalistycznego, tylko w jego ręce, w samym środku odludzia, gdzie w żaden sposób mu nie zagrażało. Teraz wystarczyło, że zniszczy karabin, a uniknie stryczka. Będzie mógł wrócić prosto do bazy i wyjechać do Drugiego Dystryktu. Bez lęku odnajdzie drogę powrotną do ludzkości. Jego oczy zalśniły od łez ulgi i wybuchnął śmiechem, przepełniony czystą radością. Jak miał to zrobić? Spalić karabin w ognisku? Rozmontować go i rozrzucić części na cztery strony świata? Cisnąć do jeziora? Gdy pozbędzie się broni, zniknie ostatnie ogniwo łączące go z morderstwami. Absolutnie ostatnie.

Nie, zaraz. Zostanie jeszcze jedno. Lucy Gray.

Ech, mniejsza z nią, przecież nic nikomu nie powie. Naturalnie, raczej nie będzie zachwycona, gdy usłyszy, że nastąpiła zmiana planów, że postanowił wrócić do Strażników Pokoju i jutro o świcie wyjechać do Drugiego Dystryktu. Zasadniczo pozostawiał ją na pastwę losu. Mimo to nie wierzył, żeby kiedykolwiek go wydała. To nie było w jej stylu — poza tym musiałaby przyznać, że sama jest zamieszana w podwójną zbrodnię, a to prawdopodobnie oznaczałoby dla niej wyrok śmierci. Jak dowiodły Głodowe Igrzyska, Lucy Gray była obdarzona niezwykle silnym instynktem samozachowawczym. Poza tym w ostatniej piosence wyznała, że kocha Coriolanusa, a co więcej, ufa mu. Cóż, gdyby porzucił ją w lesie i skazał na samotny bój o przetrwanie, z pewnością doszłaby do wniosku, że nadużył jej zaufania. Musiał się zastanowić, jak poinformować Lucy Gray o swojej decyzji. Tylko co miał powiedzieć? „Ogromnie cię kocham, ale nie aż tak jak szkołę oficerską?". Łatwe to nie będzie.

A poza tym naprawdę kochał Lucy Gray! Szczerze! Rzecz w tym, że już po kilku godzinach na odludziu zrozumiał, jak bardzo nienawidzi takiego życia. Nie cierpiał skwaru, robaków, nieustannego jazgotu ptactwa...

Jakoś długo nie wracała z tą strzałką.

Wyjrzał przez okno. Deszcz osłabł i zmienił się w kapuśniaczek.

Nie chciała iść bez niego, sama jak palec. Ze słów piosenki wynikało, że potrzebuje Coriolanusa, kocha go i darzy zaufaniem. Czy zdołałaby mu wybaczyć, gdyby ją porzucił? Billy Taupe rozzłościł Lucy Gray i skończył martwy. Coriolanus wciąż słyszał jego głos...

Niedobrze mi się robi, kiedy widzę, jak pogrywasz z tymi dzieciakami. Biedna Lucy Gray. Biedne jagniątko.

...i widział, jak Lucy Gray zatapia zęby w jego dłoni. Przypomniał sobie, że na arenie zabijała z zimną krwią. Najpierw rozprawiła się ze słabowitą i drobniutką Wovey. Zabiła ją z prawdziwym wyrachowaniem. Potem starannie przemyślała, jak ma się pozbyć Treecha. Sprowokowała go do ataku i wtedy wyciągnęła węża z kieszeni. I jeszcze twierdziła, że zabijając Reapera, postąpiła miłosiernie, bo miał wściekliznę, ale kto ją tam wie?

Nie, Lucy Gray nie była jagniątkiem. Nie była też z cukru. Była zwyciężczynią.

Sprawdził, czy karabin jest naładowany, i szeroko otworzył drzwi. Nigdzie nie dostrzegł Lucy Gray. Ruszył w kierunku jeziora, usiłując sobie przypomnieć, skąd Clerk Carmine przyniósł strzałkę wodną. To jednak okazało się bez znaczenia. Bagnisty teren nad wodą świecił pustkami, a na brzegu nie widać było żadnych śladów kopania.

— Lucy Gray? — zawołał, lecz zareagował tylko samotny kosogłos na gałęzi nieopodal. Bezskutecznie usiłował naśladować jego głos, ale słowa nie były szczególnie melodyjne. — Daj sobie spokój — mruknął do ptaka Coriolanus. — Nie jesteś głoskułką.

Bez wątpienia ukrywała się przed nim, ale dlaczego? Nasuwała się jedna odpowiedź. Lucy Gray wiedziała. Domyśliła się prawdy. Wpadła na to, że niszcząc broń, Coriolanus usunie wszystkie dowody na swój udział w morderstwach. Zrozumiała, że teraz nie chciał już uciekać, a ona była ostatnim świadkiem, który mógłby powiązać go ze zbrodnią. Ale przecież zawsze się wspierali, więc czemu miałaby nagle uznać, że chciał ją skrzywdzić? Przecież jeszcze wczoraj był nieskalany jak śnieg.

Sejanus. Z pewnością domyśliła się, że Sejanus jest trzecią osobą, którą zabił. Nie musiała nic wiedzieć o numerze z głoskułkami — wystarczyło, że był powiernikiem Sejanusa, który dołączył do rebeliantów, no a Coriolanus okazał się obrońcą Kapitolu. Czy jednak naprawdę sądziła, że mógłby ją zabić? Opuścił wzrok na nabitą broń w dłoniach. Może trzeba było zostawić karabin w domku. Wyszedł uzbrojony na poszukiwanie Lucy Gray. Niedobrze to wyglądało, zupełnie jakby na nią polował.

Tak naprawdę jednak wcale nie chciał jej zabić. Po prostu musiał z nią porozmawiać, zaapelować do jej rozsądku.

Odłóż broń, nakazał sobie, ale jego ręce odmówiły posłuszeństwa. *Ona ma tylko nóż*. Duży nóż. Zdobył się jedynie na to, aby przesunąć karabin na plecy.

— Lucy Gray! Nic ci nie jest? Nie strasz mnie! Gdzie jesteś?

Wystarczyło, żeby powiedziała: „Rozumiem, dalej pójdę sama, tak jak to planowałam od początku". Ale tego ranka wyjawiła, że chyba nie mogłaby iść w pojedynkę i po kilku dniach wróciłaby do Trupy. Nie uwierzyłby jej i dobrze o tym wiedziała.

— Lucy Gray, proszę cię, chcę tylko porozmawiać! — krzyknął.

Co planowała? Postanowiła ukrywać się, aż on się zmęczy i wróci do bazy? Czy potem chciała cichaczem iść z powrotem do domu? To go nie urządzało. Nawet jeśli pozbędzie się karabinu, Lucy Gray nadal mu zagrażała. A gdyby teraz powróciła do Dwunastego Dystryktu, a burmistrz doprowadził do jej aresztowania? A gdyby trafiła na przesłuchanie, a nawet na tortury? Wszystko wyszłoby na jaw. Ona nikogo nie zabiła, on to zrobił. Jego słowo przeciwko jej słowu. Nawet jeśli jej nie uwierzą, jego reputacja legnie w gruzach. Ludzie dowiedzą się o ich romansie i o tym, jak oszukiwał podczas Głodowych Igrzysk. Dziekan Highbottom wystąpiłby w roli świadka moralności. Ryzyko było zbyt duże.

Nadal nigdzie jej nie widział. Nie miał wyjścia, musiał zapolować na nią w lesie. Powietrze po deszczu zrobiło się wilgotne, a gleba rozmiękła. Coriolanus wrócił do domku i odszukał na ziemi ledwie widoczne odciski butów Lucy Gray. Podążył jej tropem aż do zarośli, za którymi zaczynał się gęsty las, i cicho ruszył między ociekające wodą drzewa.

Słyszał tylko świergot ptaków, a do tego niewiele widział ze względu na zachmurzone niebo. Podszycie skrywało ślady stóp, ale Coriolanus czuł, że idzie we właściwym kierunku. Adrenalina wyostrzyła jego zmysły, dzięki czemu tu i tam dostrzegał ułamaną gałązkę, a gdzie indziej naruszony mech. Dręczyło go lekkie poczucie winy. Wiedział, że przez niego przerażona Lucy Gray pewnie siedzi w krzakach i dygocze, usiłując powstrzymać szloch. Przecież perspektywa życia bez niego musiała rozdzierać jej serce.

Uśmiechnął się na widok pomarańczowej plamy. „Nie chcę, żebyś mnie zgubił", powiedziała. I jej nie zgubił. Przecisnął się przez gałęzie i trafił na polankę w cieniu koron drzew. Pomarańczowa apaszka wisiała na krzewach dzikich róż. Lucy Gray zapewne zahaczyła nią o kolce i zgubiła apaszkę podczas ucieczki. No cóż, to potwierdzało, że był na właściwym tropie. Ruszył po apaszkę, gdyż doszedł do wniosku, że chyba jednak ją zatrzyma, lecz nagle zamarł, słysząc cichy szelest liści. Zbyt późno dostrzegł węża, który wystrzelił jak sprężyna i zatopił zęby w jego wyciągniętym przedramieniu.

— Au! — wrzasnął z bólu Coriolanus.

Wąż natychmiast zwolnił uścisk i zniknął w krzakach, zanim Coriolanus zdążył mu się lepiej przyjrzeć. Z narastającą paniką i coraz większym niedowierzaniem patrzył na czerwony, łukowaty ślad po ugryzieniu. Lucy Gray usiłowała go zabić! Zbieg okoliczności nie wchodził w grę. Rozwieszona apaszka. Przyczajony wąż. Maude Ivory powiedziała, że Lucy Gray zawsze wie, gdzie ich szukać. To była pułapka, a on dał się złapać! Biedne jagniątko, rzeczywiście! Zaczynał współczuć Billy'emu Taupe'owi.

Coriolanus nic nie wiedział o wężach, z wyjątkiem tych tęczowych, które podrzucono na arenie. Stojąc nieruchomo, z bijącym jak oszalałe sercem myślał o tym, że zaraz umrze, ale choć rana bolała, nadal żył. Nie miał pojęcia, jak długo jeszcze pociągnie, ale poprzysiągł sobie na honor Snowów, że Lucy Gray za to zapłaci. Czy powinien przewiązać ramię opaską uciskową? Wyssać jad? Jeszcze nie mieli szkolenia z surwiwalu. Obawiał się, że jego zabiegi tylko przyśpieszą przedostanie się trucizny do organizmu, więc nerwowo opuścił rękaw, ściągnął karabin z ramienia i ruszył na poszukiwanie Lucy Gray. Gdyby czuł się lepiej, pewnie by się roześmiał na myśl o tym, jak szybko ich związek przerodził się w prywatne Głodowe Igrzyska. Co za ironia losu.

Teraz trudno mu było tropić Lucy Gray, i uświadomił sobie, że specjalnie zostawiła wcześniejsze wskazówki, aby nakierować go prosto na węża. Na pewno była w pobliżu, przecież chciałaby wiedzieć, czy zginął, czy też powinna zaplanować kolejny atak. Może liczyła na to, że straci przytomność, żeby mogła poderżnąć mu gardło tym długim nożem. Starał się oddychać jak najciszej, kiedy zapuszczał się coraz głębiej w las. Ostrożnie rozchylał gałęzie lufą karabinu, lecz nigdzie nie dostrzegł żadnego śladu Lucy Gray.

Myśl, przykazał sobie. *Dokąd mogła pójść?* Odpowiedź podziałała na niego jak kubeł zimnej wody. Lucy Gray z pewnością nie zamierzała z nim walczyć uzbrojona tylko w nóż, skoro on miał broń palną. Czy wróciła nad jezioro, żeby zabrać strzelbę? Może ominęła go szerokim łukiem i właśnie teraz szła do domku. Nadstawił uszu. Tak! Chyba coś się poruszyło z prawej strony, coś przemieszczało się w kierunku wody. Rzucił się biegiem do miejsca, z którego dobiegł szelest, ale raptownie przystanął. Co oczywiste, usłyszała go i teraz mknęła przez podszycie, bo uświadomiła sobie, że ją przejrzał. Było jej wszystko jedno, czy ją słyszał, czy nie. Ocenił, że Lucy Gray jest jakieś dziesięć metrów od niego. Przyłożył karabin do ramienia i nacisnął spust, wypuszczając w jej stronę długą serię kul. Stado ptaków zaskrzeczało i wzbiło się w powietrze, a niedaleko zabrzmiał cichy krzyk. *Mam cię*, pomyślał. Gdy przedzierał się przez gałęzie, nie zwracał uwagi na kolce, które wbijały mu się w ubranie i drapały go po twarzy. W końcu przystanął, ale tam, gdzie spodziewał się znaleźć Lucy Gray, nie było nawet śladu jej obecności. Uznał, że to bez znaczenia. Zamierzał zaczekać i ją dopaść, kiedy znowu się poruszy.

— Lucy Gray — przemówił normalnym tonem. — Lucy Gray. Nie jest za późno, jeszcze możemy się dogadać.

Rzecz jasna, nie było na to szans, ale nie miał wobec niej żadnego długu wdzięczności. Nie musiał się silić na szczerość.

— Lucy Gray — ciągnął. — Nie porozmawiasz ze mną?

Zdumiał się, gdy nagle usłyszał jej uroczy głos.

Czy przyjdziesz pod to drzewo,
Niezwykłe pośród drzew,
Ze sznura włóż naszyjnik, a w żyłach zamrze krew.
Kto był tam, ten sam widział
Zrządzenia dziwnej mocy,
Czy zechcesz przy tym drzewie
mnie spotkać o północy?

Tak, rozumiem, pomyślał. *Wiesz o Sejanusie. Naszyjnik ze sznura i w ogóle.*

Zrobił krok w jej kierunku, a wtedy jakiś kosogłos podchwycił piosenkę. Po chwili do pierwszego dołączył drugi, potem trzeci. Cały las ożył, kiedy chór dziesiątków ptaków powtarzał tę samą melodię. Coriolanus zanurkował między drzewa i otworzył ogień w stronę miejsca, z którego dobiegł głos Lucy Gray. Czy ją trafił? Nie wiedział. Stracił orientację, ogłuszony ptasim śpiewem. Przed oczami pojawiły mu się czarne plamki, rękę przeszył pulsujący ból.

— Lucy Gray! — zawołał z frustracją.

Chytra, pokrętna, śmiertelnie niebezpieczna dziewczyna. Wiedziała, że kosogłosy ją zamaskują. Uniósł karabin i ostrzelał drzewa, celując w ptaki. Wiele wzbiło się w powietrze, ale piosenka rozniosła się po lesie.

— Lucy Gray! Lucy Gray! — krzyczał.

Z wściekłością kierował się raz w jedną stronę, raz w drugą, aż w końcu zatoczył pełne koło. Obracał się i strzelał tak długo, aż zabrakło mu amunicji. Wtedy opadł na ziemię, oszołomiony i bliski wymiotów, a las eksplodował. Wszystkie ptaki wszystkich gatunków darły się ile sił w płucach, a kosogłosy nieprzerwanie powtarzały swoją interpretację *Drzewa wisielców*. Przyroda oszalała. Geny zwyrodniały. Zapanował chaos.

Musiał się stąd wydostać. Czuł, że ręka mu puchnie i pomyślał, że pora wrócić do bazy. Podźwignął się z wysiłkiem, po czym ciężkim krokiem powędrował nad jezioro. W domku wszystko było tak jak wtedy, gdy wychodził. Przynajmniej uniemożliwił jej powrót. Nasunął skarpety na dłonie i wytarł narzędzie zbrodni, a następnie wepchnął cały arsenał do worka, zarzucił go na ramię i pobiegł nad wodę. Broń wydawała się tak ciężka, że nie zaprzątał sobie głowy obciążaniem worka kamieniami. Wskoczył do jeziora i pociągnął go za sobą na głębinę. Tam zanurzył worek i patrzył, jak spiralnym ruchem opada na pogrążone w mroku dno.

Czuł niepokojące mrowienie w ręce. Nieporadnie dopłynął pieskiem z powrotem na brzeg i chwiejnie przeszedł do domku. Zastanawiał się, co zrobić z zapasami. Czy też powinien je zatopić? Nie było potrzeby. Albo Lucy Gray nie żyła i członkowie Trupy je znajdą, albo żyła i należało mieć nadzieję, że wykorzysta je podczas ucieczki. Wrzucił ryby do ognia, żeby się spaliły, i wyszedł, starannie zamykając za sobą drzwi.

Deszcz znowu zaczął padać i wkrótce lało jak z cebra, więc zakładał, że woda spłucze wszelkie ślady jego obecności. Pozbył się broni. Zapasy należały do Lucy Gray. Pozostały tylko jego odciski butów, ale znikały w mgnieniu oka. Miał wrażenie, że chmury zasnuły mu umysł, z trudem zbierał myśli. *Wróć do bazy. Musisz wrócić do bazy.* Tylko gdzie ona była? Wyjął z kieszeni kompas po ojcu, zdumiony, że urządzenie wciąż działa po zanurzeniu w jeziorze. Crassus Snow nadal był gdzieś w pobliżu, nadal chronił syna.

W drodze na południe Coriolanus kurczowo ściskał kompas, swoją ostatnią deskę ratunku podczas burzy. Potykając się, przemierzał las, wystraszony i samotny, ale i świadomy bliskości ojca. Crassus pragnął, aby scheda po nim przetrwała, mimo że nie miał najlepszego zdania o synu, a Coriolanus liczył na to, że zdołał się dzisiaj choć trochę zrehabilitować. Gdyby jad okazał się śmiertelny, wszystko straciłoby znaczenie. Coriolanus przestał wymiotować i dotarło do niego, że powinien był wziąć dzbanek z wodą. Na nim również pozostało jego DNA, ale co z tego? Dzbanek nie był narzędziem zbrodni, nie mógł go obciążyć. Jeśli członkowie zespołu znajdą zwłoki Lucy Gray i tak nie złożą doniesienia. Nie chcieli zwracać na siebie uwagi, bo powiązano by ich z rebeliantami albo odkryto kryjówkę.

O ile Lucy Gray zginęła. Wcale nie miał pewności, czy ją trafił.

Coriolanus zdołał wrócić — co prawda nie wyszedł na drzewo wisielców, ale trafił do Dwunastego Dystryktu. Opuścił las blisko zbiorowiska rozpadających się górniczych domów i jakoś dotarł do drogi. Ziemia drżała od grzmotów, a błyskawice przecinały niebo, gdy stanął na miejskim placu. Niedługo potem, nie napotkawszy nikogo, przeszedł przez ogrodzenie i ruszył prosto do kliniki. Tam wyjaśnił, że w drodze do sali gimnastycznej przykucnął, żeby zawiązać but, a wtedy nagle pojawił się wąż i ugryzł go w rękę.

— Wypełzają, kiedy pada. — Lekarka pokiwała głową.

— Naprawdę? — Coriolanus sądził, że poda w wątpliwość jego słowa, a przynajmniej potraktuje je sceptycznie.

— Przyjrzałeś mu się? — spytała bez cienia podejrzeń.

— Niezupełnie. Padało, a on szybko się poruszał — odparł Coriolanus. — Czy ja umrę?

— Gdzie tam — zachichotała. — Wąż nawet nie był jadowity. Widzisz ślady? Nie miał zębów jadowych. Ale przez kilka dni będzie bolało.

— Na pewno? — Coriolanus chciał się upewnić. — Wymiotowałem, nie mogłem zebrać myśli...

— Tak to bywa podczas ataku paniki. — Przemyła ranę. — Pewnie zostanie blizna.

I dobrze, pomyślał Coriolanus. *Przynajmniej nie zapomnę o ostrożności.*

Dostał kilka zastrzyków i fiolkę pigułek.

— Przyjdź jutro na kontrolę.

— Jutro przenoszą mnie do Drugiego Dystryktu — odparł Coriolanus.

— W takim razie odwiedź tamtejszą klinikę — poradziła mu lekarka. — Powodzenia, żołnierzu.

Wrócił do sali, gdzie przekonał się ze zdumieniem, że jest dopiero wczesne popołudnie. Senni od alkoholu i deszczu współlokatorzy Coriolanusa jeszcze nie zwlekli się z prycz. Poszedł do łazienki i opróżnił kieszenie. Woda z jeziora zmieniła różany puder po matce w paskudną breję, więc wyrzucił go do śmieci. Zdjęcia się pozlepiały, a potem podarły, kiedy usiłował je rozdzielić, wobec czego podzieliły los pudru. Tylko kompas przetrwał wyprawę. Coriolanus ściągnął z siebie ubranie i zmył pozostałości po kąpieli w głębi lasu. Gdy znów się ubrał, wziął swój worek żołnierski i zabrał się do pakowania rzeczy. Kompas włożył do pudełka z przedmiotami osobistymi i ukrył głęboko w worku. Po chwili namysłu otworzył szafkę Sejanusa i zabrał także jego pudełko. Postanowił, że gdy dotrze do Drugiego Dystryktu, prześle je Plinthom wraz z listem kondolencyjnym. Musiał zachować się tak, jak na najlepszego przyjaciela Sejanusa przystało. Kto wie, może nadal będzie dostawał paczki z ciastkami.

Następnego ranka, po łzawym pożegnaniu ze współlokatorami, wszedł na pokład poduszkowca do Drugiego Dystryktu i od razu uświadomił sobie, że wszystko zmieniło się na lepsze. Obity pluszem fotel, steward, wybór drinków. W żadnym razie nie dałoby się tego nazwać luksusem, ale nie było porównania do pociągu dla rekrutów. Usatysfakcjonowany komfortem, oparł skroń o szybę, żeby się zdrzemnąć. Przez całą noc wsłuchiwał się w dudnienie deszczu o dach i rozmyślał nad tym, gdzie się podziewa Lucy Gray. Leżała martwa na deszczu? Kuliła się przy ogniu w domku nad jeziorem? Jeśli przeżyła, z pewnością nie brała już pod uwagę powrotu do Dwunastego Dystryktu. Coriolanus zasnął przy wtórze brzęczącej mu w głowie melodii *Drzewa wisielców* i obudził się kilka godzin później, w chwili lądowania.

— Witamy w Kapitolu — powiedział steward.

Coriolanus szeroko otworzył oczy.

— Co takiego? Nie. Przespałem swój przystanek? Mam się stawić w Drugim Dystrykcie.

— Ten poduszkowiec leci do Dwójki, ale mamy rozkaz zostawić pana tutaj. — Steward spojrzał na kartkę. — Proszę, żeby pan opuścił pokład. Musimy ruszać.

Coriolanus znalazł się na lądowisku małego, nieznanego sobie lotniska. Po chwili podjechała ciężarówka Strażników

Pokoju, którzy kazali mu zająć miejsce w budzie. Jechał, podskakując na nierównościach, bez możliwości porozmawiania z kierowcą, i czuł narastający strach. Doszło do pomyłki — tylko czy na pewno? A jeśli zdołali powiązać go z morderstwami? Może Lucy Gray wróciła i miał zostać przesłuchany na podstawie jej oskarżeń? Czy zamierzali przeszukać jezioro, aby wydobyć broń? Serce mu mocniej zabiło, kiedy skręcili w Scholars Road i minęli Akademię, cichą i opustoszałą w letnie popołudnie. Zobaczył park, w którym czasami spędzali czas po szkole, i cukiernię z przepysznymi babeczkami. Przynajmniej pozwolono mu jeszcze raz rzucić okiem na rodzinne miasto. Przestał się rozklejać dopiero kiedy ciężarówka ostro skręciła i uświadomił sobie, że zmierzają podjazdem do Cytadeli.

Wartownicy w budynku od razu skierowali go do windy.

— Pani doktor czeka na pana w laboratorium — oznajmił jeden z nich.

Uczepił się wątłej nadziei, że „pani doktor" to doktor Kay, a nie doktor Gaul, lecz gdy tylko wyszedł z windy, odwieczna prześladowczyni skinęła na niego ręką z drugiego końca laboratorium. Dlaczego go tu ściągnęła? Czy miał skończyć w jednej z jej klatek? Kiedy się do niej zbliżał, wrzuciła żywego mysiego noworodka do terrarium ze złocistymi wężami.

— A zatem zwycięzca powrócił. Potrzymaj. — Wepchnęła mu w dłonie metalową miskę pełną wijących się różowych gryzoni.

Coriolanus stłumił odruch wymiotny.

— Dzień dobry — powiedział.

— Dostałam twój list — oznajmiła. — I twoją głoskułkę. Fatalnie się złożyło z młodym Plinthem. A może wcale nie. W każdym razie z przyjemnością dowiedziałam się, że kontynuujesz naukę w Dwunastce. Poszerzasz horyzonty.

Miał wrażenie, że wrócił, aby znowu prowadzić swoje dawne edukacyjne pogadanki z doktor Gaul, zupełnie jakby nic się nie wydarzyło.

— Tak, przejrzałem na oczy — przyznał. — To była okazja, żeby zastanowić się nad wszystkim, o czym rozmawialiśmy. Katastrofa, kontrakt, kontrola. Trzy K.

— Myślałeś o Głodowych Igrzyskach? — spytała. — Kiedy się spotkaliśmy, Casca wypytywał cię o ich cel, a ty udzieliłeś sztampowej odpowiedzi. Są po to, żeby ukarać dystrykty. Czy teraz powiedziałbyś co innego?

Coriolanus przypomniał sobie rozmowę z Sejanusem, kiedy rozpakowywali jego worek.

— Rozwinąłbym temat. Igrzyska nie służą wyłącznie ukaraniu dystryktów, są elementem nieustającej wojny. Każde kolejne to osobna bitwa pod ścisłym nadzorem. Dzięki temu unikamy prawdziwej wojny, która mogłaby się wymknąć spod kontroli.

— Hm. — Odsunęła myszkę od rozdziawionej paszczy węża. — Nie bądź łakomczuchem.

— Ponadto przypominają, co robiliśmy sobie nawzajem i do czego potrafimy się posunąć, bo jesteśmy tym, kim jesteśmy — ciągnął.

— Czyli kim dokładnie? — spytała. — Ustaliłeś to już?

— Jesteśmy stworzeniami, które potrzebują Kapitolu do przeżycia. — Poczuł, że musi zrobić przytyk pod jej adresem. — Ale wszystko to jest bezcelowe, Głodowe Igrzyska nie mają sensu. W Dwunastce nikt ich nie ogląda, ludzie przychodzą tylko na dożynki. Nawet w bazie nie mamy działającego telewizora.

— O ile w przyszłości to może stanowić problem, w tym roku to błogosławieństwo, gdyż musiałam skasować cały ten bałagan — oświadczyła doktor Gaul. — Zaangażowanie uczniów okazało się błędem, zwłaszcza kiedy zaczęli padać jak muchy. Kapitol wydawał się przez to stanowczo zbyt słaby.

— Skasowała pani nagrania? — zdziwił się.

— Wszystkie, żeby już nikt nigdy ich nie wyemitował. — Uśmiechnęła się szeroko. — Trzymam jedno w skarbcu, rzecz jasna, ale wyłącznie dla własnej rozrywki.

Ucieszył się, że nagrania przepadły, bo był to jeszcze jeden sposób na wyeliminowanie Lucy Gray ze świata. Kapitol wymaże ją z pamięci, dystrykty niemal jej nie kojarzyły, a Dwunastka nigdy nie uznała jej za swoją. Za kilka lat pozostanie tylko mgliste wspomnienie o dziewczynie, która kiedyś śpiewała na arenie. Potem i ono odejdzie w niepamięć. Żegnaj, Lucy Gray, ledwie cię znaliśmy.

— Nie wszystko jednak było bez sensu. Wygląda na to, że w przyszłym roku znowu zatrudnimy Flickermana. I warto zachować twój pomysł z zakładami — dodała.

— Trzeba będzie wprowadzić obowiązek oglądania igrzysk. W Dwunastce nikt nie zechce dobrowolnie patrzeć na tak przygnębiające widowisko — podkreślił Coriolanus. — Tamtejsi mieszkańcy są przepracowani, a kiedy już mają wolne, najchętniej się upijają, żeby o wszystkim zapomnieć.

Doktor Gaul zaśmiała się cicho.

— Wygląda na to, że sporo się nauczyłeś podczas wakacji — powiedziała.

— Wakacji? — powtórzył zdumiony.

— No tak. Co mógłbyś robić tutaj? Snuć się po Kapitolu i trefić loczki? Uznałam, że lato wśród Strażników Pokoju będzie znacznie bardziej kształcące. — Przyglądała się jego oszołomionej twarzy. — Miałabym zainwestować w ciebie tyle czasu, żeby potem oddać cię tym imbecylom z dystryktów?

— Nie rozumiem — zaczął. — Powiedziano mi…

— Rozkazałam, żeby udzielono ci honorowego zwolnienia ze skutkiem natychmiastowym. Rozpoczniesz studia uniwersyteckie pod moim kierunkiem.

— Uniwersyteckie? Tu, w Kapitolu? — upewnił się zaskoczony Coriolanus.

Wrzuciła ostatnią myszkę do terrarium.

— Zajęcia rozpoczynają się w czwartek.

EPILOG

W piękny październikowy dzień w połowie jesiennego semestru Snow schodził po marmurowych stopniach Uniwersyteckiego Centrum Nauki, skromnie ignorując kierujące się w jego stronę spojrzenia. Wyglądał wspaniale w nowym garniturze i z odrośniętymi lokami, a służba wojskowa przydała mu klasy, która doprowadzała jego rywali do szewskiej pasji.

Właśnie skończył zajęcia specjalne ze strategii militarnej pod kierunkiem doktor Gaul, poranek zaś spędził w Cytadeli, gdzie stawił się na staż przygotowujący do funkcji organizatora igrzysk. Właściwie trudno było nazwać Snowa stażystą — reszta traktowała go jak pełnoprawnego członka zespołu. Już pracowali nad strategią większego zaangażowania dystryktów i Kapitolu podczas przyszłorocznych Głodowych Igrzysk. To właśnie Snow zauważył, że poza życiem dwojga trybutów, może nawet nieznanych reszcie mieszkańców, nie mieli oni nic do stracenia ani do zyskania w igrzyskach. Wygrana trybuta powinna oznaczać wygraną całego dystryktu. Wpadli na pomysł, żeby każdy mieszkaniec dostał paczkę z jedzeniem, jeśli trybut z jego dystryktu zwycięży. Chcąc zachęcić lepszych jakościowo trybutów do dobrowolnego udziału, Snow zasugerował, że zwycięzca otrzyma dom w specjalnie wydzielonej części miasta, nazwanej wstępnie Wioską Zwycięzców, czego będą mu zazdrościć mieszkańcy slumsów. To plus symboliczna nagroda finansowa powinno sprawić, że uczestników nie zabraknie.

Jego palce przejechały po miękkiej jak aksamit skórzanej torbie na ramię, którą dostał od Plinthów z okazji powrotu do nauki. Nadal nie miał pewności, jak się do nich zwracać. „Mamuś" nie sprawiało mu problemów, ale nie wypadało mówić do Strabo Plintha „ojcze", więc często używał zwrotu „proszę pana". Oczywiście go nie adoptowali, jako osiemnastolatek był na to za stary. Bardziej mu pasowało, że wyznaczyli go na swojego spadkobiercę. Nigdy nie zrezygnowałby z nazwiska Snow, nawet za cenę imperium zbrojeniowego.

Wszystko potoczyło się bardzo naturalnie. Jego powrót do domu, ich rozpacz, zbliżenie się rodzin. Śmierć Sejanusa kompletnie rozbiła Plinthów. Strabo wyjaśnił to w prostych słowach:

— Moja żona musi mieć powód do życia. Ja właściwie też. Pan stracił rodziców, my syna. Przyszło mi do głowy, że może coś wspólnie wymyślimy.

Stary Plinth kupił apartament Snowów, żeby nie musieli się wyprowadzać, a także mieszkanie Dolittle'ów piętro niżej, dla siebie i Mamuś. Mówiło się o remoncie, wybudowaniu spiralnych schodów i może prywatnej windy łączącej oba mieszkania, ale nikt się z tym nie śpieszył. Mamuś świetnie dogadywała się z Tigris i wpadała codziennie pomóc Panibabce, która pogodziła się z obecnością nowej „pokojówki". Teraz Plinthowie opłacali wszystko: podatki za apartament, czesne, kucharkę. Dawali mu również hojne kieszonkowe, z czego bardzo się cieszył, bo choć przechwycił i ukrył kopertę wysłaną do Tigris z Dwunastego Dystryktu, uniwersyteckie życie i tak sporo kosztowało, jeśli podchodziło się do niego jak należy. Strabo nigdy nie kwestionował jego wydatków ani nie czepiał się kilku nowych strojów, poza tym wydawał się zadowolony, kiedy Snow prosił go o radę. Znaleźli wspólny język i czasem Snow prawie zapominał, że stary Plinth pochodzi z dystryktu. Prawie.

Dziś Sejanus obchodziłby dziewiętnaste urodziny, więc spotkali się na skromnym obiedzie, żeby powspominać młodego Plintha. Snow zaprosił Festusa i Lysistratę, bo lubili Sejanusa bardziej niż reszta jego kolegów z klasy i można było liczyć na miłe słowa z ich strony. Planował wręczyć Plinthom pudełko z szafki Sejanusa, ale najpierw musiał załatwić jeszcze jedną sprawę.

Świeże powietrze podczas spaceru do Akademii pomogło mu zebrać myśli. Nie zawracał sobie głowy umawianiem się na spotkanie, wolał zjawić się bez uprzedzenia. Uczniowie skończyli zajęcia już godzinę wcześniej i dźwięk jego kroków roznosił się po korytarzach. Biurko sekretarki Highbottoma stało puste, więc podszedł do drzwi gabinetu i zastukał, po czym usłyszał głos dziekana. który kazał mu wejść. Wychudzony i roztrzęsiony Highbotttom garbił się nad biurkiem. Wyglądał gorzej niż zwykle.

— Czemu zawdzięczam ten zaszczyt? — spytał.

— Miałem nadzieję, że odzyskam puderniczkę matki, skoro nie jest już panu do niczego potrzebna — odparł Snow.

Dziekan Highbottom sięgnął do szuflady i rzucił puderniczkę na blat.

— To wszystko?

— Nie. — Snow wyciągnął z worka pudełko. — Dziś wieczorem zwrócę rzeczy osobiste Sejanusa jego rodzicom. Nie jestem pewien, co z tym zrobić. — Wysypał zawartość pudełka na blat i wziął do ręki oprawiony dyplom. — Pomyślałem, że raczej nie będzie pan chciał, żeby to kiedyś wypłynęło. Dyplom Akademii przyznany zdrajcy.

— Jesteś niezwykle skrupulatny — zauważył dziekan Highbottom.

— Tak mnie wyszkolili w wojsku. — Snow odsunął zaciski z tyłu ramki i wyciągnął dyplom. Jakby wiedziony impulsem, zastąpił go zdjęciem rodziny Plinthów. — Jego rodzice i tak pewnie woleliby tę fotografię.

Przez chwilę obaj wpatrywali się w pozostałości po życiu Sejanusa. Snow zmiótł z blatu trzy buteleczki lekarstw prosto do kosza dziekana Highbottoma.

— Im mniej złych wspomnień, tym lepiej — oświadczył.

Dziekan Highbottom zmierzył go wzrokiem.

— Czyżbyś wyhodował sobie serce w dystryktach?

— Nie, nie w dystryktach. Podczas Głodowych Igrzysk — poprawił go Snow. — Muszę panu za to podziękować, w końcu to pańskie dzieło.

— Och, połowa uznania należy się twojemu ojcu — odparł dziekan.

Snow zmarszczył brwi.

— Jak to? Myślałem, że Głodowe Igrzyska to pański pomysł. Wpadł pan na to podczas studiów.

— Tak, w klasie doktor Gaul. Nie radziłem sobie, bo moja nienawiść do niej uniemożliwiała mi zaangażowanie się w zajęcia. Nad finałowym projektem pracowaliśmy w parach, ja z Crassusem, rzecz jasna, moim najlepszym przyjacielem. Nasze zadanie polegało na wymyśleniu kary dla wroga, tak ekstremalnej, żeby nigdy nie zdołał zapomnieć, jakiego zła się dopuścił. To przypominało zagadkę, a w zagadkach jestem świetny, i jak wszystkie dobre dzieła, to, co wymyśliłem, było genialne w swojej prostocie. Głodowe Igrzyska. Najwstrętniejszy impuls sprytnie opakowany w formę imprezy sportowej. Rozrywki. Byłem pijany, a twój ojciec jeszcze bardziej mnie upił, wykorzystując moją próżność, kiedy opisywałem mu ten pomysł. Zapewnił mnie, że to będzie nasz prywatny żart. Następnego ranka obudziłem się przerażony tym, co zrobiłem, chciałem podrzeć projekt na kawałki, ale było już za późno. Bez mojego pozwolenia twój ojciec dał go doktor Gaul. Bo widzisz, chciał dostać dobrą ocenę. Nigdy mu nie wybaczyłem.

— Przecież on nie żyje — zauważył Snow.

— Ale ona tak — odparł natychmiast dziekan Highbottom. — To nigdy nie miało wyjść poza teorię. Coś takiego mógłby zorganizować tylko najgorszy potwór. Po wojnie wywlekła mój projekt, i mnie razem z nim, ogłaszając w Panem, że jestem twórcą Głodowych Igrzysk. Tamtego wieczoru po raz pierwszy spróbowałem morfaliny. Myślałem, że to umrze śmiercią naturalną, tak było odrażające. Nie umarło. Doktor Gaul wzięła projekt i wcieliła go w życie, ciągnąc mnie za sobą przez ostatnich dziesięć lat.

— To zdecydowanie potwierdza jej tezę na temat ludzkości — zauważył Snow. — Zwłaszcza wykorzystanie dzieci.

— A to dlaczego? — spytał dziekan Highbottom,

— Zakładamy, że są niewinne. A nawet najniewinniejsi wśród nas zamieniają się w zabójców podczas Głodowych Igrzysk. I o czym to świadczy? O tym, że w głębi duszy jesteśmy brutalni — wyjaśnił Snow.

— Autodestrukcyjni — wymamrotał Highbottom.

Snow przypomniał sobie relację Pluribusa o kłótni Crassusa z dziekanem i zacytował fragment listu:

— „Jak ćmy do ognia". — Dziekan zmrużył oczy, ale Snow tylko się uśmiechnął i dodał: — Oczywiście pan mnie sprawdza. Zna ją pan o wiele lepiej niż ja.

— Nie jestem taki pewien. — Dziekan Highbottom powiódł palcem po srebrnej róży na puderniczce. — Co powiedziała, kiedy ją poinformowałeś o swoim wyjeździe?

— Doktor Gaul? — spytał Snow.

— Twoja mała ptaszyna — wyjaśnił dziekan. — Kiedy wyjeżdżałeś z Dwunastki. Smuciła się, że ją opuszczasz?

— Chyba oboje się trochę smuciliśmy. — Snow schował puderniczkę do kieszeni i zebrał rzeczy Sejanusa. — Lepiej już pójdę. Mają nam dziś dostarczyć nowy komplet mebli do salonu. Obiecałem kuzynce, że będę na miejscu i przypilnuję tragarzy.

— No to znikaj — odparł dziekan Highbottom. — Wracaj do penthouse'u.

Snow nie miał ochoty rozmawiać z nikim o Lucy Gray, a już zwłaszcza nie z dziekanem Highbottomem. Smiley wysłał mu list na stary adres Plinthów, wspominając o jej zniknięciu. Wszyscy sądzili, że burmistrz ją zabił, ale brakowało dowodów. Co do Trupy — Hoffa zastąpił nowy komendant, a jego pierwszą decyzją było zabronienie jakichkolwiek występów na Ćwieku, bo muzyka sprowadzała kłopoty.

O tak, pomyślał Snow. *Zdecydowanie tak*.

Los Lucy Gray pozostał zagadką, podobnie jak los jej małej imienniczki w tamtej irytującej piosence. Żyła, umarła, była duchem krążącym po lasach? Może nikt nigdy się tego nie dowie. Nieważne — obie przepadły przez śnieg. Biedna Lucy Gray. Biedny duch dziewczyny śpiewający razem z ptakami.

Czy przyjdziesz pod to drzewo,
Niezwykłe pośród drzew?
Tam, gdzie się spotkaliśmy, wolności usłysz zew.

Mogła sobie krążyć wokół Dwunastego Dystryktu, ile tylko chciała, ale ani ona, ani jej kosogłosy nie były już w stanie wyrządzić mu krzywdy.

Czasem wspominał chwile słodyczy i niemal żałował, że to wszystko nie zakończyło się inaczej. Ale nigdy by im nie wyszło, nawet gdyby z nią został. Po prostu za bardzo się różnili. Poza tym nie spodobała mu się miłość, to, jaki robił się przez nią głupi i bezbronny. Gdyby miał się kiedykolwiek ożenić, wybrałby kogoś, kto nigdy nie zdołałby poruszyć jego serca. Kogoś, kogo by wręcz nienawidził, żeby ten ktoś nie mógł nim manipulować jak Lucy Gray. Kogoś, kto nigdy nie wzbudziłby w nim zazdrości ani go nie osłabił. Livia Cardew idealnie się nadawała. Wyobraził ich sobie jako prezydenta i pierwszą damę, jak za kilka lat będą czynili honory podczas Głodowych Igrzysk. Zamierzał nadal je organizować, kiedy już przejmie władzę w Panem. Ludzie nazwą go rządzącym żelazną ręką okrutnym tyranem, ale przynajmniej dostaną szansę przetrwania dla samego przetrwania, a on zapewni im perspektywę rozwoju. Niby na co innego mogłaby liczyć ludzkość? Doprawdy, powinni mu dziękować.

Minął nocny klub Pluribusa i pozwolił sobie na dyskretny uśmiech. Trutkę na szczury można było dostać w wielu miejscach, on jednak w zeszłym tygodniu ukradkiem zebrał szczyptę w zaułku na tyłach klubu i zaniósł ją do domu. Wsypanie jej do buteleczki z morfaliną nastręczyło mu trochę trudności, zwłaszcza że robił to w rękawiczkach, ale w końcu zdołał dodać do płynu wystarczającą dawkę. Bardzo starannie wyczyścił buteleczkę. Nic nie mogło wzbudzić podejrzeń dziekana Highbottoma, kiedy będzie wyjmował ją ze śmieci i wsuwał do kieszeni. Nic nie powinno go zaniepokoić, kiedy będzie odkręcał dozownik i zakrapiał morfalinę na język.

Mimo to miał nadzieję, że kiedy dziekan po raz ostatni nabierze powietrza w płuca, uświadomi sobie to, co uświadamiali sobie inni, kiedy Snow rzucał im wyzwanie. Co kiedyś zrozumie całe Panem. Że był niezwyciężony.

Snow zawsze na szczycie.

KONIEC

PODZIĘKOWANIA

Pragnę podziękować rodzicom za ich miłość i nieustające wsparcie. Dziękuję tacie, który odkąd sięgam pamięcią, zapoznawał mnie z myślicielami okresu oświecenia i z koncepcją życia w zgodzie z naturą. Dziękuję też mamie, specjalistce od literatury angielskiej, za wpojenie mi zamiłowania do czytelnictwa i za niezliczone radosne godziny przy pianinie.

Od dawna moimi pierwszymi recenzentami są mój mąż, Cap Pryor, i moja agentka literacka, Rosemary Stimola. Ich wkład w początkowe szkice niniejszej powieści był bezcenny, zwłaszcza w kwestii rozwoju młodego Coriolanusa Snowa oraz jego powojennego świata. Bez wątpienia oszczędziło to migreny moim redaktorom. A skoro o nich mowa, żaden pisarz nigdy nie miał do dyspozycji tak przenikliwych i uzdolnionych specjalistów. Tym razem objawiali się falami, począwszy od niesamowitej Kate Egan, która z wprawą powiodła mnie przez dziesięć książek razem z Davidem Levithanem, moim znakomitym redaktorem prowadzącym i specjalistą od wielozadaniowości: tu układał tytuł, tam poprawiał niedopracowane fragmenty, a do tego porządkował tajne wydruki wstępnej wersji książki podczas przedstawienia (a jakże) *Koriolana* w ramach programu „Shakespeare in the Park". Wraz z drugą falą pojawiła się utalentowana i przenikliwa para Jen Rees oraz Emily Seife, a po nich nadszedł czas moich bystrookich korektorek, Rachel Stark i Joy Simpkins, które skrupulatnie przeczesały cały tekst. Jestem Wam wszystkim ogromnie wdzięczna za to, że pomogliście mi kształtować tę opowieść swoimi pięknymi umysłami i sercami.

To prawdziwa przyjemność ponownie trafić w ręce fantastycznego zespołu Scholastic Press. Rachel Coun, Lizette Serrano, Tracy van Straaten, Ellie Berger, Dick Robinson, Mark Seidenfeld, Leslie Garych, Josh Berlowitz, Erin O'Connor, Maeve Norton, Stephanie Jones, JoAnne Mojica, Andrea Davis Pinkney, Billy DiMichele i cała ekipo sprzedaży w Scholastic — dziękuję Wam wszystkim.

Szczególne podziękowania należą się Elizabeth B. Parisi oraz Timowi O'Brienowi, którzy ponownie olśnili mnie fenomenalną okładką, zgodną z ich wizją trylogii „Igrzyska Śmierci", lecz jednocześnie wyjątkową dla tej nowej książki.

Wyrazy podziwu i wdzięczności kieruję do wszystkich artystów, którzy stworzyli piosenki obecne w świecie Panem. Trzy utwory to klasyki, dostępne w domenie publicznej: *Down in the Valley*, *Oh, My Darling Clementine* oraz *Keep on the Sunny Side*, autorstwa Ady Blenkhorn i J. Howarda Entwisle'a. Wiersz *Lucy Gray* wyszedł spod pióra Williama Wordswortha w 1799 roku i pojawił się w jego *Lyrical Ballads*. Słowa powyższych piosenek zostały zmienione w celu dopasowania ich do Trupy. Inne teksty są oryginalne. *The Ballad of Lucy Gray Baird* powinna być śpiewana do wariacji tradycyjnej melodii balladowej, która od dawien dawna towarzyszyła opowieściom o fatalnym końcu rozpustników, bardów, wojaków, kowbojów i im podobnych. Dwa pozostałe utwory pojawiły się już w trylogii „Igrzyska Śmierci". W filmowej wersji muzykę do *Deep in the Meadow* skomponowali T Bone Burnett oraz Simone Burnett, a do *The Hanging Tree* — Jeremiah Caleb Fraites i Wesley Keith Schultz z The Lumineers, z aranżacją Jamesa Newtona Howarda.

Nieustające podziękowania należą się moim cudownym agentom, wcześniej wspomnianej Rosemary Stimoli oraz przedstawicielowi do spraw show-biznesu, Jasonowi Dravisowi, na którym bezgranicznie polegam, kiedy prowadzi mnie przez świat publikacji i kinematografii, wspierany przez nasze orły Temidy, Janis C. Nelson, Eleanor Lackman i Diane Golden.

Pragnę serdecznie pozdrowić moich przyjaciół i członków rodziny, a zwłaszcza Richarda Registera, który zawsze odpowiada na esemesy. Cap, Charlie i Izzy, zdołaliście dotrwać do końca tej przygody z dystansem, cierpliwością i humorem.

Na koniec zwracam się do wszystkich czytelników, których pochłonęły moje opowieści, kiedyś o Katniss, a teraz o Coriolanusie. Bardzo Wam dziękuję, że przebyliście ze mną tę drogę.